KNAUR

Die Fred-Abel-Thriller bei Knaur:
Zerschunden
Zersetzt
Zerbrochen
Zerrissen
Zerteilt

Über die Autoren:
Michael Tsokos, 1967 in Kiel geboren, ist Professor für Rechtsmedizin und international anerkannter Experte auf dem Gebiet der Forensik. Seit 2007 leitet er die Berliner Rechtsmedizin. Seine Bücher sind allesamt Bestseller und wurden bereits mit hochkarätiger Besetzung verfilmt. Mit dem Schauspieler Jan Josef Liefers ist er seit 2021 regelmäßig in den True-Crime-Formaten »Obduktion« und »Todesrätsel« auf RTL+ zu sehen. Weitere Produktionen sind in Arbeit.
Folgen Sie Michael Tsokos auf Instagram: @dr.tsokos

Wolf-Ulrich Schüler arbeitet als Journalist und lebt mit seiner Familie in der Nähe von Köln.

MICHAEL TSOKOS
mit Wolf-Ulrich Schüler

Zerrissen

True-Crime-Thriller

KNAUR

Besuchen Sie uns im Internet:
www.knaur.de
www.tsokos.de

Aus Verantwortung für die Umwelt hat sich die Verlagsgruppe Droemer Knaur zu einer nachhaltigen Buchproduktion verpflichtet. Der bewusste Umgang mit unseren Ressourcen, der Schutz unseres Klimas und der Natur gehören zu unseren obersten Unternehmenszielen. Gemeinsam mit unseren Partnern und Lieferanten setzen wir uns für eine klimaneutrale Buchproduktion ein, die den Erwerb von Klimazertifikaten zur Kompensation des CO_2-Ausstoßes einschließt.
Weitere Informationen finden Sie unter: www.klimaneutralerverlag.de

FSC
www.fsc.org
MIX
Papier aus verantwortungsvollen Quellen
FSC® C014496

Eigenlizenz Mai 2023
Knaur Taschenbuch

Ein Imprint der Verlagsgruppe
Droemer Knaur GmbH & Co. KG, München

Ein Projekt der AVA international GmbH Autoren- und Verlagsagentur
www.ava-international.de
Covergestaltung: ZERO Werbeagentur, München
Coverabbildung: Chaikom/shutterstock.com
Satz: Adobe InDesign im Verlag
Druck und Bindung: GGP Media GmbH, Pößneck
ISBN 978-3-426-52550-0

2 4 5 3 1

Die Handlung in »Zerrissen« spielt
zwei Jahre nach den Ereignissen in »Zerbrochen«

Nach wahren Begebenheiten

Prolog

Sie würden alles tun, um ihn zu finden, denn er hatte sich genommen, was ihnen gehörte. Und das würden sie ihm nicht durchgehen lassen. So viel war sicher.
Jetzt musste er schnell sein. Alles erledigen. Sonst war sein Leben in höchster Gefahr.
Er drückte die schwere Stahltür von innen ins Schloss. So leise wie möglich. An der Außenseite der stählernen Tür war nur ein Knauf angebracht, das würde ihm Zeit verschaffen, falls sie ihm folgten.
Aber mir ist niemand gefolgt!, versuchte er sich selbst zu beruhigen.
Er ging in der Dunkelheit der Halle ein paar unsichere Schritte nach vorn. Im Sommer war der Geruch hier drinnen noch unerträglicher als sonst: abgestandene, stickige Luft. Eine Mischung aus getrocknetem Schweiß, altem Leder, Metall und Gummi, die man nahezu schmecken konnte.
Nervös tasteten seine Finger die raue Wand ab. *Hier muss doch der verdammte Lichtschalter sein?* Doch er verwarf den Gedanken sofort wieder. *Kein Licht! Es würde nur auf mich aufmerksam machen.*
Er griff in seine Hosentasche, holte sein Handy heraus und schaltete die Taschenlampe des Gerätes ein.
Dann bahnte er sich in dem bleichen, fahlen Lichtkegel einen Weg nach hinten, zu dem Raum mit den Schränken. Dort hatte er alles sicher verstaut. Es war lange Zeit das perfekte Versteck gewesen.
Aber jetzt hatte sich die Situation grundlegend geändert. Sie waren hinter ihm her und hetzten ihn. Hetzten ihre Beute.
Aber ich werde euch entkommen.
Der Lichtschein der Handytaschenlampe hüpfte mit jedem seiner Schritte über den abgenutzten Holzfußboden.
Zum Schrank. Die Ware holen. Dann nichts wie raus aus Berlin. Untertauchen, frei sein – endlich! Die ganze Scheiße hinter mir lassen. Meinem alten Herrn wird das gefallen.
Dann hörte er das Geräusch. Ein Rütteln, dann ein Schaben.

Was ist das?
Ein Kratzen, das immer lauter wurde, und dann ein Knacken. Metall bog sich. Wieder ein Knirschen. Jemand brach die Tür auf! Dann ein lautes Krachen. Ein Lichtschein fiel durch die sich langsam öffnende Stahltür in das Innere der Halle.
Noch war er in der Dunkelheit im hinteren Teil verborgen. Hastig wollte er die Handytaschenlampe ausschalten, doch das Gerät rutschte ihm aus der schweißnassen Hand, fiel krachend zu Boden.
Scheiße. Großer Fehler!
Aber wie hatten sie ihn so schnell hier gefunden?
Er hörte Schritte, suchte mit hämmerndem Herzen nach einem Versteck.
Da sprangen schon surrend die Neonröhren an der Decke an. Grelles Licht erhellte jeden Winkel der Halle.
Drei Männer starrten ihn wütend an.
»Du denkst wirklich, es wäre so leicht, uns abzuschütteln?«, rief eine tiefe Stimme zu ihm herüber.
Er kannte die Stimme. Die Familie war da. Plötzlich bereute er, ihre Macht so unterschätzt zu haben.
Die drei Männer kamen auf ihn zu. Langsamen Schrittes, ganz ohne Eile. Wie auch das unabwendbare Schicksal keine Eile hat.
Nach hinten gibt es keinen Ausgang, ich sitze in der Falle. Jetzt schlau sein. Rausreden. Abstreiten. Egal, was kommt.
Doch die Männer wollten nicht mit ihm reden.
Der erste Schlag traf ihn im Gesicht. Er hörte sein Jochbein brechen, ein Krachen wie morsches Holz. Dann der nächste Schlag. Er zwang sich, nicht zu schreien. Es fiel ihm unendlich schwer.
»Wo ist es? Sag es uns, mach schon!«, forderte die Stimme, als er schon gekrümmt am Boden lag.
Er sagte nichts, schluckte den Schmerz herunter.
Dann folgten die Tritte. In seine Flanken, von oben auf seinen Brustkorb, gegen seinen Kopf, um den er schützend die Arme gelegt hatte.
Ihm wurde schwindelig, der Boden schien nach unten wegzubre-

chen, als wollte er ihn in die Hölle auskippen. Wenn er das hier überlebte, wenn er hier lebend rauskam, würde er Schluss machen. Aufhören. Der Vergangenheit den Rücken zukehren, ganz neu anfangen. Das schwor er sich.

Dann schleiften sie ihn brutal über den Boden. *Durchhalten. Atmen. Nichts sagen.*

Das Blut lief in seine Augen, ein roter Schleier verdeckte sein Blickfeld.

Sie rissen an seiner Kleidung. Sie zerfetzten sein T-Shirt. Die Schuhe, die Hose – alles rissen sie ihm vom Körper. Er versuchte, sich das Blut aus seinen Augen zu wischen. Vergeblich.

Sie hatten ihn bis auf die Unterhose entkleidet. Er konnte nicht mehr und begann zu wimmern. »Bitte! Bitte …«, flehte er.

Als würde das etwas ändern.

Ein eiserner Griff im Nacken drückte seinen Kopf auf seine Brust, zwei Hände rissen brutal seine Fußknöchel nach oben, zogen die Füße in die Luft. Die nackte Haut seines Rückens scheuerte über den harten Holzboden. Er stöhnte.

Seine Wirbelsäule schien zu bersten, als die Knie gegen sein Gesicht schlugen. Ein verzweifelter Schmerzensschrei entfuhr ihm, und er presste die Zähne fest aufeinander, dass sie zu brechen drohten.

Der Schrei trieb seine Peiniger nur an.

Sie hoben ihn hoch, stopften ihn in ein stinkendes, dunkles Etwas. Wie Fleischabfälle in einen Müllsack. Ledergeruch. Schmerzhafte Enge. Er keuchte, das Atmen fiel ihm schwer.

»Zunähen!«, befahl die tiefe Stimme.

Und der letzte Lichtstrahl verschwand.

I

Berlin-Moabit,
Institut für Rechtsmedizin der Charité, Leichenannahme,
Mittwoch, 23. Juli, 23:12 Uhr

Beschwingt warf Julius Blohm den gigantischen Schlüsselbund mit der rechten Hand in die Höhe und fing ihn geschickt mit der linken wieder auf. In dieser Jahreszeit, und zumal bei der Hitze, die Berlin seit Wochen beharrlich scheinbar zum Schmelzen bringen wollte, beneideten seine Freunde ihn erstmalig um seinen studentischen Nebenjob: Nachtdienst in der Rechtsmedizin. Seine Aufgabe bestand in der Annahme der Leichen, die die Hauptstadt regelmäßig nachts ausspuckte. Sein Arbeitsplatz war das Leichenschauhaus der größten deutschen Metropole, das dem Institut für Rechtsmedizin angegliedert war.

Bei der Toten auf der metallenen Bahre vor Julius Blohm handelte es sich um eine vierundsiebzigjährige verwitwete Rentnerin, die leblos in ihrer Wohnung in Berlin-Charlottenburg aufgefunden worden war. Die Informationen entnahm Blohm dem Notarzteinsatzprotokoll, das die Leichenwagenfahrer der Rechtsmedizin ihm mitsamt der Toten am Hintereingang dieses Institutsgebäudes, der Leichenanlieferung, kurz vor 23 Uhr übergeben hatten.

Der Sohn der Toten, Ende vierzig, der seit Beginn seiner Arbeitslosigkeit vor zwei Monaten zu seiner Mutter in deren Zweizimmerwohnung eingezogen war, hatte seinen Wohnungsschlüssel vergessen und fast zwanzig Minuten vergeblich an der Wohnungstür geklingelt und geklopft. Er hatte sich zunehmend Sorgen um seine Mutter gemacht, die aufgrund einer noch nicht lange zurückliegenden Operation, bei der ihr eine künstliche Hüfte eingesetzt worden war, noch nicht mobil genug war, die Wohnung selbstständig zu verlassen. Deshalb hatte er sich schließlich nicht anders zu helfen gewusst, als den Notruf zu wählen. Kurz darauf hatten Einsatzkräfte der Berliner Feuerwehr im Beisein der Polizei die Wohnungstür gewaltsam geöffnet. Nur wenige Minuten später war ein Notarzt vor Ort eingetroffen, der die Feuerwehrleute bei ihren Reanimationsmaßnahmen der auf dem Wohnzimmerboden leblos aufgefundenen Wohnungsinhaberin unterstützte. Allerdings waren auch die Bemühungen des Notarztes nicht von Erfolg gekrönt, und die Vierundsiebzigjährige war gegen 21:36 Uhr für tot erklärt worden. Todesart: ungewiss.

Das Resultat des frustran verlaufenen Rettungseinsatzes lag nun vor Julius Blohm auf der Bahre.

Der vierundzwanzigjährige Medizinstudent hatte das *Einchecken,* wie er die Aufnahme von Leichen im Institut bezeichnete, schnell hinter sich gebracht. Zuerst die Übergabe und Dokumentation von eventuellen Wertsachen, Schmuck und Bekleidung der Toten durch die Leichenwagenfahrer sowie die anschließende Feststellung von Körpergewicht und Körperlänge der Toten. Dann die obligatorische Befestigung des Leichenfußzettels – darauf die Personalien der Toten – mit grobem Bindfaden am linken großen Zeh der Toten. Die erforderlichen Unterlagen zur Übergabe an das Personal des Leichenschauhauses am nächsten Morgen hatte Blohm ebenfalls ausgefüllt und dann die tote Charlottenburger Witwe in einen der weißen Plastikleichensäcke verfrachtet.

Jetzt löste er mit der Spitze seines rechten weißen Turnschuhs die Bremse an den Rädern des Untergestells der Bahre. Sogar in der Leichenanlieferung war die Hitze des vergangenen Tages noch allgegenwärtig, und feine Schweißperlen lösten sich von seiner Stirn und tropften auf den weißen Leichensack. Umso mehr freute er sich auf die Kühle, die ihn erwartete. Und tatsächlich, genau in dem Moment, als Blohm die Tür zwischen dem Kellertrakt der Rechtsmedizin und der Leichenanlieferung mit einem der Schlüssel von seinem gewaltigen Bund wieder hinter sich zuschloss, löste sich die Sommerhitze in der mechanischen Kühle auf, die in diesem Teil des Gebäudes herrschte. Hier mischte sich der Geruch von scharfen Putzmitteln mit dem süßlichen Duft der Gase, die aus den Toten austraten und von ihrem verflüchtigten Leben zeugten.

So roch der Tod. Zumindest hier. Süßlich, aber auch irgendwie sauber. Der Duft der Forensik.
Er schob das mit vier Rollen versehene Untergestell der Bahre mitsamt der Toten weiter in Richtung des geräumigen Kühlraumes und spürte die kühlen Metallgriffe unter den dünnen Latexhandschuhen. Laut Protokoll wog die Tote 52 Kilogramm. Im Gegensatz zu anderen Verstorbenen, bei denen es ihm manchmal schwerfiel, die Bahre durch die verwinkelten Kellergänge hier unten zu schieben, war sie ein echtes Leichtgewicht. Die Menschen wurden immer dicker, also wurden nicht nur die Toten, sondern auch sein Job in der Rechtsmedizin zunehmend schwerer.
Die kleinen Räder quietschten leise auf dem Linoleumboden, als hätte sich hier im Untergeschoss der Rechtsmedizin eine Mäusefamilie versteckt. Das Licht der Neonröhren ließ den grünen Boden glänzen. Aus seinem Aufenthaltsraum drang Radiogedudel zu ihm herüber. Dort würde er es sich gleich wieder bequem machen. Bis zum nächsten Anruf. Bis zur nächsten Leichenanlieferung. *Zwölf Stunden unter Toten, das ist eine sehr stille Angelegenheit,* ging ihm durch den Sinn. Insofern schätzte er das Hintergrundgedudel des Radios von Zeit zu Zeit bei seiner Arbeit.
Der Medizinstudent hatte den riesigen Kühlraum am Ende des langen Flurs fast erreicht. Dort war für bis zu achtzig Tote in offenen Regalfächern Platz, bei konstanten vier Grad Celsius. Die unsichtbare Mäusefamilie begann lauter zu quietschen.
An der Metalltür des Kühlraums angekommen, fischte Blohm erneut den Schlüsselbund aus seiner Kitteltasche und warf ihn pfeifend in die Luft. Er wollte ihn abermals lässig wieder auffangen, doch er rutschte ihm klirrend durch die Finger. Mit einem dumpfen Geräusch landete der schwere Schlüsselbund auf der festen, gummiartigen Außenhaut des weißen Leichensacks vor ihm, ungefähr dort, wo sich der Kopf der Toten befinden musste, und blieb dort liegen. Allerdings nur für einen kurzen Moment, denn als Blohm danach greifen wollte, rutschte er, noch bevor seine Finger ihn zu fassen bekamen, plötzlich herunter und landete laut ras-

selnd auf dem grünen Linoleumboden. Blohm zuckte zusammen. Verdutzt starrte er auf den Leichensack. *Was war denn das?*, dachte er. Er hatte die Schlüssel gerade wieder an sich genommen, richtete sich aus seiner gebückten Haltung auf und befand sich auf Augenhöhe mit der Leiche, als er es sah: eine Bewegung, im Inneren des Leichensacks!

Auch wenn das feste, starre Material der Säcke nur wenig über den Inhalt und die Konturen ihres Inhalts preisgab – im Leichensack hatte sich etwas bewegt. Da war er sich absolut sicher.

Die Augen des Studenten weiteten sich, starr vor Schreck.

Da! Schon wieder!

Blohms Atem ging schneller, kam jetzt keuchend und stoßweise. Abermals wurde seine Stirn schweißnass, trotz der ihn umgebenden Kühlschranktemperaturen. Blohm verharrte vor der Bahre, unfähig, sich zu bewegen. Aber jetzt war da – nichts! Es war keine weitere Bewegung im Inneren des Sacks auszumachen.

Er gab sich einen Ruck, streckte die behandschuhte rechte Hand vorsichtig aus und drückte zaghaft auf die Außenwand des Leichensacks, der im Licht der Neonröhren wie die cremeweiße Haut eines Belugawals glänzte.

Und dann kam der erste Schlag gegen die Innenwand. Noch zaghaft. Dann der zweite. Diesmal deutlich kräftiger. Blohm sah, wie sich mit jedem Schlag ganz deutlich eine Ausbeulung abzeichnete.

Ihm entfuhr ein Schrei. Ein viel zu hoher Schrei, der ihm so gar nicht wie sein eigener vorkam und ihn noch mehr erschreckte. Schweißperlen lösten sich von seiner Stirn und fielen auf die Spitzen seiner weißen Turnschuhe.

Sein Blick verharrte auf einer erneuten Ausbeulung, ohne dass sein Gehirn zu verstehen schien, was dort, direkt vor ihm, gerade passierte. Er konnte nicht glauben, was er jetzt, bei noch genauerem Hinsehen, erblickte: Der Leichensack hob und senkte sich im Brustbereich.

Die Tote! Sie atmet!

Blohm rannte los, seine trampelnden Schritte knallten wie Schüsse auf dem Linoleumboden des langen Flurs.
Im Hintergrund spielte das Radio gerade eine düstere Ballade von Nick Cave.

☠☠☠

2

Berlin-Mitte,
Kinderintensivstation der Charité, Donnerstag,
24. Juli, 11:10 Uhr

Der Tod hatte diesmal eine Ausnahme gemacht. Warum auch immer. Wahrscheinlich waren es nur ein paar wenige Faktoren gewesen, die verhindert hatten, dass das kleine Mädchen an seinen schweren Kopfverletzungen verstarb. Vielleicht war es aber auch nur purer Zufall. An so etwas wie einen Schutzengel glaubte Dr. Fred Abel jedenfalls nicht.
Der Rechtsmediziner von der rechtsmedizinischen Abteilung der BKA-Einheit »Extremdelikte« hatte sein zerknittertes Leinenjackett in der Umkleide der Intensivstation abgelegt und gegen einen sterilen Kittel getauscht, der am Rücken geschlossen wurde und ihm bis zu den Unterschenkeln reichte. Er saß jetzt auf einem Hocker, der einzigen Sitzgelegenheit in dem kleinen Intensivzimmer, den er nah an das Krankenhausbett herangeschoben hatte, und betrachtete das knapp zwei Jahre alte Kind. Das Krankenzimmer war erfüllt von dem sonoren Brummen der Beatmungsmaschine, die dem Kind kontinuierlich Sauerstoff über einen Beatmungstubus zuführte. Die schwarzen Haare des kleinen Mädchens, die an Ebenholz erinnerten, lugten hier und da unter dem Kopfverband hervor. Das Kabel einer Hirndrucksonde ragte ebenfalls heraus.

Die blasse Haut war weiß wie Schnee und ließ Abel unwillkürlich an Schneewittchen denken.
Wie Schneewittchen, zwischen Leben und Tod.
Allerdings lag die Kleine nicht in einem Glassarg, sondern in einem Klinikbett, umgeben von Gerätetürmen modernster Medizintechnik. Geräte mit daran angeschlossenen Infusionsschläuchen und elektronischen Kabeln, die den Kreislauf stabilisierten und die Vitalfunktionen überwachten.
Es war nicht klar, ob das Mädchen überhaupt jemals wieder aufwachen, jemals wieder zu sich kommen würde.
Abel beugte sich nach vorn, stützte die Ellbogen auf seine Oberschenkel und faltete die Hände.
Das EKG piepste ruhig und gleichmäßig. Die Herzkurve auf dem Monitor zeigte stabile Wellen, die sich vor- und zurückzogen, wie die Brandung im Meer. Die Geräusche der medizinischen Geräte waren das einzige Lebenszeichen des Kindes. Surren. Piepsen. Und das bedrohliche Brummen der Beatmungsmaschine.
Abel beugte sich noch etwas weiter vor, bis er jedes Detail auf den dünnen Unterärmchen erkennen konnte: Unter der papierdünnen Haut zeichneten sich ihre zarten, venösen Blutgefäße ab.
Abels Augen scannten jeden Millimeter der blassen, fahlen Haut des Kindes ab. *Frische Abschürfungen oder Blutergüsse? Verschorfungen oder Narben als Zeichen länger zurückliegender äußerer Gewalteinwirkung?*
Er konnte nichts dergleichen entdecken.
Besonders an der Innenseite der zarten Oberarme oder an den schmalen Handgelenken von Kindern fanden sich oftmals Griffspuren – Abdrücke der Fingerkuppen, die sich durch festes Zupacken tief in Haut und Unterhautgewebe eingegraben hatten und entsprechende Hämatome zurückließen. Von erwachsenen, starken Händen, die ihre Spuren als stumme Zeugen hinterließen. Wenn sich der Zorn, die Überforderung und die Hilflosigkeit der Großen mit brachialer Gewalt an den Körpern der Kleinsten entluden.

Abels Blick wanderte gerade höher, über das kurzärmelige Nachthemd aus steifer Baumwolle zum Hals des Mädchens, als er jäh aus seinen Überlegungen gerissen wurde.
»Noch mal danke, Herr Dr. Abel, dass Sie gekommen sind und wir auf Ihre Expertise zurückgreifen können. Ich habe die Krankenunterlagen jetzt hier«, sagte der junge Mann leise, der sich geräuschlos hinter dem Rechtsmediziner postiert und dort still verharrt hatte, um den Experten nicht zu stören.
Er hatte sich Abel bei dessen Ankunft als Assistenzarzt Dr. Marco Weise, einer der Stationsärzte der Kinderintensivstation, vorgestellt. Schmales Gesicht. Blonder Seitenscheitel. Anfang bis Mitte dreißig. Hände, die permanent aneinanderrieben.
Ein nervöser Tic, wahrscheinlich ein kleiner Waschzwang inklusive, hatte Abel gedacht, als er vorhin einen kurzen Blick auf die geröteten und schuppenden Hände des Mannes geworfen hatte. Oft war es aber auch das ständige Desinfizieren von Händen und Unterarmen, das Ärzten, die in operativen Fächern oder auf Intensivstationen arbeiteten, diese juckenden, zum Teil allergischen Hautirritationen verschaffte.
Weise war dann, nachdem er Abel das Intensivzimmer mit dem Mädchen gezeigt hatte, im Stationszimmer verschwunden, um die Krankenunterlagen des Kindes zu holen.
»Kein Problem. So funktioniert ein gemeinsamer rechtsmedizinischer Bereitschaftsdienst in der Hauptstadt. Mal sind die Kollegen von der Charité dran, mal die Damen und Herren vom Landesinstitut, und ab und zu sind wir vom BKA an der Reihe«, erwiderte Abel etwas schroffer als beabsichtigt.
Der junge Arzt schien verunsichert.
Abel wusste durchaus um das Spannungsfeld, in dem sich Klinikärzte bei Verdachtsfällen von Kindesmisshandlung befanden. Einerseits unterlagen die behandelnden Ärzte ihrer Schweigepflicht und waren an einem vertrauensvollen Arzt-Patient-Verhältnis interessiert, was eine enge Zusammenarbeit und offene Kommunikation mit den Eltern der betroffenen Kinder erforderte. An-

dererseits waren sie ihrem hippokratischen Eid, alles zum Wohle ihrer Patienten zu tun und weiteren Schaden von ihnen abzuwenden, verpflichtet – was wiederum eine Einbeziehung der Rechtsmedizin bei solchen Verdachtsfällen unerlässlich machte. Aus alldem resultierte nicht selten eine spürbare Zurückhaltung, manchmal sogar Aversion der Ärzte gegen die hinzugerufenen Rechtsmediziner.
Abel kratzte sich an seinem stoppeligen Kinn und wartete, was Weise zu diesem Fall zu berichten hatte.
»Ich weiß, dass Sie sonst andere Fälle bearbeiten. Größere Sachen. Brutaler. Komplexer. Und komplizierter. Wir wissen, wofür Ihre Abteilung ›Extremdelikte‹ beim BKA sonst zuständig ist«, sagte Weise in entschuldigendem Ton.
Abel blickte flüchtig über die Schulter zu dem Assistenzarzt und erwiderte leise: »Jedes Opfer, egal wie alt oder was ihm zugestoßen ist, hat eine Untersuchung und objektive Einschätzung seiner Verletzungen verdient. Aber Sie ahnen nicht, wie schnell die Dinge kompliziert werden können.« Er sprach mehr zu sich selbst, in der Hoffnung, der Mediziner würde verstehen, dass er nicht hierhergekommen war, um sich zu unterhalten, sondern um Fakten zu erfahren, die er dann in ein Gesamtbild einordnen konnte. Als Weise daraufhin schwieg und keinerlei Anstalten machte, Abel irgendetwas über seine kleine Patientin zu berichten, erhob sich der Rechtsmediziner und beugte sich über das Mädchen. Behutsam schob er das Nachthemd des Kindes über Beine, Bauch und Brust und inspizierte die Körperoberfläche. Doch auch hier: *Nichts. Keinerlei Auffälligkeiten.*
Abel betrachtete den Hals und das Gesicht der Kleinen und registrierte erst da, dass sie augenscheinlich asiatischer Herkunft war. Für einen kurzen Moment flatterten ihre geschlossenen Lider, und Abel meinte ein leises Stöhnen zu vernehmen. Aber dann lag sie wieder still da.
Wie Schneewittchen in ihrem Glassarg, ging es Abel erneut durch den Kopf.

Der Blick des Rechtsmediziners blieb an der rechten Ohrmuschel hängen. Reste von getrocknetem Blut waren dort noch zu erkennen. Die kleine dunkelbraune, fast schwarze Kruste lag wie eine dünne, fossile Steinschicht auf dem Ohrläppchen des Mädchens. *Schädelbasisbruch,* ging es Abel durch den Kopf, während er sich zu dem Stationsarzt umdrehte. »Also gut, warum bin ich hier? Warum benötigen Sie in diesem Fall meine rechtsmedizinische Einschätzung?«

Weise begann in der Krankenakte zu blättern, ehe er in monotonem Tonfall daraus referierte: »Siara Zhou, zweiundzwanzig Monate alt. Vor zwei Tagen hier bei uns stationär aufgenommen. Die von der Mutter informierten Rettungskräfte haben sie bewusstlos im Wohnzimmer der elterlichen Wohnung vorgefunden. Sie konnte reanimiert und stabilisiert werden und ist wegen ihres Zustandes gar nicht erst in die Rettungsstelle, sondern direkt mit dem Notarztwagen in die Neurochirurgie hier im Hause gebracht worden. Gestern Verlegung des Kindes aus der Neurochirurgie zu uns auf Intensiv.«

»Was genau ist passiert? Ich meine, was wissen Sie zum jetzigen Zeitpunkt?«, wollte Abel wissen.

»Die Mutter hat der Notärztin gegenüber erklärt, Siara sei ein sehr lebhaftes Kind und sie, also die Mutter, sei zum Zeitpunkt des Vorfalls der Verletzungen nicht im Zimmer gewesen. Sie wurde am nächsten Tag von der Polizei vernommen und hat dort ausgesagt, dass sie für etwa zwanzig, höchstens dreißig Minuten in der Küche war und die Tür zum Wohnzimmer, in dem sich Siara und ihre Zwillingsschwester aufhielten, geschlossen hatte. Die beiden Mädchen toben manchmal wild, ziehen sich überall hoch und klettern auf dem Mobiliar herum, wenn sie allein sind, meinte sie. Als sie aus der Küche zurück ins Wohnzimmer kam, lag Siara vor der Couch, eine Blutlache unter ihrem Kopf. Die Mutter vermutet, sie könnte auf die Couch geklettert und dann heruntergefallen sein. Das Mädchen muss wohl ungebremst auf den Fliesenboden im Wohnzimmer aufgeschlagen sein. Wie gesagt, ein offensichtlich sehr lebhaftes Kind …«

»Fliesenboden im Wohnzimmer?«, unterbrach Abel ihn irritiert.
»Ja. Es fand sich vor der Couch, wo sie lag, eine größere Blutlache, das hat jedenfalls die Notärztin bei der Aufnahme der Kleinen den Kollegen berichtet. Wenn das Verletzungsmuster mit den Angaben der Mutter übereinstimmen würde, dann wäre es ein Unfall im häuslichen Milieu. Aber …«
»Zu dem Aber kommen wir gleich«, unterbrach Abel den Assistenzarzt erneut. »Immer der Reihe nach. Zunächst sind folgende Punkte zu klären: Erstens, war das Blut, in dem Siara lag, bereits geronnen, als die Notärztin eintraf? Zweitens, was ist mit der Zwillingsschwester, hat sie auch Verletzungen? Wie steht es um die Sprachentwicklung der Kinder, konnte die Schwester irgendetwas dazu sagen, was Siara passiert ist? Und was für ein Verletzungsmuster, von dem Sie sprachen, haben Sie genau festgestellt?«
»Ob das Blut geronnen oder noch flüssig war, weiß ich nicht, das müssen Sie die Notärztin fragen. Die Zwillingsschwester wurde noch am selben Tag einem Kinderarzt vorgestellt, sie ist unverletzt. Allerdings ist ihre Sprachentwicklung noch nicht sehr weit. Insofern – nein, sie konnte nichts dazu sagen, was passiert ist. Das Jugendamt hat sie noch am selben Tag vorübergehend, bis zur Klärung des Vorfalls, in Obhut genommen. Sie ist zurzeit in einer Kriseneinrichtung untergebracht. Unser Sozialdienst steht mit denen in Kontakt. Was das Verletzungsmuster anbelangt: Im Computertomogramm zeigte sich bei Siara eine Kalottenfraktur rechts parietal und eine Fraktur der Schädelbasis. Sie ist dann sofort in den OP gekommen. Dort wurden knapp dreißig Milliliter Epiduralhämatom entfernt. Es zeigten sich im CT auch massive Rindenprellungsherde am Gehirn im Bereich der Konvexität der rechten Großhirnhemisphäre.«
Ein Bruch des Schädeldaches in der Scheitelregion, einhergehend mit schweren Verletzungen des Hirngewebes. Bruchausläufer vom knöchernen Schädeldach bis in die Schädelbasis. Die Schädelbasis ist ein potenzieller Schwachpunkt bei schweren Schädel-Hirn-Traumata. Wer weiß das besser als ich, dachte Abel. *Einerseits können Fraktu-*

ren bei einer massiven Gewalteinwirkung gegen das Schädeldach auch weiter entfernt von der eigentlichen Aufschlagstelle entstehen – durch die massiven Kräfte, die dabei auf den Schädel einwirken. Andererseits … Vielleicht sind es auch zwei getrennte Bruchsysteme, die gar nicht miteinander in Zusammenhang stehen. Was bedeuten würde, dass sie zwei massive Schädel-Hirn-Traumata hintereinander erlitten haben muss. Damit würde die Schilderung der Mutter, dass ein einfaches Sturzgeschehen dafür verantwortlich ist, definitiv ausscheiden. Ich muss nachher unbedingt einen Blick auf die CT-Bilder werfen.

»Was wissen wir über die Familien- und Wohnverhältnisse?«

»Die Familie scheint in relativ geordneten Verhältnissen in Marzahn zu leben«, antwortete Weise. »Wer außer der Mutter und den knapp zweijährigen Zwillingen noch in der Wohnung wohnt – keine Ahnung. Aber das sind sowieso nur Infos aus zweiter Hand, von der Notärztin. Mehr weiß ich leider nicht.«

»Welchen kulturellen Hintergrund hat die Familie, beziehungsweise welcher Ethnie entstammen sie? Das Mädchen hat auf den ersten Blick asiatische Züge«, wollte Abel wissen.

»Die Mutter ist Halbchinesin, soweit ich weiß. Über den Vater ist mir nichts bekannt.«

»War die Mutter hier? Oder andere Verwandte?«

»Ja, gestern Nachmittag ist die Mutter gekommen, in Begleitung ihrer Schwester. Das weiß ich aber nur von meiner Kollegin, die gestern Dienst hatte, ich selbst habe bisher noch nicht mit ihr gesprochen. Übrigens sagte die Schwester der Mutter, Siaras Tante, zu meiner Kollegin, sie sei Ärztin. Sie hat uns ihre Telefonnummer gegeben, für alle Fälle«, erwiderte Weise.

»Ärztin hin oder her, sie wird uns auch nicht mehr dazu sagen können, was genau passiert ist. Schließlich war sie nicht dabei. Aber jetzt mal Klartext, Herr Weise. Ihre Klinik hat nicht die Rechtsmedizin informiert, weil ein Kind von der Couch gefallen ist. Was glauben Sie, was passiert ist?«, fragte Abel.

Der Assistenzarzt wischte sich, als ihn der Blick des Rechtsmediziners traf, nervös eine blonde Strähne aus der Stirn, trat einen halben Schritt näher an das Bett des Mädchens heran und senkte bedeutungsschwanger die Stimme. »Herr Abel, wir haben Sie hinzugezogen, weil es aus unserer Sicht äußerst unwahrscheinlich ist, dass diese Kopfverletzung von einem Sturz von einer Couch herrührt.«

»Da gebe ich Ihnen recht. Wenn solch ein Sturz zu so gravierenden Verletzungen führen würde, wären unsere Kliniken mit schwer verletzten Kindern überfüllt. Auch bei heftigem Toben – und dabei ist es völlig egal, ob das Kind auf Parkett, Teppich oder Fliesenboden stürzt – sind Kopfverletzungen nie so gravierend. Andernfalls wären die entsprechenden Pflegeeinrichtungen in Deutschland voll mit schwerstbehinderten Kindern, denn …« – Abel deutete mit einer Kopfbewegung in Richtung des Krankenbettes – »… so ein Schädel-Hirn-Trauma geht mit schwersten Spätfolgen einher. Siara wird niemals wieder richtig laufen können, wenn eine Halbseitenlähmung zurückbleibt. Sehr wahrscheinlich wird sie ihr weiteres Leben lang unter epileptischen Anfällen leiden. Von Sprachstörungen und kognitiven Defiziten ganz zu schweigen, die verhindern werden, dass sie jemals eine normale Schule besuchen wird. Sie wird immer auf fremde Hilfe angewiesen sein.«

Weise bedachte Abel, der anscheinend das ausgesprochen hatte, was dem jungen Assistenzarzt ebenfalls schon durch den Kopf gegangen war, mit einem langsamen Nicken und beugte sich dann ebenfalls über das im künstlichen Koma liegende Mädchen. Vorsichtig drehte er ihren Kopf auf die linke Seite und schob dann den Kopfverband im rechtsseitigen Nackenbereich behutsam wenige Zentimeter hoch, sodass die Region hinter Siaras rechtem Ohr sichtbar wurde. Dort zeichnete sich ein dunkelvioletter Bluterguss ab. In der Mitte des Hämatoms war die dünne Haut auf einer Länge von etwa einem Zentimeter leicht eingerissen und im Randbereich geschürft. Die Schürfungszone war nur etwa drei Millimeter breit und oberflächlich mit Schorf belegt.

Abel pfiff hörbar durch die Zähne. *Ich hatte ja gesagt, es wird schnell kompliziert in unserem Beruf,* dachte er.

»Nicht eben eine sturztypische Verletzung ...«, begann Weise.
»Und fernab der primären Aufschlagstelle am Scheitelknochen. Sehr gut, Herr Kollege«, fuhr Abel fort, griff unter dem Kittel in die rechte Gesäßtasche seiner Jeans, zog sein Blackberry heraus und machte mehrere Fotos von der Verletzung. Während er das Blackberry wieder in seiner Hosentasche verschwinden ließ, wandte er sich an Weise: »Diese Verletzung könnte von einem Schlag mit einem Gegenstand herrühren. Möglicherweise von einer Hand, oder vielmehr einer Faust, die einen Ring trug. Schlagrichtung von seitlich oben nach schräg unten. Das zeigen mir die Epithelmoränen, die Richtung der feinen Oberhautabschürfungen. Dieser feine Riss in der Haut könnte sehr gut von der erhabenen Verzierung eines Ringes herrühren.«
Weise bettete den Kopf der kleinen Siara behutsam zurück in seine ursprüngliche Position und zog das Nachthemd wieder herunter. Das Mädchen schluckte und bewegte dabei fast unmerklich die feinen blassen Lippen.
Fast, als würde sie uns etwas sagen wollen, ging es Abel durch den Kopf. »Ich würde jetzt gern noch einen Blick auf die CT-Bilder werfen, ist das möglich?«, fragte er.
»Ja, kommen Sie, wir gehen ins Stationszimmer«, antwortete der Stationsarzt.
Abel warf, während sie das Intensivzimmer verließen, einen letzten Blick auf das von piepsenden und surrenden Gerätetürmen modernster Medizintechnik umgebene Mädchen und merkte, dass in ihm eine Wut aufstieg, die er nur schwer herunterschlucken konnte. Wut, die immer dann lavaähnlich emporschoss, wenn er lebensgefährlich misshandelte oder getötete Kinder untersuchte. Er war sich bewusst, dass seine Professionalität und Objektivität – unverzichtbare Voraussetzungen für seine Arbeit als rechtsmedizinischer Sachverständiger – nicht von dieser Wut weggewischt werden durften, wie ein Tafelbild, das von einem nassen Schwamm einfach ausgelöscht wurde. Aber er wusste auch, wie kostbar jedes gesunde Kind war. Diese jungen und unbeschwerten Kinder, die

noch ihr ganzes Leben vor sich hatten. Das wurde ihm in solchen Momenten immer wieder klar. Aber klar war nun mal auch, dass in jeder Woche in Deutschland drei Kinder an den Folgen tödlicher Misshandlungen starben. Das waren nicht die Kinder, die bei Verkehrsunfällen getötet wurden oder ertranken, weil sie nicht schwimmen konnten und niemand auf sie aufgepasst hatte, oder Kinder, die an Leukämie oder einer sonstigen schweren Erkrankung starben. Nein, es ging um drei Kinder pro Woche, die durch rohe Gewalt von Erwachsenen getötet wurden. Das war die genauso nüchterne wie traurige polizeiliche Kriminalstatistik des BKA.
Abel hatte selbst Kinder, aber nie erlebt, was es im täglichen Leben bedeutete, Vaterpflichten zu haben, oder wie es sich überhaupt anfühlte, Vater zu sein. Seine beiden Kinder waren mittlerweile junge Erwachsene, von deren Existenz er allerdings erst vor vier Jahren erfahren und die er vor zwei Jahren erst kennengelernt hatte. Und in deren Leben er nach wie vor nur eine kleine Rolle spielte. Mit Lisa, seiner Lebensgefährtin, mit der er bereits seit mehr als zehn Jahren zusammen war und mit der er gemeinsam alt werden wollte, hatte er bisher vergeblich auf Nachwuchs gewartet. Inzwischen war Lisa über vierzig und er fast fünfzig. Der Traum von gemeinsamen Kindern würde für sie wohl ein Traum bleiben. Damit hatte er sich mittlerweile arrangiert. Was ihm aber blieb, war, den Kindern, denen Gewalt angetan worden war, eine Stimme zu geben.
Wenn er sie denn schon nicht beschützen konnte.

☠☠☠

Zehn Minuten später, nachdem Abel die CT-Bilder der kleinen Siara, die Weise an einem der PC-Arbeitsplätze im Stationszimmer aufgerufen hatte, sorgfältig studiert hatte, sagte er zu dem Assistenzarzt: »Es war richtig, dass Sie die Rechtsmedizin eingeschaltet haben. Wir haben es hier mit mindestens zwei schweren Gewalteinwirkungen gegen Siaras Schädel zu tun. Ein Epizentrum der Gewalteinwirkung findet sich, wie Sie vorhin schon sagten, am knöchernen Schädeldach im Bereich des rechten Scheitelbeins. Wenn ich mir diese Fraktur auf den CT-Bildern ansehe, kann ich sicher ausschließen, dass sie durch einen Sturz von einer Couch oder durch irgendein anderes Sturzgeschehen im häuslichen Umfeld entstanden ist. Dazu ist die Energie, die auf Siaras Schädel eingewirkt haben muss, viel zu massiv gewesen. Bei Kindern besteht, im Gegensatz zu Erwachsenen, noch eine hohe Verformbarkeit des Schädels durch die geringe Schichtdicke des Schädelknochens, die offenen Fontanellen und die damit gegebene hohe Elastizität des knöchernen Schädeldaches. Hinzu kommt, dass wir es mit zwei Fraktursystemen zu tun haben, die wir getrennt betrachten müssen, da sie nicht durch eine einmalige Gewalteinwirkung erklärt werden können. Zum einen der Bruch des Schädeldaches und zum anderen die Schädelbasisfraktur, genau genommen ein Trümmerbruch der mittleren Schädelgrube rechts. Ich weiß nicht, ob Sie sich aus dem Studium noch an die Frakturlehre in der Rechtsmedizin erinnern. Stichwort: Puppe'sche Regel.«

Weise nickte zwar stumm, aber er schien nicht wirklich zu wissen, worauf der Rechtsmediziner hinauswollte.

»Diese Regel besagt, dass bei zeitlich nacheinander entstandenen Schädelbrüchen die Bruchlinien der zuerst entstandenen Fraktur nie von neuen Bruchlinien, die aus danach entstandenen Frakturen resultieren, überkreuzt werden. Oder andersherum: Neuere Frakturlinien enden immer an bereits bestehenden Frakturlinien. Deshalb handelt es sich in Siaras Fall bei der Schädeldachfraktur und der Fraktur der Schädelbasis um zwei getrennte Bruchsysteme, die zeitlich hintereinander entstanden sind. Zuerst der Bruch des Schädeldaches und dann der Schädelbasisbruch. Das kann ich aus dem Verlauf und der Beziehung der Fraktursysteme und Frakturlinien zueinander ableiten. Und das wiederum sagt mir, die Kleine hat zwei massive Schädel-Hirn-Traumata hintereinander erlitten. Ein einfaches Sturzgeschehen scheidet definitiv aus.«

»Sie meinen, die Mutter lügt?«, fragte Weise.

»Nein. So einfach ist es leider nicht. Aber das von der Mutter ge-

schilderte Geschehen, das sie als Unfall darstellt, kann sich unmöglich so zugetragen haben.«
»Was ist Ihrer Meinung nach passiert?«
»Möglich wäre, dass Siara heftig geschubst wurde, sie stürzte dann vielleicht von der Couch, aber vielleicht knallte sie auch aus dem Stand, nachdem ihr Körper durch einen heftigen Stoß beschleunigt wurde, auf den Kopf und zog sich die erste Fraktur am Schädeldach rechts zu. Dann, als sie auf dem Boden lag und ihr Köpfchen auf dem Fliesenboden quasi fixiert war, erlitt sie einen heftigen Schlag, vielleicht mit der Faust, oder einen Tritt. Gegen ihre rechte Nackenregion, in dem Bereich, wo Sie das Hämatom festgestellt haben. Die im Hämatom gelegene schmale Schürfungszone könnte von einem Ring oder der Kante einer Schuhsohle herrühren. Das ist meine derzeitige Arbeitshypothese.«
Einen Moment lang schien Weise das Gehörte erst einmal sacken zu lassen, dann sagte er: »Danke für Ihre Einschätzung, Herr Abel. Dann war es richtig, dass wir Sie …«
»Ich weiß«, fiel Abel ihm ins Wort, »dass es Ihnen als behandelnde Ärzte schwerfällt, Angehörige beziehungsweise Eltern mit solchen Vorwürfen zu konfrontieren. Aber dafür sind wir Rechtsmediziner ja da, wir fungieren als so etwas wie ein Rammbock. Wir sind diejenigen, denen bei den Kindesmisshandlungsfällen die Rolle des Buhmannes zukommt. Aber das ist in Ordnung. Sie behandeln Ihre kleine Patientin weiter, und den unangenehmen Part übernehme ich. Ich werde das Ganze in einem Gutachten zusammenfassen und mit dem zuständigen Mitarbeiter des Jugendamts telefonieren. Sehr wahrscheinlich wird sich dann in den nächsten Tagen ein Kinderschutzteam auch noch hier vor Ort bei Ihnen über die Schwere der Verletzungen informieren. Und so nimmt alles seinen Gang. Basierend auf meiner Rekonstruktion der möglichen Entstehung der Verletzungen, werden sich Polizei und Staatsanwaltschaft ein eigenes Bild machen und dann sicherlich die Mutter vorladen und erneut vernehmen. Und dann sehen wir mal, ob ihr nicht doch noch einfällt, was genau passiert ist. Und das Familien-

gericht wird ebenfalls ein Wörtchen mitreden, wenn es um das weitere Sorgerecht für Siara und ihre Zwillingsschwester geht. Aber jetzt ...« – Abel sah auf seine Armbanduhr – »... lassen Sie mich noch schnell selbst einen Blick in die Krankenakte werfen. Ich werde ein paar Dokumente, wie das Notarzteinsatzprotokoll, die Laborwerte und den CT-Befund Ihrer Radiologen, für meine Unterlagen abfotografieren, wenn Sie einverstanden sind.«
»Nur zu, bedienen Sie sich«, sagte Weise, spürbar erleichtert, dass Abel ihm und seinen Kollegen das unangenehme Prozedere abnahm, das nun mit den verschiedenen Institutionen wie Jugendamt, Familiengericht und Ermittlungsbehörden anstand.
Abel blätterte in der dünnen Krankenakte und fotografierte einige Seiten, aber dann blieb sein Blick an einem kleinen gelben Post-it-Zettel ganz hinten hängen, auf einer der letzten Seiten der Akte. Dort stand ein Name mit einer Handynummer und der Hinweis, dass die betreffende Person nicht nur Siaras Tante, sondern auch Ärztin sei. Es war der Name der Frau, die mit Siaras Mutter am Vortag die Intensivstation besucht hatte.
Sie ist Siaras Tante!
Abels Mund wurde trocken, und sein Puls schien Hammerschläge in seinem Hals zu vollführen, als er sich wie in Trance von dem Stationsarzt verabschiedete.
Dann ging er, unfähig, einen klaren Gedanken zu fassen, in die Umkleide der Intensivstation.

☠☠☠

3

Berlin,
Treptowers, BKA-Einheit »Extremdelikte«, Besprechungsraum,
Montag, 28. Juli, 7:36 Uhr

Die Fotos der beiden mumifizierten Toten wurden von dem Beamer übergroß an die Leinwand in dem grau möblierten Besprechungsraum im Untergeschoss der Treptowers geworfen. In dem 125 Meter hohen Gebäudekomplex im Berliner Ortsteil Alt-Treptow waren verschiedene Abteilungen des BKA untergebracht, unter anderem die rechtsmedizinische Sonderabteilung »Extremdelikte«. Mit zwei Ausnahmen waren alle Mitarbeiter der rechtsmedizinischen Abteilung zur täglichen Frühbesprechung um 7:30 Uhr in dem großen, mit einem Konferenztisch und zehn Stühlen, PC, Leinwand und Beamer ausgestatteten Besprechungsraum anwesend: Dr. Fred Abel, der die Besprechung als stellvertretender Leiter der »Extremdelikte«, mit einem Stapel Ermittlungsakten vor sich, leitete, Oberarzt Dr. Martin Scherz und die Assistenzärzte Dr. Alfons Murau, Dr. Wiebke Rath, Dr. Tomas Tomski, Dr. Alexandra Roth sowie die Sekretärin Renate Hübner. Nur ihr Chef, Professor Paul Herzfeld, und die Assistenzärztin Dr. Sabine Yao fehlten an diesem Morgen.

Das Geschlecht der Mumien auf den Fotos, die Abel hintereinander auf die Leinwand projizierte und die den Leichenfundort und die Körper aus verschiedenen Perspektiven zeigten – mal versehen mit einem Maßstab der Spurensicherung, mal ohne –, war zwar aufgrund ihres Aussehens nicht mehr sicher bestimmbar, aber die Kleidung, die sie trugen, lieferte einige Informationen. Aufgrund ihrer Austrocknung und der damit einhergehenden Schrumpfung der Weichteile ihrer Körper und dem Ausfall der Kopfhaare erinnerten sie weniger an Menschen als vielmehr an grob geschnitzte, überdimensionierte Holzpuppen, die mit rissigem braunem Leder überzogen waren. Sie starrten den Betrachter aus leeren Augenhöhlen an. Die eine Mumie war mit einem Rock und etwas, was vermutlich einmal eine Bluse oder ein Hemd gewesen war, bekleidet. Die andere trug Shorts und ein kurzärmeliges Hemd. Die ursprüngliche Farbe der Kleidung war allenfalls noch zu erahnen, da literweise Fäulnisflüssigkeit – die, als der Fäulnisgasdruck im Körperinneren zu groß geworden war, durch alle Körperöffnungen aus den Körpern hinausgepresst worden war – die Kleidung verschmutzt und verfärbt hatte. Die Fäulnisflüssigkeit war dann eingetrocknet und hatte nun einen unschönen bräunlichen Farbton hinterlassen. Im Anschluss war es, mit weiterem Fortschreiten des postmortalen Intervalls, zur Vertrocknung der Körper und damit zur Mumifizierung gekommen.

Die Beine der beiden Mumien steckten wie graue, borkige Äste eines abgestorbenen Baumes in Halbschuhen. Ihre Köpfe erinnerten an raue, staubige Kugeln, in denen sich Käfer und andere Insekten eine trockene Heimstätte gesucht hatten. Da bei beiden Mumien Ober- und Unterkieferzahnprothesen aus den Mündern herausragten, die durch die lederartige Verhärtung der umgebenden Gesichtshaut weit offen gehalten wurden, handelte es sich augenscheinlich um die sterblichen Überreste von Menschen in höherem Lebensalter.

Abel fuhr sich mit der Hand über seine frisch rasierte Wange. Das neue Aftershave, das Lisa ihm geschenkt hatte – angeblich sanft und hautschonend –, brannte immer noch.

»Der erste Fall für heute«, setzte er an. »Was wir hier sehen, sind zwei noch nicht identifizierte Tote, vermutlich ein Mann und eine Frau. Und, wie unschwer zu erkennen, sind beide bereits mumifiziert. Bauarbeiter, die den alten Hindutempel in der Hasenheide in Kreuzberg abgerissen haben, entdeckten die Leichen gestern Vormittag. Die beiden Körper befanden sich unter dem Holzboden in einem hinteren Bereich des Tempels, der hier …« – er deutete mit einem Laserpointer auf das auf die Leinwand projizierte Bild – »… zum Teil schon aufgestemmt worden ist.«

Murau räusperte sich geräuschvoll.

Abel blickte zu dem aus Wien stammenden Assistenzarzt hinüber, der beim Anblick der beiden Mumien begonnen hatte, unruhig auf seinem Stuhl hin und her zu rutschen. *Es kann nicht mehr lange dauern, bis er sich zu Wort meldet,* dachte Abel.
Murau hatte sich in diesem Sommer einen neuen, eigenwilligen Kleidungsstil zugelegt: Sein stämmiger Oberkörper, der etwas zu kurz geraten schien, steckte auch heute in einem äußerst eng sitzenden kakifarbenen Hemd, das ihn wie einen Tropenforscher aus dem letzten Jahrhundert erscheinen ließ.
Abel hatte bereits beim Betreten des Besprechungszimmers bemerkt, dass Murau eine farblich passende Hose dazu trug, als würde er nach Feierabend noch die letzten weißen Flecken auf der Landkarte des Amazonas oder eines anderen Urwaldgebietes erkunden wollen.
Murau wischte sich mit einem weißen Taschentuch den Schweiß von der Stirn und begann in seiner unverwechselbaren Wienerischen Mundart zu sprechen. »Das ist ja hier wie bei Howard Carter. Der Fluch der Mumie!« Er lachte begeistert über seine eigene Bemerkung.
Es hatte dem Österreicher noch nie etwas ausgemacht, im Kollegenkreis allein zu lachen – was fast immer der Fall war. Denn seine Kollegen fanden das, was Murau an bissigen und spöttischen Kommentaren zu den in der Frühbesprechung referierten Fällen beisteuerte, in der Regel meistens fragwürdig, wenn nicht sogar pietät- und geschmacklos. Allerdings hatten fast alle es längst aufgegeben, gegen seine Wortbeiträge zu opponieren, bis auf Oberarzt Dr. Martin Scherz, der wie üblich missmutig dreinschauend mit einem Teelöffel in seinem Kaffeebecher rührte. Das dienstälteste Mitglied der rechtsmedizinischen Sonderabteilung, dessen grauer Bart in den vergangenen zwei Jahren zunehmend weiß geworden und zu ein paar wenigen Fusseln verkommen war, schaute gelangweilt zu Murau hinüber.
»Na, Kollege – Sie meinen wohl auch, dass Sie auf Carters Spuren im Tal der Könige wandeln, oder was soll Ihr Afrikacorps-Outfit,

in dem Sie hier neuerdings aufkreuzen, bedeuten? Die Hitze steigt Ihnen wohl langsam zu Kopf«, sagte Scherz. Er und Murau waren noch nie Freunde gewesen und würden es sicher in diesem Leben auch nicht mehr werden.

Murau ließ das weiße Taschentuch in der Brusttasche seines Expeditionshemdes verschwinden. Wenn ihn Scherz' bissiger Kommentar getroffen hatte, so war das seinem runden, rosigen Gesicht nicht anzusehen.

»Ich meine die Graböffnung, Herr Kollege«, erwiderte er. »Als es zur Mumie ging. Im Grab des Tutanchamun. Keiner konnte etwas sehen – nur Carter. Der schob nämlich eine Kerze durch die kleine Öffnung in der Grabkammer.«

Abel strich sich genervt durch seine grauen Haare. Die Belesenheit von Murau und seine aufdringliche Eigenschaft, aus seinem unendlichen Wissensschatz kein Geheimnis zu machen, sondern bei jeder Gelegenheit eine historische Anekdote in den Raum zu werfen oder Texte bekannter oder weniger bekannter Dichter zu rezitieren, hatte bereits so manche Frühbesprechung in die Länge gezogen.

Aber Murau sprach unbeirrt weiter: »Als Lord Carnarvon, der Finanzier und Förderer Carters, daraufhin Carter fragte: ›Können Sie etwas sehen?‹, antwortete Carter mit den historischen Worten: ›Ich sehe wunderbare Dinge!‹ Und wussten Sie, dass Carter damals …«

Plötzlich flog die Tür des Besprechungsraumes auf.

Bis auf Murau blickten die anwesenden Mitarbeiter der Abteilung »Extremdelikte« alle erleichtert auf, denn nun war klar, dass Murau seine Anekdoten von Carters Heldentaten im Tal der Könige nicht weiter würde ausführen können.

»Guten Morgen, Herrschaften! Oder, wie wir früher in Kiel immer gesagt haben: Moin! Moin! Bitte entschuldigen Sie die Verspätung, ich wurde durch einen Anruf aus dem Büro unseres Innenministers aufgehalten«, begrüßte Professor Paul Herzfeld die Anwesenden und nickte ihnen kurz freundschaftlich zu.

Herzfeld war im Gesicht gebräunt, sein weißes und perfekt gebü-

geltes Oberhemd unter dem dunkelblauen Sakko verstärkte seine Gesichtsfarbe. Der zweiwöchige Urlaub auf den Kapverdischen Inseln hatte ihm sichtlich gutgetan, und heute übernahm er von Abel, seinem Stellvertreter, wieder den Staffelstab der Abteilung.
Abel und Herzfeld hatten auch während seines Urlaubs immer wieder telefonisch Kontakt gehabt, meist wenn es auf den Kapverden Abend war, denn Herzfeld hatte tagsüber Wassersportaktivitäten gefrönt. Doch auch im Urlaub konnte er nicht ganz loslassen. Die Rechtsmedizin war für ihn nicht nur sein Beruf, es war seine Berufung. Was ihn schließlich vor zehn Jahren die Ehe mit seiner damaligen Frau Petra gekostet hatte. Und was oftmals für seine Mitarbeiter eine echte Herausforderung darstellte, denn Herzfeld arbeitete quasi rund um die Uhr und rief manchmal spätabends oder zu nachtschlafender Zeit von seinem Bürotelefon aus seine Mitarbeiter mit Nachfragen zu Sektionsfällen oder Leichenfundortberichten an. Was aber seiner Beliebtheit in der Abteilung keinen Abbruch tat. Es hielt sich hartnäckig das Gerücht, dass er nie ohne seinen kleinen Koffer mit Sektionsbesteck in den Urlaub fuhr. Abel stand seinem Chef in dieser Beziehung aber kaum nach. Auch er war Workaholic und vergaß alles um sich herum, wenn er sich erst einmal in einen Fall verbissen hatte.
Herzfeld stützte sich mit beiden Fäusten auf dem wuchtigen Konferenztisch mit der auf Hochglanz polierten grauen Tischplatte ab und schaute die Kollegen herausfordernd an, was Abel kurz an ein Gorillamännchen erinnerte, das mit bestimmten Gesten seine Dominanz zur Geltung brachte.
»Haben Sie mich auch schön vermisst?«, fragte Herzfeld mit einem breiten Grinsen und einem Blitzen in den Augen. Abel musste lächeln. Er bewunderte seinen Chef, er schaffte es sogar, dass sich alle freuten, auch wenn er zu spät kam.
Alfons Murau hob süffisant in seinem breiten Wienerisch an: »Herr Professor, es ist uns natürlich eine Freude. Auch wenn Dr. Abel viele Leitungsqualitäten hat, die wir bis zu Ihrem nächsten Urlaub wieder vermissen werden …«

Herzfeld lächelte den Assistenzarzt an.
Muraus Art war zwar nicht jedermanns Sache, aber an seinem fachlichen Können hatte niemand im Raum, auch nicht Oberarzt Dr. Martin Scherz, den geringsten Zweifel. Deshalb sah Herzfeld dem Österreicher fast alle auch noch so überflüssigen Kommentare nach.
Herzfeld schaute in die Runde. »So, wie ich sehe, hast du schon mal angefangen, Fred. Danke. Aber wir sind nicht ganz vollzählig. Frau Yao?« Er hob fragend die Augenbrauen.
Abel schluckte trocken und blickte kurz auf den leeren Platz.
»Frau Dr. Yao kommt etwas später, sie findet sich dann direkt im Sektionssaal ein. Sie hat einen wichtigen privaten Termin, der sich nicht verschieben ließ. Habe ich vorhin vergessen zu sagen«, meldete sich Renate Hübner.
Die kurz vor ihrer Rente stehende Hübner hatte als gute Seele der Abteilung und als Sekretärin eine Doppelfunktion inne. Man konnte sie guten Gewissens als Urgestein bezeichnen, denn sie war seit Gründung der »Extremdelikte« vor etwas mehr als fünfzehn Jahren mit von der Partie. Manchmal schien es Abel, dass Hübner eher für die ganzheitliche Betreuung der unterschiedlichen Charaktere ihrer Abteilung als für Schreibarbeiten oder Terminvereinbarungen zuständig war. Wer krank war, wurde aus ihrer immer bestens sortierten Schreibtischapotheke versorgt, oft mit verschreibungspflichtigen Medikamenten. Und wer an einem Freitagabend zu lange über seinen Sektionsakten saß, wurde mit einem kalten Bier aus ihrem Kühlschrank in den Feierabend entlassen.
»Alles klar. Dann übernehme ich jetzt«, sagte Herzfeld und ließ sich von Abel die Fernsteuerung des PCs geben.
Leise surrend warf der Beamer ein weiteres Bild der Mumien aus dem Hindutempel an die Wand.

☠☠☠

4

Berlin, Marzahn-Hellersdorf,
Wohnung von Mailin Zhou, Wohnzimmer,
Montag, 28. Juli, 7:41 Uhr

Ihr Blick fiel auf die quadratischen, hellgrauen Fliesen, in deren rauem Fugenmaterial immer noch dünne Streifen blassbräunlicher Verfärbungen zu sehen waren. Als sei dort vor langer Zeit eine Flasche Rotwein zu Bruch gegangen, deren Inhalt sich dann über den Fußboden verteilt hatte. Doch Sabine Yao wusste, dass sich hier vor sechs Tagen, genau an dieser Stelle vor der Wohnzimmercouch, etwas Schreckliches ereignet hatte. Dass das Leben ihrer knapp zwei Jahre alten Nichte Siara, der Tochter ihrer Schwester Mailin, hier an einen Wendepunkt gekommen war, von dem aus es kein Zurück mehr gab.

Sabine Yao beugte sich ein Stück nach vorn und schob den wackeligen Couchtisch, auf dem ihre Handtasche lag, zur Seite. Sie zog den Sisalteppich, den sie vor zwei Tagen bei einem Möbeldiscounter gekauft hatte, vor die Couch, sodass die von dem Blut ihrer Nichte herrührenden Verfärbungen verdeckt wurden – als könnte sie, indem sie die Spuren des furchtbaren Vorfalls verbarg, auch das, was passiert war, ungeschehen machen. Dann zerrte sie den schweren Kunstledersessel, den sie zuvor unter Aufbietung all ihrer Kräfte zur Seite gewuchtet hatte, auf die der Couch gegenüberliegende Seite des Teppichs. Den Couchtisch stellte sie zurück an seinen ursprünglichen Platz zwischen Couch und Sessel und ließ sich, leicht außer Atem, auf die Couch fallen.

Ihre Schwester Mailin hatte die ganze Zeit unbeteiligt danebengestanden. Jetzt setzte sie sich Sabine Yao gegenüber.

»Ich kann dir doch nichts anderes sagen«, flüsterte Mailin und strich sich mit der Handfläche die schwarzen, ungewaschenen Haare aus der Stirn.

Mailin wirkte in den Polstern des riesigen Sessels noch zierlicher

als sonst. Verloren. »Verdammt, Bine!« Ihre Augen huschten über den Boden, als würde sie nach weiteren Blutspuren Ausschau halten.
In den vergangenen Monaten ist es mit Mailin noch weiter bergab gegangen, dachte Sabine Yao, und es schnürte ihr den Brustkorb zusammen, ihre sechs Jahre jüngere Schwester so zu sehen. Es würde immer einen Unterschied zwischen ihnen geben.
Mailin war bereits als kleines Mädchen anders gewesen, trug eine gewisse Instabilität in sich. Aber auch etwas Zorniges. Schon früh war es offensichtlich gewesen: Sabine spielte mit ihren Puppen, sprach wie eine Ärztin mit ihnen, Mailin riss ihnen die Arme ab. Später hatte Sabine freiwillig Praktika im Krankenhaus gemacht, während Mailin die Schule vernachlässigte, sich heimlich ritzte, Alkohol trank und wer weiß was konsumierte. So erhielt jede auf ihre Weise die Aufmerksamkeit ihrer Eltern. Seit jeher war Sabine Yao mit einem Gefühl der Sorge erfüllt, wenn sie an ihre jüngere Schwester dachte.
Doch dann hatte es den Anschein gehabt, dass Mailins Dämonen besänftigt wurden. Die Gründung einer Familie hatte ihr gutgetan, ihr eine nie da gewesene Stabilität gegeben. Die Ehe, die Kinder – Mailin hatte die Verantwortung angenommen. Und war aufgeblüht.
Sabine Yao war erleichtert gewesen, hatte sich mit ihrer Schwester gefreut und war stolz auf sie. Die Zeit der Frustration, der Zerstörungswut, der Unberechenbarkeit, der Suchtgefährdung schien Mailin endgültig hinter sich gelassen zu haben.
Doch nun schien Mailins früheres Ich wieder zurückzukehren. Als hätte es nur jahrelang auf einen solchen Moment gewartet. Mailin verließ das Haus kaum noch. Sie hatte wieder angefangen zu trinken. Ihr Gesicht hatte eine gräuliche Farbe – ein Nachtgesicht, das trotz der hochsommerlichen Tage seit langer Zeit kaum noch Sonnenlicht gesehen hatte. Mailins Mundwinkel waren trocken und eingerissen, außerdem hatte sie merklich abgenommen. Sie war zwar erst Anfang dreißig, aber ihre Bewegungen waren innerhalb

weniger Tage zu denen einer alten Frau geworden. Die junge Frau, die sie einmal gewesen war, war scheinbar mit ihrer Tochter auf dem harten Fliesenboden des Wohnzimmers aufgeschlagen und dabei in tausend kleine Stücke zersprungen.

Die Wohnung, drei Zimmer in einem anonymen zwanzigstöckigen Wohnblock in Marzahn, war übersät mit unsortierter Wäsche. Auf dem Esstisch im Wohnzimmer stapelten sich Unterlagen und einige ungeöffnete Briefe.

Sabine Yao, die einen bis kurz über ihre Knie reichenden dunkelroten Rock und eine cremefarbene Bluse trug, passend zu ihren ebenfalls cremefarbenen Pumps, lehnte sich auf der Couch zurück. Ihre sorgfältig manikürten Finger ruhten auf ihren Oberschenkeln. Die Rechtsmedizinerin blickte zu Mailin, die sich, wie immer bei den Besuchen ihrer älteren Schwester in den letzten Tagen, augenscheinlich wand. Sabine Yao musste eigentlich dringend zur Arbeit. Die Frühbesprechung war schon in vollem Gange. Aber sie brachte es nicht übers Herz, Mailin jetzt allein zu lassen. Ihre kleine Schwester brauchte sie. Sie hatte doch sonst niemanden mehr.

»Hast du was von Sina gehört? Hat sich einer der Sozialarbeiter aus der Kriseneinrichtung bei dir gemeldet?«, fragte Sabine Yao. Wie zu erwarten, schüttelte ihre Schwester den Kopf.

Noch am selben Tag, an dem sich das Drama im Wohnzimmer der kleinen Familie ereignet hatte, war Siaras Zwillingsschwester Sina vom Jugendamt in Obhut genommen und in einer Kriseneinrichtung untergebracht worden. Dort kümmerten sich Sozialarbeiter mit ihren Familien um die Kinder, die als Akutfälle sofort aus ihrem Elternhaus genommen werden mussten – sei es wegen körperlicher Gewalt oder wegen Verwahrlosung, weil sich niemand für sie verantwortlich fühlte. Seit sechs Tagen war Sina nun schon in Neukölln mit vier anderen Kindern in der Wohngruppe blau. Und so waren die beiden Zwillingsschwestern nicht nur das erste Mal voneinander, sondern auch von ihrer Mutter getrennt.

»Hast du denn eine Nachricht vom Familiengericht? Also, haben die sich in irgendeiner Form schon bei dir gemeldet?«

»Nein, wieso?«, fragte Mailin ängstlich. »Was genau meinst du?«
Sabine Yao wusste, dass es nur noch ein bis zwei Tage dauern würde, bis Mailin Post vom Familiengericht erhielt.
Ein Richter würde sich in einer Anhörung ein Bild von ihrer Schwester und dem Geschehenen machen und dann entscheiden, wie es mit Sina weiterging. Ob Siaras Zwillingsschwester zu ihrer Mutter zurückkehren konnte, oder ob auch ihr Leben in ihrem häuslichen Umfeld möglicherweise in Gefahr war und das Sorgerecht für Sina dem zuständigen Jugendamt übertragen wurde.
Aber dieses Wissen behielt Sabine Yao jetzt besser für sich. Warum sollte sie Mailin noch weiter verunsichern und beunruhigen? Deshalb sagte sie ausweichend: »War nur so ein Gedanke, aber eigentlich nicht wichtig.«
Und wohlweislich verzichtete sie auch darauf, ihrer Schwester ihre weiteren Überlegungen mitzuteilen. Denn Mailin würde von der Staatsanwaltschaft eine Vorladung bekommen, die die Ermittlungen bereits aufgenommen hatte, wie die Rechtsmedizinerin wusste. Ermittlungen zur Klärung, ob eine Straftat die Ursache von Siaras schweren Verletzungen war. Von Verletzungen, für die die Mutter des Kindes, ihre Schwester Mailin, keine plausible Erklärung hatte. Aber trotzdem glaubte Sabine Yao jedes Wort von dem, was Mailin ihr über das tragische Unglück berichtet hatte.
Oder will ich es vielleicht einfach nur glauben? Doch diesen Gedanken wischte sie schnell beiseite und schämte sich sogar ein wenig, ihn überhaupt gedacht zu haben. Keiner kannte ihre Schwester so gut wie sie. Mailin würde niemals ihre Aggression gegen ihre Kinder richten. Dafür würde sie, Sabine, ihre Hand ins Feuer legen.
Sabine Yao hatte sich einen Tag nach dem Unfall auf der Kinderintensivstation der Charité selbst ein Bild vom immer noch kritischen Zustand ihrer kleinen Nichte gemacht. Sie wusste, dass Siaras Kopfverletzungen so schwerwiegend waren, dass eine völlige Wiederherstellung ihrer Gesundheit so gut wie ausgeschlossen war. Ob Siara jemals wieder in einem normalen häuslichen Umfeld würde leben können, war zum jetzigen Zeitpunkt ebenso offen wie

die Frage, ob sie überhaupt überleben würde. Als Rechtsmedizinerin kannte Sabine Yao nur zu gut die möglichen Komplikationen – Lungenentzündung, Blutgerinnselbildungen in den Hirnschlagadern, Lungenembolie –, nicht nur infolge des Traumas selbst, sondern auch als Konsequenz der notwendig gewordenen Operationen, die ihre Nichte über sich hatte ergehen lassen müssen und die vielleicht noch folgen würden.

Aber das alles wusste ihre Schwester nicht. Mailin ahnte es vielleicht. Aber Sabine Yao konnte ihr momentan unmöglich sagen, wie es wirklich um ihre Tochter stand. Denn dafür war die Bürde, die ihre Schwester aus der jüngeren Vergangenheit mit sich herumtrug, viel zu groß. Das tragische Schicksal der Familie Zhou hatte bereits vor sechs Monaten seinen Lauf genommen, als Mailins Mann bei einem Unfall ums Leben kam.

Mailin starrte abwesend aus dem Fenster, während sich ihre Augen langsam mit Tränen füllten. Die Wohnung lag im zwölften Stock, sodass man, bei wolkenloser Sicht wie heute, den Fernsehturm auf dem Alexanderplatz sehen konnte, das ehemalige Wahrzeichen Ostberlins. Sabine Yaos Blick folgte dem ihrer Schwester. In der Ferne, ganz am Horizont über dem unendlichen Häusermeer und dem Straßengewirr Berlins, konnte sie am Horizont einen blassgrünen Schimmer als schmalen Streifen unter dem azurblauen Himmel ausmachen.

Es würde auch heute in der deutschen Hauptstadt wieder ein heißer Tag werden.

5

Berlin,
Treptowers, BKA-Einheit »Extremdelikte«, Besprechungsraum,
Montag, 28. Juli, 7:45 Uhr

Also, Herrschaften«, setzte Herzfeld an. »Der erste Fall des Tages. Oder eher – zwei Fälle in einem. Die beiden mumifizierten Leichen aus dem alten Hindutempel in Kreuzberg. Laut erster Einschätzung der zuständigen Ermittler der Mordkommission beim LKA liegen die beiden dort schon länger unter dem Dielenboden versteckt und stammen wohl aus der Zeit, als der Tempel noch in Betrieb war. Die Tempelanlage wurde vor gut zwei Jahren geschlossen.« Herzfeld ließ den kleinen roten Punkt des Laserpointers einem Glühwürmchen gleich über ein weiteres Foto der beiden Tempel-Toten huschen.

Scherz räusperte sich. »Es war ja schon auf den ersten Blick zu sehen, dass die nicht erst seit gestern dort liegen. Aber vor der Mumifizierung kommt nun mal die Fäulnis. Hat denn niemand in der Gemeinde Verwesungsgerüche wahrgenommen, als der Tempel noch von Gläubigen frequentiert wurde? Wissen wir irgendetwas dazu?«, fragte der Oberarzt brummend in die Runde.

Aber noch bevor Herzfeld etwas antworten konnte, schaltete sich Murau ein.

»Kollege Scherz, da sieht man mal wieder, dass Ihre Reisen Sie höchstens bis in die Mark Brandenburg oder allenfalls bis zu den Fischköpfen an die heimische deutsche Küste führen. Schauen S', in einem Hindutempel riecht es nach allem Möglichen: Räucherstäbchen, Früchte, andere Dinge, die als Opfergaben dargebracht werden. Ich habe mal einen Tempel in Mumbai besucht, in dem …«

»Ausgezeichnet, Murau, dann sind Sie ja genau der richtige Mann«, unterbrach Herzfeld ihn. »Sie und Frau Dr. Roth übernehmen das. Dr. Fuchs und sein Laborteam sind auf Stand-by, die wissen Bescheid, dass nachher Untersuchungsmaterial aus dem Sektionssaal kommt. Die Identifizierung der beiden Toten hat oberste Priorität. Die Kollegen von der Mordkommission machen sich nämlich keine Hoffnungen auf irgendwelche Zeugenaussagen, die uns weiterhelfen könnten. Die Gemeinde des Tempels ist ohnehin nicht sehr zugänglich, die Leute fürchten wohl, dass der Vorfall den Neubau der Tempelanlage verhindern könnte.«

Herzfeld schob jeweils einen hellroten DIN-A4-Schnellhefter zu Murau und Roth über die Tischplatte des Konferenztisches, was beide mit einem stummen Nicken quittierten.

»Gut. Machen wir weiter. Der nächste Fall«, sagte Herzfeld, der nach seinem Urlaub wieder vollkommen in seinem Element zu sein schien. Er klickte kurz mit der Fernbedienung, und die Mumien wichen der Nahaufnahme eines menschlichen Körpers. Oder vielmehr dem, was die Flammen von ihm übrig gelassen hatten. Der schwarz verkohlte Tote lag in der sogenannten Fechterstellung – mit in den Ellbogen angewinkelten Armen, die Beine in den Kniegelenken gebeugt – neben einer Parkbank, von der große Teile ebenfalls verbrannt waren. Aus der verkohlten Bauchwand des Toten wanden sich seine Darmschlingen hervor, der Anblick erinnerte an Rubens' Gemälde vom Haupt der Medusa.

»Noch nicht identifizierte Person, auch das Geschlecht konnte noch nicht bestimmt werden. Warum, erübrigt sich zu sagen, wenn Sie die massiven Folgen der Brandzehrung betrachten«, führte Herzfeld aus. »Vielleicht ein Obdachloser. Fakt ist, die Person, die wir hier sehen, wurde nach ersten Untersuchungsergebnissen von der KT mit Benzin oder einer anderen leicht entflammbaren Flüssigkeit übergossen und angezündet. Möglich, dass diese Tat in Zusammenhang steht mit den beiden Obdachlosenverbrennungen im Mai und Juni.« Damit spielte Herzfeld auf die feigen Attacken auf zwei Obdachlose an, die wenige Wochen zuvor in kurzen Abständen in Berlin-Reinickendorf und Berlin-Niederschönhausen von einem oder mehreren unbekannten Tätern mit Benzin übergossen und angezündet worden waren. Eines der beiden Opfer hat-

te noch wenige Tage auf einer Intensivstation für Brandverletzte im Berliner Unfallkrankenhaus überlebt, war dann aber auch seinen schweren Verletzungen erlegen.
Das nächste Foto erschien auf der Leinwand. Diesmal war es der Kopf der Brandleiche in Nahaufnahme. Der rote Punkt des Laserpointers hüpfte über das schwarz verkohlte Gesicht mit den aufgequollenen Lippen und der zwischen den Zahnreihen hervorquellenden Zunge – was der bis zur Unkenntlichkeit verbrannten Person fast grimassenhafte Züge gab – und kam dann schließlich auf dem Hals zum Stillstand.
»Unschwer zu erkennen ist hier die Strangulationsfurche, die aufgrund des eng anliegenden Drosselwerkzeugs noch gut zu sehen ist«, fuhr Herzfeld fort und ließ den roten Punkt des Laserpointers über einen schmalen, gelblich-rötlichen Streifen wandern, der horizontal über die Halsvorderseite des Toten verlief und sich gut von dem umgebenden, verkohlten Gewebe abhob. »Was uns zu der Frage bringt, ob diese Person nicht anders getötet wurde als die beiden Obdachlosen in Reinickendorf respektive Niederschönhausen. Wenn es so ist, wie es hier prima vista scheint, dann wurde sie oder er hier zunächst stranguliert und dann erst angezündet, vielleicht sogar postmortal. Das wäre ein anderer Modus Operandi, was bedeuten würde, dass der Täter, falls es derselbe ist, eine Entwicklung durchläuft.« Herzfeld machte eine kurze Pause und sah in die Runde seiner Mitarbeiter, ehe er weitersprach. »Oder es ist gar nicht derselbe Täter. Vielleicht ein Nachahmer, oder wir haben es in diesem Fall mit einem persönlichen Motiv zu tun, und der Täter will die Kollegen von den ›Delikten am Menschen‹ von seiner eigenen Fährte abbringen und eine falsche Spur zum ›Berber-Zündler‹ legen.« So war der noch unbekannte Mörder der beiden bei lebendigem Leibe verbrannten Obdachlosen von der Berliner Boulevardpresse getauft worden.
»Wie dem auch sei, Sie, Herr Dr. Scherz, und Sie, Frau Dr. Rath, werden mir heute Nachmittag sicherlich mehr dazu sagen können.« Mit diesen Worten schob der Chef der Abteilung »Extrem-

delikte« einen weiteren hellroten Schnellhefter über die Tischplatte des Konferenztisches zu den beiden Angesprochenen hinüber.
»Ein echtes Schmankerl«, kommentierte Murau das eben Gehörte und zwinkerte Scherz und Rath zu.
»Warten Sie es ab, Murau. Es wird noch besser. Das Beste kommt bekanntlich zum Schluss. Aber beim letzten Fall des Tages wird es kompliziert«, sagte Herzfeld und drückte erneut auf der Fernbedienung herum.
Der Kopf der Brandleiche verschwand, und es erschien ein weiteres Foto auf der Leinwand. Aufgenommen im Zimmer eines Krankenhauses, offensichtlich auf einer Intensivstation. Das Foto war vom Fußende des Krankenbettes gemacht worden und zeigte eine betagte Dame, die über zahlreiche Kabel und Infusionsschläuche an diverse lebenserhaltende Geräte angeschlossen war. Allerdings waren alle Monitore dunkel, was nur einen Rückschluss zuließ: Die Frau war tot.
Herzfeld wandte sich an Abel. »Das hier, Fred, ist dein heutiger Fall, zusammen mit Kollegin Yao. Du solltest …«
»Seit wann obduzieren wir Krankenhaustodesfälle?«, unterbrach Abel seinen Chef.
»Seitdem die Kollegen von der Charité befangen sind«, erwiderte Herzfeld.
Abel hob fragend die Augenbrauen.
»Der Notarzt, der den Tod von Frau …« – Herzfeld blätterte kurz in der Akte – »… von Frau Maschewski am 23. Juli feststellte, ist Chirurg in der Charité. Ein Kollege namens Dr. Michael Heumann. Er veranlasste auch den Abtransport der Toten ins Leichenschauhaus. Dort hatte dann ein Student …« – Herzfeld schlug die Seite der Akte um – »… ein Julius Blohm, die zweifelhafte Ehre, bei Frau Maschewskis Wiederauferstehung anwesend zu sein, als er sie gerade in die Kühlung bringen wollte. Da kam es wohl zu lebhaften Bewegungen im Leichensack.«
Im Besprechungsraum war es schlagartig still. Die Anwesenden hörten gebannt Herzfelds Ausführungen zu. Und Herzfeld schien

die Situation zu genießen, denn er machte eine längere Pause, ehe er weitersprach.

Lazarus-Phänomen, dachte Abel. *Bisher sind in der medizinischen Literatur lediglich knapp dreißig solcher Fälle beschrieben worden, bei denen Menschen nach erfolglosen Reanimationsmaßnahmen für tot erklärt wurden, und einige Zeit später, ohne dass es dafür irgendeine medizinische Erklärung gibt, lebten sie plötzlich wieder. Ihr Herz fing einfach wieder an zu schlagen.*

»Blohm betätigte sofort den Notruf. Wenige Minuten später hatte man in der Rechtsmedizin der Charité die einmalige Situation, dass zwei Notarztwagen mit eingeschaltetem Blaulicht vor der Leichenhalle standen. Eine echte Welturaufführung ist das, wenn Sie mich fragen – dass jemand, der für tot erklärt und ins Leichenschauhaus eingeliefert wurde, dasselbe lebend wieder verlässt. Frau Maschewski zeigte dann tatsächlich für einige Stunden auf der Intensivstation noch recht passable Vitalfunktionen. Wo sie allerdings achtzehn Stunden später verstarb. Der Sohn erhebt nun Vorwürfe gegen den Notarzt Dr. Heumann wegen unterlassener Hilfeleistung. Aber auch gegen die Leichenwagenfahrer, den Nachtdienststudenten und die Ärzte der Intensivstation. Der Sohn hat sich anscheinend eine ziemlich bissige Anwältin geschnappt – ich habe deren Pamphlet, das sie an die Staatsanwaltschaft gefaxt hat, überflogen. Große Kanzlei am Ku'damm. Frau Anwältin wittert offensichtlich ein ordentliches Entschädigungssümmchen für ihren Mandanten. Der Fall muss so weit wie möglich von der Charité, zu der nun auch mal das Institut für Rechtsmedizin gehört, ferngehalten werden. Deshalb sind wir jetzt dafür zuständig, beziehungsweise du, Fred, bist es als erster Obduzent und Sachverständiger.« Mit den letzten Worten seiner Ausführungen reichte Herzfeld die Akte zum Todesfall Maschewski an Abel.

Abel richtete sich in seinem Stuhl auf und nahm die Unterlagen entgegen. Dieser Fall war spannend und dazu noch etwas ganz Besonderes, keine Frage. Aber dass er nun ausgerechnet mit Sabine Yao die Obduktion durchführen sollte, gefiel ihm überhaupt nicht.

Abel war bisher einem Gespräch mit ihr über seine rechtsmedizinische Untersuchung ihrer Nichte Siara in der Kinderklinik vor vier Tagen aus dem Weg gegangen. Er hatte zwar am Wochenende mit dem Gedanken gespielt, sie anzurufen und ein Treffen zu vereinbaren, diese Überlegung dann aber wieder verworfen, um in späteren strafrechtlichen Auseinandersetzungen oder familienrechtlichen Verfahren nicht als befangen zu gelten, weil er sich im Vorfeld zum Sachverhalt mit einer so nahen Angehörigen ausgetauscht hatte.

Abel sah auf dem Display seines Blackberrys auf die Uhr. *Es ist das erste Mal, dass Sabine an einer Frühbesprechung nicht teilnimmt,* rekapitulierte er für sich. *Es muss ein sehr wichtiger privater Termin sein, und ich kann mir auch denken, worum oder vielmehr um wen es geht.*

Er blickte erneut hinüber zu dem leeren Platz von Sabine Yao und spürte, wie Renate Hübner ihn taxierte. Abel drehte sich zu ihr um, und ihre Augen begegneten sich für einen kurzen Moment. Der Blick der gut sechzig Jahre alten Sekretärin blieb einen Hauch, einen Wimpernschlag zu lange an ihm hängen.

Sie weiß es, dachte Abel. *Natürlich weiß sie es. Aus dem Terminkalender unserer Abteilung weiß die Hübner, dass ich am Freitag auf der Kinderintensivstation der Charité in Mitte war. Und natürlich kennt sie mein rechtsmedizinisches Gutachten über Siara Zhou, denn sie hat es ja an die behandelnden Ärzte, das Jugendamt, ans LKA und die Staatsanwaltschaft weitergeleitet. Und da alle Unterlagen im elektronischen Archiv abgelegt sind, also auch meine Fotos der ärztlichen Befunde von Siara inklusive des Fotos des Post-it-Zettels, weiß sie, dass Sabine Yao die Tante des Mädchens ist, dessen Verletzungen ich auf eine massive äußere Gewalteinwirkung durch fremde Hand zurückgeführt und als Kindesmisshandlung klassifiziert habe.*

Er legte sein Blackberry, geräuschvoller, als er es beabsichtigt hatte, auf der Tischplatte ab und wandte seinen Blick wieder dem Foto der toten Frau Maschewski in ihrem Krankenbett zu.

Doch ehe Abel sich in weiteren Gedanken verlieren konnte, beendete Herzfeld die Frühbesprechung mit den Worten: »Fred, ich kann dich beruhigen. Es ist wahrscheinlich für alle hier im Raum, meine Person eingeschlossen, die erste lebende Tote, die uns in dieser Abteilung untergekommen ist.«

☠☠☠

6

Berlin, Marzahn-Hellersdorf,
Wohnung von Mailin Zhou, Wohnzimmer,
Montag, 28. Juli, 7:55 Uhr

Mailin legte die Hände in den Schoß und verschränkte die Finger ineinander, so als suchte sie Halt bei sich selbst.

»Ich war bei Thanh auf dem Friedhof«, begann sie stockend. »Gestern Abend. Ich habe ihm Spielzeug von den Mädchen gebracht. Die zwei kleinen Plüschponys, die du ihnen geschenkt hast, Bine. Weißt du noch? Letztes Weihnachten … Mit denen haben sie immer so gern gespielt. Ich habe ihm von damals erzählt. Ich hatte das Gefühl, er hört mir zu. Für mich ist er nicht tot, weißt du? Ich habe ihm erzählt, wie du ihnen am Abend des ersten Feiertages eine Stunde lang immer wieder dasselbe Lied vorsingen musstest: *Bruder Jakob*. Immer wieder«, sagte Mailin mit belegter, leiser Stimme, die fast nicht kräftig genug war, um die kurze Distanz zwischen den beiden Schwestern zu überwinden.

Sechs Monate lebt Thanh jetzt schon nicht mehr, dachte Sabine Yao. *Aber sie hat sich nie mit dem Gedanken abgefunden. Für sie ist er nicht tot, sondern einfach nicht da. Seit seinem tragischen Tod scheint sich Mailin immer mehr in ihre eigene, realitätsferne Welt zurückgezogen zu haben. Wie konnte ich das nur übersehen?*

Mailin und Thanh hatten vor zwei Jahren, kurz vor der Geburt der

Zwillinge, geheiratet. Thanhs Vater stammte, ebenso wie der Vater von Sabine und Mailin, aus China und hatte ebenfalls eine Deutsche geheiratet. Darum hatten sich die beiden von Anfang an so gut verstanden. Eine Liebe zwischen den Kulturen. Zwischen den strengen Großeltern in China und der liberalen deutschen Lebensform ihrer Eltern. Trotz der Tatsache, dass Sabine und ihre Schwester in Deutschland geboren waren, hatte sie ihre chinesischen Wurzeln nie vergessen. Zu Mailins Hochzeit war sogar ihr Großvater väterlicherseits, ein alter Herr von über achtzig Jahren in einem seidenen Anzug, aus Yanchizhen in der Nähe von Peking angereist. Vor einem halben Jahr, an jenem schicksalhaften Tag der Familie Zhou, der seither von der ganzen Familie nur als das »Unglück« bezeichnet wurde, war der sechsunddreißigjährige Thanh während der Frühschicht am Flughafen Schönefeld bei einem Arbeitsunfall getötet geworden. Im Cargo-Bereich des Hilfsgüterzentrums des Roten Kreuzes wurde er unter einem tonnenschweren Container, der für einen DRK-Flug nach Haiti bestimmt gewesen war, regelrecht zerquetscht. Er musste sofort tot gewesen sein, denn als der Container mit einer Kranvorrichtung von seinem Körper heruntergewuchtet worden war, hatte sich seinen Kollegen und den Rettungskräften ein grauenvolles Bild geboten. Kaum ein Knochen seines schlanken, fast knabenhaften Körpers war nicht gebrochen gewesen. Das hatte die Obduktion der rechtsmedizinischen Kollegen im Landesinstitut ergeben, die für die Untersuchung tödlicher Arbeitsunfälle zuständig waren.

Mit Thanhs Tod hatte Mailin den emotionalen Halt, der sie mit der Welt um sie herum verband, verloren. Sabine Yao überkam das bedrückende Gefühl aus ihrer Jugend, das sich immer dann eingestellt hatte, wenn jemand Mailin fragte: Warum kannst du nicht sein wie deine Schwester? *Und jetzt ist es wieder an mir, sie zu retten. Vor dem Leben und sich selbst,* dachte Sabine Yao. Sie hatte das schon mehr als einmal getan, aber diesmal war es vor dem Hintergrund, dass nach einem weiteren unfassbaren Unglück, das Siara fast das Leben gekostet hatte, Mailin vollends in den Abgrund zu stürzen drohte. Die Rechtsmedizinerin ertappte sich dabei, wie sie erneut auf ihre Uhr blickte. *Gleich acht Uhr. Die Frühbesprechung in den Treptowers ist sicherlich schon zu Ende.*

Sabine Yao versuchte, ihre Schwester anzulächeln.

»Du musst mir einfach glauben. Das mit Siara …«, begann Mailin und fing an zu schluchzen. »Das war ein Unfall.« Tränen liefen der jungen Frau jetzt unkontrolliert über die Wangen. Sie sank vornüber, legte das tränennasse Gesicht auf ihren Schoß. Auf dem fleckigen, grünen Kapuzenpullover, den sie viel zu oft trug – ein Kleidungsstück ihres Mannes, das ihr nicht nur zu groß, sondern das auch zu warm für die sommerlichen Temperaturen war –, bildeten sich feuchte kleine Flecken.

Sabine Yao erhob sich von der Couch und kniete sich vor Mailin auf den Boden. Sie hob behutsam das Kinn ihrer Schwester an und sah ihr in die verweinten Augen.

Ich möchte dir so gern glauben, dachte die Rechtsmedizinerin und angelte aus ihrer Handtasche eine Packung Taschentücher, wovon sie eines ihrer Schwester reichte.

Laut Vernehmungsprotokoll der Polizei, das sich Sabine Yao über ihre Kontakte innerhalb der Polizeibehörden am vergangenen Wochenende problemlos besorgt hatte, hatte ihre Schwester ausgesagt, am 22. Juli, dem Tag des Vorfalls, den ganzen Vormittag mit den beiden Zwillingsschwestern zu Hause verbracht zu haben.

Irgendwann zwischen 11:00 Uhr und 11:30 Uhr habe sie den beiden Mädchen im Wohnzimmer den Fernseher angeschaltet. Kinderkanal. Sie habe sich daraufhin in die Küche begeben und begonnen, das Mittagessen zuzubereiten. Im Protokoll wurde Mailin Yao mit den Worten zitiert: *Ich habe gekocht, und meine Töchter waren im Wohnzimmer. Der Fernseher lief. Ziemlich laut, damit sie da auch hinschauen und abgelenkt sind und nicht auf dumme Gedanken kommen. Sie sind beide sehr lebhaft, klettern überall rauf und sind furchtbar neugierig. Die Wohnzimmertür war geschlossen. Beide können zwar laufen, kommen aber noch nicht an die Türklinke und können deshalb das Zimmer auch nicht selbstständig verlassen.*

Es waren vielleicht zwanzig, höchstens dreißig Minuten, die ich sie im Wohnzimmer allein gelassen habe. Als ich das Essen auf den Küchentisch gestellt hatte, ging ich zurück ins Wohnzimmer, um Siara und Sina zu holen. Da lag sie. Ich hatte sie zunächst gar nicht gesehen, weil sie zwischen Couchtisch und Sofa lag und Sina vor ihr hockte. Sina wimmerte. Und Siara bewegte sich nicht mehr.

Sabine Yao hatte die Aussage ihrer Schwester wieder und wieder gelesen, in der Hoffnung, das entlastende Indiz zu entdecken, das sie bis dahin übersehen hatte. Etwas, das irgendwie erklären würde, was genau in den zwanzig bis dreißig Minuten passiert war. Etwas, das ihre Schwester entlasten und ihr als Rechtsmedizinerin helfen würde, Mailins Unschuld zu beweisen. Ihre Schwester von dem ungeheuerlichen Verdacht, der gegen sie im Raum stand, freizusprechen. Aber sie hatte nichts gefunden.

Und dann war da die Passage in dem Vernehmungsprotokoll, bei der sich Sabine Yaos Hals regelrecht zugeschnürt hatte, als würde sich ein rostiger Draht um ihre Kehle legen.

Zusammengekrümmt lag sie da, ihr Kopf auf der linken Seite. Da war so viel Blut. Ich lief zu ihr – dann weiß ich nicht mehr viel. Ich glaube, ich habe sie angefleht, sie soll die Augen aufmachen. Ihre Schwester Sina fing dann an zu weinen. Ich hab mich nicht getraut, Siara hochzuheben. Ich hab gehört, dass man bei schweren Verletzungen den Betreffenden nicht bewegen darf. Dann wählte ich den Notruf, die 110. Dort sagte man mir, dass ich die 112 wählen müsste. Das habe ich gemacht. Sofort danach rief die Polizei zurück und sagte, dass man auch einen Streifenwagen schicken würde. Wie lange das alles dauerte, weiß ich nicht mehr. Ich weiß nur, dass ich dachte, Siara wäre tot. Und Sina schrie. Irgendwann war dann die Notärztin da und diese ganzen Leute.

Sabine Yao kannte diesen Absatz der Vernehmung fast auswendig. Er deckte sich mit dem, was Mailin auch ihr erzählt hatte. Sofort im Anschluss hatte die Polizei die Ermittlungen aufgenommen, denn Siaras Verletzungen waren lebensgefährlich. Und es lag auch bereits ein rechtsmedizinisches Gutachten vor, da Siaras behandelnde

Ärzte sofort ein rechtsmedizinisches Konzil eingeleitet hatten, nach Vorlage der radiologischen Befunde.
Ein Gutachten, das keinerlei Interpretationsspielraum ließ und das eindeutiger in seiner abschließenden Beurteilung nicht sein konnte: *Siara Zhous Verletzungen sind auf mehrfache, massive äußere Gewalteinwirkung durch fremde Hand zurückzuführen. Alle Verletzungen sind dem Kleinkind etwa zum gleichen Zeitpunkt zugefügt worden, sehr wahrscheinlich direkt hintereinander. Ein einfaches Sturzgeschehen oder ein anderes Unfallgeschehen scheidet aus, um das schwere Schädel-Hirn-Trauma zu erklären, das als Kindesmisshandlung zu klassifizieren ist.*
Das Gutachten – erstellt von Sabine Yaos langjährigem Kollegen Fred Abel. Ihr Kollege Abel, von dem sie erwartet hätte, dass er sie nach Siaras Untersuchung sofort anrufen würde, um mit ihr über Siara und seine Einschätzung des Falls zu sprechen. Dass sie das alles zuerst von ihm und nicht auf inoffiziellem Weg durch Renate Hübner erfahren würde. Dass er sich ihr gegenüber kollegial verhalten würde.
Fred ist zwar ein introvertierter Typ und in vielerlei Hinsicht schwierig, manchmal ein regelrechter Eigenbrötler, aber das hier ... Dass er nach den vielen Jahren, die wir zusammenarbeiten, die wir uns gut kennen, kein Wort zu mir sagt ... Ich fasse es immer noch nicht.
Doch so eigen Fred Abel im menschlichen Umgang sein konnte, fachlich gab es keinen talentierteren Rechtsmediziner in der Hauptstadt – und umso schwerer wog seine Einschätzung. Ein Unfall war ausgeschlossen.
Dann kehrten Yaos Gedanken zurück zu dem Vernehmungsprotokoll ihrer Schwester. Auf Nachfrage des vernehmenden Beamten hatte Mailin ausgesagt, dass sie nichts Auffälliges, kein Aufschlagen, keinen Schrei oder irgendetwas anderes gehört habe. Was sie damit erklärte, dass sie den Fernseher ziemlich laut gestellt hatte, damit die Schwestern hinschauen und »nicht auf dumme Gedanken kommen«, wie Mailin wörtlich gesagt hatte. Und es sei auch

keine andere Person, *niemand* außer ihr, zum Zeitpunkt des Vorfalls in der Wohnung gewesen. Das hatte ihre Schwester immer wieder gegenüber dem Beamten beteuert, der sie das mehrfach gefragt hatte.
»Du brauchst keine Angst zu haben, Kleine«, sagte Sabine Yao jetzt. Wieder eine Lüge. Wieder eine Unwahrheit, die sie selbst gern glauben wollte.
Mailin weinte immer noch. Auf ihren Wangen hatten sich zwei regelrechte Tränenbäche gebildet, die am Kinn zusammenliefen.
So, wie es momentan aussah, gab es nur zwei Möglichkeiten, das wusste Sabine Yao: Entweder der Vorfall, der zu Siaras schwersten Kopfverletzungen geführt hatte, hatte sich tatsächlich ganz anders zugetragen, aber Mailin konnte dazu wirklich nichts sagen, weil sie nicht dabei gewesen war. Oder Mailin hatte Siara das angetan.
Aber Sabine Yao war nicht bereit, das zu glauben.

7

Berlin-Wedding,
Innenhof Kickboxstudio »Drachenhöhle«,
Montag, 28. Juli, 8:02 Uhr

Karol Mazur fuhr mit seinem verrosteten Toyota, dessen Ende mit Ablauf der TÜV-Plakette in wenigen Wochen besiegelt war, auf den Innenhof vor sein Kickboxstudio »Drachenhöhle«.
Den Namen hatte er dem Studio vor zwanzig Jahren bei der Eröffnung gegeben. Und auch wenn er heute etwas altertümlich anmutete, da gegenwärtig eher englische Wortkombinationen wie »Combat«, »Low-kick« oder »Legends« in der Kickboxszene hip und für Studios üblich waren, hielt er seitdem daran fest. Auf sei-

nen kräftigen Unterarmen, auf denen seit fast drei Jahrzehnten zahlreiche schlechte und nur wenige besser gestochene Tattoos verblichen, hatte sich ein dünner Schweißfilm gebildet.
Diese Schweinehitze schon am Morgen ist kaum auszuhalten, dachte der polnische Kickboxtrainer, der für seine achtundvierzig Jahre immer noch äußerst drahtig war, und schob sich die verspiegelte Pilotenbrille über die dunkelgrauen, kurz rasierten Haare. Er manövrierte den Wagen auf einen Parkplatz kurz vor der kleinen Treppe, die zu seinem Kickboxstudio hinaufführte. Als der Toyota stand, zog Mazur krachend die wackelige Handbremse an, sodass die beiden Miniboxhandschuhe am Rückspiegel wild schaukelten.
Die Silhouette des Mannes, der auf der anderen Seite des Innenhofes im Schatten hockte, war dem Trainer schon aufgefallen, als er durch die kleine Einfahrt fuhr. Der Mann hatte ein breites Kreuz, und die Glut seiner Zigarette glomm im Schatten der Häuserwand kurz auf wie ein kleines, böses Auge.
Im Rückspiegel beobachtete Karol Mazur, dass sich der stämmige Kerl jetzt wie in Zeitlupe aus der Hocke erhob und die glühende Kippe wegwarf, als wäre sie ihm zu heiß geworden.
In den Anfangstagen seiner Kickboxschule, als der Wedding noch wild und er hitzköpfiger gewesen war, hätte Mazur in das Seitenfach der Fahrertür gegriffen und den Totschläger hervorgeholt, der dort noch immer lag. Aber mittlerweile war er ein anderer. Vielleicht nicht ganz geläutert, aber seit vielen Jahren auf einem guten Weg. Und darauf war er stolz. Es war nicht leicht gewesen, das Milieu zu verlassen, in dem er sich früher bewegt hatte. Aber er hatte sich für ein Leben ohne kriminelle Machenschaften entschieden. Das hatten nur seine alten »Freunde« damals nicht ganz nachvollziehen wollen und versucht, ihn mit rabiaten Methoden umzustimmen. Der Höhepunkt seiner Trennungsphase von dem, was einige als Halbwelt und andere als Unterwelt bezeichneten und was im Polizeijargon schlicht als »OK«, als Organisierte Kriminalität, zusammengefasst wurde, war ein Brandanschlag auf sein Kickboxstudio gewesen, weil er sich geweigert hatte, eine Ausstiegsprämie

und danach regelmäßig Schutzgeld an seine »Freunde« zu zahlen. Aber Mazur hatte sich damals zu wehren gewusst. Das hatte sich in der Szene herumgesprochen, und seitdem machte er sein eigenes Ding. Legal. Zwar mit wenig Verdienst, aber dafür war er unabhängig, sein eigener Herr.

Mazur zuckte zusammen, als plötzlich ein Mann neben ihm stand und sich zu dem offenen Fahrerfenster des Toyotas hinunterbeugte. Der muskulöse Mann, in T-Shirt und kurzer Camouflage-Hose und mit einer Sporttasche über der Schulter, hatte den Innenhof von Mazur völlig unbemerkt überquert.

»Verdammt, Lars! Kannst du endlich mal mit dem Scheiß aufhören? Musst du dich immer wie ein Meuchelmörder anschleichen? Irgendwann rutscht mir aus Reflex noch die Hand aus!«, blaffte Mazur, allerdings mit einem anerkennenden Unterton. Er wusste, über welche Fähigkeiten der zum Einzelkämpfer ausgebildete Lars Moewig in seiner Zeit als Fernspäher bei der Bundeswehr, anschließend im Einsatz mit dem Kommando Spezialkräfte in Afghanistan und später bei der Fremdenlegion verfügte und dass er diese auch bei militärischen Kampfhandlungen wiederholt eingesetzt hatte.

Moewig grinste breit in den Toyota hinein und wischte sich den Schweiß von seiner frisch rasierten Glatze. »Karol, ich komme seit ein paar Monaten jeden Tag als Erster zum Training. Langsam müsstest du dich doch daran gewöhnt haben, dass ich meistens schon vor dir hier bin. Außerdem solltest du nicht so schreckhaft sein – die Einzige, die dich noch jagt, ist deine Ex.«

Mazur legte die Stirn in Falten, schüttelte theatralisch den Kopf, und beide Männer lachten, während Moewig einen Schritt zurücktrat, um Mazur aussteigen zu lassen. Sie umarmten sich kurz und gingen gemeinsam die schmale Treppe zum Eingang der »Drachenhöhle« hoch.

Mazur wusste von Moewig, dass dieser seit Erhalt seiner Gewerbelizenz als Privatdetektiv und den damit verbundenen ersten kleineren Aufträgen nicht mehr in militärischen Auslandseinsätzen als

Söldner unterwegs war, aber weiterhin penibel darauf achtete, körperlich fit zu bleiben – auch wenn sich die meisten seiner Jobs zurzeit noch auf die Observation von untreuen Ehemännern oder die diskrete Verfolgung von windigen Autohändlern beschränkten, die geklaute Wagen in Berliner und Brandenburger Hinterhofwerkstätten ausschlachteten.

Die Stahltür, die mit Graffitis und Aufklebern übersät war, ließ nicht erahnen, dass sich dahinter eine der anerkanntesten Kickboxtrainingsstätten der Stadt befand. Das Studio hatte schon mehrere Champions in den verschiedenen Disziplinen des Vollkontakts wie Muay Thai oder K1 hervorgebracht. Alles Schützlinge von Mazur persönlich. Wer in der »Drachenhöhle« trainiert wurde, hatte einen Ruf: extrem hart, aber trotzdem fair. So wie der Chef selbst.

»Du bist einer der wenigen, die auch bei dieser Bullenhitze trainieren. Aber muss ein Privatdetektiv denn jeden Tag für den Ring bereit sein? Aber gut, wie du meinst …«, sagte der Kickboxtrainer und zog gerade einen Schlüsselbund aus einer der Seitentaschen seiner Shorts, als ihm der muskulöse und sehnige linke Unterarm von Moewig wie eine Schranke vor den Brustkorb schlug.

»Was zum …«, setzte Mazur an, als Moewig mit seinem rechten Zeigefinger zur Tür deutete.

»Den Schlüssel kannst du dir sparen«, sagte er mit tiefer Stimme, darauf bedacht, nicht zu laut zu sprechen. »Es ist schon auf.«

Mazurs Körper versteifte sich. Er merkte, wie sich die Muskulatur seines Schultergürtels und seine Nackenmuskeln anspannten. Und dann sah er, was Moewig meinte. Die Stahltür stand einen kleinen Spaltbreit offen. Im Bereich des Schließblechs, auf Höhe des metallenen Türknaufs, waren frische Hebelspuren zu erkennen. Die beiden Männer verharrten ein paar Atemzüge lang völlig regungslos.

Geht es etwa wieder los, nach all den Jahren?, fragte sich Mazur und beschloss im selben Augenblick, dass er den Kampf gegen seine alten Geister auch nach so einer langen Zeit wieder aufnehmen würde, wenn es denn sein musste. »Warte. Eine Sekunde«, flüsterte er und sprintete die kleine Treppe hinunter zurück zu seinem Wagen. Durch das offene Wagenfenster fischte er den Totschläger aus der Seitenablage der Fahrertür und kehrte mit großen Schritten zu Moewig zurück, der sich jetzt direkt neben dem Eingang postiert hatte – die Füße in festem, schulterbreitem Stand und die Arme leicht angewinkelt.

Der alte Profi, immer bereit zum Zugriff, dachte Mazur anerkennend und war froh, Moewig an seiner Seite zu haben. Er fuhr mit einer lässigen Bewegung den Teleskoptotschläger aus und nickte Moewig kurz zu, der daraufhin langsam die schwere Stahltür aufschob. Die in die Jahre gekommenen Eisenscharniere quietschten laut.

Vorsichtig betraten die beiden Männer das Studio.

☠☠☠

8

Berlin-Wedding,
Kickboxstudio »Drachenhöhle«,
Montag, 28. Juli, 8:08 Uhr

Das Innere von Mazurs Studio lag trotz des strahlenden Sonnenscheins draußen in einem schummrigen Licht. Durch die völlig verstaubten und verdreckten Fenster, die seitdem das Gebäude vor über einhundertfünfzig Jahren eine Fabrik gewesen war, nicht ausgetauscht und sehr wahrscheinlich auch nie geputzt worden waren, drang nur sehr wenig Tageslicht herein.

Sollte sich jemand in seine Höhle gewagt haben, wird er den Drachen wohl gleich kennenlernen, dachte Moewig mit einem Blick auf Mazur, der neben ihm in das Schummerlicht der lang gezogenen Halle eintauchte, den Totschläger in der erhobenen rechten Hand.

Lederne Sandsäcke hingen wie übergroße Insektenkokons auf der linken Seite des großen Raums von der Decke. An der gegenüberliegenden Wand standen einige Hantelbänke, darum verteilt lagen auf dem Boden zahlreiche unterschiedlich große Hanteln und Medizinbälle. Der Ring, in dem schon unzählige Sparringsrunden absolviert worden und viele Männer k. o. gegangen waren, befand sich mittig im hinteren Drittel der Halle.

Der Geruch von getrocknetem Schweiß, altem Leder und Gummi mischte sich in der stickigen Luft des großen Trainingsraumes zu der Duftkomposition, aus der für viele der Traum, ein Champion zu werden, gemacht war.

Nichts. Hier ist niemand, dachte Moewig.

Mazur ging zielstrebig auf eine Tür in der hinteren rechten Ecke der Halle zu. Dort befand sich sein Büro, quasi die Schaltzentrale der »Drachenhöhle«. Wenn der Pole nicht gerade seine Schützlinge trainierte, fand man ihn in der Regel dort, vor einem Ventilator sitzend und auf der Tastatur seines PCs rumhackend oder über Unterlagen brütend.

»Das Büro ist zu!«, rief Mazur zu Moewig herüber, nachdem er geräuschvoll mit der linken Hand an der Türklinke gerüttelt hatte, in der rechten immer noch angriffsbereit den Totschläger. Er schloss die Tür zum Büro auf, verschwand kurz darin und kehrte aber nach wenigen Augenblicken mit einem Kopfschütteln zurück. »Nichts. Ich gehe mal in der Umkleide nachschauen«, sagte er und verschwand in einer Tür neben seinem Büro.

Moewig befand, dass hier im Studio in diesem Moment keinerlei Gefahr bestand und er deshalb mit dem Training beginnen konnte. Er schulterte erneut seine Sporttasche und folgte dem Kickboxtrainer Richtung Umkleide, entlang der langen Reihe Sandsäcke zu seiner Linken. Lederne Sandsäcke, auf die schon Abertausende von Schlägen, Haken und Tritten platziert worden waren und deren Leder die raue Oberfläche verloren hatte und regelrecht blank poliert worden war.

Aber schon nach wenigen Schritten blieb Moewig stehen, denn irgendetwas störte das gewohnte Bild. Der vorletzte Sandsack in der Reihe hing schief und erschien irgendwie unförmig. Zudem baumelte eine der drei Ketten, die das Sportgerät eigentlich mit den beiden anderen Ketten an der Decke an einem Haken halten sollte, seitlich herunter.

Was ist denn hier passiert?, fragte sich Moewig.

Er trat näher heran. Das abgewetzte Leder, das einmal durchgehend braun gewesen war, hatte an diversen Stellen von der Reibung der Boxhandschuhe eine fast schwarze Färbung bekommen.

In diesem Moment kam Mazur wieder aus der Umkleidekabine. »Lars, da ist auch nichts. Alle Spinde sind unversehrt. Ich frage mich, was der Einbrecher hier gesucht hat?« Mazur stupste das Ende des Schlagstocks gegen seine Handfläche, sodass die Waffe geräuschvoll wieder im Griff verschwand.

Moewig nickte und stieß den Sandsack, der zuvor seine Aufmerksamkeit erregt hatte, leicht mit der rechten Faust an. Der Sack begann zu baumeln. Und dann fiel Moewigs Blick nach unten, auf seinen linken Schuh. Dort prangte ein rostroter Fleck. Er beobachtete ungläubig, dass sich zu dem Fleck innerhalb kürzester Zeit weitere dazugesellten, bis nicht nur der vordere Teil seines Schuhs, sondern auch der abgewetzte Holzboden ringsum mit lauter rostroten Sprenkeln überzogen war.

Ein Blutstropfen nach dem anderen tropfte aus einer grob verschlossenen Naht des Sandsacks zu Boden.

9

Berlin,
Treptowers, BKA-Einheit »Extremdelikte«, Sektionssaal,
Montag, 28. Juli, 8:22 Uhr

Als Abel den Sektionssaal betrat, stieg ihm nicht nur der vertraute Geruch – eine Mischung aus Darminhalt, Blut und Desinfektionsmittel – in die Nase, sondern auch der Geruch nach verbranntem Fleisch, verkohlten Knochen und einem Hauch von Benzin. Scherz und Rath hatten bereits mit der Öffnung der Brusthöhle des auf einer Parkbank verbrannten Toten begonnen, um als ersten Schritt der Obduktion Lungengewebe für die Untersuchung auf Brandbeschleuniger bei Dr. Henry Fuchs im hauseigenen Labor zu asservieren.

Abel ging an den Kollegen vorbei zum zweiten der in einer Reihe nebeneinander angeordneten Sektionstische, zu der »lebenden Toten« aus dem Leichenschauhaus. Es schien auf den ersten Blick fast so, als sei die Frau nur kurz auf dem blanken Stahl des Obduktionstisches eingenickt. Sie lag völlig friedlich auf dem Rücken, ihr Kopf war zur linken Seite gekippt, die Lider waren geschlossen, und die grauen Haare lagen wie ein Kissen unter ihrem Kopf.

Fast so, als hätte sie ihren Frieden damit gemacht, dass der Tod es beim zweiten Anlauf doch geschafft hat, sie zu sich holen, ging es Abel durch den Kopf.

Abel hatte der schmalen Akte entnommen, dass die Frau auf dem Sektionstisch, Theresa Maschewski, vierundsiebzig Jahre alt geworden war – fast fünfundsiebzig, wenn man berücksichtigte, dass sie in vier Tagen Geburtstag gehabt hätte. Verwitwet, Rentnerin, wohnhaft in Berlin-Charlottenburg. Sie war zum ersten Mal gestorben, als Dr. Michael Heumann am 23. Juli ihren Tod im Rahmen eines Notarzteinsatzes in ihrer Wohnung feststellte. Das zweite Mal war Theresa Maschewski gestorben, als die behandelnden Ärzte einer Intensivstation des zur Charité gehörenden Vir-

chow-Klinikums am nächsten Tag, dem 24. Juli, sie ein weiteres Mal für tot erklärt hatten.
Abel streifte sich die Einweghandschuhe aus festem, gelbem Gummi über. Sie komplettierten seine Arbeitskleidung im Sektionssaal: blauer, kurzärmliger Schlupfkasack, eine Hose in derselben Farbe und schwarze Gummistiefel.
Abel hatte beschlossen, bis seine Kollegin im Sektionssaal eintreffen würde bereits mit der äußeren Leichenschau zu beginnen, um keine Zeit zu verlieren. Erst dann würden sie beide mit der inneren Leichenschau beginnen.
Der Körper der Toten zeigte abgesehen von den Zeichen intensivmedizinischer Maßnahmen – von Heparin-Injektionen herrührende Nadeleinstichstellen in der Bauchhaut, in beiden Ellenbeugen liegende venöse Zugänge, ein zentraler Zugang in der Drosselvene an der linken Halsseite und ein Beatmungstubus, der aus ihrem Mund herausragte – keine Spuren einer äußeren Gewalteinwirkung. Nachdem Abel diese Details in sein Diktafon gesprochen und die Befunde mit einer der Digitalkameras, die zu diesem Zweck immer im Sektionssaal bereitlagen und deren Speicherkarten regelmäßig von Renate Hübner ausgelesen wurden, fotografiert hatte, zog er den Beatmungstubus mit einem schmatzenden Geräusch aus dem Mund der Toten.

☠ ☠ ☠

10

Berlin-Wedding,
Kickboxstudio »Drachenhöhle«,
Montag, 28. Juli, 8:25 Uhr

Moewigs rechte Hand glänzte rötlich, als hätte er auf einem Klavier mit blutigen Tasten gespielt. Entgeistert streckte er sie Mazur, der mittlerweile zu ihm herübergekommen war, entgegen, während er mit dem Zeigefinger seiner linken Hand auf den Boden zeigte. »Was ist denn das?«

Mazurs Blick senkte sich dorthin, wo sich die rostroten Sprenkel mittlerweile zu einer rotbraunen Lache von ungefähr zehn Zentimetern Durchmesser vereinigt hatten.

Die beiden Männer sahen sich schweigend an. Als Erster fand Moewig die Sprache wieder.

»Ich glaube«, flüsterte er, »jemand hat etwas mit diesem Sandsack angestellt. Das ist nicht gut.« Er sah sich in der Halle um. »Und du bist dir absolut sicher, dass niemand außer uns hier ist?«

»Ja, keiner da«, entgegnete Mazur, dem man ansah, dass er sich sichtlich unwohl fühlte.

Moewig trat noch einen Schritt näher an den Sandsack heran und erkannte, dass eine Seite zunächst aufgeschlitzt und anschließend mit wenigen groben Stichen wieder verschlossen worden war. Aus der Naht tropfte weiter rotbraune Flüssigkeit, wie aus einer übergroßen Operationsnarbe.

Mazur schien wie erstarrt.

»Karol, da ist etwas drin.« Moewig deutete kaum merklich mit dem Kinn auf den vor ihm hängenden Ledersack. »Etwas ist da drin, was da nicht …« Moewig betastete den Sandsack mit beiden Händen an verschiedenen Stellen und prüfte auch das Gewicht des Sacks, indem er versuchte, ihn anzuheben, was ihm allerdings nur mit größter Anstrengung gelang, ehe er weitersprach. »Oder vielmehr ist da wohl ein Körper drin, der da nicht drin sein sollte.«

Mazur schluckte. Er schien wie in Trance. »Ein Körper? Was sagst du da?«
»Hast du ein Messer?«, wollte Moewig wissen, ohne auf Mazurs Frage einzugehen.
»Willst du den Sack aufschneiden?«, fragte Mazur.
»Wir sollten hineinschauen.«
Mazurs Gesicht war mittlerweile stark gerötet, und der Schweiß lief ihm an den Schläfen herunter. Er zögerte. Schien mit sich zu ringen, was jetzt das Richtige sei.
»Warte hier«, sagte er dann und eilte in sein Büro.
»Ich wüsste nicht, wo ich in der Zwischenzeit hingehen sollte«, murmelte Moewig vor sich hin und besah sich seine blutverschmierten Hände. Ein kurzer Blick in Richtung Eingangstür sagte ihm, dass sie immer noch allein im Studio waren.
Nur wenige Augenblicke später kehrte Karol Mazur mit einem Teppichmesser zurück, mit dem er üblicherweise Boxbandagen aufschnitt, wenn es mal schnell gehen musste.
»Und jetzt?«, fragte er, das Messer in der Hand.
Moewig trat einen Schritt von dem Sandsack zurück und damit auch aus der Blutlache. »Aufschneiden«, kommandierte er.
Mazur zögerte kurz, doch dann fuhr er die Klinge des Teppichmessers mit mehreren Klicks aus und setzte sie auf die provisorisch geschlossene Naht. Mit einem knackenden Geräusch löste die Spitze des Teppichmessers zunächst nur einen Faden der Naht, dann riss Mazur die Klinge mit einem fetzenden Geräusch ganz nach unten in Richtung Fußboden.
Der Sandsack fing an, sich langsam um die eigene Achse zu drehen, und nachdem er eine ganze Drehung vollzogen hatte, kam die von Mazur geschaffene Öffnung wieder in das Blickfeld der beiden Männer.
Im Inneren des Sandsacks befand sich ein kopfüber zusammengekrümmter Körper, der einem Fötus in einem Uterus glich.

☠☠☠

11

Berlin,
Treptowers, BKA-Einheit »Extremdelikte«, Sektionssaal,
Montag, 28. Juli, 8:41 Uhr

Vor wenigen Minuten war Sabine Yao im Sektionssaal erschienen und hatte sich grußlos und mit dem größtmöglichen Abstand zu Abel an einem der Sideboards aus Aluminium neben dem Sektionstisch platziert. Gedankenversunken war sie in die Akte Maschewski vertieft, und ihre Lippen schienen jedes Wort nachzuformen, das sie darin las.

Für Abel ein klares Zeichen, dass sie sich einerseits sehr auf den Inhalt der Akte konzentrieren musste, weil sie mit ihren Gedanken wahrscheinlich ganz woanders war, und andererseits kein Interesse daran hatte, von Abel in den gemeinsamen Fall eingewiesen zu werden. Erneut verfluchte er den Umstand, dass ausgerechnet er derjenige gewesen war, der Sabine Yaos Nichte rechtsmedizinisch untersucht hatte und nicht irgendein Kollege aus dem Landesinstitut oder dem Institut für Rechtsmedizin der Charité.

Doch es ließ sich nun nicht mehr ändern. Es gab kein Zurück mehr.

Es geht ihr nicht gut, sie hat Schatten unter den Augen, stellte Abel fest. Wie sich das bisher vertrauensvolle, kollegiale Verhältnis zu seiner langjährigen Kollegin weiter entwickeln würde, konnte er zum jetzigen Zeitpunkt nicht einschätzen, und eigentlich wollte er sich darüber im Moment auch keine Gedanken machen, denn jetzt hatten sie beide jede Menge Arbeit vor sich.

Abel räusperte sich geräuschvoll, doch Sabine Yao hielt den Blick stur auf die Akte gesenkt. Sie hatte sich scheinbar hastig umgezogen, denn mehrere lange Haarsträhnen waren aus ihrem sonst immer akkurat gebundenen schwarzen Pferdeschwanz gerutscht.

Erst als Abel sie direkt ansah, schenkte sie ihm ihre Aufmerksamkeit.

»Also, Sabine« – Abel räusperte sich kurz – »wir haben in der

Frühbesprechung schon alle unsere Verwunderung über diesen Fall kundgetan«, sagte er und lächelte ihr zu. Ein Versuch, wenigstens für diese Sektion Frieden zu schließen.
Doch Sabine Yao starrte Abel aus blitzenden Augen an. Ein Blick, der nichts Gutes verhieß.
Abel ließ sich nicht beirren. »Was meinst du, warum hat der Notarzt eine so krasse Fehldiagnose hingelegt, als er den Tod dieser Frau attestierte?«
Bei einer Sektion war der fachliche Austausch zwischen dem ersten und zweiten Obduzenten unerlässlich. Nicht nur die Befunde wurden diskutiert, wenn die Organe fertig präpariert auf dem Sektionstisch lagen, auch im Vorfeld wurden Theorien, Ideen und erste Vermutungen, was sich zugetragen haben könnte, erörtert, um einen Ablaufplan für die Sektion zu entwerfen und die verschiedenen Überlegungen im Rahmen der Sektion abzuarbeiten. Wie Ballwechsel waren diese Gespräche in der Lage, den jeweils anderen zu geistiger Flexibilität anzuspornen.
Doch Sabine Yao nahm den Aufschlag nicht an. Fast beiläufig überprüfte sie den Sitz ihres Pferdeschwanzes und stellte fest, dass sich einige Strähnen daraus gelöst hatten, woraufhin sie ihre pechschwarzen Haare neu zusammenband. Dann entgegnete sie mit knappen Worten: »In einer Stunde wissen wir vielleicht mehr.«
Es entstand eine kurze, unangenehme Pause.
Dann lenkte sie immerhin noch ein: »Die Zeit zwischen Alarmierung und Eintreffen des Notarztes Dr. Heumann ist hier nicht ausschlaggebend. Dazwischen sind gerade mal neun Minuten vergangen. Es hat eben auch Vorteile, in der Nähe eines Krankenhauses zu wohnen.« Sie zog sich die gelben Sektionshandschuhe an.
Abel nickte. Die Vorgeschichte war an diesem Fall nicht das Besondere. Es war vielmehr der dritte Akt, der für Aufsehen sorgte. Abel nahm eines der Organmesser an der Klinge und hielt Sabine Yao den Griff hin. Weniger, um ihr zu bedeuten, dass sie mit dem Exenterieren, der Organentnahme, beginnen sollte, sondern vielmehr, um den physischen Abstand zwischen ihm und Yao wenigstens et-

was zu verkürzen. Fast hatte er das Gefühl, er würde ihr symbolisch so etwas wie eine Friedenspfeife anbieten.
Doch Sabine Yao machte keine Anstalten, das Messer von Abel entgegenzunehmen, sondern sagte fast tonlos: »Und jetzt wird gegen den Kollegen Heumann wegen unterlassener Hilfeleistung ermittelt.«
»Ja, ich habe Frau Hübner gebeten, uns eine Kopie des ersten Totenscheines zu besorgen, damit wir überprüfen können, anhand welcher sicherer Todeszeichen er den Tod von Frau Maschewski attestierte«, entgegnete Abel.
Sabine Yao schien nur auf eine solche Bemerkung gewartet zu haben. »Genau. Und wenn dir danach ist, kannst du heute gleich wieder das Leben eines Kollegen zur Hölle machen«, blaffte sie ihn an.
Abel war sprachlos. Aber ehe er sich eine geeignete, versöhnlich stimmende Antwort überlegt hatte, spürte er, dass hinter ihm eine weitere Person den Sektionssaal betrat.
Abel drehte sich um. Er hätte sich in diesem Moment sogar über einen Besuch von Gevatter Tod persönlich gefreut, solange das die Situation im Sektionssaal irgendwie entschärft hätte. Allerdings war die sehr lebendige und unterhaltsame Person, die gerade den Saal betreten hatte, eine deutlich bessere Alternative.
»Fast immer dasselbe Bild, wenn ich Sie sehe, Dr. Abel. Immer stehen Sie neben einer Leiche. Egal, wann oder wo ich Sie antreffe. Gibt Ihnen das nicht zu denken?«, begrüßte Tekin Okyar ihn mit einem breiten Grinsen.
Okyar, der als Polizeischüler und ehemaliger Praktikant bei der Mordkommission mit Abel vor einigen Jahren an der Jagd nach dem Miles-&-More-Killer beteiligt gewesen war, hatte sein damals noch etwas unbeholfenes und naives Wesen längst abgelegt und sich zu einem geschätzten Mordermittler entwickelt. Diesen Eindruck unterstrich er seit einiger Zeit auch durch seinen Kleidungsstil. Der Endzwanziger trug ein weißes, maßgeschneidertes Hemd mit seinen dezent im unteren Drittel des Hemdes neben der Knopfleiste eingestickten Initialen *TO* und dazu Sneakers eines

hochpreisigen italienischen Designers, wie das Logo an den Außenseiten der Schuhe verriet. Trotzdem war für alle, die ihn näher kannten, klar, dass Okyar immer ein Kreuzberger Junge bleiben würde. Was bei der Arbeit als Beamter einer der Mordkommissionen des Berliner LKA in der Hauptstadt nicht von Nachteil war.
Okyar begrüßte kurz Sabine Yao, die er von einer noch nicht allzu lange zurückliegenden Sektion kannte. Seinerzeit hatten Herzfeld und Sabine Yao einen jungen Mann obduziert, der von seinem Stalker, einem schrägen Berliner Lokalpolitiker, erst bestialisch getötet und dann von diesem in einem übergroßen Reisekoffer auf einer Sackkarre in der U-Bahn durch die halbe Stadt gefahren worden war.
Nun trat Okyar, der bei der Mordkommission für den Fall Theresa Maschewski zuständig war, an den Sektionstisch mit der Verstorbenen heran.
»Das ist sie also, die lebende Tote aus dem Leichenschauhaus?«
»Das ist sie«, bejahte Abel.
»Gut. Oder auch nicht gut«, sagte Okyar. »Ich habe den Notarzt, Dr. Heumann, für heute Nachmittag zu einer weiteren Vernehmung einbestellt. Körperverletzung mit Todesfolge durch Unterlassen nach Paragraf 227 Strafgesetzbuch oder sogar eine Tötung durch Unterlassen nach Paragraf 222 und Paragraf 13 Strafgesetzbuch stehen nach Ansicht der Staatsanwaltschaft gegen ihn im Raum. Ich kann nur hoffen, dass er nicht gleich mit den üblichen Staranwälten bei uns in der Keithstraße aufschlägt. Macht uns unsere Arbeit bekanntlich nicht leichter. Und wozu braucht man in solch einem Fall auch irgendwelche juristischen Winkelzüge? Dr. Heumann lag mit seiner Einschätzung der Lage ja wohl nachweislich falsch, als er die gute Frau statt mit dem Notarztwagen mit dem Leichenwagen abtransportieren ließ, oder?«
»Wir haben noch nicht angefangen«, entgegnete Sabine Yao schnippisch.
»Das tun wir jetzt aber«, sagte Abel und bedeutete seiner Kollegin mit einer Kopfbewegung, dass es nun an der Zeit war, das Organ-

messer, das er ihr vorhin vergeblich hingehalten hatte und das er zwischenzeitlich neben der Toten auf dem Sektionstisch abgelegt hatte, an sich zu nehmen und zu beginnen.
Ein weiterer bitterböser Blick traf Abel. Aber nach kurzem Zögern ergriff Sabine Yao das Messer mit dem schmucklosen grünen Plastikgriff und der zwanzig Zentimeter langen Stahlklinge schließlich doch und setzte die Spitze der Klinge in der Haut der Drosselgrube der Toten an, um über den großen Körperlängsschnitt die Brusthöhle und Bauchhöhle der Toten zu öffnen.

☠☠☠

12

Berlin-Wedding,
Kickboxstudio »Drachenhöhle«,
Montag, 28. Juli, 8:41 Uhr

Scheiße, Alter!«, sagte Moewig laut und zog die Öffnung im Sandsack mit seinen blutverschmierten Händen noch etwas weiter auf. Plötzlich schoss ein regelrechter Blutschwall aus dem Inneren des Sacks und landete platschend auf dem abgewetzten Holzboden. Die blutige Flüssigkeit hatte sich wahrscheinlich am Boden des ledernen Sacks gesammelt.
Und dann geschah es: Der leblose, nackte und blutverschmierte Körper glitt mit einem glucksenden Geräusch aus dem Inneren des Sandsacks und schlug mit einem schaurig dumpfen Ton vor den beiden Männern auf.
»Fuck!«, entfuhr es Karol Mazur.
Der Kickboxtrainer und Moewig hatten beide instinktiv eine Art Kampfstellung eingenommen. Auch wenn innerhalb von Sekundenbruchteilen klar gewesen war, dass von dem leblosen Haufen

Mensch vor ihnen auf dem Hallenboden keinerlei Gefahr ausging, konnte von Entwarnung noch keine Rede sein, und den beiden Männern war ihre Anspannung sichtlich anzumerken.
Der Körper des Mannes vor ihnen war bis auf eine blutverschmierte Unterhose unbekleidet. Seine Arme und Beine waren übersät von fliederfarbenen Blutergüssen, sein Oberkörper blutüberströmt, Ober- und Unterkieferpartie bis zur Unkenntlichkeit zertrümmert und Ober- und Unterlippe darüber grobfetzig zerrissen, sodass es so aussah, als würde sein Mund ein stummes »Oh« formen. Einige Zähne des Toten steckten, als wäre eine Perlenkette gerissen und die einzelnen Perlen hätten sich wie kleine Geschosse verstreut, in dem rohen Fleisch der blutigen Wunde, wo sich zuvor sein Mund befunden hatte.
Moewig war trotz des grauenvollen Anblicks sofort wieder in der Lage, klar zu denken. »Wir fassen hier nichts an und rufen die Polizei«, sagte er, ohne den Blick von dem blutigen Körper auf dem Boden zu lösen.
»Nein, das geht nicht. Weißt du, was los ist, wenn die Bullen den hier bei mir in der ›Drachenhöhle‹ finden?«, erwiderte Mazur, dem jetzt der Schweiß das Gesicht herunterlief. »Dann kann ich den Laden dichtmachen. Vielleicht will mir auch irgendein Arschloch einen Mord in die Schuhe schieben. Weißt du, Lars, früher …«
»Okay. Dann schließ sofort die Eingangstür. Schau, dass du irgendetwas Schweres davorstellst, falls der Innenriegel bei dem Einbruch was abbekommen hat. Ich brauche Ruhe, um zu überlegen, was wir als Nächstes tun, und keine Störung durch irgendwelche neugierigen Besucher.«
Mazur sprintete durch den Raum und verriegelte krachend die Eingangstür mithilfe des schweren Riegels, der sich oben an der Innenseite befand und bei dem Aufbruch der Tür nicht beschädigt worden war. Als er zu Moewig zurückgekehrt war, war er außer Atem und rang nach Luft. Der Schreck schien ihm den Hals zuzuschnüren.
»Lars, was ist hier passiert?«, fragte er gepresst.
Moewig zuckte nur mit den Schultern. Er hatte im Moment noch

keine Erklärung. Mit der Spitze eines seiner sowieso schon ruinierten Schuhe stupste er den Leichnam an, sodass dieser, fast ganz ausgestreckt, auf der Körperrückseite zum Liegen kam. Die linke Gesichtsseite war kaum noch zu erkennen, die linke Augenhöhle nur eine leere Öffnung, aus der goldgelbes Fettgewebe herausquoll. Das noch erhaltene, spaltbreit geöffnete rechte Auge starrte leer an die Decke der ehemaligen Fabrikhalle, und Moewig registrierte, dass der Tote offensichtlich blaue Augen hatte.

»Kennst du ihn?«, fragte Moewig.

Mazur hatte offenbar Schwierigkeiten, sich den Toten genau anzusehen. Sein Atem kam stoßweise, und Moewig befürchtete, dass er sich übergeben würde. Nach einem kurzen Moment schien sich der Pole aber wieder unter Kontrolle zu haben und musterte mit stummen Blicken den übel zugerichteten Körper vor ihm.

Moewigs Blick fiel auf eine rötlich blaue Tätowierung in Form einer brennenden Fackel an der Innenseite des rechten Unterarmes, die sich erst bei genauerem Hinsehen von den fliederfarbenen Unterblutungen der Oberhaut abhob. Auch Mazur schien sie bemerkt zu haben und irgendetwas damit zu assoziieren, denn seine Gesichtszüge änderten sich augenblicklich von Entsetzen zu Erstaunen.

»Scheiße. Oh, mein Gott … ich glaube, ich weiß … ich meine, ich kann mir denken, wer das ist«, murmelte Mazur.

»Gut. *Wer* ist es?«

»Moritz! Er heißt Moritz!«, rief Mazur und rannte in sein Büro.

Moewig folgte ihm, aber noch bevor er den Raum erreicht hatte, verließ Mazur ihn schon wieder, diesmal mit einer schwarzen Brechstange in der Hand, und steuerte auf die benachbarte Umkleidekabine zu, wiederum gefolgt von Moewig.

In der Umkleide, in der es noch stärker nach altem Schweiß roch als draußen in der Halle, blieb Mazur vor einer Reihe abgewetzter, verschlossener Metallspinde stehen, die den langjährigen Mitgliedern in seinem Studio vorbehalten waren. Dann trat er auf einen der mittleren Spinde zu und setzte das Brecheisen auf Höhe des kleinen Schlosses zwischen Spindtür und Verkleidung an.

»Er hat einen eigenen Schrank von mir bekommen. Ich bin nur leider nicht so gut organisiert. Keine Ahnung, wo ich den Zweitschlüssel für seinen Spind habe«, wandte er sich erklärend an Moewig.
»Ich denke, das sollte lieber die Polizei …«, setzte Moewig an, doch da brach die Spindtür schon mit einem gewaltigen Krachen auf. Mazur warf das Brecheisen zur Seite. Es landete mit einem dumpfen Poltern auf dem Linoleumboden, dessen ursprüngliche Farbe schon lange nicht mehr zu erkennen war. Er griff in den Spind hinein und zog eine dunkelblaue Sporttasche mit weißen Streifen heraus, die er Moewig kurz triumphierend entgegenhielt, ehe er sie auf einer der gegenüberliegenden Bänke abstellte.
»Karol, ich denke wirklich, das solltest du nicht tun. Die Polizei …«, gab Moewig erneut zu bedenken, aber Mazur schien fest entschlossen zu überprüfen, was sich in der Tasche befand. Er sah Moewig mit einem herausfordernden Blick an, dem daraufhin klar wurde, dass der Kickboxtrainer sein Selbstbewusstsein inzwischen vollends wiedergewonnen hatte und die Fäden in der Hand behalten wollte.
»Das ist hier der Wedding, Lars. Hier sollte man mindestens so viel wissen wie die Polizei, wenn nicht sogar etwas mehr. Außerdem bist du mein Zeuge.«
Der Reißverschluss machte ein surrendes Geräusch.
Mazur griff in die Tasche und förderte eine durchsichtige, mittelgroße Plastiktüte zutage. Darin befanden sich weitere kleine durchsichtige Plastiktüten, die Mazur vor ihnen auf dem speckigen Linoleumboden auskippte. Tabletten, Pillen, Gras, zahlreiche bräunliche Plättchen.
»Er hat Drogen gehortet. In meinem Studio!«, sagte Mazur mit grimmigem und zugleich erstauntem Unterton und schaute Moewig an.
»Und davon wusstest du nichts?«, wollte der ehemalige Fremdenlegionär wissen.
Der Pole schüttelte nur den Kopf.

»Okay. Wie gut kanntest du ihn? Ich meine, was zum Teufel ist hier los, Karol?«
»Ich weiß nur, dass er Moritz heißt. Oder sich zumindest als Moritz angemeldet hat. Für den Nachnamen müsste ich in den Unterlagen nachsehen. Spazierte hier vor ein paar Monaten rein, hat die Anmeldungspapiere ausgefüllt und wollte sofort einen eigenen Schrank. War dafür eigentlich nicht lange genug dabei. Aber er hat ein Jahr im Voraus bezahlt. Bar. Und noch was obendrauf gelegt. Er war nur sehr selten und unregelmäßig beim Training und hat es auch nicht richtig ernst genommen. War jedenfalls mein Eindruck. Jetzt erklärt sich einiges. Er hat hier in meiner ›Drachenhöhle‹ seine Drogen vertickt.«
Wieso wird die Leiche eines Typen, der Karols Studio als Drogenumschlagplatz – oder vielleicht auch nur zur Zwischenlagerung von Drogen – nutzt, so demonstrativ platziert, dass man sie sofort finden muss? Und warum haben sich der oder die Täter nicht für die Drogen in seinem Spind interessiert? Weiß Karol mehr, als er gerade gesagt hat? Ist das vielleicht eine Warnung, die direkt an Karol adressiert ist? Irgendetwas stinkt hier gewaltig, dachte Moewig, aber er behielt seine Gedanken für sich.
»Und jetzt?«, wollte Mazur wissen.
Moewig fuhr sich mit der Hand über sein kantiges Kinn. Eigentlich hatte er schon vor ein paar Minuten, beim ersten Anblick der Leiche, genau gewusst, was in dieser Situation das einzig Richtige war.
»Jetzt werde ich mal kurz telefonieren«, entgegnete er, wischte sich seine blutverschmierten Hände kurzerhand an den Camouflage-Shorts ab und zog sein Handy aus der Hosentasche.

☠☠☠

13

Berlin,
Treptowers, BKA-Einheit »Extremdelikte«, Sektionssaal,
Montag, 28. Juli, 8:44 Uhr

Die blasse Haut der »lebenden Toten« aus der Leichenhalle wich vor der sie zerteilenden Klinge des Sektionsmessers zur Seite und hing jetzt wie faltiges Pergamentpapier an beiden Seiten von ihrem Körper herunter. Mit einem knackenden Geräusch zerteilte Sabine Yao danach die frei liegenden Rippen entlang der beiden Brustkorbseiten mit der wuchtigen Rippenschere, die von Größe und Aussehen her einiges mit einem Bolzenschneider gemein hatte. Nachdem die Rechtsmedizinerin das Brustbein mit den daran befindlichen Rippenanteilen mit einem schmatzenden Geräusch aus der Körpermitte der Toten gelöst hatte, lag der Blick auf die beiden Lungenflügel frei, die ballonartig überbläht waren – eine Folge der Überdruckbeatmung auf der Intensivstation, kurz bevor die alte Dame zum zweiten Mal innerhalb von etwas weniger als vierundzwanzig Stunden für tot erklärt worden war. Nach kurzer Inspektion der Oberfläche beider Lungenflügel in situ hob Sabine Yao beide hintereinander mit ihrer linken Hand aus den Brusthöhlen an, während sie mit der rechten jeweils die Hauptbronchien mit einem gekonnten Schnitt durchtrennte. Schließlich eröffnete sie mit einer Schere den Herzbeutel, schöpfte mit einer Kelle – die nicht nur deutliche Ähnlichkeit mit einer Suppenkelle hatte, sondern bei der es sich auch um nichts anderes handelte – etwas bernsteinfarbene Flüssigkeit aus dem Herzbeutel in einen kleinen Messbecher und durchtrennte dann die großen Gefäße an der Herzwurzel, woraufhin sich reichlich flüssiges, schwarzrotes Blut daraus ergoss.

Okyar, der das Schauspiel vor ihm gebannt verfolgte, hatte sichtlich Schwierigkeiten, seinen Blick von Yaos geschickten Handgriffen zu lösen. Schließlich gewann die ihm eigene Neugier – die Abel kannte und durchaus schätzte, da Okyar Dinge nicht nur stumpf zur Kenntnis nahm, sondern auch hinterfragte – die Oberhand.

»Dr. Abel, wäre es denn eventuell doch möglich, dass die Frau tot war, ich meine wirklich tot, und dann, na ja, *zurückgekommen* ist?«

»Sie meinen im Sinne einer Wiedergängerin? So mit Kratzspuren von Fingernägeln an der Innenseite des Sargdeckels und lautem Seufzen im Grab?«, fragte Abel scherzhaft zurück, sah jedoch im selben Moment am Gesichtsausdruck des jungen Kriminalbeamten, dass der seine Frage augenscheinlich ernst gemeint hatte. Deshalb nutzte Abel die Zeit, in der Sabine Yao dem Körper der Toten weitere Organe entnahm und auf den für ihre Präparation vorgesehenen Organtisch am Fußende des Sektionstisches legte, um etwas weiter auszuholen.

»Die Geschichte des Scheintods ist so alt wie die der Medizin. Als vor Jahrhunderten unsere heutigen Erkenntnisse zur eindeutigen Todesfeststellung noch nicht vorlagen, hatten Ärzte Schwierigkeiten, den Tod eines Menschen sicher zu erkennen. Wenn ein Mensch scheintot ist, kann man bei demjenigen nicht erkennen, dass er nicht tot ist, sondern noch lebt, weil der Körper kalt ist, die Haut blass, kein Puls feststellbar und eine Atmung nicht erkennbar. Das sind jedoch die sogenannten unsicheren Todeszeichen. Und wie der Begriff schon impliziert, muss der Betreffende wirklich keineswegs *tot* sein, in dem Sinn, dass seine Kreislauffunktion vollständig und für immer erloschen ist. Im Gegenteil. Bei den vorliegenden unsicheren Todeszeichen haben Reanimationsmaßahmen durchaus noch Aussicht auf Erfolg.«

Der Kommissar lauschte gebannt.

Sabine Yao verdrehte demonstrativ und für die beiden Männer gut sichtbar die Augen, während sie die Nieren aus ihren goldgelben Fettlagern tief in der Lendenregion der Toten herausschälte. Aber Abel ließ sich davon nicht beirren und fuhr fort: »Wir Rechtsmediziner haben für jemanden, der fälschlicherweise für tot erklärt wurde, dann aber wieder Kreislauffunktionen zeigt, wie für fast alles Ungewöhnliche, das wir in unserem Beruf beobachten, einen eigenen Begriff: das *Lazarus-Phänomen*. Aber den Grund zu erklären führt jetzt wahrscheinlich zu weit.« Abel machte eine kurze Pause, ehe er weitersprach. »Einzig und allein entscheidend in diesem Fall ist, dass jemand nur wirklich tot ist, wenn eine Ärztin oder ein Arzt mindestens eines der drei sicheren Todeszeichen, nämlich Totenflecken, Totenstarre oder Fäulnis bei dieser Person festgestellt hat. Und das ist hier der entscheidende Punkt: Wie, also anhand welcher Todeszeichen hat Dr. Heumann den Tod von Frau Maschewski festgestellt und damit für sich die – in diesem Fall fatale – Entscheidung getroffen, seine Reanimationsmaßnahmen nicht fortzusetzen, sondern zu beenden?«

»Ja, und das Problem ist«, schaltete sich jetzt Sabine Yao mit fast trotzigem Tonfall ein, »dass es in den Unterlagen nur eine vorläufige Todesbescheinigung gibt. Ein richtiger Leichenschauschein scheint nicht zu existieren oder hat zumindest nicht den Weg in unsere Akte gefunden.«

»Verstehe, das ist ein klarer Auftrag«, erwiderte Okyar. »Ich mache mich, wenn ich wieder in der Keithstraße bin, direkt auf die Suche nach Ihrem Leichenschauschein beziehungsweise werde das heute bei der Vernehmung von Dr. Heumann thematisieren. Verstanden.«

☠☠☠

14

Berlin-Grünau,
Wohnhaus von Dr. Fred Abel und Lisa Suttner, Badezimmer,
Montag, 28. Juli, 9:01 Uhr

Lisa Suttner betrachtete sich im Badezimmerspiegel, horchte in sich hinein, achtete auf jede noch so kleine Gefühlsregung in ihrem Inneren, suchte nach wahrnehmbaren Veränderungen an ihrem Körper. Aber da war – nichts.

Sommerliche Töne drangen von draußen durch das leicht geöffnete Badezimmerfenster zu ihr herein, von der Dahme, einem Nebenarm der Spree. Die Stimmen aufgeregter Vögel, das Kreischen einer weit entfernten Motorsäge oder vielleicht auch die elektrische Heckenschere eines Nachbarn.

Seit zwei Wochen wusste sie, dass sie schwanger war. Dass sie und Freddy Eltern wurden, dass sie sein Kind in sich trug. Auch wenn es ihr mittlerweile jeden Tag schwerer fiel, dieses Wissen für sich zu behalten, es nicht mit ihrem langjährigen Lebensgefährten zu teilen, hielt sie sich streng an ihr selbst auferlegtes Gebot, es Fred nicht vor Ende des dritten Monats zu sagen. Nach zwei Fehlgeburten vor drei und sechs Jahren, jeweils in der Frühschwangerschaft, war sie vorsichtig geworden, wollte jetzt keinen Überschwang, kein verfrühtes Glücksgefühl zulassen. Glück, das immer noch jederzeit wie ein Kartenhaus bei einem Windstoß in sich zusammenfallen konnte und Leere und Schmerz in ihr hinterlassen würde. Selbstschutz. Zudem würde sie keine junge Mutter sein. Sie war jetzt, nach den Berechnungen ihres Frauenarztes, in der zehnten Woche.

Noch zwei Wochen, Fred, und du wirst der glücklichste Mensch der Welt sein. Wir werden Eltern! Im Februar kommenden Jahres!

Die Staatsanwältin der Bundesanwaltschaft, die bald Urlaub hatte und schon die Tage zählte, bis sie mit Fred auf die griechische Insel Kos fliegen würde, fuhr sich mit beiden Händen durch ihre rötlichen Haare, die immer noch feucht vom Duschen waren.

Du hast ungeschminkt auch schon mal besser ausgesehen, dachte sie, während sie nun ihr Gesicht im Badezimmerspiegel betrachtete. Penibel hielt sie Ausschau nach neuen Fältchen, ihre grünen Augen suchten jeden Millimeter ihres Spiegelbildes ab. *Alles in Ordnung für über vierzig, eigentlich …*

Dann hielt Lisa wieder inne. Das Gefühl ihrer nackten Füße auf den am Morgen angenehm kühlen Fliesen des Badezimmerbodens war das gleiche. Nicht einmal die Spur eines klitzekleinen Bäuchleins, aber dafür war es noch viel zu früh. Dennoch war seit ein paar Wochen alles anders.

Ich will es Fred unbedingt sagen, am liebsten jetzt sofort, kam es ihr in den Sinn. Sie schaute auf ihre Armbanduhr, eine kleine Rolex mit roséfarbenem Ziffernblatt, die sie vor dem Duschen abgenommen hatte. *Er wird aber sicher im Sektionssaal stehen.* Sie atmete tief aus und schalt sich innerlich für ihr irrationales Verhalten. Ihm während einer Sektion von ihrem neuen Glück zu erzählen war eine absurde Idee. Sie schüttelte den Kopf. Sie war, wie so oft in den vergangenen zwei Wochen, innerlich hin- und hergerissen.

Eilig zog sie sich ein weites, beigefarbenes T-Shirt über, das sie sich bereits auf dem Rand der Badewanne neben der großräumigen Dusche mit dem Regenwaldduschkopf zurechtgelegt hatte, und versuchte den Impuls, ihr Handy zu nehmen und ihren Lebensgefährten anzurufen, zu unterdrücken. Dann band sie ihre Haare zusammen und ging mit schnellen Schritten die Treppe in die untere Etage des Townhouses hinunter, das sie und Fred vor einigen Jahren bezogen hatten.

Sie hatte die große Panoramascheibe des Wohnzimmers, die auf die Veranda führte, bereits vor dem Frühstück weit aufgezogen. Die warme Luft hatte sich inzwischen im gesamten Wohnzimmer ausgebreitet, und es lag der Duft von frischem Kaffee in der Luft. Auf dem großen Glastisch, der das Zentrum des Wohn-Esszimmers bildete, lagen noch die Akten von Fred, die er gestern Abend nach dem Essen gesichtet hatte, um sich auf einen Mordprozess, der kurz nach ihrem Urlaub beginnen würde, vorzubereiten. Neben dem großen Lilienstrauß auf dem weiß lackierten Sideboard, den natürlich sie und nicht Fred vor zwei Tagen gekauft hatte, stand ein Foto in einem silbernen Rahmen. Es zeigte sie in den Armen von Fred. Als die Aufnahme vor knapp elf Jahren gemacht worden war, waren sie noch nicht lange ein Paar gewesen. Lisa hatte etwa zu jener Zeit als Staatsanwältin bei der Bundesanwaltschaft begonnen, und Fred, damals schon ein Ausnahmetalent in seinem Fach, war kurz zuvor aus der Hannoveraner Rechtsmedizin nach Berlin gekommen, zu der rechtsmedizinischen Spezialeinheit »Extremdelikte« des BKA, die Professor Paul Herzfeld seinerzeit auf Betreiben des damaligen Bundesinnenministers neu gegründet hatte. Sie beide lachten auf dem Foto über beide Ohren. Das Bild war in Barcelona entstanden, während ihres ersten gemeinsamen Urlaubs. Zum ersten Mal als Paar. Seitdem war viel passiert. Sehr viel. Viele gute Dinge. Aber sie hatten auch mehr als einmal erfahren, wie gefährlich ihre Berufe werden konnten. Trotzdem hatten sie immer zusammengehalten, nichts hatte zwischen sie kommen können. Weder berufliche Rückschläge noch persönliche Schicksalsschläge. Und gerade von letzteren hatte es viele gegeben. Freds Beziehung zu seiner Schwester Marlene war während der langen, schweren Erkrankung seiner Mutter, um die sich seine Schwester fast rund um die Uhr gekümmert hatte, fast völlig zerrüttet. Marlene hatte ihn mit Vorwürfen überhäuft, er würde nicht genug für seine Mutter tun. Dann war Freds Mutter vor vier Jahren gestorben. Er selbst war Opfer einer heimtückischen Attacke geworden, bei der er ein schweres Schädel-Hirn-Trauma erlitten hatte, was ihn fast das Leben gekostet hatte. Ein halbes Jahr hatte er sich in der Reha wieder zurück ins Leben gekämpft. Und seine damals sechzehnjährigen Zwillinge Manon und Noah – von einer Frau, die er nur drei Tage gekannt und mit der er eine flüchtige Affäre in Paris gehabt hatte – waren von Menschenhändlern entführt worden und dabei fast ums Leben gekommen. Fred hatte viele Bürden zu tragen. Und sie mit ihm. Auch der bisher unerfüllte Kinderwunsch war eine davon gewesen. Auch wenn es darüber niemals zu Spannungen oder Vorwürfen zwischen ihnen gekommen war, stand dieser unerfüllte Wunsch bisher immer unsichtbar zwischen ihnen. *Doch jetzt nicht mehr.*

In den letzten Monaten hatte Lisa oft das Bild in dem Silberrahmen betrachtet und mehrfach gedacht, dass sich vielleicht mehr Böses als Gutes in ihrer beider gemeinsamem Leben ereignet hatte. Mehr als einmal hätte Freds berufliche Neugier, seine fast schon nervige Beharrlichkeit und die ihm eigene unheilvolle Begabung, den falschen Leuten zum falschen Zeitpunkt viel zu nahe zu kommen und auf die Füße zu treten, ihn fast das Leben gekostet. Doch Fred Abel war nun mal, wie er war. Lisa wusste ihn zu nehmen, und so liebte sie ihn auch. Daran gab es nichts zu rütteln.

Wir sind nicht mehr allein.

Diese Worte gewannen jetzt die Oberhand über ihre Gedanken. Neben dem Foto von damals lag ihr Handy. Die Lilien verströmten einen intensiven Geruch. Lisa ertappte sich dabei, wie sie nach ihrem Handy griff, sich einen der weißen Designerstühle an dem großen Esstisch zurechtrückte und sich setzte.

Ich will nur seine Stimme hören, ich werde es ihm nicht sagen, auch wenn ich es fast nicht mehr aushalte. Wahrscheinlich steckt er wieder einmal bis zu den Ellbogen in einem Opfer unserer gnadenlosen Hauptstadt und kann den Anruf nicht entgegennehmen.

Wir sind nicht mehr allein.

Sie spürte ihre Aufregung. Die Schläge ihres Pulses hatten sich bis kurz unter das Kinn nach oben gearbeitet. Dann drückte sie die Wahltaste.

15

Berlin,
Treptowers, BKA-Einheit »Extremdelikte«, Sektionssaal,
Montag, 28. Juli, 9:05 Uhr

Es herrschte konzentrierte Stille, lediglich unterbrochen von dem kreischenden Geräusch der Kopfsäge und klackernden Geräuschen der metallenen Sektionsinstrumente, die die beiden Obduzenten Yao und Abel bei ihrer Arbeit immer mal wieder auf dem Edelstahl des Sektionstisches ablegten. Etwa dreißig Minuten später stand fest, dass Theresa Maschewski an einem Herzinfarkt gestorben war. Die Frage des Alters des Infarktes und ob sie diesen bereits in ihrer Wohnung in Charlottenburg erlitten hatte – und er damit zum Zeitpunkt von Dr. Heumanns fälschlicher Feststellung des Todes schon bestanden hatte – oder ob der Herzinfarkt während ihrer intensivmedizinischen Behandlung eingetreten war, würde das Ergebnis der mikroskopischen Untersuchung in einigen Tagen bringen.

Aber auch wenn wir das Alter des Herzinfarktes genau eingrenzen und in Beziehung zum zeitlichen Verlauf der Dinge bringen können, die in diesem Fall für die Staatsanwaltschaft von Interesse sind, beantwortet das noch nicht alle offenen Fragen, befand Abel. *Die Frage, zu welchem Zeitpunkt genau eine erfolglose Reanimation einer leblosen Person abgebrochen und eingestellt werden darf, ist bis heute immer noch nicht abschließend geklärt und wird von Gericht zu Gericht unterschiedlich bewertet, denn dazu existiert keine höchstrichterliche Rechtsprechung. Es gibt eine kurze Latenzzeit zwischen unwiderruflichem Kreislaufstillstand und dem ersten Auftreten von Totenflecken, die sozusagen eine Grauzone zwischen Leben und Tod darstellt.*

Als Abel diese Überlegungen rasch noch Okyar mitteilen wollte, der sich gerade verabschiedete und anschickte, den Sektionssaal zu verlassen, klingelte sein Handy.

Sein Blackberry zeigte den Namen des Anrufers an: Lars Moewig. Abels Augen verengten sich zu schmalen Schlitzen.
Wenn Moewig ihn anrief, ging es um etwas Wichtiges. Üblicherweise schrieb sein alter Freund eine SMS. Moewig hasste es nicht nur, überall und jederzeit erreichbar zu sein, noch mehr hasste er es auch, mit seinem Handy zu telefonieren – weil er damit seinen *digital footprint,* seine digitale Spur hinterließ und seinen Standort preisgab. Was in seinem Metier als Privatermittler, der manchmal haarscharf an der Grenze zur Legalität agierte und sich auch immer mal wieder neue Feinde machte, nicht unbedingt von Vorteil war.
Abels Puls beschleunigte sich, Bilder aus der Vergangenheit tauchten vor seinem inneren Auge auf. Moewig hatte seinetwegen vor einiger Zeit einiges durchstehen müssen.
Er nahm den Anruf grußlos mit einem knappen »Lars, was ist los?« entgegen und lauschte dann schweigend der tiefen Stimme am anderen Ende. Sein Freund war möglicherweise in Schwierigkeiten. Und Moewig sollte besser nicht noch einmal unter Mordverdacht geraten, so, wie es vor einigen Jahren geschehen war, als er für den Miles-&-More-Killer gehalten wurde. Ein zweites Mal würde Abel nicht sicherstellen können, dass er ihn heil aus so einer Nummer rausbekam. Deshalb war es jetzt wichtig, dass sein alter Freund aus Bundeswehrzeiten nicht seinem Hang zu Alleingängen nachgab.
»Bleib, wo du bist. Schick mir die Adresse aufs Handy. Ich informiere den diensthabenden Kollegen hier im Haus und die Mordkommission. Du fasst ab jetzt nichts mehr an. Ich rufe dich an, sobald alles in die Wege geleitet ist, und komme so schnell ich kann.«

☠ ☠ ☠

16

Berlin-Grünau,
Wohnhaus von Dr. Fred Abel und Lisa Suttner, Wohnzimmer,
Montag, 28. Juli, 9:10 Uhr

Freds Handy war besetzt.

Mist, dachte Lisa.

Erneuter Versuch. Wahlwiederholung.

Besetzt.

Wir sind nicht mehr allein.

Wahlwiederholung.

Besetzt.

Beim nächsten Versuch, ihn zu erreichen, sprang direkt seine Mailbox an. »Anschluss Dr. Fred Abel, Nachrichten nach dem Piepton«, hörte sie die vertraute Stimme ihres Lebensgefährten.

Mit immer noch klopfendem Herzen ließ Lisa das Handy sinken.

Ausgerechnet jetzt erreiche ich ihn nicht. Aber vielleicht ist es besser so.

Sie fühlte sich heute so verletzlich, am Ende hätte sie es ihm am Telefon gesagt, während er im Sektionssaal beschäftigt war. Wahrlich kein perfekter Moment. Ihr Blick schweifte durch den Raum.

Nichts wird mehr wie vorher sein.

Und auch Fred würde nicht mehr derselbe sein.

17

Berlin-Wedding,
Kickboxstudio »Drachenhöhle«,
Montag, 28. Juli, 11:45 Uhr

Abel hatte Scherz, dem an diesem Tag diensthabenden Rechtsmediziner der »Extremdelikte«, noch im Sektionssaal in wenigen Sätzen berichtet, was er von Moewig erfahren hatte und wo genau sich der Leichenfundort befand. Er hatte ihn auch darüber informiert, dass eine der beiden Personen, die den Toten in dem Kickboxstudio im Wedding gefunden hatten, ein Freund von ihm war und er deshalb ebenfalls zum Leichenfundort kommen würde. Scherz, der gerade mit Wiebke Rath die Obduktion der Brandleiche beendet hatte, hatte zugesagt, mit der zuständigen Mordbereitschaft des LKA Kontakt aufzunehmen, und war dann unverzüglich in die Umkleide gegangen. Fünfzehn Minuten später war Scherz, mit seinem Tatortkoffer in der Hand, in Abels Büro erschienen und hatte ihn informiert, dass er sich zusammen mit den Kollegen der Mordkommission nun auf den Weg zum Leichenfundort machen würde.

☠☠☠

Abel war etwa zwanzig Minuten nach Scherz in Mazurs »Drachenhöhle« eingetroffen und stand jetzt in einem weißen Anzug der Spurensicherung neben seinem Kollegen, der in gleicher Montur neben der Leiche kniete.

Abel war schon beim ersten Anblick des Toten auf dem blutverschmierten Holzboden klar, dass dieser ein massives Polytrauma erlitten haben musste, die Knochen und das Weichgewebe des Mannes waren regelrecht zermalmt worden. Das linke Schlüsselbein war etwa in der Mitte gebrochen, und ein Ende des fahlen Knochens ragte durch die mit einer Kruste aus getrocknetem Blut überzogene Haut nach außen, wie eine morsche Wurzel, die sich ihren Weg aus dem Boden bahnte. Der rechte Unterarm war etwa zur Hälfte um fast 180 Grad in sich verdreht. Die linke Gesichtsseite war großflächig zerstört, der linke Augapfel nicht mehr vorhanden. Auch die Beine des Toten waren unnatürlich verdreht, und die gesamte Körperrückseite wie auch die Arme und Beine mit Blutergüssen in den unterschiedlichsten Violett-Schattierungen überzogen.

Scherz hatte offensichtlich Schwierigkeiten, das neue digitale Aufnahmegerät mit den Latexhandschuhen, die er trug, zu bedienen, während er die Befunde der ersten rechtsmedizinischen Inaugenscheinnahme des Toten diktierte, denn er drückte immer wieder an dem Gerät herum und stieß leise Verwünschungen aus, die von dem regelmäßigen, mechanischen Klicken der Kamera des Polizeifotografen begleitet wurden.

An Abel gewandt sagte der Oberarzt: »Massives Polytrauma. Leichenfundort könnte auch Tatort sein. Dann wäre er im Sack zu Tode geprügelt worden. Kann aber genauso gut ganz anders abgelaufen sein. Vielleicht ein Sturz aus der Höhe oder ein Verkehrsunfall, und dann wurde der Tote in den Sack verfrachtet und darin eingenäht. Wäre mal eine neue Form des Leichen-Dumpings. Normalerweise erfolgt in Berlin die Entsorgung von unliebsamen Toten in stillgelegten U-Bahn-Tunneln, Klärgruben oder den Badegewässern der Region.«

Abel wusste, worauf Scherz hinauswollte: Erst nach der Sektion würden sie mehr wissen. Möglicherweise fanden sich Hinweise darauf, dass der Mann zum Zeitpunkt, als er in den ledernen Sandsack eingenäht wurde, noch lebte, oder Hinweise darauf, was die massiven Verletzungen verursacht hatte.

☠☠☠

Keine halbe Stunde später war Scherz' rechtsmedizinische Untersuchung beendet, und er hatte sein Instrumentarium – Pinzette, Maßstab, Lupe, Diktafon – wieder in seinem Tatortkoffer verstaut.

Nachdem er auch die Latexhandschuhe abgestreift und den weißen Overall bis zur Hüfte heruntergezogen und die Ärmel vor dem Bauch verknotet hatte, wandte er sich an Abel. »Ich werde langsam zu alt für diesen Job. Ständig irgendwelche technischen Neuerungen, wie dieses neue digitale Diktiersystem, das einem das Leben nicht leichter, sondern schwerer macht, und dann auch noch diese verdammte Bullenhitze hier drin.«
»Wann geht es im Sektionssaal weiter? Gibt es schon eine Uhrzeit?«, wollte daraufhin der Polizeifotograf wissen, der mittlerweile seine Kameraausrüstung in einem silbernen Alukoffer verstaut hatte.
»Als Nächstes ist eure Spurensicherung dran, die stehen aber wohl irgendwo am Großen Stern im Stau. Ich stimme mich mit der zuständigen Ermittlerin ab und melde mich später bei Ihnen.«
Der Fotograf nickte und verabschiedete sich.
Für einen kurzen Moment waren die beiden Rechtsmediziner in der stickigen Trainingshalle allein. Die unverputzten Wände schienen den Geruch von rohem Fleisch und Blut, der von dem Toten ausging, mit dem alten Schweißgeruch, der in der unangenehmen Schwüle in der alten Fabrikhalle deutlich hervortrat, zu vermischen und regelrecht zu konservieren.
Abel wusste, dass Moewig, den er bei seiner Ankunft in der »Drachenhöhle« kurz begrüßt hatte, gemeinsam mit dem Besitzer des Kickboxstudios im Büro seine Aussage machte, und nutzte die Zeit bis zum Eintreffen der Spurensicherung, um sich die Aufhängevorrichtung des Sandsacks genauer anzusehen.
»Der Sandsack wurde abgehängt und scheinbar nachlässig wieder an den Haken angebracht. Eine Kette haben die Täter wohl nicht über die Aufhängung bekommen«, wandte er sich an Scherz. »Wahrscheinlich, weil der Inhalt des Sacks zu schwer war. Aber was viel ungewöhnlicher ist …« – Abel trat noch einen Schritt näher an den aufgerissenen Sandsack heran und inspizierte die Außenseiten jetzt aus nächster Nähe – »… die Spuren auf dem Leder, zumindest diese, die ich auf den ersten Blick erkennen kann, sind

längliche, überwiegend waagerecht verlaufende Eindellungen, fast wie Druckstellen von einem länglichen Gegenstand. So boxt doch niemand. Fast wie …«

»Ich tippe mal auf eine Eisenstange oder den Klassiker – einen Baseballschläger«, sagte eine tiefe Stimme hinter Abel.

Moewig hatte sich geräuschlos genähert, offensichtlich war seine Vernehmung beendet.

»Die Penner haben den Jungen in den Sack eingenäht und auf ihn eingeprügelt, als ob es kein Morgen gibt. Oder wonach sieht das sonst aus?«, fuhr der ehemalige Söldner fort.

Abel sah Linda Friedrich vom LKA 1 »Delikte am Menschen« auf sich zukommen. Die Beamtin, der er noch nie an einem Tatort oder im Sektionssaal begegnet war, hatte sich ihm vorhin vorgestellt. Das Personalkarussell im LKA drehte sich offenbar nach wie vor schnell, und die Polizeiakademie in der Charlottenburger Chaussee schien ständig neue Beamte auszuspucken.

Die junge Frau mit dem braunen kurzen Haar baute sich selbstbewusst vor ihnen auf.

»Herr Moewig, bitte lassen Sie die Rechtsmediziner ungehindert ihre Arbeit machen. Sie haben hier nichts mehr zu suchen. Sie sind zwar bisher noch nicht Beschuldigter, aber Zeuge in einem Mordfall«, wies sie ihn mit beinahe geschlossenen Lippen zurecht.

»Was heißt hier ›bisher noch nicht Beschuldigter‹?«, fragte Moewig grimmig.

Kommissarin Friedrich wollte sich gerade aufplustern, um in die Offensive zu gehen, als Abel dazwischenging.

»Ist schon gut, Frau Kollegin«, beschwichtigte er die Beamtin. »Ich kenne den Mann seit gut dreißig Jahren. Er darf ruhig sagen, was er denkt. Und so, wie ich das sehe, könnte er mit seiner Einschätzung, was die Tatwaffe anbelangt, durchaus richtigliegen«, nahm er dann seinen langjährigen Freund in Schutz und warf Moewig kurz einen verschwörerischen Blick zu.

Der verstand sofort und hob beschwichtigend die Hände. »Alles gut, ich bin auch gleich weg«, sagte er.

Das schien sie fürs Erste zufriedenzustellen.
»Wir sind fertig, Frau Friedrich. Dass es kein klassischer Sportunfall war, dürfte allen klar sein«, sagte Abel und sah dabei aus den Augenwinkeln, wie Moewig grinste.
Er klopfte ihm auf die Schulter. »Dein Training dürfte erst mal ausfallen. Die Spurensicherung wird Tage brauchen, bis das Gebäude wieder freigegeben werden kann. Es war richtig, dass du mich angerufen hast. Mach's gut. Ich muss jetzt zurück in die Treptowers«, verabschiedete sich Abel.
Moewig nickte. »Meld dich, Fred«, erwiderte er und ging an den Sandsäcken vorbei in Richtung Ausgang.
Abel verabschiedete sich auch von Linda Friedrich und von Scherz, dem er zusagte, ihm bei der Obduktion des Toten aus dem Sandsack als zweiter Obduzent zur Seite zu stehen, und verließ ebenfalls die Halle.
Mit jedem Schritt, den er ging, nahmen seine Überlegungen weiter Form an.
Scherz hat recht, es wäre ein Leichtes gewesen, den Toten für immer in einem der dunklen Löcher der Hauptstadt verschwinden zu lassen. Aber wer es so darauf anlegt, dass seine Tat entdeckt wird, will eine Botschaft senden. Derjenige will sichergehen, dass die Brutalität, mit der er vorgeht, publik wird, dass das hier die Runde macht. Wer das getan hat, ist noch lange nicht fertig.

☠☠☠

18

Berlin,
Treptowers, BKA-Einheit »Extremdelikte«, Sektionssaal,
Montag, 28. Juli, 15:03 Uhr

Scherz hatte erneut Schwierigkeiten mit dem digitalen Aufnahmegerät. Die Welt schien heute gegen ihn zu sein, was der Schlupfkasack, der zwei oder drei Konfektionsgrößen zu klein für ihn war, noch zu unterstreichen schien.

»Herr Kollege, könnten Sie bitte einmal …«, sagte er gereizt und hielt seinem Mitobduzenten das Gerät hin. Mit den neuen Modellen, die erst vor ein paar Tagen in ihrer Abteilung in Betrieb genommen worden waren, hatte sich Scherz wahrlich noch nicht anfreunden können.

Er kratzte sich genervt an seinem dünnen, grauen Fusselbart. »Mir wäre es lieber, wir hätten noch die alten Kassettengeräte. Kleine Kassetten im Diktafon. Wie die letzten vier Jahrzehnte«, sinnierte Scherz und wartete, bis Abel ihm das Aufnahmegerät startbereit in die Hand drückte.

»Aufnahme läuft«, sagte Abel knapp und stellte sich neben Scherz. Zwei Bestatter in knittrigen schwarzen Anzügen hatten den Toten vor einer halben Stunde an der Leichenaufnahme der Treptowers angeliefert. Sektionsassistent Hermann Vogel, ein Routinier von neunundfünfzig Jahren und mit entsprechend viel Erfahrung im Sektionssaal, hatte den Toten auf einen der vier Stahltische im Sektionssaal gelegt. Der aufgeschnittene Sandsack, den die Bestatter in einer Transportwanne zusammen mit dem Leichnam gebracht hatten, war mit Blut und anderen Körperflüssigkeiten verschmiert. Vogel hatte ihn auf einer Bahre neben dem Sektionstisch mit dem Toten platziert.

Nachdem Herzfeld kurz seinen Kopf in den Sektionssaal gesteckt und sie informiert hatte, dass von der Staatsanwaltschaft mittlerweile grünes Licht für die Sofortobduktion vorlag und eine Beamtin der Mordkommission später dazukommen würde, um die Obduktionsergebnisse zu besprechen, begann nun die Untersuchung des Toten aus dem Sandsack.

Als diensthabender Rechtsmediziner an diesem Tag leitete Scherz die Obduktion, Abel war sein gesetzlich vorgeschriebener zweiter Obduzent. Scherz nickte dem Sektionsassistenten Hermann Vogel kurz zu, was für diesen das Startsignal war.

Vogel spülte die Körperoberfläche des noch nicht identifizierten Toten mit der am Sektionstisch montierten Handbrause ab und entfernte mit einem Schwamm alle Blutkrusten, sodass beide Obduzenten mit der äußeren Leichenschau beginnen konnten. Der Sektionsassistent drehte den Toten jetzt auf dessen linke Seite, indem er sich neben den Sektionstisch stellte und mit seiner rechten Hand den rechten Arm des auf dem Rücken liegenden Toten und mit seiner linken Hand die rechte Wade ergriff. So konnten sie sich, auf der anderen Seite des Sektionstisches stehend, unter guten Lichtverhältnissen und ohne Blutverschmierungen am Körper des Mannes – beides Faktoren, die die Beurteilbarkeit von Verletzungen bei der Leichenschau am Fundort nur zu oft stark einschränkten – ein Bild von den Verletzungen machen. Sowohl an der Körperrückseite, über den gesamten Rücken, den Nacken, die Schulterpartien, das Gesäß und die Flanken verteilt, als auch an den Armen und Beinen zeigten sich zahlreiche längliche Hautunterblutungen, die ein spezifisches Muster, sogenannte Doppelstriemen, zeigten. Diese Hämatome bestanden im Randbereich aus länglichen, streifigen Hautunterblutungen, die absolut parallel zueinander verliefen und zentral, zwischen den Blutungen, eine abgeblasste Zone aufwiesen. Dabei handelte es sich um sogenannte geformte Verletzungen, die dem Rechtsmediziner aufgrund ihrer Morphologie – nämlich Umriss, Aussparung innerhalb der Verletzung, Abstände der Strukturen zueinander und Größe – Rückschlüsse auf die verwendete Tatwaffe ermöglichten.

Bei der inneren Leichenschau, der Untersuchung aller inneren Organe nach ihrer Entnahme aus Kopf-, Brust- und Bauchhöhle sowie des Skelettsystems und der Muskulatur des Toten, zeigten sich neben Zerreißungen von Leber, Nieren, Milz und einem Abriss des Dünndarms von seiner aus Weichgewebe bestehenden Befestigung im Bauchraum Frakturen aller Extremitätenknochen, abgesehen vom linken Wadenbein und rechten Oberschenkelknochen. Der Schultergürtel des Mannes war regelrecht gesprengt und das linke Schlüsselbein offen frakturiert. Die schweren Gesichtsverletzungen hatten zu Frakturen des Ober- und Unterkiefers und der Mittelgesichtsknochen geführt, wobei letztere erst zur Darstellung kamen, nachdem Sektionsassistent Vogel zunächst die Kopfschwarte durch einen Ohr zu Ohr verlaufenden Schnitt gelöst und sie einschließlich des darunterliegenden Weichgewebes wie eine Badekappe bis unter die Kinnspitze heruntergezogen hatte und dann die Gesichtsknochen, von der Stirn beginnend, freipräpariert hatte, indem er die gesamte Haut des Gesichts mitsamt Unterhautgewebe wie eine Maske mit dem Sektionsmesser von den Knochen abschälte.

Ein ungewöhnlicher und für die abschließende Würdigung der Gesamtumstände durch die Obduzenten wichtiger Punkt war der Befund mehrerer Nadeleinstichstellen in der Haut der Außenseite des rechten Oberschenkels. Hier zeigten sich den Obduzenten unter der Lupe vier etwa stecknadelgroße Einstiche, die im Randbereich leicht gerötet und in dem darunterliegenden Unterhautgewebe diskret rötlich eingeblutet waren. Allerdings handelte es sich bei diesen Nadeleinstichstellen nicht um die üblicherweise bei Obduktionen zu beobachtenden Einstiche, die von intravenösem Drogenkonsum oder notärztlich gesetzten Injektionen herrührten, sondern diese Nadeleinstichstellen waren eine Folge davon, dass der Mann lebendig in den Sandsack eingenäht worden war. Dies ergab der Vergleich zweier kleinster Fadenreste, die Abel aus dem Wundgrund von zwei dieser Einstichstellen freipräparieren konnte, mit dem Nahtmaterial aus der provisorisch geschlossenen Naht des Boxsacks, die Mazur mit dem Teppichmesser aufgeschnitten hatte.

☠☠☠

Knapp zwei Stunden später waren alle Befunde dokumentiert, die Scherz – zunächst noch mit einiger Mühe und mehreren Anläufen, dann allerdings zunehmend reibungslos – in das digitale Diktiergerät gesprochen hatte, und die Obduktion war damit beendet. Der Oberarzt fasste für sich und Abel noch einmal alle Befunde zusammen. Dies war, wie auch schon im Vorfeld jeder Obduktion, eine weitere Möglichkeit, dass sich beide Obduzenten ihre jeweiligen Beobachtungen und eigenen Interpretationen wie Bälle hin und her spielen konnten. »Die Kopfverletzungen sind massiv, allerdings keine Schädelinnenraumblutung. Insofern würde ich hier nicht das Schädel-Hirn-Trauma, sondern das Polytrauma insgesamt als todesursächlich in den Vordergrund stellen. Es gibt nur wenige Knochen an seinem Oberkörper, die nicht gebrochen sind. Die Wirbelkörperfrakturen haben mit Sicherheit auch zu Rückenmarksverletzungen geführt, aber das schaue ich mir später noch unter dem Mikroskop an. Die Rippenfrakturen und die Brüche der langen Röhrenknochen haben zu einer Fettembolie geführt, und die Leberzertrümmerung, die ich in dieser Form bisher nur bei Lkw-Überrollungen oder Stürzen aus dem zehnten Stockwerk oder höher gesehen habe, war für sich genommen auch tödlich.«
Abel pflichtete dem Oberarzt bei: »Das sehe ich genauso. Es wäre Erbsenzählerei, hier eine einzelne Verletzung in der Hierarchie der Todesursachen in den Vordergrund zu stellen. Am Ende war es die Kombination aus vielen einzelnen, für sich allein genommen schon letalen Verletzungen.«
»Apropos Verletzungen«, übernahm Scherz wieder das Wort. »Was die geformten Verletzungen anbelangt – das verwendete Schlagwerkzeug war etwas Längliches, sehr Stabiles. Ihr Freund, der Dunkelhäutige, lag heute Vormittag vor Ort mit seiner ersten Einschätzung richtig, als er auf Eisenstangen oder Baseballschläger tippte.«
Abel nickte, ohne dem etwas hinzuzufügen.
»Was ihn nicht unbedingt unverdächtig macht, wenn Sie mir die Anmerkung erlauben, Kollege Abel«, schob Scherz nach.

Abel ging darauf nicht weiter ein, sondern kam auf die Obduktionsbefunde zurück. »Interessanterweise haben wir an Brust und Bauch keine von dem oder den Schlagwerkzeugen herrührenden Doppelstriemen festgestellt – was die Beobachtung der Zeugen bestätigt, dass er wie ein Fötus zusammengekrümmt in dem Sack hing. In dieser Position waren Bauch und Brust durch seine Oberschenkel geschützt vor den Schlägen.«
»Ja, ich bin ganz Ihrer Meinung«, pflichtete Scherz ihm bei. »Herzblut, Venenblut und das bisschen, was noch von seinen Nieren übrig ist, schicken wir hoch zu Fuchs ins Labor. Nach erster Einschätzung der Kripo geht es ja wohl um Drogen, was der Fund in der Sporttasche vermuten lässt. Soll Fuchs prüfen, ob unser bisher nicht identifiziertes Opfer selbst Drogenkonsument war, was – wenn er es bestätigt – für die Kollegen des LKA 1 vielleicht ein erfolgversprechender Ermittlungsansatz wäre.«
Mit diesen Worten nickte Scherz dem Sektionsassistenten Hermann Vogel zu. Es war das Signal, dass er und Abel ihre Arbeit im Saal beendet hatten und der Sektionsassistent sich nun um die Asservate und die weitere »Versorgung« der Leiche kümmern konnte – das Zurückverbringen der präparierten Organe in den ausgeweideten Körper, das sorgfältige Zunähen, die Reinigung des Toten und das Verbringen in die Kühlung.
»Kollege Abel«, sagte Scherz, der jetzt plötzlich sichtlich erschöpft schien. »Ich muss sagen, dass mir in den knapp vier Jahrzehnten, die ich diese Arbeit mache, nicht oft ein so brutaler Mord untergekommen ist. Einnähen eines lebenden Menschen in einen Boxsack, in dem er totgeprügelt wird …« Scherz atmete hörbar aus, ehe er weitersprach. »Mein lieber Mann, das ist eine neue ›Qualität‹ von Gewalt, wie wir sie bei den ›Extremdelikten‹ nur selten sehen. Eine Beziehungstat würde ich hier mal per se ausschließen, es sei denn, unser Opfer ist der Tochter von Francis Ford Coppolas Paten zu nahe gekommen. Aber jetzt höre ich mich fast schon an wie Kollege Murau. O Gott, sein ständiges Geschwafel scheint mittlerweile auf mich abzufärben.«

Abel, der sich ein Grinsen verkneifen musste, fragte: »Sie meinen, die Organisierte Kriminalität steckt dahinter?« Allerdings hatte er ähnliche Überlegungen auch schon während der Obduktion angestellt.

»Absolut«, erwiderte der Ältere. »Vielleicht Bulgaren. Die sind mittlerweile laut Kriminalstatistik in Berlin ganz vorn mit dabei, oder gute deutsche Rocker. Die darf man auch nicht unterschätzen. Passt zum Rotlichtmilieu.«

»Sie sollen sich doch nicht meinen Kopf zerbrechen und mir die Arbeit wegnehmen, Herr Dr. Scherz!«, schallte plötzlich eine strenge Frauenstimme durch den Sektionssaal. Die Köpfe der beiden Rechtsmediziner fuhren wie auf ein Kommando herum. In der Eingangstür war eine kleine, zierliche Frau aufgetaucht. Sie trug ein gelbes Sommerkleid, bedruckt mit großen blauen Hibiskusblüten.

Abel war zwar schon mehrfach auf Bettina Brehmer vom LKA 1 getroffen, aber er hätte sie in ihrer leichten Sommergarderobe beinahe nicht erkannt. In Abels Erinnerung trug sie eine Winterjacke, Winterstiefel und eine grobe Strickmütze. Gemeinsam hatten sie vor anderthalb Jahren das Haus eines Serienvergewaltigers inspiziert, der die Frau, die er entführt, missbraucht und nach zwei Tagen Martyrium schließlich getötet hatte, in eine Badewanne mit Eiswürfeln gelegt hatte. In der Hoffnung, so die Verwesung aufzuhalten, um sein »Schätzchen«, wie er sein zweiundzwanzigjähriges Opfer bei seiner Vernehmung zynisch genannt hatte, »möglichst lange« bei sich zu behalten und »immer wieder benutzen« zu können. Zusätzlich hatte der Täter im eiskalten Januar die Heizung im ganzen Haus abgestellt, um die Leichenfäulnis noch zusätzlich auf ein Minimum zu reduzieren, da er gar nicht so viel Eiswürfel neu produzieren konnte, wie er sie für die Konservierung der toten jungen Frau benötigte.

Bei der Begehung des Tatorts herrschten in dem Wohnhaus des Täters Minusgrade, und Abel erinnerte sich noch gut daran, dass er sich damals mehrfach selbst verflucht hatte, nicht wie Oberkom-

missarin Brehmer auf die winterlichen Temperaturen gut vorbereitet in warmer Kleidung erschienen zu sein, da sich die Untersuchung des Hauses über fast zwölf Stunden hingezogen hatte.
Abel hatte Brehmers nüchternen Pragmatismus bei den damaligen Ermittlungen schätzen gelernt und wusste, dass die Kollegin vom LKA sich im Nachgang der Untersuchungen Herzfeld gegenüber lobend über seine rechtsmedizinische Rekonstruktion der Tatumstände geäußert hatte.
»Und hier haben wir Instinkt und Intuition in einer Person. Guten Tag, Herr Dr. Abel. Ist ja schon eine Weile her«, begrüßte ihn Bettina Brehmer, die mittlerweile bei den drei Männern am Sektionstisch angekommen war.
Abel lächelte Brehmer zu, und die Oberkommissarin bedachte Sektionsassistent Vogel zur Begrüßung mit einem kurzen Nicken.
»Wenn Sie schon ohne mich obduzieren, dann will ich doch wenigstens wissen, was dem Herrn hier Ihrer Meinung nach widerfahren ist«, sagte die gerade mal einen Meter fünfzig große Frau. Sie hatte, obwohl sie sehr wahrscheinlich auf die sechzig zuging, ihre mittelblonden, mit ziemlicher Sicherheit gefärbten Haare zu einem frechen Pferdeschwanz zusammengebunden, was ihre übergroßen Kreolen-Ohrringe noch mehr zur Geltung brachte.
Scherz deutete auf das entstellte Gesicht des Toten auf dem Sektionstisch. Einäugig, zahnlos, zerstört. Dann gab er der Ermittlerin eine knappe Zusammenfassung von den wesentlichen rechtsmedizinischen Erkenntnissen, an deren Ende Brehmer tief einatmete und anschließend mit aufgeblähten Wangen die Luft wieder hinauspresste.
»Tja, da hat der liebe Moritz wohl Probleme mit den falschen Leuten gehabt«, kommentierte sie trocken.
»Ist das sein Name – Moritz?«, schaltete sich Abel ein.
Bettina Brehmer nickte, und die goldenen Kreolen schaukelten bis an ihr Kinn.
»Ja. Die endgültige Bestätigung der Daktyloskopie steht zwar noch aus, aber ich denke, wir können davon ausgehen, dass er es ist. Mo-

ritz Lübben. Vierundvierzig Jahre alt geworden. Die Aufnahme des Fackel-Tattoos an seinem Unterarm, die unser Fotograf noch am Fundort geschossen hat, passt nach unseren ersten Erkenntnissen zu ihm. In seinem Schrank in dem Kickboxstudio befand sich nicht nur eine beträchtliche Menge Kokain und Heroin sowie Amphetamine für den Straßenverkauf, sondern auch eine Bauchtasche mit seinen Papieren und anderen persönlichen Dokumenten.«

Scherz streifte sich seine gelben Sektionshandschuhe ab, wobei er das elastische Plastik wie ein Gummiband spannte und sie hintereinander gekonnt in einen Abfallbehälter schnellen ließ.

»Also, wenn der Tote aus dem Sandsack Moritz Lübben ist«, fuhr Brehmer fort, »und wenn dem so ist, dass er in einem Sandsack starb, ist das beinahe eine Boshaftigkeit des Lebens. Er ist der Sohn von Hermann Lübben.« Sie machte eine Pause, anscheinend in der Hoffnung, dass Abel oder Scherz mit dem Namen etwas anfangen konnten. Doch deren fragende Gesichter legten Zeugnis vom Gegenteil ab.

»Na gut, auch Sie können nicht alles wissen. Hermann Lübben war eine schillernde Figur des Boxsports in den Achtzigerjahren, als noch Zuhälter mit goldenen Uhren in der ersten Reihe am Ring saßen. Lübben war Boxpromoter, eine echte Westberliner Type. Er kam zu Geld, zu Ansehen. Wenn er ein Lokal am Ku'damm betrat, wurde immer der beste Tisch für ihn frei gemacht.«

»Rotlicht inklusive, nehme ich an?«, fragte Scherz, der sich jetzt seine Hände an einem der Handwaschbecken im Sektionssaal wusch, sehr wahrscheinlich in der Hoffnung, dass sich seine Rotlichtmilieu-Theorie bestätigen würde.

»Falsch, Sie klischeebehafteter Mensch«, rüffelte Brehmer ihn mit erhobenem Zeigefinger, den Scherz aber nur beiläufig zur Kenntnis nahm.

»Lübben wurde zu einem wahren Schutzengel für Kinder aus armen Familien. Er richtete eigene Betreuungen für sie ein. Genauer für Kinder aus ...« – sie machte eine kurze Pause und schien sich ihre Wortwahl genau zu überlegen – »ich sage mal, für Kinder aus *schwierigen* Familien. In verschiedenen damaligen Westberliner Problemkiezen. Der Wedding war einer davon. Er holte so die Kinder von der Straße. Nach der Schule konnten sie in die von Lübben organisierte Betreuung gehen. Sogar von ihm bezahlte Nachhilfelehrer waren dort zeitweise anwesend. Und wer diese Nachmittagsbetreuung besuchte, erhielt Gratisunterricht in seiner Boxschule. Ich denke, durch Berlin laufen Hunderte erwachsene Menschen, die Hermann Lübben nicht nur einen vernünftigen Start ins Leben zu verdanken haben, sondern auch, dass sie nicht auf die schiefe Bahn geraten sind.«

Scherz, der sich gerade die Hände mit einem Papierhandtuch abtrocknete, pfiff zwar anerkennend durch die Zähne, konnte sich aber anscheinend nicht verkneifen anzumerken: »Aber sein eigener Sohn scheint auf die schiefe Bahn geraten zu sein, wenn der Anschein nicht trügt, dass er ein so gut sortiertes Drogendepot sein Eigen nennen durfte.«

»Ja, zumindest sieht es zurzeit danach aus. Zwei Kollegen meiner Mordbereitschaft sind gerade unterwegs zu Hermann Lübben und werden ihn über den Tod seines Sohnes informieren. Und wir hoffen, bei der Gelegenheit gleich etwas mehr über seinen Spross zu erfahren. Wo wir einhaken können, noch ehe die KT alle Faserspuren, Fingerabdrücke und DNA-Spuren ausgewertet hat. Das wird sehr wahrscheinlich Wochen dauern, weil in dem Kickboxstudio tagtäglich Dutzende Menschen ein und aus gegangen sind. Die müssen wir alle feststellen, ausfindig machen und um eine freiwillige Speichelprobe und Fingerabdrücke bitten. Allein das wird Wochen dauern und viele Kräfte bei uns und bei der KT binden. Und erst dann können wir die Ergebnisse mit den Spuren am Tatort abgleichen. Denn nach dem, was Sie mir eben zu dem aus rechtsmedizinischer Sicht anscheinend unzweifelhaften Befund berichtet haben, dass Lübben junior noch zu Lebzeiten in den Sandsack eingenäht wurde, handelt es sich beim Leichenfundort auch um den Tatort, das steht damit dann wohl ziemlich sicher fest«, sagte die Oberkommissarin.

»Bisher keine weiteren Zeugen? Irgendwelche Kameras auf der Straße vor dem Studio oder in der näheren Umgebung?«, wollte Abel wissen.
»Negativ. Aber wir sind dran«, erwiderte Brehmer mit sorgenvoller Miene. »Warten wir die Befragung von Lübben senior ab. Ich befürchte allerdings, es wird nicht lange dauern, bis die Hauptstadtpresse herausfindet, wen Sie heute auf dem Tisch liegen hatten. Und dann werden die wildesten Gerüchte und Spekulationen ins Kraut schießen. Ich hoffe, dass wir nicht Zeugen eines knackigen Prologs geworden sind. Ich habe keine Lust, dass wir in der Stadt bald noch mehr totgeprügelte Kerle in Sandsäcken finden.«
Das ist wohl nicht ausgeschlossen, dachte Abel, dem genau dieser Gedanke beim Verlassen der »Drachenhöhle« auch gekommen war. Dann herrschte für kurze Zeit Schweigen im Sektionssaal. Scherz sortierte mittlerweile Aktenblätter und schien sich innerlich bereits von der Oberkommissarin verabschiedet zu haben. Aus seiner Richtung war lediglich ein unartikuliertes Brummeln zu vernehmen.
Bettina Brehmer wandte sich zum Gehen, hielt dann aber noch einmal inne und sagte mit gesenkter Stimme zu Abel: »Meine Kollegin berichtete mir, dass einer der beiden Herren, die die Leiche gefunden haben, ein Bekannter von Ihnen ist?« Sie versuchte offensichtlich, ihre Bemerkung eher beiläufig klingen zu lassen.
Abel zuckte kurz innerlich zusammen, obwohl er nichts zu verbergen hatte.
»Er ist sogar ein guter Freund. Lars Moewig ist als Privatermittler hier in Berlin tätig. Er hat mir schon das eine oder andere Mal privat sehr geholfen.«
Brehmer lächelte. »Ein Detektiv, der im Wedding zum Kickboxtraining geht und über die schlimmste Leiche des Sommers stolpert. Herr Abel, also wirklich, Sie haben Freunde – das ist stark«, sagte sie lächelnd und verließ den Sektionssaal.
Abels Blick fiel ein letztes Mal auf das entstellte, einäugige Gesicht von Moritz Lübben, das in diesem Moment hinter dem Reißver-

schluss des weißen Leichensacks verschwand, den Sektionsassistent Hermann Vogel mit einer kraftvollen, surrenden Bewegung zuzog.

☠☠☠

19

Berlin-Grünau,
Wohnhaus von Dr. Fred Abel und Lisa Suttner, Arbeitszimmer,
Montag, 28. Juli, 19:21 Uhr

Vor den leicht geöffneten Fenstern des Arbeitszimmers wiegten sich die trockenen Äste der Kiefern im Wind. Es schien, als würde an diesem Abend noch ein Sommergewitter aufziehen. Abel vernahm das Rauschen der Bäume, das sich, wenn er die Augen schloss und sich auf den Gedanken einließ, anhörte, als würden irgendwo weit entfernt Wellen sacht an einen Strand branden. Abel hatte sich, nachdem er nach Hause gekommen war und geduscht hatte, ein schwarzes T-Shirt und dunkelblaue Shorts angezogen und saß jetzt in dem alten Ledersessel seines Vaters, sein Laptop vor sich auf den Knien. Der Fluch dieses Hauses war, dass sich die Hitze den ganzen Tag über darin staute und erst abends wieder etwas nachließ. Mit dem aufkommenden Wind wurde es nun endlich etwas kühler, bis er die Fenster wieder schließen musste, da mit Einbruch der Abenddämmerung auch ganze Mückenarmeen von der Dahme her ausschwärmten, auf der Suche nach ein paar köstlichen Blutstropfen.

»Papa, das ist wirklich toll. Wir hoffen, Lisa freut sich auch, wenn wir uns dann endlich wiedersehen«, sagte die junge Frauenstimme aus dem Laptop.

Abel hatte die Gardinen vor beiden Fenstern zugezogen, um Sonnenlichtreflexionen auf dem Bildschirm zu vermeiden. Nun lächelte er in die kleine Kameralinse.

»Na klar, Lisa freut sich bestimmt. Und jetzt lass uns für heute Schluss machen, ich habe einen Fall, zu dem ich mir noch einmal alle Unterlagen ansehen will«, sagte er und tippte dabei mit dem Finger auf den Unterlagenstapel, den Renate Hübner ihm zusammengestellt hatte – sein Gutachten zum Fall Siara Zhou und die dazugehörigen Krankenunterlagen, die bisher vorliegenden Ermittlungsergebnisse und das Vernehmungsprotokoll der Mutter.

Abels Tochter Manon zog einen Schmollmund und sah dabei noch hübscher aus, als sie ohnehin war. Sie kam eindeutig nach ihrer Mutter.

Manon und ihr Zwillingsbruder Noah lebten bei ihrer Mutter Claire auf Guadeloupe. Dass er ihr Vater war und die beiden das Ergebnis einer ebenso leidenschaftlichen wie kurzen Affäre vor neunzehn Jahren, hatte Abel erst vor einigen Jahren erfahren.

»Also gut, Dad«, sagte Noah, der jetzt neben seiner Schwester auf dem Bildschirm auftauchte, mit tiefer Stimme und einem breiten Lächeln. »Dann tu, was du nicht lassen kannst. Wir gehen gleich runter an den Strand, hier ist es ja erst Mittag.«

Abel lächelte zurück. »Macht's gut.« Er klappte den Laptop zu, und das helle Bildschirmlicht verschwand von seinem Gesicht. Fast in derselben Sekunde öffnete Lisa die Tür und trat ins Arbeitszimmer.

»Na, wie geht es den beiden?«, fragte sie neugierig

Abel bemerkte, dass sich seine langjährige Partnerin noch nicht, wie sonst um diese Zeit üblich, abgeschminkt hatte. Sie trug ein legeres, beigefarbenes T-Shirt und eine kurze Jeans. Von hinten trat sie an den Ledersessel heran und umarmte Abel.

»Wie läuft es in der Schule bei ihnen? War Claire auch da?«, fragte sie weiter.

Ohne eifersüchtig auf sein vorheriges Leben zu sein, war Lisa immer interessiert daran zu wissen, was dieser relativ neue Teil von Abels Familie in der Karibik so trieb.

»In der Schule ist wohl alles in Ordnung. Und sie wollen immer noch zum Studieren nach Berlin kommen«, antwortete Abel. »Claire war nicht zu Hause, aber sie lässt uns beide grüßen, sagen die Kinder.«

»Wenn sie sich für ein Studium entschieden haben und ihre Wahl auf Medizin fällt – hoffentlich wollen sie am Ende nicht auch noch Rechtsmediziner werden«, sagte Lisa mit einem ironischen Unterton und wartete auf Abels Reaktion, die auch prompt kam.

»Was ist denn schlecht an einem Beruf, in dem man die Überstunden kaum zählen kann? In dem man kein Überstundenfrei nehmen kann, weil jeden Tag neue Fälle dazukommen, die man nicht liegen lassen kann, weil sie eine zeitnahe Bearbeitung erfordern?«, widersprach er mit gespielter Entrüstung.

Lisa lächelte.

»Schon okay, es sind ja auch ganz nette Typen unter euch Aufschneidern dabei«, beschwichtigte sie und drückte Abel einen Kuss auf die Wange.

Doch er war für ein solches Signal der Zuneigung am heutigen Abend nicht besonders empfänglich, entzog sich ihr und sagte: »Apropos Überstunden: Ich muss mich jetzt noch einmal mit dieser Sache hier beschäftigen.«

Lisa schielte auf den Aktendeckel.

> *Verdacht auf versuchten Totschlag in Tateinheit mit der Misshandlung Schutzbefohlener zum Nachteil Siara Zhou*

»Ich habe heute Nachmittag einen Anruf vom Familiengericht bekommen, dass die Anhörung, das Sorgerecht für Sina und Siara betreffend, noch für diese Woche terminiert wird, wahrscheinlich sogar schon für übermorgen. Und …«

»Hast du endlich mit Sabine gesprochen?«, unterbrach Lisa ihn.

»Nein.« Abel schüttelte den Kopf.

Lisa strich ihm zärtlich über die Schulter. »Ich weiß, es ist eine vertrackte Situation. Für euch beide. Ihr wart bisher immer ein Topteam. Aber genau deswegen musst du mit ihr sprechen. Am besten gleich morgen früh. Unbedingt noch vor der Anhörung im Familiengericht. Aber …«, fuhr sie fort und blickte Abel verheißungsvoll an. »Vielleicht kann diese Akte ja doch noch etwas warten? Vielleicht solltest du dich vorher lieber mit der Akte Lisa Suttner beschäftigen. Ich könnte uns Trüffelpasta machen, ich habe alles besorgt.«

Doch ehe Lisa ihre Vorstellung von der Gestaltung des gemeinsamen Abends weiter ausführen konnte, schüttelte er energisch den Kopf.

»Nein, Lisa. Heute leider nicht. Ich habe vorhin in der Abteilung schon eine Kleinigkeit gegessen. Ich muss die Unterlagen unbedingt noch einmal durchgehen. Die Kopfverletzungen des Mädchens, darum wird es in der Anhörung vor dem Familiengericht gehen. Die Wucht der Ausführung und vor allem diese kleine Stelle hinter ihrem Ohr. Hier …« Abel legte den Zeigefinger und Mittelfinger seiner rechten Hand in seine Nackenregion, dicht hinter das rechte Ohr, unmittelbar im Übergangsbereich von unbehaarter zu behaarter Kopfhaut – die Stelle, von der er mittlerweile sicher war, dass von dort die Fraktur der Schädelbasis ihren Ausgang genommen hatte. Dort, wo das zweite Trauma, ein Schlag oder Tritt, die Nichte von Sabine Yao getroffen hatte.

Lisas liebevoller Gesichtsausdruck wich Erstaunen, und in ihren immer noch sanften Tonfall mischte sich jetzt Ernsthaftigkeit. »Komm, bitte! Keine Pasta, das ist okay, aber reden. Nur eine halbe Stunde.«

Doch Abel war bereits völlig in seine eigene Welt eingetaucht, der Begutachtung der Verletzungen von Siara Zhou. Er sagte, so als ob er Lisas Worte gar nicht gehört hätte: »In Siaras Fall handelt es sich bei der Schädeldachfraktur und der Fraktur der Schädelbasis um zwei getrennte Bruchsysteme, die zeitlich hintereinander entstanden sind. Sie hat zwei massive Schädel-Hirn-Traumata unmittelbar hintereinander erlitten. Das war definitiv kein Sturzgeschehen bei kindlichem Spielen oder Rumklettern auf Möbeln. Kurz nachdem sie auf dem Boden aufschlug – sehr wahrscheinlich war das der

Moment, als ihr Schädeldach brach –, erlitt sie einen heftigen Schlag, vielleicht mit der Faust, oder einen Tritt. Gegen ihre rechte Nackenregion …«

Lisa zog die Hand von Abels Schulter, als hätte sein Körper unsichtbare Stacheln ausgefahren. »Heute Morgen habe ich vergeblich versucht, dich zu erreichen, ich wollte mit dir sprechen, einfach nur deine Stimme …«, unternahm sie ein letztes Mal den Versuch, Abel aus den Tiefen seiner fachlichen Gedanken an die Oberfläche, in die Gegenwart zu ziehen. Doch es gelang ihr nicht. Wie in Trance blätterte Abel in den Unterlagen. »Lass uns bitte morgen Abend reden, Lisa«, sagte er leise.

☠☠☠

Dass Lisa das Arbeitszimmer verlassen hatte, hatte Abel überhaupt nicht bemerkt, zu versunken war er bereits in seine Überlegungen gewesen: zu den Verläufen der Frakturlinien an Siaras Schädel, zu den Diskrepanzen zwischen der Schilderung der Mutter und den objektiven Befunden, insbesondere zu den radiologischen.

Ihm war auch nicht klar, wie viel Zeit inzwischen vergangen war, als sein Blackberry auf der Tischplatte mit einem tiefen Brummton vibrierte und er feststellte, dass es bereits fast 22 Uhr war. Aber Abel war nicht verwundert, als er sah, wer ihn so spät noch anrief.

»Hast du Frau Friedrich vom LKA mittlerweile verdaut?«, fragte er zur Begrüßung, konnte sich allerdings nur schwer von den Unterlagen vor ihm lösen.

Moewig lachte am anderen Ende der Leitung bitter auf. »Reizende Person, aber ich konnte ihr wirklich nicht behilflich sein. Ich glaube auch nicht, dass Karol etwas damit zu tun hat. Er hätte niemals die Kulisse für so eine Tat zur Verfügung gestellt. So, wie ich ihn kennengelernt habe, ist er froh, wenn er seine Ruhe hat und sein Studio läuft. Hast du den Toten schon auf dem Tisch gehabt?«

»Ja, hab ich. Es war genau das, wonach es aussah: Moritz Lübben wurde lebendig in diesen Sandsack eingenäht und darin mit etwas

Knüppelähnlichem totgeprügelt. Mit deiner Vermutung, dass eine Eisenstange oder ein Baseballschläger verwendet wurde, dürftest du richtig- oder zumindest sehr nah dran liegen.«

Am anderen Ende der Leitung herrschte zunächst Schweigen. Dann fragte Moewig: »Moritz Lübben? *Lübben* sagst du?«

»Ja. Moritz Lübben, Sohn eines ehemaligen Boxpromoters. Sein Vater war im Westberlin der Achtzigerjahre wohl sehr umtriebig und engagiert, was sozial benachteiligte Kinder anging, und diese Boxkinder bekamen außer …«

»Ich weiß, wer Lübben ist. Hermann Lübben. Der Patron«, unterbrach ihn Moewig mitten im Satz. »Ach du Scheiße, der Sohn von Hermann Lübben wurde totgeschlagen!«

»Du kennst ihn?«, hakte Abel nach.

Moewig antwortete nicht sofort.

In der Ferne hörte Abel das erste Grollen des Sommergewitters, das von der Dahme her aufzog.

»Hermann Lübben«, meldete sich Moewig jetzt wieder am anderen Ende der Leitung zu Wort, »hat mir das Leben gerettet. Ich war eines seiner *Boxkinder*.«

☠☠☠

20

Berlin, Marzahn-Hellersdorf,
Wohnung von Mailin Zhou, Küche,
Montag, 28. Juli, 22:12 Uhr

Sabine Yao hatte die BKA-Einheit »Extremdelikte« in den Treptowers gegen 17 Uhr verlassen, war danach zunächst zu ihrer Nichte Sina in die Kriseneinrichtung in Neukölln gefahren und hatte sich überzeugt, dass es dem Mädchen den Umständen entsprechend gut ging. Sie hatte ihr eine Puppe und verschiedene Kinderbücher aus der Wohnung in Marzahn mitgebracht und Sina dann eine Stunde lang vorgelesen und Bilderbücher mit ihr angeschaut. Der Abschied war grausam für beide, Sina hatte sich gar nicht aus ihrer Umarmung lösen wollen und hatte herzzerreißend geweint.

Im Anschluss war Sabine Yao zum Charité-Standort Berlin-Mitte gefahren, wo sie Sinas Zwillingsschwester Siara auf der dortigen Kinderintensivstation besuchte. Das, was dem knapp zwei Jahre alten Mädchen zugestoßen war, hatte der Rechtsmedizinerin einmal mehr gezeigt, dass das Unglück im Leben immer ganz nah war. Nur hinter einer papierdünnen Wand verborgen und jeden Moment bereit, diese hauchdünne Schicht zu zerreißen und nach den Menschen zu greifen.

Die Rechtsmedizinerin hatte sich auf einem Hocker neben das Krankenbett gesetzt und den zarten, kleinen Körper ihrer Nichte, der nun von modernster Medizintechnik abhängig war, von Geräten, die ihn am Leben erhielten, lange betrachtet. Dann war sie aufgestanden, hatte sich vorgebeugt und den Muskeltonus von Siaras Extremitäten vorsichtig überprüft. Der linke Arm war völlig schlaff, ebenso das linke Bein. Im Gegensatz dazu vermeinte sie an Arm und Bein der rechten Körperseite einen stärkeren Muskeltonus zu spüren. Sabine Yao wusste, dass dies auf eine Lähmung der linken Körperseite als Folge der schweren Kopfverletzungen hindeuten konnte. Dies korrespondierte mit Siaras CT-Befunden, die sie aus Fred Abels Gutachten kannte, das ihr Renate Hübner unter dem Siegel der Verschwiegenheit gezeigt hatte: *massive Hirngewebsuntergänge der rechten Großhirnhemisphäre*.

Da die rechte Hirnhälfte für die Motorik der linken Körperseite zuständig war und die linke Großhirnrinde mit dem dort gelegenen motorischen Kortex die rechte Körperhälfte steuerte, passte die schwere Verletzung der rechten Gehirnhälfte zu der vermuteten Lähmung der linken Körperseite.

Dann waren Sabine Yaos Finger über die rechte Wange des Kindes nach hinten geglitten, und sie hatte den kleinen Kopf behutsam um wenige Zentimeter auf die linke Seite gedreht. Als sie den Kopfverband leicht anhob, war hinter Siaras rechtem Ohr immer noch der Bluterguss zu erkennen gewesen, allerdings deutlich kleiner und statt violett nunmehr gelblich grün. Sie hatte Fred Abels Interpretation dieser auf den ersten Blick unscheinbaren und belanglos erscheinenden Verletzung in seinem Gutachten gelesen. Der von Abel vor vier Tagen fotografisch dokumentierte Schorf in der Mitte des Hämatoms hatte sich zwischenzeitlich abgelöst und war einer etwa ein Zentimeter langen und nur wenige Millimeter breiten rötlichen Linie aus frischer Oberhaut gewichen.

Sabine Yao hatte später Siara zum Abschied auf die Wange geküsst, und die Augen der Rechtsmedizinerin füllten sich dabei mit Tränen, auch wenn sie sich beim Betreten des backsteinernen Klinikbaus fest vorgenommen hatte, bei diesem Besuch nicht wieder zu weinen.

Was, wenn es wirklich so gewesen ist, wie Fred vermutet?

Wenn es eine Überreaktion von Mailin war? Wenn der Druck auf sie zu groß geworden war? Zwei Kinder, die lebhaft und nicht einfach zu versorgen sind und der geliebte Ehemann tot …, fragte sie sich stumm, als sie aus dem Krankenzimmer lief.

Was war wirklich in der Wohnung geschehen?

☠☠☠

Sabine Yao und Mailin saßen jetzt am Esstisch in der kleinen Küche und hatten schon längere Zeit kein Wort mehr miteinander gewechselt. Es war alles gesagt worden. Immer wieder. Immer wieder hatten die beiden Schwestern über das gesprochen, was vor sechs Tagen passiert war. Wie Siara auf dem Fliesenboden im Wohnzimmer gelegen hatte. Mehr tot als lebendig. In diesem Moment hatte etwas Dunkles seinen Lauf genommen, etwas Bedrohliches. Etwas, das für Mailin den Verlust des Sorgerechts für ihre Zwillingstöchter bedeuten konnte, wenn das Familiengericht so entschied; das für Mailin sogar eine längere Haftstrafe wegen ver-

suchten Totschlags bedeuten konnte, wenn die Staatsanwaltschaft entsprechend argumentieren und anklagen würde.
»Die Anhörung vor dem Familiengericht ist sehr wichtig«, sagte Sabine Yao, während ihr Blick auf einen Haufen schmieriger Pappkartons fiel, von verschiedenen Lieferdiensten, die sich neben dem überquellenden Mülleimer zwischen zahllosen leeren Weinflaschen stapelten.
»Aber jede vernünftige Frau, die auch Mutter ist, weiß doch, dass man nicht *immer* nach den Kindern schauen, sich nicht rund um die Uhr um sie kümmern kann! Haushalt, Essen kochen. Ich kann nicht ständig bei ihnen sein. Ich meine, das müssen die im Familiengericht doch auch wissen«, rechtfertigte sich Mailin halbherzig, und ihr verheultes und vom übermäßigen Alkoholkonsum aufgedunsenes Gesicht verzog sich zu einer Grimasse. Offenbar bahnte sich eine weitere Weinattacke an.
Sabine Yao nickte. Aber sie wusste auch, dass das Gesamtbild vor Gericht entscheidend war. Doch weder die Schlussfolgerungen und das Ergebnis von Fred Abels Gutachten – das in dieser Hinsicht stichhaltig war und sehr wahrscheinlich jedes Gericht, ob Familiengericht oder Strafgericht, überzeugen würde – noch die Aussage von Nachbarn auf Mailins Etage gegenüber Polizeibeamten, die von Mailins Alkoholkonsum und häufigem Kindergeschrei und Weinen, teils bis spät in die Nacht, berichtet hatten, machten das Bild besser.
»Ich werde im Gerichtssaal bei dir sein. Wir stehen das zusammen durch«, versuchte Sabine Yao, sich und ihrer Schwester Mut zuzusprechen. Dabei ergriff sie Mailins Hand und knetete deren Finger, als könnte sie so einen zusätzlichen Kreislauf in ihrem Körper anregen, der mehr Mut und Zuversicht durch ihre Blutgefäße pumpte.
Als Mailin sich der Berührung entzog, rutschte der Ärmel des übergroßen grünen Kapuzenpullovers hoch und entblößte ihren linken Unterarm. Dort zeigten sich an der Innenseite mehrere lange, oberflächliche Hautverletzungen.

»Was hast du denn da gemacht, Kleine?«, fragte Sabine Yao alarmiert. Ihr geschulter Blick erkannte sofort, dass sich ihre Schwester die Wunden selbst zugefügt hatte. Die nur sehr oberflächlichen Schnittverletzungen verliefen parallel zueinander und boten ein identisches Bild, was der Rechtsmedizinerin verriet, dass sie alle mit derselben Intensität, demselben Kraftaufwand zugefügt worden waren – was nur möglich war, wenn der linke Unterarm völlig ruhig gehalten wurde, und das wiederum war bei einer Verletzung durch fremde Hand praktisch ausgeschlossen.

O Gott, Mailin hat sich geritzt. Ihre autoaggressiven Tendenzen aus der Pubertät sind zurück, schoss es Sabine Yao durch den Kopf.

Mailin zog den Ärmel des Kapuzenpullovers schnell wieder herunter und wischte sich damit über ihre Augen, die sich jetzt vollständig mit Tränen gefüllt hatten. Nach einer kurzen Pause, in der sie Sabine Yaos Blick nicht standhalten konnte, sondern unsicher zu Boden blickte, sagte sie: »Eine Konservendose … Beim Öffnen … Ich bin wohl abgerutscht …« Dann kam nur noch leises Schluchzen.

»Seit wann ritzt du dich wieder? Mailin, du musst jetzt stark sein, für deine beiden Mädchen! Sie brauchen dich, und zwar mit klarem Kopf. Dein Alkoholkonsum …«, stellte Sabine Yao etwas vorwurfsvoller, als sie es eigentlich beabsichtigt hatte, fest. »Du trinkst eindeutig zu viel. Ich weiß, unter welch enormem Druck du stehst, aber ich bitte dich lass diese elende Sauferei bleiben. Ich möchte gar nicht wissen, was du alles in dich reinschüttest, wenn ich nicht bei dir bin. Aber glaubst du, ich sehe die ganzen leeren Flaschen nicht?«

Plötzlich sprang Mailin auf und brüllte ihre ältere Schwester an: »Verdammte Scheiße, Bine! Musst du immer alles hinterfragen, alles besser wissen? Die starke Tochter, die immer so vernünftig ist, die nie Probleme hat. Du kotzt mich an! Alles kotzt mich nur noch an!«

Mit diesen Worten stürzte sie aus der Küche, und Sabine Yao hörte, wie die Badezimmertür zuknallte.

So ein Mist, sie dekompensiert. Ich dachte, sie ist stabil, aber jetzt fällt sie wieder in ihre alten Verhaltensmuster zurück. Ritzt sich wieder. Was ist, wenn sie nicht nur hinsichtlich ihrer Verletzungen am Unterarm die Unwahrheit sagt?
Was ist, wenn sie auch in Bezug auf Siaras Verletzungen lügt?

☠☠☠

21

Berlin,
Treptowers, BKA-Einheit »Extremdelikte«,
Büro Professor Paul Herzfeld,
Dienstag, 29. Juli, 11:26 Uhr

Abel hatte nach der morgendlichen Frühbesprechung an diesem Vormittag im Sektionssaal alle Hände voll zu tun gehabt. Gemeinsam mit Wiebke Rath hatte er zwei Frauen obduziert, die kurz hintereinander aus einem Fenster im vierten Stock eines Mietshauses in Berlin-Kreuzberg gestürzt waren. Die ganze Sache hatte eine bizarre Vorgeschichte, und ein strafrechtlich bereits mehrfach in Erscheinung getretener Mann – der mit verschiedenen psychoaktiven Substanzen bereits wiederholt Frauen gefügig gemacht und dann im Rahmen sektenartiger Rituale sexuell missbraucht hatte – war sehr wahrscheinlich für das Ableben der beiden neununddreißig und dreiundsechzig Jahre alten Frauen verantwortlich. Deshalb hatte das BKA und damit dessen rechtsmedizinische Spezialeinheit den Fall übernommen. Die Vorgeschichte in diesem auch für Rechtsmediziner durchaus ungewöhnlichen Doppeltodesfall lautete: Die beiden Frauen hatten gemeinsam mit einer weiteren Frau, auf deren Aussagen der bisher rekonstruierte Geschehensablauf beruhte, an einem geheimen indianischen Ritual teilgenommen. Dieses Ritual hatte ein Mann abgehalten, der sich Mantotopah nannte und angab, ein Medizinmann indianischer Abstammung zu sein. Im Rahmen seiner schamanischen Sitzungen, die jeweils im Voraus von den Teilnehmerinnen mit Bargeld bezahlt werden mussten, hatten die drei Frauen verschiedene bewusstseinserweiternde Substanzen in von Mantotopah gestopften Gebetspfeifen konsumiert.

Die polizeiliche Recherche hatte ergeben, dass es sich bei diesem Mann um einen mehrfach vorbestraften Betrüger und Sexualstraftäter handelte. Der im Allgäu geborene Sohn deutscher Eltern ohne jedwede indianische Abstammung ließ sich, wenn er nicht als Schamane unterwegs war, auch als Doktor oder Professor mit wechselnden falschen Namen titulieren. Er betrieb ein Institut für Georadiologie, über das er – in wissenschaftlichen Kreisen gänzlich unbekannte – Apparaturen zur Messung der Intensität von Erdstrahlen zu horrenden Preisen vertrieb. Neben diversen Vorstrafen wegen Betruges lagen nicht nur Anzeigen gegen den Mann vor, sondern es waren auch zahlreiche Strafverfahren gegen ihn anhängig. Offensichtlich war es während seiner schamanischen Rituale immer wieder zu sexuellen Übergriffen auf Teilnehmerinnen gekommen, zum Teil unter Ausübung großer Brutalität.

Im vorliegenden Fall hatten die Teilnehmerinnen nach Inhalation des Rauches aus den Gebetspfeifen nicht nur Halluzinationen entwickelt, sondern auch heftigste Wahnvorstellungen, was – nach dem Stand der Ermittlungen zum Obduktionszeitpunkt – in einer Prüfung »zu fliegen« kumulierte, um ein Reinigungsritual zu durchlaufen und damit die nächste Stufe zu erreichen.

Am Ende waren beide Frauen an einem massiven Polytrauma mit Schädel- und Extremitäten-Frakturen, Lungenanspießungen durch ihre eigenen Rippen sowie Zerreißungen ihrer inneren Organe nach dem Sturz aus rund zwölf Meter Höhe direkt nach ihrem Aufschlag in dem Kreuzberger Innenhof verstorben. Zeichen einer andersartigen Gewalteinwirkung waren nicht festzustellen gewesen. Hinweise auf ein Sexualdelikt hatten die Obduktionen nicht ergeben, wobei die Ergebnisse der Untersuchungen der Vaginal-, Oral- und Analabstriche der Toten noch ausstanden. Wenn diese vorlagen – und auch die Ergebnisse der Untersuchungen von Dr. Fuchs und seinem Laborteam bezüglich der genauen Inhalts- und Wirkstoffe der offensichtlich stark bewusstseinsverändernden Substanzen in den Gebetspfeifen –, würden Abel und Rath ihr rechtsmedizinisches Gutachten schriftlich abfassen.

☠☠☠

Abel und Sabine Yao waren von Renate Hübner verständigt worden, dass ihr Chef sie sprechen wollte, und saßen jetzt, nachdem die Arbeit im Sektionssaal beendet war, in dessen Büro auf zwei Besucherstühlen vor seinem Schreibtisch.

Herzfeld hatte die automatischen Jalousien vor der breiten Fensterfront seines Büros im zehnten Stock der Treptowers heruntergelassen, und auf seinem Gesicht zeichnete sich ein Muster aus Schatten und Lichtstreifen ab. Die Ärmel seines hellblauen Hemdes hatte er bis über die Ellbogen hochgekrempelt, und seine wuchtige, silberfarbene Glashütte-Uhr glänzte im einfallenden Licht auf seiner urlaubsgebräunten Haut. Allerdings war von Urlaubserholung in seinen Gesichtszügen in diesem Moment nichts mehr zu erkennen. Besorgt runzelte er die Stirn.

»Mir ist zu Ohren gekommen, dass es zwischen dir, Fred, und Ihnen, Frau Yao, in den letzten Tagen zu gewissen Spannungen gekommen ist«, begann er das Gespräch.

»Hat Frau Hübner dir das erzählt?«, wollte Abel wissen.

Herzfeld beugte sich in seinem wuchtigen Sessel vor und stützte die Ellbogen auf der Schreibtischplatte auf. »Woher ich das weiß, spielt keine Rolle, Fred. Ich habe von meinem alten Vorgesetzten in Kiel, Professor Schwan, gelernt, dass man als Chef jederzeit über alles, was die eigenen Mitarbeiter betrifft, bestens informiert sein sollte.«

Sabine Yao, die sich ihre langen, pechschwarzen Haare scheinbar noch strenger als sonst zu einem Pferdeschwanz am Hinterkopf zusammengebunden hatte, verzog keine Miene.

Abel verfluchte innerlich erneut die Tatsache, dass er genau zu jenem Zeitpunkt rechtsmedizinischen Bereitschaftsdienst gehabt hatte. Und noch mehr bedauerte er, dass er nicht sofort nach seinem Besuch auf der Intensivstation der Kinderklinik mit seiner Kollegin darüber gesprochen, sie informiert und um Verständnis für seine Situation geworben hatte. Aber der Zug des Bedauerns war längst abgefahren. Abel konnte nur hoffen, dass dieses Gespräch hier irgendwie zur Deeskalation und Entspannung der Situation beitragen würde. Denn es war wie so oft: Er hatte alles richtig machen wollen, hatte auf den richtigen Moment gewartet – und ihn so mal wieder verpasst. Und alles war dadurch noch viel schlimmer geworden.

»Gestern im Sektionssaal soll es zwischen euch beiden hoch hergegangen sein. Sie, Dr. Yao, und du, Fred, kennen sich schon seit vielen Jahren, und wenn ich es nicht besser wüsste, würde ich sagen: Keiner in dieser Abteilung bildet ein perfekteres Team am Tatort und im Sektionssaal. Egal, was dort auf euch wartet. Und deshalb verwundert es mich, dass diese Professionalität gestern verloren gegangen ist. Auch wenn ich weiß, dass es für euch beide eine schwierige Situation ist.«

Er ist genau im Bilde über den Fall Siara, stellte Abel fest. *Er kennt mein Gutachten und weiß um Sabines Befangenheit in dieser Sache, da es sich sowohl bei der Geschädigten als auch bei der Hauptverdächtigen um ein nahes Familienmitglied handelt.* Er versuchte vergeblich, Blickkontakt mit Sabine Yao aufzunehmen, aber sie schaute nur starr geradeaus. Dann legte sie den Kopf leicht in den Nacken, und ihre Kiefermuskeln arbeiteten sichtbar unter ihrer straffen, glatten Gesichtshaut, als würde sie eilig jedes Wort, das ihr gerade zur Erwiderung in den Sinn kam, stumm zerkauen. Sie hatte offensichtlich nicht vor, Stellung zu beziehen.

»Frau Yao, Fred, wir alle wissen, worum es hier geht. Ich möchte von dir, Fred, auch wenn ich dein Gutachten …« – er machte eine kurze Pause und sah auf einen Zettel mit handschriftlichen Vermerken auf der Schreibtischplatte vor ihm – »… kenne, deine Sicht der Dinge noch einmal direkt hören, und dann können Sie, Frau Yao, mir Ihre Sichtweise zu dem Fall erläutern. Vielleicht trägt das dazu bei, die Wogen etwas zu glätten.« Herzfelds Blick wanderte zu Abel, der stumm nickte.

Abel wusste, dass es Herzfeld, den er seit vielen Jahren gut kannte, keinesfalls darum ging, den Sachverhalt und die Untersuchungsergebnisse des Kindes neu zu eruieren, da er bereits vollständig im Bilde war und ihm, Abel, unter vier Augen mitgeteilt hätte, wenn er seine Schlussfolgerungen in irgendeiner Hinsicht als fragwürdig einschätzen würde.

Abel atmete tief ein, sodass sich seine Nasenflügel leicht nach innen zogen, atmete dann hörbar aus und begann: »Am vergangenen Donnerstag bin ich kurzfristig für den Bereitschaftsdienst eingesprungen, weil in den beiden Berliner rechtsmedizinischen Instituten mehrere Kollegen Urlaub oder sich krankgemeldet hatten. Während des Dienstes kam der Untersuchungsauftrag von der Kinderintensivstation der Charité. Siara Zhou, Sabines Nichte …« – er versuchte erneut, mit ihr Blickkontakt aufzunehmen, was ihm jedoch wieder nicht gelang – »… war dort etwa achtundvierzig Stunden zuvor mit schweren Kopfverletzungen aufgenommen worden. Laut Angabe der Mutter gegenüber der Notärztin und der Polizei ist Siara beim Spielen vom Sofa gestürzt. Aber diese Erklärung ist keinesfalls plausibel und erklärt weder die Schwere noch das Verletzungsbild ihrer Schädelfrakturen.« Abel bemerkte, dass Sabine Yaos Schultern leicht bebten. »Als ich mir die Kleine ansah, machte mich der Stationsarzt auf eine Verletzung aufmerksam, die meiner Ansicht nach möglicherweise von einer Hand, die einen Ring trug, oder auch von einem Tritt mit entsprechendem Schuhwerk herrühren kann. Schlagrichtung von seitlich oben nach schräg unten. Hier, hinter dem rechten Ohr.« Abel deutete mit dem Zeigefinger bei sich selbst auf die entsprechende Stelle. Abel hörte ein Schluchzen neben sich.

Sabine Yao weinte.
Doch ein Nicken von Herzfeld ermunterte Abel, fortzufahren. »Absolut sturzuntypische Lokalisation der Verletzung. Fernab der primären Aufschlagstelle am Scheitelknochen«, schloss er seine Ausführungen.
In diesem Moment richtete sich Sabine Yao auf ihrem Stuhl auf und straffte ruckartig die Schultern. Ihre Stimme klang energisch und hart, überzeugt von jedem Wort, das sie ausstieß: »Ich werde deine rechtsmedizinischen Schlussfolgerungen und damit deine beruflichen Fähigkeiten nicht anzweifeln. Dafür kenne ich dich zu gut, schätze deine Expertise zu sehr. Aber warum hast du nicht mit mir gesprochen? Morgen früh um 9:00 Uhr ist die Anhörung vor dem Familiengericht. Meine Schwester hat mich vor zehn Minuten angerufen, dass heute die Ladung kam. Und ich sage dir jetzt schon, du siehst mich morgen in diesem Gerichtssaal.«
Der Termin war für Abel neu, aber er vermutete, dass seine Ladung zu der Anhörung sehr wahrscheinlich in seinem Posteingangskorb in Renate Hübners Sekretariat lag.
»Und es fällt mir sehr schwer, zu akzeptieren«, fuhr Sabine Yao wütend fort und deutete mit dem Finger auf Abel, »dass Mailin aufgrund deiner Expertise das Sorgerecht für ihre Töchter verliert. Du wirst meine Schwester mit deinem Gutachten vielleicht sogar ins Gefängnis bringen. Aber ich sage dir eins, Fred, meine Schwester Mailin würde niemals, niemals ihr Kind schlagen. Niemals!«
Abel spürte den Fingerzeig seiner Kollegin auf der Haut wie die Spitze einer Harpune, die sich durch ihn hindurchbohren wollte.
»Sabine, es tut mir leid. Ich kann nur bewerten, was ich sehe. Und das habe ich gemacht. Ich habe nie gesagt, dass deine Schwester es getan hat«, sagte er fast unhörbar.
»Aber der Richter wird es so bewerten. Oder wer soll es sonst getan haben? Ein Gespenst?«, fauchte Sabine Yao ihn an.
Eilig schaltete sich Paul Herzfeld ein, bemüht, nicht die Kontrolle über dieses Gespräch zu verlieren. »Und genau das ist es, was wir tun. Jeden Tag. Wir bewerten das, was wir sehen, mit den Mitteln,

die uns die Medizin an die Hand gibt. Dass die Verletzung am Kopf Ihrer Nichte nicht so erklärt werden kann, wie es Ihre Schwester tut, ist unstrittig, und das, was Fred hier ausgeführt hat, ist nicht zu leugnen. Ich kenne sein Gutachten und alle Behandlungsunterlagen, auch die Fotos, die Fred von der Verletzung hinter dem Ohr auf der Intensivstation gemacht hat.«

Sabine Yao starrte Herzfeld entgeistert an. Abel atmete ein weiteres Mal hörbar aus.

»Frau Yao, Fred«, fuhr Herzfeld fort, »mein dringender Appell an euch beide: Ihr werdet morgen die für euch jeweils vorgesehene Rolle erfüllen. Du, Fred, nach bestem Wissen und Gewissen als Gutachter und bitte mit etwas Fingerspitzengefühl, auch wenn dir das zuweilen schwerfällt. Und Sie, Frau Yao, als Angehörige, als seelischer Beistand Ihrer Schwester. Und nur …« – er blickte Sabine Yao, die seinem Blick standhielt, jetzt direkt in die Augen – »… bitte *nur* als Angehörige. Sie werden nicht als Rechtsmedizinerin dort sein und schon gar nicht als Gutachterin gehört werden. Und egal, wie der morgige Tag ausgeht – ich erwarte, dass zwischen euch beiden in meinem Sektionssaal in Zukunft nichts steht, was unsere Arbeit behindert. Keine Emotionen, keine Anfeindungen. Haben wir uns verstanden?«

Sabine Yao schien jetzt durch Herzfeld hindurchzustarren. Es verging etwa eine halbe Minute, bis sie roboterhaft nickte.

☠☠☠

22

Berlin-Kreuzberg,
Amtsgericht Tempelhof-Kreuzberg, Familiengericht, Saal 022,
Mittwoch, 30. Juli, 9:04 Uhr

Fred Abel sah schlecht aus. Müde und abgespannt. Er hatte, wie die übrigen Verfahrensbeteiligten auch, im Gerichtssaal Platz genommen. Seine dunkelblaue Krawatte harmonierte mit seinem hellgrauen, schmal geschnittenen Anzug und dem hellblauen Hemd. Auf Menschen, die ihn nicht gut kannten, machte er sicher den Eindruck des smarten Experten. Aber für Sabine Yao, die ihn bestens kannte und auch schon mehrfach als Sachverständigen vor Gericht erlebt hatte, war klar: Fred Abel hatte wenig, vielleicht gar nicht geschlafen und schien sich in seiner Haut nicht wohl zu fühlen. Für einen kurzen Augenblick tat er ihr fast leid, aber sie wischte den Gedanken sofort wieder beiseite. Hier ging es einzig und allein um ihre Schwester, um ihre Familie.

Die Verfahrensbeteiligten hatten an einem halbkreisförmigen Tisch vor dem Richtertisch Platz genommen. Auf der rechten Seite saß, mit dem Rücken zur Fensterfront, Mailin in grauer Bluse und mit hochgesteckten Haaren.

Sabine Yao, die sich für diesen Tag freigenommen hatte, war bereits zweieinhalb Stunden vor der Anhörung in der Wohnung ihrer Schwester erschienen und hatte penibel darauf geachtet, dass diese eine gepflegte und ordentliche Erscheinung abgab. Ihre Schwester hatte nur widerwillig den grünen Kapuzenpullover gegen die graue Bluse getauscht und sich dann von Sabine Yao die Haare hochstecken und die Nägel lackieren lassen. Dezentes Rosé. Der Geruch des Nagellacks hatte sich mit Mailins süßlicher Alkoholfahne gemischt. Aber Sabine Yao hatte diesmal geschwiegen.

Neben Mailin saß ihre Anwältin, eine Fachanwältin für Familienrecht von Anfang sechzig in einem eng sitzenden türkisfarbenen Kostüm, das ihrer Figur nicht schmeichelte. Auf dem billigen Blazerstoff breiteten sich unter den Achseln Schweißflecken aus. Die Anwältin, die die beiden Schwestern vor dem Gerichtsgebäude getroffen hatte, schien alles nur schnell hinter sich bringen zu wollen. Zu Sabine Yaos Erleichterung ließ sie Mailins Alkoholausdünstungen ebenfalls unkommentiert.

In der Mitte des Halbkreisrunds saßen zwei Mitarbeiter des zuständigen Jugendamts: eine Frau von etwa Mitte vierzig, der man nicht nur ihren exzessiven Nikotinkonsum, sondern auch ihre häufig frustrierende Tätigkeit anzusehen schien. Neben ihr ein jüngerer Mann – wahrscheinlich neu im Job –, der immer wieder nervös zu seiner Kollegin blickte, so als müsse er sich ständig ihrer Anwesenheit versichern. Links außen hatte sich Fred Abel niedergelassen, vor sich einen Stapel Unterlagen, den Sabine Yao als sein Gutachten und Kopien von Siaras Krankenunterlagen identifizieren konnte.

Sie selbst saß auf einer Bank im rückwärtigen Bereich des Gerichtssaals, der seit den Achtzigerjahren wahrscheinlich keinen Maler mehr gesehen hatte und nach Linoleumboden und dem Holz alter Stühle und Tische roch.

Der Familienrichter war ein Mann um die sechzig. Die dunklen Tränensäcke und seine herunterhängenden Wangen erinnerten die Rechtsmedizinerin an einen alten Basset – abgekämpft und für die Jagd kaum noch zu gebrauchen. Er hatte gerade mit einem Stapel Aktenordnern unter dem Arm erschöpft den Saal betreten und stellte jetzt die Anwesenheit der Verfahrensbeteiligten fest.

Dann sagte er mit leiser und etwas nuscheliger Stimme, sodass man genau hinhören musste, um ihn zu verstehen: »Ich habe hier einen Vermerk der Staatsanwaltschaft, den ich zu Beginn dieser Anhörung einführen werde. Die Berliner Staatsanwaltschaft hat am 25. Juli Haftbefehl gegen die hier anwesende Kindesmutter, Frau Mailin Zhou, geboren am 20. Mai 1986 in Berlin, beantragt. Der Haftbefehl wurde am 26. Juli von dem zuständigen Haftrichter bis auf Weiteres zur Haftverschonung ausgesetzt. Die – für mich nachvollziehbare – Begründung des Haftrichters ist, dass momentan jederzeit mit dem Ableben der Tochter von Frau Zhou, der 22 Monate alten Siara Zhou, zu rechnen ist. Und nur, wenn Haftverschonung vorliegt, lässt sich sicherstellen, dass Frau Zhou ihre Tochter jederzeit in der Klinik besuchen kann, wenn sich deren Zustand plötzlich noch weiter verschlechtert. Zudem ist Frau Zhou bisher strafrechtlich nicht in Erscheinung getreten, was ihr in diesem Fall ebenfalls von der Staatsanwaltschaft zugutegehalten wird. Nichtsdestotrotz wird die Staatsanwaltschaft Berlin Anklage gegen Frau Zhou wegen versuchten Totschlags in Tateinheit mit der Misshandlung von Schutzbefohlenen erheben.«

Der Richter sah in die Runde, blätterte dann die aufgeschlagene Seite in dem vor ihm liegenden Aktenordner um, räusperte sich kurz und fuhr fort: »Frau Zhou wird von der Staatsanwaltschaft der möglicherweise strafmildernde Umstand zugutegehalten, kurz nach dem Tötungsversuch an ihrer Tochter …«

»*Tötungsversuch* an meiner Tochter?«, zischte Mailin Zhou, die bis dahin völlig regungslos vor sich hin gestarrt hatte, nun deutlich hörbar.

Scheiße, nein, Mailin, bitte tu das nicht, dachte Sabine Yao. *Du machst damit alles nur noch schlimmer.* Sie flehte innerlich, dass die neben Mailin sitzende Anwältin ihre Mandantin würde beruhigen können.

»Ich habe meiner Tochter noch nie wehgetan. Ich …«, stieß Mailin aus und erhob sich beim Reden, doch ehe sie weitersprechen konnte, war auch ihre Anwältin aufgestanden, hatte sie in den Arm genommen und flüsterte jetzt beruhigend auf sie ein.

»Frau Zhou, Sie sind gleich auch dran. Jetzt rede ich!«, sagte der Richter, inzwischen mit deutlich lauterer und gut verständlicher Stimme. Er legte seinen Kopf leicht schräg, kniff die Augen zusammen und sah Mailin mit ansonsten regloser Miene an. Er erinnerte Sabine Yao nun mehr an einen Wolf, der ein Stück Beute vor sich sah, als an einen Basset.

☠☠☠

23

Brandenburg, Groß Köris, Schulzensee,
Wohnhaus von Hermann Lübben,
Mittwoch, 30. Juli, 9:19 Uhr

Der alte Lada Niva schob sich lautstark über die schmale Uferstraße. Unter den Rädern des kleinen Allrad-Wagens knirschte der trockene Schotter, und die Windschutzscheibe hatte sich nach der knapp fünfundvierzigminütigen Autobahnfahrt von Berlin in den Brandenburger Süden in einen Insektenfriedhof verwandelt. Angestrengt blickte Moewig durch die staubig-schmutzige Scheibe.

Er war, dem Navigationsgerät seines Handys folgend, in der kleinen brandenburgischen Gemeinde Groß Köris von der Hauptstraße abgebogen und auf einem schmalen Weg, der leicht abschüssig verlief, weiter in Richtung Schulzensee gefahren. Die Häuser erzählten die Geschichte der Region – zwischen Siedlungshäusern aus DDR-Zeiten, grau und mit hölzernen Garagen davor, standen immer wieder imposante Neubauten.

Unter Moewigs Händen am harten Lenkrad des Wagens hatte sich eine Schweißschicht gebildet. Was allerdings weniger an den hochsommerlichen Temperaturen lag als an Moewigs Nervosität.

Wie es dem Patron wohl geht?, grübelte er. *Ob seine Frau noch lebt?* Patron – so hatten die Kinder Hermann Lübben damals genannt, weil er ihr Schutz und Schirm war, wenn keiner in ihrer Familie Zeit oder überhaupt Interesse an ihnen zeigte. Alle Kinder, denen Hermann Lübben damals Aufmerksamkeit und einen Ort, an dem sie sich etwas geborgen fühlen konnten, gab, hatten ihr Päckchen zu tragen gehabt. So wie Moewig.

Wie lange habe ich ihn nicht gesehen? Vielleicht fünfundzwanzig Jahre. Er musste ungefähr zwölf Jahre alt gewesen sein, als ihn ein Nachbarsjunge das erste Mal zu den Boxstunden mitgenommen hatte. Meinetwegen, Lars ist eh ein Raufbold, hatte sein Vater damals zu seiner Mutter gesagt. Moewigs Vater, inzwischen über siebzig, dement und in einem Pflegeheim, war sein Einverständnis damals allerdings nicht leichtgefallen.

Doch die Tatsachen waren nun einmal nicht zu leugnen: sein ständig arbeitender afrikanischer Vater und seine lungenkranke deutsche Mutter nahmen sich nicht viel Zeit für familiäre Geborgenheit. Lars' Bruder Arne hatte einen eigenen Weg aus der schwierigen Situation zu Hause gefunden: Er hatte sich jahrelang jeden Tag in der Bücherhalle im Wedding verschanzt und alles gelesen, was ihm in die Finger kam. Arnes Interesse an Bildung hatte ihm im Erwachsenenalter einen Lehrstuhl an der Humboldt-Universität eingebracht. Er, Moewig, hingegen hatte auf den Straßen Berlins sein Zuhause gefunden, hatte sich dort Anerkennung erkämpft. Schlägereien, kleine Diebstähle – das waren die Insignien der Straße, die ihm kurz vor der Pubertät ein gewisses Selbstbewusstsein verliehen hatten. Und die Bahn seines Lebens wäre sicher deutlich abschüssiger verlaufen, hätte er nicht Hermann Lübben getroffen. Die Wertschätzung des Patrons hatte den Halbwüchsigen vor einer kriminellen Karriere bewahrt.

Moewig wurde jäh von der Navigations-Software aus seinen Gedanken gerissen. »Das Ziel liegt rechts.«

Vorsichtig drückte er auf die bissige Bremse des Ladas, der jetzt vor einem großen Einfamilienhaus mit weiß getünchter Fassade und grauem Schieferdach zum Stehen kam. Das von einer vertrockneten Hecke umgebene Gebäude mit der Hausnummer 16 wirkte zwar weder heruntergekommen noch ungepflegt, hatte aber eindeutig schon bessere Tage gesehen. Neben dem Wohnhaus sah Moewig eine große Doppelgarage, deren breites Tor geschlossen war.

Sein Herz begann zu klopfen. So wie gestern Abend, als Fred am Telefon plötzlich den Namen Lübben erwähnt hatte. Der Name strahlte für ihn noch immer Autorität aus. Er hatte seinen Patron gut in Erinnerung: hochgewachsen, kräftig, blonde Haare, das Hemd immer einen Knopf zu weit geöffnet.

Doch Lübben hatte sich schon vor über zwei Jahrzehnten aus Berlin verabschiedet und war in das ländliche Brandenburg gezogen. Noch in der vergangenen Nacht, nach seinem Gespräch mit Fred, hatte Moewig ein paar Telefonate getätigt und die aktuelle Adresse seines ehemaligen Förderers in Erfahrung gebracht.

Moewig drehte den Schlüssel im Schloss des alten Ladas herum, und gluckernd verstummte der Motor. Er stieg aus.

Schön hast du es hier, Patron. Direkt am See, dachte Moewig.

Der Schulzensee lag rund 50 Meter entfernt. Eine Rasenfläche führte auf der anderen Seite der Schotterstraße an einen Uferabschnitt, von dem ein langer hölzerner Steg ins Wasser führte.

Moewig ging an der Hecke entlang, und gerade als er die Hand auf die gusseiserne Klinke der Gartenpforte legte, nahm er aus den Augenwinkeln eine Bewegung wahr.

Die Haustür öffnete sich.

Der alte Mann, der jetzt das Haus mit tippelnden Schritten verließ, trug einen dunkelblauen Jogginganzug und schien das ganze Gewicht seines hochgewachsenen und ebenso hageren Körpers auf den Gehstock in seiner rechten Hand zu legen, mit dessen Hilfe er sich jetzt die kleine Treppe in den Vorgarten herunterschleppte. Die weißen Haare lagen dicht und schütter an seinem Kopf, und der Stoff der Jogginghose schlackerte um seine dünnen Beine.

Moewig erschrak. Er war davon ausgegangen, dass sein ehemaliger Ziehvater einfach nicht gealtert war. Aber das Gegenteil war der Fall. Lübbens Gesicht war gräulich und eingefallen, und die Haut unter seinem Kinn hing faltig und schlaff herab. Bei genauerem Hinsehen bemerkte er die dicken Tränensäcke und dunklen Schatten unter den Augen des alten Mannes, der sich jetzt mit dem Gehstock mühsam Richtung Gartenpforte bewegte, an der ein eckiger Briefkasten hing. Der Patron hatte Moewig offenbar noch nicht bemerkt.

»Hallo, Patron«, sagte er, offenbar mit etwas zu kraftvoller Stimme, denn der alte Mann, der mittlerweile nur noch wenige Meter von ihm entfernt war, fuhr erschrocken zusammen. Langsam hob Her-

mann Lübben den Kopf. Aus traurigen Augen sah er den unangekündigten Besucher an.
»Guten Tag. Sie sind Reporter, nehme ich an?«
Energisch schüttelte Moewig den Kopf und hob beschwichtigend die Hände, als müsste er sich vor der moralischen Instanz aus seiner Jugend ergeben.
»Nein, ich bin es – Lars. Lars Moewig.«
Lübben schien zu grübeln und stützte sich mit beiden Händen auf den Knauf des Gehstocks, der daraufhin merklich zu zittern begann.
»Lars aus dem Wedding …«, versuchte Moewig es erneut und lächelte, obwohl ihm der Anblick des Mannes, dem vor noch nicht einmal vierundzwanzig Stunden die Nachricht vom Tod seines Sohnes überbracht worden war und den er so ganz anders in Erinnerung gehabt hatte, fast das Herz brach.
Plötzlich hellte sich Hermann Lübbens Gesicht auf. »Lars, Junge! Natürlich. Was machst du hier? Ich habe eigentlich … ich … Mein Sohn. Moritz … Es passt gerade nicht.«
Der Gehstock begann gefährlich zu wackeln.
»Ich weiß. Und die Polizei hat sicherlich auch schon mit dir gesprochen. Aber ich bin hier …« Moewig stockte, um sich die richtigen Worte zurechtzulegen, auch wenn er wusste, dass es für einen trauernden Vater niemals die richtigen Worte gab. »Ich bin hier, um mit dir über Moritz zu sprechen. Ich werde seinen Mörder finden.«

24

Berlin-Kreuzberg,
Amtsgericht Tempelhof-Kreuzberg, Familiengericht, Saal 022,
Mittwoch, 30. Juli, 9:31 Uhr

Nachdem Mailin von ihrer Anwältin beruhigt worden war und wieder Platz genommen hatte, sagte der Richter: »Wenn sich die Gemüter hier im Saal jetzt wieder abgekühlt haben, fahre ich fort. Frau Zhou wird von der Staatsanwaltschaft der möglicherweise strafmildernde Umstand zugutegehalten, kurz nach dem Tötungsversuch an ihrer Tochter …« – er warf Mailin Zhou bei dem Wort *Tötungsversuch* einen scharfen Blick zu – »… den Notarzt gerufen und keine weiteren Maßnahmen zur Vollendung des Versuchs unternommen zu haben. Ein strafbefreiender Rücktritt von der Tötungsabsicht ist in dieser Handlung jedoch laut Staatsanwaltschaft derzeit nicht zu erkennen.«

Mailin blickte bei diesen Worten emotionslos ins Leere. Es schien von einem Moment auf den anderen alles Leben aus ihr gewichen zu sein. Nur ihre Oberlippe zuckte.

Halte durch, Kleines, flehte Sabine Yao stumm.

»Jetzt wollen wir den Verfahrensbeteiligten Gehör verschaffen. Der Sachverhalt und das Geschehen vom 22. Juli, um das es hier geht, ist allen Anwesenden wohl hinlänglich bekannt«, fuhr der Richter fort und fiel wieder in seinen nuschelnden Ton. »Zunächst Sie, Frau Zhou. Ich frage Sie: Wollen Sie sich zur Sache äußern?«

Sabine Yaos Schwester verstand erst einige Sekunden später, dass sie angesprochen worden war. Sie sah auf, aber im selben Moment ergriff ihre Anwältin mit fester Stimme das Wort.

»Ich habe mich vor der Verhandlung mit meiner Mandantin besprochen. Das Geschehene nimmt sie als Mutter sehr mit. Sie wird alles tun, um aufzuklären, was an diesem verhängnisvollen Morgen in ihrer Wohnung mit Siara geschehen ist. Sie wird gern alle Fragen des Gerichts beantworten.«

Das ist gut, beruhigte sich Sabine Yao selbst.
»Danke, Frau Anwältin. Dann möchte ich Frau Zhou ein paar Fragen stellen«, sagte der Richter und schob seine dicklichen Finger ineinander. »Frau Zhou, wie haben Sie bemerkt, dass Ihre Tochter verunglückt war?«
Eine einfache Frage. Er will lediglich herausfinden, ob sie den genauen Inhalt ihrer Aussage bei der Polizei noch kennt, ob die Kontinuität ihrer Erinnerung glaubhaft ist, ob sie das Geschehene schlüssig wiedergeben kann, dachte Sabine Yao. Mailin räusperte sich, als müsse sie in der Tiefe ihrer Kehle erst nach ihrer Stimme suchen. Verlegen strich sie sich eine schwarze Strähne, die sich aus ihrer Hochsteckfrisur gelöst hatte, hinter das Ohr.
»Ich bin aus der Küche ins Wohnzimmer gegangen. Der Fernseher lief. Ziemlich laut. Von der Tür aus habe ich Siara nicht gesehen. Erst kurz darauf …«, berichtete sie mit brüchiger Stimme.
Der Richter nickte. »Machen Sie das öfter, den Fernseher aufdrehen und die Kinder sich selbst überlassen?«
Trotz der scharfen Worte schien sein Gesicht in wächserner Freundlichkeit erstarrt.
Mailin schüttelte stumm den Kopf, aber das schien den Richter nicht zu überzeugen.
Er bohrte weiter: »Gab es bei Ihnen zu Hause schon einmal Situationen, in denen es zu Gewalt gegen Ihre Kinder gekommen ist?«
Shit, das läuft hier gerade in eine ganz falsche Richtung, fand Sabine Yao.
»Vielleicht auch nur ein Klaps, oder …«
Ehe der Richter die Frage zu Ende stellen konnte, ergriff Mailin wieder das Wort. Ihre Stimme klang nicht mehr schwach oder ängstlich, sondern entschlossen, beinahe feindselig. »Ich bin eine gute Mutter«, stieß sie hervor.
Bleib ruhig, Süße, bitte, bat Sabine Yao innerlich. *Es läuft doch bisher halbwegs gut.*
Der Richter wartete, bis er sicher war, dass Mailin nicht noch etwas hinzufügen wollte. Dann schob er seine Finger noch etwas fester

ineinander und sagte: »Das war nicht meine Frage, Frau Zhou. Und wir entscheiden heute auch nicht über Ihre Qualitäten als Mutter, sondern wir wollen hier klären, ob für Ihre beiden Töchter in Ihrer Gegenwart weiterhin die Gefahr einer Kindeswohlgefährdung besteht. Und dafür müssen wir den Verlauf des 22. Juli nachzeichnen.«

Sabine Yao bemerkte, wie Mailins Unterlippe jetzt immer stärker bebte. Auch ihre Anwältin schien die Spannung zu spüren, die plötzlich in der Luft lag. Immer deutlichere Zuckungen ihrer Gesichtsmuskulatur umspielten jetzt Mailins Mundpartie. Es war, als ginge von ihr ein Kraftfeld aus, das immer stärker wurde, wie ein heraufziehendes Gewitter. Mailin richtete sich auf, ihre Wangen röteten sich von einer Sekunde auf die andere.

»Ich habe es doch schon gesagt: Ich bin eine gute Mutter. Ich darf meine Kinder nicht mehr sehen, weil dieser Mann dort ...« – sie deutete mit einem bebenden Finger auf Fred Abel, dessen Rolle im Verfahren ihr scheinbar von der Anwältin erläutert worden war – »mich verdächtigt, meiner Tochter wehgetan zu haben. Aber Siara wird wieder gesund, und dann ...«

Der Richter schien zu begreifen, dass die Situation zu eskalieren drohte und die Anhörung gerade in keine gute Richtung lief. Er machte eine beschwichtigende Handbewegung.

»Frau Zhou, ich möchte Sie bitten, bei der Sache zu bleiben. Ich weiß, dass das alles für Sie mit viel Anspannung und mit großen Emotionen verbunden ist. Wollen wir unterbrechen? Benötigen Sie eine Pause und möchten sich kurz mit Ihrer Anwältin bereden?«, sagte er mit einem fragenden Blick in Richtung der Familienrechtlerin.

Die Anwältin nickte erleichtert und legte Mailin die Hand auf die Schulter. Doch mit einer trotzigen Geste schob Mailin die Hand fort.

☠☠☠

25

Brandenburg, Groß Köris, Schulzensee,
Wohnhaus von Hermann Lübben,
Mittwoch, 30. Juli, 9:37 Uhr

Hermann Lübben nickte seinem früheren Schützling stumm zu, was Moewig als Aufforderung wertete, eintreten zu dürfen. Er drückte die Klinke der hüfthohen Gartenpforte hinunter, und mit einem klagenden Quietschen schwang sie auf.

Ohne ein weiteres Wort drehte sich Lübben um und ging zum Haus zurück. Offensichtlich spielte das, was er vorgehabt hatte, als er sein Haus verließ – vielleicht zum Briefkasten gehen –, jetzt keine Rolle mehr. Mit wenigen Schritten hatte Moewig den alten Mann eingeholt, trat an dessen linke Seite und hakte ihn unter, was Lübben dankbar annahm.

Drinnen war es überraschend kühl. Alle Räume waren mit Marmorfußböden ausgelegt, was ihnen eine gewisse Imposanz verlieh. Die Rollläden vor den großen, bodentiefen Panoramafenstern des Wohnzimmers, das die beiden Männer jetzt betraten, waren nur einen Spaltbreit geöffnet, sodass sich das Tageslicht mühsam hindurchquetschen musste. Unterhalb der Decke summte eine große Klimaanlage.

Moewig fröstelte. Die Kühle in dem Haus, das große Wohnzimmer, in dem sich Lübben jetzt mit einem Ächzen auf einem weißen Ledersofa niedergelassen hatte – Moewig fühlte sich wie in einem Mausoleum, das der alte Mann bereits zu Lebzeiten bezogen hatte. Er nahm in einem ausladenden Ledersessel gegenüber von Hermann Lübben Platz.

»Lars«, begann der Mann in dem dunkelblauen Jogginganzug mit kratziger Stimme, als würde das laute Aussprechen des Namens ihm dabei helfen, die Erinnerung wieder zu aktivieren. »Wie geht es dir denn? Wir haben uns schon ewig …« Seine Stimme stockte.

Moewig nickte. »Ja, wir haben uns schon eine Ewigkeit nicht mehr gesehen. Ich war bei der Armee. Hab danach Sicherheitsdienst gemacht und war viel in der Welt unterwegs. Und jetzt bin ich Privatermittler. Für dies und das.«

Hermann Lübben schien kurz zu neuem Leben zu erwachen, ein verschmitztes Lächeln huschte über sein Gesicht. »Soso, dies und das. Machen wir nicht alle immer *dies und das* im Leben? Hast du Familie?«, fragte er, offenbar ernsthaft an der Vita seines Besuchers interessiert.

Moewig schluckte. Auf diese Frage war er nicht vorbereitet gewesen. Es war die einzige Frage, die ihm jedes Mal die Kehle zuschnürte, förmlich in seine Seele schnitt, wenn sie ihm gestellt wurde. Er konnte nicht verhindern, dass dann das eine Bild in seinen Kopf zurückkehrte: seine zwölfjährige Tochter Lilly im Krankenbett. Ihr von der Chemotherapie kahler, kleiner Kopf. Lilly, die ihn trotzdem jedes Mal, solange sie noch bei Bewusstsein war, hoffnungsvoll anschaute. Moewig ballte verbittert die Fäuste. »Ich hatte eine Familie. Aber meine Tochter ist im Alter von zwölf Jahren gestorben. Sie war sehr krank. Ihre Mutter und ich haben alles versucht …«

Hermann Lübben nahm die Information wortlos zur Kenntnis. Er blickte ins Leere. »Auch ich … Ich hatte …« Er rieb sich mit seinen dünnen, altersfleckigen Fingern die faltige Stirn. »Mein Sohn Moritz ist tot, aber das weißt du ja.«

Wie ich es mir gedacht hatte, folgerte Moewig. *Die Polizei war hier und hat ihn informiert. Ob sie ihm auch gesagt haben, wie sein Sohn gestorben ist? Wie die Schweine ihn zugerichtet haben?*

»Patron, die Polizei wird alles tun, um die Täter zu finden. Aber vielleicht kann ich dir auch helfen. Ich weiß selbst nur zu genau, wie es sich anfühlt, sein Kind zu verlieren«, sagte Moewig.

Hermann Lübben wiegte den Kopf leicht von einer Seite zur anderen, als müsse er abwägen, ob er auf das Hilfsangebot eingehen und sich seinem Besucher öffnen sollte.

»Die Polizei, ja, die tut alles. Zumindest hoffe ich das. Und ich würde auch gern etwas tun. Aber schau mich an.« Er schlug sich schlaff mit beiden Händen auf die Oberschenkel. »Der Pflegedienst kommt täglich zu mir, seit Ilona vor zwei Jahren gestorben ist. Ich war seit Jahren nicht mehr unten am See. Glaub mir – ich habe mehr als einmal schon daran gedacht, ob es nicht besser wäre, wenn ich mein Leben beende. Aber es gibt ja den Jungen. Also … es gab ihn«, erklärte sich Lübben umständlich, und seine Stimme drohte fast nach jedem Satz zu versagen.

Moewig spürte, dass der alte Mann gerade Gefahr lief, in einem schwarzen Sumpf aus Schmerz, Hilflosigkeit und Trauer zu versinken.

»Patron. Das mit Moritz tut mir sehr leid. Und es gibt etwas, was du wissen musst. Ich habe ihn gefunden.«

»Du hast Moritz …?«

»Ja, ich habe deinen toten Sohn gefunden.«

Der Privatermittler berichtete, wie er tags zuvor zur falschen Zeit am falschen Ort gewesen war. Und was er im Spind der »Drachenhöhle« gefunden hatte.

»Drogen? Zum Verkaufen?«, fragte Lübben nach.

Moewig nickte. Doch Hermann Lübben schien nicht überrascht zu sein.

Er berichtete, was er sonst noch wusste. Lediglich das Sektionsergebnis verschwieg er. Es war einfach zu grausam.

Während seiner Ausführungen hatte sein ehemaliger Mentor regungslos, wie betäubt, auf dem weißen Ledersofa gesessen. Hin und wieder hatte er die Augen geschlossen, vielleicht, weil er sich so alles besser vorstellen konnte.

»Wie ich schon sagte, ich bin hier, um mit dir über Moritz zu sprechen. Ich werde denjenigen finden, der Moritz getötet hat. Das bin ich dir schuldig, Patron. Auch weil ich weiß, wie es sich anfühlt, sein eigenes Kind zu überleben.«

Lübben atmete pfeifend aus. »Du bist mir gar nichts schuldig, Lars. Ich kenne dich, seit du ein kleiner Junge warst. Ich hoffe, du bist noch der anständige Kerl von vor über fünfundzwanzig Jahren oder wie lange das jetzt her ist. Ich vertraue dir. Ich will nicht nur

wissen, was genau geschehen ist. Ich will wissen, *warum* es geschehen ist. Wer dahintersteckt. Ob der oder die Täter dafür ins Gefängnis gehen oder nicht, das bedeutet mir nichts.« Lübben presste die Lippen aufeinander und nickte. »Moritz hatte alles, verstehst du. Aber alles ist vielleicht zu viel für ein Leben.«
»Wann hast du Moritz zuletzt gesehen?«, wollte Moewig wissen.
»Vor zwei Tagen. Er war seit Ilonas Tod wieder regelmäßig bei mir hier draußen. Ein- oder zweimal im Monat schaute er vorbei.«
»Weißt du, ob er Probleme hatte? Irgendwas, wo man ansetzen kann?«
»Probleme?« Der Patron lachte spöttisch. »Wann hatte Moritz mal keine Probleme? Aber er war mein Sohn, ich habe irgendwann aufgehört, zu fragen, was mit ihm los ist, was er macht. Ich habe ehrlich gesagt keine Ahnung, was er in den letzten Jahren wirklich in Berlin getrieben hat.« Lübben seufzte und massierte sich die Oberschenkel. »Aber da ist vielleicht doch etwas …«
Moewig wurde hellhörig und rutschte auf dem kühlen Leder des Sessels ein Stück weiter nach vorn.
»Als er vor zwei Tagen hier war, fragte er mich, ob er sein Auto bei mir in der Garage unterstellen könnte. Ein Freund würde es in der nächsten Woche abholen.«
»Hat Moritz denn öfter sein Auto bei dir gelassen?«
Hermann Lübben schüttelte energisch den Kopf. »Nein, er brauchte den BMW doch in der Stadt. Er hat das vorher nie gemacht. Ich habe mich auch gewundert, aber, wie gesagt, ich habe aufgegeben nachzufragen. Er ist dann vorgestern Nachmittag mit der Regionalbahn zurück nach Berlin.«
»Hat die Kripo den Wagen schon untersucht?«
»Nein. Ich habe das mit dem Wagen einfach vergessen, als sie gestern hier waren. Heute Nacht ist es mir erst wieder eingefallen.«
Als würde er seinen Körper überzeugen wollen, ihm nicht den Dienst zu versagen, rieb er sich erneut die Oberschenkel.
Moewig rutschte noch weiter nach vorn und legte seine Hand auf Hermann Lübbens Schulter. Durch den Stoff des Jogginganzuges

fühlte er seine knochige Schulter. »Darf ich mir Moritz' Wagen einmal ansehen?«
Hermann Lübbens Augen blitzten erneut. Er schien zu ahnen, was Moewig vorhatte. Das Fahrzeug eines Mordopfers konnte zu einem der wichtigsten Beweismittel bei der Aufklärung des Verbrechens werden. Eigentlich sollte sich die Spurensicherung damit beschäftigen.
Die beiden Männer sahen sich an. Und schlossen schweigend einen Pakt.

☠☠☠

26

Berlin-Kreuzberg,
Amtsgericht Tempelhof-Kreuzberg, Familiengericht, Saal 022,
Mittwoch, 30. Juli, 9:59 Uhr

Der Richter hatte die Anhörung für fünfzehn Minuten unterbrochen, und Sabine Yao hatte in dieser Zeit mit der Anwältin auf Mailin eingeredet. Doch sie schien wie von einem bösen Geist befallen zu sein.
»Was ist in dich gefahren? Es lief alles leidlich gut. Ich verstehe das nicht, Mailin. Der Richter wird seine eigenen Schlüsse aus deinem Verhalten ziehen«, hatte Sabine Yao verzweifelt gesagt. Doch Mailin hatte nur immer wieder den Kopf geschüttelt und nach etwas zu trinken gefragt.
Die Anwältin hatte entmutigt geseufzt.
Nachdem dann alle Verfahrensbeteiligten in den Gerichtssaal zurückgekehrt waren und ihre Plätze wieder eingenommen hatten, bat Mailins Anwältin um das Wort, was der Richter ihr auch sofort gewährte.

»Meine Mandantin möchte sich zunächst nicht weiter zur Sache äußern. Gegebenenfalls wird sie später für Fragen des Gerichts zur Verfügung stehen. Wir würden es begrüßen, wenn vorerst die übrigen Verfahrensbeteiligten zu Wort kommen.«

Der Richter zog fragend die Augenbrauen hoch, nickte dann aber zustimmend und sagte: »Zunächst die Vertreterin des Jugendamts, bitte. Sie sind dran, Frau Blum …«

Was folgte, empfand Sabine Yao als eine quälende Aneinanderreihung von Fakten, die unweigerlich darin mündeten, dass das Jugendamt nicht im Geringsten die Version ihrer Schwester glaubte. Die Mitarbeiterin des Jugendamts verkündete vielmehr mit staatstragender Stimme: »Die Angaben, die Frau Zhou der Polizei und auch mir und meinem Kinderschutzteam gegenüber zur angeblichen Entstehung der Verletzungen gemacht hat, sind nicht schlüssig und widersprechen jeglicher Lebenserfahrung im Umgang mit Kindern. Frau Zhou räumt die Verantwortung für den Zustand des Kindes nicht ein und streitet nach wie vor jegliche Tatbeteiligung ab. Deshalb sehen wir nach wie vor eine große Gefährdung für die Zwillingsschwester Sina als gegeben an. Bis dato mag in der Familie eine leidlich solide Situation geherrscht haben, wir mussten zumindest vorher noch nie in der Familie Zhou tätig werden. Aber jetzt …« Sie stockte und suchte nach den richtigen Worten.

Eine Pause, die Mailin Zhou ausnutzte, um laut aufzustöhnen, demonstrativ den Kopf zu schütteln und an Frau Blum gewandt zu sagen: »Schwachsinn. Das ist einfach Schwachsinn.«

»Frau Zhou, ich verwarne Sie hiermit. Keine weiteren Unterbrechungen, keine Störungen in meinem Gerichtssaal. Jetzt sind erst mal die anderen dran«, wies der Richter sie in scharfem Tonfall zurecht.

Sie verliert die Nerven, dachte Sabine Yao und sandte ein Stoßgebet zum Himmel, dass sich Mailin wieder beruhigen möge.

Doch genau in diesem Moment verlor Mailin tatsächlich die Nerven und sprang so heftig von ihrem Stuhl auf, dass dieser nach hin-

ten wegkippte und scheppernd zu Boden fiel. Sie blieb kurz stehen, als ob sie ihr Gleichgewicht wiederfinden müsste, dann ging sie langsam auf Frau Blum zu. Die wiederum starrte Mailin aus vor Angst weit aufgerissenen Augen an.
»Frau Zhou, setzen Sie sich sofort wieder hin!«, bellte der Richter, der jetzt ebenfalls aufgesprungen war.
Oh, bitte nicht, dachte Sabine Yao, sprang auch auf und stürmte zu ihrer Schwester, um Schlimmeres zu verhindern. In der Sekunde, in der sich Mailin anschickte, mit einem lauten, wehen Schrei die Mitarbeiterin des Jugendamts anzufallen, war Sabine Yao zur Stelle, packte ihre Schwester von hinten an den Schultern und riss sie von der immer noch schockstarren Frau fort.
Dann stürzten die beiden Schwestern, begleitet von einem gellenden Schrei aus Mailins Mund, zu Boden.

☠☠☠

27

Brandenburg, Groß Köris, Schulzensee,
Garage Hermann Lübben,
Mittwoch, 30. Juli, 10:15 Uhr

Hermann Lübben hatte Moewig einen Funkschlüssel für das elektrische Garagentor sowie den Autoschlüssel für den BMW seines Sohnes gegeben. Er selbst hatte auf den beschwerlichen Weg zu der Doppelgarage neben seinem Wohnhaus verzichtet.
Moewig war zunächst zu seinem Lada gegangen und hatte die Gummihandschuhe aus dem Verbandskasten im Kofferraum genommen. Bevor er den Funkschlüssel betätigte und sich das Garagentor daraufhin knarzend öffnete, hatte sich Moewig vergewis-

sert, dass er nicht von neugierigen Nachbarn beobachtet wurde. In der Garage hatte er die zwei Neonröhren an der Decke eingeschaltet und das Tor wieder hinter sich geschlossen.
Neben dem 3er BMW stand unter einer weißen Schutzplane ein weiterer Wagen. Moewig vermutete, dass es sich dabei um den waldgrünen Jaguar handelte, den der Patron zu seinen Glanzzeiten durch Berlin gelenkt hatte. Der bullige Privatermittler streifte sich die porösen Gummihandschuhe über und begutachtete den Wagen von Lübben junior. Er war lange nicht mehr gewaschen worden. Auf den dunkelblauen Lack hatte sich eine Schicht von Blütenpollen und Schmutz gelegt.
Moritz Lübben scheint das Auto nicht oft gefahren zu sein, dachte Moewig. Er drückte auf die elektronische Schlossentriegelung des BMW-Schlüssels, der Kofferraum entriegelte sich mit einem leisen Knacken, und er ging um den Wagen herum.
Moewig hob die Kofferraumklappe an und erblickte einen mittelgroßen, schwarzen Reisekoffer – ein billiges Modell, wie es sie in den Ramschläden auf der Sonnenallee zu kaufen gab. *Da ist sicher kein Urlaubsgepäck drin,* befand Moewig. Er griff beherzt nach dem Gepäckstück und legte es vor sich auf den Betonboden. Mit einem Surren öffnete er den Reißverschluss und klappte den Deckel auf: unzählige kleine Plastiktüten, massenhaft Pillen, weißes Pulver, zahlreiche bräunliche Plättchen. Der Fund glich dem Inhalt der Sporttasche in der »Drachenhöhle«. *Nicht gerade das Sortiment eines kleinen Straßendealers. Vielleicht 50 000 Euro Verkaufswert auf der Straße, eventuell mehr. Viel unterschiedlicher Kram. Vielleicht eines der Drogentaxis, die wie ein Pizzaservice zu Dutzenden durch die Hauptstadt kurven,* schlussfolgerte Moewig.
Dann fiel ihm die Ausbeulung auf, die sich durch die Außentasche im Deckel des Koffers abzeichnete. Moewigs Puls beschleunigte sich leicht. Er ahnte, was er dort finden würde. Jeder Dealer von der Größe, wie es Moritz Lübben offensichtlich gewesen war, würde im Ernstfall seine Ware verteidigen. Mit spitzen Fingern fischte Moewig die Walther P99 aus der Außentasche und inspizierte sie

mit ein paar geübten Handgriffen. Moritz Lübben hatte sich offensichtlich nicht sicher gefühlt, vielleicht war er bedroht worden.
Moewig verstaute die Pistole wieder in der Tasche, verschloss auch den Koffer sorgfältig und legte ihn zurück in den Kofferraum, wobei er wie zuvor schon genau darauf achtete, sich mit dem Oberkörper nicht zu weit nach vorn über den geöffneten Kofferraum zu beugen.
In der Welt der Kriminalistik konnte ein einziges Haar oder eine Hautschuppe manchmal entscheidend sein. Und seine DNA in Moritz Lübbens Auto wäre für Linda Friedrich vom LKA 1 eine Steilvorlage gewesen, die die eifrige Kommissarin sicherlich nur zu gern angenommen hätte.
Behutsam, um nicht unnötige Geräusche zu erzeugen, schloss er die Klappe des BMWs wieder, bis das Schloss hörbar einrastete. Er ging um den Wagen herum zur Beifahrerseite und betätigte den Griff der Tür, die sich nur störrisch öffnen ließ. Ohne sich zu weit in das Fahrzeuginnere zu beugen und ohne die Polster des Beifahrersitzes zu berühren, griff er nach der Klappe des Handschuhfachs und öffnete es.
Das Erste, was herausfiel, waren drei dicke Geldrollen, in denen unter Gummibändern jeweils rund hundert Geldscheine gebündelt waren, überwiegend Fünfzigeuro- und Zwanzigeuroscheine. Dann rutschte ein billiges Prepaidhandy hinterher.

☠☠☠

28

Berlin-Kreuzberg,
Amtsgericht Tempelhof-Kreuzberg, Familiengericht, Saal 022,
Mittwoch, 30. Juli, 11:04 Uhr

Die Schreie ihrer Schwester, die sie ausgestoßen hatte, als sie aus dem Gerichtssaal geführt wurde, hallten Sabine Yao noch immer im Ohr.

Die Szenen, die sich nach Mailins Ausbruch abgespielt hatten, hätten schlimmer nicht sein können, und Sabine Yao hatte Schwierigkeiten, sich wieder zu beruhigen. Der Richter hatte zwei Justizbeamte zur Unterstützung gerufen, Mailin hatte um sich geschlagen, war in einen an diesem Vormittag nicht belegten Gerichtssaal auf demselben Flur geführt worden. Zu allem Unglück hatte sie einen der Wachtmeister geschubst, sodass dieser schließlich wegen eines tätlichen Angriffs auf einen Justizbediensteten die Polizei gerufen hatte. Zwei uniformierte Polizisten hatten Mailin anschließend vorläufig festgenommen und, während sie markerschütternde Schreie der Verzweiflung ausstieß, aus dem Gerichtsgebäude abgeführt. Die Beamten hatten Sabine, obwohl sie sich als Mitarbeiterin des BKA auswies, strikt untersagt, ihre Schwester zur Gefangenensammelstelle zu begleiten.

Jetzt saß sie wieder im Gerichtssaal und spürte, wie ihre Beine unaufhörlich zitterten, ihre Gedanken nur um Mailin kreisten und sie Mühe hatte, sich zu konzentrieren.

»Wir werden das heute zu Ende bringen, und ich werde einen Beschluss zum weiteren Sorgerecht ergehen lassen«, sagte der Richter, nachdem alle Beteiligten wieder Platz genommen hatten. »Sie als Rechtsbeistand von Frau Zhou …« – damit sprach er die Anwältin von Mailin direkt an – »… sind ja anwesend, insofern machen wir jetzt in Abwesenheit Ihrer Mandantin weiter.«

Die Anwältin, deren Achselschweißflecken sich mittlerweile bedrohlich weit nach vorn und auch zum Rücken hin auf ihrem Kostüm ausgebreitet hatten, nickte wortlos.

Sie hat aufgegeben, dachte Yao verbittert.

Der Richter wandte sich jetzt Fred Abel zu, der aufmerksam und konzentriert in dessen Richtung blickte. Sabine Yao war für ihn, wie schon den ganzen Morgen über, anscheinend unsichtbar.

»Herr Dr. Abel, vielen Dank, dass Sie sich heute Zeit genommen haben und trotz dieser unschönen Ereignisse uns auch weiterhin zur Verfügung stehen. Alle hier Anwesenden sind mit dem Inhalt Ihres Gutachtens und den Schlussfolgerungen, die Sie darin ziehen, bestens vertraut. Deshalb können wir Ihren Part kurzhalten, denke ich. Ich verlese nun die abschließende Beurteilung Ihres Gutachtens, und wenn dann noch Fragen sind, haben die Verfahrensbeteiligten die Möglichkeit, diese Ihnen direkt zu stellen. Sie schreiben: ›Siara Zhous Verletzungen sind auf mehrfache, massive äußere Gewalteinwirkung durch fremde Hand zurückzuführen. Alle Verletzungen sind dem Kleinkind etwa zum gleichen Zeitpunkt zugefügt worden, sehr wahrscheinlich direkt hintereinander. Ein einfaches Sturzgeschehen oder ein anderes Unfallgeschehen scheidet aus, um das schwere Schädel-Hirn-Trauma zu erklären, das als Kindesmisshandlung zu klassifizieren ist.‹«

Der Richter sah in die Runde und sagte: »Gibt es Fragen der Anwesenden?« Er schien erleichtert, als dies nicht der Fall war.

Sabine Yao war den Tränen nahe.

»Im rechtsmedizinischen Gutachten ist schlüssig dargestellt worden, dass im Fall von Siara Zhou eine Kindesmisshandlung vorliegt, die von den zuständigen Sachbearbeitern des Jugendamts Marzahn-Hellersdorf als schwere Kindeswohlgefährdung eingeschätzt wird. Das Gericht schließt sich dieser Meinung an«, sagte der Richter.

Sabine Yao beobachtete, wie Mailins Anwältin jetzt endgültig kapitulierte.

Der Richter knüpfte an das eben Gesagte an: »Die Kindesmutter

verneint jegliche Tatbeteiligung, insofern ist für das Gericht eine Wiederholungsgefahr, insbesondere für die Zwillingsschwester der Geschädigten, nicht auszuschließen. Deshalb ergeht folgender Beschluss: Die elterliche Sorge für ihre leiblichen Kinder, Siara und Sina Zhou, wird Frau Mailin Zhou, geboren am 20. Mai 1986 in Berlin, für zunächst drei Monate entzogen und dem Jugendamt Marzahn-Hellersdorf übertragen. Es wird dem Jugendamt, hier vertreten durch Frau Birgit Blum, aufgegeben, eine Amtsvormundschaft für die Zwillingsschwestern einzurichten.«
Um Sabine Yao begann sich alles zu drehen. Sie fing an zu weinen.

☠☠☠

29

Berlin-Mitte,
Alexanderplatz,
Mittwoch, 30. Juli, 15:14 Uhr

Die silberne Kugel des Fernsehturms auf dem Alexanderplatz glänzte im gleißenden Sonnenlicht. Das sich regelmäßig durch Reflexion der Sonnenstrahlen auf der Turmkugel abzeichnende helle Lichtkreuz, zu DDR-Zeiten als »Rache des Papstes« bezeichnet, erstrahlte hell.
Der Abschied von Hermann Lübben war Moewig nicht leichtgefallen. Er hatte den Patron mit kurzen Worten über den Drogenfund im Kofferraum des Wagens informiert und ihm die drei Geldrollen mit den Worten in die Hand gedrückt: »Das wird keiner vermissen. Du kannst das Geld für die Beerdigung verwenden.« Dann hatte er dem alten Mann geraten, die Polizei über den BMW in seiner Garage zu informieren, das Fahrzeug aber nicht anzurühren. Nachdem er seine Fingerabdrücke vom Garagen- und Autoschlüssel mit dem Är-

mel seines Hemdes abgewischt hatte, ließ er sich die Festnetznummer des alten Mannes, der kein Handy besaß, geben und schrieb ihm seine Handynummer auf. Die Existenz der Schusswaffe im Kofferraum hatte er wohlweislich verschwiegen, da er nicht einschätzen konnte, wie sich der Gemütszustand des Patrons in den nächsten Tagen entwickeln und was dieser vielleicht mit der Waffe anstellen würde. Mit gemischten Gefühlen hatte er sich schließlich verabschiedet. Das Handy ließ er ausgeschaltet, bis er die Funkzelle um das Wohnhaus von Hermann Lübben verlassen hatte.

Moewig lehnte jetzt an einer schattigen Wand des S-Bahnhofs Alexanderplatz. Wenige Meter von ihm entfernt dämmerte auf dem Gehweg ein Obdachloser in schmutziger und zerrissener Winterkleidung vor sich hin. Der Mann, dessen Alter durch die Spuren des Straßenlebens schwer zu schätzen war, murmelte etwas und sah immer wieder zu Moewig herüber. Um sie herum eilten die Menschen in den Bahnhof und heraus – wie in einem großstädtischen Ameisenhaufen.

Moewig löste seinen Blick von dem Obdachlosen, konzentrierte sich auf Moritz Lübbens Handy in seiner Hand und drückte die On-Taste. Er schickte ein kurzes Stoßgebet zum Himmel, dass das Gerät nicht mit einem Code gesichert war.

Wer auch immer Moritz Lübbens Drogengeschäfte lenkte, es musste doch mit dem Teufel zugehen, wenn er sich nicht auf diesem Gerät verewigt hätte, dachte Moewig.

Das Handy schaltete sich mit einem hellen Glockenton ein und hatte Empfang. Anscheinend war er erhört worden, denn plötzlich erschienen im Sekundentakt mehrere Textnachrichten auf dem Display.

Moewig klickte sich durch die Nachrichten. Hauptsächlich waren es Anrufe in Abwesenheit, in der Zeit, in der das Handy ausgeschaltet gewesen war.

Uninteressant sind die Rufnummern, von denen erst nach dem Zeitpunkt des Auffindens seiner Leiche angerufen wurde, denn die Leute wissen scheinbar nicht, dass er tot ist, folgerte Moewig und klickte weiter, diesmal in das Anrufmenü. Dort fand er den letzten Anruf, den Moritz Lübben angenommen hatte.

Sonntag, 27. Juli, 22.41 Uhr

Moewig atmete aus.

Der Obdachlose neben ihm brabbelte lautstark vor sich hin.

Moewig drückte auf die Rückruftaste, und das Telefon wählte die Nummer, von der aus Moritz Lübben vermutlich das letzte Mal vor seinem Tod angerufen worden war.

Am anderen Ende der Leitung klingelte es. Freizeichen.

Nach etwa einer halben Minute, gerade als Moewig anfing, nicht mehr daran zu glauben, dass der Anruf entgegengenommen würde, ging jemand dran, ohne jedoch ein Wort zu sagen.

»Hallo?«, fragte Moewig mit fester Stimme in die Stille hinein.

Rascheln.

Da ist doch jemand dran! Moewig hatte keine Zeit, noch einmal über das nachzudenken, was er hier gerade tat, räusperte sich kurz, so als ob er sich bei der Person am anderen Ende der Leitung Gehör verschaffen wollte, und sagte dann: »Hör mir gut zu. Ich habe den Koffer aus Moritz Lübbens Wagen. Es ist alles noch da. Gibt es einen Finderlohn?«

Er presste das Handy so fest an sein Ohr, dass es fast schmerzte. Aber er wollte bei den vielen Umgebungsgeräuschen – Straßenlärm, ein- und abfahrende S-Bahnen, das jetzt lauter werdende Gebrabbel des Obdachlosen – kein Wort am anderen Ende der Leitung verpassen.

Wieder ein Rascheln.

Eine heisere Männerstimme fragte: »Wer bist du?«

Ruhig. Gedämpft. Leichter Akzent. Vielleicht arabisch, oder auch türkisch. Nicht aufgeregt, eher interessiert.

»Das spielt keine Rolle. Willst du den Koffer? Dann sollten wir uns treffen«, erwiderte Moewig und hielt sich nun mit der freien Hand das andere Ohr zu. Jede Regung am anderen Ende, die ihm einen Hinweis gab, war wichtig. *Er hat weder gefragt, wer Moritz Lübben*

ist, noch will er wissen, um welchen Koffer es geht. Und von Erstaunen keine Spur in seiner Stimme.
»Woher hast du Moritz' Handy?«
Bingo, er kennt die Nummer, dachte Moewig und antwortete: »Das spielt genauso wenig eine Rolle. Der Finderlohn ist mir wichtig. Dann bin ich wieder weg.«
Abermals Stille am anderen Ende. Moewig wartete ab. Es fühlte sich an wie eine Ewigkeit. In der Sekunde, als er glaubte, dass der Mann gar nicht mehr in der Leitung war, rauschte es wieder.
»Bruder, du weißt hoffentlich, was du tust? Komm zum Görli. Eingang Skalitzer Straße. Um fünf.«
»Wo treffen wir uns dort?«
»Ich werde *dich* finden, Bruder. Keine Sorge«, sagte der Unbekannte mit einem fast amüsiert klingenden Unterton.
Dann war wieder Stille am anderen Ende der Leitung. Als Moewig das Gespräch schon beenden wollte, meldete sich der Mann doch noch einmal. »Ist das Eisen noch da?«
Die Waffe – die Person weiß, dass Moritz Lübben eine Waffe besaß, um seine Drogengeschäfte abzusichern, kombinierte Moewig, und der Alarm in seinem Kopf schrillte so laut, dass er das Gefühl hatte, der gesamte Alexanderplatz müsste ihn hören.
Ohne auf die Frage einzugehen, erwiderte er knapp: »Ich werde da sein. Und meine Belohnung nicht vergessen.« Dann legte er auf.
Ausatmen. Überlegen.
Jetzt die Polizei einschalten? Es war noch nicht zu spät, dachte er kurz, verwarf den Gedanken aber sofort wieder.
Der Obdachlose war in der Zwischenzeit auf dem staubigen Asphalt eingedöst.
Moewig schaltete das Prepaidhandy aus, entfernte die SIM-Karte aus dem Gerät und ließ beides in seiner Hosentasche verschwinden. Als er an dem Obdachlosen vorbeiging, stieg ihm der Straßengeruch des Mannes in die Nase, und das traurige Häuflein Mensch schlug für einen kurzen Moment die Augen auf, die hellblau aus dem schmutzigen Gesicht aufblitzten.

Moewig hatte noch genügend Zeit, bis er den Unbekannten im Görlitzer Park treffen würde, dem berüchtigten Drogenumschlagplatz der deutschen Hauptstadt und praktisch ein rechtsfreier Raum, wo die Polizei schon vor Jahren vor der Übermacht der Drogendealer kapituliert hatte.
Er würde sich jetzt einen Koffer besorgen, der Ähnlichkeit mit dem in Moritz Lübbens Wagen aufwies.

☠☠☠

30

Berlin-Mitte,
Innenministerium, 4. Etage, Besprechungsraum,
Mittwoch, 30. Juli, 15:30 Uhr

Die Sitzung schien kein Ende zu nehmen. Lisa Suttner schaute auf ihre Rolex, ein Geschenk von Fred, das mit dem Versprechen verbunden war, die gemeinsame Zeit nicht nur im Blick zu haben, sondern sie auch zu genießen. Aber solange es Verbrechen gab, die sich an keine Arbeitszeiten hielten, war es schwer für Fred, dieses Versprechen einzuhalten. Aber auch Lisa war in den vergangenen Monaten mit Arbeit überschüttet worden.
Und nun die neue Situation, die Tatsache, dass sie schwanger war. Die sich immer wieder aufdrängende Frage, wie sich Kind und Karriere überhaupt vereinbaren ließen, oder ob sie in absehbarer Zeit ihren Job an den Nagel hängen müsste. Ob sie sich völlig aus dem Berufsleben verabschieden oder einfach nur einen ruhigen Posten in ihrer Behörde antreten würde. *Auf dem Abstellgleis?*
Die Delegation der Bundesanwaltschaft mühte sich seit über einer Stunde mit einer Power-Point-Präsentation in einem der Besprechungsräume ab. Die Referenten des Innenministers machten sich

unentwegt Notizen und wechselten an neuralgischen Stellen vielsagende Blicke.
Der Vortragende Martin Rosner war ein Kollege aus Karlsruhe, der die Gruppe der Bundesanwälte leitete, die sich mit islamistischer Gefährdung beschäftigte. Er sprach ruhig und besonnen, ließ immer wieder eine neue Folie erscheinen, die seine Worte noch einmal grafisch verdeutlichte. »Und so kommen wir zu dem Schluss, dass die Ergebnisse der Kollegen vom Verfassungsschutz insgesamt vier Moscheen im Bundesgebiet ausgemacht haben, die als salafistische Hotspots bezeichnet werden können. Orte, wo mögliche Anschläge geplant werden. Zwei davon befinden sich hier in der Hauptstadt, die genauen Lagebilder stellen wir zur Verfügung. Die beiden anderen liegen in Nordrhein-Westfalen.«
Ein Referent des Innenministers, ein junger Mann, der im Anzug geboren worden zu sein schien, meldete sich zu Wort, er hob den Stift, als sei er in der Schule. »Wir sollten bitte in diesem Zusammenhang das Thema Geldströme vorziehen.«
»Wir haben diverse Quellen identifiziert und versuchen zunächst, über die steuerliche Rechtslage eine Handhabe zu bekommen. Auch in Berlin sind es Gruppierungen, die in familienähnlichen Strukturen leben und die Teile ihres Geldes diesen Moscheen zukommen lassen«, schaltete sich Lisa mit ruhiger und fester Stimme ein. Das war ihr Terrain. Sie kannte alle Akten und wusste, dass sie auf diesem Gebiet selbstsicher auftreten konnte.
Der junge Mann im Anzug nickte, wirkte aber nicht wirklich zufrieden. »Es geht dem Innenministerium darum, dass wir mögliche Terror-Finanziers aus dem In- und Ausland frühzeitig ausmachen. Auch wenn potenzielle Attentäter vielleicht nicht unmittelbar in den Moscheen mandatiert werden, so sind die extremistischen Glaubenszentren der ideelle Nährboden. Da hat uns unter anderem der Fall Anis Amri ja eine bittere Lehre erteilt.«
In dem Moment war es an ihr, den Ball gänzlich aufzunehmen. Die Untersuchung und Aufarbeitung der polizeilichen Ermittlungsarbeit, die den Anschlag auf dem Berliner Weihnachtsmarkt an der

Gedächtniskirche betrafen, war ihr damals persönlich vom Generalbundesanwalt übertragen worden. Lisa war auf eine Verkettung von Ermittlungspannen der Berliner Behörden gestoßen, aus denen inzwischen alle ihre Lehren gezogen hatten. Oder es zumindest versuchten. Auch wenn das wahre Ausmaß der Ermittlungsversäumnisse und der immer noch offenen Fragen der Öffentlichkeit nicht einmal annähernd bekannt war.

»Ich kenne die gesamte Aktenlage zum Anschlag auf dem Breitscheidplatz«, sagte sie mit fester Stimme in die Runde. »Wir haben das gleiche Interesse. Die Zusammenarbeit mit den Berliner Behörden ist auf einer nächsten Stufe, auch was den Kontakt mit Karlsruhe angeht, und gerade für die Hauptstadt können wir sagen, dass uns die Finanziers der hiesigen Moscheen zu großen Teilen bekannt sind«, fuhr sie fort und schaute den Referenten herausfordernd an. »Wir haben übrigens heute Morgen die aktuelle Information erhalten, dass vom LKA Berlin Ermittlungen gegen einen Berliner Gastronomen, einen Bassam Darzi, aufgenommen wurden. Er wäscht für eine libanesische Familie Geld und transferiert es zu gewissen Teilen an eine vom Verfassungsschutz beobachtete Moschee. Wenn die steuerlichen Ermittlungen abgeschlossen sind, werden wir uns auch dieser Familie widmen.«

Dem Referenten des Innenministers schien diese Antwort zu genügen. Und er machte sich demonstrativ Notizen als Zeichen dafür, dass er mit der Information etwas anfangen konnte.

Fast unmerklich nickte Martin Rosner Lisa anerkennend zu und fuhr mit seinen Ausführungen fort. »Ein weiterer Aspekt der Arbeit der Bundesanwaltschaft sind die gesamten Kommunikationskanäle islamistischer Gruppierungen. Im Folgenden werde ich unsere Erkenntnisse hierzu durchgehen …«

Lisa holte tief Luft. Denn während Rosner weitersprach, überkam sie wieder einmal ein kleiner Anflug von Übelkeit, den die Anwesenden auf keinen Fall bemerken sollten. Lisa atmete tief aus.

☠☠☠

31

Berlin-Kreuzberg,
Görlitzer Park, Eingang Skalitzer Straße,
Mittwoch, 30. Juli, 16:56 Uhr

Moewig hatte den Görlitzer Park zunächst entlang der Wiener und dann entlang der Görlitzer Straße einmal abgefahren, aber seinem wachsamen Blick war nichts Ungewöhnliches aufgefallen. Er hatte zwar noch überlegt, sich Unterstützung zu holen, aber dann hatte sein Selbstbewusstsein als ausgebildeter Einzelkämpfer in ihm überhandgenommen.

Also hatte er seinen Lada in einer Seitenstraße geparkt und den mittelgroßen schwarzen Reisekoffer, den er in einem Asia-Supermarkt am Alexanderplatz erstanden hatte, vom Beifahrersitz genommen.

Jetzt betrat Moewig den von den Berlinern »Görli« genannten Görlitzer Park durch den nordwestlichen Eingang. Der Görli war mit seinen rund 14 Hektar Fläche mehr ein Naherholungsgebiet als ein einfacher städtischer Park, der neben riesigen, grasbewachsenen Freiflächen auch über zahllose unübersichtliche Ecken verfügte – gut geschützt vor neugierigen Blicken durch Büsche, Hecken und dichten Baumbestand.

Hier bin ich, Freunde, dachte er und schlug demonstrativ einen der Hauptwege ein, langsam schlendernd, den schwarzen Koffer, der dem Modell von Moritz Lübben stark ähnelte, in der rechten Hand. Er hatte, um dem Gepäckstück etwas Gewicht zu verleihen, in dem Asia-Supermarkt auch noch fünf Packungen Reis gekauft und sie in den Koffer gelegt.

Eine junge Frau mit Rastalocken überholte ihn auf einem klapprigen Fahrrad. Zwar gingen vereinzelte Spaziergänger durch die weitläufige Parkanlage, aber das Gros des Geländes war menschenleer, als ob alle vor der brüllenden Nachmittagshitze geflohen wären und irgendwo anders Zuflucht gesucht hätten. Moewig ließ beiläufig den Blick schweifen.

Einige der Dealer, die dem Park in den vergangenen Jahren zu trauriger bundesweiter Berühmtheit verholfen hatten – nicht nur mit Drogendelikten, die die Berliner Polizei nicht in den Griff bekam, sondern auch mit unzähligen Gewaltdelikten, darunter auch mehrere Tötungsdelikte –, standen unverhohlen an mehreren Sitzbänken, die sich vor dem dichten Baumbewuchs entlang des nördlichen Parkrandes aufreihten. Jeder schien seine Parzelle zu bewirtschaften. Moewig sah drei junge Männer, die mit betont gelangweilten Blicken auf Kunden warteten. Das alte Spiel: aufschauen, und wenn sich jemand näherte, Blickkontakt mit dem potenziellen Kunden aufnehmen. Der Berliner Senat hatte den Görlitzer Park offensichtlich als Spielwiese der dunklen Kräfte der Hauptstadt akzeptiert, und es tauchte nur dann ein Großaufgebot der Polizei hier auf, wenn das Gelände für einen kurzen Politikerbesuch oder vor Neuwahlen des Berliner Senats pressewirksam bereinigt werden musste.

Moewig schlenderte weiter über den staubigen Schotterweg, den schwarzen Koffer immer noch leicht schlenkernd in der rechten Hand. Er wusste, dass er so den Unbekannten, der ihn hierherbestellt hatte, auf sich aufmerksam machen würde. Moewig blickte auf die Militäruhr an seinem linken Handgelenk. *17:10 Uhr. Wo bist du? Aber sehr wahrscheinlich hast du mich längst auf dem Schirm …*

Er ließ sich auf einer der Parkbänke nieder, deren Dealer-Hausherr entweder vor der Hitze geflüchtet war oder gerade zwischen den Sträuchern und Bäumen Nachschub aus seinem dortigen Drogendepot besorgte. Den Koffer stellte Moewig demonstrativ zwischen seinen Beinen ab. Er überschlug die Entfernung zu den nächsten beiden Parkbänken und sondierte mögliche Fluchtwege. Die drei Kerle, die sich in seiner Nähe herumdrückten, hatten überhaupt kein Interesse an ihm. *Sieht man mir den Privatschnüffler an? Sehe ich so aus, als ob ich keine Kohle habe? Oder warum scheine ich für die Jungs Luft zu sein?*, fragte sich Moewig.

Dann geschah etwas Überraschendes: Als hätten sie einen Befehl von einer unsichtbaren Kommandozentrale bekommen, waren die drei Männer innerhalb von Sekunden von der Bildfläche verschwunden. Schnell blickte Moewig sich um, checkte seine Umgebung. Er schien plötzlich in diesem Bereich des Parks allein zu sein, kein einziger Spaziergänger war mehr zu sehen, auch alle Geräusche um ihn herum waren plötzlich verstummt. Nur in der Ferne hörte er die S-Bahn über die Trasse rattern.

Dann sah er den Mann, der aus dem Inneren des Parks über eine große Rasenfläche aus etwa einhundert Meter Entfernung auf ihn zukam. Zunächst erkannte Moewig in der vor Hitze flirrenden Luft nur, dass der Mann trotz der hohen Temperatur eine schwarze Lederjacke und eine schwarze Hose trug. Beim Näherkommen machte Moewig einen gepflegten, dunklen Vollbart aus, in den sich bereits einige weiße Strähnen mischten. Das ebenfalls schwarze Hemd unter der Lederjacke war weit aufgeknöpft. Das Knirschen der schwarzen Lederschuhe des Mannes, der jetzt in etwa zwanzig Meter Entfernung von Moewig auf den Weg getreten war und sich schnellen Schrittes näherte, drang immer lauter herüber. Als der Mann seine Bank erreicht hatte, musterte er Moewig zunächst mit prüfendem Blick, warf dann einen kurzen Blick auf den Koffer zwischen dessen Beinen und setzte sich neben ihn.

Moewig stieg ein süßlicher, exotischer Tabakgeruch in die Nase.

»Ich mag deinen Koffer«, sagte der Unbekannte fast beiläufig.

Seine Stimme klang heiser, wie die eines Kettenrauchers. Leichter Akzent. Moewig konnte es nicht mit Gewissheit sagen, war sich aber ziemlich sicher, dass es sich um dieselbe Stimme wie vorhin am Telefon handelte. »Danke, Moritz Lübben hat ihn anscheinend auch sehr gemocht«, entgegnete Moewig.

Dann herrschte Schweigen zwischen den beiden Männern.

Ich muss davon ausgehen, dass er nicht allein ist. Und dass er bewaffnet ist. Es gibt sonst keinen Grund, eine Jacke zu tragen, analysierte Moewig die Situation. Ihm war klar, welches Wagnis er hier gerade einging.

Der Mann neben ihm atmete laut, fast seufzend, aus, und Moewig umwehte erneut der süßliche Tabakgeruch.
»Wir sollten zu meinem Wagen gehen und dort in Ruhe sprechen. So einen Koffer entdeckt man ja nicht alle Tage. Und der Finderlohn …«, begann er, doch Moewig fiel ihm ins Wort.
»Nein. Wir bleiben hier, ich bin gern im Park. Also – wie darf ich dich ansprechen?«, fragte er und versuchte, seine Anspannung hinter einem leichten Plauderton zu verbergen, so als würde er sich nach dem Wetter der letzten Tage erkundigen.
»Nicht zu meinem Auto? Schade, der Finderlohn …«, begann der schwarz gekleidete Unbekannte und fuhr sich mit der Hand über den gepflegten Bart, als würde er den korrekten Sitz prüfen wollen.
»Nein, wir bleiben hier«, wiederholte Moewig und schob den Koffer mit seinem rechten Fuß langsam weiter zurück unter die Parkbank. Er durfte das Ruder nicht aus der Hand geben. »Was bist du eigentlich? Libanese?«
Der Mann schaute ihn für den Bruchteil eines Augenblicks mit zusammengekniffenen Augen an und hob dann demonstrativ die rechte Hand, sodass sich der Zeigefinger neben seinem Kopf befand.
Moewigs Blick fiel dabei auf den auffälligen, dicken goldenen Ring, aus dessen Kopfplatte ein heller Edelstein hervorstach und den der Mann an seinem rechten Ringfinger trug. Dass es bei der Geste nicht darum ging, den Ring zu zeigen, sondern dass sie ein Zeichen für mehrere Männer war, die im Unterholz auf ihren Einsatz warteten, entging Moewig in diesem Moment.

☠☠☠

32

Berlin,
Treptowers, BKA-Einheit »Extremdelikte«, Sektionssaal,
Mittwoch, 30. Juli, 17:27 Uhr

Die Klinge war unter dem Kinn durch das weiche Fleisch und die Muskulatur des Mundbodens eingedrungen, hatte die Zunge durchbohrt, war dann schräg nach oben durch die Schneidezähne des Oberkiefers gebrochen und sperrte nun den Mund des Toten wie eine bedrohliche Eisenzunge auf. Das Messer war von beachtlicher Größe, kein übliches Küchenmesser, sondern es erinnerte mit der leicht geschwungenen Klinge und dem aufwendig verarbeiteten Griff an einen Krummsäbel in Miniaturausgabe. Murau inspizierte interessiert die abgebrochenen Schneidezähne im Oberkiefer des Toten. »Herrschaftszeiten, das sieht man nicht alle Tage …«, murmelte der Österreicher und blickte zu Abel, der gerade dabei war, die Körperoberfläche des entkleideten Toten auf dem Sektionstisch auf äußere Verletzungen oder sonstige Auffälligkeiten hin zu untersuchen. Abwehrverletzungen, Narben, irgendetwas, das zur Rekonstruktion der Ereignisse in den letzten Stunden im Leben des Mannes beitragen konnte. Doch er fand nichts dergleichen. Der männliche Tote war vermutlich noch keine dreißig Jahre alt, schätzte Abel – auch wenn das bei Nordafrikanern deutlich schwieriger einzuschätzen war als bei Mittel- und Nordeuropäern.

Abel hatte den Vormittag im Familiengericht mit der Anhörung im Fall Siara Zhou innerlich noch immer nicht sortiert. Er war nach dem Eklat zunächst in Richtung Treptowers gefahren, hatte dann aber in einem Café in der Nähe gestoppt, um sich in neutraler Umgebung bei zwei doppelten Espressos zu sammeln. Auch ihn hatte das Geschehen sehr mitgenommen. Doch es war ihm nicht gelungen, zur Ruhe zu kommen, sodass er immer noch innerlich aufgewühlt war. Einerseits, weil er sich mittlerweile Vorwürfe machte, dass er nicht versucht hatte, irgendwie zur Deeskalation bei der Anhörung im Familiengericht beizutragen und sich für seine Passivität inzwischen sogar schämte. Und andererseits, weil die Situation mit Sabine Yao jetzt noch verfahrener war als zuvor und er – entgegen Lisas Rat – immer noch nicht das direkte Gespräch mit seiner Kollegin gesucht hatte.

Als er sich in der rechtsmedizinischen BKA-Einheit zurückgemeldet hatte, war er gleich für eine Sofortsektion mit Alfons Murau, der bereits im Sektionssaal auf Verstärkung durch einen zweiten Obduzenten wartete, eingeteilt worden: Ein junger Mann war tot aufgefunden worden, im Engelbecken, einer Springbrunnenanlage in Kreuzberg. Erstochen – so die derzeitige Arbeitshypothese, denn schließlich steckte das mutmaßliche Tatwerkzeug noch in seinem Kopf.

Sabine Yao hatte wegen der Anhörung vor dem Familiengericht heute frei, und da der Krankenstand bei den Sektionsassistenten in dieser Woche ungewöhnlich hoch war, hatten Murau und Abel ihrem Chef Herzfeld versichert, dass sie auch ohne weitere Assistenz mit diesem Fall zurechtkommen würden.

Die Daktyloskopen hatten gerade ihre Arbeit beendet, wobei sie nicht nur die Fingerabdrücke des Toten, sondern auch die am Griff der Tatwaffe gesichert hatten.

Abel besah sich den Griff des Messers genauer, legte die Finger daran, übte leichten Druck aus – doch es ließ sich nicht bewegen. Lediglich der Kopf des Toten ging dabei leicht hoch und runter, fast so, als hätte er einen bösen Traum.

33

Berlin-Kreuzberg,
Görlitzer Park,
Mittwoch, 30. Juli, 17:33 Uhr

Ich bin Libanese, sehr richtig. Du bist ein sehr schlauer Mann.« Der Mann lächelte, und unter seinem akkurat gestutzten Bart blitzte eine Reihe weißer Zähne auf. Dann fragte der Unbekannte: »Und du? Du bist kein Bulle. Aber ich habe dich bisher auch noch nie hier gesehen.«

Bevor Moewig antworten konnte, sah er, wie die drei Dealer von vorhin wieder auf der Bildfläche erschienen. Diesmal allerdings in Begleitung. Gemeinsam mit vier neu hinzugekommenen Männern bildeten sie jetzt einen Halbkreis vor der Parkbank, auf der Moewig und der Libanese saßen.

Zwei der Männer waren seitlich so nahe an sie herangetreten, dass sie aus Moewigs Blickwinkel verschwanden. Mögliche Fluchtwege nach vorn und zur Seite hin waren damit für ihn abgeschnitten.

☠☠☠

34

Berlin,
Treptowers, BKA-Einheit »Extremdelikte«, Sektionssaal,
Mittwoch, 30. Juli, 17:34 Uhr

Herr Murau, geben Sie mir mal bitte die Details zu diesem Fall. Was wissen wir bisher?«, fragte Abel mit fast übertrieben lauter Stimme, denn er wusste, dass Murau – war er erst einmal in seinem Element am Sektionstisch und völlig in Gedanken – wahrscheinlich auch in der ersten Reihe eines Rockkonzerts obduzieren konnte, ohne etwas von seiner Umwelt mitzubekommen. Der österreichische Kollege hörte auch diesmal seinen Kollegen zunächst nicht.

Murau trug, wie Abel auch, die übliche blaue Funktionskleidung, verzichtete jedoch im Sektionssaal regelmäßig auf die grauen Gummistiefel ihrer Dienstkleidung. Der Assistenzarzt, der nicht nur im rechtsmedizinischen Kollegenkreis, sondern auch über die Grenzen der Abteilung im BKA hinaus für sein extrovertiertes Verhalten – einige nannten es Schrulligkeit – bekannt war, trug auch diesmal gelbe Gummistiefel, als wollte er direkt im Anschluss an die Sektion zu einer Wattwanderung aufbrechen.

»Herr Murau?«, sagte Abel erneut. »Was haben wir hier?«

Murau, der gerade wieder im Hier und Jetzt ankam und Abel kurz ansah, rieb mit dem Rücken seiner behandschuhten linken Hand umständlich über die dünnen Bartstoppeln an seinem Kinn und sagte: »Seien Sie froh, dass ich ein gutes Gedächtnis habe, bei diesem ganzen Irrsinn, den man hier jeden Tag erlebt. Bei den Skurrilitäten und Absurditäten, die das Leben, oder vielmehr der Tod, in unsere heiligen rechtsmedizinischen Hallen spült. Das würde man gern jeden Abend wieder von der Festplatte im Gehirn löschen. Zum Glück habe ich ein fotografisches, ich würde fast schon sagen ikonisches Gedächtnis. Wie Kim Peek. Kennen Sie den? Wurde auch verfilmt – Dustin Hoffman …«

»Bitte, *Rain Man,* kurz und knapp, wenn es geht«, erwiderte Abel und hoffte inständig, dass der österreichische Kollege mit dem rosigen Vollmondgesicht nicht gerade wieder auf einen seiner gefürchteten Wortschwallanfälle zusteuerte.

»Okay, hier die Essentials, das Wesentliche, des Pudels Kern sozusagen«, begann Murau umständlich. Doch zu Abels Erleichterung kam er dann relativ schnell zu den wichtigsten Fakten.

»Fundzeit heute gegen 12 Uhr. Eine junge Mutter auf dem Weg zur Kita hat unseren Probanden gefunden. Sie dachte zuerst, da badet einer im Engelbecken. Aber es badet ja niemand voll bekleidet mit einem Messer im Kopf. Hatte eine Gürteltasche um. Ein paar Trips und etwas Bargeld darin. Nach dem, was INPOL ausgespuckt hat, handelt es sich sehr wahrscheinlich um einen wegen Drogendelikten einschlägig vorbestraften Mann aus Ghana, der eigentlich schon vor Monaten hätte abgeschoben werden sollen. Die Kollegen von der Daktyloskopie müssen das aber noch bestätigen. Wenn er es ist, ist bei ihm mit vierundzwanzig Jahren der Sargdeckel zugeschlagen«, erklärte Murau, ohne den Blick zu heben, während er sich weiter ungerührt mit seinem linken Handrücken am Kinn kratzte.

»Aha«, murmelte Abel.

Das Engelbecken war ein größeres, künstlich angelegtes Wasserbecken in einer öffentlich zugänglichen Gartenanlage in Kreuzberg und bisher eigentlich nicht als Berliner Kriminalitätsschwerpunkt bekannt.

»Lange kann er nicht im Wasser gelegen haben, wenn ich mir seine Hände so ansehe – noch so gut wie keine Waschhautbildung.« Damit spielte Abel auf die schrumpelige, weißliche Aufquellung der obersten Hornschicht der Haut an, die sich an den Beugeseiten der Finger und den Handflächen von Wasserleichen befand und die unter Umständen zu einer ungefähren Eingrenzung der Leichenliegezeit im Wasser herangezogen werden konnte.

»Ich lese ja gern Zeitung, Kollege Abel. So richtig auf Papier und danach Druckerschwärze an den Fingern«, sagte Murau völlig aus dem Zusammenhang und ohne auf Abels Bemerkung einzugehen. »Nicht dieses hirnlose Gestarre auf ein Handydisplay. Und ich sage Ihnen, wenn das stimmt, was man so in der Zeitung liest – dann könnte unser Fall die Ouvertüre des befürchteten Unterweltkriegs um die Vorherrschaft im Berliner Drogengeschäft sein.«

»Was genau steht denn in der Zeitung?«, fragte Abel nach, weil er nicht wusste, worauf der verschrobene Kollege hinauswollte.

»Herr Abel, es geht darum – zunächst nur hypothetisch, denn auch Journalisten und Innenpolitiker sind keine Hellseher –, was hier in Berlin bald in der Drogenszene los sein könnte. Es wird nach Einschätzung aus gut informierten, natürlich informellen Kreisen in

diesem Sommer ein Krieg um die Vorherrschaft in unserer schönen bundesdeutschen Drogenhauptstadt erwartet. Die Hinweise verdichten sich wohl, dass mehrere Familien aus dem Libanon – die uns ja gern immer mal wieder Kundschaft auf den Sektionstisch liefern – die seit Jahren etablierten Bulgaren und Afrikaner aus dem Drogenhandel drängen und einen Teil ihrer Gebiete übernehmen wollen. Der Löwe – der sagt Ihnen doch wenigstens etwas?«
Abel schüttelte den Kopf. »Welcher Löwe?«, fragte er.
»Herrschaftszeiten! Seien Sie froh, dass wenigstens einer von uns sich Wissen über die Halbwelt dieser Stadt angeeignet hat. Der Löwe ist natürlich nicht der König des Dschungels im herkömmlichen Sinne, verstehen S'? Es handelt sich um einen Mann, der Asad Saad heißt. Einen König des Großstadtdschungels könnte man ihn vielleicht nennen. Asad Saad ist der Kopf eines libanesischen Clans, der nicht nur in Berlin ansässig ist, sondern bundesweit agiert. Sein Clan macht beruflich all das, was ein anständiger Bürger nicht macht: Drogen, Prostitution, Schutzgeld, Überfälle im großen Stil auf Luxuskaufhäuser, Museen, Kunstsammlungen. Alles, was Geld in die Kassen spült. Der Löwe hat drei Brüder, einer ist gerade aus dem Gefängnis entlassen worden. Der Löwe agiert im Hintergrund, als Oberhaupt ist er zwar der Strippenzieher – wenn man der Journaille Glauben schenken darf –, aber er tritt nie wirklich in Erscheinung. Vor ein oder zwei Jahren ging mal ein Foto durch die Medien, das angeblich ihn zeigte. Später stellte sich dann heraus, dass es sich um einen libanesischen Autohändler gleichen Namens handelte. Ich schätze, der arme Mann hatte zu Hause einiges zu erklären, als ein Foto von ihm veröffentlicht wurde.
Für eine Anklage gegen Asad Saad hat es bisher übrigens nie gereicht. Er beschäftigt eine Armada richtig bissiger und mit allen Wassern gewaschener Strafverteidiger, und gerüchteweise ist er auch im Berliner Politsumpf gut vernetzt.«
Abel nickte, während er mit dem Sektionsmesser in einem einzigen gekonnten Schnitt den Körper des Ghanaers einmal der Länge nach von der Drosselgrube bis zum Schambein öffnete.

Er hatte den Namen Saad schon einmal gehört, konnte sich aber nicht mehr erinnern, bei welcher Gelegenheit das gewesen war. Vielleicht sogar in einem Gespräch mit Lisa. Es wäre nicht der erste kriminelle arabische Clan gewesen, mit dem sich die Bundesanwaltschaft, und damit auch seine Lebensgefährtin, beschäftigte. Dass Asad Saad den Beinamen »der Löwe« trug, war für Abel neu, aber er hatte von Verbindungen gehört, die der Saad-Clan zu Betreibern von salafistischen Moscheen unterhielt. Da war er sich ziemlich sicher.

»Ich bin beeindruckt, Kollege Murau«, sagte Abel und verlängerte seine Schnittführung von der Drosselgrube bis zu dem Eintrittspunkt des Miniatur-Krummsäbels, dessen Griffstück immer noch aus dem Mundboden des Toten herausragte. Dann löste er durch kräftigen Zug nach unten mit einem knirschenden Geräusch die leicht geschwungene Klinge aus dem Oberkiefer des Toten.

35

Berlin-Kreuzberg,
Görlitzer Park,
Mittwoch, 30. Juli, 17:36 Uhr

Ohne Vorwarnung und jedwede Chance auf Gegenwehr wurde Moewigs Kopf plötzlich mit brachialer Gewalt auf Höhe seines Kehlkopfes durch ein scharfkantiges, hartes Etwas nach hinten gerissen. Ein unartikulierter, dumpfer Laut schoss aus seinem Mund.

Was …? Fuck! Hinter mir … Ich Idiot, keine Absicherung nach hinten … Gedankenfetzen blitzten auf.

Moewigs Hände fuhren an seinen Hals, und er ertastete mit den Daumen die Ursache der schmerzenden Strangulation – ein Kabel, vielleicht auch ein Draht, der sich eng um seinen Hals gelegt hatte und ihm die Luft abschnürte. Der Puls begann in seinen beiden Halsschlagadern von einer Sekunde auf die nächste so stark zu hämmern, dass es sich in seinen Ohren anhörte, als würde dort jemand mit einem Hammer auf ein Eisenrohr schlagen.

Dann tauchte jäh, nur wenige Zentimeter vor ihm, das Gesicht des Libanesen auf. Verzerrt, bösartig grinsend.

»Du bist hier ganz falsch, Bruder. So was von falsch. Nie wieder wirst du mich anrufen! Du wirst diese Lektion jetzt lernen, *Harame!*«, stieß er hervor.

Als sich der Zug des Drosselwerkzeugs um seinen Hals noch einmal verstärkte, stoben kleine Lichtfunken vor Moewigs Augen auf. Er versuchte krampfhaft, durch die Nasenflügel Luft in seine Lungen zu ziehen, aber es war zwecklos. Seine Halsweichteile und damit auch der Eingang in die Luftröhre wurden wie von einer Schraubzwinge zusammengepresst. Um wenigstens irgendetwas zu unternehmen, spannte Moewig seine Nackenmuskeln an. Innerhalb von Sekundenbruchteilen hatte er das Gefühl, als würde sich eine zentnerschwere Eisenplatte mit Gewalt in seinen Nacken pressen. Aber auch mit aller Kraft seiner gut trainierten Muskulatur konnte er der Gewalt des Drosselwerkzeugs, das ihn immer weiter nach hinten zog und dabei seinen Rücken mit brutaler Kraft gegen die harte Rückenlehne der Parkbank presste, nichts entgegensetzen. Seine Halswirbelsäule war jetzt von dem Angreifer bereits bedrohlich weit nach hinten gezogen worden, sodass Moewigs Kinnspitze hochragte. Seine Arme ruderten hilflos in der Luft herum. *Hinter mir … Ich muss …*, versuchte sein Überlebenstrieb eine Analyse der Situation, jedoch ohne konkrete Handlungsanweisung. Er registrierte, wie sein Puls jetzt auch in seinen Schläfen wie ein Schmiedehammer anschlug.

Und dann spürte Moewig, während die Lichtfunken vor seinen Augen heftigen Blitzen wichen, dass seine Kräfte immer mehr schwanden.

36

Berlin,
Treptowers, BKA-Einheit »Extremdelikte«, Sektionssaal,
Mittwoch, 30. Juli, 17:40 Uhr

Als Abels Blick auf die breite Klinge fiel, die er dem toten Afrikaner gerade unter großem Kraftaufwand aus dem Kopf gezogen hatte, traute er zunächst kaum seinen Augen. *Koinzidenz der Ereignisse,* ging es ihm durch den Kopf. *Als ob Murau es geahnt hätte …* Er sah ungläubig zu dem österreichischen Assistenzarzt, der gerade mit einer Kelle den Inhalt aus dem noch in der Bauchhöhle befindlichen Magen schöpfte und dabei leise vor sich hin summte. Abel hatte am unteren Ende der Klinge, direkt oberhalb des Handschutzes – dort, wo bei höherwertigen Messern und Stichwaffen üblicherweise das Emblem oder die Signatur des Waffenschmiedes eingraviert ist –, tatsächlich eine Gravur entdeckt, nicht größer als ein 10-Cent-Stück. Das Blut des Toten hatte sich in den feinen Linien der Gravur gesammelt und war dort größtenteils schon eingetrocknet. Der kunstvolle Löwenkopf war gut zu erkennen.

☠☠☠

37

Berlin-Kreuzberg,
Görlitzer Park,
Mittwoch, 30. Juli, 17:41 Uhr

Mit einer raschen Bewegung seines Kopfes nach hinten, die dem Zug des dünnen Drosselwerkzeugs um seinen Hals folgte, verschaffte sich Moewig einige Zentimeter Platz. Und etwas Luft –

im wahrsten Sinne des Wortes. Damit hatte der Angreifer hinter ihm nicht gerechnet. Der Zug auf Moewigs Hals ließ deutlich nach. Den gewonnenen Raum nutzte er, indem er die Finger beider Hände zwischen seine Halshaut und das Drosselwerkzeug schob. Blitzschnell zog Moewig beide Oberschenkel an seine Brust und trat dann mit dem rechten Fuß gezielt nach vorn aus. Mit einem Krachen brach die Nase des Mannes, der ihn in diesen Hinterhalt gelockt hatte. Jetzt warf Moewig, beide Hände immer noch zwischen Strangulationswerkzeug und seinem Hals, sein gesamtes Körpergewicht nach vorn und brachte so den Angreifer hinter ihm aus dem Gleichgewicht. Blitzschnell vollführte er eine Vierteldrehung nach links und schlug blindlings mit der linken Faust nach hinten aus. Viel Kraft hatte er aufgrund seiner ungünstigen Position zwar nicht in den Schlag stecken können, aber er traf den Mann, was dieser mit einem Schmerzensschrei kommentierte. Augenblicklich ließ der Zug auf das Drosselwerkzeug, und damit auf Moewigs Hals, nach.

Während sich Moewig atemlos auf die Knie fallen ließ, sah er, wie der Libanese, der ebenfalls auf dem Schotterweg vor der Parkbank kniete, sich beide Hände vor die Nase hielt, aus der ein blutiger Sturzbach herauslief. Allerdings gab er keinerlei Schmerzenslaute von sich. *Volltreffer, du Drecksack,* dachte Moewig und löste das Strangwerkzeug, das der hinter ihm befindliche Angreifer losgelassen hatte, von seinem Hals. Es war ein dünnes, flexibles Stahlseil.

Der Libanese starrte Moewig aus funkelnden, schwarzen Augen an. Taumelnd kamen jetzt beide Männer, die nicht einmal eine Armlänge voneinander entfernt waren, wieder auf die Beine. »*Ibn el Sharmuta!* Du Hurensohn!«, brüllte der Libanese.

Als Moewig gerade zum Angriff übergehen und sich auf sein Gegenüber stürzen wollte, traf ihn wie aus dem Nichts ein Schlag auf den Hinterkopf. Stumpf und hart. Moewig geriet ins Schwanken, was der Libanese sofort ausnutzte und ihn mit einem gekonnten Fußfeger – indem er Moewigs Standbein mit einer Art schnell geführtem Beinhaken regelrecht vom Schotterweg wischte – zu Fall brachte. Moewig fiel der Länge nach hin. Wie Käfer, die sich über

Aas hermachen, fraßen sich die Steinchen bei dem harten Aufschlag in die Haut seiner Handinnenflächen. Und dann traf der erste Tritt seinen Oberkörper. Das Brechen der Rippe schien durch seinen ganzen Körper zu hallen. Dann der zweite Tritt. Diesmal gewann der Schmerz die Oberhand, die Wirkung des Trittes war diesmal weniger ein Hallen, sondern ein heller, bohrender Stich, als eine weitere Rippe brach. Moewig biss die Zähne zusammen, wollte sich aufrappeln, zurückschlagen. Doch die kräftigen Füße von mehreren Männern hielten seinen Körper am Boden, beschwerten ihn wie Felsblöcke, übten heftigen Druck auf seinen Rücken, seine Arme, seine Kniekehlen und sein Gesäß aus.

»Ihr verdammten Wichser!«, schrie Moewig.

Aber er war der Überzahl der Angreifer völlig wehrlos ausgeliefert.

☠☠☠

38

Berlin,
Treptowers, BKA-Einheit »Extremdelikte«, Sektionssaal,
Mittwoch, 30. Juli, 17:43 Uhr

Herr Murau, vielleicht sollten Sie über eine Tätigkeit als Hellseher nachdenken. Es scheint, als hätte der Löwe gerade seine Zähne gezeigt«, sagte Abel, immer noch erstaunt über seine Entdeckung der Löwenkopfgravur auf der Klinge, mit der der Drogendealer aus dem Diesseits ins Jenseits befördert worden war.

Der Österreicher ließ sich von Abel den Dolch reichen. Nach ausgiebiger Betrachtung der Waffe durch seinen Zwickel, den er sich auf der Nase festgeklemmt hatte, legte er sie in eine für Asservate vorgesehene Plastikbox, die auf einem Ablagewagen neben dem Sektionstisch stand, und pfiff durch die Zähne.

»Ein Löwenkopf. Die Symbolik ist wohl unübersehbar«, raunte Murau. Dann blitzte das fachliche Können des Österreichers durch, denn er sagte: »Lassen Sie uns das hier schnell zu Ende bringen, Kollege Abel. Bei der Todesursache werden wir wohl keine große Überraschung erleben, wenn ich mir das ganze Blut im Mund und die Blässe der inneren Organe des Toten so anschaue. Ich tippe jetzt schon auf Blutaspiration in Kombination mit Verbluten. Eine toxikologische Untersuchung, auch seiner Kopfhaare, zur Klärung, ob er nur gedealt hat oder auch Konsument war, leite ich nachher noch bei Fuchs ein. Den Dolch bringe ich im Anschluss an die Sektion direkt hoch zu den Kollegen der Spurensicherung. Nicht nur die Damen und Herren vom LKA 1, sondern auch die Kollegen vom LKA 4, Organisierte Kriminalität, dürften sich freuen, wenn sie noch heute von dieser exklusiven Mordwaffe erfahren und mal einen Blick auf den Löwenkopf werfen können.«

☠ ☠ ☠

39

Berlin-Kreuzberg,
Görlitzer Park,
Mittwoch, 30. Juli, 17:44 Uhr

Wieder hörte Moewig die Stimme des Libanesen. Diesmal ganz nah an seinem Ohr: ruhig, überhaupt nicht mehr aufgeregt.

»Du wirst hier nie wieder aufkreuzen. Du wirst dich nie wieder fragen, wer wir sind. Du wirst nicht zu den Bullen gehen. Sonst wird der Löwe dich fressen!« Moewig schaffte es mit viel Anstrengung, seinen Kopf aus dem staubigen Schotter zu heben und in Richtung seines Angreifers zu drehen.

»Jetzt hast du mich verstanden, *Ibn el Kalb*«, flüsterte der Unbekannte, der sich zu Moewig hinuntergebeugt hatte und dessen Gesicht jetzt nur noch wenige Zentimeter entfernt war. Er spuckte Moewig zweimal hintereinander eine Fontäne Speichel ins Gesicht. Dann trat er den Privatermittler ein letztes Mal.
Moewig stöhnte laut auf.
Ich wäre nicht der erste Totgetretene, der in den schmutzigen Straßen von Berlin verreckt.
Er atmete stoßend und keuchend. Die Schmerzen in seinem Brustkorb waren höllisch, jede Atembewegung verschob die gebrochenen Rippen gegeneinander. Aber es blieb ihm nichts anderes übrig, als im Dreck liegen zu bleiben, seinen Peinigern schutzlos ausgeliefert.
Doch plötzlich ging alles ganz schnell. Die Last auf seinem Körper durch die zahllosen Füße ließ nach, verschwand völlig. Er hörte, wie sich eilige Schritte von ihm entfernten. Einen Moment blieb er reglos liegen, in die grelle Sonne blinzelnd. Der Speichel des Libanesen lief ihm von der Wange in die Augen. Weit entfernt hörte er den Verkehr, die S-Bahn rauschte metallisch dröhnend über die Trasse. Dann setzte Moewig sich langsam auf, jede Bewegung ein einziger Schmerz. Es war niemand mehr zu sehen.
Mühsam rappelte er sich hoch. Seine Beine zitterten, seine Hände waren schmutzig und blutig. Wie er im Gesicht aussah, wollte er lieber gar nicht wissen – er spürte lediglich die warme Nässe des fremden Speichels.
Er sah sich um. Von seinen Angreifern keine Spur mehr. Und auch der Koffer war verschwunden. Zumindest blieb ihm die Genugtuung, dass der echte Koffer von Moritz Lübben noch immer im Wagen in der Garage des Patrons lag, dem er empfohlen hatte, unverzüglich die Polizei darüber zu informieren. Die Waffe und die Drogen dürften sich also inzwischen in der Kriminaltechnischen Abteilung des LKA befinden.
Aber er hatte keine Zeit zu verlieren. Sobald der Unbekannte bemerkte, dass weder der Koffer noch der Inhalt von Moritz Lübben stammten, würde es hier erneut sehr ungemütlich zugehen und

dann sehr wahrscheinlich für ihn tödlich enden. Moewig griff an den unteren Saum seines Hemdes, suchte eine Stoffstelle, die ihm leidlich sauber erschien, und wischte sich damit ausgiebig das Gesicht ab. Zurück blieb ein schmieriger Fleck aus Blut und dem Speichel des Mannes in Schwarz.

Got you! Wenn du schon mal in irgendeiner DNA-Datenbank, auf die Fred Zugriff hat, aufgetaucht bist, sehen wir uns wieder, du verdammtes Stück Scheiße.

Humpelnden Schrittes und mit zusammengebissenen Zähnen schleppte sich Moewig zum Parkausgang Skalitzer Straße.

Hätte ein unbeteiligter Beobachter ihn in dem dreckigen olivgrünen Hemd, der an den Knien zerrissenen Chinohose und mit den blutigen Händen in diesem Moment gesehen, er hätte ihn wahrscheinlich für geistig verwirrt gehalten.

Denn Moewig lächelte zufrieden.

☠☠☠

40

Berlin, Marzahn-Hellersdorf,
Wohnhaus von Mailin Zhou,
Mittwoch, 30. Juli, 19:20 Uhr

Sabine Yao hatte ihren Mini Cooper auf dem Parkplatz vor dem zwanzigstöckigen Wohnhaus in der Nähe des Eingangs abgestellt. Die heruntergelassenen Gardinen und Jalousien an den vielen Fenstern waren der einzige Hinweis darauf, dass das Hochhaus bewohnt war, denn der gesamte Gebäudekomplex und auch der dazugehörige Parkplatz lagen völlig verwaist da.

Berlin brütete weiter unter der Hitzeglocke des Sommers.

Als sie ausstieg, bemerkte sie, dass ihre Hände heftig zitterten. Erst jetzt fiel ihr auf, dass sie, abgesehen von einer Tasse Kaffee und einem halben Brötchen am Morgen, den ganzen Tag über nichts gegessen und getrunken hatte. Eine Katastrophe hatte die nächste abgelöst. Die Ereignisse hatten sich nur so überschlagen.

Mailin hatte nach ihrer Festnahme nicht nur im Streifenwagen weitergetobt, sondern auch in der Gefangenensammelstelle der Polizei in Tempelhof, wo sie eine Beamtin zunächst wüst beschimpft und dann mehrfach geschubst hatte. Das hatte Mailins Anwältin vor etwa drei Stunden am Telefon berichtet. Die Anwältin hatte sie außerdem darüber unterrichtet, dass sich ihre Schwester nicht mehr in der Gefangenensammelstelle befand. Sie war vielmehr per richterlichem Beschluss nach PsychKG, dem Gesetz über Hilfen und Schutzmaßnahmen bei psychisch Kranken, mittlerweile in einer der geschlossenen psychiatrischen Stationen in der Karl-Bonhoeffer-Nervenklinik untergebracht worden, da sie in ihrer Zelle ihren Kopf mehrfach gegen eine Wand geschlagen hatte. Ärztliche Zwangsbehandlung wegen akuter Selbst- und Fremdgefährdung waren die Worte, die die Anwältin benutzt hatte. Das Wort Selbstmordgefahr hatte die Juristin wahrscheinlich bewusst vermieden.

Sabine Yao war dann vor zwei Stunden zur Karl-Bonhoeffer-Klinik gefahren und hatte dort versucht, ihre Schwester zu sehen. Aber vergeblich. Mit der Begründung, dass Mailin Zhou ein starkes Beruhigungsmittel verabreicht bekommen habe, deshalb vor dem nächsten Nachmittag kaum ansprechbar sein würde und überhaupt jeglicher weiterer Stress in dieser psychischen Ausnahmesituation unbedingt zu vermeiden sei, war Sabine im Eingangsbereich der geschlossenen Akut-Station abgewiesen worden. Die Rechtsmedizinerin hatte daraufhin nicht weiter insistiert und weder ihren BKA-Dienstausweis vorgezeigt noch sich als Ärztin zu erkennen gegeben.

Sabine Yao schloss die Tür ihres Minis und drückte auf die automatische Verriegelung auf dem elektronischen Schlüssel. Sie fühlte sich ausgelaugt und machtlos.

Warum hat Mailin das bloß getan? Es gibt keine rationale Erklärung für ihren Ausraster vor Gericht. Der Richter schien gewillt zu sein, alle Fakten objektiv zu beurteilen und auch Mailin zu Wort kommen zu lassen, sich ihre Version anzuhören, um sich eine differenzierte Meinung zu bilden … Aber dann der Angriff auf die Mitarbeiterin des Jugendamts, was für ein Irrsinn, dachte Sabine Yao. *Ich habe mich in meiner Schwester getäuscht. Diese Seite von ihr, diese Wut, diese Aggression, das kannte ich bisher alles nicht. Das ist ihr eigentlich so fremd. Oder vielleicht doch nicht?*

Der eine Gedanke, der in den letzten Tagen immer wieder aus ihrem Unterbewusstsein nach oben gestiegen war, jedoch von ihrem Verstand abgeblockt wurde, blitzte nun erneut auf, bahnte sich seinen Weg an die Oberfläche. Stärker als jemals zuvor. *Wenn es doch anders war? Wenn Mailin es war, die Siara so schwer verletzt hat?*

Erschöpft schleppte sich Sabine Yao die Treppen zum Eingang des Plattenbaus hoch, suchte in ihrer Handtasche nach dem Schlüsselbund und öffnete die heruntergekommene, mit verschmutzten Aufklebern verunzierte Eingangstür, durch deren Glasscheibe sich ein langer Riss zog.

Die Briefkästen waren an einer der Wände des schier endlosen Flurs im Eingangsbereich aufgereiht. Sie öffnete die scheppernde Klappe, doch der Briefkasten war leer. Sie ging zum Fahrstuhl, drückte den abgegriffenen Knopf und fuhr in die zwölfte Etage. Während der Fahrstuhl schwerfällig ratternd den Weg nach oben fand, massierte sich Sabine Yao mit einer Hand ihren verschwitzten Nacken und zog das Haargummi aus ihrem Pferdeschwanz. Sie fühlte sich wie ein geschlagener Ritter, den es im Kampf vom Pferd gerissen hatte, elend und unendlich müde. Ihr ganzer Körper schmerzte.

Meine Schwester in einer Psychoklinik. Ihr Mann tot. Siara zwischen Leben und Tod, mit bleibenden Hirnschäden, und Sina im Heim.

Die Luft in der engen Fahrstuhlkabine war abgestanden und verströmte Hoffnungslosigkeit. Als Sabine die Eingangstür zur Wohnung ihrer Schwester aufschloss, füllten sich ihre Augen zum zweiten Mal an diesem Tag mit Tränen.

☠☠☠

41

Berlin,
Treptowers, BKA-Einheit »Extremdelikte«, Büro Dr. Fred Abel,
Mittwoch, 30. Juli, 19:25 Uhr

Abel hatte während der Arbeit die Zeit völlig vergessen. Nachdem er sich in der Umkleide seiner Sektionskleidung entledigt hatte, war er, als er einen Blick auf das Display seines Blackberrys geworfen und festgestellt hatte, dass es schon Abend war, erstaunt gewesen. Zudem wurden ihm mehrere Anrufe in Abwesenheit angezeigt. Zwei davon waren von Moewig. Abel hatte beschlossen, noch nicht nach Hause zu fahren, sondern noch den dringendsten Papierkram für diesen Tag zu erledigen, und war mit dem Fahrstuhl in den siebten Stock der Treptowers gefahren.

In seinem Büro angekommen, rief er Moewig zurück, doch dessen Handy war ausgeschaltet. Als Abel zehn Minuten später die Unterlagen zu dem Fall Siara Zhou in einem Aktenordner ablegte, klingelte sein Blackberry: Moewig.

Abel nahm den Anruf entgegen. »Hallo, Lars, alles in Ordnung? Was gibt es?«

»Hallo, Fred. War einerseits ein echter Scheißtag heute, andererseits bin ich im Fall Moritz Lübben ein gutes Stück weitergekommen.«

Abel nahm an, dass sein Freund in einem belebten Gang stand, wie er aus dem Stimmengewirr im Hintergrund schloss.

»Was ist los? Was lief aus dem Ruder, Lars? Und wieso überlässt du deiner neuen Freundin, der Friedrich vom LKA 1, nicht das Feld in Sachen Moritz Lübben? Du könntest dir die Finger verbrennen«, erwiderte Abel.

»Ich bin gerade auf der Rettungsstelle der Charité fertig, wo sie mich geröntgt und drei gebrochene Rippen diagnostiziert haben. Allerdings stehen die Bruchenden wohl gut zueinander, sodass es nicht zu Lungenanspießungen gekommen ist. Sie haben mir den

Brustkorb bandagiert. Ich weiß nicht, was bei dieser Bullenhitze die größere Tortur ist: dass ich mich wie ein schwitzendes Wickelkind fühle oder dass ich nur ganz flach atmen kann, weil ich bei jedem tieferen Atemzug das Gefühl habe, mir sticht einer ein Skalpell seitlich in die Brust. Aber egal. Ich habe jedenfalls heute im Görli ordentlich auf die Fresse bekommen, weil ich offensichtlich viel zu tief in ein Wespennest gestochen habe, das mit dem Tod von Moritz Lübben zu tun hat.«

Abels Atem beschleunigte sich. »Was genau ist passiert, Lars?«, fragte er besorgt, obwohl er nicht sicher war, ob er die Antwort wirklich hören wollte.

»Das werde ich dir gern alles in Ruhe erzählen. Nicht am Telefon. Aber eine Frage vorab: Ich habe Speichel und Blut auf meinem Hemd. Das Blut ist von mir, die Rotze von einer Person, die ich gern wiedertreffen würde. Könnten wir in eurer DNA-Datenbank …« Moewig brach abrupt ab und sprach dann scheinbar mit einer Person, die neben ihm stand. »Bin gleich hier weg.«

Abel war klar, dass Moewig nicht vorhatte, mit seinem Anliegen irgendwelche offiziellen BKA-Wege zu beschreiten. Er hörte ein kurzes Rauschen am anderen Ende der Leitung.

»Bist du noch dran?«

»Lars, kannst du mit dem Untersuchungsmaterial sofort vorbeikommen? Ich denke, Fuchs ist noch im Labor, dann schiebe ich das hier an. Aber du wirst dazu von mir nichts schriftlich bekommen.«

»Bin schon unterwegs!«

Als Abel das Gespräch gerade beenden wollte, meldete sich Moewig noch einmal zu Wort. »Noch ein letzter Punkt. Am Ende der Abreibung im Görli bekam ich die Drohung mit auf den Weg, dass ich auf keinen Fall zur Polizei gehen sollte. Sonst würde der Löwe mich fressen. Sagt dir ›der Löwe‹ etwas?«

»Wir reden gleich«, erwiderte Abel heiser und beendete das Gespräch. Seine Kehle fühlte sich seltsam trocken an, als er in der Bildergalerie seines Blackberrys das Foto aufrief, das er im Sektionssaal von der Klinge gemacht hatte. Auf dem Display vergrößerte er die Aufnahme des Löwenkopfs am unteren Ende der Klinge. Das getrocknete Blut verlieh dem kunstvoll gearbeiteten Löwenkopf etwas Bedrohliches.

42

Berlin, Marzahn-Hellersdorf,
Wohnung von Mailin Zhou,
Mittwoch, 30. Juli, 19:28 Uhr

Der Geruch, der Sabine Yao im engen Flur der Wohnung entgegenschlug, war ihr vertraut. In diesem Moment hatte er fast etwas Tröstliches. Sie wischte sich die Tränen mit einem Papiertaschentuch aus dem Gesicht, das sie aus ihrer Handtasche gefischt hatte, und ging durch die Wohnung. Zunächst wusste sie nicht, wo sie anfangen sollte, doch dann riss sie sich zusammen und überlegte, was ihre Schwester in der Klinik benötigte: die Kulturtasche mit dem Notwendigsten, ein paar T-Shirts, Turnschuhe, eine Jogginghose und natürlich ihren geliebten Kapuzenpullover von Thanh. Sie würde gleich die Waschmaschine anstellen und das verdreckte Teil erst einmal waschen. Und sie würde ihr vielleicht auch ein Kuscheltier aus dem Zimmer der Mädchen einpacken.
Sie braucht etwas Vertrautes, das ihr Kraft gibt, das sie an zu Hause denken lässt und daran, dass sie noch eine weitere Tochter hat, Sina, die ihre Mutter dringend braucht, dachte Yao und fühlte sich plötzlich in ihre Kindheit zurückversetzt. Als sie und Mailin noch ihr ganzes Leben vor sich hatten, als ihnen noch alles offenstand und sie immer füreinander da waren. Kein Blatt passte damals zwischen die beiden Schwestern.
Auch im Schlafzimmer der Dreizimmerwohnung herrschte Chaos.

Kleidung lag über das ganze Bett verstreut, teils bereits getragene, teil saubere. Eine Tür des Kleiderschranks stand offen. Sabine Yao blickte hinein. *Sie muss doch irgendwo einen Koffer oder eine Reisetasche haben.*

Doch sie fand nichts Brauchbares, in das sie Mailins Sachen packen konnte. Sabine Yao ging suchend ins Wohnzimmer und spürte die Beklemmung, die dieser Raum in ihr auslöste, jetzt, wo sie das erste Mal allein hier war. *Diese Stille …*

Sie starrte auf den Sisalteppich vor der Couch. *Hier ist es geschehen. Hier ist Siara verunglückt … Verunglückt?*

Hier hat Mailin ihrer Tochter die schweren Kopfverletzungen zugefügt.

Beschämt versuchte sie, den Gedanken abzuschütteln. Sie blickte auf den wuchtigen Kunstledersessel, in dem sie oft gesessen hatte, wenn sie zu Besuch gekommen war. Die Mädchen waren damals immer auf ihren Schoß geklettert und hatten sie vor Freude beinahe erdrückt. Und fröhlich gekichert. *Sie waren so ausgelassen, so unbeschwert …*

Sie ging in den Flur zurück und blieb vor dem schmalen Spiegel stehen, in dem sich ihre Schwester am Morgen noch skeptisch betrachtet hatte. Das Make-up, die hochgesteckten Haare, die graue Bluse – für sie war diese Aufmachung, dieses Outfit für den Gerichtstermin eine Verkleidung gewesen, die sie nur äußerst widerwillig übergestreift hatte.

An der oberen Ecke des Spiegels klemmte zwischen Spiegelglas und Rahmen ein Foto. Es zeigte Mailin, Thanh und ihre beiden Zwillingstöchter bei einem Ausflug in den Spreewald. Thanh hatte den Arm um seine Frau gelegt, die damals etwa ein Jahr alten Mädchen lachten fröhlich in die Kamera. Sabine Yao starrte auf das Bild, als würde es sie hypnotisieren, und es stürzte sie in eine tiefe Wehmut, die sie noch nie zuvor erlebt hatte.

Alles, was auf diesem Bild zu sehen war – die Liebe, der Zusammenhalt, eben diese Familie –, das alles gab es jetzt nicht mehr.

43

Berlin,
Treptowers, BKA-Einheit »Extremdelikte«,
Kriminaltechnisches Labor,
Mittwoch, 30. Juli, 20:13 Uhr

Fuchs blickte den verletzten Mann in dem verdreckten Hemd und der zerrissenen Chinohose interessiert an. In Begleitung von Abel hatte der dunkelhäutige Mann humpelnd und in leicht gekrümmter Haltung seinen Laborraum betreten. Über seine beiden Jochbeine zogen sich breite, weiße Pflasterstreifen, und auch seine Handflächen waren von großflächigen Pflasterverbänden bedeckt. Auf dem kahl rasierten Schädel des Mannes erkannte Fuchs eine mehrere Zentimeter durchmessende Verschattung der Kopfhaut über einer gewaltigen Beule am Hinterkopf. Ein Hämatom, wie der Leiter des kriminaltechnischen Labors der rechtsmedizinischen Abteilung für »Extremdelikte« schlussfolgerte.

Fuchs war umgeben von Computermonitoren und Geräten zur toxikologischen Untersuchung, die an überdimensionale Kühltruhen erinnerten und auf hüfthohen Unterschränken montiert waren. In Schubladen, die aus den hellgrau verschalten und kontinuierlich brummenden Geräten herausragten, standen massenhaft kleine Glasgefäße mit verschiedenen Körperflüssigkeiten und Gewebeproben, die gerade vollautomatisch toxikologisch analysiert wurden. Zahlreiche gelbe und grüne Leuchtdioden flimmerten an den Vorderseiten der Geräte.

»Guten Abend, Dr. Fuchs, schön, dass Sie noch Sprechstunde haben«, sagte der Besucher keuchend und setzte sich vorsichtig auf einen Stuhl, direkt neben Fuchs.

»Henry, darf ich vorstellen – das ist mein alter Freund Lars Moewig«, sagte Fred Abel, der sie telefonisch angekündigt hatte.

Fuchs schaute seine beiden Besucher neugierig an und stellte fest, dass Abel ziemlich abgekämpft aussah.

»Wir waren vor vielen Jahren zusammen bei der Bundeswehr, und seitdem verbindet uns eine ganz spezielle Freundschaft. Lars ist Privatermittler und hat uns ein besonderes Asservat mitgebracht.«

»Ich bin gespannt, was du diesmal für mich hast, Fred. Ich gehe davon aus, dass ihr nicht in offizieller Mission hier seid?«, erwiderte Fuchs mit seiner tiefen, sonoren Stimme, die so gar nicht zu seinem jungenhaften Gesicht passte.

»Korrekt«, antwortete Abel.

»Und Sie, Herr Moewig«, fuhr Fuchs mit einem Augenzwinkern an Abels Begleiter gewandt fort, »Sie brauchen dringend frische Kleidung.«

Moewig blickte auf sein Hemd, auf dem sich mehrere große rostrote Blutflecken zu einem grotesken Muster vereinigt hatten. »Entschuldigen Sie, mein Smoking ist gerade in der Reinigung«, konterte er.

Fuchs lächelte. Zusätzlich zu der exzellenten Weinflasche, die Abel ihm vorhin am Telefon für diese Privataudienz nach Feierabend versprochen hatte, bekam er scheinbar auch noch eine gute Vorstellung geboten. »Ach, Herr Moewig, ich bin berufsbedingt ohnehin mehr an den Dingen interessiert, die man nicht auf den ersten Blick erkennt oder mit bloßem Auge überhaupt nicht sieht. Insofern sind mir Äußerlichkeiten eigentlich ziemlich egal. Aber die Bemerkung konnte ich mir bei Ihrem Anblick einfach nicht verkneifen. Also, was genau verschafft mir die Ehre?«

Moewig blickte Abel an, der ihm mit einem Nicken signalisierte, dass er offen sprechen konnte. Moewig erhob sich und streifte sich mit einem Stöhnen und schmerzverzerrtem Gesicht das besudelte Hemd über den Kopf. Fuchs registrierte die gewaltigen Oberarmmuskeln und den ebenfalls muskelbepackten Schultergürtel und Nacken des Mannes. Der voluminöse Oberkörper war von Höhe der Achseln abwärts bis zum Bauchnabel mit eng anliegenden, elastischen weißen Binden umwickelt.

Mindestens eine ordentliche Rippenprellung, wenn nicht sogar ein

amtlicher Bruch, diagnostizierte Fuchs stumm. Dann reichte ihm sein halb nackter Gast das Hemd.
»Ich habe die Hoffnung, dass Sie mir damit weiterhelfen können«, sagte Moewig, und ein Grinsen umspielte seine Mundwinkel.
»Waschen?«, fragte Fuchs ironisch.
»Eher nicht, Henry«, schaltete sich Abel ein. »Lars wurde vor wenigen Stunden im Görlitzer Park Opfer einer massiven körperlichen Auseinandersetzung. Allerdings, wie du sofort richtig erkannt hast, nicht in offizieller Mission. Insofern wollen wir die Polizei vorerst raushalten«, erklärte er mit ernster Miene.
Moewig fuhr fort: »Einer der Herrschaften hat mir bei unserer Rangelei eine ordentliche Portion Speichel ins Gesicht gespuckt. Und diesen Speichel habe ich asserviert, indem ich ihn mit dem unteren Rand meines Hemdes abgewischt habe. Und nun würde ich den Herrn gern wiedersehen. Dafür müsste ich aber wissen, wer er ist. Und da kommen Sie ins Spiel, Doc.« Der bullige Mann mit dem bandagierten Oberkörper ließ sich in den Stuhl zurücksinken und verzog dabei schmerzverzerrt das Gesicht.
Fuchs besah sich das schmutzige Hemd, während er es am ausgestreckten Arm zwischen Daumen und Zeigefinger vor sich hinhielt. Nicht etwa, weil er sich vor dem Kleidungsstück ekelte – da hatte er schon ganz andere Dinge in den Händen gehalten –, sondern weil er keine Handschuhe anhatte, als Moewig ihm das Hemd überraschend in die Hand gedrückt hatte, und er jetzt vermeiden wollte, das Kleidungsstück noch weiter zu kontaminieren oder Spuren darauf zu verwischen.
»Okay«, sagte er, wobei er das Wort in die Länge zog und eine ratlose Miene machte.
Abel, der bisher neben den beiden gestanden hatte, setzte sich auf die Kante eines der Labortische. »Henry, du könntest uns bei der Suche nach dem Schläger behilflich sein. Wie gesagt – informell. Keine Auftragsnummer, kein Eintrag ins Asservaten-Eingangsbuch, es geht kein schriftlicher Befund von dir raus.«
»Verstehe«, sagte Fuchs und spitzte die Lippen.

»Wir müssen davon ausgehen, dass der Schläger kein Unbekannter ist«, fuhr Abel fort. »Wir möchten dich bitten, in der DNA-Datenbank zu überprüfen, ob er darin gespeichert ist.«

»Okay«, entgegnete Fuchs erneut. »Was ich jetzt machen werde: Ich werde die betreffende Region aus dem Hemd ausschneiden und in kleinen Stücken in einen Lysepuffer legen, um die darin enthaltene DNA aus dem Speichel zu isolieren. Daraus mache ich ein STR-Profil. Dabei wird es sich um eine DNA-Mischspur handeln, das heißt, Ihre DNA und die Ihres Kontrahenten, Herr Moewig. Deshalb nehme ich jetzt gleich noch einen Mundschleimhautabstrich von Ihnen. Damit habe ich Ihre Vergleichsprobe, ziehe mir daraus Ihr DNA-Profil und kann dann aus der DNA-Mischspur auf dem Hemd das Täterprofil beziehungsweise das DNA-Profil Ihres Kontrahenten herausrechnen.«

Moewig und Abel schienen beide erleichtert, dass er den Auftrag auf dem kleinen Dienstweg annahm, und ohne irgendwelche Nachfragen zu stellen.

Moewig nickte anerkennend. »Da hat mein alter Freund Fred nicht zu viel versprochen. Er sagte, dass Sie der richtige Mann für mein Anliegen wären. Ich danke Ihnen sehr.«

»Keine Ursache, Herr Moewig«, sagte Fuchs. »Fred kann sich immer auf mich verlassen. Auch in solchen Dingen.« Mit diesen Worten zog er eine der Schubladen in einem der Laborunterschränke auf und holte einen steril in Plastikfolie verpackten Wattetupfer – ein etwa fünfzehn Zentimeter langes Stäbchen, das an einem Ende mit Watte umhüllt war – heraus und reichte ihn Moewig.

Während sich Moewig den Wattebausch in den Mund steckte und damit in seiner Mundhöhle an der Wangenschleimhaut herumwischte, sagte Fuchs: »Ich werde unsere beiden Asservate, das Hemd und den Mundschleimhautabstrich, gleich rüber ins DNA-Labor bringen und loslegen. Ich benötige bei der DNA-Spurenmenge, die wir üblicherweise aus Speichel isolieren, nicht viel Zeit, bis ich das DNA-Profil daraus erstellt habe. Herr Moewig, ist es für Sie in Ordnung, wenn ich Ihr Kleidungsstück direkt nach der Untersuchung vernichte? Das macht es für alle Beteiligten einfacher, und niemand im Labor wird Fragen stellen, welches Asservat das ist.«

Moewig, der sich immer noch den überdimensionierten Wattetupfer im Mund herumschob, nickte stumm.

»Ich gleiche das DNA-Profil in unserer DNA-Analysedatei mit den dort eingestellten DNA-Profilen ab. Schätzungsweise schon morgen Abend. Dann wissen wir, ob wir fündig geworden sind. Wir beide, Herr Moewig …« – der Laborleiter sah den Privatermittler mit einem tiefen Blick aus seinen großen braunen Augen an – »… werden nicht miteinander kommunizieren.«

Moewig nickte erneut.

»Die Schmutzwäsche läuft sozusagen nur über Fred«, erklärte Fuchs mit einem vielsagenden Blick.

Abel tat ihm den Gefallen und lachte anerkennend. Trotz des Wortgeplänkels wusste er, dass sie sich bei dem, was sie gerade ausheckten, am Rande der Legalität bewegten.

Moewig übergab Fuchs den Watteträger, dann verabschiedeten sich die beiden und wollten gerade das Labor verlassen, als sich Fuchs noch einmal zu Wort meldete.

»Herr Moewig, so können Sie doch hier nicht hinausspazieren, so halb nackt. Spätestens unten, wenn Sie das Gebäude verlassen, wird der Pförtner Sie abfangen. Und der wird Ihnen wahrscheinlich nicht den freundlichen Hinweis geben, dass wir hier keine textilfreie Zone haben, sondern den Sicherheitsdienst rufen.«

Abel sagte: »Hab ich mir auch schon überlegt. Wir gehen in mein Büro. Im Fahrstuhl sollte uns um diese Zeit wohl keiner mehr begegnen. Und wenn – ich bin ja dabei. Lars, du bekommst ein Hemd von mir, ich habe immer was zum Wechseln da.«

Als die beiden Männer das Labor verlassen hatten, zog Fuchs eine weitere Schublade auf und entnahm eine mittelgroße Papiertüte, die ein Paar steril verpackte beigefarbene Latexhandschuhe enthielt. Er streifte die Handschuhe über und ergriff das Hemd, das er zwischenzeitlich in eine saubere und leere Metallwanne auf einem der Labortische gelegt hatte, und hielt es auseinandergebreitet vor sich gegen das Licht.

Da haben wir schon aus deutlich schlechterem Untersuchungsmaterial solide Ergebnisse herausgezogen, dachte er selbstsicher und verließ das toxikologische Labor.

☠☠☠

44

Berlin-Steglitz,
Charité – Campus Benjamin Franklin, Rettungsstelle,
Personalaufenthaltsraum,
Mittwoch, 30. Juli, 20:45 Uhr

Dr. Michael Heumann betrat den schmucklosen Personalaufenthaltsraum der Rettungsstelle. Der Raum wirkte, als hätte man ihm die Farbe entzogen: grauer Linoleumboden, weiße Küchenzeile, Neonlicht.

Die zwei jungen Schwesternschülerinnen, deren Namen er vergessen hatte, und Oberschwester Magda Piontek, Urgestein im Klinikum und eine der erfahrensten Oberschwestern der Rettungsstelle, saßen zusammen am Tisch. Sie tranken den ersten Kaffee des Abends. Der erste von vielen. Freundlich nickten die Frauen dem Chirurgen zu.

Freundlich zugewandt … Ja, nach außen vielleicht. Aber ich kann mir schon denken, was sie hinter meinem Rücken reden, seit die von mir für tot erklärte Frau im Leichenschauhaus wieder zum Leben erwacht ist, dachte Heumann argwöhnisch, während er die drei mit einem kurzen »Guten Abend« begrüßte. Er spürte, dass sich auf seinen Handflächen Feuchtigkeit sammelte und sich ein Kloß in seinem Hals bildete. *Bloß nicht schon wieder einer dieser verdammten Panikanfälle! Ruhig bleiben, tief durchatmen, es ist alles in Ordnung.*

Heumann war fast zwei Meter groß. Sportliche Figur. Kurze dunkelbraune Haare, die er sich mit etwas zu viel Gel zu einem akkuraten Seitenscheitel gekämmt hatte. Obwohl er bereits knapp über vierzig war, hatte er noch nicht ein einziges graues Haar. In seiner blauen Klinikkleidung wirkte er auf Außenstehende wie die perfekte Besetzung für eine amerikanische Arztserie. Doch gerade fühlte er sich klein, unsicher, schwach.

Alle in der Rettungsstelle wussten, was ihm widerfahren war. Die alte Dame, Theresa Maschewski, die er – auf den Tag genau vor einer Woche – fälschlicherweise für tot erklärt hatte. Aber eigentlich doch nicht *fälschlicherweise,* denn zu jenem Zeitpunkt war sie definitiv tot gewesen, da war er sich nach wie vor absolut sicher.

Kein Kollege hätte es ihm gegenüber offen angesprochen, aber er wusste, dass alle in der Rettungsstelle und auch auf den peripheren Stationen des Klinikums seit Tagen über nichts anderes redeten. Die Vorladung zum LKA in die Keithstraße, wo er sich vor zwei Tagen von dem türkischstämmigen Beamten, der vielleicht halb so alt war wie er, anhören musste, dass gegen ihn wegen Körperverletzung mit Todesfolge ermittelt wurde und auch der Vorwurf einer Tötung durch Unterlassen von der Staatsanwaltschaft geprüft würde, war auch im Zentralsekretariat der Klinik per Fax reingeflattert. *Per Fax! Welche Idioten benutzen denn heutzutage noch ein Faxgerät?* Er schlussfolgerte daraus, dass von Seiten der Ermittlungsbehörden vermutlich System dahintersteckte – um ihn im Kollegenkreis zu diskreditieren und weichzukochen.

Hätte ich bloß auf meine Frau gehört und vorgestern einen Anwalt mit zum LKA genommen. »Delikte am Menschen«! Ich glaub, ich spinne. Heumann schüttelte, für die anwesenden Pflegekräfte kaum wahrnehmbar, den Kopf und versuchte, den Gedanken zu verdrängen. Jetzt hieß es, sich zusammenzureißen.

»Meine Damen, es liegt hoffentlich eine nicht allzu heftige Berliner

Sommernacht in der Rettungsstelle vor uns, eine, in der es ruhig bleibt«, scherzte er und bemühte sich, selbstsicher zu lächeln.
Die beiden jungen Schwesternschülerinnen grinsten. Nur Oberschwester Magda Piontek, deren graue, raspelkurze Haare wie ein Helm auf ihrem runden Kopf saßen, erwiderte: »Herr Heumann, Sie wissen doch – ehe die Sonne nicht aufgeht, ist die Nacht nicht vorbei.«
»Ich weiß. Aber man darf ja wohl noch hoffen«, entgegnete der Arzt und blickte auf die Uhr, die über der Tür hing. Noch etwas mehr als elf Stunden Dienst lagen vor ihm in der Rettungsstelle – der zentralen Anlaufstelle im Klinikum für die Akut- und Notfallversorgung von Patienten, die in allen anderen Bundesländern Notfallambulanz genannt wurde.
Wenn es gut lief, konnte er vielleicht ein paar Stunden davon in unruhigem Schlaf auf der Pritsche im Bereitschaftsdienstzimmer zubringen. Aber die meiste Zeit würde der Strom der Patienten nicht abreißen. Manchmal hatte Heumann das Gefühl, die Nächte in der Rettungsstelle der Charité waren den Verhältnissen eines Frontlazaretts nicht unähnlich. Die Stadt schien nachts reihenweise Patienten auszuspeien: verprügelte Ehefrauen, Verkehrsunfallopfer, darunter neuerdings immer mehr E-Scooter-Verunfallte, denen hohe Bordsteine, Pkws oder ihr Alkoholpegel zum Verhängnis geworden waren, Obdachlose mit Lungenentzündungen oder anderen akuten Infektionskrankheiten, bis zur Besinnungslosigkeit alkoholisierte Jugendliche, Kinder mit Frakturen, Platzwunden oder Bauchschmerzen und ihre besorgten Eltern.
Heumann wartete ab, bis die drei Krankenschwestern aufgestanden waren und den Raum verlassen hatten. Dann überprüfte er die korrekte Funktion seines Piepers und fischte aus seiner Tasche eine kleine Pappschachtel mit Tavor-Tabletten. Er drückte eine der kleinen, weißen Pillen aus dem Blister und schluckte sie trocken herunter. Die Panikattacken waren neu. Vor zwei Tagen, nachdem ihm der Kriminalbeamte die möglichen Konsequenzen seines Handelns – oder vielmehr seines Nicht-Handelns, denn der Er-

mittler hatte von *Unterlassen* gesprochen – eröffnete, war die erste Panikattacke über ihn gekommen, als er das LKA-Gebäude in der Keithstraße verlassen hatte. Seitdem kamen sie in mehr oder weniger regelmäßigen Abständen immer wieder. Seine Kehle war dann wie ausgetrocknet, zusammengeschnürt. Ein dicker Kloß saß ihm im Hals. Sein Herz raste, und seine Hände wurden feucht und begannen zu zittern. Nichts, was er als Notarzt in der Rettungsstelle – auf dem dünnen Eis, das oftmals das Überleben der Patienten von ihrem Tod trennte – gebrauchen konnte. Doch das Tavor würde ihm helfen, den kräftezehrenden Schichtdienst ohne Panikattacken zu überstehen. Bis vor wenigen Tagen hatte er seinen Körper in genau der entgegengesetzten Richtung gedopt, denn er hatte Ephedrin genommen. Mit diesem leicht berauschenden Stimulans hatte er regelmäßig sein Schlafbedürfnis bis auf ein Minimum reduziert und seine Leistungs- und Konzentrationsfähigkeit auf ein Maximum gepusht. Er wusste natürlich, dass er damit Raubbau an seinem Körper betrieb, der ihm allerdings äußerlich noch nicht anzusehen war. Denn schon vor seinem schicksalhaften Notarzteinsatz war Heumann eine ambivalente, getriebene Persönlichkeit gewesen. Nur ohne diese verdammten Panikattacken. Und ohne das Damoklesschwert über ihm, dass er bald vorbestraft sein und vielleicht sogar seine Approbation verlieren könnte.

Zu Hause, an den freien Tagen, hatte er früher versucht, ohne Pillen auszukommen. Seiner Familie zuliebe. Aber es gelang ihm schließlich immer seltener. Seine Frau Isabell, eine Gynäkologin mit eigener Praxis im schicken Westend, hatte zwar bemerkt, dass er in den vergangenen Monaten zunehmend nervös und angespannt gewesen war, aber auch sie hatte er bisher erfolgreich täuschen können. Er hatte es auf die unzähligen Nachtdienste geschoben. Sogar jetzt hielt er seine Fassade aufrecht – trotz der Aussicht auf eine strafrechtliche Verfolgung, mögliche disziplinarrechtliche Konsequenzen seitens seines Arbeitgebers und standesrechtlicher Ahndung durch die Ärztekammer. Und wenn es gar nicht mehr ging, wie in den letzten beiden Tagen, die Luft knapp und er nervös wurde, hatte er auch im Badezimmer ihres Hauses Tavor-Tabletten versteckt, zwischen Grippemitteln und Halsbonbons. *Wäre die Alte bloß nie wieder aufgewacht.* Er wollte sich seine heile Welt, oder zumindest das, was für andere danach aussah, nicht kaputtmachen lassen.

Heumann atmete durch, das Tavor begann zu wirken, wie er an der Verlangsamung seines Pulsschlags und einem angenehmen Kribbeln auf seiner Nackenhaut feststellte.

Da meldete sich sein Pieper. *Let's get ready to rumble,* dachte der Chirurg, aber als er die Hand auf die Klinke legte und den Aufenthaltsraum verließ, blitzte noch einmal kurz die Angst in ihm auf, die ihn seit dem Vorfall vor einer Woche immer wieder heimsuchte.

Was, wenn ich wieder einen Fehler mache? Noch einen tödlichen Fehler?

45

Brandenburg, Groß Köris, Schulzensee,
Wohnhaus von Hermann Lübben,
Mittwoch, 30. Juli, 20:55 Uhr

Hermann Lübben zitterte am ganzen Körper. Sein Herz revoltierte seit Minuten, wollte sich nicht beruhigen, schien wie ein wild gewordenes Tier gegen einen inneren Käfig zu springen. Der kalte Schweiß rann ihm über das Gesicht. Trotzdem fröstelte es ihn.

Nach langem Grübeln hatte er sich, viele Stunden nachdem sich Lars am Vormittag von ihm verabschiedet hatte, am frühen Abend auf den langen und beschwerlichen Weg zu seiner Doppelgarage gemacht. Einmal, auf einer der Stufen der kleinen Treppe, die von der Eingangstür in den Vorgarten führte, wäre er fast gestürzt. Er hatte sich auf seinem Gehstock abgefangen, dessen Knauf ihm dabei gegen sein knochiges Brustbein gestoßen war. Seine Brust schmerzte immer noch, das Atmen fiel ihm schwer.

Schließlich hatte er entdeckt, wonach er nicht suchen, was er nicht finden wollte, worum aber den ganzen Nachmittag seine Gedanken gekreist waren: den schwarzen Koffer im Kofferraum des BMWs. Voll mit Drogen. In der Reißverschlusstasche im Deckel hatte Lübben dann auch die Waffe gefunden, eine matt glänzende, schwarze Pistole. Davon hatte Lars ihm allerdings nichts erzählt. *Aus wohlweislichem Grund …*

Hermann Lübben hatte die Waffe so lange betrachtet und in der Hand gewogen, bis das automatische Licht in der Garage nach fünfzehn Minuten erlosch und er sich mühsam seinen Rückweg – in einer Hand die Pistole, in der anderen den Gehstock – durch die Dunkelheit bahnen musste. Zitternd und hilflos tapsend hatte er den automatischen Türöffner an der Innenseite des Garagentores ertastet.

Nun saß er auf der großen weißen Ledercouch in seinem Wohnzimmer, die schwere Pistole vom Kaliber neun Millimeter vor sich auf den bebenden Knien. *Warum noch warten?*, fragte er sich. *Und worauf? Moritz ist tot und wird es auch bleiben. Ganz egal, ob sie seinen Mörder fassen oder nicht. Wenn sie ihn fassen – gut! Dann gibt es einen Prozess, und derjenige geht ins Gefängnis. Und wenn sie ihn nicht fassen? Wenn Lars nicht hält, was er mir versprochen hat? Was macht das überhaupt noch für einen Unterschied für mich?*

Ein plötzlicher Hustenanfall ließ Hermann Lübbens ausgemergelten und gekrümmten Oberkörper erzittern. Er tastete mit seinen dünnen Fingern auf dem Beistelltisch neben der Couch nach einer Box mit Taschentüchern, zog eines heraus und hustete keuchend hinein. In diesem Moment fiel die Pistole aus seinem Schoß auf den Marmorboden.

Als er sich steif nach ihr bückte, flammte der Schmerz in seinem

Brustbein erneut auf. Vielleicht war es sogar gebrochen. *Wäre nicht verwunderlich bei der schweren Osteoporose, die die Ärzte schon vor Jahren bei mir diagnostiziert haben. Sie haben mich immer vor der Gefahr von Knochenbrüchen, auch bei kleineren Stoßverletzungen, gewarnt …*, ging es ihm durch den Kopf. Zentimeter um Zentimeter beugte er sich mühsam weiter in Richtung Wohnzimmerboden, bis er das tödliche Metall ergreifen konnte. *Das ist doch kein Leben mehr. Ich kann mich nicht einmal mehr richtig bücken. Jede verdammte Bewegung fällt mir schwer. Und es gibt außer Moritz niemanden, für den es sich lohnt, da zu sein.*

Er hatte schon oft darüber nachgedacht, sich das Leben zu nehmen. Das erste Mal, als seine Frau Ilona vor zwei Jahren starb. Aber da war der Gedanke an einen Freitod lediglich ein Trost gewesen: *Mach noch einen Tag weiter. Du kannst jederzeit das Ende selbst bestimmen,* hatte er sich eingeredet.

Und Hermann Lübben hatte weitergemacht. Tag um Tag. Doch als vor knapp einem Jahr bei ihm Prostatakrebs diagnostiziert wurde, waren die Gedanken an ein selbst gewähltes Ende zurückgekehrt. *Lieber ein schneller Tod als das lange Siechtum im Krankenhausbett oder sabbernd in einem Pflegeheim vor mich hin vegetieren …*

Damals hatte sich Hermann Lübben konkret mit Suizidgedanken beschäftigt. *Wie soll ich mich überhaupt töten? Mit Tabletten? Kann schiefgehen. Vor den Zug werfen? Wie soll ich da hinkommen? In den See fallen lassen? Grausam, qualvoll. Erhängen? Ich werde kaum die Kraft haben, mich selbst aufzuknüpfen …*

Immer wieder hatte er Pläne ersonnen, doch er hatte *es* nie getan. Zu jener Zeit fehlte ihm einfach die Kraft, seinem Leben ein Ende zu setzen. Und damals gab es noch Moritz. *Nun nicht mehr.*

Mittlerweile hatte sich sein Herzschlag normalisiert. Der Schweiß war kalt und klebrig auf seiner Stirn getrocknet. Er wog die Waffe in der Hand. Eine Schusswaffe betätigen konnte er: durchladen, entsichern, schießen. Zu seinen besten Zeiten als erfolgreicher Boxpromoter im wilden Westberlin der Achtzigerjahre hatte er stets eine 44er Magnum mit Elfenbeingriff bei sich getragen, wenn die Börse seiner Boxer in bar ausgezahlt wurde. Damals half in gewissen Kreisen bereits das Wissen, dass eine Person eine Schusswaffe besaß. Gebraucht hatte Hermann Lübben sie nie. Und irgendwann hatte er sie einem alten Freund in seinem Schützenverein vermacht, der mittlerweile auch nicht mehr lebte. *Aber diese Waffe hier …*

Mit seinem knochigen Daumen presste er auf die Entriegelung des im Griffstück der Walther P99 befindlichen Magazins und überprüfte es. Das Stangenmagazin war mit fünfzehn Schuss Kaliber neun Millimeter voll aufmunitioniert. Er schob es mit einem Klicken wieder in das Griffstück. Dann zog er den Schlitten zurück und lud die Pistole durch.

Wer würde es mir verdenken? Es ist niemand mehr da, der sich verraten fühlen könnte, dachte Lübben, und es überkam ihn ein Gefühl der Leichtigkeit, fast der Erlösung. *Es ist alles getan, Hermann. Hast ja mehr Gutes als Böses im Leben hinbekommen. Damit kann man da oben in den Ring treten.* Der nächste Hustenkrampf schüttelte ihn. *Jetzt reicht es. Ich gehe. Zu Ilona. Zu Moritz …*

Hermann Lübben hob den Kopf und setzte den Lauf der Waffe unter seinem Kinn im Bereich des Mundbodens an. Ein weiterer Hustenanfall kündigte sich an, und sein Kehlkopf stieß gegen das kalte Metall.

Er atmete tief ein, hielt die Luft an.

Sein Finger presste gegen den Widerstand des Abzugs.

☠☠☠

46

Berlin, Marzahn-Hellersdorf,
Wohnung von Mailin Zhou, Wohnzimmer,
Mittwoch, 30. Juli, 21:01 Uhr

Als Sabine Yao auf der Couch im Wohnzimmer aufwachte, fehlte ihr in den ersten Sekunden jegliche Orientierung. In ihrem Traum, der auch jetzt noch sehr real wirkte, war sie im Gerichtssaal eingeschlafen.

»Entschuldigung«, murmelte sie noch völlig verwirrt und setzte sich ruckartig auf.

Ihr Herz begann nervös zu klopfen, aber die Erinnerung kam zurück. Vorhin hatte sie einige Sachen für Mailin zusammengesucht, die sie in Ermangelung eines Koffers oder einer Reisetasche in eine Plastiktüte gestopft hatte. Dann hatte sie Ordnung in das Chaos in der Küche gebracht: das schmutzige Geschirr, das sich im Spülbecken stapelte, abgewaschen und zwei Müllsäcke prallvoll mit Essensverpackungen, Pizzakartons und zahlreichen leeren Weinflaschen gefüllt und zur späteren Entsorgung vor der Wohnungstür im Hausflur deponiert.

Danach hatte sie im Wohnzimmer gründlich Staub gesaugt, und während sie den mit zahllosen Unterlagen und Post überfrachteten Esstisch im Wohnzimmer aufräumte, hatte sie urplötzlich die Erschöpfung übermannt. Sie hatte sich nur kurz ausruhen wollen und auf die Couch gelegt. Dann musste sie eingeschlafen sein.

Ich habe mich doch nur kurz ausgestreckt, dachte Sabine Yao und schwang träge die Beine vom Sofa. Sie fühlte sich immer noch fix und fertig.

Ich muss jetzt nach Hause und ausschlafen. Morgen in der Frühbesprechung darf ich nicht schon wieder fehlen. O Shit! Ich habe vergessen, die Waschmaschine einzuschalten. Egal … Ich nehme die Wäsche mit, erledige das zu Hause, und morgen Nachmittag nach der Arbeit fahre ich zu Mailin in die Klinik und bringe ihr die Sachen.

Danach vielleicht auch noch zu Siara, sortierte sich Sabine Yao gedanklich, während sie sich langsam von der Couch erhob.
Ihr Blick fiel erneut unweigerlich auf die Stelle zwischen Sessel und Couch, wo nun der Sisalteppich die Spuren der grausamen Tat verdeckte. Ihr Rücken schmerzte. Sie ging ins Schlafzimmer, wo die Einkaufstüte mit Mailins Sachen für ihren Klinikaufenthalt lag, und klaubte einige der schmutzigen Kleidungsstücke vom Bett zusammen, darunter Mailins Lieblingspullover, die sie auch noch in die Tüte stopfte. Dann ergriff sie ihre Handtasche, doch an der Wohnungstür angekommen, blieb sie wie gelähmt stehen. Die Tür stand sperrangelweit offen.

☠☠☠

47

Brandenburg, Groß Köris, Schulzensee,
Wohnhaus von Hermann Lübben,
Mittwoch, 30. Juli, 21:05 Uhr

Die Waffenmündung drückte kalt gegen Hermann Lübbens Mundboden. Die Überstreckung seines Kopfes schob die steife Nackenwirbelsäule schmerzhaft nach hinten.
Gerade als sein Gehirn den Impuls an seinen Zeigefinger senden wollte, den Widerstand des Abzugs vollends zu überwinden und abzudrücken, klingelte es an der Haustür. Lübben fuhr zusammen und ließ die Waffe sinken, sie fühlte sich plötzlich unendlich schwer an. *Lars ist zurück, er hat neue Informationen für mich über Moritz' Mörder,* schoss es ihm durch den Kopf, und er fiel zurück ins Hier und Jetzt. Der Gedanke, dass sein ehemaliger Schützling Zeuge seines Suizids werden könnte, ließ ihn erstarren. *Das kann ich dem Jungen nicht antun.* Hermann Lübben stopfte nervös die Pistole in

eine der Sofaritzen, bis nur noch ein kleiner Teil des Griffs herausschaute. Dann rutschte er mit schmerzenden Knien nach vorn, griff nach seinem Gehstock, erhob sich und wankte durch das schummrige Wohnzimmer Richtung Haustür. Wieder schrillte die Klingel. Diesmal noch länger, drängender. *Lars hat etwas herausgefunden.* »Ich komme ja schon!«, rief er.

An der Haustür angelangt, drehte er den Schlüssel, den er immer stecken ließ, um ihn nicht zu verlegen, zweimal im Schloss herum und öffnete. Vor ihm stand nicht Lars, und er zuckte bei dem Anblick des Fremden zusammen.

Der Besucher war mittelgroß, von kräftiger Statur und mit einer schwarzen Jeans und einem schwarzen T-Shirt bekleidet. Seine schwarzen Haare waren zu einem kurzen Pferdeschwanz am Hinterkopf eng zusammengebunden, im Schläfenbereich waren sie rasiert.

Der Fremde musterte ihn aus seinen dunklen Augen mit einem abschätzigen Blick. Der Schmerz über Hermann Lübbens Brustbein machte sich wieder bemerkbar.

»Wer sind Sie?«, fragte er kurzatmig und schaute den Besucher argwöhnisch an.

»Wir sind Freunde von Moritz und haben gehört, was geschehen ist.«

Eine Pause entstand. *Wir?,* wiederholte Hermann Lübben stumm, blickte angestrengt über die Schulter des Fremden und entdeckte neben dem Gartentor einen Mann in einem hellen Jogginganzug und mit einer Baseballkappe, der sich hinter der vertrockneten Hecke im Halbschatten herumdrückte.

Ihm wurde schwindelig. Er hatte selbst zu lange Zeit in der Berliner Halbwelt zugebracht, um nicht zu ahnen, wer vor ihm stand. Er erkannte Verbrecher immer noch auf den ersten Blick. Und Mörder. Die Erkenntnis, dass diese Männer sehr wahrscheinlich mit Moritz' gewaltsamem Tod zu tun hatten, verstärkte den Druck auf sein Brustbein noch weiter, schien ihm jetzt fast die Luft abzuschnüren. Er atmete schwer. In ihm kam das Verlangen hoch, hier und jetzt Rache an den Mördern seines Sohnes zu nehmen, aber er verwarf den Gedanken sofort wieder. Es war aussichtslos. Die Zeiten, in denen er seine körperlichen Kräfte mit solchen Typen messen konnte, waren längst vorbei.

»Tut mir leid, ich kenne Sie nicht. Es ist schon spät, kommen Sie bitte morgen …«, begann Lübben, doch der Mann ließ ihn nicht ausreden.

»Wir wollen unser Beileid bekunden. Wir sind extra aus Berlin gekommen, um Sie zu sehen«, erklärte der Mann unbeirrt und drehte sich dabei zu seinem Begleiter um, der jetzt jedoch verschwunden war.

Hermann Lübben legte die Handfläche an die Tür und begann, sie zuzuschieben. »Nein, nicht heute Abend.«

Doch noch ehe er die Bewegung zu Ende ausführen konnte, krachte die Hand des Besuchers mit einem heftigen Schlag gegen die Tür. Die Erschütterung schoss Lübben wie ein Stromstoß in den Arm. Er stöhnte auf und torkelte rückwärts. Während er versuchte, sein Gleichgewicht wiederzuerlangen, betrat der Mann sein Haus.

☠☠☠

48

Berlin, Marzahn-Hellersdorf,
Wohnung von Mailin Zhou, Wohnzimmer,
Mittwoch, 30. Juli, 21:07 Uhr

Warum steht die Wohnungstür offen? Ich bin mir sicher, sie vorhin geschlossen zu haben.

Sabine Yao spähte vorsichtig in den fensterlosen Hausflur. Es brannte kein Licht. Alles lag im Dunkeln. Sie betätigte den Lichtschalter, und die grelle Flurbeleuchtung entflammte. Dann blickte

sie den langen Gang mit dem grauen Steinboden hinunter, von dem insgesamt acht Wohnungen abgingen – alle identisch geschnitten. Doch außer einem Kinderwagen und den beiden schwarzen Müllsäcken mit den Küchenabfällen, die sie neben der Welcome-Home-Fußmatte deponiert hatte, war nichts zu sehen. Absolute Stille. *Hier ist niemand …*
Auch aus den umliegenden Wohnungen drangen keine Geräusche. *Wie kopflos war ich denn, dass ich vergessen habe, die Tür zu schließen, als ich die Säcke rausgestellt habe?*, grübelte Sabine Yao.
Sie nahm ihre Handtasche und die vollgestopfte Plastiktüte in die linke Hand, zog mit der rechten die Wohnungstür hinter sich zu und verschloss sie sorgfältig mit zwei Umdrehungen des Schlüssels. Dann ergriff sie mit der freien Hand die beiden Müllsäcke und ging zu dem nur wenige Meter entfernten Fahrstuhl. Ein Knacken durchbrach die Stille. Es kam aus dem Fahrstuhlschacht und hörte sich an wie das alte, rostige Gelenk eines Stahlriesen. Sabine Yao zuckte zusammen, als sich völlig unvermittelt die Fahrstuhltür vor ihr öffnete. Aus der grell beleuchteten Kabine trat ein dunkelhaariger Mann. Er mochte ungefähr zwanzig oder fünfundzwanzig Jahre alt sein, trug Sportkleidung und einen gepflegten, kurz gestutzten Vollbart. In seiner linken Hand hatte er eine hellgraue Sporttasche.
»Guten … Abend«, stammelte Sabine Yao.
Der Mann ging grußlos an ihr vorbei. Sabine Yao betrat den Aufzug, drehte sich um und musterte ihn. Als er ihren Blick bemerkte, lächelte er unsicher, vermied es aber, sie direkt anzusehen.
Welche Wohnung im zwölften Stock der Unbekannte ansteuerte, sah sie nicht mehr, da sich gerade die Fahrstuhltür vor ihr schloss.

☠☠☠

49

Brandenburg, Groß Köris, Schulzensee,
Wohnhaus von Hermann Lübben,
Mittwoch, 30. Juli, 21:08 Uhr

Wir werden *jetzt* sprechen!«, bellte der Mann und machte einen großen Schritt auf Hermann Lübben zu, der immer noch nicht sein Gleichgewicht zurückerlangt hatte. Der Eindringling stieß Lübben ins Innere des Hauses und schlug die Haustür hinter sich zu. Dann packte er den alten Mann am Kragen und schob ihn unsanft vor sich her. Im Wohnzimmer angekommen kommandierte er: »Setzen!«, und stieß Hermann Lübben in Richtung des Sofas.

Lübben taumelte nach vorn und fiel auf die weiße Ledercouch.

Der ungebetene Besucher setzte sich wortlos in den Sessel, in dem am Morgen noch Lars Platz genommen hatte. Er fuhr sich mit der Hand über die Haare und zog an seinem Pferdeschwanz, als müsse er sich den Kopf zurechtrücken. Dann sah er sein Gegenüber mit herausforderndem Blick an.

Hermann Lübben versuchte, die Schmerzen in seinem Körper zu ignorieren. Sein Atem pumpte.

»Wer sind Sie?«, wiederholte er, während er auf der Couch hin und her rutschte, um eine erträgliche Position zu finden. Dabei spürte er unter sich etwas Hartes. *Die Pistole!*

Und plötzlich empfand Hermann Lübben keinen Schmerz mehr. Er lehnte sich zurück.

Damit rechnest du kleiner Scheißer sicher nicht, dass der alte, hilflose Mann vor dir auf einer scharfen, durchgeladenen Waffe sitzt, dachte er und grinste innerlich, während er das Gewicht seines Oberschenkels auf den Griff der Pistole verlagerte.

»Es ist nicht wichtig, wer ich bin. Es reicht, wenn du weißt, dass dein Sohn etwas gestohlen hat, was uns gehört. Und das wollen wir wiederhaben. Wir wissen, dass er bei dir war und es hiergelassen hat. Mach keine Schwierigkeiten, Opa. Rück es raus! Dann gehen wir wieder.«

»Ich weiß nicht, was Sie meinen«, antwortete Hermann Lübben leise und taxierte den fremden Eindringling mit seinen trüben, von dicken Tränensäcken umrahmten Augen.

»Das kann gut sein. Aber es kann auch sein, dass du genauso ein mieser Hund bist wie dein Sohn, dreckiger *Jadd*«, keifte der Fremde. Kleine Speicheltropfen flogen dabei aus seinem Mund und landeten auf dem Kragen des schwarzen T-Shirts, unter dem sich seine kräftigen Oberarme anspannten.

»Wo ist der verdammte Koffer, Opa? Und das Geld? Dein Sohn schuldet uns Geld. Viel Geld. Niemand bestiehlt den Löwen.«

Das Geld, das Lars in Moritz' Wagen gefunden hat. Es liegt in der Küche. In einer Schublade. Die drei dicken …

»Moritz war schon seit vielen Wochen nicht mehr hier. Ich weiß nicht, von wem Sie Ihre Informationen haben. Moritz war wirklich nicht hier«, log Hermann Lübben und wartete auf die Reaktion seines Gegenübers, die auch prompt folgte.

»Das ist Bullshit, du Bastard!«, brüllte der schwarz gekleidete Mann.

Hermann Lübben schüttelte als Erwiderung lediglich den Kopf.

»Du hast unser Eigentum! Wo ist es? Oder muss ich dich auch prügeln, bis die Scheiße aus dir herausläuft wie bei deinem verfickten Bastard von einem Sohn, du *Kelb?*« Seine Pupillen weiteten sich bei diesen Worten, als wäre ein Stromkreislauf in ihm geschlossen worden.

Vor mir sitzt der Mörder meines Sohnes, stellte Lübben fest. Der harte Stahl der Waffe unter ihm gab ihm Sicherheit.

»*Sie* haben ihn getötet!«, sagte er schließlich so kräftig er konnte.

»Ist das wichtig?«

»Ja.«

»Für mich nicht. Die Geschäftswelt ist hart. Das ist Berlin. Du weißt nicht, wer ich bin. Gib mir, was uns gehört, und du hast nichts zu befürchten.«

Hermann Lübben verlagerte sein Körpergewicht langsam auf die linke Seite.
»Du willst, was dir gehört?«, fragte er und ließ wie in Zeitlupe den rechten Arm von seinem Schoß herunterrutschen. Nur noch wenige Zentimeter bis zum Griff der Waffe.
Der Eindringling nickte und schien das Gefühl zu haben, fast am Ziel zu sein.
Ruckartig griff Hermann Lübben mit seiner rechten Hand unter sich, wobei er fast erneut das Gleichgewicht verloren hätte, umschloss das kalte Griffstück der Pistole mit festem Griff und zog sie aus der Sofaritze. Sein Gegenüber schnellte instinktiv aus dem Sessel hoch, nach vorn, in seine Richtung. Doch ehe er ihn erreicht hatte, zielte Hermann Lübben auf ihn, fast so, als wäre die Waffe plötzlich ein Teil seines Körpers geworden.
Er zögerte keinen Moment und feuerte.
Der Knall war ohrenbetäubend, der Rückstoß der Waffe brutal.
Die Wucht des Schusses schlug seine rechte Hand nach oben, ehe der Arm dann wie ein Strohhalm abknickte. Im selben Sekundenbruchteil wurde sein Gegenüber wie von unsichtbaren Seilen zurück in den Sessel gezogen.
Eine Sekunde lang herrschte völlige Stille.
Erst danach nahm Hermann Lübben in seinen Ohren ein entferntes Rauschen und ein Fiepen wahr.
Der Mann, der in sein Haus eingedrungen war, starrte ihn aus weit aufgerissenen Augen fassungslos an, versuchte, nach Luft zu schnappen, doch vergeblich. Mit offenem Mund saß er wenige Meter von Lübben entfernt, der ihn interessiert betrachtete.
Wo habe ich diesen Drecksack erwischt?, fragte sich Hermann Lübben noch, als das Blut begann, unter dem T-Shirt-Kragen des Mannes herauszusprudeln. In wellenförmigen Stößen quoll es über den Kragen, ergoss sich über seinen Oberkörper und färbte das Schwarz des T-Shirts um noch eine Nuance dunkler. Nach wie vor gab der Getroffene, den Mund weit geöffnet, keinen Laut von sich. Mit schwachen Bewegungen ruderten seine Arme neben seinem Körper.

Ich habe den Mörder meines Sohnes gerichtet. Lübben wiederholte den Satz in seinem Kopf. Immer wieder und wieder. Bis er normal klang. Und Hermann Lübben eine tiefe Ruhe empfand.

Sein Atem, der in den letzten Minuten keuchend gegangen war, normalisierte sich, die Töne, die immer noch von dem Abfeuern der Waffe in seinem Ohr hallten, diese irre Kakofonie der Ballistik, ignorierte er einfach.

Da hörte er die Schläge gegen die Haustür. Heftige Schläge. Dann ein Krachen und Splittern von Holz. *Der zweite Kerl! Ob ich ihn auch …?* Aber Hermann Lübben verwarf den Gedanken sofort wieder. Er war mit sich im Reinen.

Und er wusste, was er jetzt zu tun hatte. Seine Entscheidung war getroffen. Alles war jetzt so klar wie nie zuvor. Lübben hob die Waffe wieder an, schob den Lauf unter sein Kinn. Ein flüchtiges Lächeln umspielte seine Mundwinkel, als er die Augen schloss und abdrückte.

☠ ☠ ☠

50

Berlin-Steglitz,
Charité – Campus Benjamin Franklin, Rettungsstelle,
Mittwoch, 30. Juli, 21:19 Uhr

Die junge spanische Touristin hatte sich während der Untersuchung ihres Handgelenkbruchs zweimal übergeben. Das erste Mal war so überraschend gekommen, dass sie sich ihr Paillettenkleid ruiniert hatte. Beim zweiten Mal war die Ambulanzschwester schnell genug gewesen, den Kopf der jungen Frau, die auf der Behandlungsliege lag, zur Seite zu drehen und ihr einen der Abwurfbehälter für Klinikmüll unter den Kopf zu halten. Jetzt heulte die

Patientin krampfartig. Heumann atmete resigniert aus. Die Freundin der Spanierin, eine junge Frau von vielleicht zwanzig Jahren in rotem Minirock, roséfarbenem Tank Top mit Spaghettiträgern und roten High Heels, stand hilflos daneben.
Sehr wahrscheinlich eine Mischung aus Alkohol und MDMA. Nach wie vor sehr beliebt im Berliner Nachtleben. Diesen Abend haben sich die beiden allerdings sicher etwas anders vorgestellt, sinnierte Heumann, dem derartige Situationen nach knapp zehn Jahren als Notarzt nicht fremd waren. Während er die zwei Röntgenaufnahmen des Handgelenks auf einem Computermonitor begutachtete, diktierte er mit knappen Worten der Schwester seinen Befund, die die Diagnose klappernd über die Tastatur eines PCs in das Patientenstammblatt eingab. »Distale Radiusfraktur, Flexionsbruch. Die Bruchenden nicht disloziert, stehen gut zueinander.« Dann blickte er in das Gesicht seiner weinenden Patientin. Die Wimperntusche lief ihr jetzt in schwarzen Rinnsalen über die Wangen, und sie stammelte irgendwas auf Spanisch.
»*No operation needed.* Sie bekommen einen zirkulären Gips. Konservative Therapie. *You understand?*«
Die junge Frau nickte, auch wenn nicht klar war, was in ihrem von Alkohol, Drogen und Schmerzreizen überfluteten Gehirn überhaupt ankam.
»Sagen Sie bitte Herrn Brettschneider Bescheid«, wies Heumann die Schwester mit gedämpfter Stimme an. »Er soll ihr einen zirkulären Gips anlegen. Wenn der Gipsraum frei ist, fahren Sie sie auf einer Trage rüber. Gegen die Schmerzen Novaminsulfon, die übliche Dosis, nicht mehr. Wer weiß, was sie alles schon intus hat.«
Partydrogen haben eben keinen Beipackzettel, dachte Heumann und versicherte sich mit einem Griff in seine Hosentasche, dass der Tavor-Blister an seinem Platz war.

☠☠☠

Zehn Minuten später saß Heumann versunken auf dem Drehhocker im Behandlungszimmer. Allein. Es war still um ihn herum. *Ich sollte gleich morgen früh einen Termin mit einem Fachanwalt für Medizinrecht vereinbaren und ihm die Sache übergeben.* Er spürte, wie die Panik erneut zurückzukehren drohte. Wie sie ihn einem Tiger gleich ansprang, dessen Pranken nach seinem Brustkorb schlugen. *Ich habe doch alles nach bestem Wissen getan … O Gott, könnte ich doch bloß das Rad der Zeit um eine Woche zurückdrehen …*

Heumann spürte erleichtert das Brummen des Piepers in seiner Kitteltasche. Die Panik wurde von einem Augenblick auf den anderen durch die Konzentration auf den nächsten Notfallpatienten weggewischt.

Dankbar für die Unterbrechung seiner Gedankengänge atmete Heumann den letzten Rest Hysterie aus. *Bloß keine Ruhe. Sonst denke ich nur zu viel nach.*

Er sah auf das Display des Piepers.

HELI-EINGANG. SCHUSSVERLETZUNG OBERKÖRPER.
LANDUNG IN 3 MIN.

Heumanns Blick sprang über die Buchstaben, dann erhob er sich mit einer geschmeidigen Bewegung und verließ mit schnellen Schritten den Behandlungsraum.

Heumann eilte den Gang der Rettungsstelle hinunter, bog um zwei Ecken und erreichte den Eingangsbereich, der nur etwa hundert Meter von dem Landeplatz des Rettungshubschraubers entfernt war. Oberschwester Magda Piontek stand bereits gemeinsam mit einer der Schwesternschülerinnen und einer Trage bereit. Wenige Meter entfernt lief ein jüngerer Kollege aus der Unfallchirurgie nervös auf und ab und telefonierte. Durch die gläserne Automatiktür konnte man den Hubschrauberlandeplatz sehen. Doch noch tat sich dort in der anbrechenden Abenddämmerung nichts.

Heumann fragte, noch bevor er die Oberschwester erreicht hatte:

»Was ist los?« In dieser Sekunde bereute er, dass er nicht noch eine Tavor eingeworfen hatte. *Nur um sicherzugehen.*
»Es wird jedenfalls nicht die erhoffte ruhige Sommernacht«, entgegnete Magda Piontek lakonisch. »Schussverletzung Oberkörper. Draußen in irgendeinem Kaff im Südosten Brandenburgs. Groß Köris – noch nie gehört. Der Notarzt vor Ort konnte den Patienten zunächst stabilisieren, aber die Weiterversorgung ist in dieser ländlichen Region in keiner der Kliniken zu leisten. Kein Krankenhaus der Maximalversorgung in der Nähe. Deshalb Heli-Anforderung. Soweit wir wissen, ein Steckschuss im oberen Brustkorb. Zustand des Patienten sehr kritisch«, ergänzte die Oberschwester und wählte mit energischem Fingerdruck auf ihrem schnurlosen Haustelefon irgendeine Nummer.
Heumann nickte und blickte durch die Glasscheibe angestrengt nach draußen.
»Der Heli muss jeden Moment eintreffen«, informierte sie der Kollege aus der Traumatologie, der inzwischen sein Telefonat beendet hatte. »Schockraum ist vorbereitet. Schon die dritte Schussverletzung diese Woche, wenn ich richtig gezählt habe. Oder doch die vierte?«
Heumann wollte gerade etwas erwidern, da hörte er das Dröhnen der Rotoren und sah die blinkenden Lichter vom Himmel herabsinken.
Innerhalb von weniger als dreißig Sekunden waren der Hubschrauber gelandet und die Rotorblätter abgestellt. Die Seitentür der Maschine öffnete sich. Heraus sprangen zwei Notärzte und zwei Rettungsassistenten. An Heumann eilten Oberschwester Piontek, die Schwesternschülerin und der Unfallchirurg mit der Trage vorbei und übernahmen den Patienten.
Dann ging alles ganz schnell. Begleitet von metallischen Knackgeräuschen wurde die Trage durch die Glastür in den Innenraum des Foyers der Rettungsstelle gefahren. Dort schien plötzlich alles voller Menschen zu sein. Heumann, der neben der Trage mit den anderen in Richtung Schockraum rannte, erfasste den Zustand

des Verletzten: junger Mann, intubiert, mehrere Infusionsschläuche endeten in seinen Ellenbeugen und den Handrücken. Sein schwarzes T-Shirt war im Brustbereich von den Ersthelfern aufgeschnitten worden und hing in groben Fetzen seitlich von seinem muskulösen Oberkörper herab. Ein mittlerweile blutdurchtränkter Druckverband war um seine rechte Schulterpartie gewickelt. Obwohl der Angeschossene aufgrund seiner schwarzen Haare und arabisch anmutenden Gesichtszüge sehr wahrscheinlich eher einen dunklen Teint hatte, wirkte seine Haut aschfahl. Der bewusstlose Mann trug einen Pferdeschwanz und kurz rasierte Schläfen.

Massiver Blutverlust. Der Kerl ist zwar noch jung, aber wenn sein Gehirn dies hier ohne Schaden übersteht, grenzt das wohl an ein Wunder, analysierte Heumann. *Hätte ich doch bloß noch eine Pille genommen. Das wird heftig. Stressig.*

»Alles für Nottransfusion vorbereiten. Anästhesie auf Stand-by. Wir operieren sofort!«, kommandierte Heumann, während die ratternde Trage in den Schockraum geschoben wurde. Unvermittelt packte ihn jemand energisch am Ärmel und hielt ihn zurück.

»Bist du hier der verantwortliche Arzt?«

Heumann wirbelte herum. »Was soll …«, polterte er los, hielt jedoch sofort inne, als er den stechenden Blick und die aggressive Haltung seines Gegenübers wahrnahm. Der Mann war ganz in Schwarz gekleidet, trug einen akkurat gestutzten Vollbart. Seine prägnante Nase war blauviolett verfärbt, ein breiter brauner Pflasterstreifen prangte auf seinem Nasenrücken.

»Du wirst mir dafür garantieren, dass mein Bruder überlebt!«, forderte der Mann mit heiserer Stimme und zog Heumann bedrohlich nahe zu sich heran. Ein süßlicher Tabakgeruch umwehte ihn.

»Bitte! Sie sehen doch, dass jetzt ein denkbar schlechter Zeitpunkt ist!«, erwiderte Heumann gehetzt und wand sich aus dem Griff des Mannes, während seine Augen der Trage mit dem Patienten folgten, die gerade im Schockraum abgestellt wurde.

Der Mann stellte sich zwischen die Eingangstür zum Schockraum, in dem das medizinische Personal bereits heftig herumwuselte, und den Arzt und versperrte ihm den Weg.

»Lassen Sie mich durch, damit wir unsere Arbeit machen können! Alles, was wir hier …« Heumann blickte in die dunklen, stechenden Augen seines Gegenübers und kam erneut ins Stocken. *Gefährlicher Typ,* schoss es ihm durch den Kopf, ehe er wieder einen klaren Gedanken fassen konnte. *Anscheinend der leibliche Bruder des Angeschossenen. Wenn »Bruder« nicht nur eine Floskel ist. Aber wie ist der Typ überhaupt so schnell hierhergekommen? Egal, der muss hier weg.* Heumann schaute sich mit nervösem Blick nach Magda Piontek um. Sie stand etwas abseits. Wieder am schnurlosen Haustelefon. Wahrscheinlich organisierte sie die notwendigen Blutkonserven für den Patienten und einen Gefäßchirurgen für die bevorstehende Notoperation. Oder die Umleitung der nächsten Schwerverletzten in andere Rettungsstellen der Stadt, denn der Schockraum würde für die nächsten Stunden nicht zur Verfügung stehen. Dieser Notfall würde einiges an Kräften binden.

Hektisch winkte Heumann der Oberschwester zu und deutete mit dem Finger auf den schwarz gekleideten Mann. Sie beendete ihr Telefonat und eilte zu ihm.

»Schwester Magda, könnten Sie diesen Herren bitte in den Warteraum bringen und herausfinden, ob er tatsächlich ein Angehöriger des Schussopfers ist?«

Dann wandte sich Heumann wieder dem Mann zu, der sich trotz der ganzen Hektik um ihn herum keinen Zentimeter bewegt zu haben schien. »Sie müssen bitte diesen Bereich sofort verlassen. Wir tun jetzt unsere Arbeit. Die Kollegin wird Sie auf dem Laufenden halten. Sofern Sie auch untersucht werden müssen, sagen Sie es ihr bitte.«

Ohne eine Reaktion seines Gegenübers abzuwarten, schob Heumann den Mann behutsam zur Seite, doch dessen harte Hand packte ihn erneut.

»Du wirst ihn retten, Doktor. Sein Name ist Amir Saad. *A-m-i-r S-a-a-d!* Er ist mein Bruder. Wenn er stirbt, dann wird es für dich sehr ungemütlich, dann …«

Heumann riss sich hastig los und forderte in energischem Tonfall: »Lassen Sie uns unsere Arbeit machen! Der Ernst der Lage ist uns allen klar. Da bedarf es keiner Drohungen.«
Die Augen des Mannes funkelten ihn böse an. Doch ehe die Situation eskalieren konnte, trat Oberschwester Magda Piontek resolut zwischen die beiden Männer.
»Sie folgen mir jetzt bitte!«, wandte sie sich an den Störenfried. »Herr Dr. Heumann, Sie werden jetzt dringend gebraucht.«
Heumann nickte erleichtert und lief an dem Mann vorbei in den Schockraum, während er sich fragte: *Er hat den Namen des Patienten ausgesprochen, als müsste ich ihn kennen oder als würde er mir irgendetwas sagen. Amir Saad.*
Doch der Chirurg konnte mit diesem Namen partout nichts anfangen.
Heumann hatte zu diesem Zeitpunkt noch nicht die geringste Ahnung, welche Konsequenzen sein Handeln für ihn und seine Familie nach sich ziehen würde.

☠☠☠

51

Berlin-Grünau,
Wohnhaus von Dr. Fred Abel und Lisa Suttner, Schlafzimmer,
Donnerstag, 31. Juli, 01:43 Uhr

Lisa konnte nicht wieder einschlafen. Vor einer Stunde war sie aufgewacht und lag seitdem wach, innerlich aufgewühlt. Sie strengte sich an, die Geräusche im Dunkeln zu lokalisieren. Durch das geöffnete Fenster drangen die Sommerlaute der nächtlichen Insektenscharen vom Fluss herüber. Ein kontinuierliches Zirpen und Surren, das sich stetig steigerte, fast so, als würde dort draußen eine quirlige, kleine Stadt zum Leben erwachen. Ein Windstoß ließ die Kiefern im Garten aufseufzen. Das leise Rascheln der dünnen Bettdecke, auf der sich ihre Hände rastlos hin und her bewegten. Und Freds Atem. Tief, aber unregelmäßig. Es hörte sich an, als würde er zwischen den Atemzügen immer wieder die Luft anhalten, bis er schließlich, fast stöhnend, wieder ausatmete. Als hätte er Mühe, die Sorgen des Tages aus seinem Kopf durch seine Nase in die Freiheit zu entlassen.

Der gestrige Termin vor dem Familiengericht hat ihm schwerer zugesetzt, als er es sich eingestehen will, da bin ich mir sicher. Freddy ist zwar nach außen hin der coole, unnahbare Typ, aber innerlich nagt das Zerwürfnis mit Sabine Yao an ihm, dachte Lisa und ließ ihre Hand hinüber zu Abel wandern, bis sie unter der Bettdecke seinen warmen Oberschenkel spürte.

Ihr Lebensgefährte zuckte bei der Berührung leicht, sog im Tiefschlaf die Luft hörbar wieder ein.

Lisa zog ihre Hand wieder zurück. *Soll ich ihn wecken? Ich halte es so nicht mehr aus. Vor der Verhandlung war er nicht ansprechbar. Vielleicht jetzt? Jetzt hat er keine Möglichkeit, sich mir zu entziehen, einem Gespräch aus dem Weg zu gehen …*

Doch sie schob, Zentimeter für Zentimeter, die Hand wieder auf die Decke und verschränkte die Finger ineinander. Drehte ihren Ring. Den Ring, den Abel ihr vor ein paar Jahren geschenkt hatte. Er fühlte sich härter, fremder an als sonst.

Es wird sich alles ändern. Für mich, für Freddy, für uns, dachte sie und prüfte, ob sich der Ring noch abziehen ließ. Keine Chance. Ihre Finger waren scheinbar von der Hitze des Tages geschwollen. Hitze, die auch in der Nacht kaum geringer wurde.

Werde ich das alles schaffen? Ich bin über vierzig. Was wird Fred sagen? Vermutlich wird er sich sehr freuen, auch wenn es für ihn die Veränderung seines ganzen Lebens bedeutet und er nicht der Flexibelste ist. Ob er lieber Vater eines Mädchens oder eines Jungen wird? Wir haben nie darüber gesprochen.

So viele offene Fragen, die sie seit Tagen immer drängender beschäftigten. Die in ihrer Wahrnehmung keinen Aufschub mehr duldeten.

Lisa hielt den Atem an, lauschte wieder. Obwohl sie sich anstrengte, in der Dunkelheit des Schlafzimmers etwas zu erkennen, sah sie nur Schwarz um sich herum.

Wir sind nicht mehr allein, kam ihr wieder in den Sinn. *Wir sind hier, jetzt, in dieser Sekunde, und auch in Zukunft nicht mehr allein. Aber so gern ich es auch möchte, ich muss mich noch etwas gedulden, bis ich es ihm sage. Zwei Fehlgeburten. Ich kann Freddy nicht Hoffnung machen, und dann geht es doch wieder schief. Noch knapp zwei Wochen bis Ende des dritten Monats …*

Ihr Herz begann bei dem Gedanken unter dem ausgeleierten T-Shirt, das sie sich für die Nacht übergestreift hatte, heftig zu klopfen. Sie atmete flach, versuchte, ihren Herzschlag zu beruhigen. Doch es half nichts – er schien die Bettdecke stoßweise anzuheben. Ihr Magen krampfte sich plötzlich zusammen. *O nein, nicht schon wieder!*

Kalter Schweiß bildete sich auf ihrer Stirn. Ihr wurde schlagartig kühl. *Vielleicht ist jetzt doch nicht der richtige Zeitpunkt.*

Dann stieg Übelkeit in ihr auf. Hastig schlug sie die Decke zurück, schwenkte die nackten Füße aus dem Bett. Ihre Zehen verschwanden in dem dicken Flor des weichen Teppichs wie in einem sumpfigen Untergrund. Sie atmete tief ein und ging im Dunkeln schnell zur Schlafzimmertür, drückte die Klinke hinunter und eilte ins Bad.

Es war heute schon das vierte Mal, dass sie sich erbrechen musste. Fred schlief ahnungslos weiter.

☠☠☠

52

Berlin-Steglitz,
Charité – Campus Benjamin Franklin, Rettungsstelle,
Donnerstag, 31. Juli, 01:51 Uhr

Heumann saß zusammengesunken am Tisch des Aufenthaltsraumes. Er war völlig erschöpft und abgekämpft. Die letzte Tavor-Tablette, die er vor rund fünfundzwanzig Minuten eingeworfen hatte, tat ihr Übriges dazu, seinen Kreislauf herunterzufahren, und befeuerte die bleierne Müdigkeit, die seinen Körper erfasst hatte. Die letzten Stunden hatten dem Chirurgen und seinen Kollegen alles abverlangt, doch dann hatten sie den Kampf um das Leben des jungen Mannes mit der Schussverletzung erfolglos aufgeben müssen. Um 01:02 Uhr war Amir Saad für tot erklärt worden. *Eigentlich war er bereits so gut wie tot, als er hier eingeliefert wurde,* dachte Heumann. *Wir haben nichts falsch gemacht. Ich kann mir nichts vorwerfen. Wir haben alles gegeben.* Heumann hatte bereits instinktiv gewusst, dass der Versuch, den jungen Mann zu retten, aussichtslos sein würde, als er den grauen, leblosen Körper das erste Mal auf der Trage vor sich gesehen hatte. Dazu musste er weder die Werte der Blutgasanalyse noch den Hämatokrit des Patienten kennen. Dafür genügte ein Blick, er arbeitete lange genug in diesem Knochenjob. Das hatte er sich zu jenem Zeitpunkt vor etwas mehr als vier Stunden nur nicht eingestehen wollen. Doch im Schockraum hatten sich die Vitalparameter von Amir Saad immer weiter verschlechtert. Heumann, der Kollege aus der Traumatologie und ein eilig hinzugezogener Gefäßchirurg hatten zwar noch versucht, den von dem Projektil verursachten Gefäßwanddefekt der im Verlauf des Schusskanals gelegenen rechten Arteria subclavia – der unter dem Schlüsselbein gelegenen Arterie – mit einem Patch zu verschließen. Sie wollten zudem das Projektil, das sich an der Innenseite des rechten Schulterblattes befand, entfernen. Aber es war

aussichtslos gewesen. Der Patient hatte schon zu viel Blut verloren, und auch vierundzwanzig Blutkonserven hatten den massiven Blutverlust nicht mehr auffangen können.
Oberschwester Magda Piontek stand an der Kaffeemaschine des Aufenthaltsraumes. Die Fältchen um ihre Augen hatten sich tiefer eingegraben, aber die Zweiundsechzigjährige versuchte offensichtlich, sich ihre Erschöpfung nicht anmerken zu lassen.
»In sechs Stunden ist Feierabend, Doc. Die Hälfte unserer Schicht ist geschafft. Und schlimmer kann es ja nicht werden.«
Das Schlürfen und Gluckern der Kaffeemaschine durchbrach die Stille.
»Ja. Schlimmer wird es heute Nacht definitiv nicht mehr«, erwiderte Heumann. Er rieb sich die Augen und gähnte so herzhaft, dass seine Kiefergelenke schmerzten.
»Schenken Sie mir bitte auch eine Tasse ein, wenn er durchgelaufen ist?«, fragte er.
Die Oberschwester nickte.
Durch das Fenster sah Heumann, dass es draußen abgesehen von dem Schein der Laternen stockdunkel war. Es war noch mitten in der Nacht. Aber in ein paar Stunden würde Isabell aufstehen, ihre gemeinsame Tochter für die Kita anziehen, ihr eine Schale Cornflakes hinstellen, ihre Snack-Box bestücken. Alles würde bei ihnen sein wie immer. *Als ob nichts passiert wäre. Als ob es keine Rolle spielte, dass schon wieder ein Mensch unter meinen Fingern gestorben ist,* ging es Heumann durch den Kopf. *Wenn ich nur …*
Aber seine Gedanken wurden jäh unterbrochen, als es plötzlich und ohne jegliche Vorwarnung direkt neben Magda Piontek ohrenbetäubend knallte. Die Oberschwester stieß einen schrillen Schrei aus, zuckte zusammen und ließ die gläserne Kaffeekanne mit einem weiteren lauten Knall auf den grauen Linoleumboden fallen, wo sich sofort ein halber Liter heißer Kaffee auf dem Boden und an der weißen Küchenzeile verteilte.
Auch Heumann fuhr der Schreck in die Glieder. Er sah sich um. *Das Fenster! Etwas hat das Fenster getroffen!* In dem dicken Sicher-

heitsglas zeichnete sich ein Rissmuster ab, das einem Spinnennetz glich.
»Was zum Teufel …?«, schrie Heumann, sprang intuitiv nach vorn, packte Magda Piontek an der Schulter und riss sie vom Fenster fort. Dabei verlor die Oberschwester auf dem vom Kaffee rutschigen Boden das Gleichgewicht, klammerte sich im Fallen an Heumann, und beide stürzten in die Kaffeelache.
Für einen kurzen Moment herrschte eine unheimliche Stille, ehe Magda Piontek mit atemloser Stimme sagte: »Was war denn das? Ein Vogel, oder …«
Heumann, der, auf dem feuchten Boden sitzend, zunächst ein paar Sekunden fassungslos auf das gesprungene Fenster gestarrt hatte und sich gerade wieder aufrappelte, erwiderte: »Ich weiß es nicht. Für einen Vogel war der Aufschlag zu heftig. Das klang eher nach etwas Hartem, wie eine Flasche oder ein Stein.«
Er bot der Oberschwester seine Hand, die sie dankbar ergriff, und half ihr aufzustehen. Dabei spürte Heumann deutlich das Zittern in Magda Pionteks Körper und versuchte krampfhaft, sich davon nicht anstecken zu lassen. *Keine Panik, ruhig bleiben!*
Von draußen waren jetzt mehrere gellende Autohupen zu hören. Im selben Moment öffnete ein Pfleger die Tür des Aufenthaltsraums. In seinem Gesicht stand Angst geschrieben, und seine Stimme überschlug sich. »Wir haben vorn im Eingangsbereich der Rettungsstelle ein echtes Problem!«
»Was ist los?«, fragte Heumann und bereute, dass ihn die Chemie der gerade erst eingeworfenen Tavor-Tablette nicht richtig wach werden ließ. Er schaute an sich hinunter. Seine weiße Hose war über und über mit bräunlichen Kaffeeflecken bedeckt. Der Pfleger, den Kopf immer noch im Türrahmen, schaute ihn mit vor Angst geweiteten Augen an.
»Vor der Tür randalieren sie! Die haben mit Autos die Zufahrt zur Rettungsstelle blockiert und lassen keine anderen Patienten durch. Zwei Notarztwagen mit Notfallpatienten mussten schon wieder umdrehen und ins Westend-Klinikum fahren. Der ganze

Eingangsbereich ist voll mit Angehörigen und Freunden des Toten!«
Heumann und Magda Piontek sahen den Pfleger fragend an.
»Na, der Patient, der mit dem Heli aus Brandenburg gekommen ist. Das Schussopfer. Der vorhin im OP verstorben ist. Das sind alles Verwandte und Freunde von ihm vorn in der Rettungsstelle! Und vor der Tür stehen auch noch massenhaft Leute. Und jetzt fangen die an, uns die Scheiben einzuschmeißen!«
»Ist die Polizei alarmiert? Was ist mit unserem Sicherheitsdienst?«, wollte Heumann wissen.
»Die Polizei ist unterwegs. Der Sicherheitsdienst ist heillos überfordert. Was sollen auch zwei Mann gegen zwanzig oder dreißig wild gewordene Kerle ausrichten?«
Mit diesen Worten verschwand der Kopf des Pflegers wieder aus dem Türrahmen. Das Geräusch seiner schnellen Schritte verhallte auf dem Flur.
Heumann und Magda Piontek blickten sich einige Sekunden lang wortlos an.
In Heumanns Hirn verknüpften sich die Synapsen. *Der Bruder des Schussopfers … Der Typ, der mir vor dem Schockraum gedroht hat.*
»Schwester Magda, der Mann, der mich vorhin vor dem Schockraum angesprochen und aufgehalten hat, der schwarz gekleidete Typ mit der heiseren Stimme … Hat der noch irgendetwas zu Ihnen gesagt? Wissen Sie, wo der abgeblieben ist?«
Die Oberschwester schüttelte zitternd den Kopf. »Er wollte nicht in den Wartebereich. Hat irgendetwas in einer Sprache gesagt, die ich nicht verstanden habe, und ist dann gegangen. Vielleicht war das Arabisch. Ich schätze, er hat die Rettungsstelle verlassen. Aber ehrlich gesagt habe ich mich nicht mehr um ihn gekümmert. Nett hörte sich das, was er zu mir sagte, jedenfalls nicht an.«
»Okay.« Heumann trat in den langen Korridor, der die einzelnen Behandlungsräume, den Schockraum und den Wartebereich der Rettungsstelle miteinander verband und von dem auch der Personalaufenthaltsraum abging. Im selben Moment drang der Lärm

aus dem Eingangsbereich der Rettungsstelle zu ihm. Der Arzt ließ die immer noch leicht zitternde Oberschwester im Aufenthaltsraum zurück und lief den von Neonröhren taghell erleuchteten Flur hinunter. Er spürte, wie das in seine Blutgefäße einströmende Adrenalin in seinem Körper die Kontrolle übernahm, sein vegetatives Nervensystem von Ruhe- in Alarmzustand schaltete und die Wirkung des Tavor und die damit verbundene Müdigkeit aushebelte. Alle seine Sinne waren geschärft, als er in Richtung des Tumults rannte.

☠☠☠

Der Pfleger hatte keinesfalls übertrieben: Das Foyer war mit Menschen überfüllt. Heumann erkannte einen der Mitarbeiter des privaten Sicherheitsdienstes ihrer Klinik in einer Ecke des Eingangsbereiches, der Schutz suchend die Hände erhoben hatte. Über die linke Gesichtshälfte des Mannes lief in zwei dicken Strömen Blut aus einer Wunde, die sich an seiner Stirn oder in der Augenbraue befinden musste.

Im Foyer gestikulierten und schrien etwa dreißig bis vierzig Personen wild durcheinander: Patienten, Ärzte, Schwestern und zahlreiche überwiegend dunkel oder ganz in schwarz gekleidete, arabisch aussehende Männer. Auffällig viele von ihnen trugen Vollbärte und Basecaps.

Das Ganze hatte etwas Aberwitziges. Die Menschentraube wogte wellenartig wie ein dicht gedrängter Schwarm Fische hin und her. Heumann versuchte, die Lage zu überblicken, aber das Chaos war unglaublich und der Lärm, der von dieser Menschenansammlung ausging, unbeschreiblich.

Durch die gläserne Automatiktür am Eingang verliefen mehrere große Risse. Das Sicherheitsglas war zwar nicht gebrochen, wölbte sich jedoch gefährlich nach innen.

In der Menschentraube erkannte Heumann den Mann, der sich ihm vor dem Schockraum als Bruder des mittlerweile Verstorbenen zu erkennen gegeben hatte. Er war anscheinend der Rädelsführer der Gruppe, von der ein gewaltiges Aggressionspotenzial auszugehen schien. Drohungen mit den Fäusten und ein Schwall von Flüchen und Beleidigungen, die die jungen Männer ausstießen, waren dabei noch das kleinere Übel. Immer wieder stießen Arme in Richtung der Klinikmitarbeiter.

Nur ein Funke noch, und die Situation eskaliert vollends. Wo bleibt bloß die Polizei?

»Stopp! Was ist hier los?«, brüllte Heumann beherzt und näherte sich der aufgeheizten Menschenansammlung, die immer tiefer ins Foyer vordrang. Er überlegte, ob sein mutiges Eingreifen nicht vielleicht doch etwas zu riskant war, aber beim Anblick der Patienten im Wartebereich, *seiner* Patienten, von denen einige hinter den Bänken Schutz suchten und ab und zu verängstigt über die Lehnen schauten, wusste er, dass er irgendetwas unternehmen musste, um dem Tumult Einhalt zu gebieten.

Heumann hörte ein Schluchzen, das er jedoch keiner Person zuordnen konnte. Spontan hob er eine auf dem Boden liegende Gehhilfe auf, die irgendjemand dort verloren haben musste, und bahnte sich einen Weg in die Mitte der pulsierenden Menschenmenge. Und da war er: der Bruder des Verstorbenen. Der Wortführer der Gruppe. Heumann war nur noch wenige Meter von ihm entfernt. Noch hatte er ihn nicht bemerkt, da er gerade wild vor einer jungen Ärztin mit Kopftuch gestikulierte, die anscheinend auf Arabisch versuchte, ihn zu beschwichtigen. Heumann näherte sich von der Seite, schob beherzt breite Schultern zur Seite.

Als der Arzt den Rädelsführer fast erreicht hatte, um ihn anzusprechen und zur Räson zu bringen, schlug dieser der jungen Ärztin mit der flachen Hand ins Gesicht.

»Schlampe«, hörte Heumann noch, dann reagierte er instinktiv und ohne weiter darüber nachzudenken: Er stieß dem Schläger mit einem Ausfallschritt das untere Ende der Krücke in die linke Flanke. Der schwarz gekleidete Mann taumelte heftig nach rechts, fing sich jedoch innerhalb von Sekundenbruchteilen wieder.

Die Männer um ihn herum begriffen sofort, wer ihren Anführer attackierte, und gingen auf Heumann los. Wütende Männer beschimpften ihn wild, umstellten ihn. Etwa ein Dutzend Hände begannen, ihn zu schubsen und nach ihm zu schlagen. Da hörte Heumann zu seiner Erleichterung im Hintergrund mehrere Martinshörner, die schnell lauter wurden. Auch seine Angreifer schienen das Nahen der Einsatzkräfte zu registrieren, denn ihre Attacken auf Heumann ließen merklich nach.

Der Anführer mit dem stechenden Blick hatte sich indessen von Heumanns Stoß mit der Krücke erholt. Er baute sich vor Heumann auf. »Ich hatte dich gewarnt, du Hurensohn!«, schrie er. Seine heisere Stimme überschlug sich mehrfach. »Ihr habt ihn sterben lassen! Er ist tot! *Du* hast meinen Bruder Amir umgebracht, du Sohn einer räudigen Hündin!«

In Erwartung eines Schlags oder Kopfstoßes hielt Heumann schützend die Krücke vor sich, denn ein Rückzug war in diesem Gewühl unmöglich. Aber sein Gegenüber unternahm nichts dergleichen. »Du bist dran, du stinkender *Kelb*. Aber nicht heute. Ich finde dich!« Er stieß die Worte förmlich aus, während er sich immer wieder suchend im Foyer der Rettungsstelle umblickte, das mittlerweile in ein blaues Flackerlicht getaucht war.

Heumann hatte erneut den süßlichen, exotischen Tabakgeruch des Mannes in der Nase, wie bei ihrer ersten Begegnung vor dem Schockraum. Er war froh, dass jetzt zahlreiche Streifenbeamten mit gezogenen Waffen in die Rettungsstelle stürmten. Ihnen folgten etwa zwanzig Beamte, die er aufgrund ihrer Protektoren und Helme als Mitglieder einer Einsatzhundertschaft identifizierte, die augenblicklich Stellung bezogen und einen engen Kreis um den Menschenpulk bildeten.

Dann ertönte ein schrilles Pfeifen, und es erfolgte eine knarzende Durchsage aus einem Megafon. »Hier spricht die Polizei. Bitte verhalten Sie sich ruhig. Niemand verlässt den Bereich. Wir führen jetzt eine Maßnahme zur Personenüberprüfung durch.«

Einige der arabischen Männer versuchten, die Polizeilinie zu durch-

brechen, jedoch ohne Erfolg. Sie wurden von den Bereitschaftspolizisten, die sich inzwischen strategisch gut vor sämtlichen möglichen Fluchtwegen positioniert hatten, augenblicklich niedergerungen. Die Beamten drückten die schreienden und heftige Gegenwehr leistenden Männer bäuchlings auf den Boden, während weitere Einsatzkräfte durch die Eingangstür der Rettungsstelle nachrückten, und fixierten die Handgelenke der Festgenommenen hinter ihrem Rücken mit Kabelbindern.
Mit einem zynischen Lächeln, das eine Reihe weißer Zähne unter seinem akkurat gestutzten Vollbart aufblitzen ließ, hob der Anführer, der im Gegensatz zu den meisten seiner Begleiter keine Anstalten machte, zu fliehen, langsam die Hände über seinen Kopf. Dabei hielt er fortwährend Blickkontakt zu dem direkt vor ihm stehenden Heumann, er starrte ihn hasserfüllt an, fast so, als wolle er ihn mit seinen Blicken durchbohren. Schließlich traten zwei Bereitschaftspolizisten hinter den Mann und rissen seine Arme nach hinten. Erst als er unter Flüchen von den Beamten zu Boden gebracht worden war, endete der Blickkontakt zwischen Heumann und seinem Widersacher.

☠☠☠

53

Berlin,
Treptowers, BKA-Einheit »Extremdelikte«, Besprechungsraum,
Donnerstag, 31. Juli, 7:34 Uhr

Horst Markwitz hatte sich von seiner Körperfülle her beinahe halbiert, seit Abel ihn vor etwa zwei Jahren zum letzten Mal gesehen hatte. Damals war der Ermittler noch in einer der Berliner Mordkommissionen des LKA 1 »Delikte am Menschen« tätig gewesen. Beim LKA 1 war Markwitz nicht nur als kriminalistisches, sondern auch als körperliches Schwergewicht bekannt gewesen. Nun wirkte der einundfünfzigjährige Hauptkommissar, der vor zwei Jahren zum LKA 4, Organisierte Kriminalität, versetzt worden war, drahtig, im Gesicht fast schon hager.

Abel musste an eine ihrer intensivsten beruflichen Begegnungen vor etwas mehr als vier Jahren zurückdenken – die Jagd auf den Miles-&-More-Killer. Damals war Okyar, der sich mittlerweile zu einem bei seinen Kollegen im LKA 1 geschätzten Mordermittler entwickelt hatte, noch Polizeischüler und Praktikant in Markwitz' Mordkommission gewesen.

Abel und Markwitz hatten sich freundlich begrüßt und einen kurzen Small Talk gehalten, ehe Professor Paul Herzfeld hereingestürmt war und die allmorgendliche Frühbesprechung eröffnet hatte. Markwitz saß auf dem Stuhl neben Herzfeld. Das weiße Licht des Beamers, der noch kein Bild auf die Leinwand des Besprechungsraumes projizierte, strahlte die Gesichtskonturen des Hauptkommissars von der Seite her an und unterstrich seine kantige Wangenpartie.

Abel blickte in die Runde – alle ärztlichen Kollegen der rechtsmedizinischen Abteilung »Extremdelikte« und die Sekretärin Renate Hübner hatten sich auf ihren Plätzen eingefunden. Auch Sabine Yao war anwesend, vor sich eine Porzellantasse mit dampfendem Tee, der den ganzen Raum mit seinem bitteren Aroma erfullte. Es kam Abel in diesem Moment so vor, als hätte der gestrige Eklat vor dem Familiengericht mit den daraus resultierenden Konsequenzen für Mailin Zhou – für ihre ganze Familie – nie stattgefunden. Sabine Yao wirkte frisch und aufgeräumt und hatte Abel sogar mit der Andeutung eines Lächelns einen »Guten Morgen« gewünscht, als er den Besprechungsraum betrat. Sie trug eine weiße Bluse und einen hellen Rock, und ihre schwarzen Haare fielen ihr heute offen auf die Schultern.

Abel war erleichtert, dass sie sich offenbar stumm darauf zu einigen schienen, die jüngere Vergangenheit nicht mehr ihren gemeinsamen Arbeitsalltag stören zu lassen und ihr eigentlich freundschaftliches kollegiales Verhältnis nicht weiter zu strapazieren. Ob er sich damit allerdings verschätzte und das, was er in Sabine Yaos Auftreten an diesem Morgen hineininterpretierte, vielleicht eher sein Wunschdenken war, vermochte Abel jedoch nicht abschließend zu sagen.

Gedankenverloren rührte er in seiner Kaffeetasse. Die Nacht war kurz gewesen. Er war erst kurz nach 0:30 Uhr morgens zu Lisa ins Bett gekrochen und hatte nicht nur wenig, sondern auch unruhig geschlafen. Einmal war er wach geworden, weil Lisa auf dem Weg ins Bad etwas zu geräuschvoll die Klinke der Schlafzimmertür hinuntergedrückt hatte. Sicherlich hatte sie am Abend zuvor mal wieder zu viel Wasser getrunken, dann musste sie ständig raus.

Murau dämmerte zurückgelehnt in seinem Stuhl vor sich hin und betrachtete abwesend die Finger seiner rechten Hand, fast so, als würde er sie heute Morgen zum allerersten Mal sehen.

»Guten Morgen, Kollegen«, wandte sich Herzfeld nun an sein Team. »Bei uns ist heute Hauptkommissar Markwitz vom LKA 4, Organisierte Kriminalität. Er wird uns allen gleich einen Überblick über die Lage geben, in der wir uns nicht erst seit letzter Nacht befinden. Ein solcher Lagebericht der OK war schon lange geplant, doch nun gab es in der vergangenen Nacht zwei Ereignisse, von denen eines zumindest für das BKA und damit für uns ein Fall ist. Aber dazu gleich mehr. Bitte, Herr Markwitz.«

»Es gab heute Nacht einen alarmierenden Vorfall in der Rettungsstelle der Charité im Klinikum Benjamin Franklin«, begann Markwitz. »Mitglieder einer – sagen wir mal – problematischen arabischen Großfamilie haben die Rettungsstelle der Charité gestürmt. Bedrohung, Körperverletzung, Sachbeschädigung, Hausfriedensbruch. Diese Aufzählung ließe sich anhand des Strafgesetzbuches noch erweitern.« Markwitz räusperte sich und sah in die Runde. Dann nickte er Herzfeld zu, der daraufhin die Fernbedienung des PCs betätigte.

Auf der Leinwand erschien das überdimensionale Porträtfoto eines

Mannes, der grimmig in die Expertenrunde zu starren schien. Er war Mitte bis Ende zwanzig und hatte mittellanges schwarzes Haupthaar, das zu einem Pferdeschwanz zusammengebunden war. Die Kopfhaare im Schläfenbereich waren rasiert.

»Das ist Amir Saad. Oder vielmehr, das *war* Amir Saad, der Auslöser für die Krawalle«, knüpfte Markwitz an seine vorherigen Ausführungen an. »Amir Saad wurde gestern in einem Privathaus in Groß Köris, einer kleinen brandenburgischen Ortschaft vor den Toren Berlins, tödlich mit einer Schusswaffe verletzt. Reanimation vor Ort durch den Notarzt. Dann mit dem Hubschrauber nach Berlin. Not-OP in der Charité, diese aber erfolglos.«

»Er liegt in Sektionssaal Nummer zwei«, schaltete sich Herzfeld ein.

Murau, der mit einem Schlag aus seinem Dämmerzustand erwacht war, rief in die Runde: »Clan-Kriminalität! Ich bin medial bestens informiert, was sich hier in Berlin gerade so zusammenbraut. Ich kann Folgendes berichten: Seit …«

»Der Begriff *Clan-Kriminalität* ist eine Sache der Definition«, unterbrach Markwitz den österreichischen Assistenzarzt ungehalten. »Und auch die Definition davon, was einen Clan eigentlich ausmacht, ist nicht unstrittig. Nicht jede arabische Großfamilie ist ein krimineller Clan. Wir bei der OK sprechen von *problematischen* arabischen Großfamilien, der Begriff *Clan* ist eher journalistisch belegt, auch wenn wir ihn trotzdem häufig benutzen. Aber vielleicht ist Ihre Nachfrage zum jetzigen Zeitpunkt ganz passend. Ich hole mal ein bisschen weiter aus«, fuhr der Kriminalhauptkommissar jetzt in etwas versöhnlicherem Tonfall fort. »In Berlin haben wir es mit zwölf problematischen arabischen Großfamilien zu tun. Raub, Prostitution, Drogenhandel, Immobiliengeschäfte und die mit letzterem Geschäftszweig verbundene Geldwäsche sind die zentralen Betätigungsfelder dieser Familien. Geld aus Straftaten fließt in die Herkunftsländer zurück – wobei es sich bei unseren in Berlin ansässigen Großfamilien fast ausschließlich um den Libanon handelt – und wird von dort aus wieder in Immobilien in Berlin gesteckt. Das Geld ist damit gewaschen.«

»Wie bei der Mafia«, brachte sich Murau erneut ein.
»Nein, ganz und gar nicht wie bei der Mafia«, konterte Markwitz. »Die Mafia ist in der Regel unsichtbar, die Fäden werden im Hintergrund gezogen, nichts dringt aus dem inneren Zirkel heraus. Die Mafia legt großen Wert darauf, nicht in der Öffentlichkeit in Erscheinung zu treten. Im Gegensatz zu den Clans, die auf dicke Hose machen, wo sie nur können. Die Großfamilien zeigen gern, was sie haben. Protzen damit rum. Dicke Karren, teure Uhren. Und das, obwohl sie fast alle irgendwelche Sozialleistungen vom deutschen Staat beziehen. Sie schmücken sich auch gern mit Prominenten, die blöd genug sind, sich mit Mitgliedern von Großfamilien wie den Saads fotografieren zu lassen. Und nebenbei wird ab und zu noch mal eine Knalltüte von Rapper ausgenommen, der sich selbst für einen echten Gangster hält, aber nicht weiß, auf welches Kaliber er sich da einlässt. Und damit kommen wir zurück zu letzter Nacht.«
Markwitz sah erneut in die Runde im Besprechungsraum. »Amir Saad verstarb wenige Stunden nach seiner Aufnahme in der Rettungsstelle der Charité. Er war ein einflussreiches Führungsmitglied des Saad-Clans, einer kriminellen, aus dem Libanon stammenden Großfamilie. In den Achtzigerjahren nach Westberlin gekommen. Und dann machten die Familienmitglieder der Saads letzte Nacht das, was sie genauso gut können wie stehlen und rauben: Sie stifteten Aufruhr, sozialen Unfrieden. Sie verletzten Sicherheitspersonal der Klinik, schüchterten Patienten und medizinisches Personal ein und hinterließen ein Schlachtfeld. Der Rädelsführer der gestrigen Aktion im Klinikum Benjamin Franklin war Abdelkarim Saad, ein Bruder des Erschossenen. Abdelkarim ist im Saad-Clan sozusagen der Mann fürs Grobe, aber dazu komme ich gleich noch.«
Alle im Raum lauschten den Ausführungen des Kriminalhauptkommissars gespannt, es herrschte absolute Stille, nur untermalt von dem Surren des Beamers. Einzig Murau räusperte sich geräuschvoll und hob dann, wie ein Gymnasiast im Unterricht, die

Hand. Herzfeld verdrehte die Augen. Nicht nur er befürchtete wohl, dass sich der Kollege auch an diesem Morgen bemüßigt fühlen würde, das Ruder an sich zu reißen und mit irgendwelchen Anekdoten aufzuwarten.

»Herr Murau? Was gibt es denn? Wir müssen im Anschluss auch noch die anderen Fälle des Tages besprechen. Bitte fassen Sie sich kurz«, forderte Herzfeld.

»Mich würde der Vollständigkeit halber interessieren, was man bisher zu den Hintergründen der Tat weiß«, sagte Murau in leicht beleidigtem Tonfall. »Weiß man, wer auf das Clan-Mitglied geschossen hat?«

»Auf Amir Saad wurde, wie schon gesagt, in einem Privathaus in Groß Köris in Brandenburg geschossen. Ein Begleiter von ihm verständigte gegen 21:10 Uhr den Notruf. Das Haus, in dem Saad dann schwer verletzt aufgefunden wurde, gehört einem ehemaligen Boxpromoter. Hermann Lübben, falls der Name hier noch jemandem etwas sagt.«

»Den kennen wir doch, Herr Abel«, stieß Scherz, an Abel gewandt, im Flüsterton hervor.

Auch Abel war mittlerweile hellwach, bedeutete seinem Kollegen Scherz aber mit einem energischen Kopfschütteln, die gestrige Sektion von Moritz Lübben und die Informationen, die sie von Okyar über Hermann Lübben, den Vater des im Boxsack zu Tode geprügelten Mannes, am Sektionstisch erfahren hatten, nicht in dieser Runde zur Sprache zu bringen. Er musste unbedingt Moewig über diese neuen Entwicklungen im Fall Lübben informieren.

Markwitz, der Scherz' Bemerkung entweder nicht gehört hatte oder ihr zumindest keine weitere Bedeutung beimaß, fuhr unbeirrt fort: »Der ehemalige Boxpromoter Hermann Lübben ist auch derjenige, bei dem es sich nach unseren ersten Erkenntnissen um den Schützen handelt. Er hat sich kurz darauf mit derselben Waffe, aus der auch auf Amir Saad geschossen wurde, das Leben genommen. Hermann Lübbens Sohn war offensichtlich in kriminelle Machenschaften mit der Familie Saad verstrickt. Was genau da lief und wie es dann dazu kam, dass Amir Saad und Lübben senior aufeinandertrafen, müssen wir nun ermitteln.«

Abel durchfuhr das eben Gehörte wie eine Schockwelle.

»Übrigens werden wir Lübben nicht auf unseren Sektionstisch bekommen. Aufgrund seines Todesortes in Brandenburg sind die Kollegen vom Landesinstitut in Potsdam für die Untersuchung seines Leichnams zuständig«, schaltete sich Herzfeld wieder ein.

»Für Sie ein kleiner Exkurs zum Lagebild«, nahm Hauptkommissar Markwitz jetzt den Faden wieder auf. »Berlin hat vier Probleme – alle beginnen mit einem A und heißen mit Nachnamen Saad. Die vier Saad-Brüder haben sich, nachdem sie als Kinder aus dem Libanon nach Berlin gekommen sind, hier in den Folgejahren ganz gut zurechtgefunden. Asad, Abdelkarim, Abadi und Amir – der jetzt das Zeitliche gesegnet hat. Jeder ein Könner auf seinem Gebiet. Gemeinsam machen sie in Drogenhandel, Prostitution, Diebstahl, Hehlerei und sind auch in der Türsteherszene aktiv. Der Mann fürs Grobe, der hinter den anderen Saads aufräumt, ist wie gesagt Abdelkarim Saad, der gestern Abend in der Rettungsstelle der Charité vorläufig festgenommen wurde. Asad Saad, der älteste der vier Brüder, ist das Oberhaupt der Familie, die hier in Berlin allein etwa dreihundert Mitglieder zählt. Die Bremer und Duisburger Ableger nicht mitgerechnet. Der Spitzname von Clan-Chef Asad Saad ist ›der Löwe‹.« Markwitz schnaufte verächtlich. »›Der Schakal‹ oder ›die Natter‹ wäre allerdings wohl passender«, schob er nach.

Der Löwe! Verdammt. Hier schließen sich einige Kreise, oder vielmehr tun sich einige Abgründe neu auf – je nachdem, aus welcher Perspektive man es betrachtet, befand Abel bei dem Gedanken an den kunstvoll gravierten Löwenkopf auf der Klinge des Dolchs, den er am Vortag dem toten ghanaischen Dealer aus dem Kopf gezogen hatte.

»Asad Saad ist bisher – im Gegensatz zu seinen drei jüngeren Brüdern oder der übrigen Verwandtschaft – nie strafrechtlich in Erscheinung getreten. Aber er ist unstrittig das Oberhaupt der Familie. Sein erklärtes Ziel ist es, den aus dem ehemaligen Ostblock stammenden Banden und den afrikanischen Dealern in Berlin ihre Gebiete abzunehmen, um dort den Drogenhandel zu dominieren.«

Das deckt sich mit dem, was Murau mir gestern im Sektionssaal erzählt hat, überlegte Abel.

Markwitz wandte sich jetzt direkt an ihn. »Ich kenne Ihren gestrigen Bericht zu dem Dolch mit der Löwen-Gravur, der im Kopf des Ghanaers aus dem Engelbecken steckte, Herr Abel. So grüßt der Löwe die afrikanischen Straßendealer, die ihren Bereich nicht freiwillig verlassen. Aber das zu beweisen …«

Markwitz brachte den Satz nicht zu Ende, stattdessen zuckte er nur resigniert mit den Schultern. Auch die Mitarbeiter des LKA 4 schienen noch keine Möglichkeit gefunden zu haben, eine direkte Verbindung zwischen dem in Berlin tobenden Drogenkrieg und dem Löwen herzustellen. Zumindest keine so belastbare Verbindung, dass sie nicht von den hochbezahlten Staranwälten der Saads vor Gericht in der Luft zerpflückt wurde.

Herzfeld sagte: »Was uns nun zu unserem Problem bringt. Die Berliner Ermittlungsbehörden fürchten einen Krieg in der Unterwelt, der innerhalb kürzester Zeit aus einem Schwelbrand einen Flächenbrand machen könnte, sollte die Situation weiter eskalieren. Und das über die Berliner Landesgrenzen hinaus. Denn da ist noch etwas. Herr Markwitz, bitte berichten Sie uns jetzt auch noch von dem weiteren Ereignis in der vergangenen Nacht.« Mit einer Geste bedeutete der Chef der »Extremdelikte« dem Ermittler, fortzufahren.

Marktwitz räusperte sich. »Einem Cousin zweiten Grades der Saad-Brüder wurde heute in den frühen Morgenstunden in einem Gefängnis in Detmold von einem Mitinsassen ein Auge herausgestochen, Tatwerkzeug eine angespitzte Zahnbürste. Kein Zufall, nehmen wir bei der OK an. Falls das in keinem direkten Zusammenhang mit dem toten Dealer aus Ghana steht, so hat dieser Angriff zumindest etwas mit unserem Berliner Drogenkrieg zu tun, denn der Mann, der den Cousin der Saads zum Zyklopen gemacht hat, stammt ebenfalls aus Ghana.«

»Was uns hier in Berlin angeht, war der Angriff auf die Mitarbeiter und Patienten der Charité im Benjamin-Franklin-Klinikum nur die erste Eskalationsstufe. Ein Anwalt der Familie Saad hat bereits heute Morgen im Büro des Generalstaatsanwalts angekündigt, dass er den Notarzt, der in Groß Köris den später verstorbenen Amir Saad versorgte, die gesamte Besatzung des Rettungshubschraubers, die gesamte Nachtschicht der Rettungsstelle sowie die Geschäftsführung der Charité mit Klagen wegen fahrlässiger Körperverletzung und Beihilfe zum Mord durch Unterlassen überziehen wird. Deshalb werden Sie, Frau Kollegin Yao, und du, Fred, direkt im Anschluss an unsere Besprechung die Leiche von Amir Saad speziell unter diesem Gesichtspunkt obduzieren. Waren die von den einzelnen Notärzten ergriffenen medizinischen Maßnahmen adäquat? Hätte man, wenn eine andere Art der medizinischen Versorgung oder ein anderes operatives Vorgehen in der Rettungsstelle der Charité gewählt worden wäre, von einem Überleben oder zumindest einer längeren Überlebenszeit von Amir Saad ausgehen können?«, sagte Herzfeld.

Sabine Yao nickte kaum merklich und zog die Augenbrauen hoch. Das Ergebnis würde durchaus politische Tragweite haben.

Herzfeld atmete schnaufend aus. »Die Generalstaatsanwaltschaft wird uns sicherlich heute noch auf die Füße treten und erste Resultate verlangen. Herr Markwitz, danke für Ihren Besuch und die wichtigen Hintergrundinformationen, die Sie uns gegeben haben.«

☠☠☠

Nachdem Markwitz, von Renate Hübner begleitet, den Besprechungsraum verlassen hatte, wandte sich Herzfeld an seine Mitarbeiter.

»Es warten noch zwei weitere Fälle auf uns. Aber zunächst will ich Ihnen eine Information nicht vorenthalten, die ich gestern Abend von den Kollegen vom LKA per E-Mail erhalten habe. Es geht um die komplett mumifizierten Toten aus dem alten Hindutempel von

Anfang der Woche. Die beiden sind mittlerweile über ihre DNA identifiziert worden. Es handelt sich um das Hausmeisterehepaar, das früher für den Tempel verantwortlich war und wenige Wochen nach Schließung des Tempels spurlos verschwand. Das war vor knapp vier Jahren. Die genaueren Umstände des Verschwindens der beiden älteren Herrschaften – sie waren wohl Ende sechzig – sind derzeit noch Gegenstand der Ermittlungen der Kollegen vom LKA. Wobei man mittlerweile nicht mehr von einem Kapitaldelikt, sondern von einer Familientragödie ausgeht. Dazu passt auch das von den Kollegen Roth und Murau festgestellte Fehlen jeglicher äußerer Verletzungen, was trotz der fortgeschrittenen Mumifikation ja noch gut nachweisbar war. Jetzige Arbeitshypothese ist ein gemeinsamer Suizid. Die Toxikologie bei Kollege Fuchs läuft noch.
»Gut, Herrschaften. Was haben wir noch für heute?« Herzfeld betätigte die Fernbedienung, und auf der Leinwand verschwand das Foto des toten Amir Saad, der die Anwesenden die ganze Zeit über weiterhin grimmig angestarrt hatte, und es erschien das Foto einer Air-France-Passagiermaschine, das Herzfeld allerdings nur wenige Sekunden stehen ließ. Er betätigte die Fernbedienung erneut, und auf dem nächsten Foto war ein dunkelhäutiger Jugendlicher in gelben Shorts, einem blauen T-Shirt und ohne Schuhe in eigenartig gekrümmter Lage in der Öffnung des Flugzeugbauches zu sehen, oberhalb des ausgefahrenen Fahrwerks. »Dieser noch nicht identifizierte Jugendliche wurde gestern Morgen von Bodentechnikern in Schönefeld im Fahrgestellkasten eines aus Tunis kommenden Air-France-Fluges entdeckt. Erfroren.«
»In der üblichen Reisehöhe von 10 000 Metern bei Passagierflugzeugen herrschen minus 50 Grad Celsius. Vom Sauerstoffmangel mal abgesehen, kann ein Mensch bei derartigen Umgebungstemperaturen höchstens …«, schaltete sich Murau ein.
»Danke, Herr Kollege Murau. Hier ist die dazugehörige Akte«, unterbrach Herzfeld den Österreicher barsch und schob ihm einen korallenroten Schnellhefter über den Tisch. »Sie sind genau der Richtige für diesen Fall. Frau Roth, Sie unterstützen unseren Ther-

moregulationsfachmann bitte bei der Obduktion. Und wir machen direkt weiter.«
Herzfeld schien es jetzt eilig zu haben. Er klickte die nächsten Bilder, die den toten blinden Passagier in verschiedenen Übersichts- und Detailaufnahmen und nach seiner Bergung aus dem Fahrgestell auf dem Boden des Flughafengeländes in einem noch nicht geschlossenen Leichensack zeigten, direkt weiter, bis ein Röntgenbild aus dem Computertomografen der Abteilung »Extremdelikte« zu sehen war.
Abel hörte nur noch mit einem Ohr zu. Er würde von Herzfeld zu keinem dieser beiden Fälle eingeteilt werden und hielt es für geboten, Moewig so schnell wie möglich über die neuesten Entwicklungen im Fall Lübben, nämlich über den Tod seines Mentors aus Jugendzeiten, zu informieren. Ohne das Geschehen um ihn herum im Besprechungssaal weiter zu verfolgen, tippte er eine kurze SMS in sein Blackberry. Moewig hatte ihm am Abend zuvor, als er sich in Abels Büro eines von dessen Hemden ausgeborgt hatte, kurz über sein früheres Verhältnis zu Hermann Lübben und auch über sein Wiedersehen mit dem alten Förderer am gestrigen Vormittag unterrichtet.
»Der dritte Fall für heute: Bauschaum, rektal appliziert«, referierte Herzfeld ungerührt weiter und registrierte anscheinend amüsiert die fragenden Gesichter seiner Mitarbeiter.
»Die CT-Bilder liegen schon vor, Herr Vogel hat den Leichnam heute Morgen durch den Computertomografen geschoben.« Er betätigte die Fernbedienung erneut. Auf der Leinwand erkannte Abel jetzt das Röntgenbild eines Magen-Darm-Trakts in Großaufnahme. Nur dass das, was sich den anwesenden Medizinern jetzt darstellte, sehr deutlich von einem Normalbefund abwich.
»Irgendjemand hat diesem Neuköllner Rentner, der vermutlich im Strichermilieu verkehrte und Jungs vom Schwulenstrich mit nach Hause nahm, den Enddarm und die sich daran anschließenden Dickdarmanteile mit Bauschaum austamponiert«, erklärte Paul Herzfeld das Röntgenbild. »Das LKA tappt noch ziemlich im Dunkeln, aber dass es Fremdeinwirkung war, daran ergibt sich auf-

grund des Spurenbildes in seiner Wohnung kein Zweifel. Genauer gesagt ist sein Rektum vom Schließmuskel an austamponiert mit …« – Herzfeld nahm die vor ihm liegende Akte zur Hand und las laut daraus vor – »… mit Einkomponenten-Montageschaum, bestehend aus Isocyanat und Polyol. Dass unser Opfer nicht an einem Darmverschluss verstorben ist, liegt wohl auf der Hand. Woran er gestorben ist, finden Sie, Frau Rath und Sie, Kollege Scherz, bitte heraus. Hier ist die Akte. Kollege Tomski ist auf Stand-by, falls es eine Sofortobduktion gibt. Auf geht's, an die Arbeit.«

Abel sah von seinem Blackberry auf, als sich die Kollegen erhoben und ihre Stühle dabei geräuschvoll nach hinten schoben.

Er hatte nur vier kurze Sätze an Moewig geschrieben und die Nachricht soeben abgeschickt. Alles Weitere würde er seinem Freund persönlich berichten.

Der Löwe hat gebrüllt. Hermann Lübben ist tot.
Sei vorsichtig. Saad-Clan.

Dann verließ er mit seinen Kollegen den Besprechungsraum und eilte zum Sektionssaal.

☠☠☠

54

Berlin,
Treptowers, BKA-Einheit »Extremdelikte«, Büro Dr. Fred Abel,
Donnerstag, 31. Juli, 16:03 Uhr

Abel las das von dem neuen automatischen Spracherkennungssystem der Abteilung generierte Sektionsprotokoll von Amir Saad, das er im Sektionssaal am Vormittag in das digitale

Aufnahmegerät diktiert hatte, bereits zum dritten Mal an dem Monitor seines PCs im Korrekturmodus. Er wusste, dass er jeden Satz auf die Goldwaage legen musste, insbesondere in seiner gutachterlichen Würdigung betreffend die Todesumstände von Amir Saad in der Rettungsstelle, ehe das Protokoll an die Ermittlungsbehörden rausging.

Generalstaatsanwalt Gabriel Fournier hatte Herzfeld übermitteln lassen, dass der Rechtsmediziner, der die Obduktion von Amir Saad federführend leitete, sich vor Abfassen des Sektionsprotokolls persönlich bei ihm melden sollte. Herzfeld hatte das strikt abgelehnt, wohl wissend, dass Fournier damit Einfluss auf das Obduktionsergebnis nehmen konnte. Daraufhin hatte der Generalstaatsanwalt Herzfeld angerufen und Druck auf ihn ausgeübt, was jedoch an dem geradlinigen Leiter der »Extremdelikte«, der nicht nur in Berliner Justizkreisen, sondern auch in der Bundespolitik sehr gut vernetzt war, abprallte. Allerdings hatte Herzfeld dem Generalstaatsanwalt zugesichert, dass er noch am heutigen Tag das Sektionsprotokoll von dem federführenden ersten Obduzenten vorab per Mail erhalten würde.

Gut, dass Herzfeld hier den Puffer gibt und sich wie immer schützend vor seine Leute stellt, dachte Abel. Auch er wusste, was der Generalstaatsanwalt mit seinem Anruf bei Herzfeld bezweckt hatte: Fournier wollte sich im Vorfeld absichern, dass der finale Obduktionsbericht keinerlei Überraschungen für ihn bereithielt. Denn für den morgigen Tag war um 15:00 Uhr eine Pressekonferenz zum Tod von Amir Saad angesetzt worden.

Abels Gedanken schweiften zu Sabine Yao. Sie hatte Abel nicht nur tatkräftig bei der Präparation des Operationssitus und der Rekonstruktion des – durch den chirurgischen Eingriff modifizierten – Schusskanals unterstützt. Sie hatte im richtigen Moment auch die entscheidenden kausalen Zusammenhänge aufgezeigt, die für die Beantwortung der zentralen Frage nach einem ärztlichen Behandlungsfehler bei Amir Saad essenziell waren.

Die Spannungen zwischen ihnen hatten ihn mehr mitgenommen,

als er sich eingestehen wollte. Und auch der wenige Schlaf der vergangenen Nacht steckte ihm noch in den Knochen.
Deshalb hatte er ihre fachlichen Überlegungen dankbar akzeptiert und ihren konstruktiven Austausch im Sektionssaal als sehr hilfreich empfunden. Von dem gestrigen Tag im Familiengericht oder von Mailin Zhou war zunächst überhaupt keine Rede gewesen.
Ein weiterer Umstand, für den Abel dankbar war. Während der Obduktion hatte es sich angefühlt, als hätte es nie einen Vorfall gegeben.
Erst bei der Verabschiedung im Sektionssaal hatte sich Sabine Yao nicht länger zurückhalten können.
»Fred, das, was du gestern im Familiengericht miterlebt hast, war noch nicht alles. Meine Schwester ist in Bonnies Ranch eingefahren. Sie hat noch in der Gefangenensammelstelle randaliert, wollte sich dann selbst verletzen.« Sabine Yao unterbrach sich.
Abel runzelte die Stirn.
»Sie hat immer wieder den Kopf gegen die Zellenwand geschlagen. Dann ist sie per richterlichem Beschluss in einer der geschlossenen psychiatrischen Frauenstationen in der Karl-Bonhoeffer-Nervenklinik untergebracht worden.«
Abel fuhr sich mit der Hand übers Gesicht. »Das tut mir leid«, flüsterte er, als wäre das alles seine Schuld.
Sabine Yao legte ihre Hand auf seine, sodass Abel ein ungewohntes Gefühl von Nähe überkam.
Sie schaute ihn ernst an. »Fred, dir muss nicht leidtun, dass dein Gutachten richtig war. Wir bewerten, was wir sehen. Das weiß ich doch auch. Aber es ist meine Schwester. Meine Familie. Und du hättest mir sagen müssen, dass du überhaupt dieses Gutachten angefertigt hast. Dass du es nicht getan hast, hat mich getroffen.« Sie schluckte. »Wir konnten uns immer aufeinander verlassen.«
Abel räusperte sich. »Das können wir auch immer noch. Ich wusste nicht … also … Ich meine, wir …«
Sabine Yao sah, wie ihr langjähriger Kollege sich schuldbewusst unter ihren Blicken wand. Dann erlöste sie ihn. »Wir können es

jetzt nicht mehr ändern. Es ist geschehen. Wir sollten ein wenig Zeit vergehen lassen. Es ist gerade alles etwas viel.«

Während Abel noch über das, was er da gehört hatte, nachdachte, war seine Kollegin schon grußlos aus dem Sektionssaal verschwunden. Abel hatte keine Anstalten gemacht, ihr hinterherzulaufen. Er hätte ihren Erklärungen auch gar nichts hinzufügen können, da ihm in diesem Moment schlichtweg nichts einfiel, womit er seine Kollegin hätte trösten und ihr irgendwie Mut hätte zusprechen können.

Abel versuchte jetzt, sein schlechtes Gewissen zu verdrängen und sich wieder auf das Sektionsprotokoll auf dem Monitor zu konzentrieren, aber seine Gedanken schweiften schon wieder ab. Diesmal zu Lars. Sein alter Freund hatte sich auf seine SMS zum Tod von Hermann Lübben immer noch nicht gemeldet. Abel hoffte inständig, dass es ihm gut ging und er nicht schon wieder in irgendeinem irrsinnigen Alleingang an die falschen Leute geraten war. Aber darum würde er sich später kümmern. Jetzt musste er das Sektionsprotokoll beenden und wie mit Herzfeld abgesprochen an Fournier schicken.

☠☠☠

Etwa vierzig Minuten später war Abel mit dem Resultat zufrieden. Er speicherte das Sektionsprotokoll in dem dafür vorgesehenen Ordner auf dem Desktop. Dann öffnete er sein E-Mail-Programm und verfasste eine Nachricht an Gabriel Fournier. In Kopie setzte er Herzfeld und Sabine Yao. Aber keineswegs nur, um die Kollegen zu informieren. Er wollte sich absichern. Nachdem er in der Betreffzeile

Todesermittlungsverfahren zum Nachteil Amir Saad

vermerkt hatte, schrieb er:

Sehr geehrter Herr Generalstaatsanwalt,

die Sektion des am heutigen Tag um 01:02 Uhr im Klinikum Benjamin Franklin der Charité auf der dortigen Rettungsstelle verstorbenen Amir Saad hat als Todesursache einen Bruststeckschuss ergeben.

Der Einschuss fand sich 158 Zentimeter oberhalb Fußsohlenniveau an der rechten Brustkorbvorderseite, vier Zentimeter oberhalb der rechten Brustwarze und elf Zentimeter rechts der Körpermittellinie. Der Schusskanalverlauf stellte sich bei der Obduktion geradlinig, annähernd horizontal, dar. Im Verlauf des Schusskanals wurde der rechte Lungenoberlappen von dem Projektil perforiert sowie die rechte Arteria subclavia großflächig eröffnet (s. u.), bevor es an der Innenseite des rechten Schulterblattes, das eine Trümmerfraktur aufwies, zur Projektilendlage kam. Für Einzelheiten sei auf das im Anhang befindliche Sektionsprotokoll verwiesen.

Der Verstorbene zeigte, trotz Gabe von vierundzwanzig Blutkonserven im Operationssaal, Zeichen eines massiven Blutverlustes mit ausgesprochen spärlichen Leichenflecken, Blässe der inneren Organe und Verblutungsblutungen unter der Herzinnenhaut der linken Herzkammer. Ursache für den Blutverlust war im Wesentlichen die fast vollständige Zerreißung der rechtsseitigen Arteria subclavia. Es fanden sich in der rechten Brusthöhle insgesamt 4,4 Liter flüssiges Blut.

Es kamen bei der Obduktion ferner Zeichen intensivmedizinischer Maßnahmen und eines gefäßchirurgischen Eingriffes an der rechten Arteria subclavia mit Übernähung des Gefäßwanddefektes durch ein Kunststoffpatch zur Darstellung (für weitere Einzelheiten sei auf die detaillierte Beschreibung unter den Ziffern 55 ff. im Sektionsprotokoll verwiesen).
Andere Zeichen einer äußeren Gewalteinwirkung, abgesehen

von den oben beschriebenen Folgen der Schusseinwirkung, fanden sich am Körper des Saad nicht.

Was die Frage nach einem ärztlichen Behandlungsfehler anbelangt, kann festgestellt werden, dass sich aufgrund der Obduktionsbefunde aus rechtsmedizinischer Sicht keine Hinweise auf einen solchen ableiten lassen.
Auch wenn die Krankenunterlagen des Saad den Obduzenten zum Zeitpunkt der Sektion nur auszugsweise vorlagen und auch lediglich der vorläufige Operationsbericht, ist zu konstatieren, dass es sich bei einer fast vollständigen traumatischen Durchtrennung der Arteria subclavia, wie im gegenständlichen Fall durch die Schussverletzung, um eine nicht mit dem Leben zu vereinbarende Verletzung handelt. Auch bei sehr frühzeitig einsetzender notfallmedizinischer Versorgung und sich direkt anschließender intensivmedizinischer und operativer Versorgung in einem Krankenhaus der Maximalversorgung liegt die Letalität bei dieser Art von Verletzung bei über 90 Prozent.

Im vorliegenden Fall ist aus rechtsmedizinischer Sicht festzustellen, dass die notärztliche Versorgung (sowohl am Einsatzort als auch während des Hubschraubertransports des Schwerverletzten) sowie die nachfolgende Behandlung des Saad in der Rettungsstelle der Charité zu jeder Zeit adäquat war und sich keinerlei Versäumnisse der behandelnden Ärzte feststellen lassen. Alle zur Behandlung des Patienten eingesetzten Maßnahmen entsprachen den aktuellen medizinischen Standards. Ebenso haben sich keine Anhaltspunkte für ein Unterlassen ergeben.
Insofern kann den behandelnden Ärzten nach hiesiger Einschätzung kein Behandlungsfehlervorwurf gemacht werden.

Als Nachtrag sei hier noch angemerkt, dass sich kein Schmauchnachweis im Bereich des Einschusses oder andere Nahschusszeichen nachweisen ließen. Zur Position des Schützen in Relation zur Position des Saad zum Zeitpunkt der Schussabgabe können derzeit noch keine Aussagen getroffen werden; dies ist einer ballistischen Rekonstruktion vorbehalten. Auch zum Waffentyp und der verwendeten Munition wird auf den späteren Bericht der Ballistik verwiesen.

Chemisch-toxikologische Untersuchungen von Körperflüssigkeiten und Proben aus den inneren Organen des Saad wurden eingeleitet, über deren Ergebnis zu einem späteren Zeitpunkt gesondert nachberichtet wird.

Mit freundlichen Grüßen

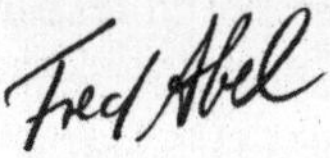

ABEL

Dr. med. Fred Abel
Stellv. Abteilungsleiter
Rechtsmedizin des Bundeskriminalamtes, Abt. für Extremdelikte

Das Sektionsprotokoll mit seiner elektronischen Signatur hängte Abel an seine Mail an.
Keine fünf Minuten später klingelte das Telefon in Abels Büro. Er sah auf das Display. Herzfeld.
»Fred, danke, dass du das so rasch erledigt hast.«
»Kein Problem.«
»Fournier sollte damit gut arbeiten können. Du hast ja ein eindeutiges und mehr als klares Statement bezüglich der Frage nach einem Behandlungsfehler von dem Clan-Spross abgegeben – insbesondere unter den Vorzeichen, dass die Saads einen Anwalt in den Ring geschickt haben, der angekündigt hat, die beteiligten Ärzte mit Klagen wegen fahrlässiger Körperverletzung und Beihilfe zum Mord durch Unterlassen zu überziehen.«

»Genau«, erwiderte Abel und wollte das Gespräch beenden.
»Fred, da ist noch etwas …«
»Ja?«
»Hast du dir den vorläufigen Operationsbericht zu Amir Saad angeschaut?«
»Ja, warum?«
»Hast du gesehen, wer einer der Operateure war?«
»Nein, ich weiß nicht, was du meinst«, erwiderte Abel und suchte in der Ermittlungsakte Saad den OP-Bericht.
»Dr. Michael Heumann«, kam Herzfeld seinem Stellvertreter zuvor. »Der Kollege, der uns auch schon wegen der Toten aus dem Leichenschauhaus beschäftigt, die dann auf wundersame Weise wieder zum Leben erwachte. Heumann war einer der Operateure, unter dessen Händen Amir Saad starb. In der Haut dieses Mannes möchte ich jetzt wirklich nicht stecken. Aber wahrscheinlich ist das alles nur ein blöder Zufall.«

☠☠☠

55

Berlin, Marzahn-Hellersdorf,
Wohnung von Mailin Zhou,
Donnerstag, 31. Juli, 17:25 Uhr

Sabine Yao hatte versucht, ihre Schwester in der Karl-Bonhoeffer-Nervenklinik zu besuchen. Sie hatte gehofft, dass sich – je nach Mailins psychischem Zustand – dabei die Gelegenheit für ein klärendes Gespräch ergeben würde. Auch darüber, wie sich Mailin ihre und die Zukunft ihrer kleinen Familie vorstellte. Aber dazu war es nicht gekommen. Nachdem sie sich für den Besuch auf der geschlossenen psychiatrischen Frauenstation angemeldet hatte, musste sie geschlagene vierzig Minuten warten, um dann zu erfahren, dass Mailin sie nicht sehen wollte – wie ihre Schwester mehrfach mit stummem Kopfschütteln einem Pfleger bedeutet hatte.

Eine Ärztin, die sich trotz der Hektik auf der Akutstation ein paar Minuten für sie Zeit nahm, berichtete ihr, dass sich Mailin unter dem Einfluss von starken Psychopharmaka zwar beruhigt hatte und keine autoaggressiven Tendenzen mehr zeigte, jedoch seit ihrer gestrigen Aufnahme in der Klinik kein Wort gesprochen hatte. Mit niemandem. Sie sei immer wieder phasenweise völlig stuporös, hatte die Psychiaterin gesagt, und Sabine Yao wusste, dass sich hinter diesem Fachbegriff auch ein Akutsymptom einer Schizophrenie verbergen konnte.

Sabine Yao hatte dann einem älteren Pfleger mit fahler Gesichtshaut, die von tiefen Aknenarben durchsetzt war, die Plastiktüte mit Mailins persönlichen Sachen ausgehändigt.

Anschließend war sie fassungslos und mit versteinerter Miene auf dem Besucherparkplatz in ihren Mini gestiegen und nach Neukölln in die Kriseneinrichtung gefahren, wo Mailins unverletzte Tochter zurzeit mit vier anderen Kindern in einer betreuten Wohngruppe in der Familie eines Sozialarbeiters lebte. Sina war zunächst sehr schüchtern gewesen und hatte diesmal zurückhaltend auf den Besuch ihrer Tante reagiert, war dann aber etwas aufgetaut, und gemeinsam hatten sie ein einfaches Holzpuzzle zusammengelegt. Sina war die ganze Zeit ihr gegenüber auffällig schweigsam gewesen, und als sie sich von der Kleinen verabschiedete, blieben die Tränen aus. Sabine Yao wusste nicht, was sich schlimmer anfühlte. Auf der Fahrt nach Marzahn, wo sie Mailins Krankenkassenkarte holen wollte, die sie gestern in der Hektik vergessen hatte einzupacken, musste sie immer wieder an die kleine Sina denken. Schließlich hatte sie versucht, Mailins Anwältin telefonisch zu erreichen, um mit ihr das weitere Vorgehen zu besprechen, war aber von der fröhlich flötenden Stimme einer Sekretärin darüber informiert worden, dass die Anwältin bereits nicht mehr im Hause sei und sie es doch am nächsten Tag erneut versuchen solle.

Auf dem Weg durch den dichten, zähen Berufsverkehr war Sabine Yao in Gedanken noch einmal Schritt für Schritt die Obduktion des erschossenen Clan-Mitglieds Amir Saad durchgegangen und kam, als sie auf den Parkplatz vor Mailins Wohnblock fuhr, zu dem Schluss, dass sie und Abel alles richtig gemacht hatten.
Sie stellte den Motor ab, ergriff ihre Handtasche und verließ den Wagen. Mit eiligen Schritten stieg sie die Stufen zum Eingang hinauf. Im Hausflur des anonymen Hochhausblocks kam ihr eine Horde lärmender Kinder entgegen, die allerdings keine Notiz von ihr nahmen. Grölend rannten sie an ihr vorbei. Im Briefkasten ihrer Schwester war wieder keine Post. Sabine drückte auf den Fahrstuhlknopf nach oben.
Hoffentlich finde ich schnell die Karte ... Und dann nichts wie ab nach Hause, dachte sie und trat in die enge Fahrstuhlkabine, in der die abgestandene Luft der letzten Sommertage zu stehen schien.
In der zwölften Etage angekommen, zog sie den Wohnungsschlüssel aus ihrer Handtasche und drehte den Schlüssel im Schloss. Mit einem Knacken sprang die Falle im Schloss zurück, und die Tür öffnete sich. Die Wohnungstür war nicht verschlossen gewesen.
Merkwürdig, dachte Sabine Yao. *Ich könnte schwören, dass ich gestern Abend abgeschlossen habe.*
Als sie die Wohnung betrat, befiel sie plötzlich ein seltsames Gefühl. Irgendetwas war anders. Als wäre die Luft über Nacht ausgetauscht worden, als hätte sich etwas in der Atmosphäre der Wohnung verändert.
»Hallo?«, sagte Sabine Yao vorsichtig und ärgerte sich im selben Moment über ihr Verhalten. *Wer soll schon hier sein? Nur Mailin und ich besitzen einen Wohnungsschlüssel.*
Sie drückte die Wohnungstür hinter sich zu und ging mit langsamen Schritten durch den schmalen Flur. Dort war nichts Ungewöhnliches festzustellen. Auch in der Küche war alles immer noch so, wie sie es am Vorabend hinterlassen hatte.
Sie ging zurück in den Flur. Auf dem Boden lag etwas. Sie bückte sich und hob das Foto auf. Es war das Familienbild, das Thanh,

Mailin und ihre beiden Töchter bei ihrem Ausflug in den Spreewald zeigte. Das Foto aus glücklichen Tagen der Familie Zhou. Es war vom Spiegel herabgefallen. Langsam beugte sich Sabine Yao nach unten, griff nach der Aufnahme und hob sie auf. Doch sie schob das Foto nicht wieder an seinen ursprünglichen Platz, sondern steckte es in ihre Handtasche. *Ich werde es Mailin mitbringen, bei meinem nächsten Besuch,* beschloss sie. *Hier wird es für längere Zeit niemand mehr anschauen.*

Flüchtig sah sie ins Schlafzimmer. Es herrschte dort immer noch dasselbe Chaos: benutzte und frische Kleidung über das Bett verstreut, die eine Schranktür stand offen. *Wie gestern.*

Sabine ging weiter in das Wohnzimmer. Hier spürte sie es wieder. Ein Gefühl, das sie nicht richtig erfassen, nicht deuten konnte. Wie ein Widerstand in der Luft. Als würde sie durch eine hauchdünne Wand gehen. Etwas war anders. Da war sie sich jetzt sicher.

Sie steuerte auf die Couch zu, auf der sie am Abend zuvor vor Erschöpfung eingeschlafen war, und ließ sich in die Polster fallen. Vor ihr die große Schrankwand, in der vereinzelt ein paar Bücher, einige DVDs mit Kinderfilmen und ein Strauß Plastikblumen standen. Ihr Blick fiel auf den wuchtigen Sessel, auf dem Mailin gestern Morgen wie ein Häufchen Elend gesessen und bitterlich geweint hatte. Das schwere Möbelstück stand leicht schräg gegenüber der Couch, mit der Rückseite der breiten Lehne zur Schrankwand. Sie erinnerte sich, wie schwer das Mistding gewesen war, als sie es Montagmorgen, um den neuen Teppich auszulegen, und gestern Abend, um darunter Staub zu saugen, verschoben hatte.

Irgendwie ist das merkwürdig. Stand der Sessel gestern nicht anders?

Irritiert runzelte Yao die Stirn. Sie machte zwei zaghafte Schritte auf das Möbelstück zu und befühlte den angenehm kühlen Kunstlederbezug. *Der stand doch gestern viel weiter in der Mitte, nicht so weit links?*

Ihr Blick fiel auf den neuen Sisalteppich.

Auf der Faserstruktur des Teppichs waren deutlich die Eindellungen zu sehen, die die Füße des schweren Sessels dort hinterlassen hatten. Doch daneben, etwa zwei Zentimeter entfernt, befanden sich jetzt weitere Eindrücke auf der Teppichoberfläche. Nicht ganz so tief. Aber deutlich zu erkennen. Sie wusste genau, dass sie gestern nach dem Staubsaugen den schweren Sessel an exakt den Ort zurückgewuchtet hatte, wo er sich zuvor befunden hatte. Dort, wo sich die Abdrücke im Teppich befanden.

»Was ist denn hier los?«, fragte sie sich selbst halblaut. *Der Sessel wurde offensichtlich, nachdem ich hier war, noch einmal verschoben. Aber wie kann das sein?*

Sie machte ein paar Schritte rückwärts, als müsse sie Abstand bekommen, um klare Gedanken fassen zu können.

Die offene Wohnungstür gestern, das herabgefallene Foto, der verschobene Sessel.

Sabine Yao zwang sich zu gedanklicher Disziplin. *Was weiß ich, was ich gestern Abend im Zustand meiner völligen Erschöpfung hier gemacht habe. Meine Wahrnehmung spielt mir einen Streich. Hier war in den letzten vierundzwanzig Stunden niemand außer mir. Das ist unmöglich …*

Sie betrachtete gedankenversunken die Schrankwand hinter dem Sessel.

Und entdeckte eine hellgraue Sporttasche. Sabine Yao zuckte zusammen, als hätte das Gepäckstück sie angesprungen. Die Sporttasche stand links neben der großen, fast die ganze Zimmerwand einnehmenden Schrankwand, als hätte ein Reisender sie dort abgestellt und dann vergessen.

Die Tasche. Sie war am Abend zuvor noch nicht da gewesen. Das wusste Sabine Yao ganz sicher, aber irgendwo hatte sie diese Sporttasche schon einmal gesehen.

☠☠☠

56

Berlin,
Treptowers, BKA-Einheit »Extremdelikte«,
Kriminaltechnisches Labor,
Donnerstag, 31. Juli, 17:34 Uhr

Nach dem Telefonat mit Herzfeld hatte Abel einige Zeit in seinem Büro vor sich auf die Schreibtischplatte gestarrt, in der Hoffnung, irgendeinen Zusammenhang zwischen den beiden Todesfällen zu erkennen, in die Dr. Michael Heumann involviert gewesen war. Aber er konnte kein Muster darin entdecken.

Dann hatte er spontan beschlossen, Fuchs die versprochene Flasche Wein im Labor vorbeizubringen und in den klimatisierten Laborräumen nicht nur Abkühlung, sondern auch Ablenkung zu suchen. Möglicherweise hatte Fuchs bereits ein Ergebnis für das DNA-Profil von Lars' Angreifer aus dem Görlitzer Park.

Als Abel im DNA-Labor ankam, bestückte Fuchs gerade einen DNA-Sequenzierautomaten mit neuen Proben. Er drehte sich um und nickte Abel mit ernster Miene zu. Noch nicht einmal die Flasche hochpreisigen italienischen Rotweins, die Abel ihm hinhielt, konnte seine Stimmung aufhellen.

»Fred, gut, dass du gekommen bist, ich hätte dich sowieso gleich angerufen. Lass mich das hier kurz fertig machen, dann reden wir«, sagte er. »Und danke für die Flasche. Du weißt, dass das nicht nötig gewesen wäre«, schob er noch hinterher.

Abel zog sich einen der Drehhocker heran, die seitlich vor dem Gerätepark in dem schlauchförmigen Laborraum standen, und setzte sich.

»Kein Stress, Henry.«

Nach der Bestückung des Sequenzierautomaten startete Fuchs das Gerät über einen danebenstehenden PC und ließ seine Hände demonstrativ in den Taschen seines Kittels verschwinden, als würde er einen Zaubertrick aufführen wollen. »Ich habe die Untersu-

chung des Hemdes von deinem alten Bundeswehrspezi abgeschlossen«, sagte er.
»Und?«, fragte Abel angespannt.
Fuchs zog mit ausladender Handbewegung, als würde er ein Kaninchen aus einem Zylinder hervorzaubern, aus der rechten Kitteltasche einen kleinen weißen Notizzettel und hielt ihn Abel vor die Nase. Darauf stand handschriftlich in Druckbuchstaben ein Name.

ABDELKARIM SAAD

»Das ist der Herr, der sich spurenmäßig auf dem Textil von Herrn Moewig verewigt hat«, erklärte Fuchs mit seiner tiefen Stimme und ließ den Zettel wieder in der Kitteltasche verschwinden.
Abel war sprachlos. *Ich muss sofort Lars informieren.*
»Der Name Saad war mir bis vorhin kein Begriff, aber ich habe mal recherchiert …«, hob Fuchs an, wurde aber von Abel, der seine Sprache wiedergefunden hatte, unterbrochen.
»Verdammt. Hier treffen gerade sehr viele Ereignisse zusammen, die möglicherweise in irgendeinem Zusammenhang stehen. Denn ein anderer Saad, vermutlich der Bruder von Moewigs Sparringspartner aus dem Görli, ein Amir Saad, liegt unten in einem unserer Kühlfächer. Erschossen.«
Fuchs sah Abel völlig entgeistert an. »Moewig?«
»Hat nichts damit zu tun«, erwiderte Abel eilig. »So viel ist sicher. Der Schütze ist bekannt. Er hat sich danach selbst erschossen. Aber der Fall ist problematisch. Fournier wird morgen zu der Sache eine Pressekonferenz geben.«
Fuchs spitzte die Lippen. »Was ich vorhin sagen wollte: Ich habe mich, als der Name Abdelkarim Saad auftauchte, mal schlaugemacht, was das für ein Früchtchen ist. Dank des Zugangs in die Datenbanken unserer und anderer Behörden weiß ich jetzt ziemlich genau, wer die Saads sind. Und sie sind mit allen Wassern gewaschen. Herr Moewig sollte sich unbedingt von denen fernhalten, aber das weißt du sicher schon. Man muss wahrscheinlich in dieser

Stadt lange suchen, bis man noch größere und gefährlichere Typen findet.«

Abel nickte. *Ja, das stimmt. Ich muss dringend mit Lars sprechen. Und ich wünschte, ich wüsste es besser, aber leider kenne ich Lars zu gut. Wenn der sich erst mal in eine Sache verbissen hat, ist er wie ein Pitbull, der nicht mehr loslässt.* Er erhob sich.

Lisa würde heute Abend wieder ohne ihn auskommen müssen. Er hatte soeben beschlossen, zu Lars zu fahren, um ihn eindringlich vor weiteren Alleingängen zu warnen. Auf seine Nachricht hatte er sich schließlich immer noch nicht gemeldet.

»Vielen Dank, Henry«, sagte Abel.

»Wofür?«

Fuchs war schon wieder derart in seine Arbeit an einem anderen Laborgerät vertieft, als wären die vergangenen Minuten wie eine Szene aus einem Film herausgeschnitten worden und hätten niemals stattgefunden.

☠☠☠

57

Berlin, Marzahn-Hellersdorf,
Wohnung von Mailin Zhou, Wohnzimmer,
Donnerstag, 31. Juli, 17:44 Uhr

Sabine Yao betrachtete die Sporttasche: Nylonoberfläche, kein Markenname oder irgendein anderer Schriftzug an der Außenseite. Sehr wahrscheinlich ein günstiges Modell. Mit einem zaghaften Griff hob sie die Tasche an und prüfte ihr Gewicht. Sie schien leer zu sein. Sabine stellte sie auf den wackeligen Couchtisch und zog den Reißverschluss an der Oberseite mit einem surrenden Geräusch auf. Tatsächlich, die Tasche war völlig leer. Dennoch begann ihr Herz zu

klopfen. Sie überlegte fieberhaft. *Ich habe das Teil schon einmal irgendwo gesehen. Nur wo? Und bei welcher Gelegenheit?*
Sabine Yao ließ sich wieder auf die Couch sinken. Sie zermarterte sich ihr Gehirn. *Wo habe ich diese Tasche schon einmal gesehen?*
Und dann meldete sich ihr Gedächtnis. *Der Typ im Hausflur! Gestern Abend, als ich die Wohnung verließ. Der Mann mit dem Vollbart, der mir aus dem Fahrstuhl entgegenkam. Graue Jogginghose, T-Shirt, Sneakers. Er hatte etwas in der Hand. In seiner linken Hand hatte er …*
Sabine Yao hielt inne. Die Bilder vor ihrem geistigen Auge wurden klarer. Sehr viel klarer.
Er hatte diese Tasche bei sich!
Ihr wurde schwindelig.
Was geht hier vor? Was macht dieser Typ in Mailins Wohnung? Und wie ist er überhaupt reingekommen?
Das ergab alles keinen Sinn.
Sie stellte die Sporttasche fast wie in Zeitlupe wieder neben die Schrankwand.
Die Wohnung ihrer Schwester machte ihr auf einmal Angst. Sie brauchte Hilfe. Jemand musste von außen mit frischem Blick auf die Ereignisse schauen. Sie brauchte einen Vertrauten.
Und sie wusste auch, an wen sie sich wenden würde. Es war sowieso höchste Zeit, dass sie wieder zu der Einheit wurden, die sie in beruflicher Hinsicht vor Siaras Verletzung immer gewesen waren.
Eilig verließ sie die Wohnung.

☠☠☠

58

Berlin-Neukölln,
Sonnenallee,
Freitag, 1. August, 14:51 Uhr

Neukölln hatte in den letzten Jahren konsequent jeglicher Veränderung getrotzt – im Gegensatz zu anderen Berliner Stadtteilen wie Kreuzberg oder Wedding, die früher den Ruf des Schmuddeligen und Verruchten gehabt hatten. Mittlerweile wurden diese Stadtteile von jungen Hipster-Familien bevölkert und machten durch immer neue Gastronomieerlebnisse von sich reden, ob vegane Soulfood-Restaurants oder vegetarische Dönerläden, die damit warben, dass sie ihr Geschirr mit mikroplastikfreiem Spülmittel reinigten. Neukölln hingegen war das geblieben, was es immer gewesen war: ein Problemkiez. Hohe Arbeitslosigkeit, Straßengangs, und in einigen Straßenzügen nicht nur nachts eine No-go-Area für Streifenwagen oder Fußstreifen uniformierter Polizeibeamter.

Moewig schlenderte die Sonnenallee entlang, die große Hauptverkehrsader Neuköllns, von vielen Berlinern auch die »arabische Straße« genannt. Die Sonnenallee war und blieb die Arterie einer Parallelkultur, vom Zeitgeist gemieden: Arabische Imbisse reihten sich an Handyshops, Eineuroshops, Shishabars, Gemüseläden und Spielotheken. Über neunzig Prozent der Geschäfte und Läden hier waren fest in arabischer Hand. In den Achtzigerjahren waren viele Bürgerkriegsflüchtlinge aus dem Libanon nach Berlin gekommen und hatten im Westberliner Stadtteil Neukölln eine Heimat gefunden, dessen Erscheinungsbild sie nachhaltig prägten. Eine kleine Stadt mit ihrer eigenen Kultur innerhalb der deutschen Hauptstadt.

Es war brütend heiß, die warme Luft war zum Schneiden, es wehte kein Lufthauch. Moewig fühlte sich schlecht. Jeden Schritt auf dem in der Sonne glitzernden und mit Kaugummiresten gepflasterten Asphalt empfand er als Verrat an seinem Freund Fred. Wie zur

Strafe schmerzte jede seiner Bewegungen. Die Wirkung der Handvoll Schmerztabletten, die er am Morgen eingeworfen hatte, ließ schon wieder nach. Die Qualen, die von seinen gebrochenen Rippen ausgingen, waren eigentlich Warnung genug, dass sein Vorhaben äußerst unvernünftig war. Aber er wischte diesen Gedanken schnell beiseite.
Fred war gestern Abend bei ihm in seiner kleinen Souterrainwohnung im Wedding gewesen und hatte ihm berichtet, was Dr. Fuchs' Analyse und Recherche in der DNA-Datenbank ergeben hatten. Abdelkarim Saad – *so hieß* sein Angreifer aus dem Görlitzer Park. Abel hatte ihn auch über die neuesten Entwicklungen im Mordfall Moritz Lübben unterrichtet. Dass Hermann Lübben zunächst Amir Saad, einen Bruder von Abdelkarim Saad, und dann sich selbst erschossen hatte. Moewig hatte sich von Abel die Todesumstände von Amir Saad und alles, was er über die Geschehnisse in Lübbens Wohnhaus am Schulzensee wusste, detailliert schildern lassen. Die Herkunft der Schusswaffe – eine Walther P99 – war für die Ermittler noch unklar. Ob der alte Lübben die nicht registrierte Waffe zu seinem Schutz im Haus gehabt hatte oder ob Amir Saad sie mitgebracht hatte und Lübben sie ihm hatte abnehmen können, lag für die Beamten der Mordkommission noch im Dunkeln. Jedoch nicht für Moewig. Er wusste, dass es sich nur um die Waffe aus dem schwarzen Reisekoffer im Kofferraum von Moritz Lübbens BMW handeln konnte. Er machte sich Vorwürfe, dass er sie nicht an sich genommen oder die Polizei direkt über seinen Fund informiert hatte.
Amir Saads Begleiter, der ihn nach eigenen Angaben zu Hermann Lübben an den Schulzensee gefahren hatte, hatte den vernehmenden Beamten gegenüber gesagt, dass Amir Saad ein Bekannter von Hermann Lübben gewesen sei. Amir Saad hätte Lübben spontan besuchen wollen.
Klar, ein Besuch unter Freunden, in den späten Abendstunden. Wenige Tage nach dem Mord an Moritz Lübben. Lächerlich, dachte Moewig verbittert.

Fred hatte ihn abschließend noch über die neuesten beunruhigenden Details über Abdelkarim Saad als Anführer des Mobs in der Rettungsstelle der Charité informiert.
Alle Ereignisse der letzten beiden Tage mündeten in diesem einen Familiennamen: Saad.
Abel hatte ihn eindringlich gewarnt, sich nicht weiter mit den falschen Leuten anzulegen und die Polizei und Bundesbehörden ihre Arbeit machen zu lassen. Schließlich war die offensichtliche Verwicklung der Saads in den gewaltsamen Tod von Moritz Lübben und den Vorfall in Groß Köris, der mit dem Tod von Amir Saad und Hermann Lübben endete, mehr als offensichtlich. Und es war auch offensichtlich, dass die Saads nicht davor zurückschreckten, unliebsame Zeitgenossen umzubringen.
Moewig schwitzte unter der grünen Bomberjacke. Er hatte seinen Lada in einer Nebenstraße vor einer der Neuköllner Hinterhof-Moscheen geparkt und sich von dort aus zu Fuß zu seinem Ziel aufgemacht. Die viel zu warme Fliegerjacke war ein notwendiges Übel, denn nur so ließ sich die Stichschutzweste, die er darunter trug, verbergen. Die Stichschutzweste hatte ihm ein befreundeter Bereitschaftspolizist geschenkt. Bei Schüssen würde sie ihm zwar kaum helfen, aber die Chance, eine Messerattacke zu überleben, stieg durch das Tragen der Weste ungemein.
Ich muss das tun. Ich muss zu Ende bringen, was ich Hermann Lübben versprochen habe, versuchte Moewig seine Zweifel zu zerstreuen und beschleunigte seine Schritte, soweit es die Schmerzen im Brustkorb zuließen.
Mein Treffen mit dem Patron am Schulzensee – ein Treffen von zwei Vätern. Zwei Väter, die ihre Kinder verloren haben. Zwei Väter, von denen jetzt – zwei Tage später – nur noch einer am Leben ist … Im Freitod seines früheren Förderers und Mentors Hermann Lübben erkannte sich Moewig wieder. Auch er war nach dem Tod seiner Tochter Lilly an diesen Punkt gekommen und hatte sich nur langsam wieder aus dem Morast der Suizidgedanken herauskämpfen können. Hermann Lübben hatte sich jedoch für den anderen Weg

entschieden. *Sein gutes Recht,* dachte Moewig. *Aber es ist auch mein Recht, zu hinterfragen, wie es dazu gekommen ist. Wieso es gerade an dem Abend, als Amir Saad bei ihm war, dazu gekommen ist, dass sich Hermann Lübben das Leben nahm. Und es ist meine Aufgabe, für Gerechtigkeit zu sorgen. Das bin ich dem Patron schuldig.*
Der ehemalige Fremdenlegionär passierte gedankenversunken die Geschäfte, Shishabars und Cafés der Sonnenallee, die an diesem heißen Sommertag wie ausgestorben dalagen.
Noch zwei Blocks, dann müsste ich da sein.
Er blickte im Vorbeigehen in ein Schaufenster eines afrikanischen Friseurs: Dreadlocks, Perücken, Haarverlängerungen, Haarglättung.
Ein weiteres Mal liege ich nicht vor euch im Dreck, dachte er entschlossen.
Er ging weiter, verlangsamte seine Schritte.
Noch ein Block.
Moewig wirkte auf unbeteiligte Beobachter nicht wie ein Mann, der über Leben und Tod sinnierte, sondern eher wie ein schlendernder Spaziergänger, der in diese Ecke der Stadt gehörte.
Es hatte ihn nur einen Anruf bei einem Bekannten, der ihm noch einen Gefallen schuldig gewesen war, gekostet, um herauszufinden, wo sich die Schaltzentrale des Saad-Clans in Berlin befand.
Da, das da ist es. Das Café Rayak. Sonnenallee 204.
Die Höhle des Löwen.

☠☠☠

59

Berlin,
Treptowers, BKA-Einheit »Extremdelikte«, Büro Dr. Fred Abel,
Freitag, 1. August, 14:58 Uhr

Als Abel am Morgen das Haus in Grünau verlassen hatte, schlief Lisa noch. Gestern Abend hatten sie sich auch nicht mehr im wachen Zustand gesehen, da er erst gegen 23 Uhr von Lars zurückgekehrt war. Abel fuhr inzwischen morgens noch früher los als sonst. Die Verkehrsstaus waren mittlerweile unerträglich geworden. Es schien, als würden auf jede abgeschlossene Baustelle in Berlin zwei neue folgen. Wie bei Hydra, dem Monstrum aus der griechischen Mythologie, bei dem aus dem Stumpf jedes abgeschlagenen Kopfes zwei neue herauswuchsen. Im Schneckentempo hatte sich auch heute Morgen die Blechkarawane der Pendler in die Stadt geschoben.

Sein Arbeitstag in der rechtsmedizinischen Abteilung »Extremdelikte« des BKA hatte unspektakulär begonnen und keine besonderen Herausforderungen für Abel bereitgehalten. Herzfeld hatte in der Frühbesprechung abgelenkt gewirkt, und Abel hatte den Falldarstellungen seines Chefs kaum Aufmerksamkeit geschenkt. Die für diesen Tag geplanten Sektionen hörten sich nicht gerade spektakulär an, und Abel war froh gewesen, als er nicht für den Sektionssaal eingeteilt wurde. Er war nach den turbulenten Tagen für etwas Ruhe dankbar.

Nach der Frühbesprechung hatte er sich sofort in sein Büro zurückgezogen und zunächst vier Sektionsprotokolle von Todesfällen, die er in der vorangegangenen Woche untersucht hatte, sowie einen Leichenfundortbericht korrigiert. Außerdem hatte er zahlreiche Telefonate mit BKA-Kollegen in Wiesbaden und aus verschiedenen rechtsmedizinischen Instituten im deutschsprachigen Raum geführt, bei denen es um Qualitätsmanagement und die bevorstehende Akkreditierung ihrer Abteilung ging. Eine unliebsame

Aufgabe, die Herzfeld seinem Stellvertreter gemeinsam mit Oberarzt Dr. Scherz überantwortet hatte.
Mit einer Tasse Kaffee richtete er sich jetzt vor seinem Rechner ein und startete den Livestream der Behörde – die Übertragung der Pressekonferenz der Generalstaatsanwaltschaft zum Tod von Amir Saad.
Auf dem Rechner erschien ein pulsierender Pfeil.

Bitte haben Sie noch einen Augenblick Geduld

Genau um 15:00 Uhr wechselte das Bild auf dem Monitor zur PK. Die fest montierte Kamera im Presseraum der Generalstaatsanwaltschaft fing einen langen Tisch ein, an dem sich hinter für den Zuschauer unlesbar kleinen Namensschildern die Behördenvertreter platzierten. Zwischen den Namensschildern waren die üblichen Mikrofontrauben der Presse postiert.
Sie haben Angst vor Journalisten und laden deshalb alle ein, ihnen unbequeme Fragen zu stellen. Na, herzlichen Glückwunsch, dachte Abel und trommelte mit den Fingern auf der Schreibtischplatte. Er erkannte die Berliner Polizeipräsidentin sowie einige Mitglieder ihres Stabes. Den Leiter des Landeskriminalamtes, flankiert vom Leiter des LKA 4, Organisierte Kriminalität, und dem stellvertretenden Leiter des LKA 1, »Delikte am Menschen«. Den Innensenator und seine Sprecherin. Den Ärztlichen Direktor der Charité, ein hagerer Marathon-Mann. Exzellenter Mediziner und gewiefter Manager. Als Letzter schob sich Generalstaatsanwalt Gabriel Fournier ungelenk und behäbig an seinen Platz in der Mitte der Gruppe. Er trug als Einziger auf dem Podium keine Krawatte. Fourniers Gesicht glänzte, in der Hand trug er einen Stapel Papiere, die er vor sich ablegte und dann nervös glatt strich.
Schon wieder etwas an Gewicht zugelegt, Herr Fournier?, frotzelte Abel innerlich. Es würde in diesem Leben sicherlich nicht mehr passieren, dass sie Freunde wurden. Seit Fournier von seinen Unterstützern aus der Politik auf seinem Posten als Generalstaatsan-

walt inthronisiert worden war, war er Abel nicht sympathisch gewesen. Das beruhte auf Gegenseitigkeit. Fournier war Abel, aber auch Herzfeld, schon bei einigen Gelegenheiten auf die Füße getreten, hatte sich in rechtsmedizinische Fragen eingemischt und dabei mehrfach seine Kompetenzen überschritten. Man konnte manchmal die politischen Fäden, die Fournier wie eine willfährige Marionette zu steuern schienen, regelrecht mit bloßem Auge sehen.
Nun beugte sich Fournier nach vorn und justierte sein Mikro. Die Pressekonferenz begann.
»Meine Damen und Herren, ich begrüße Sie zur öffentlichen Erklärung betreffend die Vorfälle in der Rettungsstelle des Klinikums Benjamin Franklin der Charité in der Nacht vom dreißigsten auf den einunddreißigsten Juli und zu dem mutmaßlichen Tötungsdelikt eines in den frühen Morgenstunden des einunddreißigsten Juli verstorbenen staatenlosen Mannes libanesischer Herkunft«, leierte Fournier seinen Text herunter. »Wir werden Ihnen den Sachverhalt, so wie er sich uns bisher darstellt, in dieser Erklärung schildern, und stehen im Anschluss für Fragen zur Verfügung. Lassen Sie mich Ihnen aber gleich sagen, dass die möglichen Hintergründe der eigentlichen Tat, in deren Folge der junge Mann libanesischer Herkunft verstarb, *nicht* Gegenstand dieser Pressekonferenz sind. Hier wollen wir zunächst die Ermittler des Landeskriminalamtes ihre Arbeit machen lassen, ehe wir Ihnen die Ermittlungsergebnisse präsentieren. Im Vordergrund sollen deshalb heute die rechtsmedizinischen Erkenntnisse und die Aufarbeitung des Vorfalls in der Rettungsstelle der Charité stehen.«
Abel seufzte und nahm gerade einen Schluck aus seiner Kaffeetasse, als es an seiner Bürotür klopfte. Irritiert blickte er auf. *Ungünstiger Zeitpunkt.* »Ja, bitte«, sagte er laut und vernehmlich.
Die Tür öffnete sich, und Sabine Yao streckte zögerlich den Kopf herein.
»Darf ich?«, fragte sie.
Abel nickte. »Komm rein, Sabine. Ich verfolge gerade die PK der

Generalstaatsanwaltschaft zum Fall Amir Saad. Bitte setz dich. Schau dir das mit an.«

Er deutete auf einen Besucherstuhl vor seinem Schreibtisch.

Sabine Yao ergriff den freien Stuhl und setzte sich neben Abel vor den Monitor.

Sie trug ihre glänzenden schwarzen Haare zu einem losen Zopf gebunden, allerdings war Abel in der Frühbesprechung bereits aufgefallen, dass sie müde aussah. Abwesend hatte sie während der Frühbesprechung in ihrem Tee gerührt. Ihre Wangen wirkten eingefallen, und die Blutgefäße ihrer Augenlider zeichneten sich wie blassblaue Fäden auf der bleichen Haut ab. Von der Vitalität des gestrigen Tages war nichts übrig geblieben, als hätte sie all ihren wiedergefundenen Elan schon aufgebraucht.

Sabine Yao stemmte die Ellbogen auf die Schreibtischplatte vor ihr, legte das Kinn in ihre Handflächen und verfolgte das Geschehen auf Abels Bildschirm.

Der Generalstaatsanwalt hatte gerade das Wort an die Polizeipräsidentin übergeben, die in kurzen, stakkatoartigen Sätzen von den Geschehnissen und dem Einsatz ihrer Beamten in der Rettungsstelle der Charité berichtete. Wobei sie wohlweislich das Wort Clan vermied, wie Abel feststellte.

Sabine Yao wirkte verloren, wie sie so auf den Monitor blickte. Als ob sie durch ihn hindurch ins Leere starrte.

Die Polizeipräsidentin deklinierte gerade die Anzahl der zur Anzeige gebrachten Straftaten gegen die zur Personenfeststellung vorläufig festgenommenen achtundfünfzig Personen herunter, als Abel seine Kollegin ansprach.

Sie zuckte zusammen, schien völlig abwesend zu sein.

»Die PK ist sicherlich bald vorbei, dann bin ich ganz bei dir. Wie geht es deiner Schwester?«, fragte er vorsichtig.

Sabine Yao sah zu Abel herüber.

»Ich hoffe besser?«, schob er noch nach.

»Sie will mich nicht sehen. Die Ärzte, das Pflegepersonal … Die haben Schwierigkeiten mit ihr«, erklärte sie mit brüchiger Stimme.

Abel nickte stumm.
In der Pressekonferenz hatte nun Generalstaatsanwalt Gabriel Fournier wieder das Wort.
»Die Generalstaatsanwaltschaft und die ermittelnden Polizeibehörden sehen die Ursache des Vorfalls in der Charité zweifellos in der Einlieferung eines staatenlosen Mannes, libanesischer Herkunft und seit frühester Jugend in Berlin ansässig, der dem direkten Umfeld der Organisierten Kriminalität zuzuordnen ist. Er verstarb wenige Stunden nach seiner Aufnahme an einer Schussverletzung. Bei dem Toten handelt es sich um Amir Saad.«
Sabine Yao stöhnte auf. Sie schien jetzt etwas gefasster und wieder im Hier und Jetzt angekommen zu sein.
»Da sind wir aber froh, dass wir das schon mal wissen«, sagte sie mit genervtem Unterton und deutete mit ihrem Kinn auf den Monitor.
Abel grinste. Ohne den Blick von ihr zu wenden, fragte er: »Aber du bist sicher nicht vorbeigekommen, um diesen Höhepunkt deutscher Justizgeschichte mit mir gemeinsam zu erleben, oder?«
Sabine Yao schüttelte den Kopf, während aus dem Rechner jetzt die Stimme des Berliner Innensenators drang, der die anwesenden Journalisten mit Plattitüden zum Kampf der hauptstädtischen Behörden gegen Banden- und Clan-Kriminalität überschüttete.
»Das ist richtig«, sagte Sabine Yao. »Ich möchte dich um deine Hilfe bitten, Fred.«

☠☠☠

60

Berlin-Neukölln,
Sonnenallee, Café Rayak,
Freitag, 1. August, 15:04 Uhr

Der Café-Eingang war auf den ersten Blick kaum auszumachen. Es war eher ein blinder Fleck in der grauen, in die Jahre gekommenen blättrigen Fassade des Hauses mit der Nummer 204. Das Hauptquartier der Saads wirkte wie einer der unzähligen arabischen Kulturvereine in Berlin, in denen Männer hinter zugezogenen Gardinen bis tief in die Nacht rauchten, Tee tranken und Karten spielten. Das Äußere des Cafés war wirklich nicht besonders einladend: Das große Fenster zur Straße, gerade einmal drei Meter breit, war mit grauer Folie überklebt. Lediglich ein kleines Schild mit der Aufschrift »Café Rayak« in einer unteren Ecke der Scheibe war ein Hinweis darauf, dass sich im Inneren des Gebäudes so etwas wie ein gastronomischer Betrieb befand.

Wer hier nicht eingeladen ist, gehört hier auch nicht her, schlussfolgerte Moewig. Er blickte auf sein Handy. 15:04 Uhr. Er schaute kurz nach links und rechts und vergewisserte sich, dass er von niemandem beobachtet wurde. Dann aktivierte er mit mehreren Wischbewegungen über das Display die Aufnahmefunktion des Gerätes und überprüfte, dass die Aufnahme auch wirklich lief. Schließlich steckte er das Mobiltelefon in die Ärmeltasche seiner Fliegerjacke, die er einen Spaltbreit offen ließ, und stieg die vier Stufen zum Eingang hinauf. Vorsichtig.

Im gesplitterten äußeren Rahmen der Eingangstür war nachträglich eine Metallleiste angebracht worden, die ihn stabilisierte. *Die Polizei hat also hier auch schon mal vorbeigeschaut,* folgerte der Privatermittler. Die Spuren einer Ramme, wie sie unter anderem vom SEK eingesetzt wurde, waren an der Türverschalung unübersehbar. Moewig drückte kräftig gegen die Eingangstür und rechnete eigentlich damit, dass sie verschlossen war. Doch sie schwang sofort auf, sodass er einen Ausfallschritt nach vorn machen musste, um nicht der Länge nach ins Innere des Raumes zu stolpern. Seine Rippen sendeten einen erneuten Schmerzimpuls aus. Moewig atmete tief ein und betrat das Café.

Das Innere war nicht geräumiger als ein großes Wohnzimmer. Er scannte die Szenerie. Drei kleine, runde Tische. Daran jeweils ein paar bunt zusammengewürfelte Stühle, die von ihrem Design und ihrer Farbe her weder zu den Tischen noch zueinander passten. Die Wände kahl, bis auf ein paar wellige, ausgeblichene Poster von felsigen Landschaften. Die vormals helle Tapete nikotingelb. Am Eingang, gleich neben Moewig, ein ausgeschalteter Spielautomat. Es roch nach kaltem Rauch, als wäre hier seit Jahren nicht mehr gelüftet worden. Darunter mischte sich allerdings der Duft von frischem Kaffee. Ein Hinweis darauf, dass sich sehr wahrscheinlich jemand in einem Nachbarraum aufhielt.

Vor der rechten Wand stand ein kleiner Tresen aus abgewetztem braunem Holz, hinter dem Moewig die leicht geöffnete Tür zu einer gekachelten Küche und eine weitere Tür sehen konnte.

Er atmete tief ein und aus. *Verbrecherluft*.

Doch immer noch war niemand zu sehen.

Moewig ging weiter in den Raum hinein, legte die Hand auf eine der Stuhllehnen und überlegte, ob er sich setzen oder sich lautstark bemerkbar machen sollte. Er wartete ab. Aber bevor er sich entscheiden konnte, öffnete sich schließlich die zweite Tür hinter dem Tresen.

Ein Mann von schmächtiger Figur erschien. Schmale Schulterpartie, aber drahtiger Körperbau. Obwohl er etwa fünfzig Jahre alt sein mochte, vielleicht sogar etwas älter, wirkten seine Bewegungen sehnig und geschmeidig. Seine kurzen Locken waren früher wohl pechschwarz gewesen, doch es hatte sich ein Grauschleier, wie verstaubte Spinnweben, darübergelegt. Der Mann trug ein weißes Leinenhemd, eine weite, hellbraune Leinenhose und ausgetretene Lederslipper. Er hatte tiefe Falten auf der Stirn und um die Mundwinkel, seine Gesichtshaut sah aus wie gegerbtes Leder. »Ich wusste doch, dass ich was gehört habe. Ist dir kalt, mein Freund? Bei der

Hitze eine Jacke …«, sagte der südländisch wirkende Mann mit dem glatt rasierten Gesicht völlig akzentfrei.
Er war nicht unbedingt die Art von Typ, die Moewig erwartet hatte. Der Privatermittler war davon ausgegangen, in eine Räuberhöhle zu kommen – randvoll mit Schlägern und Messerstechern. Doch er ließ sich von dem Auftreten des Mannes weder beeindrucken noch täuschen. Er blieb weiter auf der Hut, in Alarmbereitschaft. Er hatte schließlich gerade erst einen Fehler gemacht, der drei gebrochene Rippen zur Folge hatte.
»Setz dich, wir machen zwar erst in einer Stunde offiziell auf, aber Kaffee kann ich dir schon anbieten. Zwei Euro, okay?«, sagte der Mann im Leinenhemd.
Moewig nickte und registrierte, dass von dem anderen etwas Melancholisches, eine Aura der Trauer ausging. Er zog den Stuhl, auf dessen Lehne immer noch seine Hand lag, nach hinten und setzte sich an den klebrigen Tisch. Dabei biss er die Zähne zusammen, denn die Stichschutzweste umschnürte seine kaputten Rippen bei jeder Bewegung wie ein Schraubstock.
Der schmächtige Mann verschwand in der Küche. Das geschäftige Klappern von Geschirr erklang, dann das tiefe Brummen einer Gastronomiekaffeemaschine.
Nach ein paar Minuten kehrte der Mann in den ausgetretenen Lederslippern mit federnden Schritten zurück, in der Hand ein Tablett mit einem kleinen Glas pechschwarzem Kaffee. Daneben eine verschnörkelte Zuckerdose aus Messing und ein kleiner Löffel. Klirrend stellte er das Tablett vor Moewig auf dem Tisch ab.
»Danke«, sagte dieser und blickte dem Mann nach, der wortlos wieder in der Küche verschwand. Er griff nach dem Glas, das durch die heiße Flüssigkeit beinahe zu schmelzen schien, setzte es an die Lippen, verbrühte sich die Zungenspitze und stellte es hastig wieder ab. »Fuck, euer Kaffee hat aber eine gute Temperatur!«, rief er Richtung Küche. Er musste mit dem Mann ins Gespräch kommen, herausfinden, was er wusste. Wo die Saad-Brüder waren. Wo Abdelkarim Saad, der Mann aus dem Görlitzer Park, war. Der Mann,

der höchstwahrscheinlich für den Tod von Moritz Lübben verantwortlich war. Oder der ihm zumindest eine Spur zu Moritz' Mörder liefern konnte.

Aus der Küche erklang wieder Geklapper. Dann erschien der schmächtige Mann mit einem weiteren dampfenden Kaffeeglas, das er vorsichtig zwischen den Fingerspitzen hielt.

»Ja, verbrenn dich nicht. Normalerweise serviert jemand anderes. Ich bin nur manchmal hier. Man darf sich im Leben nie verbrennen«, sagte er in beiläufigem Tonfall, nahm auf einem Hocker vor dem Tresen Platz und musterte Moewig für einen kurzen Augenblick mit einem durchdringenden Blick. Hinter dem Tresen erklang ein zweifacher, kurzer Piepton. Der Mann verlor augenblicklich das Interesse an seinem Gast, fischte mit einer schnellen Bewegung ein Handy hinter dem Tresen hervor und starrte auf das Display. Die Stille wurde lediglich durch das geräuschvolle Schlürfen des Mannes unterbrochen, dem der Kaffee offensichtlich nicht zu heiß war, und durch die klackenden Töne der Handytastatur, als der Mann eine Textnachricht absetzte.

Moewig wartete ab, auch wenn ihm das alles nicht gefiel. Von dem Mann schien zwar aktuell keine Bedrohung auszugehen, aber er war wachsam. Behielt alle Türen im Auge. Doch nichts geschah. *Ich muss irgendwie weiterkommen.*

»Entschuldigung?«, sagte Moewig und erhob sich langsam von seinem Stuhl.

Der Mann blickte von seinem Handy auf.

»Ich suche den Löwen.« Moewig musterte die Gesichtszüge des Mannes. Doch seine Worte ließen keine Regung, keine Reaktion erkennen.

Erst nach einer Weile seufzte sein Gegenüber und antwortete: »Wann hört das denn auf? Immer wieder erkundigen sich die Leute hier nach Asad Saad. Der *Pate*. Der große *Al Capone.*« Er machte eine abwehrende Handbewegung.

Moewig setzte ein künstliches Lächeln auf. »Aber wie man so hört, findet man ihn hier.«

»Und selbst wenn ich ihn kenne – ich bin hier nicht die Rezeption. Die Familie Saad ist Eigentümer dieses Cafés, genauer gesagt des ganzen Hauses. Aber was glauben die Leute eigentlich? Dass der Löwe hier wie Hugh Hefner in der Playboy-Mansion im Bademantel mit Zigarre auf der Couch liegt? Herr Saad ist Geschäftsmann, viel unterwegs. Und außerdem …«

In diesem Moment gab das Handy vor ihm wieder zwei abgehackte Piepstöne von sich. Er überflog erneut eine Nachricht auf dem Display. »Die Familie Saad ist in tiefer Trauer. Es gab einen Todesfall. Einen sehr tragischen Todesfall. Das sollte man respektieren.« Mit diesen Worten tippte er erneut etwas in das Handy.

Moewig legte den Kopf zur Seite. *Mist, so komme ich nicht weiter. Sturer Bock, der Kerl. Natürlich weiß er genau, wo der Löwe steckt.*

»Ich würde den Löwen aber gern sprechen. Ich habe etwas, worauf er scharf ist, und möchte mit ihm über die Modalitäten der Übergabe sprechen«, sagte Moewig, während er sich erhob und einige Schritte in Richtung Tresen machte.

Keine Reaktion bei dem anderen, der immer noch auf das Handy vor ihm blickte, es aber in der Hosentasche verschwinden ließ, als Moewig zu ihm trat.

»Ich wurde vorgestern von einem Bruder des Löwen, nämlich von Abdelkarim Saad, im Görli zusammengeschlagen – was ich zugegebenermaßen vielleicht etwas provoziert habe, das mag schon sein. Ich bin auch nicht nachtragend. Und ich weiß, dass ein anderer Bruder des Löwen, Amir Saad, gestern Abend von einem Mann namens Hermann Lübben erschossen wurde. Und es gibt noch etwas, was den Löwen interessieren wird: Ich war es, der Moritz Lübbens Leiche vor vier Tagen, eingenäht in einen Boxsack, in einem Kickboxstudio im Wedding gefunden hat.«

Okay, hoch gepokert. Aber es muss sein, dachte Moewig.

Der Mann mit den schmalen Schultern glitt geschmeidig von dem Hocker, fast als würden ihn die Worte seines Gastes von der Sitzfläche ziehen.

Er baute sich vor Moewig auf, der ihn um gut einen Kopf überragte, und sah ihm mit funkelndem Blick direkt in die Augen. »Du machst hier eine ganz schöne Welle, mein Freund«, sagte er und trat einen Schritt auf Moewig zu, woraufhin dieser instinktiv einen Schritt zurückwich. »Keine Angst, mein Freund. Wie du vielleicht siehst, bin ich dir körperlich nicht gewachsen. Und ich bin nur ein einfacher Mann in einem Café. Aber vielleicht kann ich dir doch weiterhelfen.« Er trat noch näher und schob mit ironischem Unterton hinterher: »Was hast du eigentlich unter deiner Jacke? Eine Waffe? Ein Mikrofon?«

Moewig fühlte sich, als sei er beim Klauen von Süßigkeiten erwischt worden, doch er ließ sich nichts anmerken.

»Eigentlich auch egal. Du wärst nicht der erste verdeckte Ermittler, der sich hier am Kaffee die Zunge verbrüht hat. Komm!«, forderte der Mann ihn auf, während er die Tür neben der Küche öffnete und im Raum dahinter verschwand. *Was ist das hier für ein Spiel?*, dachte Moewig und wurde schlagartig skeptisch. *Der Typ gehört zu Saads Leuten, kein Zweifel. Aber dennoch wirkt er harmlos.*

Plötzlich schob sich der ergraute Lockenkopf des Mannes wieder durch die Tür. »Willst du da noch lange rumstehen, oder kommst du? Hier drinnen können wir in Ruhe sprechen.«

Moewig bewegte sich langsam auf die halb offene Tür zu, hinter der der Mann jetzt wieder verschwunden war, und blickte sich erneut in alle Richtungen um. Der Eingang. Die Küche. Es war niemand zu sehen. Außerdem war der Laden klein.

Er wäre im Notfall schnell wieder draußen. Egal, was sich hinter der Tür verbarg oder wer dort vielleicht neben dem Mann mit den ergrauten Locken auf ihn wartete.

☠ ☠ ☠

61

Berlin,
Treptowers, BKA-Einheit »Extremdelikte«, Büro Dr. Fred Abel,
Freitag, 1. August, 15:13 Uhr

Ich möchte dich um deine Hilfe bitten, Fred.« Dieser Satz von Sabine Yao hallte immer noch in Abels Ohren nach. Er hatte mit vielem gerechnet, damit aber nicht. Er war zwar einerseits froh, dass sie zu ihm gekommen war, um seine Hilfe zu erbitten – wobei auch immer –, andererseits konnte er kaum glauben, dass sie sich nach den Ereignissen der letzten zehn Tage ausgerechnet an ihn wandte. *Erstaunlich, nachdem Sabine bisher ja offensichtlich fest davon überzeugt war, dass ich derjenige bin, der ihrer Schwester unrecht tut, sie fälschlicherweise der Misshandlung ihrer Tochter bezichtigt – auch wenn ich das nie so konkret formuliert habe,* überlegte Abel verdutzt. *Aber egal, das kommt einem Friedensangebot gleich. Und nur das zählt im Moment.*

In diesem Augenblick verspürte er eine unendliche Erleichterung, dass das Vertrauen zwischen ihm und seiner Kollegin scheinbar nicht völlig zerstört war. Mittels einiger Mausklicks verringerte er die Lautstärke seines PCs.

»Natürlich helfe ich dir. Gern …«, sagte er hastig, denn er hatte plötzlich Angst, dass die Chance zur Versöhnung ebenso überraschend wieder verschwinden könnte, wie sie gekommen war. Dann wandte er vollends den Blick von dem Monitor ab, ließ den Innensenator weiter seine Allgemeinplätze herunterspulen und blickte seine Kollegin an. »Was ist los?«

Sabine Yao rutschte unruhig auf ihrem Stuhl hin und her. Sie zog die Unterlippe zwischen ihre Zähne, kaute leicht darauf herum, als müsse sie die richtigen Worte erst noch finden.

»Ich glaube, ich sehe langsam Gespenster«, begann sie unsicher. Dann schwieg sie wieder.

»Geht es um deine Schwester?«, fragte Abel sie.

Sabine Yao schüttelte den Kopf. »Nein, oder … eigentlich doch. Vielmehr um seltsame Dinge, die in ihrer Wohnung passieren. Ich fürchte, ich fange an zu spinnen. Ich sehe Dinge, die es gar nicht gibt. Oder vielmehr Dinge, für die es keine rationale Erklärung gibt.«

Bevor Abel nachfragen konnte, was sie damit genau meinte, hörte er mit einem Ohr, dass die Pressekonferenz nun an den Punkt gekommen war, an dem die anwesenden Journalisten ihre Fragen stellen durften. Der Generalstaatsanwalt schaute regungslos in die versammelte Runde der Hauptstadtpresse, bereit, mögliche Fragen sofort abzuwehren. Sein Gesicht glänzte jetzt. Die erste Frage eines Journalisten verlor sich im Raum. Abel wusste, dass jetzt der entscheidende Moment gekommen war, in dem es auch um Schuld oder Unschuld der behandelnden Ärzte gehen würde.

»Sabine, sorry. Lass mich das eben anhören, dann reden wir weiter.« Mit diesen Worten regelte Abel die Lautstärke wieder höher. Gerade rechtzeitig, um die Antwort des Generalstaatsanwalts zu hören: »Ja, uns ist bekannt, dass der Anwalt der Familie des Getöteten angekündigt hat, rechtliche Schritte gegen die behandelnden Ärzte der Charité einzuleiten. Aber dazu besteht kein Anlass, beziehungsweise ein solches Verfahren wäre zum Scheitern verurteilt. Denn aufgrund der Obduktionsergebnisse, die in der rechtsmedizinischen Abteilung des Bundeskriminalamtes erhoben wurden und die uns schriftlich vorliegen, ist ein ärztliches Fehlverhalten nicht feststellbar. Die Schussverletzung war zu gravierend.« Fournier blätterte in seinen Unterlagen und zog eine Seite daraus hervor. »Ich habe hier ein Statement des federführenden Obduzenten Dr. Fred Abel, einem der renommiertesten Rechtsmediziner des BKA, zum Tod von Amir Saad, das ich Ihnen gern wortwörtlich vortragen möchte.«

Abel stockte der Atem. *Dieser Idiot! Das ist doch wohl nicht sein Ernst! Mein Name hat doch im Zusammenhang mit diesem Fall überhaupt nichts in der Öffentlichkeit zu suchen,* dröhnte es in seinem Kopf.

Er schlug seine flache Hand auf die Tischplatte, dass es krachte und der Monitor einen kleinen Satz machte. Sabine Yao zuckte erschrocken zusammen.

»Dieses Arschloch Fournier! Der spinnt wohl!«, rief Abel und sprang von seinem Bürostuhl auf. Aus den Augenwinkeln sah er, wie der Generalstaatsanwalt triumphierend in die Runde der anwesenden Journalisten schaute, während neben ihm die Polizeipräsidentin und der Ärztliche Direktor der Charité flüsternd die Köpfe zusammensteckten und einander immer wieder zunickten.

»Was ist passiert?«, fragte Sabine Yao, die anscheinend so in Gedanken über ihre eigenen Probleme versunken gewesen war, dass sie überhaupt nicht zugehört hatte, was Fourniers Stimme verkündete.

»Ich hätte es wissen müssen! Ich hätte wissen müssen, dass diese ganze Sache totale Scheiße ist. Jetzt hat Fournier, dieser Schwachkopf, vor der versammelten Pressemeute meinen Namen rausposaunt, mich den Saads quasi auf dem Silbertablett präsentiert. So, wie die ticken, werden die mich jetzt zum Sündenbock machen und ihren Frust und ihre Aggression auf mich projizieren. Scheiße! Ich muss Herzfeld anrufen«, antwortete Abel hektisch.

Er nahm den Hörer seines Schreibtischtelefons auf und drückte auf eine der Kurzwahltasten.

Sabine Yao stöhnte auf.

Herzfeld ging bereits nach dem ersten Klingeln ans Telefon.

»Gesehen?«, stieß Abel hervor.

Herzfelds Antwort fiel deutlich länger aus. »Ja, habe ich. Ich weiß, dass das ein riesiger Haufen Mist ist, den Fournier gerade über dich und die Abteilung ausgekippt hat. Aber das ist noch nicht mal alles. Im Rahmen ›absoluter Transparenz‹, wie Fournier es genannt hat, hat er sich entschlossen, alle Unterlagen, sprich dein Obduktionsprotokoll und andere bisher vorliegende Dokumente einschließlich des vorläufigen Operationsberichts, dem Anwalt der Saads zu übergeben.«

Abel konnte kaum glauben, was er da hörte. »Kannst du das noch verhindern, Paul?«
»Zu spät! Als ich das vorhin aus dem Büro des Innensenators erfahren habe, habe ich alles versucht, aber die Mail samt Anhängen von der Generalstaatsanwaltschaft war schon raus. Der Anwalt hat seit heute Mittag alle unsere Unterlagen vorliegen.«
»Ist mein Name als federführender Obduzent und der des Operateurs in den übersandten Unterlagen wenigstens geschwärzt?«, wollte Abel wissen.
»Davon gehe ich nicht aus.«
Nicht nur mein Name, auch Heumann als verantwortlicher Operateur findet sich namentlich in den Unterlagen. Shit, ich glaub's nicht, fluchte Abel stumm. Dann wandte er sich wieder an Herzfeld: »Ich habe keine Lust, mit diesen Leuten in Kontakt zu kommen oder dass diese Typen persönlichen Kontakt zu mir suchen. Ich kann mir denken, was bei denen gerade im Kopf herumgeht. Die gehen davon aus, man habe ihren Bruder in der Charité vorsätzlich sterben lassen. Und ich bin in ihren Augen der, der die verantwortlichen Mediziner, insbesondere Heumann, jetzt deckt. Nach dem Motto: Eine Krähe hackt der anderen kein Auge aus, und so ein Schwachsinn. Paul, kannst du dich bitte darum kümmern, dass ab sofort mein Zuhause von der Polizei bestreift wird? Lisa ist allein zu Hause, und ich habe nicht die geringste Lust, dass plötzlich Angehörige einer trauernden libanesischen Mafia-Familie bei uns vor der Tür stehen. Wir haben zwar alle eine behördliche Meldesperre bei den verschiedenen Ämtern in unseren Personendaten, und eigentlich sollte niemand unsere Privatadressen herausfinden können. Aber diesen Saads ist, nach dem, was wir gestern in der Frühbesprechung von Markwitz gehört haben, wohl alles zuzutrauen. Vielleicht haben die sogar einen Maulwurf in einer der Behörden oder Ämter. Ich bitte dich nicht um Personenschutz, nur darum, dass bei uns zu Hause öfter mal Streifenwagen vorbeifahren und die Kollegen von der Schutzpolizei auch mal vor dem Haus anhalten und sich dort zeigen, falls jemand unser Zuhause im Fokus hat«, appellierte Abel an Herzfeld.

Diesmal fiel Herzfelds Antwort deutlich kürzer aus. »Ich kümmere mich sofort darum. Ich leg jetzt auf.«
Abel knallte den Hörer auf den Apparat.
Sabine Yao ließ einige Sekunden verstreichen. Sie traute sich erst, Abel anzusprechen, als er mit einem Mausklick das Fenster mit dem Livestream geschlossen hatte.
»Und?«, fragte sie vorsichtig.
»Für Schadensbegrenzung ist es zu spät, aber Paul kümmert sich um Polizeipräsenz vor meinem Haus. Das war genau das, was nicht passieren sollte«, antwortete Abel gedämpft und spielte gleichzeitig weiter alle Eventualitäten im Kopf durch.
Vielleicht würde überhaupt nichts passieren. Vielleicht war der Clan aber so rachsüchtig, wie er befürchtete. Dann würden die Mitglieder Heumann, den sie höchstwahrscheinlich für den Tod von Amir Saad verantwortlich machten, und ihn, der Heumann in den Augen des Clans deckte, in die Zange nehmen. Auf welche Art auch immer – mit einem juristischen Nachspiel oder mit brachialer Gewalt. Hinzu kam, dass auch Lars inzwischen viel zu tief mit in dieser Sache hing.
Abel atmete tief ein und stieß die Luft mit einem Seufzen wieder aus. »Ich rufe Lisa kurz an. Das wird ihr gar nicht gefallen.«
Abel nahm sein Blackberry und wählte die Nummer seiner Lebensgefährtin.
Doch Lisa nahm den Anruf nicht entgegen.

☠☠☠

62

Berlin-Neukölln,
Sonnenallee, Café Rayak,
Freitag, 1. August, 15:21 Uhr

Das Zimmer neben der Küche war eine kleine Abstellkammer. Abgestandene Luft. Staubiger, unverputzter Betonboden. Kanister mit Reinigungsmitteln. Ein Regal mit Geschirr. Vorräte für das Café. Gegenüber der Tür befand sich ein vergittertes Fenster zum Hinterhof. In der Mitte des Raumes standen sich zwei Klappstühle gegenüber. Auf dem Boden davor ein übervoller Aschenbecher.

Auf einem der beiden Stühle, mit dem Rücken zu dem vergitterten Hinterhoffenster, saß der schmächtige Mann. Er zündete sich gerade mit flinken Bewegungen eine Zigarette an. Moewig blieb in der Tür stehen. Der Mann blies den Rauch nach oben in Richtung Zimmerdecke und ließ das alte Zippo-Feuerzeug mit einem metallischen Klicken zuschnappen. In der anderen Hand hielt er das Handy, auf das Moewig jetzt zum ersten Mal einen genaueren Blick werfen konnte. *Billiges Modell. Sehr wahrscheinlich immer wechselnde Prepaidkarten und somit einer Telefonüberwachung entzogen und seinem Benutzer nicht zuzuordnen, wenn es um Funkzellenabfragen ging,* kombinierte Moewig.

»Komm rein!«, forderte der Mann ihn auf. »Hier haben wir unsere Ruhe. Setz dich.« Er deutete auf den freien Klappstuhl vor sich.

Moewig blickte sich um. *Wenn ich mit dem Rücken zur Tür sitze, sehe ich nicht, wenn sich jemand von hinten anschleicht. Offensichtlich eine beliebte Saad-Taktik, hatte ich ja gerade erst im Görli,* überlegte er.

Der Mann in der weiten Leinenhose blies einen Zug seiner Zigarette zur Seite, der dichte Rauch löste sich rasch auf und verschwand dann vollends durch das Gitter vor dem offenen Fenster.

»Ich würde lieber dort sitzen«, forderte Moewig trocken und deutete auf den Platz seines Gastgebers, der daraufhin den Mund zu einer dünnen Linie zusammenkniff, sodass alle Farbe aus seinen Lippen wich. »Okay. Wenn du deine Jacke aufmachst und ich einen

Blick darauf werfen kann, was du darunter verbirgst«, entgegnete er mit einem grimmigen Lächeln.

Moewig sah ihm in die Augen. Sehr dunkle, sehr wache Augen. Er nickte langsam und zog den Reißverschluss seiner Jacke auf. Zentimeter für Zentimeter kam die Weste zum Vorschein.

Der Rauchende nickte anerkennend. »Ah, ein Profi. Aber du bist kein Polizist. Dann würden da noch die Kabel vom Mikrofon dranhängen. Nun, egal«, sagte er. »Die Arme hoch, beide. Ich will sehen, ob du einen Schultergurt hast.« Moewig tat, wie ihm geheißen. »Jetzt zeig mir deinen Rücken und Hosenbund, Jacke anheben und einmal komplett umdrehen«, kommandierte der Mann.

Moewig gehorchte erneut.

»Alles klar. Dann …«, begann der Mann, wurde aber in diesem Moment von seinem Handy mit einem weiteren zweifachen Piepton unterbrochen.

Moewig registrierte, dass sich die Miene des Mannes, während er die Textnachricht las, zunehmend verfinsterte. Dann hob er das Handy ans Ohr, wartete stirnrunzelnd auf eine Verbindung. Plötzlich bellte er: »Ja, ich kümmere mich!«, und beendete sichtlich verärgert den Anruf. Doch die Verärgerung hielt nur kurz an, denn als er sich erhob und Moewig seinen Platz mit geradezu einladender Geste anbot, wirkte er fast unbeteiligt.

Vielleicht ist er einfach ein guter Schauspieler, ging es Moewig durch den Kopf.

»Setz dich!«

Moewig ließ sich auf den Stuhl sinken, das vergitterte Hoffenster jetzt im Rücken, die offen stehende Tür zum Gastraum vor ihm fest im Blick.

Der Mann setzte sich ihm gegenüber, nur etwa einen halben Meter von dem Privatermittler entfernt, und blies ihm seinen Zigarettenrauch ins Gesicht.

Moewig wurde langsam ungeduldig.

63

**Berlin,
Treptowers, BKA-Einheit »Extremdelikte«, Büro Dr. Fred Abel,
Freitag, 1. August, 15:27 Uhr**

Nachdem Lisa weder auf ihrem Handy noch zu Hause auf dem Festnetztelefon zu erreichen war, schickte Abel ihr eine SMS.

SMS LISA
Kann dich nicht erreichen. Melde dich bitte, Fred.

Anschließend schrieb er eine Textnachricht an Lars. Sabine Yao kehrte aus der Teeküche der Abteilung mit einer Tasse Kaffee für Abel und einer Tasse Tee für sich selbst zurück.

»Tut mir leid, dass ich dich unterbrochen habe«, sagte er, während sie sich wieder auf den Stuhl neben ihm setzte.

»Aber dass ich möglicherweise demnächst auf der Abschussliste eines libanesischen Clans stehe, ist so ziemlich das Letzte, was ich im Moment gebrauchen kann. Also, was ist los? Was hast du gesagt, siehst du?«

»Gespenster«, antwortete Sabine Yao zögerlich. »Oder zumindest fühlt es sich so an.«

Abel beugte sich etwas vor, nahm einen Schluck Kaffee und ließ sich dann erklären, was sich in der Wohnung von Mailin Zhou ereignet hatte beziehungsweise was seiner Kollegin dort an Ungereimtheiten aufgefallen war. Sabine Yao erzählte, dass niemand einen weiteren Wohnungsschlüssel zur Wohnung ihrer Schwester besaß, und sprach von ihrer Begegnung mit dem Mann, der ihr aus der Fahrstuhlkabine entgegenkam und der genau die graue Sporttasche, die sich tags darauf in Mailins Wohnzimmer fand, bei sich hatte.

Als sie ihren Bericht beendet hatte, kratzte sich Abel am Hinterkopf, als könne er dadurch abwegige Gedanken loswerden.

»Wenn du es nicht wärst, wenn ich dich nicht kennen würde und deine Schilderung aus rein ärztlicher Sicht deuten sollte, dann würde ich sagen, das sind Halluzinationen als Ausdruck von Wahrnehmungsstörungen im Rahmen einer Psychose. Ich würde sagen, solche optischen Halluzinationen sind Anzeichen eines Delirs. Vielleicht würde ich auch an Pseudohalluzinationen im Rahmen eines Drogenrausches denken. Oder dass es gar keine Halluzinationen sind, sondern Illusionen, dass du unter dem Einfluss eines emotionalen Ausnahmezustands im Affekt reale Objekte einfach nur verfälscht wahrnimmst. Aber ich kenne dich. Du nimmst keine Drogen, du trinkst niemals Alkohol. Du bist strukturiert, wie wir es in unserem Beruf nun mal sein müssen. Du hast einen klaren Blick, den du erst gestern wieder bei der Sektion von Amir Saad bewiesen hast. Also bringt es dich nicht weiter, wenn ich jetzt hier alle möglichen psychopathologischen Differentialdiagnosen von Sinnestäuschungen aufzähle. Außerdem bin ich kein Psychiater. Als Rechtsmediziner bin ich Realist und Pragmatiker. Wenn du mir also sagst, dass niemand anderes außer dir und deiner Schwester, die nachweislich nicht in der Wohnung gewesen sein kann, einen Wohnungsschlüssel besitzt, und du sicher weißt, dass Veränderungen im Inneren der Wohnung vorgenommen wurden, dann entgegne ich dir: Da stimmt etwas ganz gewaltig nicht, und du solltest der Sache nachgehen. Nein, *wir* müssen der Sache nachgehen!«

☠☠☠

64

Berlin-Neukölln,
Sonnenallee, Café Rayak,
Freitag, 1. August, 15:32 Uhr

Wohin führt das? Ist der Typ ein Wichtigtuer? Oder weiß er wirklich was? Wird er mir etwas sagen?

»Angst, dass dir hier jemand was antun könnte?«, fragte der Mann, der das Handy jetzt locker in seiner linken Hand wiegte und mit der glühenden Zigarette auf Moewigs Stichschutzweste zeigte.

»Nein, das ist jetzt modern. Also, wo finde ich Asad Saad?«

»Na hier.«

»Wann ist er hier?«

»Ich sagte doch, er ist viel unterwegs.«

»Wann kommt er wieder?«

Umständlich schüttelte der Mann sein Handgelenk, sodass eine große, schwere Uhr mit Edelstahlarmband aus der Ärmelöffnung des weißen Leinenhemdes rutschte. Er blickte auf das Ziffernblatt.

»In drei Sekunden ist er hier.«

Moewig konnte sich keinen Reim darauf machen, was für ein Spiel er mit ihm spielte.

»Eins, zwei …«, begann der schmächtige Mann zu zählen.

Moewigs Augen verengten sich zu schmalen Schlitzen. Sein Puls ging augenblicklich in die Höhe, und sein Blick sprang zwischen der Türöffnung und dem Mann hin und her.

»Drei«, sagte der schmächtige Mann und ließ blitzartig seine Hand hinter den Rücken schnellen.

Eine Sekunde später starrte Moewig in den Lauf einer kleinen, schwarz lackierten Pistole, die sein Gegenüber sehr wahrscheinlich aus dem rückwärtigen Bund der weiten Leinenhose hervorgezogen hatte. *Ein Profi. Nicht schlecht!*

»Ich bin Asad Saad. Und du, Moewig, gehst mir langsam gehörig auf die Nerven.« Der Mann spie die Worte nur so aus.

Moewig spürte das Adrenalin in seinen Adern, das zu einem Kribbeln seiner Haut führte, seinen Mund austrocknete, seinen Puls noch stärker rasen ließ.

»Wichser!«, entfuhr es ihm, er blieb jedoch völlig ruhig auf seinem Stuhl sitzen. Die nur etwa eine Armlänge vor seinem Gesicht entfernte Waffenmündung ließ ihn abrupte Bewegungen tunlichst vermeiden, womöglich hätten sie Asad Saads Zeigefinger am Abzug zu einer nervösen Zuckung verleitet. Asad Saad sprang mit einer geschmeidigen Bewegung und vorgehaltener Waffe, die Moewig als Makarow 9 mm identifizierte, von seinem Stuhl auf, und sein rechter Fuß schnellte nach vorn. Der Tritt traf den sitzenden Moewig völlig unerwartet auf Höhe seines Brustbeins. Ein Feuerstoß explodierte in seinem Oberkörper, als seine gebrochenen Rippen innerhalb weniger Millisekunden das neuerliche Trauma über ihre mittlerweile hochgradig sensibilisierten Schmerzrezeptoren an sein Gehirn meldeten.

Moewig kippte samt Stuhl nach hinten um und schlug mit Rücken und Hinterkopf auf dem harten Betonboden auf. Mit schmerzverzerrtem Gesicht drehte er sich auf den Bauch, um sich aufzurappeln. Da spürte er die harte Mündung des kurzen Laufes der Makarow an seinem Hinterkopf, wodurch seine Stirn auf den rauen Fußboden gedrückt wurde.

Die Stimme des Mannes klang jetzt völlig verändert. Schneidend. Scharf. Hasserfüllt.

»Du wirst dein Maul halten. Kein Wort mehr. Du bist zu weit gegangen. Das Geld und die Drogen von Lübben, dem kleinen Wichser, sind mir scheißegal. Und deshalb bist du auch nicht hier. Du willst mich verarschen, aber keiner verarscht Asad Saad.«

Die Worte fielen aus ihm heraus wie Münzen aus einem Automaten. Kalt und abgehackt.

Ich hatte recht mit meiner Vermutung, er ist *ein guter Schauspieler.*

Dann spürte Moewig den heißen Schmerz der Zigarettenglut hinter seinem linken Ohr. Es fühlte sich an, als fresse sich die Hitze durch die dünne Haut und das darunter gelegene Weichgewebe bis auf seinen Schädelknochen durch, als Asad Saad die Zigarette in seinem Nacken ausdrückte.

Moewig presste die Kiefer so heftig aufeinander, dass er das Gefühl hatte, seine Zähne würden brechen. *Er verbrennt mich, dieses Arschloch … Durchhalten …* Ein gurgelnder Laut entfuhr seiner Kehle, ein Laut, der sich für ihn selbst völlig fremd anhörte.

»Und jetzt hör mir genau zu«, sagte Asad Saad.

Moewig vernahm die abgehackt klingende, hasserfüllte Stimme direkt neben seinem linken Ohr. »Du wirst jetzt diesem BKA-Arzt, der die Leiche meines Bruders untersucht hat, sagen, dass er seine Meinung ändern soll. Sie haben Amir sterben lassen im Krankenhaus, diese Hurensöhne. Genau das wird er aufschreiben.«

»Welcher BKA-Arzt? Wovon redest du?«, presste Moewig hervor, dem bereits Böses schwante. Die Zigarette war von seinem Hinterkopf verschwunden, zurück blieb ein stechend heißer Schmerz hinter dem Ohr.

»Dein Freund, Dr. Fred Abel. Wir wissen Bescheid. Wir wissen, dass er den Mord an meinem Bruder vertuschen will. Mein Anwalt hat den ganzen Scheiß schwarz auf weiß vorliegen.«

Dann wanderte die Mündung der Pistole von Moewigs Hinterkopf in seinen Nacken. Hart und unerbittlich hinterließ sie eine schmerzhafte Druckspur auf Moewigs kahl rasiertem Kopf. Er stöhnte vor Schmerz laut auf.

Woher kennt der Kerl Freds Namen? Woher weiß er, dass Fred seinen Bruder obduziert hat? Und wie kommt ein Anwalt der Saads so schnell … Wie kommt der überhaupt *an diese Informationen?*, überlegte Moewig fieberhaft.

»Ich werde … mit ihm sprechen …«, keuchte er. Seine Lippen berührten beim Reden den staubigen Betonboden, der Dreck blieb an seinem Mund kleben.

Asad Saad lachte verächtlich auf. »Das würde ich dir auch raten. Zum zweiten Mal bist du den Saads in die Quere gekommen. Abdelkarim hätte dich im Görli umbringen sollen. Dass er es nicht getan hat, war ein Fehler.«

Als Moewig etwas erwidern wollte, irgendetwas, nur um Zeit zum Nachdenken zu gewinnen, hörte er hinter sich Geräusche. Doch es war ihm unmöglich, den Kopf zu wenden, er hätte seine Nase und Wangenknochen an dem harten Betonuntergrund aufgerissen.

»Unten bleiben!«, befahl Asad Saad.

Moewig spürte einen leichten Luftzug. Jemand schien in den Raum getreten zu sein. Der Druck der Waffe in Moewigs Nacken verstärkte sich noch einmal.

Mehrere Hände tasteten plötzlich seinen Oberkörper und seine Gesäßtaschen ab, blieben schließlich an der Ärmeltasche seiner Fliegerjacke hängen. Mit einem leisen Geräusch wurde der Reißverschluss der Ärmeltasche aufgezogen, und mit einem schnellen Griff verschwand sein Mobiltelefon. Moewig hörte einen metallenen Aufschlag auf dem Betonboden und danach ein Knirschen.

Fred anzurufen, kann ich wohl vergessen, dachte er resigniert, dann ertönte auch schon wieder die Stimme des Löwen.

»Du denkst, du bist ein ganz Schlauer, oder, du Kaffer? Schneidest unser Gespräch hier mit und denkst, ich bin so blöd und merke das nicht? Aber was will man auch von einem Loser, der mit einer Stichschutzweste zu einer Schießerei kommt, erwarten?« Asad Saad lachte verächtlich auf. »Du kannst froh sein, dass du nicht sofort stirbst. Ich nehme jetzt die Waffe von deinem Nacken und gehe ein Stück zurück. Du wirst gleich ganz langsam aufstehen und verschwinden. Und dann richtest du deinem Arzt-Freund aus, was ich dir aufgetragen habe. Er wird den Mord an meinem Bruder bestätigen und es meinem Anwalt schriftlich geben.«

Der Druck der Waffenmündung in Moewigs Nacken war plötzlich verschwunden. Moewig atmete schwer aus und wirbelte dabei eine Staubschicht auf, die sich beim nächsten Atemzug in seinen Nasenlöchern verfing. Er strengte sich an, nicht zu niesen, und wartete noch einen Atemzug ab. »Kann ich aufstehen?«

»Überleg dir gut, was du jetzt tust. Wenn du meinst, gleich den Helden spielen zu müssen – bist du tot. Wenn ich dich jemals wiedersehen muss oder wenn auch nur ein Bulle hier auftaucht – bist du tot. Wenn du deinen Doktor nicht in die Spur bringst – bist du tot. Wir wissen, wer du bist, Moewig.«

Langsam drehte Moewig sich um, so als würde er auf einer dünnen Glasplatte liegen, die bei der kleinsten hektischen Bewegung zerbersten könnte. Er rollte sich auf den Rücken und sah hoch. Der Löwe und zwei weitere Männer, beide etwa Anfang zwanzig, mit schwarzen Vollbärten und tief ins Gesicht gezogenen Basecaps, musterten ihn wie Jäger ihre waidwunde Beute. Abwartend, lauernd.

Moewig rappelte sich mühsam auf. Wie schon nach der ersten Begegnung mit den Saads vor fast genau 48 Stunden schmerzte sein Körper auch jetzt wieder bis in die kleinste Faser. Mit unsicheren Schritten verließ er wortlos und ohne sich umzusehen das Hinterzimmer und durchquerte den Gastraum. Hier saßen zwei weitere Männer am Tresen, die mit finsteren Blicken jeden seiner Schritte wachsam verfolgten.

☠ ☠ ☠

Moewig stand im strahlenden Sonnenschein auf der Sonnenallee und klopfte sich den Staub des Betonbodens von Hosenbeinen und Jacke. Hinter ihm schlug die Eingangstür des Café Rayak krachend ins Schloss.

Hier draußen schien er plötzlich in einer anderen Welt zu sein. Die Bürgersteige hatten sich mit Menschen gefüllt, er hörte ihr Stimmengewirr. Es roch nach gebratenem Lammfleisch und orientalischen Gewürzen. Autos hupten, Kinder lärmten. Die Wirklichkeit umhüllte Moewig, er war zurück im Leben.

Verdammt, jetzt steht es schon zwei zu null. Ich werde anscheinend langsam zu alt für diesen Scheiß, dachte Moewig und trat mühsam seinen Rückweg an.

Er konnte noch keinen klaren Gedanken fassen, war benommen von den stechenden Schmerzen, die seine gebrochenen Rippen und die verbrannte Stelle hinter dem Ohr aussandten. Seine Hände zitterten. Dann, nach etwa fünfzig Metern, ebbte sein Adrenalinspiegel langsam wieder ab. Moewig betastete seinen Hinterkopf, mit dem er hart aufgeschlagen war. Die Beule fühlte sich an, als würde ihm dort ein zweiter Kopf wachsen. Nach weiteren fünfzig Metern gewann er seine Fassung zurück. Die Gedanken in seinem Gehirn nahmen wieder Konturen an.

Er hatte den Angriff des Löwen überlebt. Sehr wahrscheinlich konnten das nicht viele von sich behaupten. Aber Moewig machte sich nichts vor. Dass er noch lebte, war allein den pragmatischen Überlegungen des Löwen geschuldet. Asad Saad hatte für ihn noch einen Auftrag.

Mit schneller werdenden Schritten näherte er sich seinem Wagen. Er musste dringend ein Telefon finden und Fred warnen.

☠☠☠

65

Berlin,
Treptowers, BKA-Einheit »Extremdelikte«, Büro Dr. Fred Abel,
Freitag, 1. August, 15:41 Uhr

Ich danke dir, Fred«, sagte Sabine Yao und nahm einen Schluck von ihrem Tee, der ein bitteres Aroma verströmte.

»Es gibt nur eine plausible Erklärung: Jemand, den ich nicht kenne, von dem Mailin nie erzählt hat, von dem sie vielleicht auch gar nichts weiß, bewegt sich in meiner Abwesenheit in dieser Wohnung. Punkt.«

»Jemand, der vielleicht Bezug zu deinem verstorbenen Schwager hatte und der eventuell noch einen Schlüssel zur Wohnung besitzt? Ein Familienmitglied?«

»Davon hätte Mailin mir erzählt. Und sie würde es auch definitiv nicht wollen, dass jemand einfach mit einem Schlüssel zu ihrer Wohnung in der Weltgeschichte herumläuft. Nein, das passt nicht zu ihr. Und selbst wenn es so wäre, wenn Thanhs Familie oder ei-

ner seiner Freunde noch Zugang zur Wohnung hat, wüsste ich gern, wer diese Person ist.«
Abel dachte kurz nach, dann hatte er eine Idee. »Wir treffen uns nach Feierabend um 18:00 Uhr unten an meinem Wagen.« Er sah Sabine Yaos hoffnungsvollen Blick. »Ich habe einen Plan, wie wir herausfinden können, was da vor sich geht. Aber zuerst muss ich telefonieren und klären, ob sich meine Vorstellungen auch in die Tat umsetzen lassen. Wir sehen uns die Wohnung deiner Schwester gemeinsam an. Und dann will ich schnell nach Hause. Die Clan-Geschichte nehme ich nicht auf die leichte Schulter. Wir fahren nachher also mit meinem Wagen, damit ich dann direkt weiterkann zu Lisa, okay?«
Sabine Yao stimmte dankbar zu und verließ sein Büro.
Das schulde ich ihr, egal was dabei herauskommt, dachte sich Abel.
Da meldete sich sein Blackberry. Es vibrierte zweimal direkt hintereinander.
Seine Mailbox und eine Textnachricht, von Lisa.

SMS LISA
Bin wieder erreichbar! War im Möbelhaus. Warum, erzähle ich dir heute Abend. Hab deine SMS gesehen. Was ist los? Lisa

Bevor Abel Lisa anrief, hörte er die Mailbox ab. »Fred, hier ist Lars. Die Saads kennen deinen Namen. Sind mächtig sauer auf dich wegen deines Obduktionsergebnisses. Die Sache gerät außer Kontrolle. Die haben mir mein Handy abgenommen, ich stehe hier in einem Telefonshop in Kreuzberg. Ich habe den Löwen gesehen. Bin gerade nicht erreichbar. Ich komme zu dir nach Grünau, in der Hoffnung, dass du bald Feierabend machst und ich dich dort antreffe.«
Ein kalter Schauer lief Abel über den Rücken.
Auch wenn Lars ihm keine echten Neuigkeiten mitgeteilt hatte, wusste er, dass sein alter Freund recht hatte.
Die Sache geriet außer Kontrolle.

66

Berlin,
Treptowers, BKA-Einheit »Extremdelikte«, Parkplatz,
Freitag, 1. August, 18:01 Uhr

Lisa hatte die Nachricht, dass Abel durch sein rechtsmedizinisches Gutachten zum Tod von Amir Saad in den Fokus des Saad-Clans geraten war, denkbar schlecht aufgenommen. Abel hatte zwar seine Worte sorgfältig und mit Bedacht gewählt, aber Lisa hatte am anderen Ende der Leitung sehr bekümmert und niedergeschlagen geklungen. Und auch die Maßnahmen, die Herzfeld zu ihrem Schutz eingeleitet hatte – worüber dieser Abel bereits informiert hatte –, vermochten seine Lebensgefährtin nicht zu beruhigen. Sie hatte so aufgewühlt und verängstigt geklungen, wie Abel sie in ihrer zehnjährigen Beziehung noch nie erlebt hatte. Er hatte Lisa immer als starke Frau, als unbeirrbare Staatsanwältin erlebt, der äußere Anfeindungen nicht das Geringste ausmachten. Diese ängstliche Seite von ihr war neu. Und er hatte keine Ahnung, was der Grund dafür war.

Abel hatte Lisa auch darüber informiert, dass Lars sehr wahrscheinlich in Kürze bei ihnen zu Hause eintreffen würde, und sie gebeten, ihm auszurichten, dass er ihn sofort nach seinem Eintreffen anrufen sollte. Dann hatte er Lisa versprochen, spätestens um 21 Uhr zu Hause zu sein, und sich mit Gewissensbissen, dass er nicht direkt zu Lisa fahren würde, von seiner Lebensgefährtin verabschiedet.

Etwa zwanzig Minuten später hatte Lars ihn von Lisas Handy aus angerufen und ihm von den Geschehnissen im Café Rayak in der Neuköllner Sonnenallee berichtet. Es hatte Abels Befürchtungen, dass sich die Dinge in kürzester Zeit weiter zuspitzen könnten, noch verstärkt. Eine offene Drohung gegen ihn. Ausgesprochen von Asad Saad persönlich. Abel hatte seinen Freund gebeten, Lisa erst einmal nichts davon zu erzählen, das wollte er später selbst tun.

Er hatte Lars auch gesagt, dass er ihm schwerfiel, Horst Markwitz und dessen Kollegen beim LKA 4 zu kontaktieren und seine Verstrickung in den Lübben-Fall, aus dem jetzt der Saad-Fall geworden war, offenzulegen. Und auch das Preisgeben der inoffiziellen DNA-Analyse von Fuchs war aus naheliegenden Gründen zu brisant, um zum jetzigen Zeitpunkt damit den offiziellen Dienstweg zu beschreiten. Dass Fuchs, auf seine Bitte hin, seine Kompetenzen deutlich überschritten hatte und Lars seine Nase in Dinge, die ihn nichts angingen, gesteckt hatte – zudem mit Wissen, wenn auch nicht mit Billigung, von Abel –, all das würde die Sache für Abel erheblich komplizieren. Und kompliziert war die derzeitige Gemengelage sowieso schon genug.
Schließlich hatte er Lars noch in seine vagen Pläne bezüglich der Wohnung von Sabine Yaos Schwester eingeweiht und ihn gebeten, ihn noch an diesem Abend in den Plattenbau in Marzahn zu begleiten. Ohne die Hintergründe zu kennen oder auch nur annähernd zu wissen, worauf er sich einließ, hatte Lars seiner Bitte sofort zugestimmt.

☠☠☠

Vor wenigen Minuten war Moewig dann auf dem Parkplatz der Treptowers eingetroffen und hatte sich neben Abel, der dort auf ihn und Sabine Yao wartete, in dessen Audi auf den Beifahrersitz gesetzt. Die Klimaanlage lief beharrlich und erfüllte den Innenraum mit wohltuender Kälte.
»Wie geht es Lisa?«, erkundigte sich Abel in leicht angespanntem Tonfall.
»Na ja, wie soll es ihr schon gehen? Es nimmt sie alles ziemlich mit. Als ich loswollte, stand ein Streifenwagen bei euch vor dem Haus. Die beiden Bullen sind sofort raus aus der Karre und auf mich zu. Aber Lisa hat sich ausgewiesen und die beiden aufgeklärt, dass ich zu den Guten gehöre. Die beiden Polizisten haben dann auf meine Bitte hin zugesagt, bei euch zu Hause zu warten, bis du dort ein-

triffst. Sind mit Lisa, die ihnen Kaffee und was zu essen in Aussicht gestellt hat, zu euch rein.«

»Und du bist sicher, die beiden Polizisten waren echt?«

»Hundertpro«, erwiderte Moewig. »Die haben über Funk ihre Zentrale informiert, dass sie ins Haus gehen, ich war dabei.«

»Okay«, sagte Abel etwas beruhigter. »Aber jetzt zu dir, Lars. Ich hatte dich gestern Abend klipp und klar gebeten, dich rauszuhalten. Das ist ein Spiel mit dem Feuer, die Saads sind Schwerstkriminelle.«

»Ich weiß. Aber es ging nicht anders«, murmelte Moewig entschuldigend.

»Was heißt: Es ging nicht anders? Sie hätten dich heute fast umgebracht! Und nach der Aktion im Görli war doch wohl klar, worauf ein weiterer Alleingang von dir hinauslaufen musste, oder?«

»Wegen der Saads ist der Patron … Ich meine Hermann Lübben, er ist ihretwegen tot. Und seinen Sohn haben sie mit Sicherheit auch auf dem Gewissen. Nicht dass es mir um einen Drogendealer leidtäte, aber es war immerhin der Sohn des Patrons«, entgegnete Moewig kleinlaut.

»Aber du hast im Görli mitbekommen, dass die Saads vielleicht sogar für dich eine Nummer zu groß sind, nicht wahr? Nur damit ich verstehe, was dich da heute geritten hat, im wahrsten Sinne des Wortes in die Höhle des Löwen zu marschieren.«

»Ich konnte ja nicht ahnen, dass es schon wieder so außer Kontrolle gerät. Ich dachte, diesmal habe ich es im Griff«, antwortete Moewig zerknirscht.

Die Saads würden keine Ruhe geben und würden ihren Drohungen Taten folgen lassen, wenn Abel nicht ihrer Forderung entsprach und sein Gutachten änderte.

Aber genau das hatte er nicht vor.

Sabine Yao erschien zehn Minuten später auf dem Parkplatz und winkte den beiden Männern schon von Weitem zu.

Abel deutete mit dem Kinn in Richtung seiner Kollegin. »Da ist sie.«
Sabine Yao nahm auf der Rückbank des Audi Platz. Nachdem sie sich für ihre Verspätung entschuldigt hatte – sie war noch von Herzfeld aufgehalten worden – und Abel die beiden einander vorgestellt hatte, startete er den Motor und fuhr durch die Schrankenanlage vom Parkplatz der Treptowers.
»Was ich euch beiden bisher vorenthalten habe: Wir sammeln gleich noch jemanden ein, der uns helfen wird. Ich habe das vorhin telefonisch arrangiert. Und dann fahren wir in die Wohnung deiner Schwester, Sabine.«
Die Rechtsmedizinerin zog fragend die Augenbrauen hoch. Auch Moewig wirkte erstaunt.
»Noch jemand, Fred? Wer ist der Typ, der uns helfen wird?«
»Es ist eine Sie«, sagte Abel mit verschwörerischer Miene.
»Sie ist ein absoluter Profi auf ihrem Gebiet. Ihr werdet staunen, was sie alles draufhat, wenn ihr bereit seid, euch darauf einzulassen, versprochen.«

67

Berlin-Reinickendorf,
Weiße Stadt, Brückenhaus Aroser Allee,
Freitag, 1. August, 18:53 Uhr

Die früher einmal grüne Wohnungstür, vor der die drei standen, hatte schon deutlich bessere Zeiten gesehen. Der Lack blätterte an diversen Stellen großflächig ab, so als würde sich die Tür häuten. Es war weder ein Namensschild noch ein anderer Hinweis auf den Bewohner zu sehen.

Drei Schlösser, hinter denen sich auf der anderen Seite der Tür wahrscheinlich gewaltige dazugehörige Querriegel befanden, waren in einer Reihe untereinander angebracht, sodass es selbst für denjenigen, der alle Schlüssel besaß, Logistik und eine gewisse Zeit erfordern würde, die Tür zu öffnen.

»Fred, willst du mir nicht endlich sagen, wen wir hier abholen? Wer ist diese Frau, die hier wohnt?«, fragte Sabine Yao in leicht genervtem Tonfall.

In den vergangenen vierzig Minuten waren sie durch die vom Feierabendverkehr verstopfte Innenstadt gefahren, und ihr war es sichtlich schwergefallen, sich mit dem Gedanken anzufreunden, dass sich Moewig auf Abels Geheiß hin in ihre privaten Angelegenheiten einmischen sollte. Auch wenn sich der Privatermittler vom Beifahrersitz aus immer wieder zu ihr umgedreht hatte, um sie mit Anekdoten aus seiner langen Freundschaft zu Abel zu unterhalten und so das Eis zu brechen, war ihm das offenbar nicht wirklich gelungen.

Statt seiner Kollegin zu antworten, drückte Abel bereits zum dritten Mal auf den abgeschabten Klingelknopf neben der Wohnungstür. Aber nichts geschah.

»Deine Geheimwaffe hat wohl schon Feierabend«, spöttelte Moewig und erntete für diese Bemerkung ein müdes Lächeln von Sabine Yao.

»Doch, sie ist da«, erwiderte Abel leise und wandte sein Gesicht zu der Kamera, die, kaum größer als eine Zigarettenschachtel, in der oberen Ecke des Hausflurs hing. Sie war Moewig und Sabine Yao bis zu diesem Zeitpunkt entgangen. Doch Abel kannte das Gerät bereits und postierte sich gut sichtbar mit dem Gesicht zu der kleinen Linse.

»Hallo, Fred, deine weibliche Begleitung stellt sich bitte einmal vor«, schnarrte plötzlich eine elektronisch verzerrte Stimme aus einem winzigen Kasten unter der Kamera. Ein Mini-Lautsprecher. Ob die sprechende Stimme männlich oder weiblich war, ließ sich durch die Verfremdung nicht feststellen. Auch ein Roboter hätte die Identität der Gäste abfragen können.

Sabine Yao blickte ihn verunsichert an. Mit einer solchen Begrüßung hatte sie nicht gerechnet und war zunächst sprachlos. Erst als Abel auffordernd mit der Hand in Richtung der Kamera deutete und sagte: »Das meint sie ernst«, war ihr klar, dass sie ohne diese wunderliche Vorstellungsrunde wohl vor verschlossener Tür stehen bleiben würden.
Sabine Yao räusperte sich. »Yao, Sabine. Rechtsmedizinerin. BKA, Abteilung für Extremdelikte.«
Dann schaute sie fragend zu Abel. »Reicht das, oder …«
Doch sie wurde von Moewig unterbrochen, der sich breitbeinig aufbaute und forsch nach oben schaute.
»Bond, James Bond. Doppel-Null-Agent beim MI6«, stellte er sich grinsend vor und wartete auf eine Reaktion.
Doch die kam nur von Abel, der ihm mit einem genervten Gesichtsausdruck einen sanften Klaps auf den Rücken gab.
Moewig zuckte zusammen, konnte jedoch trotzdem ein Lachen nicht unterdrücken.
Bevor Abel etwas sagen konnte, meldete sich wieder die elektronisch verfremdete Stimme. »Lars Moewig. Zurzeit mit einer Ein-Mann-Firma als Privatermittler im Handelsregister eingetragen.«
Die Stimme aus dem Lautsprecher verstummte, und Moewig hielt den Atem an. Er schaute mit fragendem Blick zu Abel.
Jetzt war es Sabine Yao, die schmunzelte. Sie schien zu ahnen, dass sie hier genau an der richtigen Adresse waren, wenn es um Unterstützung für ihr Vorhaben ging.
»Ach ja«, schaltete sich die verfremdete Stimme noch einmal ein. »Transportmittel ist ein Lada Niva. Der TÜV läuft aber demnächst ab.«
Ehe Moewig darauf reagieren konnte, hörten sie, wie die Schlösser an der Innenseite der Wohnungstür von oben nach unten laut und vernehmlich klackten und sich schwere Riegel krachend zur Seite schoben.
Dann ging die Tür langsam auf.
Vor ihnen stand eine Frau mit leichtem Silberblick und lockigen

braunen Haaren. Sie trug ein taubengraues Kostüm, das altmodisch geschnitten war. Zwischen ihren Beinen, die trotz der Sommerhitze in einer schwarzen Nylonstrumpfhose steckten, drückte sich eine Perserkatze hindurch, die scheinbar die Chance zur Flucht aus der Wohnung nutzen wollte.

»Kommt rein«, sagte die Frau, während sie die Katze sanft mit einem Fuß zurück in die Wohnung schob.

Sabine Yao streckte zögerlich ihre Hand aus, um die Frau zu begrüßen. Allerdings machte diese keinerlei Anstalten, sie zu ergreifen, sondern trat ein paar Schritte zurück.

»Darf ich euch …«, begann Abel, nachdem sie der Frau in den kleinen Wohnungsflur gefolgt waren.

Aber Moewig, der seine Fassung zurückgewonnen hatte, fiel ihm ins Wort. »Nicht nötig. Ich weiß, wen wir hier vor uns haben: Sara Wittstock. IT-Expertin beim BKA und Computerforensik-Genie.«

»Richtig!«, sagte Abel anerkennend. »Ihr habt euch damals persönlich kennengelernt, als Manon und Noah vor zwei Jahren Opfer einer Entführung wurden. Sara war maßgeblich daran beteiligt, dass ich meine Kinder unversehrt zurückbekommen habe. Ihr technisches Know-how, ihre Gesichtserkennungs- und Ortungssysteme haben für die rechtzeitige Entdeckung gesorgt. Und …«

»Und die technische Entwicklung pausiert nicht, Fred«, fiel ihm Sara Wittstock ins Wort. »Mit den heutigen Möglichkeiten der Biometrik stehen uns noch ganz andere Optionen bei der Gesichtserkennung zur Verfügung, und Spuren mit Tatrelevanz lassen sich digitalisiert viel schneller auswerten und zuordnen als damals. Polynomiale Optimierungsprobleme spielen kaum noch eine Rolle und …«

»Sara, wir sind hier, weil meine Kollegin Sabine ein Problem hat«, unterbrach Abel ihren Redefluss. »Ein Problem, für das du, wie du vorhin am Telefon sagtest, eine Lösung parat hast.«

Sara Wittstock bedeutete ihren Besuchern, ihr zu folgen. Es war, als bewegten sie sich in den Eingeweiden eines Computers. Etwa ein

Dutzend nervös blinkende Servertürme standen links und rechts an den Wänden des Flurs und stellten zumindest in diesem Teil der Wohnung die einzige Inneneinrichtung dar. Auf dem Boden des Flurs verliefen mehrere armdicke Kabelbündel. Die Wärme absondernden elektronischen Geräte heizten die abgestandene Luft auf.

In dem Raum, der bei normaler Nutzung der Wohnung ein geräumiges Wohnzimmer dargestellt hätte und penetrant nach Katzenstreu und kalten Räucherstäbchen roch, stand direkt hinter der Türöffnung ein ramponierter Katzenbaum, auf dessen Spitze regungslos eine weitere Perserkatze thronte und abfällig maunzte, als die Besucher eintraten. Die Wohnzimmerfenster waren mit bodenlangen, lilafarbenen Vorhängen verdunkelt, die jeden Hinweis darauf abschirmten, ob draußen Tag oder Nacht herrschte.

Auf einem gigantischen Schreibtisch im Zentrum des Raumes war eine Mauer aus zwölf Monitoren errichtet – immer vier neben- und drei übereinander. Ein weiterer kleinerer und etwas abseits von den übrigen Monitoren postierter Bildschirm zeigte das im Moment unspektakuläre Livebild aus dem Hausflur, das von der dort installierten Überwachungskamera übertragen wurde.

Auf der Monitorwand, deren Bilder scheinbar von öffentlichen Überwachungskameras gespeist wurden, war in Ausschnitten das geschäftige Treiben auf öffentlichen Plätzen zu sehen. Ausschnitte des Alexanderplatzes und der Vorplatz des Berliner Hauptbahnhofs. Immer wieder zoomte eine unsichtbare Kamera auf Köpfe von Passanten, vergrößerte ihr Gesicht und unterlegte es mit einem Netzwerk dünner grüner Linien, die in einem Karomuster einzelne Gesichtsmerkmale scannten.

Moewig pfiff durch die Zähne. »Ich dachte immer, Big Data verletzt Menschenrechte? Was sagt denn der Berliner Datenschützer dazu?«

Sara Wittstock zuckte statt einer Antwort nur mit den Schultern.

»Also, das ist beeindruckend«, sagte Sabine Yao mit einem Blick auf die Monitore.

»Nichts im Vergleich zu ihrer alten Wohnung. Wann bist du aus dem Märkischen Viertel weggezogen?«, wollte Abel von Sara Wittstock wissen.

»Vor guten zwei Jahren, als die Situation mit meinem Ex und Rizgar …, also seitdem lebe und arbeite ich hier in meinem eigenen Rechenzentrum. Das BKA lässt mich durchgehend Homeoffice machen. In Amtshilfe bin ich immer mal wieder für den Staatsschutz tätig. Und seitdem ich regelmäßig mit meinem Therapeuten rede, kann ich es auch aussprechen: Ich kann die überwiegende Zeit des Tages besser ohne als mit anderen Menschen verbringen. Insofern ist das hier optimal für mich.« Für einen kurzen Moment wirkte sie verlegen, fast verletzlich.

»Also …« Sie rückte sich auf dem niedrigen Sitzhocker etwas zurecht, ehe sie fortfuhr. »Nachdem du mir vorhin berichtet hast, was deine Kollegin für ein Problem hat, habe ich mir überlegt, wie wir uns völlig unbemerkt ein Bild von dem angeblichen Spuk machen können. Im Prinzip braucht ihr mich dazu nicht. Ihr könnt das mit zwei Handys und einem Babyfon mit integrierter Kamera selbst machen, denn das ist im Grunde ja auch Spionagetechnik. Aber wo ihr schon mal hier seid, können wir es auch professionell angehen.«

Sara Wittstock trat auf die Monitorwand zu und zog aus den Schubladen in den Seitenteilen ihres riesigen Schreibtisches diverse Mini-Kameras, hauchdünne Kabel und weitere technische Spielereien hervor. Triumphierend hielt sie eine der Mini-Kameras, die nicht größer als eine Walnuss war und auch in etwa dieselbe Form hatte, ihren Besuchern hin und sagte stolz: »Die zeichnen bis zu 200 Stunden durchgehend auf einer internen Festplatte auf. Superview, 170-Grad-Bildwinkel, und das in 28-Megapixel-Auflösung. Und sogar in völliger Dunkelheit erkennt man alles, was sich vor der Linse abspielt, gestochen scharf. Parallel sendet das kleine Wunder das Material via WLAN hierher auf meine Rechnereinheit, falls jemand die Kamera mit der Festplatte entdeckt und verschwinden lässt. Moderne Mobilfunktechnologie macht's möglich. Ich sagte ja schon, Fred, heute gibt es ganz andere Möglichkeiten als noch vor zwei Jahren.«

Die Besucher waren sprachlos.
Abel fand als Erster seine Sprache wieder. »Und wie bringen wir die Technik da rein? Lars könnte das machen …«
Sara Wittstock zog einen Schmollmund. »Ernsthaft? Bitte jetzt keine Anfängerfehler. Da marschiert plötzlich ein Muskelmann in Schonhaltung rein?«
Moewig plusterte sich sofort auf. »Ich habe gebrochene Rippen, dafür schone ich mich herzlich wenig«, sagte er ruppig und erntete ein Augenzwinkern von Sara Wittstock, was ihn sofort besänftigte.
»Ich denke, wenn zwei Frauen da reingehen, von denen sich eine besonders gut mit der Technik auskennt, sind wir schneller. Meint ihr nicht?«, fragte die IT-Expertin bestimmt und stopfte die Ausrüstung in eine übergroße Handtasche.
Wenn etwas Ungewöhnliches in der Wohnung von Sabines Schwester vorgeht, Sara wird es herausfinden, dachte Abel. *Aber was, wenn die Wahrheit alles nur noch schlimmer macht?*

☠☠☠

68

Berlin, Marzahn-Hellersdorf,
Wohnung von Mailin Zhou,
Freitag, 1. August, 20:41 Uhr

Sabine Yao verfolgte staunend, wie Sara Wittstock einem Fährtenhund gleich durch die Wohnung ihrer Schwester streifte. Langsam und mit Bedacht schritt sie durch jedes Zimmer, kontrollierte immer wieder prüfend die Decke und Zimmerecken, untersuchte Möbelstücke, öffnete Schränke. Nach einer Weile verschwand Sabine Yao im Schlafzimmer und räumte die herumliegenden Kleidungsstücke zusammen. Sie hörte, wie Sara Wittstock

nun in der Küche Schranktüren und Schubladen öffnete und geräuschvoll wieder schloss.
Dann erschien sie in der Schlafzimmertür. »Seit wann trinkt deine Schwester?«, fragte sie.
Sabine Yao wurde nervös. Fühlte sich plötzlich unwohl. *Woher will sie das denn wissen? Ich habe doch die ganzen leeren Weinflaschen entsorgt,* fragte sie sich.
»Keine Sorge, ich verfüge nicht über telepathische Fähigkeiten. Ich habe diverse Korkenzieher gefunden, aber keine einzige Weinflasche. Mit den Mundwassern im Badezimmer und in den Küchenschubladen könnte deine Schwester einen Drogeriemarkt eröffnen. Und die Aspirin- und Paracetamol-Sammlung im Bad ist beachtlich. Ach ja, und der Apfelsaft im Kühlschrank ist übrigens mit Wodka versetzt, falls du das noch nicht gemerkt hast …«
»Ich weiß nicht, wann genau Mailin wieder angefangen hat zu trinken. Bis vor Kurzem dachte ich noch, dieses Kapitel wäre Geschichte«, räumte Sabine, nicht unbeeindruckt von Sara Wittstocks Beobachtungs- und Kombinationsgabe, ein. Und wieder einmal musste sie zugeben, dass sie nur wenig über ihre jüngere Schwester wusste. Wie sehr sie sich zwischen dem Glauben an deren Unschuld, was Siaras Verletzungen betraf, und den Tatsachen, die sich ihr in den letzten Tagen offenbart hatten, hin- und hergerissen fühlte!
Sara Wittstock kratzte sich verlegen am Hinterkopf. »Entschuldigung, ist auch nicht wirklich von Relevanz für unser Vorhaben. Ich dachte, fragen schadet nicht.« Ehe Sabine Yao darauf etwas entgegnen konnte, schaltete Sara Wittstock wieder in ihren kriminalistischen Betriebsmodus und sagte: »Ich lege jetzt los, dann sind wir hier in spätestens dreißig Minuten wieder raus.«
Sabine Yao nickte. »Was kann ich tun?«
»Mir mal eine kleine Leiter holen. Ein Stuhl aus der Küche tut es sonst auch, die sehen recht stabil aus. Ich muss ein bisschen klettern.« Sie holte ihre große Handtasche, die sie im Eingangsbereich auf dem Boden abgestellt hatte. Als Sabine Yao mit einem Stuhl ins

Wohnzimmer zurückkehrte, sah sie, wie die IT-Expertin ein Dutzend ihrer kleinen Kameras auf dem Boden verteilte.

»Damit werden wir alles sehen, was hier passiert. Also, *wenn* etwas passiert. Weißt du, wer sonst noch hier im Haus wohnt? Würde ich sonst mal checken. Vielleicht ist ein Einbrecherkönig, ein polizeibekannter Spanner oder ein perverser Höschensammler dabei. Nichts für ungut, aber das ist wichtig für das Gesamtbild. Ziehe ich mir aber später aus dem Computer. Hältst du bitte den Stuhl fest, ich muss hier hoch …«, sagte sie, nahm eine der Kameras in die Hand und stieg auf die Sitzfläche des Küchenstuhls, um das Gerät oben auf der Schrankwand im Wohnzimmer anzubringen.

»Ich kenne keinen der Bewohner. Ich weiß nicht einmal, wer die direkten Nachbarn sind«, sagte Yao ratlos und stemmte sich auf die Stuhllehne.

Die IT-Expertin stellte sich auf die Zehenspitzen, hantierte auf der Oberseite der Schrankwand herum, die bis etwa zehn Zentimeter unter die Decke reichte, und stieg kurz darauf mit einer geschmeidigen Bewegung wieder herab. »So, das wäre schon mal erledigt. Wir platzieren zwei Kameras in jedem Raum, dasselbe auch draußen im Flur, Blickrichtung Fahrstuhl inklusive Wohnungstür. Dann können wir jeden sehen, der sich auf der Etage bewegt, und alles, was in der Wohnung vor sich geht.«

Sabine Yao überlegte für einen kurzen Moment, ob es wirklich richtig gewesen war, Abel und damit auch Sara Wittstock in ihre Beobachtungen einzuweihen. Sollte diese ganze Überwachungsaktion fruchtlos und ohne Resultat verlaufen, würde das schlichtweg bedeuten, dass sie nervlich am Ende war – etwas, was sie sich selbst weder ein- noch zugestehen wollte.

Während Sabine Yao noch darüber nachgrübelte, beobachtete sie, wie Sara Wittstock weitere Mini-Kameras in den verschiedenen Zimmern der Wohnung montierte: mithilfe von doppelseitigem Klebeband verschwanden sie in oder auf Möbelstücken, in Lampen oder zwischen Haushaltsgegenständen.

Die Rechtsmedizinerin wusste nicht, was sie sich mehr wünschte: dass die Kameras etwas in der Wohnung aufzeichneten oder dass nichts dergleichen passieren würde.

69

Berlin, Charlottenburg-Westend,
Wohnhaus von Dr. Michael Heumann, Gästebad,
Freitag, 1. August, 23:44 Uhr

Derselbe Wagen. Da ist er wieder.
Heumann starrte gebannt aus dem kleinen Fenster des Gästebades in seinem stilvollen Einfamilienhaus im Berliner Westend, eine der teuersten Wohngegenden Berlins. Vor hier aus hatte er den besten Überblick auf die Straße. Sein Blick folgte dem schwarzen Mercedes Coupé, der im Schritttempo vor dem Haus entlangfuhr, durch die Dunkelheit.
Heumann war sich sicher, dass es innerhalb der letzten eineinhalb Stunden mehrfach derselbe Wagen gewesen war. Die Straße, in der Heumann mit seiner Familie lebte, war keine Durchfahrtsstraße für den Berufsverkehr, sondern eine verkehrsberuhigte Tempo-30-Zone. Man kam hier nicht zufällig vorbei.
Schon wieder. Wer ist das, verdammt …
Fahrer und Beifahrer waren durch die dunkel getönten Scheiben des Fahrzeugs nicht zu erkennen. Nachdem der schwarze Mercedes das Haus des Chirurgen passiert hatte, heulte der Motor auf, und der Wagen verschwand aus Heumanns Blickfeld. Langsam zog er die Finger aus dem Spalt zwischen Innenjalousie und Fensterrahmen.
Seine Frau Isabell war gegen 22 Uhr ins Bett gegangen. Er hatte ihr

gesagt, er sei noch nicht müde, wolle noch ein bisschen fernsehen und dann nachkommen. Dann war ihm der Kegel der Scheinwerfer aufgefallen.

Sein Mund wurde trocken. Die Wirkung der letzten Tavor-Tablette, die er vor nicht einmal zwei Stunden eingeworfen hatte, ließ schon wieder nach.

Muss noch eine Tablette nehmen.

Da!

Irgendjemand ließ weiter oben in der Straße den Motor eines Autos aufheulen. Hastig schob Heumann wieder die Hand hinter die Jalousie, zog sie ein Stück von der Fensterscheibe fort. Lugte durch den Spalt nach draußen.

Nichts.

Der Chirurg trat ein paar Schritte zurück, nestelte einen Tablettenblister aus seiner vorderen Hosentasche. In einer Ecke seines Gehirns schlummerte schon seit einiger Zeit die Erkenntnis, dass er nichts anderes als ein Junkie war. Einer, der sich ständig nach dem nächsten chemischen Kick sehnte. Einer, der chemischen Support brauchte, wenn er das Gefühl hatte, die Situation um ihn herum würde seiner Kontrolle entgleiten. *Ich bin abhängig von diesem Scheißzeug. Wenn das hier vorbei ist, muss ich davon runterkommen.* Er wischte den Gedanken beiseite. Jetzt war nicht der richtige Zeitpunkt für Selbstzweifel. Heumann drückte eine Tablette aus dem Blister und schluckte sie trocken herunter.

Einmal noch nachschauen. Ein letzter Blick vors Haus, dann ab ins Bett. Morgen den Tag genießen. Mit Lotte in den Garten. Gleich früh, wenn es noch nicht so heiß ist. Morgen Abend dann wieder in den Nachtdienst.

Plötzlich fühlte er sich müde, als hätte er tagelang keinen Schlaf bekommen. Eine tiefe, schmerzhafte Erschöpfung breitete sich in seinem Körper aus.

Wie ein Schlafwandler trat er erneut an das Badezimmerfenster, schob langsam die Hand zwischen Jalousie und Scheibe und spähte hinaus. Und zuckte augenblicklich zusammen.

Dort in der Auffahrt! Der Wagen!
Heumann erstarrte.
In diesem Moment schaltete der Fahrer des schwarzen Mercedes Coupés das Fernlicht ein. Die Xenon-Scheinwerfer fuhren langsam hoch. Immer höher an der Fassade von Heumanns Haus entlang, bis sie das kleine Bad hell erleuchteten.
Heumann hob die Hand schützend vor die Augen. Er war sich sicher, dass der Clan des toten Amir Saad ihn gesucht und gefunden hatte.

☠☠☠

70

Berlin-Reinickendorf,
Weiße Stadt, Brückenhaus, Wohnung von Sara Wittstock,
Samstag, 2. August, 02:15 Uhr

Die beiden Perserkatzen schliefen nie zur selben Zeit. Eines der Tiere war immer wach und patrouillierte durch die Wohnung.
Sara Wittstock saß vor ihrer Monitorwand, zwei Laptops vor sich auf der Schreibtischplatte, die sie gerade zuklappte. Sie hatte sich, nachdem sie Sabine Yao auf dem Parkplatz der Treptowers abgesetzt hatte, mit dem digitalen Sicherheitskonzept von Europol beschäftigt – ein Freundschaftsdienst für einen alten Bekannten in der Europol-Zentrale in Den Haag, der offenbar wenig Zutrauen in das Können seiner eigenen Leute hatte.
Richtig müde war sie trotz der fortgeschrittenen Uhrzeit noch nicht, aber ihr Tages- und Nachtrhythmus korrelierte sowieso schon seit Jahren nicht mehr mit der Außenwelt.
Das leichte elektronische Surren der Serverlüftungen drang aus

dem Flur herein und lullte sie ein wenig ein. Allerdings fehlte ihr diese Geräuschkulisse regelrecht, wenn sie einmal nicht zu Hause war – was selten genug vorkam. Computer, Server, Überwachungstechnik, all das war ein Teil von ihr geworden. Eine Art Ersatzfamilie, wenn auch eine leblose. Mit Technik kam sie besser klar als mit Menschen. Das hatte sie leidvoll erkennen müssen, nachdem zunächst ihre Ehe gescheitert und dann vor einem knappen Jahr auch noch das alleinige Sorgerecht für ihren Sohn Rizgar ihrem Ex zugesprochen worden war. Aber sie wischte diese Gedanken rasch beiseite.
Sie würde noch schnell die Aufnahmen der Überwachungskameras aus der Wohnung von Sabine Yaos Schwester checken – nur für den Fall, dass sich da irgendetwas getan hatte. Deshalb zog sie die Tastatur auf ihrer Schreibtischplatte zu sich heran.
Die Rechnereinheit hatte die zwölf Monitore bereits in den Standby-Modus versetzt, da sie die letzten Stunden an den Laptops gearbeitet hatte, und im Wohnzimmer herrschte Schummerlicht. Aber nachdem sie über die Tastatur eine Ziffern- und Buchstabenfolge eingegeben hatte, sprangen die Monitore an, und der Raum wurde schlagartig hell erleuchtet.
Sara Wittstock aktivierte mit der Maus die Steuerungsoberfläche und klickte sich durch die einzelnen Kameraansichten, ließ die Aufnahmen, die laut der kleinen Zeitleiste in der rechten unteren Ecke des jeweiligen Monitors am Vortag um 21:04 Uhr begonnen hatten, im Schnelldurchlauf vorbeiziehen.
Kamera 1 Badezimmer: *Nichts.*
Kamera 2 Badezimmer: *Nichts.*
Kamera 1 Küche: *Nichts.*
Kamera 2 Küche: *Nichts.*
Kamera 1 Wohnzimmer: *Treffer!*
Sara Wittstocks Augen verengten sich zu schmalen Schlitzen.
Eine Bewegung auf dem Bildschirm. Eher ein Schatten.
Sie ließ die Aufnahme zurücklaufen. Ein Mann ging durch das von Kamera 1 im Wohnzimmer aufgezeichnete Bild, verließ das Blick-

feld der Kamera. Die Zeitleiste in der rechten unteren Ecke zeigte 22:12 Uhr.
Sara Wittstock setzte sich auf dem Schreibtischstuhl kerzengerade hin. Sie liebte diese Momente. Sie, die unsichtbare Jägerin, die den anderen, die ihre virtuelle Anwesenheit nicht im Entferntesten ahnten, bei ihren manchmal legalen, meistens aber illegalen Aktivitäten zusah. Die andere beobachtete. Alles dokumentierte.
Sie navigierte sich mit ein paar Mausklicks auf der Benutzeroberfläche durch die Systemsteuerung, ging auf Kamera 2 im Wohnzimmer, deren Aufnahmerichtung sich auf der gegenüberliegenden Wohnzimmerseite von Kamera 1 befand und im Weitwinkelmodus den Großteil des Raumes erfasste. Eine Couch, davor ein Couchtisch. Ein Sessel. Dahinter die riesige Schrankwand, fast alle Regalbretter und Ablagefächer leer, mit Ausnahme von wenigen Büchern, einigen DVDs und einem Strauß Plastikblumen, wovon sie sich in der Wohnung selbst ein Bild hatte machen können.
Kamera 2 Wohnzimmer: *Ein Mann.*
Sie ließ die Aufnahme jetzt in normaler Wiedergabegeschwindigkeit laufen. Der Mann stand mitten im Raum. Die Arme verschränkt. Regungslos, wie eine Erscheinung. Sie hielt den Atem an, ihr Finger drückte immer wieder auf die rechte Maustaste. Screenshot nach Screenshot. Der Mann wirkte völlig ruhig. Entspannt. Als gehörte er dorthin. Er hatte es vermieden, das Licht im Wohnzimmer oder in irgendeinem anderen Raum einzuschalten. Aber die Bilder der Kameras waren trotz des schummrigen Lichts in der Wohnung, die lediglich von den durch das Wohnzimmerfenster einfallenden Lichtquellen der umliegenden Hochhausfronten erhellt wurde, gestochen scharf. Infrarottechnik.
Sara Wittstock zoomte auf das Gesicht des Mannes. Screenshot.
Der Unbekannte trat mehrere Schritte vor und blieb links neben dem großen Sessel stehen, beugte seinen Oberkörper leicht nach vorn. Als würde er auf dem Boden etwas suchen. Die Zeitleiste in der rechten unteren Ecke zeigte 22:14 Uhr.
Plötzlich öffnete sich wie von Geisterhand die untere, etwa sechzig

Zentimeter hohe, linksseitige Tür der großen Wohnzimmerschrankwand.
Sara Wittstock pfiff scharf durch die Zähne, woraufhin eine ihrer Perserkatzen maunzte und ihr aufgeregt auf den Schoß sprang. Die IT-Expertin ließ sich davon jedoch keine Sekunde ablenken. Ihr Blick war starr auf das Geschehen auf dem Monitor fixiert.
Dort kamen jetzt zwei Arme zum Vorschein, die sich aus der geöffneten Tür im Unterteil der Schrankwand über den Fußboden nach vorn tasteten. Als würde ein Dämon der Hölle entsteigen.
Es folgte ein Oberkörper, ein Paar Beine. Ein Körper, der sich jetzt spinnenartig vorwärts bewegte.
»Oh, fuck!«, entfuhr es Sara Wittstock.
Aus dem Schrank in Mailin Zhous Wohnzimmer kroch ein Mensch.

☠☠☠

71

Berlin-Grünau,
Wohnhaus von Dr. Fred Abel und Lisa Suttner, Schlafzimmer,
Samstag, 2. August, 9:07 Uhr

Abel hatte wie ein Stein geschlafen. Als er gestern Abend nach Hause gekommen war – noch vor 21 Uhr, wie er es Lisa versprochen hatte –, hatte sie ihn mit einer ordentlichen Portion seiner heiß geliebten Spaghetti Carbonara empfangen.
Doch wirklich entspannt war der Abend nicht gewesen. Die Bedrohung, die von den Saads ausging, war nicht zu unterschätzen. In regelmäßigen Abständen waren Streifenwagen vor ihrem Haus aufgetaucht, und sowohl Herzfeld als auch der Dienststellenleiter des für ihre Wohngegend zuständigen Polizeireviers hatten sich

mehrfach telefonisch nach dem Rechten erkundigt. Es war zwar für Lisa und ihn beruhigend zu wissen, dass man die Angelegenheit ernst nahm, von einem gelösten Miteinander waren Abel und seine Lebensgefährtin jedoch weit entfernt gewesen.

»Hier ist unser Zuhause, Freddy«, hatte Lisa mehrfach gesagt, als müsste sie sich selbst immer wieder bestätigen, dass die von ihnen zunächst diskutierte, dann aber wieder verworfene Möglichkeit, in ein Hotel zu ziehen oder sogar in ein Safe House des BKA, nicht die richtige Antwort auf die Bedrohung durch den Saad-Clan war.

»Am liebsten würde ich die verdammten Saads zu Fournier nach Hause schicken«, hatte Abel verbittert gemurmelt. Und später am Abend hatten Lisa und er sich dann mit Schwärmereien über ihren nächsten Griechenlandurlaub abgelenkt. Doch daran, dass sich Lisa noch eine gefühlte Ewigkeit neben ihm im Bett hin und her warf, konnte Abel festmachen, dass die Aussicht auf den bevorstehenden Sommerurlaub seine Lebensgefährtin nicht wirklich beruhigt hatte.

Schließlich war Abel irgendwann nach Mitternacht in einen bleiernen Schlaf gefallen.

Nun lag er, seitdem er vor etwa zehn Minuten aus einem wilden Traum aufgeschreckt war und nicht mehr einschlafen konnte, mehr oder weniger wach in ihrem gemeinsamen Doppelbett. Lisa schlief noch tief und fest. Auch an diesem Morgen wurde Abel jenes Gefühl nicht los, das ihn schon am gestrigen Abend beschlichen hatte: dass Lisa irgendwie verändert war, dass irgendetwas zwischen ihnen stand. Irgendetwas, das mit der Bedrohung durch die Saads nichts zu tun hatte.

Er stand schließlich auf, verließ geräuschlos das Schlafzimmer und ging in das angrenzende Badezimmer, wo er gestern Abend, völlig erschöpft, vor dem Zubettgehen förmlich aus seiner Kleidung gefallen war. Er sammelte Hose, Hemd und Strümpfe auf. Sein Blackberry steckte noch in der Hosentasche. Abel zog das Gerät heraus und checkte das Display: vier Nachrichten.

SMS SABINE YAO
Danke! Deine Geheimwaffe ist überragend.
Bin gespannt, was sie herausfindet. Sabine

SMS SABINE YAO
PS: Ich hoffe, sie findet was heraus,
sonst sehe ich tatsächlich Gespenster!

Die dritte Textnachricht war von Sara Wittstock und fiel deutlich knapper aus. Sie hatte, im Gegensatz zu Sabine Yao, deren Nachrichten am späten Abend eingetroffen waren, mitten in der Nacht um 02:35 Uhr geschrieben.

SMS SARA WITTSTOCK (IT)
Melden!

Die vierte Nachricht war ebenfalls von Sara Wittstock und nur wenige Minuten nach ihrer ersten SMS gesendet worden. Es war ein Foto, von einem Bildschirm abfotografiert und einen Mann zeigend, der in einem Wohnzimmer stand. Auch wenn Abel noch nie dort gewesen war, war ihm augenblicklich klar, wo das Foto entstanden sein musste. *Mailin Zhous Wohnung!* Auf einen Schlag war Abel hellwach.

Er schloss leise die Badezimmertür, ging im Menü seines Blackberrys durch die Anrufliste des vorherigen Tages und wählte dann die Nummer von Sara Wittstock. Als sie das Gespräch annahm, klang die Stimme der IT-Expertin aufgekratzt und hellwach, auch wenn sie sicherlich in dieser Nacht nur wenig Schlaf bekommen hatte.

»Sehr gut, sieben Stunden nach der entscheidenden Nachricht ist der Herr der Leichen auch schon wach«, spöttelte sie am anderen Ende der Leitung. Im Hintergrund gurgelte eine Kaffeemaschine.

»Sorry, hab mein Handy gerade erst gecheckt. Und heute ist Wochenende für alle, die nicht durchgehend im Homeoffice arbeiten

so wie du«, erwiderte Abel kleinlaut. »Aber jetzt bin ich ganz Ohr. Was hat es mit dem Foto auf sich?«
»Heute Nacht habe ich schon mal das bisherige Material von allen Kameras, die ich in der Wohnung von Sabines Schwester installiert hatte, gesichtet. Und jetzt gibt es ein Rätsel für dich. Eine Black Story. Um kurz nach 22 Uhr betritt ein Mann die Wohnung von Mailin Zhou. Mit einem Schlüssel. Genau einundzwanzig Minuten später gehen zwei Männer wieder aus der Wohnung raus. Was ist passiert?«
Abel überlegte kurz, ob er sich auf das in Anbetracht des Ernstes der Lage eher zweifelhafte Vergnügen eines Ratespiels einlassen sollte. Dann fragte er: »Es war jemand in der Wohnung?«
»O ja!«
»Zwei Männer?«
»Ich sagte doch, einer ging rein, zwei gingen raus.«
»Ich möchte nicht raten, glaube ich«, flüsterte Abel nervös und versuchte zeitgleich, an der Badezimmertür zu lauschen, ob er vielleicht Lisa im Schlafzimmer durch sein Telefonat geweckt hatte.
»Also gut, ich sende dir gleich per E-Mail eine Videodatei, in der ich die entscheidenden Sequenzen zusammengeschnitten habe: Ein Mann betritt die Wohnung. Kein Einbruch. Er hat einen Schlüssel, er kennt sich aus. Geht zielstrebig ins Wohnzimmer. Die anderen Räume interessieren ihn nicht. Die betritt er nicht mal. Und im Wohnzimmer, da passiert dann etwas wirklich – na ja, Kurioses.«
»Was denn?«, fragte Abel ungeduldig.
Sara Wittstock machte eine Pause, als würde sie noch einmal durch das Material spulen, damit sie auch wirklich keine falsche Information weitergab, was Abels Spannung schier ins Unendliche steigerte.
»Da kriecht ein zweiter Kerl aus dem Wohnzimmerschrank.«
»Sag das bitte noch mal.«
»Ich habe dir eben die Videodatei geschickt, da siehst du alles. Und Fotos der beiden Typen, Ganzkörperaufnahmen und Bildaus-

schnitte, die Gesichter vergrößert«, berichtete Sara Wittstock. »Der zweite Mann ist aus der Schrankwand im Wohnzimmer gekrochen. Einfach so. Ich weiß nicht, wie er da reingekommen ist. Jedenfalls nicht, seitdem meine Kameras ab 21:04 Uhr aufgezeichnet haben, das kann ich mit Sicherheit sagen. Das bedeutet: Er war schon die ganze Zeit da drin. Er war in dem verdammten Schrank, als ich mit Sabine gestern Abend in der Wohnung war!«

☠☠☠

72

Berlin, Charlottenburg-Westend,
Wohnhaus von Dr. Michael Heumann, Küche,
Samstag, 2. August, 9:15 Uhr

Heumann hatte mit einer Regel gebrochen, die er sich selbst auferlegt hatte. Damals, als das mit den Tabletten, zunächst mit Ephedrin, angefangen hatte: Keine Pillen zu Hause einnehmen. Doch heute hatte er es getan. Wie auf Watte war er nach unten gegangen, wo Isabell bereits mit dem Frühstück wartete.

Ich werde ihr nichts sagen. Erst mal. Schließlich kann ich jetzt keinen weiteren Stressfaktor gebrauchen, dachte Heumann, fest überzeugt, alles im Griff zu haben. Irgendwie.

Gegenüber seiner Frau hatte er nur das Nötigste von dem Vorfall in der Rettungsstelle berichtet.

»Was guckst du eigentlich ständig nach draußen? Haben wir eine hübsche neue Nachbarin?«, fragte Isabell scherzhaft, als Heumann zum wiederholten Male an diesem Morgen an das Küchenfenster trat und hinausspähte, und schenkte ihm ein Lächeln. Ein liebevolles Lächeln, eingerahmt von ihren langen blonden Haaren. Auch Heumann lächelte.

Sie hat nicht die geringste Ahnung, was ich alles auf die Reihe bekommen muss. Behutsam, als könnten seine Hände etwas kaputt machen, strich Heumann seiner Frau über die Haare. Sie fühlten sich weich und warm an.
Sie drehte sich um, wollte ihn umarmen, doch er wandte sich abrupt von ihr ab, ergriff schnell ein Geschirrhandtuch und nahm die Weingläser aus der Spülmaschine.
Sie ist so gut und aufrichtig. Sie hat Normalität verdient, darf nichts merken.
Sein Nervensystem schaltete langsam wieder einige Gänge runter. Doch verschwinden wollten die Gedanken an den Mann nicht, der ihm in der Notaufnahme gedroht hatte und ihm jetzt wohl nachstellte.

73

Berlin-Grünau,
Wohnhaus von Dr. Fred Abel und Lisa Suttner, Badezimmer,
Samstag, 2. August, 9:17 Uhr

Abel massierte sich mit den Fingerspitzen der rechten Hand die Nasenwurzel, als würde er so seine Hirnwindungen anregen können, ihm die Lösung für Sara Wittstocks Rätsel aus Mailin Zhous Wohnung zu präsentieren. Mit der linken Hand presste er weiter sein Blackberry ans Ohr.
»Die Männer … waren es Asiaten? Dann könnten es Mitglieder der Familie sein. Mailin und ihr Mann sind ja chinesischer Abstammung. Ich meine«, korrigierte sich Abel, »ihr verstorbener Mann war Deutschchinese, genau wie Sabine und ihre Schwester. Vielleicht Cousins, die Sabine nicht auf dem Schirm hat.« Abel hatte

die Hoffnung, dass dieser Ansatz vielleicht eine Erklärung für das auf den ersten Blick Unerklärliche liefern würde.

Doch Sara Wittstock zerstörte diese Hoffnung direkt wieder. »Bullshit, Fred. Wer hockt den stundenlang in einem Schrank und räumt darin auf? Nein. Asiaten sind das nicht. Es sind Araber. Libanesen, um genau zu sein.«

Abel ließ die Hand von seiner Nasenwurzel neben seinen Körper hinunterfallen. Ein dunkler Gedanke trieb auf ihn zu wie eine große, graue Gewitterwolke auf ein kleines, weißes Segelboot. Dann nahm der Gedanke Kontur an. *Ich ahne etwas. Aber bitte nicht, das kann doch nicht wirklich sein …*

Sara Wittstock sprach am anderen Ende der Leitung ungerührt weiter. »Und ich will dir nicht vorenthalten, woher ich das weiß. Ich habe die Fotos meiner Überwachungskameras aus Mailin Zhous Wohnung über das Gesichtserkennungsprogramm laufen lassen. Ich hatte ja viel Zeit, während du ausschlafen musstest. Und weißt du was, ich …«

»Wer ist es? Wer sind die Männer?«, unterbrach Abel die IT-Expertin mit belegter Stimme.

»Einer der beiden ist Abdelkarim Saad«, antwortete Sara Wittstock. »Einer der Köpfe des Saad-Clans. Die Wahrscheinlichkeit liegt bei über 96,4 Prozent. Damit ist ein Irrtum praktisch ausgeschlossen.«

Abel schluckte. Seine Kehle war schlagartig wie ausgetrocknet. *Abdelkarim Saad.*

74

Berlin, Charlottenburg-Westend,
Wohnhaus von Dr. Michael Heumann, Terrasse,
Samstag, 2. August, 10:10 Uhr

Isabell Heumann liebte solche Tage. Die achtunddreißigjährige Ärztin saß im Schatten des riesigen Sonnenschirmes auf der weitläufigen Terrasse ihres Hauses auf einer champagnerfarbenen Rattancouch mit weißer Stoffauflage und blätterte sich durch einen Stapel Frauenmagazine, den sie am Vortag aus dem Wartezimmer ihrer Praxis mit ins Wochenende genommen hatte. Vor ihr auf dem Tisch standen eine Glaskaraffe mit Wasser und darin schwimmenden Zitronenscheiben sowie zwei Gläser.

Michael hatte Brötchen geholt, dann hatten sie gemeinsam gefrühstückt. Ihr Familienleben war perfekt. Trotz der kräftezehrenden Nachtdienste ihres Mannes war er nach wie vor ein liebevoller Ehemann und Familienvater. Auch wenn sie sich immer wieder fragte, wie er es schaffte, morgens als Erster aufzustehen. Sein Schlafdefizit musste immens groß sein.

Michael hatte bis eben noch mit ihrer Tochter Charlotte Boule gespielt – die Kinderversion mit kleineren und leichteren Kugeln – und war jetzt unterwegs, um die Bewässerungsanlage im Vorgarten zu überprüfen. Ihre fünfjährige Tochter spielte im Garten, weiter hinten bei den Rhododendren.

Isabell legte ihre nackten Beine übereinander und zog das weiße Leinenkleid zurecht. *Was für ein schöner Sommertag,* dachte sie und hielt Ausschau nach Michael. Er war aber noch nicht wieder hinter dem Haus aufgetaucht.

Isabell nahm sich die nächste Zeitschrift vor und begann darin zu blättern.

»Mama?«

Sie zuckte zusammen und ließ das Magazin sinken. Charlotte hatte sich von der Seite leise angeschlichen und stand jetzt direkt neben ihr.

»Na, kleine Maus? Was macht der Ponyhof?«, fragte Isabell. Sie wusste, dass sich ihre Tochter zwischen den Sträuchern eine Höhle gebaut hatte, in der ihre Ponys standen. Nur sie konnte die Ponys sehen. Und nur sie sie reiten.

»Den Ponys geht es gut. Ich habe alle gefüttert und gebürstet. Und ich hab jetzt auch einen Babyhund«, erzählte ihre Tochter aufgeregt und versuchte, sich ihr Trinkglas mit Wasser und Zitronenscheiben zu angeln.

Isabell nickte verständnisvoll. »Das ist gut, und jetzt haben die Ponys Durst? Und einen Babyhund gibt es auch auf deinem Reiterhof, sagst du?«

Die Kleine nickte und strich sich eine ihrer wilden dunklen Strähnen aus dem Gesicht. Sie hatte die kräftigen und wunderschönen Haare ihres Vaters geerbt.

»Ja, aber der hat sich ganz doll wehgetan. Jetzt muss er zum Tierarzt.«

»Und du bringst ihn hin? Das ist aber lieb von dir«, erwiderte Isabell und freute sich über die Fantasie ihrer Tochter.

»Der hat wirklich dolles Aua«, antwortete Charlotte geheimnisvoll, die inzwischen das Glas erreicht hatte und mit beiden Händen zum Mund führte. Als sie trank, fiel Isabells Blick auf die kleinen Hände ihrer Tochter. Sie waren schmutzig. Um ihre Fingernagelränder verliefen braune Rinnsale, die feucht glänzten.

Als Charlotte das Glas wieder abstellte, stockte Isabell der Atem. Charlottes Finger hatten rote Abdrücke auf dem Trinkglas hinterlassen.

Blut!

75

Berlin-Grünau,
Wohnhaus von Dr. Fred Abel und Lisa Suttner, Wohnzimmer,
Samstag, 2. August, 10:14 Uhr

Moewig war so schnell zu Abel nach Grünau gefahren, wie er nur konnte. Sein Lada Niva kam auf der Auffahrt vor Abels Wohnhaus knatternd zum Stehen, und als er sich mühsam aus dem Auto quälte – seine schmerzenden Rippen machten ihm immer noch zu schaffen – und die Autotür zuschlug, öffnete sich bereits die Haustür.

»Hallo, Lars. Komm rein«, begrüßte ihn Abel in der Kleidung des Vortages. Seine grauen Haare waren völlig zerzaust, und die Bartstoppeln in seinem Gesicht ließen Moewig vermuten, dass er es an diesem Morgen offensichtlich noch nicht geschafft hatte, Zeit im Bad zu verbringen, oder dass er sich überhaupt nicht die Mühe gemacht hatte, auch nur einen Blick in den Spiegel zu werfen.

»Du machst es ja mal wieder spannend, Fred. Es muss ziemlich wichtig sein, wenn du mich am Wochenende vor dem Frühstück einbestellst. Ich habe nur leider die Brötchen vergessen«, sagte Moewig ironisch und hob entschuldigend die Hände.

Abel zog seinen Freund hastig ins Haus. »Das kannst du später gern Lisa erzählen, sie schläft noch. Du musst dir etwas ansehen. Wittstock hat etwas in der Wohnung von Mailin Zhou festgestellt. Ich habe auch schon versucht, Sabine anzurufen, aber sie geht nicht ran.«

Die beiden Männer betraten das Wohnzimmer im Erdgeschoss. Abels Laptop stand geöffnet auf dem großen Glastisch in der Mitte des Raumes.

»Da warst du aber noch deutlich jünger«, sagte Moewig schmunzelnd und deutete mit dem Finger auf das Foto von Lisa und Abel in dem silbernen Rahmen, das auf dem weiß lackierten Sideboard stand.

»Ja, und damals hatte ich auch noch deutlich weniger Probleme als momentan«, sagte Abel und bedeutete Moewig, neben ihm vor dem Laptop Platz zu nehmen.
Er aktivierte den im Ruhemodus befindlichen Bildschirm. »Sieh mal, was sich gestern in der Wohnung von Sabines Schwester ereignet hat. Das ist kaum zu glauben. Kam vorhin von Sara als E-Mail-Anhang.«
Abel startete die Videodatei, die aus unterschiedlichen Perspektiven die verschiedenen Räume der Wohnung von Mailin Zhou zeigte. Zunächst sahen sie, wie sich die Wohnungstür öffnete. Ein Mann betrat die Wohnung. Perspektivwechsel. Der Mann ging durch einen kleinen Flur, verschwand durch eine Zimmertür. Perspektivwechsel. Der Mann betrat ein Zimmer, wahrscheinlich das Wohnzimmer, blieb in der Mitte des Raumes zwischen einem riesigen Sessel und einer Schrankwand stehen und schien dort auf irgendetwas zu warten. Schließlich bewegte er die Lippen, als würde er mit jemandem sprechen. Perspektivwechsel. Das Nächste sahen sie aus dem Blickwinkel des Mannes, der der Kamera jetzt den Rücken zudrehte. Dann öffnete sich die untere Tür des Wandschranks, und ein Mann kroch heraus.
Moewig, der kaum glauben konnte, was er da gerade sah, verfolgte das etwa zweieinhalbminütige Video wortlos. Die letzte Sequenz war, wie die beiden Männer Mailin Zhous Wohnung gemeinsam verließen.
»Alter! Was zur Hölle …«, flüsterte Moewig.
»Ist dir was aufgefallen?«, fragte Abel.
»Du meinst, bis auf die Tatsache, dass offensichtlich ein Typ in einem Schrank in der Wohnung von Sabines Schwester lebt? Reicht das denn nicht?«
»Ich meinte eigentlich den anderen Mann. Den, der als Erster auf der Bildfläche erschien. Moment, Sara hat mir auch noch Standbilder gemailt. Sie hat Vergrößerungen der beiden Männer angefertigt«, sagte Abel und öffnete einen weiteren Ordner.
Das Foto eines Männergesichts – akkurat gestutzter, dunkler Voll-

bart, durchzogen von wenigen weiße Strähnen, ein Pflaster über einer prägnanten Nase, eng beieinanderstehende Augen – füllte jetzt den Bildschirm aus.

»Das gibt es doch nicht!«, stieß Moewig aus und rutschte dabei auf seinem Stuhl ein Stück weiter nach vorn. »Abdelkarim Saad! Fuck! Der Typ ist anscheinend überall.«

☠☠☠

76

Berlin, Charlottenburg-Westend,
Wohnhaus von Dr. Michael Heumann, Terrasse,
Samstag, 2. August, 10:18 Uhr

Isabell rutschte eilig näher an ihre Tochter heran.

»Süße, hast du dich verletzt? Was ist denn mit deinen Händen passiert?« Sie wollte nach den dünnen Ärmchen greifen. Doch ihre Tochter entzog sich ihr und betrachtete ihre Finger, als würde sie sie zum ersten Mal sehen.

»Das ist von Hundi. Der muss ja zum Arzt«, sagte Charlotte wie selbstverständlich.

Isabells Stimme wurde ernst. »Lotte, wo genau ist denn der Hundi?«

Charlotte beugte sich neben der Rattancouch, auf der Isabell gelegen hatte, nach unten, hob ein kleines Fellbündel auf und presste es eng an ihre Brust. Es hinterließ sofort schmierige, bräunliche Spuren auf dem Stoff ihres gelben Sommerkleidchens.

Isabell stand ruckartig auf und ging vor ihrer Tochter in die Hocke. Das helle Fell des Tieres war schmutzig und verschmiert.

Ein Welpe. Vielleicht wurde er angefahren? Könnte ein kleiner Golden Retriever sein, dachte Isabell und wollte das Tier Charlotte be-

hutsam abnehmen, doch diese drehte sich von ihr weg, das Tier immer noch an die Brust gepresst.
»Mama, nicht anfassen. Der hat ganz doll Aua. Der kann nicht mehr laufen. Die Beine sind kaputt.«
Isabell fiel in dieser Sekunde auf, dass die kleinen Beine des Tieres tatsächlich schlaff, seltsam verdreht und kraftlos unter dem Griff ihrer Tochter herunterbaumelten.
»Lass ihn bitte runter, Lotte«, sagte Isabell, die in diesem Moment ein kaum hörbares Fiepen vernahm.
Die Augen des Welpen waren geschlossen, seine Schnauze war blutverschmiert, und lediglich das Pumpen des Atems, das den kleinen Bauch erzittern ließ, gab einen Hinweis drauf, dass das Tier überhaupt noch lebte. Isabell entdeckte ein dünnes hellblaues Halsband. *Also gehört er irgendjemandem.* Dann sah sie das gefaltete Stück Papier, das hinter dem Halsband auf Höhe des Nackens klemmte.
»Hast du den Zettel da hingesteckt?« Charlotte schüttelte zögerlich den Kopf.
Doch ehe sie weiter darauf eingehen konnte, näherte sich ihr Mann mit knirschenden Schritten über den Kiesweg.
»Was ist denn hier los? Streitet ihr euch?«, fragte er, während er die Stufen zur Terrasse emporkam.
Charlotte plapperte los, bevor ihre Mutter ihr zuvorkommen konnte. »Mama will mir den Babyhund wegnehmen! Aber die Ponys und ich wollen ihn behalten«, empörte sie sich und umschloss das verletzte Tier noch einmal fester mit ihren Armen.
Isabell stöhnte innerlich auf. Es war nicht das erste Mal, dass ihre Tochter Michael gegen sie auszuspielen versuchte. »Das Tier wurde angefahren, schätze ich. Ich weiß nicht, wo Lotte ihn gefunden hat«, sagte sie. »Es steckt ein Zettel unter seinem Halsband.«
Michael runzelte die Stirn.
»Also gut, zeig mal her. Wem gehört er denn? Vielleicht kennen wir die ja. Könnten Nachbarn sein.«
Dann blickte er kurz irritiert auf Charlotte. Offensichtlich hatte er

bemerkt, welche Spuren das verletzte Tier auf ihr hinterlassen hatte. Ihr Kleid war im Brustbereich mit Blut verschmiert. Auch an ihrem Hals waren hellrötliche Wischspuren zu sehen.
»Komm, wir gucken ihn uns zusammen mal genauer an«, sagte Michael.
Er ging vor Lotte in die Knie, die nur widerwillig das Tier auf dem Boden absetzte. Das Fiepen wurde lauter, ein dünnes Rinnsal aus Blut und Speichel lief aus dem kleinen Maul, die Atmung des Welpen pumpte jetzt noch heftiger. Er versuchte, sich auf die Beine zu stellen, doch beide Vorderbeine knickten zeitgleich ein, und er blieb erschöpft liegen. Dann hob er das Hinterteil an, doch auch die Hinterbeine versagten kraftlos ihren Dienst. Das Fiepen wurde lauter, schwoll zu einem hochtonigen Wehklagen an.
Isabell erschrak. *Es steht nicht gut um den kleinen Kerl,* dachte sie.
»Die Beine sind gebrochen«, raunte sie ihrem Mann zu, der seine Augenbrauen zusammenzog.
Charlotte reckte neugierig den Hals.
»Der Zettel im Halsband … Vielleicht steht da wirklich der Besitzer drauf. Nun schau schon nach, Michael! Und ich denke, wir sollten sofort die Tierrettung rufen«, sagte Isabell energisch und legte ihrem Mann die Hand auf die Schulter.
Michael erwiderte nichts, sondern fasste mit spitzen Fingern nach dem zusammengefalteten Stück Papier unter dem hellblauen Halsband. Er faltete es auseinander, während Charlotte dem Welpen liebevoll den Kopf streichelte.
Als Erstes sah Isabell die plötzlich zitternden Hände ihres Mannes, dann spürte sie, wie ein leichtes Beben seinen Körper übermannte. Die Blutschlieren auf dem weißen DIN-A5-Papier bildeten ein bizarres Muster. Isabell verstärkte den Griff ihrer Hand, die immer noch auf der Schulter ihres Mannes ruhte.
Michael zog scharf die Luft durch die Nase ein. Dann atmete er aus, und in das Geräusch der ausströmenden Luft mischte sich ein tiefes Seufzen.
»O nein! Scheiße … Ich …«, entfuhr es ihm.

»Michi, alles in Ordnung?«, fragte sie irritiert.
Doch sie erhielt keine Antwort.
»Papa? Wem gehört der Hund?«, wollte Charlotte wissen.
Ihrem Mann glitt der Zettel aus den Händen, als wäre er plötzlich hundert Kilogramm schwer, und fiel zu Boden.
»Lotte, wo hast du den Hund gefunden?«, fragte Michael jetzt leise.
Er schien die Kontrolle über seinen Körper zunehmend zu verlieren. Seine Hände öffneten und schlossen sich schnell, und auf seiner Stirn bildete sich ein feucht glänzender Schweißfilm.
»Der war da hinten. In meiner Höhle, bei den Ponys«, antwortete Lotte und zeigte auf die Rhododendren.
»Was ist denn los, ist dir nicht gut? Was steht auf dem Zettel?«, fragte Isabell.
»Geht ins Haus, sofort!«, japste Michael leise und rang nach Luft.
Isabell nahm ruckartig die Hand von seiner Schulter und hob den Zettel auf. Michael schob seine Tochter bereits in Richtung der Terrassentür.
Isabells Augen sprangen über die schwarzen, mit einem dicken Filzstift geschriebenen Buchstaben. Es waren fremdländische Schriftzeichen, sehr wahrscheinlich arabische. In römischer Schrift war ausschließlich ein Name geschrieben: Amir Saad.
»Komm jetzt!«, schrie ihr Mann beinahe hysterisch.
Isabell blickte schockiert auf den fiependen, schwer verletzten Welpen vor ihr, dem jetzt die Zunge trocken aus dem Mund hing und dessen Lefzen bei jedem Atemstoß heftig zuckten.
Was geschieht hier gerade? Was geschieht denn bloß?
In diesem Moment brach ihr Mann auf der Terrasse zusammen.

☠☠☠

77

Berlin-Grünau,
Wohnhaus von Dr. Fred Abel und Lisa Suttner, Schlafzimmer,
Samstag, 2. August, 10:33 Uhr

Lisa war von Stimmen im Haus geweckt worden und hochgeschreckt. Sie hatte schlecht geschlafen. Immer wieder hatte sie für eine Weile wach dagelegen. Immer wieder hatte sich der Gedankenstrudel um ihre Schwangerschaft und ob es wirklich richtig war, Fred unter den jetzigen Umständen immer noch nicht einzuweihen, in ihrem Kopf gedreht und sie am Einschlafen gehindert. Eine gefühlte Ewigkeit hatte sie sich hin und her gewälzt. Zudem war es im Schlafzimmer unerträglich warm gewesen, zumindest hatte es sich so angefühlt. In den frühen Morgenstunden war sie dann doch noch eingeschlafen.

Als sie aufwachte, hatte sie für einen kurzen Moment nicht gewusst, wo sie war. Dann war die Orientierung zurückgekehrt und mit ihr auch die Erinnerung an die akute Bedrohungslage, mit der sie sich seit dem Vortag konfrontiert sah.

Die Saads …

Sie erhob sich träge und stieg aus dem Bett. Öffnete die Schlafzimmertür und lauschte. Freddys Stimme, unverkennbar. Und da war noch eine zweite Stimme: männlich, sehr markant. Sie überlegte kurz, ob sie sich etwas über ihr dunkelgraues, knielanges und ziemlich ausgeleiertes Schlaf-T-Shirt ziehen sollte, verwarf den Gedanken aber wieder, als die Neugier darüber, was sich in der unteren Etage abspielte, Überhand gewann.

Leise trat sie ein paar Schritte vor und lugte über die Balustrade der breiten Treppe. Durch die geöffnete Tür des Wohnzimmers erspähte sie Fred und Lars, die am Glastisch saßen und sich unterhielten.

Was macht Lars am Samstagmorgen bei uns? Muss was ziemlich Wichtiges sein …

»Wie zur Hölle kommen die Saads in die Wohnung? Und was treibt der Typ bitte da im Schrank?«, fragte Moewig und stützte sich mit beiden Fäusten auf der Glasplatte ab.

Der Clan, es geht wieder um diesen verdammten Clan, schlussfolgerte Lisa und spürte augenblicklich, wie sich ihr Puls beschleunigte.

Fred antwortete seinem Freund nicht gleich. Lisa beugte sich noch etwas weiter vor. Sie war hin- und hergerissen zwischen ihrer Rolle als heimliche Zuhörerin und ihrem schlechten Gewissen, dass sie ihren Lebensgefährten belauschte.

Fred erhob sich von seinem Stuhl und ging jetzt nervös auf und ab, so wie er es immer tat, wenn er seinen Gedanken auf die Sprünge helfen wollte.

»Wenn wir eine Antwort auf deine Fragen bekommen wollen, müssen wir zunächst versuchen zu klären, ob es eine Beziehung zwischen den Saads und den Zhous gibt – so unwahrscheinlich sich das im Moment auch anhört.«

O Gott, ist Sabines Familie etwa auch noch in diesen ganzen Irrsinn, in dieses unsägliche Bedrohungsszenario involviert?, fragte sich Lisa. *Sie hat doch weiß Gott schon genug Ballast mit sich herumzuschleppen.* Lisa überlegte kurz und entschied sich dann, noch einen Moment zu warten, ehe sie zu den beiden nach unten ging.

»Wir müssen da hin, müssen sehen, was in diesem Schrank ist. Lass uns mit der Wittstock sprechen, sie kann doch checken, ob es gerade Bewegungen in der Wohnung gibt. Wenn wir ausschließen können, dass wir auf einen von denen treffen, gehen wir rein«, sagte Moewig jetzt.

Fred marschierte wieder ziellos durch den Raum, verschwand dann aus Lisas Blickfeld. Kurz darauf hörte sie ihn sagen: »Es ist zu gefährlich, Lars.«

»Was heißt hier gefährlich? Wir sichern uns über Wittstocks Überwachungsmaschinerie ab. Sie ist unser Back-up. Wenn die Luft rein ist, betreten wir die Wohnung. Wie früher bei den Fernspähern, wir infiltrieren unauffällig hinter die feindlichen Linien, unbemerkt rein ins Feindesland. Wir sehen uns um und sind so schnell wieder weg, wie wir gekommen sind. Fünf Minuten, vielleicht zehn, mehr nicht. Komm schon, Fred!«

»Lars, ich weiß nicht …«

»Wenn wir jetzt die Kavallerie holen, gibt es einen Mordsaufriss vor Ort. Das weißt du genauso wie ich. Dann sind die Saads weg, und wir werden vielleicht nie erfahren, was da vor sich geht. Oder vor sich ging«, insistierte Moewig weiter.

Fred war hin- und hergerissen, das spürte Lisa. Doch gleich darauf schien er einen Entschluss gefasst zu haben.

»Okay. Dann brechen wir jetzt auf. Ich fahre bei dir mit und rufe von unterwegs Sabine an, dass wir uns vor dem Wohnhaus ihrer Schwester treffen. Sie soll den Schlüssel mitbringen. Und dann kann sie den Eingangsbereich vor dem Haus von ihrem Auto aus observieren und uns anrufen, wenn sich unten etwas tut und es so aussieht, dass wir Besuch bekommen. Parallel wird Sara jeden unserer Schritte beobachten und kann uns, wenn irgendetwas schiefläuft, auf dem kurzen Dienstweg Verstärkung schicken.«

Mit einem Mal kehrte die Übelkeit zurück. Lisas Magen krampfte sich zusammen. Sie krümmte sich, verspürte Brechreiz. *Verdammt, nicht jetzt!*

Dann hörte sie, wie Lars geräuschvoll von seinem Stuhl aufstand, und sah, wie die beiden Männer zur Haustür gingen.

Pass auf dich auf, wir brauchen dich hier, wollte sie Abel noch hinterherrufen, aber der Würgereiz verschlug ihr die Sprache, und sie stürzte ins Badezimmer.

78

Berlin, Charlottenburg-Westend,
Dienstwagen Horst Markwitz,
Samstag, 2. August, 11:34 Uhr

Okyar saß auf dem Beifahrersitz, und trotz der immer wieder abrupten Fahrbahnwechsel und des hohen Tempos träufelte er sich Augentropfen in seine Augen.

Vor etwa dreißig Minuten hatte Hauptkommissar Markwitz ihn angerufen und ihn kurz über die aktuellen Geschehnisse in Dr. Michael Heumanns Wohnhaus informiert. Heumanns fünfjährige Tochter hatte im Garten der Familie einen schwer misshandelten Hundewelpen gefunden, unter dessen Halsband eine arabischsprachige Nachricht hinterlassen worden war – die Übersetzung stand noch aus. Man vermutete, dass es eine Todesdrohung war. Heumann war daraufhin zusammengebrochen und hatte notärztlich bei sich zu Hause im Westend versorgt werden müssen, eine Krankenhauseinweisung hatte er jedoch strikt abgelehnt.

Okyar hatte am Telefon sofort zugestimmt, seinen Kollegen vom LKA 4, der ihn vor wenigen Minuten an seiner Privatadresse in Kreuzberg aufgelesen hatte, zu den Heumanns zu begleiten. Die Brisanz der neuen Entwicklung, die neue Eskalationsstufe durch den Saad-Clan, nahmen die beiden Kriminalbeamten sehr ernst.

»Allergie?«, fragte Markwitz vom Fahrersitz aus, während er über die Schulter sah, um dann seinen dunkelblauen BMW zu beschleunigen und an einem auf seiner Fahrbahn abgestellten DHL-Wagen vorbeizuziehen.

»Ja, irgendwelche Pollen, die im Moment in der Luft rumschwirren. Kein Wunder, seit Wochen hat es kaum geregnet, alles staubtrocken.«

»Also«, wechselte Markwitz das Thema, »Heumann ist ja schon dein Kunde bei der Mordkommission. Die Ermittlungen sowohl in Richtung fahrlässiger Tötung, aber auch, was eine Körperverletzung mit

Todesfolge beziehungsweise Tötung durch Unterlassen betrifft – je nachdem, was am Ende von den Vorwürfen übrig bleibt und für eine Anklage reicht –, sind das eine. Aber nach dem Tod von Amir Saad kommt es für ihn richtig dicke. Jetzt hat er nicht nur die Mordkommission, sondern auch noch den Saad-Clan am Hals.«

Okyar nickte.

»Amir Saads Familie hat dem Arzt, den sie für den Tod verantwortlich machen, eine Nachricht geschickt. Aber warum war ein Hund der Bote?«

»Entscheidend ist nicht der Welpe. Weiß Gott, wo die Saads das arme Tier herhatten. Viel wichtiger ist, was sie mit ihm gemacht haben: Sie haben ihm alle vier Beine gebrochen. Er musste noch vor Ort von einem Tierarzt eingeschläfert werden.«

»Das ist pervers, oder?«, fragte Okyar und rümpfte die Nase.

»Na ja, es soll Heumann zeigen, dass sie vor keiner Grausamkeit zurückschrecken. Und die Message ist bei unserem guten Doktor wohl auch angekommen«, antwortete Markwitz. »Ein kleiner Hund, über den sie das Todesurteil verhängt haben. Heumann ist Vater einer kleinen Tochter. Simpel – aber sehr wirksam.«

Der Wagen bog in eine von alten Kastanien gesäumte Nebenstraße ein, in der sich schmucke Gründerzeitvillen aneinanderreihten. Ein Hauch altes Berlin.

Okyar, den es noch nie in das alte Villenviertel im Westend verschlagen hatte, war beeindruckt.

»Hier stehen Buden – Wahnsinn!« Er konnte gar nicht so schnell schauen, wie die Häuser an ihm vorbeiflogen. Dann lenkte er seine Gedanken zurück auf die Befragung, die vor ihm lag. »Im Ermittlungsbericht zu dem Überfall des Saad-Clans auf die Rettungsstelle, bei dem auch Heumann anwesend war, steht ein interessanter Name: Bassam Darzi.«

Horst Markwitz stöhnte leise auf, er musste abrupt an einer Ampel abbremsen, weil sich sein Vordermann spontan entschlossen hatte, bei Gelb eine Vollbremsung hinzulegen. »Ja, den kenne ich.«

»Ich auch«, sagte Okyar.

Markwitz verfiel in einen Behördenton, es klang, als würde ein Sprachcomputer einen Aktenauszug vorlesen. »Bassam Darzi ist Gastronom vom Ku'damm. Er betreibt zwei Steakhäuser, mehrere Spielotheken. Gehört zum nahen Umfeld der Saads.«

»Und ist mein Nachbar!«, schob Okyar dazwischen.

Markwitz schaute erstaunt zu ihm hinüber, musste sich dann jedoch wieder auf die Straße konzentrieren. »Wie bitte?«, stieß er hervor.

Doch Okyar bewunderte bereits die nächsten Prachtbauten, an denen der BMW vorbeifuhr.

»Ja, wenn du so willst, ist er einer meiner Nachbarn. Wohnt in derselben Straße. Penthouse im Dach. Aber das ist gar nicht so entscheidend. Kennst du seinen Spitznamen?«

Markwitz nickte. »Ja, man nennt ihn den *Saubermann.*«

»Richtig. Er betreibt Geldwäsche in ganz großem Stil. Nicht nur ein paar Scheine, die seine Affen dann in die Spielautomaten schieben müssen. Da hat er ganz andere Tricks auf Lager. Jeden Abend werfen die Mitarbeiter seiner Restaurants viele Steaks und Beilagen in den Müll. Und für die Steuer heißt es dann: Heute war aber viel los.«

Markwitz nickte beeindruckt.

»Und? Warum, meinst du wohl, hat den noch keiner hochgehen lassen?«, fragte Markwitz neugierig.

»Wenn ich raten müsste, dann hat er Freunde, die wir nicht haben. Ich weiß nicht, welchem Schwager oder Bruder von welchem Politiker er schon geholfen hat. Aber du wirst es mir ja vielleicht noch verraten.« Okyar grinste.

Markwitz drosselte das Tempo und versuchte, einen Blick auf die vorbeiziehenden Hausnummern zu erhaschen. Als er die Streifenwagen in etwa dreißig Meter Entfernung sah, beschleunigte er noch einmal kurz und lenkte den BMW dann auf den Fußweg vor dem Haus mit der Nummer 21.

☠☠☠

79

Berlin, Marzahn-Hellersdorf,
Wohnhaus von Mailin Zhou, Parkplatz,
Samstag, 2. August, 11:39 Uhr

Als Moewig seinen Lada auf den Parkplatz vor dem Wohnblock fuhr, beschlich Abel auf dem Beifahrersitz das Gefühl, sich auf feindlichem Territorium zu befinden. Wie damals, als sie beide, seinerzeit nicht älter als zwanzig, Mitte der Achtzigerjahre in der Zeit des Kalten Krieges als Bundeswehrsoldaten die Infiltration in das Feindesland des Ostblocks unter Gefechtsbedingungen trainierten, spürte er das Adrenalin in seinem Blut aufwallen.

Aber da war noch etwas, was sich in seinem alarmierten Gehirn meldete. Und es war nicht allein die schockierende Erkenntnis, dass die Wohnung von Sabine Yaos Schwester aus bisher unerklärlichen Gründen von einer hochkriminellen Gruppierung frequentiert wurde. Auch die vage Ahnung, dass die nächtliche Beobachtung durch Sara Wittstocks Überwachungskameras möglicherweise dem Fall der kleinen Siara Zhou eine völlig neue Wendung geben konnte, arbeitete sich aus Abels Unterbewusstsein hervor.

Aber ehe dieser Gedanke endgültig an die Oberfläche kommen und Konturen annehmen konnte, wischte Abel ihn beiseite und konzentrierte sich auf die vor ihnen liegende Aufgabe.

Soweit er die anderen parkenden Autos auf dem hitzeflirrenden Parkplatz überblicken konnte, war Sabine Yao noch nicht eingetroffen. Moewig schaltete den Motor des Ladas aus, und beide Männer lehnten sich schweigend in ihren Sitzen zurück. Für einen kurzen Moment schloss Abel die Augen und atmete gleichmäßig ein und aus. Im Gegensatz zu seinem Freund, der als Privatermittler solche adrenalingeladenen Observationen und deren ungewissen Ausgang gewohnt war und jetzt völlig gelassen neben ihm saß, war für Abel diese Art von Tätigkeit fremd.

Abels gewohntes Terrain war der Sektionssaal, manchmal ein Ge-

richtssaal. Und wenn er mal an einem Leichenfundort in U-Bahn-Tunneln, auf verlassenen Industriegeländen, in Häusern oder Wohnungen tätig war, waren diese Örtlichkeiten bereits von Polizeibeamten gesichert und die Lage klar und überschaubar. Ganz im Gegensatz zu der jetzigen Situation.
Plötzlich wurde Abel durch ein Klopfen an der Scheibe der Beifahrerseite jäh aus seinen Überlegungen gerissen. Er fuhr erschrocken zusammen.

☠☠☠

80

Berlin, Charlottenburg-Westend,
Wohnhaus von Dr. Michael Heumann,
Samstag, 2. August, 11:42 Uhr

Als Kommissar Okyar und Hauptkommissar Markwitz das Wohnzimmer der Heumanns betraten, lag Dr. Michael Heumann auf einer großen, einladenden Couchkombination aus beigefarbenem Leinenstoff, die u-förmig um einen mit Marmor verkleideten Kamin stand. Der hinzugerufene Notarzt, der mittlerweile schon zu seinem nächsten Einsatz aufgebrochen war, hatte Heumann nach dessen Schwächeanfall einen venösen Zugang am Handrücken gelegt. Daran befand sich ein Infusionsbeutel, aus dem wässriger Inhalt in ein kleines Plastikreservoir tropfte, der von dort wiederum über einen Schlauch in Heumanns Körper gelangte.
Eine Frau von Mitte oder Ende dreißig mit langen blonden Haaren – Heumanns Frau, wie Okyar mutmaßte – stand vor einer breiten Panoramafensterfront mit Blick in den Garten und musterte die beiden Ermittler bei ihrem Eintreffen stumm. Sie trug ein Mäd-

chen, vielleicht fünf oder sechs Jahre alt, auf der Hüfte, das sich an sie klammerte und sich immer wieder verängstigt umschaute.
Zwei uniformierte Polizeibeamte standen etwas ratlos neben der Szenerie und schienen sichtlich erleichtert, als die beiden Kriminalbeamten das Wohnzimmer betraten.
»Guten Tag, Herr Heumann«, sagte Okyar in Richtung des Arztes.
Heumann warf ihm einen erschöpften Blick zu und hauchte zur Begrüßung nur: »Hallo, Herr Okyar.«
»Frau Heumann, nehme ich an?«, wandte sich Okyar an die Frau, die seine Frage mit einem langsamen Kopfnicken bejahte. »Mein Name ist Okyar, LKA Berlin. Und das ist der Kollege Markwitz. Wir sind über das, was sich hier vor etwa anderthalb Stunden zugetragen hat, im Bilde. Ehe wir uns mit Ihnen über das weitere Vorgehen aus polizeilicher Sicht unterhalten, müssen wir uns zunächst einen Überblick über die Örtlichkeiten und Gegebenheiten verschaffen.«
»Ein- und Ausgänge, Art der Tür- und Fenstersicherungen«, fiel Markwitz dem jüngeren Kollegen jetzt ins Wort. »Um potenzielle Schwachpunkte auszumachen. Wären Sie, Frau Heumann, so gut und würden mich herumführen? Ich weiß, der Zeitpunkt ist nicht ideal, aber es hilft nun mal nichts. Je schneller wir das hinter uns gebracht haben, desto schneller können wir Maßnahmen zu Ihrer Sicherheit planen und umsetzen. Können wir?«
»Ja, natürlich«, sagte die blonde Frau und platzierte das kleine Mädchen auf ihrer anderen Hüfte. »Kommen Sie, ich werde Ihnen alles zeigen.«
Als Markwitz, Frau Heumann und das Kind, das sich an seine Mutter wie ein Koalabär an einen Eukalyptusbaum klammerte, das Wohnzimmer verließen, wandte sich Okyar an die beiden Streifenpolizisten.
»Ab jetzt übernehmen wir, danke, Kollegen. Bestreifung und eventuellen Personenschutz ordern wir über das Lagezentrum. Also, falls wir uns heute nicht mehr sehen, angenehmen Dienst noch und schönes Restwochenende.«

Die beiden Beamten verabschiedeten sich kurz und verließen den Raum.
Als Okyar und Heumann schließlich allein im Wohnzimmer waren, atmete der Chirurg schnaufend aus.
»Scheiße, was ist hier los«, flüsterte er.
»Wie geht es Ihnen?«, wollte Okyar wissen. Die Antwort kannte er schon. Es war ihm mit dieser Floskel lediglich daran gelegen, etwas Zutrauen von Heumann zu gewinnen, da er dem Arzt bei seiner Vernehmung vor fünf Tagen im LKA in der Keithstraße ziemlich zu Leibe gerückt war und er wohl kaum von einem Vertrauensvorschuss gegenüber seiner polizeilichen Ermittlungsarbeit ausgehen konnte. Jetzt aber hatte er Heumann als Bürger, der selbst Opfer einer Straftat, namentlich Bedrohung, geworden war, in einer gänzlich anderen Situation vor sich. Und dieser Situation musste der Ermittler gerecht werden.
»Beschissen wäre wohl noch geprahlt«, erwiderte Heumann kraftlos und richtete sich langsam auf. »Wie geht es jetzt weiter?«
Wie ein Häufchen Elend saß er vor ihm. Okyar sah die Verzweiflung und die Angst in seinen Augen. Und der Ermittler wusste, dass der Hundewelpe, die schriftliche Drohung und der Zusammenbruch Heumanns sehr wahrscheinlich erst der Anfang waren. Der Arzt hatte vielleicht eine vage Ahnung davon, in was er da hineingeraten war. Okyar war sich aber sicher, dass er nicht annähernd wusste, an was für Schwerkriminelle er durch seine Operation des angeschossenen und noch auf dem OP-Tisch verstorbenen Amir Saad geraten war und welche Dimensionen und Dramatik das Geschehen möglicherweise noch annehmen würde.

☠☠☠

81

Berlin, Marzahn-Hellersdorf,
Wohnhaus von Mailin Zhou, Parkplatz,
Samstag, 2. August, 11:51 Uhr

Sabine Yao konnte nicht glauben, was die Kameras aufgezeichnet hatten. Immer wieder und wieder hatte sie mit Abel und Moewig die Aufnahmen auf dem Handy angeschaut.

Nun, auf dem Parkplatz vor dem Wohnblock ihrer Schwester, sah sie sich die Bilder noch ein letztes Mal an. Dann sagte sie zu ihren beiden Begleitern, die vorn in Moewigs Wagen saßen: »Ja, der eine von den beiden ist der Mann, der mir vor drei Tagen im Hausflur vor Mailins Wohnung begegnet ist. Der irgendwie ertappt wirkte, als er aus dem Aufzug stieg und plötzlich vor mir stand.«

»Dann müssen wir jetzt selbst überprüfen, was dort oben vor sich geht«, sagte Abel entschlossen.

Sie entschieden, dass nicht Sabine Yao, sondern Moewig im Auto warten und den Eingang zu dem riesigen Wohnblock im Auge behalten sollte. Sie kannte sich in der Wohnung ihrer Schwester im Gegensatz zu Moewig aus, was ihnen bei der Untersuchung einen nicht zu unterschätzenden Vorteil verschaffen würde.

Sabine Yao und Abel stiegen aus. Vorsichtig sahen sie sich um. Doch bis auf ein paar lärmende Kinder auf einem benachbarten Spielplatz und eine alte Dame, die einen offensichtlich steinalten Yorkshireterrier mehr an der Leine hinter sich herzerrte, als ihn zu führen, war niemand in der flirrenden Vormittagshitze zu sehen.

Nach einem letzten Blick zu Moewig, der ihnen durch Hochhalten seines Handys und Daumen-hoch-Geste signalisierte, dass er telefonisch mit Sara Wittstock in Verbindung stand, betraten sie das Wohnhaus, das der Hitze der Stadt in seinem Inneren wegen

der unverputzten Betonwände spürbar nichts entgegensetzen konnte.
Die beiden Rechtsmediziner fuhren mit dem Fahrstuhl in die zwölfte Etage.
Sabine Yao wirkte nervös. Vor Mailins Wohnung angekommen, griff Abel in eine seiner hinteren Jeanstaschen und zog ein Paar hellblaue Latexhandschuhe heraus, die er sich überstreifte. »Vorsichtshalber«, sagte er mit einem Schulterzucken.
»Und du meinst wirklich, es ist niemand in der Wohnung?«, fragte Sabine Yao flüsternd und deutete auf die Wohnungstür. »Es ist ganz schön unheimlich, dass Sara und ich völlig ahnungslos da drin waren, während im Schrank ein Mann lauerte …«
»Nach allem, was wir dank Sara Wittstock wissen, hat seit gestern Abend 22:21 Uhr niemand mehr die Wohnung betreten. Ich kann zwar nicht ausschließen, dass noch weitere Personen im Schrank hocken, halte das aber eigentlich für ausgeschlossen, wenn du mich fragst«, raunte Abel. »Und sollte doch jemand die Schranktür von innen zuhalten, wenn wir nachschauen wollen …« Abel nestelte an einer seiner vorderen Jeanstaschen herum und präsentierte Sabine Yao mit einem flüchtigen Lächeln ein kleines Schweizer Taschenmesser. »Dann mache ich den Schrank hiermit auf! MacGyver lässt grüßen.«
Doch anscheinend konnten Abels Worte ihr die Nervosität nicht nehmen. Als mit einem kurzen Piepton eine neue Textnachricht auf Abels Blackberry, das er die ganze Zeit in der Hand hielt, eintrudelte, zuckte seine Kollegin zusammen. Er überflog die Nachricht und reichte das Gerät an Yao weiter.

SMS SARA WITTSTOCK (IT)
Habe euch beide im Blick.
Fred, du trägst ja dieselben Klamotten wie gestern!
Wohnung dürfte frei sein.
Keine Bewegung mehr seit heute Nacht.

Sabine Yao, die den Wohnungsschlüssel die ganze Zeit – offenbar unbewusst – wie eine Stichwaffe vor sich gehalten hatte, warf Abel einen vielsagenden Blick zu. Nahezu geräuschlos öffnete sie die Wohnungstür, und beide traten ein.

☠ ☠ ☠

82

Berlin, Charlottenburg-Westend,
Wohnhaus von Dr. Michael Heumann,
Samstag, 2. August, 11:55 Uhr

»Wie geht es jetzt weiter?« Heumann blickte Okyar aus trüben Augen an.

Als Okyar antworten wollte, vibrierte sein Handy. »Sorry, da muss ich rangehen«, entschuldigte er sich und trat, um ungestört telefonieren zu können, aus dem Wohnzimmer in die geräumige Diele.

»Hallo, Holger«, begrüßte Okyar seinen Kollegen Holger Lass vom LKA 1.

»Tachchen, Tekin, ich habe die Übersetzung der in Arabisch verfassten Botschaft an deinen Doktor, die die Kollegen abfotografiert und rübergeschickt haben. Sie wird dir, und insbesondere Markwitz, nicht gefallen. Gar nicht gut.«

»Spuck schon aus, was steht da?«, fragte Okyar ungeduldig.

»Da steht: ›Das Blut unseres Bruders klebt an deinen Händen. Das Blut von AMIR SAAD. Du bist ein toter Mann.‹«

Okyar bedankte sich, legte auf und kehrte zu Heumann zurück.

Er räusperte sich, wägte die folgenden Worte sorgsam ab. Dann sagte er langsam und gedämpft: »Herr Heumann, der Kollege, der gerade mit Ihrer Frau eine Hausbesichtigung macht, Hauptkommissar Markwitz, ist wie ich vom LKA, allerdings ist er im Fachbereich Organisierte Kriminalität tätig. Sie haben auf dem Papier, das unter dem Hundehalsband steckte, eine Todesdrohung der Familie Saad erhalten, die Markwitz schon seit geraumer Zeit im Visier hat. Wir gehen davon aus, dass diese Drohung in direktem Zusammenhang mit dem Vorfall in der Rettungsstelle in der Charité in der Nacht vom dreißigsten auf den einunddreißigsten steht. Die Saads sind ein aus dem Libanon stammender Clan, der den Sicherheitsbehörden in Berlin seit einiger Zeit ziemliche Probleme …«

»Ich weiß, wer die Saads sind, Herr Okyar. Ich lebe ja nicht hinterm Mond, und natürlich habe ich die Presseberichterstattung in den letzten Tagen nach dem Vorfall in der Rettungsstelle verfolgt.«

»Gut«, entgegnete Okyar. »Dann kann ich mir diese Ausführungen sparen. Ich werde mich, wenn Kollege Markwitz wieder mit Ihrer Frau zurück ist, mit ihm dazu abstimmen, wie wir …«

»Ich frage Sie jetzt noch mal, Herr Okyar«, unterbrach Heumann ihn ungeduldig ein weiteres Mal. »Wie geht es jetzt weiter? Verschonen Sie mich bitte mit Ihren Plattitüden und Allgemeinplätzen!«

»Nun, Herr Doktor, ich will ehrlich zu Ihnen sein. Sie und Ihre Familie haben ein echtes Scheißproblem«, entgegnete Okyar und beschloss, dem Mann reinen Wein einzuschenken. »Es passiert jetzt Folgendes …«

☠☠☠

83

Berlin, Marzahn-Hellersdorf,
Wohnung von Mailin Zhou, Wohnzimmer,
Samstag, 2. August, 11:56 Uhr

So leise wie möglich drückte Sabine Yao die Wohnungstür hinter sich in die Falle. In höchster Alarmbereitschaft, auf leisen Sohlen und rechts und links einen prüfenden Blick vom Flur aus in Küche, Badezimmer und Schlafzimmer werfend, ging sie voran in das Wohnzimmer.

Vor der großen Schrankwand deutete sie auf die untere linke Schranktür von etwa sechzig Zentimetern Höhe, aus der der Unbekannte herausgekrochen war. Die Schrankwand wirkte auf sie plötzlich bedrohlich, wie das Tor zu einer anderen Welt.

Die Tür war fest verschlossen, wie sie es bereits vermutet hatten. Sabine Yao zog den Schlüssel aus der rechts daneben befindlichen Schranktür und probierte ihn aus, aber vergeblich. »Ganz anderes Schloss, den hier bekomme ich nicht mal hineingesteckt«, sagte sie leise zu Abel.

»Wahrscheinlich nachträglich das Schloss ausgetauscht«, flüsterte er zurück. »Wir müssen herausfinden, was genau sich hinter dieser Schranktür verbirgt. Was wir sicher wissen, ist, dass dahinter eine Art Hohlraum ist. Aber wo führt der hin?«

In diesem Moment meldete sich Abels Blackberry mit einem erneuten Piepton, der beide zusammenfahren ließ. Abel und Yao beugten sich über das Display.

SMS SARA WITTSTOCK (IT)
Was steht ihr da so rum?
Macht schon! Das ist ja spannender als *Homeland,*
was ihr da abzieht. Was ist in dem gottverdammten Schrank?

»Sie hat recht. Jede Minute, die wir Zeit verlieren, erhöht unser Risiko, entdeckt zu werden. Wir müssen da jetzt rein, aber ohne dass es später zu bemerken ist«, murmelte Abel.
»Ich weiß nicht, wie«, flüsterte Sabine Yao und schien fieberhaft zu überlegen.
Abel hob sein Schweizer Taschenmesser in die Höhe.

☠ ☠ ☠

84

Berlin, Marzahn-Hellersdorf,
Wohnung von Mailin Zhou, Wohnzimmer,
Samstag, 2. August, 12:04 Uhr

Er hatte nicht zu viel versprochen, denn keine fünf Minuten später – die ihr allerdings wie eine Ewigkeit vorgekommen waren – hatte er das Schloss geöffnet. Jetzt stand die Schranktür offen, und das Schloss war, soweit sie es einschätzen konnte, unbeschädigt geblieben. Während sie sich fragte, ob Fred wohl auch einen Plan parat hatte, wie er die Tür später wieder verschließen würde, damit die Männer ihre Anwesenheit nicht nachträglich bemerken würden, ging sie auf die Knie und rutschte auf die Öffnung zu. Ihr Herzschlag beschleunigte sich ein weiteres Mal an diesem Vormittag. Das dunkle Loch im Inneren der Schrankwand, das mit tiefer Schwärze aufwartete, hatte eine unheimliche Sogwirkung auf sie. Abgestandene Luft kam ihr entgegen.
»Was denkst du, wie tief es da reingeht?«
»Na ja, eine Tropfsteinhöhle oder ein geräumiger Bunker mit Nazigold wird wohl nicht dahinter verborgen sein«, antwortete Abel. »Die Wand zum Schlafzimmer wirkte erstaunlich dick, vielleicht

verläuft ein Lüftungsschacht da drin. Aber viel mehr kann es nicht sein.«
Mit diesen Worten schaltete er die Taschenlampenfunktion seines Handys ein, schob Sabine sanft zur Seite und kroch in die Türöffnung.

☠☠☠

85

Berlin, Marzahn-Hellersdorf,
Wohnung von Mailin Zhou, Wohnzimmer,
Samstag, 2. August, 12:15 Uhr

Im Innenraum roch es muffig, nach kaltem Beton. Abel konnte, da die Deckenhöhe im Inneren des Schrankfaches zunächst abnahm, nicht länger auf allen vieren krabbeln. Er musste robben. Nach nur einem knappen halben Meter gelangte er in eine Art Raum. Im Schein seiner Handytaschenlampe sah er, dass dieser keinen Meter hoch und etwa zwei Meter breit war. Dort, wo sich die Wand des Zimmers befand, war der Beton offensichtlich mit grobem Gerät geöffnet worden. Ein Erwachsener konnte hier drinnen höchstens gebückt sitzen. Der Innenraum des unteren Schrankteils war also in die Eingeweide des Gebäudes verlängert worden. Abraum und Schutt waren zwar beseitigt, aber überall lagen noch kleine Steinbrocken auf dem Boden, die sich in Abels Handflächen bohrten und durch seine Hosenbeine gegen seine Kniescheiben drückten. Die Enge bereitete ihm Unwohlsein, seine Hände und Knie schmerzten bei jeder kleinsten Vorwärtsbewegung auf dem harten, unebenen Untergrund.
»Hier drinnen ist nichts. Jemand hat die Wand aufgestemmt. Vielleicht ein Versteck!«, rief er hinter sich und hoffte, dass seine Kol-

legin ihn hören konnte und der enge Hohlraum nicht den Schall verschluckte.
»Was siehst du genau?«, hörte er ihre Stimme hinter sich.
»Moment!«, rief Abel. Er spürte einen leichten Luftzug. Kühle Luft. Und als er sich suchend zu beiden Seiten wandte, entdeckte er im Lichtkegel seiner Handytaschenlampe eine Aussparung linker Hand, die ihm zuvor nicht aufgefallen war. Auch hier war die Wand aufgebrochen worden. Dahinter – wieder Dunkelheit. Abel streckte seinen Oberkörper durch das Loch und schreckte abrupt zurück: Bodenlose Tiefe. Kälte. Schwärze.
»Ein Lüftungsschacht!«, rief Abel nach hinten, obwohl er sich nicht sicher war, dass Sabine Yao ihn immer noch hören konnte. Dann stieß seine Hand gegen einen Haken, der auf dem Boden vor ihm befestigt worden war. Er schob seinen Oberkörper vorsichtig ein kleines Stück zurück, als hätte er sich auf eine brüchige Eisfläche begeben, und besah sich die Befestigung.
Was ist das denn?
An dem Haken, einem stabilen Teil, wie sie beim Gerüstbau in die Fassaden getrieben werden, waren etwa ein Dutzend stabile Nylonschnüre verknotet.
»Was ist da?«, hörte er Sabine Yaos Stimme, die nur sehr leise zu ihm ins Innere des geheimen Raumes drang. Vorsichtig ließ Abel die Hand über die Schnüre gleiten. Etwas hing daran. Er rutschte wieder ein Stück nach vorn und leuchtete die mit einer Metallverschalung ausgekleideten Wände des Lüftungsschachtes hinab. Sein Blick folgte dem Lichtkegel nach unten. Am Ende der Nylonschnüre schienen Behältnisse zu hängen, soweit er das erkennen konnte. Darunter folgte die schier unendlich wirkende Tiefe des Schachtes und eine Dunkelheit, die alles Licht in sich aufzusaugen schien. Wo der Schacht endete, war zwar nicht ersichtlich, Abel vermutete aber, dass er das gesamte Gebäude senkrecht nach unten bis zum Keller beziehungsweise Fundament des Hauses durchzog.
»Hier hat jemand etwas in einen Schacht gehängt. Behältnisse!«, rief Abel.

Er überlegte für einen kurzen Augenblick, dann legte er sein Blackberry neben sich auf den staubigen und auch hier mit Betonbröckchen übersäten Boden – so ausgerichtet, dass die Handylampe ihn nicht blendete. Daraufhin legte er beide Handflächen um eine der stramm gespannten Nylonschnüre – und zog daran. Das Gewicht des Gegenstandes am anderen Ende schätzte er auf etwa ein Kilogramm. Ohne lange darüber nachzudenken, begann er, die stabile dünne Schnur nach oben zu ziehen.

Ich muss auf alles vorbereitet sein, machte er sich mit jedem Zentimeter klar, den er den Gegenstand am anderen Ende der Nylonschnur behutsam durch den Lüftungsschacht zu sich nach oben beförderte.

Als der Gegenstand nur noch etwa dreißig Zentimeter von ihm entfernt war, sah Abel, dass es sich um eine schwarze Plastiktüte handelte, die am oberen Ende mit Kabelbindern verschnürt war, durch die das Nylonseil, an dem er gezogen hatte, hindurchführte. Als er die Tüte am oberen Rand des Lüftungsschachtes vorsichtig ablegte und die Konturen im Inneren des Beutels betastete, ahnte er bereits, worum es sich bei dem Inhalt handeln konnte. Eine Waffe war es jedenfalls nicht. Er durchtrennte die Kabelbinder mit seinem Taschenmesser und ließ die lose Nylonschnur in den dunklen Schacht zurückfallen.

☠ ☠ ☠

Die schwarze Plastiktüte, die er Sabine Yao aus dem Schrank hinaus entgegengereicht hatte, lag jetzt wie ein vom Himmel gefallener Rabe vor den beiden Rechtsmedizinern. Sabine Yao hatte die Tüte ebenfalls von außen betastet. Darin musste sich ein rechteckiger Gegenstand von der Größe von drei übereinandergelegten Butterstücken befinden, so ihre Mutmaßung, die sie Abel gegenüber geäußert hatte.

»Drogen?«, fragte Yao jetzt mit brüchiger Stimme.

Abel nickte. »Das vermute ich auch. Wir sollten aber sehen, dass wir hier so schnell wie möglich …«

Abels Blackberry signalisierte eine SMS. Dann direkt danach eine weitere. Wortlos warf er einen kurzen Blick auf das Display und reichte das Gerät an Sabine Yao weiter.

SMS SARA WITTSTOCK (IT)
Ist es das, was ich denke?
Macht schon auf!

SMS LARS MOEWIG
Was ist los bei euch? Alles in Ordnung?

»Lass uns verschwinden, Sabine. Wir nehmen unseren Fund mit, fahren direkt in die Treptowers und lassen die ungeöffnete Tüte durch den Computertomografen laufen. Falls es C4 oder irgendein anderer Sprengstoff ist, würde ich es gern wissen, bevor wir die Tüte öffnen.«
Sabine Yao schüttelte ungläubig den Kopf. »Du willst einfach wieder abdampfen und nicht direkt die Kollegen vom LKA holen? Für Markwitz wäre das hier ein Fest! Wir haben alles auf Video. Das ist eine Steilvorlage für …«
»Ja, wir könnten auch direkt die Kollegen der Drogenfahndung und unser Sprengstoffkommando vom BKA verständigen, aber ich denke, dass wir damit noch etwas warten sollten«, unterbrach Abel sie.
»Warten? Warum?«
»Weil ich die vage Vermutung habe, oder vielmehr ein unbestimmtes Gefühl, dass wir hier nicht nur einem geheimen Depot der Saads – wofür auch immer – auf der Spur sind, sondern dass auch die Verletzungen deiner kleinen Nichte irgendwie damit zusammenhängen. Ich würde gern …«
»Was genau meinst du, Fred?«
»Unser Gespräch bei Herzfeld, Anfang der Woche. Als er uns beide zu sich in sein Büro zitierte, hat er gesagt, dass er möchte, dass zukünftig nichts mehr zwischen uns steht, was unsere Arbeit behindert. Du erinnerst dich?«

»Ja, ich erinnere mich natürlich, aber worauf willst du hinaus? Was hat das Gespräch mit dem geheimen Raum hinter dieser Schrankwand zu tun?«, fragte sie ungeduldig.
»In diesem Gespräch habe ich Herzfeld und dir berichtet, dass mich der Stationsarzt von der Kinderintensivstation auf eine Verletzung hinter Siaras rechtem Ohr aufmerksam gemacht hat, die für mich nur von einem Schlag, vielleicht von einer Hand mit einem Ring daran, herrühren kann. Deine Schwester trug letzten Mittwoch im Familiengericht ihren Ehering, er kommt aber nicht als Verursacher der Verletzung in Betracht. Trägt deine Schwester sonst noch andere Ringe?«
»Nein, nie«, entgegnete Sabine Yao. »Fred, ich kann irgendwie gerade nicht klar denken. Ich …« Sie kam ins Stottern bei dem Versuch, die richtigen Worte zu finden. »Ich weiß, dass deine Fakten, deine Interpretation der Verletzungen von Siara stimmen. Ich …«
»Bitte, Sabine, vertrau mir«, unterbrach Abel seine Kollegin abermals. »Gib mir etwas Zeit. Ich schließe die Schranktür jetzt wieder so, dass keiner bemerkt, dass sie zwischenzeitlich geöffnet wurde. Dass wir überhaupt da waren. Wenn die Saads und ihre Handlanger hier wieder aufkreuzen – sieht Sara alles. Sie werden feststellen, dass eine ihrer Plastiktüten aus dem Schacht fehlt. Na und? Schwund gibt es immer. Und die Polizei können sie ja wohl kaum rufen und sagen, dass sie bestohlen wurden. Ich habe eine Idee, der ich nachgehen muss. Wenn sie ins Leere läuft, benachrichtigen wir das LKA. Wenn ich mit meiner Vermutung recht habe, werden wir ebenfalls die Polizei einschalten, aber wir sind dann in einer ganz anderen Position. In diesem Fall haben wir alle Trümpfe in der Hand, und das Blatt wendet sich, was die Spekulationen und bisherigen Überlegungen zur Entstehung der Kopfverletzungen deiner kleinen Nichte anbelangt. Ich kann vielleicht beweisen, dass deine Schwester unschuldig ist, aber dafür musst du mir jetzt voll und ganz vertrauen.«
Sabine Yao nickte zögerlich.
Und Abel hoffte inständig, dass er recht behalten würde.

☠ ☠ ☠

86

Berlin,
Treptowers, BKA-Einheit »Extremdelikte«, Büro Dr. Fred Abel,
Samstag, 2. August, 16:52 Uhr

Nachdem Sabine Yao, Abel und Moewig in den Treptowers eingetroffen und direkt in den im Sektionstrakt gelegenen Computertomografieraum gegangen waren, hatte Abel das CT hochgefahren und die Plastiktüte geröntgt. Es befand sich ausweislich der CT-Aufnahmen ein 15 × 10 × 5 cm messendes, in Plastikfolie eingeschweißtes Päckchen darin, das eine homogene, pulvrige Substanz enthielt.

Die Dichtemessung des pulvrigen Inhaltes hatte ergeben, dass es sich definitiv nicht um irgendeinen Explosivstoff, sondern um Kokain von hohem Reinheitsgrad handelte.

Abel hatte dann an einem der PCs im Vorraum des Sektionssaales ein kurzes Protokoll zu den Umständen der Auffindung des Päckchens und dem CT-Ergebnis geschrieben, es ausgedruckt, und Sabine Yao und er hatten es unterschrieben. Dann hatte er die immer noch ungeöffnete schwarze Plastiktüte und das Protokoll in einem Asservatenbeutel verstaut, in der Asservatenkammer neben dem Sektionstrakt deponiert und im Asservatenbuch eingetragen.

Abel war klar, dass die von ihm getroffene Entscheidung, zum jetzigen Zeitpunkt nicht die Polizei einzuschalten, für ihn als BKA-Beamten nicht nur sehr gewagt, sondern auch gesetzwidrig war und er mit seinem eigenmächtigen Vorpreschen zudem zahlreiche Dienstvergehen beging. Er wollte aber unbedingt Zeit gewinnen, ehe die große Ermittlungsmaschinerie anlief und zu viel Staub aufwirbelte. Um jedoch mit seinem Verhalten nicht völlig in die Illegalität abzudriften, hatte er, quasi als Rückversicherung, das Protokoll zu ihrem Drogenfund geschrieben und das Drogenpäckchen ordnungsgemäß im Asservatenbuch eingetragen. Gegen den möglichen Vorwurf der Verdeckung einer Straftat oder des Beiseite-

schaffens und der Unterdrückung von Beweismaterial war er so zwar nicht gefeit, aber wenigstens in einer etwas besseren Ausgangssituation.
Sabine Yao hatte schließlich doch zugestimmt, noch maximal achtundvierzig Stunden bis zur Einschaltung der Polizei zu warten.
»Wir werden mit Markwitz sprechen, aber lass uns die Zeit bis dahin nutzen«, sagte Abel.
»Ich fahre zu Mailin in die Klinik. Wenn sie doch nur sprechen würde! Dann würden wir erfahren, ob sie etwas von den Männern in der Wand weiß, ob möglicherweise alles mit ihrem Wissen geschah.«
Moewig erhob sich und bot ihr an, sie in die Karl-Bonhoeffer-Klinik zu fahren.
»Bitte, sag zu! Als er das letzte Mal hier war, saß er halb nackt in Henrys Labor«, sagte Abel mit gespielt flehender Stimme, sodass Sabine Yao an diesem Tag das erste Mal lächelte.

☠☠☠

Nachdem die beiden aufgebrochen waren, rief Abel bei Sara Wittstock an und berichtete ihr von dem geheimen Drogenversteck in Mailin Zhous Wohnung.
»Und ich habe auch noch eine konkrete Bitte: Ich brauche aus der Videoaufzeichnung ein paar Detailaufnahmen der Hände von Abdelkarim Saad und dem zweiten Kerl. Die Streckseiten der Finger – die interessieren mich«, erklärte er.
»Kriegen wir hin! Aber wenn du nur schauen willst, ob sie vergeben sind und Ringe tragen – dann bitte nicht meinetwegen. Ich habe kein Interesse mehr an irgendwelchen männlichen Wesen. Ich sehe nachher meinen Ex, wenn wir uns Rizgar am Zoo übergeben. Also, ich wäre dafür, dass sich Erzeuger grundsätzlich nach der Geburt in Luft auflösen. Dann brauchte man auch kein Umgangsrecht. Ich schicke dir die Bilder nachher, okay?«
Abel musste schmunzeln. »Ja, und keine Sorge – ich will dich nicht verkuppeln. Aber *Ring* ist schon das richtige Stichwort.«

Dann beendeten sie das Gespräch, und Abel lehnte sich in seinem Stuhl zurück. Er spürte, dass er der Wahrheit immer näher kam. Gefährlich nahe.

☠☠☠

87

Berlin,
Treptowers, BKA-Einheit »Extremdelikte«, Büro Dr. Fred Abel
Samstag, 2. August, 18:05 Uhr

Eine gute Stunde später betraten Sabine Yao und Moewig wieder Abels Büro. Sie waren von der Karl-Bonhoeffer-Nervenklinik unverrichteter Dinge zurückgekehrt.

»Kein Rankommen an meine Schwester. Nichts Neues«, berichtete Sabine betrübt und ließ sich auf einen der Besucherstühle fallen. »Der Stationsarzt hat mich schon im Wartebereich abgefangen mit den Worten: Ihre Schwester ist weiterhin stuporös! Jeder Kontakt könnte sie destabilisieren.« Sie äffte den Mann nach, der sie von ihrer Schwester ferngehalten hatte. »Und es wurde noch schlimmer, nachdem ich es wagte, eine Nachfrage zu stellen. Er fing an, irgendetwas von einem richterlichen Beschluss und querulatorischen Angehörigen und Hausverbot zu reden.«

Abel sah seiner Kollegin ihre Zerrissenheit an. Sie hätte nur zu gern von ihrer Schwester gehört, dass sie nichts von dem Drogenversteck in ihrer Wohnung wusste. So blieb mehr als nur Unsicherheit. Es blieb ein ungutes Gefühl zurück.

»Mailin …«, begann sie jetzt, stockte aber und suchte nach den richtigen Worten. »Ich meine, Drogen … Sie würde so etwas doch niemals mitmachen! Oder zulassen. Ihre Kinder sind doch in der

Wohnung.« Sie korrigierte sich dann selbst: »Ihre Kinder *waren* doch in der Wohnung.«

»Der verstorbene Mann deiner Schwester … Sabine, kann es sein, dass der da möglicherweise mit drinhing?«

»Wenn Thanh etwas damit zu tun hatte, frage ich mich, wie *tief* er in den Drogensumpf der Saads verstrickt war, als er noch lebte.«

»Wir müssen alle Möglichkeiten durchgehen, die in Betracht kommen. Alles überprüfen und dann über das Ausschlussprinzip sehen, was übrig bleibt«, sagte Abel.

»Hat dein Schwager gedealt? War er selbst Drogenkonsument? War er vielleicht Drogenkurier? Ich meine damit, hatte er aktiven oder nur passiven Umgang mit Drogen? Wurde er vielleicht erpresst? Oder hatte er vielleicht gar keinen Kontakt zu Drogen? Wusste er womöglich gar nichts von dem Drogenversteck in seiner Wohnung?«, schaltete sich Moewig ein, der ebenfalls auf einem der Besucherstühle in Abels Büro Platz genommen hatte.

»Die Wohnung inklusive Inneneinrichtung sieht nicht nach einem Großverdiener aus«, gab Abel zu bedenken. »Hat deine Schwester eigentlich gearbeitet?«

Sabine Yao schüttelte stumm den Kopf.

»Fragen können wir deinen verstorbenen Schwager ja nicht mehr. Und deine Schwester steht uns für eine Befragung momentan auch nicht zur Verfügung«, grübelte Moewig laut.

Sabine Yao überlegte kurz, dann sagte sie: »Doch, wir können ihn fragen. Also, indirekt …«

Moewig, der nebenbei auf das Display seines Handys gestarrt hatte, blickte irritiert auf. Und auch Abel wusste anscheinend nicht, worauf seine Kollegin gerade hinauswollte.

»Wir müssen den Sektionsbericht und die Ermittlungsakte zu Thanhs Tod im Detail einsehen. Vielleicht enthalten die Unterlagen einen Hinweis auf Drogen, der bisher übersehen wurde. Er ist im Landesinstitut obduziert worden, weil es sich um einen Arbeitsunfall handelte. Ich werde gleich Montag früh Renate Hübner bitten, mir die polizeiliche Ermittlungsakte und das Sektionsprotokoll nebst toxikologischer Untersuchung zu besorgen«, fuhr Yao fort.

»Dein Schwager kam bei einem Arbeitsunfall ums Leben? Wo hat er denn gearbeitet?«, wollte Abel wissen.

Sabine Yao spürte in dem Moment, als die Worte ihren Mund verließen, dass sie sehr wahrscheinlich gerade den passenden Spielstein auf das Spielbrett warf. »Am Flughafen. Schönefeld. Internationaler Cargo-Bereich …«

Die Blicke von Sabine Yao und Abel trafen sich. Ihre Gedanken schienen sich zu verknüpfen, schossen wie durch eine unsichtbare Leitung hin und her. Sie wusste, Abel beschlich gerade dieselbe Ahnung. Und auch Moewig war anzusehen, dass er ihren Gedankengängen folgen konnte, ohne dass sie ein Wort sagten.

Ein internationaler Flughafen war der ideale Umschlagplatz für aus dem Ausland eintreffende Drogenlieferungen.

88

Berlin-Grünau,
Wohnhaus von Dr. Fred Abel und Lisa Suttner,
Samstag, 2. August, 19:18 Uhr

Abel suchte gerade in der Innentasche seines zerknitterten Leinenjacketts nach dem Haustürschlüssel, als sein Blackberry in kurzen Abständen viermal hintereinander piepte.

Er zog das Gerät aus seiner vorderen Hosentasche, warf einen Blick darauf und öffnete dann hintereinander die vier neuen Fotonachrichten von Sara Wittstock.

Die Detailaufnahmen zeigten die Hände von Abdelkarim Saad und dem zweiten, noch unbekannten Mann aus der Schrankwand.

Abel wusste sofort, dass er heute Morgen mit der zunächst vagen Ahnung richtiggelegen hatte, dass die nächtlichen Beobachtungen von Sara Wittstocks Überwachungskameras möglicherweise mit dem Fall der schwer verletzten Nichte seiner Kollegin zusammenhingen. Eine Ahnung, die im Laufe des Tages vor seinem geistigen Auge immer mehr Kontur angenommen hatte, bis er realisierte, wonach er suchen musste.
Und er war fündig geworden.
Damit lässt sich arbeiten, dachte er.
Ein Lächeln umspielte seinen Mund, als er den Haustürschlüssel ins Schloss steckte.

☠☠☠

89

Berlin-Neukölln,
Boddinstraße, Mehrfamilienhaus,
Montag, 4. August, 5:20 Uhr

Er schlief tief und fest, sein Kopf im Kissen versunken. Die Atemluft dröhnte rasselnd durch seinen Brustkorb.
Ein Schnarchen, dann ein beschwertes Ausatmen.
Sie setzte sich im Bett neben ihm auf, blickte auf ihn hinab, hasste sogar die Luft, die aus seinem Körper herausströmte.
Sie betrachtete seine großflächige Tätowierung, die von seiner rechten Schulter als lodernde, schwarze Flammen an seinem Hals nach oben stieg. Sie kannte jede Kurve der schwarzen Linien auf seiner Haut. Am liebsten hätte sie sie herausgeschnitten, ihn gehäutet.
Heute ist endlich der Tag, dachte sie. *Ich werde zum ersten Mal seit Jahren wieder frei sein.*
Sie verließ leise das Bett, so, wie sie es in den vergangenen Wochen

immer wieder getan hatte. Es war ihr Training in Lautlosigkeit gewesen. Ihre Kleidung hatte sie am Abend zuvor in der Waschmaschine versteckt. Dann brauchte sie jetzt nicht die Schranktür im Schlafzimmer zu bewegen. Und im Wohnzimmer oder in der Küche wäre sie ihm aufgefallen. Die Waschmaschine fasste er jedoch nicht an. Dort, im Wäscheraum, hatte sie in den Waschmittelpackungen auch das Bargeld versteckt, über lange, ihr endlos erscheinende Monate. Zwanziger, Fünfziger, sehr viele Hunderter. Er hatte ohnehin keinen Überblick über sein Bargeld. Immer wieder hatte sie Scheine aus den zusammengerollten, dicken Geldnotenbündeln in seiner Hosentasche oder der Innentasche seiner Lederjacke verschwinden lassen. Nun hatte sie genug für ihre Flucht zusammen. Fast zehntausend Euro.

Sie ging rückwärts, ohne sich umzudrehen, aus dem großen Schlafzimmer. Sie zählte die Schritte. Die Schlafzimmertür. Jetzt in den Wäscheraum am Ende des Flurs. Sie zog sich hastig an. Kurz überlegte sie, ob sie heute unverschleiert aus dem Haus gehen sollte. Ihre neue Freiheit genießen. *Es ist zu gefährlich. Wenn mich jemand so sieht.* Sie besann sich eines Besseren und legte den verhassten Hidschab an. Dann drehte sie sich um und ging auf den Fußballen, barfuß, in das Zimmer ihrer vierzehn Monate alten Tochter Badriyah und nahm die tief schlafende Kleine behutsam aus dem Bettchen.

Mit ihr auf dem Arm ging sie die Wendeltreppe ins Erdgeschoss ihrer sich über zwei Etagen erstreckenden Wohnung hinunter, immer noch auf Fußballen. Die Anspannung ließ ihre Waden schmerzen.

Auf der untersten Stufe der Treppe hatte sie die teure Handtasche, die er ihr erst kürzlich im KaDeWe gekauft hatte, abgestellt, darin lag ihre Kosmetiktasche, prall gefüllt mit Geld. Daneben der kleine Rucksack von Badriyah mit ihrer Puppe und dem Nötigsten an Kleidung, die sie ihr gleich im Taxi überstreifen würde.

Sie drückte das schlafende Kind mit einer Hand an ihre Brust, beugte sich nach unten und streckte die freie Hand mit den gepflegten Fingernägeln nach Handtasche und Kinderrucksack aus. Dann ging sie in Richtung Wohnungstür.

Gleich geschafft. Jetzt nicht durchdrehen. Ruhig bleiben. Er darf nicht wach werden. Das Schwein soll nichts merken.

Nur noch die Alarmanlage. Die letzte Hürde.

Sie hatte sich wochenlang den Kopf zerbrochen, wie sie an den Code kommen konnte. Ein relativ kurzer Zeitraum im Vergleich zu jenem, in dem ihr langsam dämmerte, dass das keine Alarmanlage war, die das Haus vor Eindringlingen schützen sollte. Die digitale Anlage war die Schließung ihrer Zelle gewesen. Immer wieder änderte er den Code. Das hatte er zumindest gesagt. Dann, als er sie nicht einmal mehr allein einkaufen gehen ließ, verlieh ihr die Verzweiflung Mut. Seitdem stellte sie ganz bewusst ihre Tasche unten auf der Wendeltreppe ab, die im Eingangsbereich der Wohnungstür gegenüberlag. Er hatte geflucht. »Da bricht man sich ja den Hals, mit deinem Scheiß hier!«, hatte er geschrien, mit der flachen Hand gedroht und sich an ihrer schreckhaften Reaktion erfreut. Er wusste, dass sie panische Angst vor seinen Schlägen hatte. Deshalb genoss er es, die Übergriffe mit angedeuteten Bewegungen anzukündigen. Manchmal schlug er zu. Manchmal nicht.

Doch irgendwann hatte er einfach akzeptiert, dass sie die Tasche dort abstellte. Und sie begann, ab dem frühen Abend mit der Handykamera zu filmen. Nahaufnahme. Endlose Aufnahmen. Die Linse ragte gerade eben über den Rand des Leders.

Die ersten Aufnahmen konnte sie nicht richtig deuten. Doch dann wurde sie besser. Sie übte. Und studierte ihn. Bis sie es regelmäßig schaffte, den Code der Alarmanlage von ihren Videoaufnahmen anhand seiner Handbewegungen zu entziffern und sofort auswendig zu lernen. Sie löschte die Aufnahmen sofort. Denn er kontrollierte ihr Handy.

Keine Angst, keine Panik. Er schläft tief, redete sie sich ein, als ihr Finger hastig die Zahlen, die sie sich am Abend zuvor immer und immer wieder eingeprägt und wiederholt hatte, auf dem digitalen Display der Alarmanlage drückte, als würde sie einen Notruf wählen.

Ein leises mechanisches Surren. Grünes Licht. *Unscharf.*

Sie öffnete die Wohnungstür. *Bloß kein Geräusch, sonst bin ich tot. Jetzt nur noch die Gucci-Turnschuhe und raus.* Badriyah schlief tief und fest. Die Wohnungstür lehnte sie nur an.
Es war kurz vor Sonnenaufgang, und der erste Gebetsruf des Muezzins aus der nahe gelegenen Neuköllner Dar-as-Salam-Moschee ertönte, als Shania Saad mit ihrer kleinen Tochter auf dem Arm das Haus verließ.

☠☠☠

90

Berlin,
Treptowers, BKA-Einheit »Extremdelikte«, Büro Dr. Fred Abel,
Montag, 4. August, 8:16 Uhr

Am vergangenen Wochenende hatte die Hauptstadt wie in einen Dornröschenschlaf versetzt gewirkt. Sogar den Psychopathen und Gewalttätern war es offensichtlich in der drückenden Hitze zu heiß für irgendwelche irrsinnigen Aktionen oder Gewaltverbrechen gewesen. Und so gab es an diesem Montagmorgen in der rechtsmedizinischen Abteilung »Extremdelikte« des BKA keinerlei Sektionsfälle – was selten genug der Fall war.
Abel war sehr froh darüber, dass dieser Tag versprach, etwas ruhiger zu werden. Nach der obligatorischen Frühbesprechung, die nur wenige Minuten gedauert hatte, hatte er sich mit Sabine Yao in deren Büro getroffen. Bei ihrem etwa zwanzigminütigen Gespräch hatten die beiden Rechtsmediziner noch einmal ihre Erlebnisse der vergangenen Tage und die daraus resultierenden Fakten rekapituliert.
Es hatte laut Sara Wittstock seit dem späten Freitagabend, als ihre versteckten Kameras die beiden Männer gefilmt hatten, außer Sa-

bines und Abels Besuch in der Wohnung keinerlei Bewegungen mehr dort gegeben. Und so waren Sabine Yao und Abel zu dem Schluss gekommen, dass der Mann, der gegen 22:14 Uhr aus der Schrankwand im Wohnzimmer gekrochen war, sich die ganze Zeit über, auch während Sara Wittstock und Sabine Yao in der Wohnung waren, in dem geheimen Raum aufgehalten hatte. Er musste so lange dort gewartet haben, bis die beiden Frauen weg waren, die Luft wieder rein und der zweite Mann, Abdelkarim Saad, in der Wohnung erschienen war. Sehr wahrscheinlich hatte der Mann gerade den Luftschacht mit den Drogenpäckchen an den Nylonschnüren bestückt und war dabei zwar von Sara Wittstock und Sabine Yao nicht überrascht, aber doch am Verlassen seines Verstecks gehindert worden. Dass die IT-Expertin ihre Kameras in der Wohnung installiert hatte – davon hatten offenbar weder er noch Abdelkarim Saad irgendetwas mitbekommen.

Sabine Yao hatte Abel dann mitgeteilt, dass sie Renate Hübner schon vor der Frühbesprechung gebeten hatte, ihr die polizeiliche Ermittlungsakte und das Sektionsprotokoll nebst toxikologischem Ergebnis ihres verstorbenen Schwagers zu besorgen. Das hatte die mit allen rechtsmedizinischen Einrichtungen und Polizeibehörden der Stadt bestens vernetzte Sekretärin der »Extremdelikte« ihr bis spätestens halb neun zugesagt. Vielleicht würden sie dann eine Antwort auf die Frage erhalten, ob der verstorbene Thanh Zhou mit dem Drogenversteck der Saads in seiner Wohnung etwas zu tun gehabt hatte.

☠☠☠

Abel saß an seinem Schreibtisch. Er hatte, um nicht gestört zu werden, die Tür geschlossen und sein Telefon auf Renate Hübner umgeleitet.

Er verband sein Blackberry über den USB-Anschluss mit dem PC und hatte nun Zugriff auf den Fotospeicher des Blackberrys und damit auf die Fotos der Verletzung hinter dem rechten Ohr von

Siara, die er bei der Untersuchung des kleinen Mädchens gemacht hatte.

Abel legte auf dem Desktop seines PCs einen neuen Ordner an, kopierte die Fotos dort hinein und importierte dann die Fotonachrichten von Sara Wittstock mit den Detailaufnahmen der Hände von Abdelkarim Saad ebenfalls dorthin. Dann loggte er sich in das BKA-System ein, durchforstete einige der Harddiscs, die ihm der Explorer seines Rechners anzeigte, und wurde dann in einem Unterordner »Identifizierung – Tools« fündig. Dort klickte er auf »Superprojektion 2.0« und verknüpfte die Software mit seinem Desktop. Er öffnete das Programm, und nach wenigen Sekunden zeigte ihm ein kleines Fenster auf seinem Monitor, dass es startklar war.

Die sogenannte Superprojektion war von deutschen Gerichtsmedizinern in den Siebzigerjahren aus dem bereits einige Jahrzehnte zuvor von sowjetischen Forensikern eingesetzten Verfahren der Fotokongruenz weiterentwickelt worden. In der Sowjetunion wurden in den Dreißiger- und Vierzigerjahren des zwanzigsten Jahrhunderts fotografische Aufnahmen von Schädeln unbekannter Toter mit Fotografien der Gesichter vermisster Personen verglichen, indem die Negative aufeinandergelegt wurden. Die deutschen Forensiker verfeinerten das Verfahren: Sie bezogen anthropometrische Vermessungen mit Hilfslinien und Bezugspunkten an dem zu untersuchenden Schädel des unbekannten Toten sowie zahnärztliche Befunde mit ein und projizierten – unter Einsatz einer Fernsehanlage, bestehend aus zwei Fernsehkameras, einem Bildmischer und zwei Monitoren – Schädel und Gesichtsfotografie übereinander.

In Zeiten der DNA-Analyse zur Identifizierung unbekannter Toter war das Verfahren der Superprojektion fast überflüssig geworden und bei vielen Rechtsmedizinern mittlerweile völlig in Vergessenheit geraten, nicht jedoch bei Abel.

Sein Doktorvater, ein vor über zwanzig Jahren in hohem Lebensalter verstorbener Professor der Rechtsmedizin, war einer der Pioniere der Superprojektion gewesen. Er hatte Abel regelmäßig von der Zeit vorgeschwärmt, als technische Neuerungen bei der rechtsmedizinischen Identifikation unbekannter Toter Einzug hielten. Ein Ende der Neunzigerjahre von Forensikern des BKA entwickeltes computergestütztes Verfahren hatte das Prinzip der Superprojektion dann ins digitale Zeitalter überführt und stand Abel nun zur Verfügung.

Abel markierte mit der Maus die von dem Computerprogramm vorgegebenen etwa zwanzig Bezugspunkte auf den Fotos von Siaras Hautverletzung und der rechten Hand von Abdelkarim Saad, an der sich am Ringfinger ein dicker, goldfarbener Ring befand. Dieser erinnerte zwar an einen Siegelring, da er in seiner Kopfplatte eine Gravur trug – die Abel jedoch nicht im Detail erkennen konnte –, unterschied sich jedoch dadurch, dass in der Kopfplatte auch ein heller Edelstein eingefasst war. Dieser ragte plastisch aus der Gravur hervor – Abel schätzte, nicht einmal einen halben Zentimeter – und schien so eingearbeitet zu sein, dass er wie eine Intarsie ein in der Gravur dargestelltes Symbol ausfüllte. Innerhalb kürzester Zeit berechnete das Programm den Vergrößerungsmaßstab der jeweiligen Aufnahme und deren Aufnahmewinkel und fertigte daraus ein dreidimensionales Abbild. Abel beobachtete angespannt, wie die beiden 3-D-Gebilde, das mittlerweile plastisch gewordene Abbild der Oberfläche von Siaras Hautverletzung und der Ring des Libanesen, sich auf seinem Monitor langsam aufeinander zubewegten. Zunächst bewegten Siaras Hautoberfläche und der Ring sich noch einige Zeit umeinander herum – fast so, als ob sie sich vorsichtig abtasteten –, um sich dann immer näher aufeinander zuzubewegen und dann schließlich quasi zu verschmelzen. Schließlich projizierte sich auf Abels Monitor die Kopfplatte des goldfarbenen Ringes mit dem daraus hervorragenden Edelstein exakt über dem feinen, etwa einen Zentimeter langen und drei Millimeter breiten, oberflächlich verschorften Einriss in Siaras Haut.

☠☠☠

91

Berlin,
Treptowers, BKA-Einheit »Extremdelikte«, Büro Dr. Sabine Yao,
Montag, 4. August, 8:49 Uhr

Sabine Yao öffnete den verschlüsselten Ordner mit dem zugemailten Passwort, das Renate Hübner ihr im Anhang derselben Mail geschickt hatte. Ihr Kopf dröhnte, in ihren Schläfen hämmerte es dumpf. Ob die sowohl physisch als auch psychisch fordernden Ereignisse der letzten Tage oder der angekündigte Wetterumschwung in Form eines für den späten Nachmittag angesagten heftigen Gewitters dafür verantwortlich war, wusste sie nicht. Sie massierte sich die Schläfen und starrte auf ihren Bildschirm. Der elektronische Ordner enthielt zwei Dateien: das Sektionsprotokoll von Thanh aus dem Landesinstitut für gerichtliche und soziale Medizin in Berlin nebst dem dort erstellten toxikologischen Gutachten sowie die polizeiliche Ermittlungsakte.
Sabine Yao wandte sich zunächst dem Obduktionsbericht zu und öffnete das vierzehnseitige PDF-Dokument. Ihr Schwager war am 14. Januar während der Frühschicht im Cargo-Bereich des Flughafens Berlin-Schönefeld von einem tonnenschweren Container erschlagen und noch vor Ort von einem Notarzt für tot erklärt worden. Nachdem sie die Vorgeschichte überflogen hatte, scrollte sie direkt bis zum Ende des Schriftstückes, bis zur Sektionsdiagnose, herunter.

Sektionsdiagnose Zhou, Thanh

Leichnam eines sechsunddreißig Jahre alt gewordenen Mannes mit Zeichen eines schwersten Polytraumas:

- Sprengung des knöchernen Schädeldaches mit Scherbenfraktur der Schädelkalotte.
- Fraktur der Schädelbasis nach Art eines Scharnierbruches,

quer verlaufend durch das Felsenbein im Übergangsbereich von vorderer zu mittlerer Schädelgrube.

- Rindenprellungsherde der Konvexität beider Großhirnhemisphären.
- Zerreißung des Hirnstamms mit vollständiger Abtrennung des Kleinhirns.
- Rippenserienfrakturen der ersten bis zehnten Rippe beidseits mit korrespondierenden frischen Unterblutungen der Zwischenrippenmuskulatur.
- Multiple Lungenanspießungen. Blutige Flüssigkeit in beiden Brusthöhlen (re. 150 ml, li. 220 ml).
- Multiple Leberzerreißungen im Bereich der Oberseite von rechtem und linkem Leberlappen.
- Milzruptur.
- Zerreißung der Magenblase.
- Traumatische Abtrennung des Dünndarms von der Gekrösewurzel.
- Blutig tingierte Bauchorgane, nur wenig freie, blutige Flüssigkeit in der Bauchhöhle.
- Beckenringfraktur.
- Sprengung beider Hüftgelenke mit Schenkelhalsfraktur beidseits.

Fraktur des Felsenbeins, des härtesten Knochens im menschlichen Körper … Und kaum ein Organ, das nicht massiv verletzt wurde. Er muss auf der Stelle tot gewesen sein. Davon, dass ihn der Container erschlagen hat, hat Thanh nichts mehr mitbekommen, ging es Sabine Yao durch den Kopf. *Wenn es sich um den eigenen Schwager handelt, über dessen Verletzungen man in einem Sektionsprotokoll liest, ist das schockierend und belastet einen sehr. Ich bin emotional viel zu nah dran.* Sie wandte den Blick kurz von dem Computermonitor ab, atmete tief durch und suchte in ihrer Schreibtischschublade nach einer Kopfschmerztablette, die sie in einem Glas Wasser auflöste.

Dann gab sie sich einen Ruck und scrollte in dem Dokument wieder nach oben, zur äußeren Besichtigung der Leiche. Sie las die Befunde der Leichenschau Zeile für Zeile aufmerksam durch, konnte aber keinerlei Verletzungen oder andere Auffälligkeiten am Körper ihres Schwagers feststellen, die nicht mit dem Arbeitsunfall in Zusammenhang standen.

Auch das toxikologische Gutachten der Kollegen vom Landesinstitut hielt keine Überraschung bereit. Thanh hatte zum Zeitpunkt des Unglücks nicht unter dem Einfluss von Alkohol, Medikamenten oder Betäubungsmitteln gestanden. Und auch das Ergebnis der Haaranalyse war unauffällig. Er hatte zum Zeitpunkt seines Todes bis zu zehn Zentimeter lange Kopfhaare gehabt. In den letzten zehn Monaten vor seinem Tod – die Zeit, die die Toxikologen, wie bei einem Zeitschreiber, bei einem Haarwachstum von etwa einem Zentimeter pro Monat chronologisch zurückverfolgen konnten – hatte ihr Schwager keinen Kontakt zu illegalen Rauschmitteln gehabt. Weder aktiv als Drogenkonsument noch passiv als jemand, der in irgendeiner Form Umgang mit Drogen gehabt hatte, da weder Stoffwechselprodukte noch die Reinsubstanz irgendwelcher illegaler Betäubungsmittel in seinen Haaren nachgewiesen werden konnten.

Sackgasse, ging es Sabine Yao durch den Kopf. *Mal sehen, was die Ermittlungsakte hergibt.*

Nach Abschluss der polizeilichen Untersuchungen und Einstellung des staatsanwaltlichen Ermittlungsverfahrens war man zu dem Ergebnis gekommen, dass der Tod von Thanh Zhou ein Arbeitsunfall gewesen war, wobei das berufsgenossenschaftliche Verfahren zur Feststellung der Ansprüche der Hinterbliebenen, Mailin und ihre Zwillinge, noch immer nicht abgeschlossen war.

Das Interesse der Rechtsmedizinerin wurde schließlich durch zwei Zeugenaussagen, die ebenfalls Bestandteil der Ermittlungsakte waren, geweckt. Zwei Arbeitskollegen von Thanh waren von der Polizei befragt worden.

»Ich habe mit Thanh Zhou meine Schicht begonnen, wir teilen uns da immer sehr gut auf. Wir bewegen hier viel Material. ULD heißen die Container. Vom Flugzeug nach draußen. Wie Koffer, nur richtig groß. Und schwer. Je nachdem, wie hoch das Volumen ist, geht es auch mal schnell. Aber ich hätte die Maschine nicht weiterlaufen lassen, wenn ich gesehen hätte, dass er dazwischen ist. Ich weiß nicht, warum Thanh nach der fertigen Ausladung noch einmal an die Maschine ist. Wir waren eigentlich fertig. Das passt so gar nicht zu ihm und unseren Abläufen. Ich habe dann aber den Lärm gehört. Ein stürzender Container macht Krach. Dann bin ich natürlich sofort hin. Und habe gleich gesehen, was passiert ist.«

gezeichnet Marcel Büssmann, Facharbeiter Verladetechnik, Cargo-Entladung, Flughafen Berlin-Schönefeld

»Thanh war seit Jahren einer unserer besten Arbeiter. Nie zu spät, immer pünktlich. Das muss ja auch gesagt werden. Mir ist völlig schleierhaft, was da geschehen ist. Wir haben erst gar nicht begriffen, dass er unter der Fracht war. In diesen Bereich gehen wir nur im Notfall. Mit Ankündigung. Und mit Absicherung durch einen Kollegen. Damit so etwas eben nicht passiert. Wir haben sofort die Flughafenfeuerwehr informiert. Es dauerte keine zwei Minuten, bis die da waren. Wir sind aber nicht an ihn rangekommen. Erst mit schwerem Gerät konnten die Kollegen von der Feuerwehr den Container bewegen. Ich weiß nicht, ob er überhaupt noch gelebt hat, als die Retter da waren. Das sah gar nicht gut aus.«

gezeichnet Eray Kırmaz, Schichtleiter, Cargo-Entladung, Flughafen Berlin-Schönefeld

Zwei Kollegen von Thanh sagen aus, dass ihnen nicht klar ist, was er eigentlich zum Zeitpunkt des Unglücks zwischen den Containern gemacht hat. Das ist schon merkwürdig. Thanh war ein umsichtiger, zuverlässiger Kollege. Das sagen beide, aber wie passt das dann zusammen?, fragte sich Sabine Yao. In diesem Moment klingelte das Bürotelefon auf ihrem Schreibtisch, das sie jäh aus ihren Gedanken riss.

»Sabine, kannst du zu mir ins Büro kommen? Ich muss dir etwas zeigen«, hörte sie Abel am anderen Ende der Leitung mit aufgeregter Stimme sagen.

☠☠☠

92

Berlin,
Treptowers, BKA-Einheit »Extremdelikte«, Büro Dr. Fred Abel,
Montag, 4. August, 9:22 Uhr

Als Sabine Yao sein Büro nicht einmal eine Minute später, ohne anzuklopfen, betrat, winkte Abel sie direkt zu sich hinter seinen Schreibtisch.

»Superprojektion 2.0. 3-D-Rekonstruktion. Das ist der Ring von Abdelkarim Saad. Und das ist die Verletzung deiner kleinen Nichte. Hinter ihrem rechten Ohr.«

Abel zeigte auf den Monitor, auf dem sie am Freitag gemeinsam den Livestream der Pressekonferenz der Generalstaatsanwaltschaft zum Tod von Amir Saad verfolgt hatten.

Sabine Yao schluckte. Viele Gedanken gingen ihr gerade gleichzeitig durch den Kopf. *Mailin ist unschuldig. Fred hat mit seiner Vermutung, dass das geheime Drogendepot der Saads mit den Verletzungen von Siara zusammenhängen könnte, recht.* Es fühlte sich für sie an, als habe ihr Kollege so lange gekämpft, bis er etwas zwischen ihnen wieder reparieren konnte.

»Ich werde jetzt Markwitz informieren, denn die Saads sind Sache des LKA 4, Organisierte Kriminalität, und er soll mit dem LKA 1, die ja eigentlich für versuchte Tötungsdelikte zuständig sind, koordinieren, welche Kollegen sich jetzt um Siaras Fall und damit um Abdelkarim Saad kümmern werden«, sagte Abel. »Abgesehen von meiner 3-D-Rekonstruktion haben wir Sara Wittstocks Aufnahmen, die ihn am Tatort, wo deine Nichte schwer verletzt wurde, zeigen. Auch wenn die Zeiten unterschiedlich sind, beweisen die Aufnahmen, dass er offensichtlich freien Zugang zum Tatort hatte«, stellte Abel fest und lehnte sich in seinem Schreibtischstuhl zurück.

Sabine Yao, die immer noch neben ihm stand und nach wie vor gebannt auf die 3-D-Rekonstruktion auf seinem Monitor starrte, atmete seufzend aus. »Fred, ich weiß gar nicht, wie ich dir …«

»Später«, unterbrach Abel sie und griff nach dem Hörer seines Bürotelefons.

»Ich weiß, dass du nicht auf Lob und Anerkennung oder großartige Dankesreden stehst. Aber das werde ich dir nie vergessen. Ehe du Markwitz anrufst und es hier gleich drunter und drüber geht, lass mich kurz berichten, was meine Recherchen zu Thanhs Tod ergeben haben. Ich habe mir alles noch einmal angeschaut – Sektionsprotokoll, Toxikologie, Ermittlungsakte. Um das gleich vorwegzunehmen: Die Tox ist negativ, keine Drogen bei Thanh. Aber da ist eine Sache, die mir zu denken gibt. Thanhs Kollegen, die nach dem Unglück vernommen wurden, können sich keinen Reim darauf machen, was er zum Zeitpunkt des Unglücks an dieser gefährlichen Stelle im Cargo-Bereich zwischen den Containern gemacht hat.«

»Gearbeitet, nehme ich an«, unterbrach Abel sie ungeduldig.

»Ja, vielleicht. Aber es kommt ziemlich eindeutig heraus, dass er dort nichts zu suchen hatte. Schon gar nicht ohne Absprache. Was für einen Grund gab es also, dass er sich da aufhielt?«

»Wir können das jetzt nicht vertiefen, Sabine. Wir müssen Markwitz umgehend über unsere Erkenntnisse informieren. Das alles sollte in Verbindung mit der Tatsache, dass Abdelkarim Saad offensichtlich freien Zugang zu der Wohnung hatte, in der Siara bis zum Zeitpunkt ihrer schweren Verletzungen lebte, wohl für einen Haftbefehl ausreichen.«

Sabine Yao nickte stumm.

»Aber ehe ich Markwitz anrufe, doch noch ein paar Sätze zu Thanh – ohne Wertung, nur als Idee«, fuhr Abel fort. »Dein Schwager war an der Entladung von Frachtmaschinen auf dem Flughafenvorfeld beteiligt. Er war also einer derjenigen, der an die Container kommt, bevor es irgendjemand anderem möglich ist. Richtig?«

»Ja, so hat er das immer erzählt.«

»Also auch, bevor der Zoll die Container überprüft?«

Sabine Yao entgegnete nichts. Schließlich räusperte sie sich und sagte mit einer Stimme, die ihr selbst viel zu dünn und schwach vorkam: »Ich werde die Polizei bitten, dem nachzugehen, wenn alles auf dem Tisch ist. Wenn dort bekannt ist, dass Mailins und Thanhs Wohnung dem Saad-Clan als Drogenversteck diente, muss auch sein Tod und seine Rolle in dem Spiel der Saads neu beleuchtet werden.«

Abel nickte, wählte die Handynummer von Kriminalhauptkommissar Horst Markwitz und schaltete den Apparat auf Lautsprecher, sodass Sabine Yao mithören konnte.

Nach zwei Freizeichen nahm Markwitz mit einem gequält klingenden »Herr Doktor?« das Gespräch entgegen. Im Hintergrund hörte Abel gedämpften Verkehrslärm und Motorengeräusche, offensichtlich war Markwitz gerade in einem Fahrzeug unterwegs.

»Ganz schlechter Zeitpunkt«, sagte der Hauptkommissar in gehetztem Tonfall. »Ich bin unterwegs zu Fournier. Er erwartet mich. Kann ich Sie später …«

»Nein!«, bellte Abel in den Hörer, weitaus heftiger, als er es beabsichtigt hatte. »Die paar Minuten müssen Sie sich jetzt nehmen,

Herr Markwitz. Frau Dr. Yao sitzt neben mir und hört mit. Es geht um ein Drogenversteck der Saads, um Videobeweismaterial und um ein versuchtes Tötungsdelikt an einem noch nicht einmal zwei Jahre alten Mädchen, verübt von Abdelkarim Saad.«

Am anderen Ende vernahm Abel zunächst nichts, dann hörte er die immer hektischer und schneller werdenden Pieptöne des Parkassistenten. Markwitz war offensichtlich an seinem Ziel angekommen und parkte gerade ein. Dann war ein Schnaufen, eigentlich mehr ein Grunzen zu vernehmen, das Abel als stillschweigendes Einverständnis von Markwitz wertete, ihm jetzt Gehör zu schenken.

»Ich hoffe, Sie sitzen immer noch, Herr Markwitz. Hier die Kurzversion: Die Schwester meiner Kollegin Frau Dr. Yao wohnt in Marzahn«, begann Abel. Als er seinen Bericht beendet hatte, meldete sich die tiefe Stimme des Ermittlers, der die ganze Zeit schweigend zugehört hatte.

»Okay. Das muss ich erst mal einen Moment sacken lassen. Aber Abdelkarim Saad zum jetzigen Zeitpunkt hochzunehmen ist leider nicht möglich. Das mag für Sie gerade nicht nachvollziehbar sein …«

»Das ist es in der Tat nicht«, sagte Abel.

»Ich sehe schon, ich muss mir die Zeit nehmen, Ihnen ein kurzes Update darüber zu geben, was in der Zwischenzeit passiert ist, ehe ich zu Fournier reingehe. Bei uns überschlagen sich gerade die Ereignisse.«

»Ich bin gespannt.«

»Sie können sich nicht vorstellen, was bei uns in der Abteilung und im Stab des LKA los ist. Heute Morgen spazierte Shania Saad, die Frau von Abadi Saad, dem zweitältesten der vier Saad-Brüder und seines Zeichens rechte Hand des Löwen, mit ihrer Tochter in unsere Dienststelle mit der Bitte, ihr Personenschutz zu geben. Sie hat uns berichtet, dass Dr. Heumann ganz oben auf der Todesliste der Saads steht. Diese Information ist nicht unbedingt neu für uns, aber Frau Saad hat uns ziemlich konkrete Hinweise zu dem geplanten Mordanschlag geliefert.«

»Und Sie glauben ihr? Warum sollte sie das tun?«, unterbrach Abel den Hauptkommissar und warf dabei Sabine Yao einen fragenden Blick zu, den sie mit einem Schulterzucken erwiderte.
»Ich meine, warum sollte die Frau eines der Saad-Brüder zum Landeskriminalamt rennen und auspacken? Das kommt doch ihrem eigenen Todesurteil gleich …«
»Weil sie von Abadi über Jahre körperlich misshandelt wurde und sie Angst um ihre kleine Tochter hat«, erklärte Markwitz. »Und es gibt noch einen anderen, sehr guten Grund.« Der Hauptkommissar machte eine Pause, fast so, als wolle er seinen Worten mehr Gewicht verleihen. Dann sprach er weiter: »Als ein Onkel von Shania Saad vor zwei Jahren auf einem Wochenmarkt in Charlottenburg einen allergischen Schock erlitt – hat Dr. Heumann ihm das Leben gerettet.«
»Sabine Yao hier, Herr Markwitz. Was war denn da los?«
»Ein Wespenstich irgendwo im Mund des Onkels. Es war ein Samstag. Heumann war zufällig auch auf dem Wochenmarkt, hat das mitbekommen und mit einem Messer von irgendeinem Obststand einen Luftröhrenschnitt bei dem Mann vorgenommen. Nur dadurch überlebte er. Sehr beherztes Eingreifen von Heumann. Wir haben das überprüft. Ging damals auch durch die Presse.«
»Und das hält die Saads nicht davon ab, ihn jetzt töten zu wollen?«, fragte Abel.
»Dieser Onkel von Shania Saad, bei dem sie aufgewachsen und der wohl wie ein Vater für sie ist, hat nichts mit den kriminellen Machenschaften der Saads am Hut, so wenig wie die ganze Familie von Shania Saad, geborene Al-Asmari.«
»Klingt erst mal nachvollziehbar«, schaltete sich Sabine Yao wieder ein.
»Und nun zu dem Grund, warum ich Abdelkarim zum jetzigen Zeitpunkt nicht hochgehen lassen kann«, fuhr Markwitz fort. »Shania Saad hat uns wörtlich gesagt: ›Mein Mann, Abadi Saad, hat gemeinsam mit seinem Bruder Abdelkarim einen Mord geplant. An einem Arzt der Charité. Dr. Michael Heumann.‹ Ich weiß, es ist

kompliziert, aber wenn wir Abdelkarim Saad jetzt festnehmen, ist das nur ein Teilerfolg. Wir müssen Abadi und Abdelkarim gemeinsam erwischen. Damit hätten wir dann zwei der Saad-Brüder auf einmal aus dem Verkehr gezogen. Wenn wir uns nur auf Abdelkarim Saad konzentrieren, ist das für die Saads zwar ein schmerzhafter, aber verschmerzbarer Kollateralschaden, mehr nicht. Wir müssen im Moment nicht nur das Leben von Dr. Heumann schützen, auch der Zugriff auf Abadi und Abdelkarim Saad steht unmittelbar bevor, wenn sie einen Fehler bezüglich Heumann machen. Abadi dürfte inzwischen bemerkt haben, dass seine Frau weg ist. Er wird überlegen, ob sie einfach abgehauen ist oder ob sie sich nicht vielleicht den Sicherheitsbehörden anvertraut hat. Er muss also unverzüglich das Todesurteil über Heumann, das sein älterer Bruder verhängt hat, vollstrecken, sonst verlieren die Saads ihr Gesicht vor den anderen kriminellen arabischen Großfamilien in der Stadt. Er ist genau da, wo wir ihn haben wollen, er muss den nächsten Spielzug machen. Und dann sind wir dran. Nun muss ich aber wirklich dringend zu Fournier und mit der Generalstaatsanwaltschaft abstimmen, wie wir Shania Saad noch heute im Zeugenschutzprogramm unterbringen, und die weiteren Schritte bezüglich der beiden Saad-Brüder besprechen.«

»Verstehe. Ich veranlasse, dass die IT-Kollegin vom BKA, Sara Wittstock, dem LKA 4 das gesamte Bildmaterial zum Drogendepot in der Wohnung in Marzahn zur Verfügung stellt. Frau Yao und ich stehen für Rückfragen zur Verfügung. Soll ich zum LKA 1 Kontakt aufnehmen, wer der dort zuständige Sachbearbeiter für das versuchte Tötungsdelikt an Frau Yaos Nichte ist?«

»Nein. Ich informiere den Kollegen Okyar vorab, dass da was kommt, und Sie wenden sich bitte mit Ihren Hinweisen und allem Material, was Sie von Ihrer Super… Äh …« Markwitz stockte, und Abel sprang ihm zur Seite: »Superprojektion.«

»Genau, also, alles, was Sie mit Ihrer Superprojektion zu dem mutmaßlich versuchten Tötungsdelikt an der Nichte von Frau Dr. Yao herausgefunden haben, geben Sie Okyar. Und zwar nur ihm, der

Kreis der Akteure in dieser vielschichtigen Gemengelage soll überschaubar bleiben. Wir wollen verhindern, dass ein übereifriger Kollege vom LKA 1 voreilig einen Haftbefehl gegen Abdelkarim Saad beantragt, wenn dort bekannt ist, dass er für ein versuchtes Tötungsdelikt als Verdächtiger in Betracht kommt. Das würde unsere Pläne zunichtemachen. Ich informiere Tekin Okyar. Ich lege jetzt auf.«

Damit war das Telefonat beendet.

Abels Blick schweifte zu Sabine, die die letzten Minuten schweigend zugehört hatte. Ihre feinen Gesichtszüge erschienen völlig reglos, wie zu einer Porzellanmaske erstarrt. Abel fragte sich, was wohl gerade in seiner Kollegin vorging.

☠☠☠

93

Berlin-Schöneberg,
Generalstaatsanwaltschaft, Büro Gabriel Fournier,
Montag, 4. August, 9:47 Uhr

Als die Vorzimmerdame Markwitz in das repräsentative, holzgetäfelte Büro von Gabriel Fournier im zweiten Obergeschoss der Generalstaatsanwaltschaft führte, stand der Generalstaatsanwalt vor dem geöffneten Fenster, die Hände in seine kompakten Hüften gestemmt. Er drehte seinen massigen Körper in Markwitz' Richtung und blies dabei den Rauch seiner Zigarette, die ihm locker im Mundwinkel hing, aus der Nase. Offensichtlich hatte er das allgemein in öffentlichen Gebäuden in Berlin herrschende Rauchverbot aufgehoben – zumindest in seiner Behörde.

»Na endlich, Markwitz! Setzen Sie sich!«, forderte der korpulente Mann. Sein rosiges Gesicht glänzte vor Schweiß.

Der Hauptkommissar nahm auf einem der vielen freien Stühle rund um den riesigen Konferenztisch in der Mitte von Fourniers Büro Platz.

»Wie ist der aktuelle Stand?«

Der Generalstaatsanwalt hatte Markwitz unverzüglich zu sich einbestellt, nachdem er vom Stab des Polizeipräsidenten über die so überraschend wie plötzlich aufgetretene Kronzeugin informiert worden war.

»Shania Saad und ihre Tochter sind mit Personenschutz und unter hohen Sicherheitsvorkehrungen in einem Hotel am Schwielowsee untergebracht. Wir warten auf das Go fürs Zeugenschutzprogramm, dann kommen sie in eine unserer sicheren Unterkünfte. Dort vernehmen wir sie dann ausführlich, um so viel wie möglich über die Organisationsstruktur des Saad-Clans herauszufinden. Einfuhrwege der Drogen, Vertriebswege, Namen der Hintermänner, Immobilienabwicklung ...«

»Ja, ja, schon klar, Markwitz«, unterbrach Fournier den Hauptkommissar. »Jetzt haben wir sie am Arsch. Jetzt haben wir die ultimative Chance, Asad Saad aus dem Spiel zu nehmen.«

Mit diesen Worten verließen die letzten Rauchschwaden seinen Mund. Der Generalstaatsanwalt, der bis jetzt vor dem Fenster stehen geblieben war, schnippte die Zigarettenkippe nach draußen und nahm nun ebenfalls an dem großen Konferenztisch Platz.

»Wir werden sein Drogenkartell hochgehen lassen, die Bordelle schließen, seine Immobilien beschlagnahmen. Was muss ich noch wissen, was ich bisher nicht weiß?«, fuhr er fort.

»Shania Saad ist seit sieben Jahren mit Abadi Saad zusammen, im fünften Jahr mit ihm verheiratet. Sie hat den Aufstieg des Clans im Detail mitverfolgt ...«

»Erzählen Sie mir von dem Mordkomplott«, unterbrach Fournier, dem jetzt der Schweiß in Strömen übers Gesicht lief, ihn erneut.

»Shania Saad hat von ihrem Mann erfahren, dass sich die Familie blutig an Heumann rächen will. Das ist der Arzt, der in der Charité den jüngsten der Saad-Brüder notoperiert hat und unter dessen

Händen Amir Saad dann verstorben ist. Danach ist Heumann in der Rettungsstelle der Charité mit dem drittältesten der Brüder, Abdelkarim Saad, zusammengestoßen. Dort gab es schon die erste Bedrohungssituation und Ankündigung von Rache durch die Saads. Die Libanesen wollen ihn töten, das steht außer Frage. Wir sind bereits seit Samstagvormittag bei Heumann vor der Tür, natürlich mit verdeckten Kräften.«

»Gut. Noch irgendwelche neuen Erkenntnisse?«

»Wir wissen jetzt auch, wer der zweite Mann war, der Amir Saad an den Schulzensee in das Wohnhaus von Hermann Lübben begleitet hat, kurz bevor Saad dort von Lübben angeschossen wurde, bevor wiederum dieser, mit derselben Schusswaffe, Suizid beginn. Der zweite Mann war Bassam Darzi – ›der Saubermann‹. Seine DNA konnte die KT ebenfalls in Lübbens Haus nachweisen. Darzi betreibt für die Saads Geldwäsche in großem Stil. Er …«

Gabriel Fournier bedeutete Markwitz mit einer abrupten Handbewegung zu schweigen und atmete genervt aus.

»Gut, noch mal zum Thema geplanter Mordanschlag auf den Arzt«, sagte er. »Worauf genau müssen wir uns da Ihrer Meinung nach einstellen?«

»Shania Saad hat ausgesagt, dass ihr Mann und sein Bruder, Abdelkarim Saad, den Job übernehmen sollen. Anscheinend will der Löwe sicherstellen, dass nichts schiefgeht, und beauftragt die engsten Familienmitglieder. Der Löwe …«

»Lassen Sie den Bullshit: *Der Löwe!* Wir sind doch hier nicht im Reich der Tiere. Der Kerl heißt Asad Saad und ist ein Schwerkrimineller und kein Kätzchen«, fauchte der für seine cholerischen Ausbrüche bekannte Fournier. Dann fragte er, diesmal in deutlich gemäßigterem Tonfall: »Wann?«

»Heute Abend.«

»Sicher?«

»Ja.«

»Uhrzeit?«

»Konnte die Zeugin uns nicht sagen.«

»Ihr Vorgehen?«
»Wir sind sehr gut bei Heumann aufgestellt. Er ist zu Hause. Seit Samstag hat er sein Haus im Westend nicht verlassen. Er ist offiziell krankgeschrieben, inoffiziell bleibt er natürlich dort, weil wir seinen Schutz in der Klinik nicht gewährleisten können. Das MEK der Direktion West ist vor Ort. Ich wollte mit Ihnen die weiteren Maßnahmen absprechen«, erklärte Markwitz und verstand gleich darauf, warum die meisten seiner Kollegen im LKA den korpulenten Generalstaatsanwalt für ein schwer erträgliches Arschloch hielten.
»Ich habe nur eine einzige Maßgabe für diese ganze Geschichte: Sie und Ihre Leute dürfen es nicht vermasseln«, polterte der Generalstaatsanwalt jetzt wieder los. »Weiß dieser Heumann von der Zeugin?«
»Nein. Davon weiß er noch nichts. Ich wollte erst mit Ihnen sprechen.«
»Kennen Sie den Arzt persönlich?«, hakte Fournier nach.
»Ja, Kollege Okyar und ich waren am Samstagvormittag bei ihm, nachdem die Saads ihm eine eindeutige Botschaft geschickt hatten: einen misshandelten Hundewelpen. Sie haben meinen Bericht dazu gelesen?« *Natürlich hat er meinen Bericht nicht gelesen,* beantwortete Markwitz sich seine Frage in Gedanken selbst.
»Nein, hatte ich noch keine Zeit dazu.«
»Um noch mal auf Ihre Frage zurückzukommen, Herr Fournier: Dr. Heumann weiß bisher noch nichts von der mittlerweile nicht mehr nur abstrakten, sondern laut Shania Saad sehr konkreten Gefahr für sein Leben. Ich wollte mit Ihnen das weitere Vorgehen besprechen. Wir sollten Heumann und seine Familie an einen sicheren Ort bringen. Ich gehe davon aus, dass die Saads Heumann weiterhin im Visier haben. Ich dachte an ein Ablenkungsmanöver. Wir bringen Heumann und seine Familie in Sicherheit, dann können wir den Zugriff durchführen, ohne irgendjemand zu gefährden. Wir haben noch genug Zeit dafür bis heute Abend, das alles zu …«
»Nichts davon werden wir tun.«
»Wie bitte?« Markwitz konnte kaum glauben, was er da hörte.

»Ich sagte, wir werden nichts dergleichen unternehmen. Wir servieren Heumann den Saads auf dem Silbertablett. Er bleibt, wo er ist, in seinem Haus.«

»Aber …«

»Kein Aber. Wissen wir, wie die Libanesen Heumann töten wollen?«

Markwitz schüttelte den Kopf. »Darüber hat die Zeugin keine Erkenntnisse. Die Familie Saad verfügt über Schusswaffen, das wissen wir sicher, aber es gibt keine Details zum Vorgehen. Keine SMS, irgendwelche Chats, was auch immer. Wir haben das überprüft. Die Brüder besprechen sich in wichtigen Angelegenheiten immer nur persönlich. Den heutigen Tag als Datum für den Mordanschlag hat unsere selbst ernannte Kronzeugin durch Zufall gestern erfahren, als sie ein Gespräch ihres Mannes mit Abdelkarim Saad belauschte.«

Gabriel Fournier griff in die Innentasche seines Jacketts, zog sein Zigarettenetui heraus und steckte sich eine weitere Zigarette in den Mund.

»Wir werden den Arzt und seine Familie dort lassen, wo sie sind. Und wir werden präpariert sein, wenn die Saads zuschlagen. Sie veranlassen alles. Sie fahren jetzt zu diesem Heumann und informieren ihn, was los ist. Ich habe keine Lust, dass der uns, wenn das hier alles vorbei ist, irgendeinen Anwalt auf den Hals hetzt, der behauptet, wir hätten seinem Mandanten gegenüber wichtige Informationen und Erkenntnisse unsererseits zurückgehalten. Fingerspitzengefühl, Markwitz! Machen Sie ihm keine Angst. Nicht dass er noch von sich aus das Weite sucht oder irgendeinen Alleingang startet. Heumann muss nur so viel wissen, wie eben gerade nötig ist. Haben wir uns verstanden?«

Markwitz nickte stumm und erhob sich.

Gabriel Fournier zündete sich die Zigarette an und blies eine Rauchwolke in die Luft. Ein Grinsen huschte über sein pausbackiges Gesicht.

94

Berlin, Charlottenburg-Westend,
Wohnhaus von Dr. Michael Heumann, Esszimmer,
Montag, 4. August, 11:27 Uhr

Charlotte ist oben in ihrem Zimmer. Ich habe vor ein paar Minuten nach ihr gesehen, sie ist in ein Hörspiel vertieft, alles in Ordnung«, informierte Isabell Heumann den Kriminalhauptkommissar.

Markwitz hatte sich nach ihrem Befinden erkundigt, nachdem sie ihn ins Haus gebeten hatte. »Und uns geht es den Umständen entsprechend«, fügte sie dann auf dem Weg ins Esszimmer mit leiser Stimme hinzu.

Der Ermittler der Abteilung für Organisierte Kriminalität nahm an dem ausladenden Edelholztisch gegenüber der Eheleute Heumann Platz. An dem Esszimmertisch, den sie liebevoll mit Hortensien in hauchdünnen Vasen dekoriert hatte. *Als unsere kleine Welt noch in Ordnung war.*

»Wir haben eine Zeugin, die uns heute Morgen glaubhaft berichtet hat, dass die Saads es nicht bei Drohungen gegen Sie belassen werden«, erklärte der Hauptkommissar in einem Tonfall, der bemüht beiläufig klang.

Isabell schluckte trocken und blickte zu Michael, der direkt neben ihr saß. Unter ihrer Hand, die sie auf seinen Oberschenkel gelegt hatte, spürte sie, wie ein Zittern durch seinen Körper ging.

»Was heißt das genau? Wollen die uns die Scheiben einschmeißen wie in der Rettungsstelle? Noch einen weiteren sterbenden Hund über den Zaun werfen?«, fragte Michael mit müder Stimme.

Hauptkommissar Markwitz setzte offenbar gerade zu einer Erwiderung an, als Isabell das Wort ergriff. »Michael, begreifst du denn nicht«, sagte sie. »Sie wollen dich töten.«

»Die Aussagen der Zeugin sind recht präzise. Und wir müssen das sehr ernst nehmen. Aber es besteht kein Grund zur Sorge. Wir ha-

ben die Situation unter Kontrolle, und das wird sich auch zu keinem Zeitpunkt ändern. Das versichere ich Ihnen.«
Isabells Beine kribbelten, am liebsten wäre sie aufgesprungen und ein paar Schritte gegangen, aber in diesem Moment suchte Michaels zittrige, feuchte Hand unter dem Tisch nach der ihren. Sie sah zu ihm, doch Michaels Blick ging ins Leere. Er machte einen geradezu apathischen Eindruck. Ihr sonst so selbstsicherer, zuversichtlicher Mann wirkte auf einmal so verletzlich. *O Gott, wo soll das alles noch hinführen?*
Es herrschte Schweigen am Tisch, dann schien ein Ruck durch ihren Mann zu gehen. Er löste seine Hand aus ihrer und sprang von seinem Stuhl auf.
»Sie müssen etwas tun. Sie müssen uns hier wegbringen. Isabell, hol Charlotte, wir fahren zu deinen Eltern!« Seine Stimme überschlug sich bei dem letzten Satz.
Michael hat sich nicht mehr im Griff, so kenne ich ihn gar nicht. So dünnhäutig. Das ist alles zu viel für ihn.
Doch ehe sie reagieren und ihren Mann beruhigen konnte, hatte sich der Kriminalbeamte ebenfalls erhoben, war mit schnellen Schritten um den Tisch herumgegangen und hatte ihm eine Hand auf die Schulter gelegt. Als ob ein unsichtbarer Knopf in seiner Schulter gedrückt wurde, ließ sich Michael wieder auf seinen Stuhl zurücksinken.
»Beruhigen Sie sich. Bitte, Herr Dr. Heumann. Wir brauchen Sie jetzt – bei Verstand«, sagte Markwitz in ruhigem Tonfall. »Sie dürfen nicht die Nerven verlieren. Ich weiß, dass das alles für Sie ...« – er sah zu Isabell – »... und auch für Sie eine riesige Belastung ist. Aber bisher machen Sie das wirklich gut. Und es ist bald vorbei, glauben Sie mir.«
Michael starrte jetzt wieder ausdruckslos geradeaus, wie in Trance. So, als ob er überhaupt nicht Teil dieser furchtbaren, geradezu kranken Entwicklung der Ereignisse war.
»Was wird jetzt geschehen?«, fragte Isabell leise.
Hauptkommissar Markwitz räusperte sich. »Wir haben bereits

Vorbereitungen getroffen. Ihr Haus wird von verdeckten Kräften einer Spezialeinheit observiert, die bereits seit einiger Zeit hier vor Ort ist.«

»Bereits vor Ort? Seit einiger Zeit? Seit wann?«, fragte sie verwundert.

»Seit dem Vorfall mit dem Hundewelpen am Samstag wird Ihr Haus von verdeckten Kräften eines Mobilen Einsatzkommandos observiert. Eine reine Vorsichtsmaßnahme, die uns jetzt, angesichts der verifizierten Bedrohungslage, zum Vorteil gereicht. Die Beamten müssen nicht erst neu ihre Posten beziehen, sie sind bereits in einem Lieferwagen unweit Ihres Hauses, zusätzlich in einem Nachbarhaus, in umliegenden Garagen und an weiteren neuralgischen Punkten in Position, von denen aus sie jede Bewegung in Ihrer Straße observieren und von wo aus auch der Zugriff erfolgen wird.«

In Position … Zugriff … Meine arme Charlotte … Wir alle sind im Fadenkreuz von Verbrechern und –

Markwitz riss sie jäh aus ihren Gedanken.

»Aber ohne Sie beide geht es nicht. Sie müssen jetzt die Nerven bewahren. Ich weiß, dass es für Sie schwer ist, aber Sie schaffen das. Wir bereiten einen Zugriff vor, der so getaktet sein wird, dass wir beweisen können, dass die Saads zu allem entschlossen sind, dass sie zum Äußersten bereit sind, das heißt Sie, Herrn Heumann, zu töten. Dann können wir sie wegen Mordversuches verhaften.«

Michaels Schultern sanken nach unten, er schien immer kleiner zu werden.

»Was muss ich tun, damit es bald vorbei ist?«, fragte er mit brüchiger Stimme.

Sie atmete tief ein. Sie musste jetzt die Starke sein, durfte sich nicht anmerken lassen, was wirklich in ihr vorging.

»Sie müssen nichts weiter tun, als in Ihrem Haus zu bleiben. Alles, was geschieht, wird auf der Straße geschehen, *vor* dem Haus. Im Haus sind Sie, Ihre Frau und Ihre Tochter sicher. Sobald die Saads eintreffen und Ihr Grundstück betreten, erfolgt der Zugriff. Das

Vorgehen ist mit der Generalstaatsanwaltschaft abgestimmt. Im besten Falle bekommen Sie nicht einmal etwas davon mit«, erklärte Markwitz.

»Und das reicht dann, damit diese Schweine ins Gefängnis kommen?«, fragte Michael und fuhr sich verzweifelt mit der Hand durchs Haar.

Markwitz nickte.

»Wann soll das alles stattfinden? Wann wollen diese … diese *Personen,* dass ich sterbe?«

In Michaels Stimme schwang etwas mit, was Isabell völlig fremd vorkam. *Angst. Er hat panische Angst.*

Im Raum trat für einen kurzen Moment eine unheimliche Stille ein.

»Heute Abend«, antwortete Markwitz. »Heute Abend ist alles vorbei.«

☠☠☠

95

Berlin, Charlottenburg-Westend,
Wohnhaus von Dr. Michael Heumann, Schlafzimmer,
Montag, 4. August, 18:02 Uhr

Das vom regionalen Warnlagedienst des Deutschen Wetterdienstes für den späteren Nachmittag angekündigte Tiefdruckgebiet Gisela hatte sich in den letzten Stunden zuerst durch heftige Windböen und dann durch eine bleigraue, immer dicker werdende Wolkendecke angekündigt, die den Himmel über Berlin zunehmend verdunkelte. Jetzt hatte die Gewitterfront vom östlichen Brandenburg aus die Berliner Stadtgrenze erreicht.

Diese verdammte Warterei macht einen mürbe, dachte Markwitz, nachdem er gefühlt zum hundertsten Mal auf seine Armbanduhr

geschaut hatte. Er hatte bereits vor über vier Stunden mit seinem MEK-Kollegen Sven Römer, dem Einsatzleiter des Mobilen Einsatzkommandos, im Schlafzimmer der Heumanns Position bezogen.
Nachdem Markwitz das Haus der Heumanns demonstrativ gegen 13 Uhr durch den Vorderausgang verlassen hatte, war er in seinen vor der Tür geparkten Dienstwagen gestiegen und hatte den direkten Weg zur Stadtautobahn genommen. An der Abfahrt Spandauer Damm hatte er die Autobahn sofort wieder verlassen, hatte sich durch ein paar taktische Manöver davon überzeugt, dass er nicht verfolgt wurde, und war in einer Nebenstraße des Spandauer Damms in ein ziviles Fahrzeug des MEK umgestiegen. Eine Kollegin hatte ihn dann in das Villenviertel im Westend zurückgebracht.
In einer Parallelstraße zur Wohnstraße der Heumanns hatte er Kriminalhauptkommissar Römer getroffen, der ihn dort in einer Garage bereits in voller Einsatzmontur erwartete – schwarzer Overall, ballistischer Schutzhelm und Schutzweste, aus deren vorderen Taschen mehrere Magazine herausschauten, Sturmhaube und Einsatzstiefel.
Sie waren in ständigem Funkkontakt mit Römers Kollegen, die die Umgebung von Heumanns Wohnhaus in einem Umkreis von dreihundert Metern observierten und zudem die neuralgischen Einfahrtspunkte in das Wohnviertel kontrollierten.
Über den Garten eines Nachbarn, der an den der Heumanns grenzte, waren sie auf die Rückseite des Wohnhauses gelangt und von Isabell Heumann und den beiden dort positionierten Polizisten an der Terrassentür bereits erwartet worden.
Römer, ein breitschultriger Mann von Ende dreißig, mit einer rasierten Glatze und dunklen, wachen Augen, hatte seine Sturmhaube und seinen Schutzhelm neben einer Heckler-&-Koch-Maschinenpistole und seiner Dienstwaffe, einer Glock 17, auf dem Ehebett der Heumanns abgelegt. Er saß auf einem Stuhl nahe des Schlafzimmerfensters und ließ – ohne sich der Scheibe zu nähern und ohne dass Beobachter von draußen seine Gestalt hinter dem Fenster hätten entdecken können – den Blick über die Straße schweifen.
Markwitz hatte sich auf einen zwar eleganten, nach mehreren

Stunden allerdings genauso unbequemen Hocker neben der Schlafzimmertür gesetzt. Er schwitzte unter der schusssicheren Weste, die Römer ihm verordnet hatte, und verfluchte die Schwüle, die den Raum aufheizte. Seine Dienstwaffe drückte unter der dicken, unflexiblen Schutzweste im Sitzen hart in seine rechte Flanke. Aus dem Schlafzimmerfenster konnte Markwitz in der Ferne die ersten grellweißen Blitze erkennen, die sich deutlich von der geschlossenen, bleigrauen Wolkendecke abhoben. In der Ferne ertönte das erste Donnergrollen.

Römers Stimme klang kratzig und rau, als hätte er stundenlang gegen einen Sturm angeschrien, als er zu Markwitz sagte: »Hast du deinen schnieken Türken auch dabei?« Der MEKler konnte sich ein Grinsen nicht verkneifen.

»Ja, Tekin Okyar leitet die Observation des Hauses von Abdelkarim Saad. Wir haben das LKA 1 miteinbezogen. Das Team am Haus von Abadi Saad wird von einem anderen Kollegen von der OK geleitet«, antwortete Markwitz. »Ein paar schickere Klamotten würden dir übrigens auch stehen, Sven.«

Römer zuckte als Antwort nur kurz mit den Schultern. Mit einem Fingerdruck überprüfte er den Sitz seines kleinen In-Ear-Kopfhörers, mit dem er den Funkverkehr der Kollegen hörte. Das Mikrofon steckte mit einer Klemme am oberen Rand seiner schusssicheren Weste.

Markwitz sagte in sein Mikro: »So, Herrschaften, Zeit für eine erneute Statusmeldung. Alle Mann weiter in Position? Wie besprochen: Jedes Fahrzeug im näheren Umkreis sofortige Halterabfrage. Jede verdächtige Bewegung melden, und wenn es der DHL-Mann ist. Es kann nicht mehr lange dauern, bis wir hier Besuch bekommen. Stand jetzt: Beide Saad-Brüder sind in ihren Wohnungen in Neukölln. Sobald sich dort etwas tut, bekommen wir Info von den Teams vor Ort. Over and out.«

Römer grinste. »Da sorgt der schnieke Türke schon für.«

Markwitz hielt ihm wortlos den ausgestreckten Mittelfinger entgegen.

Beiden Männern blieb nichts übrig, als weiter abzuwarten. Markwitz meinte, die Anspannung im Raum förmlich zu spüren. Mittlerweile war es vor dem Haus immer dunkler geworden. Obwohl es noch früher Abend war, schien die Nacht bereits gekommen zu sein. Die ersten dicken Regentropfen – zunächst zögerlich, dann immer heftiger – prasselten gegen die Fensterscheibe.

Verdammte Warterei. Ob überhaupt etwas passiert? Ob die Zeugin wirklich wusste, was wann genau geschehen soll? Oder vielleicht haben die Saads ihren Plan, Heumann zu töten, verworfen, weil ihnen klar ist, dass Shania Saad direkt zur Polizei gerannt ist? Verdammte Unsicherheit, dachte Markwitz und lauschte darauf, wie Isabell Heumann ihre Tochter in ihr Zimmer dirigierte.

Es hatte am Vormittag viel Überzeugungsarbeit bedurft, bis Heumann akzeptiert hatte, dass es besser war, seine Frau und Tochter nicht wegzubringen.

Markwitz sah ständig zwischen dem Ziffernblatt seiner Armbanduhr und dem Display seines Handys hin und her. Auf seinen Unterarmen standen dicht an dicht kleinste Schweißperlen. Mittlerweile war es fast 20 Uhr. Und weder Okyar noch der Kollege vor Abadi Saads Wohnung hatten sich bisher gemeldet.

Römer hatte unterdessen die Füße auf das Ehebett der Heumanns gelegt, die Kampfstiefel auf seinem Schutzhelm übereinander verschränkt, und erinnerte Markwitz an einen Cowboy in einem Lehnstuhl auf der Veranda seiner Ranch.

Da spürte Markwitz den Vibrationsalarm seines Handys in der Hand. *Okyar!* Er nahm den Anruf sofort entgegen. »Tekin?«

Ruckartig hob Römer die Füße vom Bett, setzte sich aufrecht in seinem Stuhl hin und blickte den Kollegen erwartungsvoll an.

Markwitz hörte Tekin Okyar nur wenige Sekunden zu und beendete dann das Telefonat. Er spürte eine Anspannung durch seinen Körper gehen. *Adrenalin.*

»Abdelkarim Saad. Er ist gerade aus der Tiefgarage gefahren. Es geht los.«

96

Berlin,
Stadtautobahn/Berliner Ring, Dienstwagen Tekin Okyar,
Montag, 4. August, 20:05 Uhr

Okyar verfluchte den immer heftiger prasselnden Regen, der, immer wieder von Windböen gepeitscht, die Berliner Straßen flutete. Das Sommergewitter brachte zwar eine Abkühlung der schwülen Abendhitze, führte aber zu suboptimalen Sichtverhältnissen. Trotzdem gelang es Okyar, der dunkelblauen S-Klasse kontinuierlich mit zwei Wagen Abstand zu folgen. Er war froh, dass Abdelkarim Saad fuhr wie ein Anfänger. Er hielt noch bei Gelb an jeder Ampel an, fuhr nicht zu schnell.

»Wir fahren Richtung Charlottenburg. Sind gerade auf dem Tempelhofer Damm«, sprach Okyar in sein Handy.

Über die Freisprecheinrichtung seines Dienstwagens hielt er per Standleitung die Einsatzzentrale in Bezug auf die Fahrtrichtung der Zielperson auf dem Laufenden.

Kurz nachdem Abdelkarim Saad die Tiefgarage eines Neubaus nahe der Hasenheide mit seinem Mercedes verlassen hatte, hatte Okyar, in Begleitung eines Kollegen vom MEK, sich an die Fersen des Clan-Mitglieds geheftet. Das war der Moment gewesen, an dem sie trotz der hektischen Bewegung der Scheibenwischer einen Blick in den Wagen von Abdelkarim Saad erhaschen konnten.

»Er hat zwei Männer dabei. Einer auf dem Beifahrersitz, einer hinten.«

Jetzt setzte Abdelkarim Saad den Blinker, um bereits nach wenigen Kilometern die Stadtautobahn wieder zu verlassen. »Wir fahren wieder runter. Kaiserdamm«, sagte Okyar und ging vom Gas. Er ließ seinen Dienstwagen weiter zurückfallen und hielt jetzt drei Wagen Abstand zu dem Mercedes. Dann mussten sie an der Ampel Knobelsdorffstraße, dort, wo die Ausfahrt Kaiserdamm im Stadtteil Charlottenburg mündete, bei Rot warten. Beiläufig sah Okyar in den Rückspiegel. Hinter ihnen hatte sich eine Schlange von mehreren Wagen gebildet, alle mit eingeschalteten Scheinwerfern, nass glänzend von dem starken Regen. Einen Moment lang war er irritiert, verengte die Augen zu schmalen Schlitzen und tippte dann dem Beamten neben ihm auf dem Beifahrersitz auf die Schulter.

»Schnell, guck mal bitte. Hinter uns, der BMW … Ich glaube, ich habe gerade eine Erscheinung. Kannst du das Kennzeichen erkennen?«

»Was ist da los?«, fragte der Beamte in der Einsatzzentrale ungeduldig am anderen Ende der Leitung.

»Warte«, sagte Okyar hastig.

Der Beamte neben ihm – ein erfahrener MEKler, der bisher schweigsam und konzentriert dagesessen hatte – lehnte sich leicht nach rechts, um besser in den Seitenspiegel schauen zu können. Die Ampel sprang auf Gelb, dann auf Grün. Die Autos vor ihnen setzten sich wieder in Bewegung, allen voran Abdelkarim Saad in seiner S-Klasse.

»B – BA 7272«, brummte der Beamte neben ihm, der sich nicht aus der Ruhe hatte bringen lassen.

Während Okyar leicht aufs Gaspedal trat und der zivile Einsatzwagen anfuhr, beugte er sich hektisch nach vorn, als ob der Kollege in der Einsatzzentrale ihn dann besser verstehen konnte. »Hör mal, Kollege. Ich glaube, ich habe gerade was gesehen, was mir gar nicht gefällt. Hier ist noch ein Wagen …«

»Was für ein Wagen?«

»BMW, 7er. Schwarz. Kfz-Kennzeichen: B – BA 7272. Wir brauchen eine Halterfeststellung. Und Verstärkung, zweites Observationsteam, Knobelsdorffstraße Richtung Reichsstraße. Sofort!«

»Einen Moment, Römer vom MEK hört mit.«

Okyar vernahm im Hintergrund eine sehr gedämpft klingende Stimme, die offensichtlich das Kennzeichen des BMWs, das er gerade durchgegeben hatte, wiederholte. Dann hörte er eine Stimme, die er nur zu gut kannte: Horst Markwitz.

»Was gefällt dir an dem Fahrzeug oder den Insassen nicht, Tekin?«
»Der Fahrer des BMWs sieht aus wie Bassam Darzi«, sagte Okyar aufgeregt und blickte erneut in den Rückspiegel. Doch der Wagen war verschwunden.

☠☠☠

97

Berlin, Charlottenburg-Westend,
Wohnhaus von Dr. Michael Heumann, Schlafzimmer,
Montag, 4. August, 20:31 Uhr

Römer schaute Markwitz stirnrunzelnd an.
»Der Geschniegelte hat recht. Der BMW ist laut dem Kollegen in der Zentrale der Wagen eines gewissen Bassam Darzi. Ist der bei euch bekannt? Und wenn ja, was macht der denn jetzt auch noch hier auf der Ecke?«
Markwitz schaute hochkonzentriert aus dem Fenster. Ein Blitz erleuchtete das mittlerweile dunkle Schlafzimmer der Heumanns für den Bruchteil einer Sekunde. Gerade als er Römer antworten wollte, gab es einen tosenden Donnerschlag. Markwitz zuckte unwillkürlich zusammen. Das Gewitter musste jetzt direkt über ihnen sein.
»Bassam Darzi ist der zweite Mann, der Amir Saad an den Schulzensee in das Wohnhaus von Lübben begleitet hat. Bassam Darzi – der Saubermann.«
Römer murmelte etwas Unverständliches als Erwiderung und aktivierte sein Mikrofon.
»An alle Kollegen – es geht in Kürze los. Achtung, Lageergänzung: Wir rechnen mit einer dunkelblauen S-Klasse mit Berliner Kennzeichen: B – XX 6914. Ankunft voraussichtlich in wenigen Minu-

ten. Und es besteht die Möglichkeit, dass ein zweiter Pkw mit Berliner Kennzeichen, ein schwarzer BMW, auch eine Rolle spielt. B – BA 7272. Schusswaffengebrauch erst nach meiner ausdrücklichen Freigabe. Alle bleiben auf Position und weiter auf Stand-by.«
Dann wandte sich Römer an Markwitz. »Letzte Chance – sollen wir die Kundschaft hier im Haus informieren, dass es gleich losgehen könnte?«
Markwitz schüttelte energisch den Kopf.

☠☠☠

98

Berlin,
Treptowers, BKA-Einheit »Extremdelikte«,
Büro Professor Paul Herzfeld,
Montag, 4. August, 20:34 Uhr

Abel hatte am frühen Nachmittag zunächst mit Sara Wittstock telefoniert. Sie hatte ihm zugesagt, das gesamte Bildmaterial vom Drogendepot in der Wohnung von Mailin Zhou sowie die entscheidenden Videosequenzen und Ganzkörper- und Porträtaufnahmen der beiden Männer aus der Wohnung dem LKA 4 als Dateien weiterzuleiten. Abdelkarim Saad war zwar zweifelsfrei als einer der beiden Männer identifiziert worden, aber die Identität des zweiten Mannes aus dem Schrank war nach wie vor unklar, da es der IT-Spezialistin bisher nicht gelungen war, ihn über ihr Gesichtserkennungsprogramm und verschiedene Datenbanken zu identifizieren.
Dann hatte Abel nach mehreren vergeblichen Versuchen im Laufe des Nachmittages endlich Okyar erreicht. Er hatte dem Ermittler, der – entgegen seiner sonstigen Gewohnheit – am Telefon relativ

kurz angebunden gewesen war, das Ergebnis seiner 3-D-Rekonstruktion mittels Superprojektion geschildert. Okyar hatte Abels Bericht sehr interessiert zur Kenntnis genommen und ihm, da er selbst momentan in die Observation von Abdelkarim Saad eingebunden war, vorgeschlagen, sich am nächsten Tag mit ihm zu treffen, um die Details zu erörtern und die Beweislage basierend auf der rechtsmedizinischen Rekonstruktion gemeinsam zu beurteilen.
Anschließend hatte Abel einen Anruf von Sabine Yao erhalten, die weder von ihrer Schwester noch von Siara Erfreuliches vermelden konnte. Sie hatte zunächst ihre Nichte auf der Intensivstation der Kinderklinik der Charité und anschließend ihre Schwester Mailin in der Karl-Bonhoeffer-Klinik besucht. Siara lag weiterhin im Koma, ihre Vitalparameter waren zwar unverändert, aber keiner der behandelnden Ärzte wollte zum jetzigen Zeitpunkt eine Prognose über den weiteren Verlauf abgeben. Bei Mailin waren zwischenzeitlich starke Alkoholentzugssymptome aufgetreten, die zu einem deliranten Zustand geführt hatten, und die behandelnden Ärzte waren sich einig, dass sich an Mailins Aufenthalt in der Karl-Bonhoeffer-Klinik ein mehrmonatiger Aufenthalt in einer Entzugsklinik anschließen musste, wenn es in ferner Zukunft wieder eine Zusammenführung von Mailin und ihren Kindern geben sollte.
Jetzt saß Abel mit Herzfeld in dessen Büro. Er hatte ihm in den letzten zwei Stunden ebenfalls von dem Ergebnis seiner Rekonstruktion mittels Superprojektion und den daraus resultierenden Schlussfolgerungen berichtet. Zudem hatte er Herzfeld auch das kurze Protokoll zu den Umständen der Auffindung des Drogenpäckchens und dem CT-Ergebnis übergeben, das er vor zwei Tagen angefertigt und gemeinsam mit Sabine Yao unterschrieben hatte.
»Du hast dich diverser Dienstvergehen schuldig gemacht und dich über so ziemlich alle unserer hausinternen Verfahrensanweisungen hinweggesetzt, Fred. Von den strafrechtlichen Aspekten – Verdeckung einer Straftat und Unterdrückung von Beweismaterial, um nur zwei davon zu nennen – mal abgesehen«, konstatierte Herzfeld. Abel nickte schuldbewusst.

»Aber ich hätte es an deiner Stelle vermutlich nicht anders gemacht. Das Einzige, was ich dir vorwerfe, Fred, ist, dass du erst heute damit zu mir kommst. Du hättest mich viel früher involvieren müssen.«
»Um dich in die Sache reinzuziehen?«, fragte Abel. »Was für einen Sinn würde es ergeben, wenn gegen uns beide – stellvertretenden Leiter *und* Leiter der ›Extremdelikte‹ – wegen eines Dienstvergehens ermittelt wird und wir schlimmstenfalls beide vom Dienst freigestellt werden? Du weißt genauso wie ich, dass unsere kleine rechtsmedizinische Einheit dann höchstwahrscheinlich vor dem Aus stehen würde.«
»Strike!«, erwiderte Herzfeld und zwinkerte Abel verschwörerisch zu.

☠☠☠

99

Berlin, Charlottenburg-Westend,
Wohnhaus von Dr. Michael Heumann, Schlafzimmer,
Montag, 4. August, 20:38 Uhr

Markwitz' Puls hatte sich merklich erhöht. Nicht dass ihn dies beunruhigte, es war vielmehr eine Reaktion, die er aus zahlreichen Situationen kannte. Eine Maschine in ihm war angesprungen. Eine Maschine, die ihn in die Lage versetzte, in kritischen Lagen seinen Verstand im Hintergrund arbeiten zu lassen und intuitiv die richtigen Entscheidungen zu treffen. Und damit war er schon in einigen brenzligen Situationen seiner über dreißigjährigen Polizeikarriere gut gefahren.
Er hatte sich auf der anderen Seite von Römer seitlich am Schlafzimmerfenster positioniert. Obwohl es merklich abgekühlt hatte, lief ihm der Schweiß unter der schussicheren Weste weiter den Rücken hinunter.

Schweigsam beobachteten die beiden Männer aus ihrer Deckung heraus die durch die Gewitterfront in Dunkelheit gehüllte Wohnstraße. Die Lichter, die aus Heumanns Wohnhaus und von den erleuchteten Fenstern der gegenüberliegenden Häuser auf die Straße fielen, spiegelten sich in den Pfützen. Und es regnete unvermindert weiter.

Dann tauchte der Wagen mit Abdelkarim Saad am Steuer auf: B – XX 6914. Schritttempo. Wie ein Raubtier aus Metall, das sich dem Beutetier näherte. Langsam. Lauernd.

»Da sind sie«, raunte Römer in das Mikrofon seines Funkgerätes. »Wie weit müssen wir für deinen Generalstaatsanwalt gehen? Reicht es, dass sie aus dem Wagen vor dem Haus aussteigen? Oder …«

Es waren keine zwanzig Meter mehr, bis der Mercedes vor dem Haus der Heumanns angelangt wäre.

Markwitz sah aus den Augenwinkeln, dass Römer den Finger weiter am Mikrofon hatte, um den Zugriff sofort freigeben zu können.

»Lass sie anhalten. Aussteigen«, presste Markwitz hervor, und seine Stimme hörte sich heiser und seltsam fremd an. Er spürte, wie sich sein Puls noch weiter beschleunigte. »Lass sie einen Fuß auf Heumanns Grundstück setzen.«

Römer hob fast unmerklich eine Augenbraue, betätigte die kleine Taste seines Mikrofons. »Warten, bis sie angehalten haben und ausgestiegen sind. Wir brauchen sie auf dem Grundstück. Keiner unternimmt etwas, bis ich den Zugriff freigebe.«

Der dunkelblaue Mercedes fuhr gemächlich weiter, war jetzt auf Höhe von Heumanns Haus. Und – fuhr vorbei.

»Was machen die Penner denn da, kriegen die Schiss?«, stieß Römer hervor und beugte sich noch ein Stück weiter nach vorn. »Was ist da unten los?«, bellte er in sein Funkgerät.

Doch dann verlangsamte der Wagen sein Tempo, schien jetzt auszurollen. Die Bremslichter am Heck leuchteten rot auf, und etwa zehn Meter von Heumanns Haus entfernt stoppte der Mercedes.

Die Zeit schien stillzustehen, Sekundenbruchteile vergingen in qualvoller Länge, dauerten eine gefühlte Ewigkeit.

Und dann ging plötzlich alles ganz schnell.
Zuerst registrierte Markwitz, wie sich die Beifahrertür des Mercedes etwa zur Hälfte öffnete, eine Hand zum Vorschein kam, die einen undefinierbaren Gegenstand, der am oberen Ende hell blitzte, mit einer lockeren, fast spöttisch anmutenden Bewegung in die Lücke zwischen zwei am Straßenrand parkende Autos warf. Fast im selben Moment gab es einen ohrenbetäubenden Knall, der die Schlafzimmerscheibe vibrieren ließ.
Römer sprang direkt vors Fenster, seine Stimme überschlug sich, als er: »Zugriff! Schussfreigabe erteilt!«, in sein Mikrofon brüllte.
Etwa fünfzehn Meter weiter die Straße hinunter öffnete sich eine Lieferwagentür, und die MEK-Beamten strömten wie große, schwarze Insekten heraus, mit ihren ballistischen Schutzwesten und den Schutzhelmen über den schwarzen Sturmmasken, teils Sturmgewehre, teils Repetierflinten in Vorhalte.
Ein weiterer Knall ertönte, diesmal noch etwas lauter. Die Schlafzimmerscheibe vibrierte erneut, und zeitgleich durchzuckte ein heller Blitz die Dunkelheit, gefolgt von einem kleinen Rauchpilz. Der grelle Lichtblitz tauchte die Szenerie vor dem Haus in ein fast unwirkliches, weiß strahlendes Licht und fror alle Bewegungen auf der Straße vor Heumanns Haus für einen Sekundenbruchteil ein. *Blendgranate,* ging es Markwitz durch den Kopf. *Von unseren Leuten.*
Das Letzte, was Markwitz von seinem Posten aus sah, ehe er auf dem Absatz kehrtmachte und dem bereits aus dem Zimmer sprintenden Römer folgte, war, wie die maskierten und schwer bewaffneten MEK-Beamten Abdelkarim Saads Mercedes umzingelten und die Türen des Wagens aufrissen.
Die beiden Männer hasteten ins Erdgeschoss hinunter, jeweils mehrere Stufen gleichzeitig nehmend. Am Fuß der Treppe stand Heumann mit seiner Frau, die kleine Tochter presste sich mit angstgeweiteten Augen an ihre Mutter, der Tränen über das gerötete Gesicht liefen.
»Was zur Hölle … wir haben Todesangst!«, rief Heumann und versuchte, Markwitz am Ärmel zu fassen.

Ohne die drei weiter zu beachten, stürmte Römer an ihnen vorbei Richtung Haustür.
Markwitz wandte sich im Vorbeilaufen mit bebender Stimme an die Heumanns: »Wir haben sie. Verriegeln Sie die Haustür hinter mir. Dann ab ins Wohnzimmer. Tür zu. Bleiben Sie dort. Es ist gleich vorbei.«
Dann rannte er hinter Römer zur Haustür hinaus.
Das Geschehen auf der schmalen Wohnstraße wirkte wie die Szene aus einem Bürgerkrieg. Einige der Beamten hatten zwei Männer auf dem Boden fixiert und fesselten ihnen gerade mit Kabelbindern die Hände auf den Rücken. Kraftlos und ohne Gegenwehr lagen die beiden beleibten Araber bäuchlings in einer großen Pfütze.
Soweit Markwitz es erkennen konnte, waren ihm beide unbekannt. Zeitgleich wurde ein dritter Mann, den Markwitz sofort als Abdelkarim Saad identifizierte, aus der weit aufgerissenen Fahrertür des Mercedes gezerrt. Die am Boden liegenden Männer wurden jeweils von einem Beamten durchsucht, während ein weiterer MEKler sie zu Boden presste. Unterdessen erschien Abdelkarim Saad, flankiert von zwei Beamten, hinter dem Mercedes. Einer der Beamten hielt den rechten Arm des Clan-Mitglieds im Polizeigriff auf dessen Rücken fixiert, der andere hatte den Libanesen mit seiner behandschuhten rechten Hand im Nacken gepackt, während er mit der linken Hand eine Pistole auf ihn richtete. Auf Höhe seiner auf dem Boden liegenden Kumpane wurde Abdelkarim Saad unsanft nach vorn zu Fall gebracht, indem der Beamte, der ihn im Polizeigriff hielt, ihm kurzerhand die Füße unter dem Boden nach vorn wegtrat. Mit einem wütenden Laut stürzte Saad neben seine Gefolgsleute in die Pfütze und schlug dabei hart mit der Stirn auf dem Boden auf, sodass Regenwasser in alle Richtungen wegspritzte. Dann wurde er ebenfalls mit Kabelbindern gefesselt und durchsucht.
Ein Kopfschütteln des MEKlers signalisierte, dass die Durchsuchung wie auch bei den beiden bereits gefilzten Männern erfolglos verlaufen und er unbewaffnet war.
Markwitz blickte die Straße hinauf. Dort hatten zwei zivile Einsatz-

fahrzeuge die Zufahrt blockiert. Neugierige Anwohner zeigten sich hinter den Fensterscheiben der umliegenden Villen und Einfamilienhäuser. Offenbar vermieden sie es bei dem heftigen Regenguss, die Fenster zu öffnen.

Markwitz sah Römer, der sich bis eben noch an Abdelkarim Saads Mercedes aufgehalten hatte und jetzt auf ihn zukam. »Was war die erste Explosion? Eine Handgranate?«, rief Markwitz ihm entgegen.

Römer schüttelte den Kopf. »Nein, nichts mit Wumms. Wie es aussieht, war das ein Polenböller oder irgendwas in der Art. Jedenfalls kein militärischer Sprengstoff, sagen meine Jungs. Muss die KT rausfinden. Kein Schaden an den Autos daneben, null Detonationskrater. Der Wichser hat irgendeinen Böller aus dem Wagen geworfen. Die drei sind alle unbewaffnet. Auch im Wagen alles sauber, zumindest Stand jetzt.«

Markwitz blickte zu Abdelkarim Saad, dessen Gesicht, Haare und Kleidung von dem unfreiwilligen Bad in der Pfütze und dem gnadenlos herunterprasselnden Regen völlig durchnässt waren.

Der Libanese drehte seinen Kopf leicht zur Seite, starrte mit einem stechenden Blick aus seinen fast schwarzen Augen in Markwitz' Richtung. Blut lief aus seiner Platzwunde auf der Stirn über die Nase. Das Rinnsal wurde durch den Regen zunehmend blasser, bis es schließlich nicht mehr sichtbar war.

Es schien ihm nichts auszumachen, er wirkte völlig ungerührt. Die Blicke der beiden Männer trafen sich für einen kurzen Augenblick. Und Horst Markwitz hatte das ungute Gefühl, dass Abdelkarim auf irgendetwas zu warten, regelrecht zu lauern schien.

Verdammt, hier stimmt was nicht, schoss es Markwitz durch den Kopf.

Er hörte das Splittern von Glas – auf der Rückseite von Heumanns Haus.

Und dann krachten zwei Schüsse.

☠ ☠ ☠

100

Berlin-Schöneberg,
Generalstaatsanwaltschaft, Büro Gabriel Fournier,
Dienstag, 5. August, 8:10 Uhr

Aber Sie hätten die Rückseite des Hauses im Blick haben müssen!«, brüllte Gabriel Fournier.

Markwitz und Römer standen mit gesenkten Köpfen vor dem Schreibtisch des Generalstaatsanwalts.

»Wir hatten zwei Männer auf der Rückseite positioniert. Dass die Kollegen dann ihre Position verließen, als vor dem Haus die Hölle losbrach, das war nicht so geplant. Aber die beiden haben das in der besten Absicht getan, in der festen Überzeugung, dass sie vorn …«, setzte Römer mit belegt klingender Stimme an, wurde aber noch im selben Moment von Fournier niedergebrüllt: »Scheiße! Verdammte Idioten! Ich habe noch heute Nacht den Vorgesetzten der beiden aus dem Bett geklingelt. Ihre Suspendierung ist bereits erfolgt! Und das Disziplinarverfahren, das die beiden Herren vor sich haben, wird es in sich haben. Das schwöre ich Ihnen!«

Fourniers Gesicht hatte eine ungesund wirkende, rötliche Farbe, die an einen gekochten Shrimp erinnerte.

Markwitz war seit dem misslungenen Einsatz am Vorabend nicht zur Ruhe gekommen. Wobei *misslungener Einsatz* noch gelinde ausgedrückt war. Es war zur Katastrophe gekommen. Das Schlimmste war eingetreten. Heumann war tot. Der Mann, für dessen Sicherheit er verantwortlich gewesen war, den er fälschlicherweise in Sicherheit gewiegt hatte. Auch wenn es nicht seine, sondern die Idee des Generalstaatsanwalts gewesen war, die Familie nicht fortzubringen. *Wir servieren Heumann den Saads auf dem Silbertablett. Er bleibt, wo er ist, in seinem Haus,* das waren Fourniers Worte gewesen. *Erschossen vor den Augen seiner Frau und der fünfjährigen Tochter.*

Markwitz trug noch dieselbe Kleidung wie am Vortag. Er war erst in den frühen Morgenstunden nach Hause gekommen und hatte gar nicht erst den Versuch gemacht, die eine oder andere Stunde zu schlafen oder sich zu duschen und umzuziehen.

Er wusste, dass er die Bilder, die sich in seinem Kopf festgesetzt hatten, als wären sie in der Netzhaut seiner Augen eingebrannt, für lange Zeit nicht loswerden würde. Die Bilder seines eigenen Versagens. Wie Isabell Heumann im Wohnzimmer ihres Hauses auf dem Boden kniete, ihre Gesichtszüge zu einer Maske aus Schock und Schmerz erstarrt. Ihre wimmernde Tochter im Arm. Die dunkelroten Blutspritzer, die sich teils wie feine Sprenkel, teils wie dicke Farbtupfer über ihr Gesicht, ihre nackten Unterarme und ihr helles Sommerkleid zogen. Ihre von Blut verklebten Haare. Die zersplitterte Scheibe der Terrassentür. Die immer größer werdende Blutlache auf dem Fußboden. Mittendrin der Kopf von Heumann, auf dessen Stirn zwei Einschusswunden prangten, deren andreaskreuzförmiges Aussehen Markwitz sofort verraten hatte, dass der Täter aus nächster Nähe auf Heumann gefeuert haben musste.

»Die Obduktion sollte mittlerweile begonnen haben«, riss Fournier den Ermittler aus seiner Erinnerung.

»Auch wenn ich mir von dem Obduktionsergebnis keine neuen Erkenntnisse verspreche. Um 9:00 Uhr treffe ich den Polizeipräsidenten mit seinem Stab und das Justiziariat des LKA. Schadensbegrenzung. Ich werde, nein, vielmehr ich *muss* heute noch eine Pressekonferenz geben. Und bis dahin werden wir uns der Vernehmung von Abdelkarim Saad widmen«, sagte Fournier und musterte die beiden Kriminalbeamten mit unverhohlener Abneigung.

»Erste Ergebnisse vom Labor der KT zum Tatort erwarten wir etwa gegen 10 Uhr«, schaltete sich Römer wieder ein. Seine Stimme war immer noch belegt. »Die haben uns abgelenkt. Haben einen Polenböller gezündet. Dafür bekommt der, der ihn geworfen hat, im besten Fall eine Geldstrafe aufgebrummt. Verstoß gegen das Sprengstoffgesetz. Mehr haben wir momentan nicht gegen die Saads in der Hand. Wenn wir überhaupt feststellen können, wer von den dreien das Ding gezündet hat. Ich meine …« – er stockte, räusperte sich, ehe er weitersprach – »die Kollegen sagen, dass sie Abdelkarim Saad bald wieder laufen lassen müssen. Sein Anwalt ist schon bei ihm. Wir …«

Vielleicht sollte ich Fournier jetzt mitteilen, dass wir Videobeweismaterial zu dem Drogenversteck in der Wohnung in Marzahn haben und dass Abdelkarim Saad mutmaßlich in ein versuchtes Tötungsdelikt an einem knapp zwei Jahre alten Kind involviert ist, schoss es Markwitz kurz durch den Kopf, während Römer weitersprach. Der Hauptkommissar wurde aber durch den wütenden Aufschrei »Schwachköpfe! Ich bin nur von Schwachköpfen umgeben!« von Fournier unterbrochen und verwarf den Gedanken gleich wieder. Der Generalstaatsanwalt tobte indes mit hochrotem Kopf weiter. »Die lassen uns wie Idioten aussehen! Vor dem Haus von Heumann veranstalten die Saads ein kleines Silvesterfeuerwerk, und Sie fallen alle darauf rein, während sich der Attentäter in aller Ruhe hinten Zugang ins Haus verschafft und die Schutzperson vor den Augen seiner Familie erschießt. So viel Dilettantismus ist wirklich ohne Worte! Was ist mit der Frau und dem Kind? Was haben die gesehen? Konnten sie Angaben zum Täter machen?«, wandte er sich jetzt an Markwitz.

»Das Kriseninterventionsteam ist gestern Abend direkt zu ihnen«, antwortete Markwitz. »Frau Heumann ist nur bedingt vernehmungsfähig. Sie konnte uns lediglich sagen, dass alles sehr schnell ging. Ein schwarz gekleideter, maskierter Täter – sehr wahrscheinlich trug er eine Skimaske – schlug die Scheibe an der Terrassentür ein und schoss zweimal aus nächster Nähe auf ihren Mann. Im Moment befinden sich Frau Heumann und ihre Tochter in der Trauma-Ambulanz der Charité. Sie werden dort auch weiter engmaschig betreut. Eine weitere Vernehmung lehnen die Ärzte ab, und …«

»Schon gut, schon gut«, unterbrach ihn Fournier, den das nicht wirklich zu interessieren schien.

Du mieses Arschloch, dachte Markwitz. Doch bevor er sich entscheiden konnte, ob er einfach weiterreden oder sich den Mund verbieten lassen sollte, klingelte das Telefon auf Fourniers Schreibtisch. Der Generalstaatsanwalt nahm den Anruf entgegen und hörte etwa eine Minute aufmerksam zu, ohne ein Wort zu sagen. Dann beendete er das Telefonat ohne Verabschiedung und warf den Hörer krachend zurück auf den Apparat.

»Eine erste Spur. Bewegungsprofil eines gewissen Bassam Darzi. Sein Fahrzeug soll von der Observationseinheit, die gestern Abend an Abdelkarim Saad dran war, in der Nähe des Tatorts gesehen worden sein.«

Der schwarze 7er BMW, den Tekin gemeldet hat, ging es Markwitz durch den Kopf, während Fournier weitersprach.

»Die IT-Forensiker vom LKA haben die Telefondaten von diesem Darzi ausgewertet und per Handy-Tracking sein Bewegungsprofil im Tatzeitraum rekonstruieren können. Sein Handy war zur Zeit des Mordanschlags auf den Arzt in einer Funkzelle in diesem Bereich eingeloggt. Die Fahndung nach ihm läuft bereits.« Der Generalstaatsanwalt verstummte, legte die Stirn in Falten. »Bassam Darzi – wer soll das sein? Helfen Sie mir auf die Sprünge!«, polterte er dann wieder.

Markwitz seufzte. »Bassam Darzi ist der führende Geldwäscher der Saad-Familie. Gehört zum inneren Zirkel. Betreibt für den Clan Restaurants und Spielhallen. Ist bisher nicht durch Gewalttaten aufgefallen, aber das heißt natürlich nichts. Er war es, der mit Amir Saad zum Schulzensee zu Hermann Lübben gefahren ist. Mein Kollege Okyar vom LKA 1 hat ihn gestern zufällig bei der Beschattung von Abdelkarim Saad in einem Fahrzeug entdeckt, das anscheinend dieselbe Route nahm.«

Alles in der Akte, Herr Generalstaatsanwalt, fügte Markwitz gedanklich hinzu.

»Ich will, dass der Typ gefasst wird. Alle verfügbaren Kräfte dransetzen. Das wäre eine Geschichte für die Presse, die uns wirklich guttun würde, wenn wir den Mörder schon am Abend …«

Aber da hörte Markwitz schon nicht mehr zu, denn das Bild der blutbespritzten, für immer gebrochenen Isabell Heumann neben ihrem erschossenen am Boden liegenden Mann tauchte wieder mit solch brachialer Wucht vor seinem geistigen Auge auf, dass ihm schwindelig wurde.

☠☠☠

101

Berlin-Neukölln,
Boddinstraße,
Dienstag, 5. August, 9:27 Uhr

Moewig hatte die Neuköllner Dar-as-Salam-Moschee passiert, war dann von der Flughafenstraße in die Mainzer Straße abgebogen und hatte sofort wieder die nächste Querstraße, die Boddinstraße, genommen. Hier wohnte der drittälteste der Saad-Brüder, Abadi Saad. Moewig war gemächlich mit seinem klapprigen Lada die mit Kopfsteinbelag gepflasterte und von Schatten spendenden Rosskastanien gesäumte Wohnstraße entlanggefahren. Für unbeteiligte Beobachter war er allem Anschein nach auf der Suche nach einem Parkplatz. Dann hatte er den Wagen etwa fünfzig Meter entfernt von dem Haus, in dem die Wohnung von Abadi Saad lag, in einer freien Parklücke abgestellt, direkt vor einem kleinen arabischen Backshop. Dort hatte er sich Baklava, Namura und Maamul gekauft und in eine Papiertüte packen lassen.

Nun schlenderte er in Richtung des fünfgeschossigen Wohnhauses, in dem Abadi Saad lebte – bis gestern noch mit Frau und Tochter.

Moewig entdeckte die beiden Zivilpolizisten in ihrem Passat sofort. Sie fuhren in Schritttempo an ihm vorbei. Moewig war klar, dass es hier in Neukölln für die Beamten des LKA 6 oder gar eines Mobilen Einsatzkommandos unmöglich war, in irgendwelchen Nachbarhäusern Quartier zu beziehen und von dort aus Abadi

Saads Wohnumfeld zu observieren. Das war vielleicht im gutbürgerlichen Westend in Charlottenburg möglich, hier in diesem multinationalen, dabei aber vorwiegend arabisch geprägten Kiez, dem Epizentrum des Einflussbereiches der Saads, war ein solches Unterfangen hingegen völlig ausgeschlossen.

Seine Tarnung, die raschelnde Papiertüte mit den arabischen Backwaren, trug der Privatermittler gut sichtbar vor sich her. Häufig war man unsichtbarer, wenn man sich auffällig und überhaupt nicht leise verhielt, das wusste Moewig nur zu gut.

An diesem Morgen hatte ihn Abel bereits kurz vor 6 Uhr angerufen und über den Mord an Dr. Michael Heumann unterrichtet. »Wenn Markwitz auf einen der noch verbliebenen Saads setzen müsste, der jetzt nicht die Füße stillhält, sondern irgendwelchen Aktionismus zeigt und vielleicht eine Dummheit begeht, dann ist das Abadi Saad. Und Markwitz muss es wissen, er kennt die Szene wie kein Zweiter«, hatte Abel gesagt.

Amir Saad – tot.

Abdelkarim Saad – zurzeit in Haft.

Asad Saad, der Löwe – zu umsichtig, zu überlegt. Niemand konnte einschätzen, wie die beiden verbliebenen Saads auf die Festnahme ihres Bruders, fünf Tage nach dem Tod ihres jüngsten Bruders, reagieren würden. Aber bei Abadi Saad war die Wahrscheinlichkeit größer, dass er sich zu einer unüberlegten Aktion hinreißen lassen würde, als bei dem Chef des Clans. Denn die Flucht seiner Frau mit der gemeinsamen Tochter kam einem absoluten Gesichtsverlust gleich – nicht nur innerhalb des Clans, sondern auch vor den anderen kriminellen arabischen Großfamilien in der Stadt. Und nicht nur Abadi Saad, auch alle anderen waren gewiss zu der Erkenntnis gelangt, dass es nur Abadi Saads Frau gewesen sein konnte, die für die Observation von Heumanns Haus, die hohe Polizeipräsenz vor Ort und die daraus resultierende Festnahme von Abdelkarim Saad verantwortlich gewesen war. Sie musste es gewesen sein, die die wichtigste Regel, die unantastbare Maxime der Familie, gebrochen hatte: *Niemand spricht mit der Polizei!*

Lars Moewig schlenderte gemächlich weiter, ließ seine Blicke möglichst unauffällig schweifen. Dann tauchte der Wagen der Zivilbeamten erneut auf. Moewig war jetzt auf Höhe von Abadi Saads Haus. Die Rollläden im Erdgeschoss und im ersten Stock waren heruntergelassen. Nichts deutete darauf hin, dass jemand zu Hause war. Moewig verlangsamte seinen Schritt noch weiter. Die beiden Zivilbeamten in ihrem Passat waren jetzt auf seiner Höhe, blickten kurz zu ihm herüber, als sie im Schritttempo an ihm vorbeifuhren.

Nicht stehen bleiben, nicht auffallen, dachte Moewig und griff in die Papiertüte vor seiner Brust, holte ein mit Mandeln gefülltes Baklava heraus und biss herzhaft hinein. Nachdem er das Haus passiert hatte, ging er die etwa zwanzig Meter bis zur nächsten Querstraße und bog dann dort ab. Nach wenigen Augenblicken entdeckte Moewig, was er gesucht hatte. Er blieb stehen, sah sich erneut unauffällig um. Aber kein Mensch war in der morgendlichen Hitze auf den Gehsteigen zu sehen. Auch von dem Zivilfahrzeug keine Spur. Das silberne Mercedes GLC Coupé mit dem Berliner Kennzeichen, das Sara Wittstock ihm vor einer Stunde durchgegeben hatte, stand in dem Hinterhof, der direkt an den rückwärtigen Teil von Abadi Saads Wohnhaus grenzte.

Moewig machte auf dem Absatz kehrt und trottete betont lässig zurück zu seinem Lada. Schließlich waren es gleich zwei Parteien, die ihn nicht bemerken sollten: die Polizei und Abadi Saad oder dessen Gefolgsleute.

An seinem Wagen angekommen, versicherte sich Moewig ein weiteres Mal, dass ihn niemand beobachtete, und stieg wieder in sein Fahrzeug. Er startete den Motor, fuhr aus der Parklücke und dorthin zurück, wo die Querstraße von der Boddinstraße abging und der Wagen von Abadi Saad im Hinterhof stand. Dort parkte er den Lada im Schatten einer Rosskastanie. Von hier aus hatte er den perfekten Überblick. Egal, ob Abadi Saad im Hinterhof in sein Mercedes Coupé stieg oder an der Vorderseite seines Wohnhauses von jemandem abgeholt wurde und in ein anderes Fahrzeug stieg –

Moewig würde es mitbekommen. *Wenn der Mistkerl überhaupt zu Hause ist. Aber den Versuch ist es wert.*
Und während Moewig in der immer stärker werdenden Hitze des Vormittags in seinem Lada saß, schwor er sich, zukünftig keine Alleingänge mehr zu unternehmen. Doch dieses eine Mal musste es noch sein. *Ein allerletztes Mal.*

☠☠☠

102

Berlin,
JVA Plötzensee, Vorraum zum Vernehmungszimmer,
Dienstag, 5. August, 10:34 Uhr

Unter massiven Sicherheitsvorkehrungen war Abdelkarim Saad in den frühen Morgenstunden aus dem LKA-Gebäude in der Keithstraße in die deutlich besser gesicherte Justizvollzugsanstalt Plötzensee überführt worden. Denn niemand beim LKA oder der Generalstaatsanwaltschaft konnte oder wollte einen Befreiungsversuch durch den Clan ausschließen.
Markwitz sah auf den Monitor, der das Kamerabild aus dem Vernehmungszimmer in den Vorraum übertrug. Abdelkarim Saad wirkte wie der letzte Soldat einer Einheit, deren Mitglieder den Eid abgelegt hatten, sich niemals zu ergeben. Er erinnerte Markwitz mit seinem stolz erhobenen Kopf und dem arroganten Blick an einen Elitekämpfer. Allerdings an einen ramponierten Elitekämpfer, denn auf seiner Stirn klebte ein großflächiger, blutverkrusteter Pflasterverband, auf seinem Nasenrücken befand sich ein weiteres Pflaster, und seine rechte Gesichtshälfte war rötlich blau verfärbt. Zudem trug er einen weißen Ganzkörperanzug der Spurensicherung, da seine eigene Kleidung ihm für die Beweissi-

cherung zur kriminaltechnischen Untersuchung abgenommen worden war.

Markwitz schaute auf seine Uhr. Okyar musste eigentlich jeden Augenblick eintreffen, ebenso wie der Anwalt von Abdelkarim Saad, der sich vor einer knappen Stunde telefonisch angekündigt hatte. Er hatte ausdrücklich darauf hingewiesen, dass jegliche Gespräche mit seinem Mandanten nur in seinem Beisein stattzufinden hatten – was dessen gutes Recht war.

Markwitz war in der Zwischenzeit kurz zu Hause gewesen, hatte geduscht, sich frische Sachen angezogen. Für Ruhe oder gar Schlaf war allerdings auch diesmal keine Zeit gewesen. Unter seinen Augen hatten sich dunkle Schatten gebildet, und seine Gesichtshaut hatte eine ungesunde, gräuliche Farbe angenommen, wie er beim Blick in den Spiegel festgestellt hatte.

Nur er steckte als leitender Beamter inhaltlich tief genug in den Verstrickungen des Saad-Clans, und sehr wahrscheinlich war auch nur er es, der die richtigen Fragen stellen konnte. Allerdings war das alles wohl kaum Fourniers wirklicher Beweggrund gewesen, gerade ihn mit der Vernehmung von Abdelkarim Saad zu beauftragen. Markwitz wusste genau, dass er nach der Ermordung Heumanns, für dessen Schutz er als Leiter des Einsatzes verantwortlich gewesen war, Fourniers Bauernopfer wäre, wenn innerhalb der nächsten Stunden nicht noch ein Wunder geschah und der Mörder von Heumann gefasst wurde.

Es zeichnete sich ab, dass dies ein weiterer richtig beschissener Tag werden würde.

☠☠☠

103

Berlin,
JVA Plötzensee, Parkplatz,
Dienstag, 5. August, 10:41 Uhr

Abel war eine halbe Stunde nach der Frühbesprechung – in der es fast ausschließlich um die Ermordung Heumanns und die anstehende Sektion des Arztes ging, die Herzfeld Scherz und Rath zugewiesen hatte – von Okyar angerufen worden. Der Ermittler hatte Abel gebeten, ihn um 10:00 Uhr auf dem frei zugänglichen Parkplatz vor der Justizvollzugsanstalt Plötzensee zu treffen. Abel war deshalb zur verabredeten Zeit auf dem Parkplatz vor den hohen Waschbetonmauern des Gefängnisses zu Okyar in dessen Zivilfahrzeug, einen Opel älteren Baujahrs, gestiegen. Dort hatte er dem Kommissar auf seinem Laptop das Ergebnis seiner Superprojektion gezeigt, was dieser mehrfach mit Pfiffen durch die Zähne quittierte, die Abel wiederum als Zeichen von Anerkennung wertete. Okyar hatte Abel dann kurz berichtet, dass Beamte der Abteilung für Rauschgiftkriminalität seit über zwei Stunden die Wohnung von Mailin Zhou in Marzahn durchsuchten, dass sie das Drogendepot der Saads bereits ausgehoben hatten und zurzeit Spuren sowie weiteres Beweismaterial sicherten.

»Und noch etwas wird Sie interessieren, Doc«, sagte Okyar. »Thanh Zhou, der verstorbene Schwager Ihrer Kollegin, hat nach unseren allerneuesten Erkenntnissen tatsächlich für die Saads gearbeitet. Unsere Leute haben das gestern überprüft, nachdem die Info von Ihnen zu dem Drogenversteck in der Wohnung reinkam. Der Name Thanh war bei uns bisher nicht bekannt. Die Kollegen haben ihn mal genau unter die Lupe genommen, seine Mobilfunkdaten und Bewegungsprofile anhand von Funkzelleneinwahl mit denen von Abdelkarim und Abadi Saad abgeglichen und – bingo! Thanh war der *Missing Link*. Wir gehen momentan davon aus, dass er aufgrund seines Jobs im internationalen Cargo-Bereich von Schönefeld Drogenlieferungen, die mit Frachtmaschinen aus Südamerika und Asien kamen, für die Saads entgegengenommen und am Zoll vorbeigeschleust hat. Dann hat er die Ware bei sich in der Wohnung in Marzahn in dem geheimen Depot versteckt, bis Clan-Mitglieder es für den Straßenverkauf wieder abgeholt haben.«

»Und sein Tod? Ich meine, der erscheint doch jetzt in einem ganz anderen Licht. Ich …«

»Sind wir schon dran«, fiel Okyar ihm ins Wort. »Wird alles noch mal neu aufgerollt, aber …« – er sah auf seine Armbanduhr – »… ich muss jetzt dringend zu Markwitz, er wartet bereits auf mich. Die Vernehmung von Abdelkarim Saad. Dank Ihnen zieht sich die Schlinge um seinen Hals zu, würde ich mal sagen.«

»Kann ich mit rein?«, fragte Abel.

»Vielleicht ist das keine schlechte Idee, wenn Sie während der Vernehmung dabei sind. Wir könnten mit Ihrer Expertise gleich ein wenig die Muskeln spielen lassen, was das Ergebnis Ihrer Superprojektion anbelangt. Ich würde Sie zunächst bei Saad und seinem Rechtsbeistand als BKA-Beamten vorstellen, und wenn ich Sie während der Vernehmung hinzuziehe, lassen wir die Katze aus dem Sack, dass Sie Rechtsmediziner sind.«

»Sehr gern. Haben Sie das, worum ich Sie gebeten hatte, dabei?«, erkundigte sich Abel.

Der Kommissar nickte kurz. »Los geht's.«

Die beiden Männer verließen Okyars Zivilfahrzeug. Okyar beugte sich noch einmal durch die geöffnete Fahrertür in das Wageninnere, zog ein DIN-A5-Blatt unter der hochgeklappten Sonnenblende hervor und legte es gut sichtbar auf das Armaturenbrett.

»Ordnung muss sein, so ist der Parkscheinautomat überflüssig«, sagte er.

Abel warf einen kurzen Blick darauf und stellte fest, dass es sich um eine Bescheinigung des Polizeipräsidenten von Berlin handelte, die auf Okyars Namen ausgestellt war und ihn berechtigte, während der Ausübung seiner dienstlichen Tätigkeit sein Auto auch in Parkverbotszonen abzustellen.

»Lassen Sie Ihre Tasche im Wagen, Doc«, schlug Okyar vor und deutete dabei auf die ausgebeulte Laptoptasche unter Abels Arm. Neben einem Ausdruck seines rechtsmedizinischen Gutachtens betreffend Siara Zhou hatte er noch weitere Unterlagen und sein Portemonnaie darin.

»Nehmen Sie nur den Laptop mit, um Saad ein paar Fotos von Ihrer Rekonstruktion zeigen zu können. Und Ihren Dienstausweis. Den Rest lassen Sie im Auto, dann geht die Überprüfung am Eingang in der Sicherheitsschleuse schneller, ohne große Taschenkontrolle.«

Abel nickte, überprüfte durch einen Griff an die Innentasche seines Jacketts, dass er neben seinem Blackberry auch den BKA-Dienstausweis mit sich führte, und verstaute die Laptoptasche im Fußraum des Wagens hinter dem Beifahrersitz. Dann gingen die beiden Männer mit raschen Schritten an einem der riesigen Wachtürme, die in die hohen Waschbetonmauern eingelassen waren und an den Tower eines Flughafens erinnerten, vorbei in Richtung des großen Haupttores der Justizvollzugsanstalt Plötzensee.

Die beiden Gestalten, die sie schon die ganze Zeit aus einem geparkten, dunklen Geländewagen beobachteten, bemerkten der Rechtsmediziner und der Kommissar nicht.

☠☠☠

104

Berlin,
JVA Plötzensee, Vernehmungszimmer,
Dienstag, 5. August, 11:02 Uhr

Markwitz setzte sich auf seinem Stuhl an dem quadratischen, abgenutzten Holztisch, der fest im Boden des Vernehmungsraums verschraubt war, in eine bequemere Position. Vor

wenigen Minuten hatte Okyar ihn per SMS informiert, dass er gerade die Sicherheitskontrollen passierte und gleich in Begleitung von Dr. Abel bei ihm eintreffen würde.
Markwitz gegenüber saßen Abdelkarim Saad und dessen Anwalt, ein hagerer Endvierziger mit akkurat gescheiteltem hellbraunem Kopfhaar, der vor zehn Minuten eingetroffen war und sich bis eben unter vier Augen mit seinem Mandanten beraten hatte.
Der Anwalt trug einen maßgeschneiderten, hellblauen Anzug, ein weißes Oberhemd mit silbernen Manschettenknöpfen und eine lilafarbene Krawatte mit einem farblich dazu passenden Einstecktuch in der Brusttasche des Jacketts. Ein Fachanwalt für Strafrecht, der bei den Berliner Polizei- und Justizbehörden seit Jahren einen zwar zweifelhaften Ruf genoss, der aber auch für seine strafrechtlichen Raffinessen bekannt war.
Markwitz schaltete das Aufnahmegerät ein und vergewisserte sich, dass es lief.
»Es liegt nichts gegen meinen Mandanten vor. Sie haben nichts gegen ihn in der Hand. Rein gar nichts«, zog der smarte Anwalt das Gespräch sofort an sich.
»Gemach, gemach«, erwiderte Markwitz. »Gegen Herrn Saad besteht der dringende Tatverdacht der Beihilfe zum Mord an Dr. Michael Heumann. Ferner wird Ihrem Mandanten ein Verstoß gegen das Sprengstoffgesetz vorgeworfen. Inwiefern sich diese Vorwürfe erhärten lassen und ausreichen, dass wir im Anschluss an diese Vernehmung einen Haftbefehl beantragen, wird sich im Laufe der Vernehmung zeigen.«
Abdelkarim Saad blickte ausdruckslos nach vorn.
»In ein paar Stunden marschiere ich mit Herrn Saad als freiem Mann hier wieder raus, das wissen Sie so gut wie ich. Im Übrigen beruft sich mein Mandant auf sein Aussageverweigerungsrecht«, konterte der Anwalt gereizt.
»Lassen Sie diese Spielchen, Herr Verteidiger. Sie wissen, wie das läuft. Ich stelle hier die Fragen. Wenn Herr Saad nichts dazu zu sagen hat, bitte. Aber dann haben wir jede Menge andere Möglich-

keiten, Ihren Mandanten noch eine Weile hierzubehalten. Verdunklungsgefahr. Fluchtgefahr. Ich bin sicher, unser Staatsanwalt ist da sehr kreativ«, blaffte Markwitz zurück und erntete dafür einen bitterbösen Blick von Saads Anwalt.

»Herr Saad«, wandte sich Markwitz direkt an den Libanesen, »was hatten Sie gestern Abend vor dem Haus von Dr. Michael Heumann zu suchen?«

Der Angesprochene erwiderte nichts, sondern strafte den Hauptkommissar nur mit einem verächtlichen Blick.

»Nachdem Sie, Herr Saad, oder einer Ihrer beiden Begleiter, denen meine Kollegen in der Keithstraße gerade auf den Zahn fühlen, eine Detonation vor dem Haus von Dr. Heumann herbeigeführt haben, wurde dieser nur einen kurzen Augenblick später gezielt erschossen.«

Langsam beugte der Libanese den Kopf zur Seite und strich wortlos mit seiner rechten Hand über seinen Bart.

Markwitz tippte sich mit dem Zeigefinger gegen den Mund, als könne er so eine Portion der richtigen Worte hervorlocken, die sein Gegenüber zum Reden bringen würden. »Unsere derzeitigen Erkenntnisse lassen den Rückschluss zu, dass der Mörder von Dr. Michael Heumann Ihrem direkten Umfeld zuzuordnen ist. Der Verdächtige heißt Bassam Darzi und ist zur Fahndung ausgeschrieben.« Markwitz konnte auch diesmal keinerlei Regung in Abdelkarim Saads Gesicht erkennen.

»Lassen *Sie* die Spielchen!«, forderte der Anwalt.

Ein Lächeln umspielte daraufhin Abdelkarim Saads Mundwinkel.

»Wenn das alles ist …« Der Anwalt hielt mitten im Satz inne, denn in diesem Moment öffnete sich die Tür des Vernehmungsraumes, und Okyar trat ein, hinter ihm Dr. Abel. Unter dem Arm trug der Rechtsmediziner einen silberfarbenen Laptop. Sein Gang war deutlich langsamer, weniger energisch als Okyars, registrierte Markwitz. Als würde Abel wachsam und vorsichtig einen Raubtierkäfig betreten. *Oder ist er das Raubtier, und Saad wird hier gleich zur Beute?*

Okyar nahm neben Markwitz auf einem der beiden noch freien Stühle vor dem Holztisch Platz und bedeutete Abel, der seinen Computer gerade auf dem Tisch abgelegt hatte, sich neben ihn zu setzen.

Für einen Moment herrschte Schweigen in dem Vernehmungszimmer, während Markwitz beobachtete, wie Abdelkarim Saad und dessen Anwalt die beiden Neuankömmlinge mit neugierigen und abschätzenden Blicken musterten.

Dann ergriff Okyar das Wort. »Mein Name ist Tekin Okyar, Mordkommission LKA 1. Und das ist mein Kollege Dr. Abel vom BKA.«

Markwitz versuchte, aus Abdelkarim Saads Mimik irgendwelche Rückschlüsse darauf zu ziehen, ob der Libanese den Namen Dr. Abel mit der Obduktion seines toten Bruders in Verbindung brachte, konnte aber nichts dergleichen erkennen. Auch Saads Anwalt schien keinen Zusammenhang herzustellen und damit auch keinerlei Einwände oder Nachfragen betreffend seiner Anwesenheit zu haben.

»Herr Saad, ich gehe mal direkt *in medias res*«, ergriff Okyar jetzt wieder das Wort. »Unabhängig von dem, was sich gestern vor und im Haus von Dr. Michael Heumann abgespielt hat, haben wir neue Erkenntnisse zu kriminellen Machenschaften, in die Sie verwickelt sind. Es geht um den Handel mit illegalen Betäubungsmitteln und …«

»Diesen Unfug versuchen Sie meinem Mandanten schon seit Jahren anzuhängen«, unterbrach Saads Anwalt den Kommissar. »Immer dieselbe Leier. Und am Ende haben Sie jedes Mal rein gar nichts in der Hand.«

Abdelkarim kommentierte den Einwand seines Verteidigers mit einem hämischen Grinsen.

»Lassen Sie mich bitte ausreden! Uns liegen Videoaufnahmen des Bundeskriminalamtes vor, die zeigen, wie ein noch nicht identifizierter Mann im Beisein und mit Wissen Ihres Mandanten eine beträchtliche Menge Kokain in der Wohnung eines gewissen Thanh Zhou versteckt beziehungsweise ein dort gelegenes Drogendepot bestückt. Unsere Kollegen haben das Depot gerade hochgenommen und sichern zurzeit noch Spuren und Beweismaterial. Thanh Zhou ist im Januar dieses Jahres auf dem Cargo-Gelände des Flughafens Schönefeld ums Leben gekommen. Bei einem Unfall, der vielleicht gar keiner war, sondern kaltblütiger Mord. Das werden wir uns noch genauer ansehen. Der Mann wurde unter einem tonnenschweren Frachtcontainer begraben. Für mich hört sich das ähnlich spektakulär an wie die Geschichte eines erst kürzlich in einem Boxsack zu Tode geprügelten anderen Gefolgsmanns Ihrer Familie, oder? Unsere IT-Forensiker haben erste vielversprechende Anhaltspunkte, dass Sie, Herr Saad, mit Thanh Zhou in Verbindung standen. Dass er für Sie gearbeitet hat.«

Nicht schlecht, der Kleine, dachte Markwitz, der sich während Okyars Bericht zum neuesten Stand der Ermittlungen von Seiten des LKA 1, die er so noch nicht kannte, zunehmend auf seinem unbequemen Holzstuhl entspannt hatte. *Vielleicht wird der heutige Tag doch nicht ganz so beschissen, wie ich es eigentlich erwartet hatte.*

Das hämische Grinsen war mittlerweile völlig aus Abdelkarim Saads Gesicht gewichen. Auch sein Anwalt, der seinen Mandanten während Okyars Ausführungen mehrfach von der Seite her fragend angesehen hatte, wirkte ziemlich perplex, denn er sagte erst einmal gar nichts.

»Aber es wird noch besser, Herr Saad. Hier …« Mit diesen Worten griff Okyar in die Innentasche seines hellgrauen Leinenjacketts und zog eine durchsichtige Asservatentüte hervor – darauf der Name *Abdelkarim Saad* und darunter eine lange Ziffernfolge, gefolgt vom Datum des Vortages.

»Verpiss dich!«, schnauzte Abdelkarim Saad durch seine spröden Lippen, als er den Inhalt des Asservatenbeutels erkannte.

☠ ☠ ☠

105

Berlin,
JVA Plötzensee, Vernehmungszimmer,
Dienstag, 5. August, 11:24 Uhr

Abel betrachtete Abdelkarim Saad, der bisher die meiste Zeit über völlig reglos dagesessen hatte. Es war ein eigentümliches Gefühl für ihn, den Mann, der ihn in den letzten Tagen in Atem gehalten hatte, nur wenige Meter vor sich zu haben. Der Mann, der bei dem barbarischen Tod von Moritz Lübben seine Finger im Spiel und Lars brutal zusammengeschlagen hatte, der in der Wohnung von Mailin ein geheimes Drogendepot angelegt und von dort Rauschgift vertrieben hatte. Der Mann, der ihn bedroht hatte, nachdem er seinen Bruder, Amir Saad, obduziert und das Obduktionsergebnis nicht den Vorstellungen der Saads entsprochen hatte. Der Mann, der mutmaßlich für die Ermordung Heumanns verantwortlich war. Und bei dem, wie es schien, alle Fäden zusammenliefen.

Während Tekin Okyar weiter mit fast triumphierender Geste die durchsichtige Asservatentüte in der Luft schwenkte und Saad und sein Verteidiger die Köpfe zusammensteckten und sich flüsternd unterhielten, ließ Abel vor seinem geistigen Auge die Ereignisse der letzten Tage noch einmal Revue passieren. Die unterschiedlichen Stationen verknüpften sich miteinander. Menschen, Orte, Gespräche, Sektionen. Alles fügte sich ineinander, ergab ein schlüssiges Bild. Es war, als würde ein Film in seinem Kopf rückwärts ablaufen und dort stoppen, wo alles begonnen hatte. Bei dem *Menschen,* mit dem alles begonnen hatte: Siara.

Aber dann wurde Abel aus seinen Gedanken zurück in die Realität geholt, als er Okyar sagen hörte: »Herr Saad, wir haben einen Rechtsmediziner hinzugezogen, einen Experten auf dem Gebiet der Forensik, um uns erläutern zu lassen, was es hiermit auf sich hat.«

☠ ☠ ☠

106

Berlin,
JVA Plötzensee, Vernehmungszimmer,
Dienstag, 5. August, 11:26 Uhr

Markwitz blickte gespannt auf den durchsichtigen Asservatenbeutel, in dem sich ein dicker, goldener Siegelring zu befinden schien.

»Was dieser Ring, der Ihnen gestern Abend nach Ihrer Festnahme abgenommen wurde, mit den lebensgefährlichen Verletzungen eines zweiundzwanzig Monate alten Mädchens, das seit über zwei Wochen im Koma liegt, zu tun hat, werden wir jetzt erfahren«, fuhr Okyar fort und nickte Abel kurz zu.

Markwitz, der den Ring noch nie zuvor gesehen und bis zu diesem Moment von seiner Existenz als Beweismittel auch noch nichts gewusst hatte, lehnte sich auf seinem Stuhl zurück, als hätte er dadurch einen besseren Überblick auf eine Bühne zu einem großen Schauspiel. *Na, jetzt bin ich aber gespannt.*

»Guten Tag, Herr Saad, Sie kennen mich nicht persönlich, aber Sie kennen meinen Namen: Fred Abel. Ich bin der Rechtsmediziner, der Ihren Bruder Amir Saad obduziert hat«, stellte sich Abel vor.

Was macht Abel da, verdammt noch mal?, fragte sich Markwitz, nicht sicher, ob es klug war, Abdelkarim Saad so bewusst zu provozieren.

»Ich bin allerdings nicht hier, um über Ihren toten Bruder zu sprechen, sondern ich möchte Ihnen etwas zeigen«, fuhr der Rechtsmediziner unbeirrt fort.

»Moment mal«, schaltete sich Saads Anwalt ein, dem zu dämmern schien, dass es gerade für seinen Mandanten in keine gute Richtung lief. »Was soll das jetzt? Was haben Sie hier eigentlich zu suchen?«

»Herr Dr. Abel ist nicht nur Rechtsmediziner, sondern auch Beamter des Bundeskriminalamtes. Seine Behörde hat heute Morgen das LKA in Bezug auf die Ermittlungen zu dem versuchten Tötungsdelikt zum Nachteil von Siara Zhou offiziell um Amtshilfe gebeten. Bitte, Herr Doktor, machen Sie weiter«, erwiderte Okyar mit Blick auf den Anwalt in ruhigem Tonfall.

Abel nahm Okyar die durchsichtige Asservatentüte ab und besah sie sich von allen Seiten, als wollte er den Wert des Materials in Augenschein nehmen.

»Schönes Stück. Echtes Gold?«, fragte er im Plauderton.

Abdelkarim Saads Körper durchfuhr ein kurzer Ruck, als habe er einen Stromschlag bekommen. Seine Hände öffneten und schlossen sich nervös auf der abgewetzten Holztischplatte, vermutlich hätte er Abel am liebsten an Ort und Stelle erwürgt. Der Libanese rutschte nervös auf seinem Stuhl hin und her.

Es brodelt in ihm, dachte Markwitz.

Derweil inspizierte Abel, immer noch betont gelangweilt, den massiven, goldfarbenen Ring in dem Asservatenbeutel.

Dann konnte Abdelkarim Saad nicht mehr an sich halten. »Doktor, du machst einen Fehler. Dieser Ring wird in deinem Leben das Letzte sein, was du siehst, das schwöre ich beim Leben meiner Mutter, du dreckiger *Kelb!*«

»Ruhig, Herr Saad«, mischte sich der Anwalt ein und legte seine Hand auf den Unterarm von Abdelkarim Saad, der sie allerdings sofort mit einer unwirschen Bewegung abschüttelte.

»Das kann ich mir sogar gut vorstellen«, erwiderte Abel. »Es hat nämlich schon einmal funktioniert, dass dieser Ring einen Menschen zum Schweigen gebracht hat.«

Abdelkarim Saads Gesichtszüge erstarrten.

»In der Wohnung von Thanh Zhou. Auch nach seinem Tod haben Sie und Ihre Leute das dortige Drogendepot weiter genutzt und sich immer wieder Zutritt verschafft.« Abels Stimme wurde jetzt lauter.

Du pokerst sehr hoch, Abel, dachte Markwitz, aber ein Blick von Tekin Okyar signalisierte ihm, dass er den Rechtsmediziner gewähren lassen sollte, dass das hier Teil des Plans war.

»Du redest Bullshit, Doktor«, sagte Saad und drückte dabei seinen Oberkörper durch, sodass er kerzengerade auf seinem Stuhl saß.

»Sie müssen nichts sagen, Herr Saad«, schaltete sich sein Anwalt jetzt wieder ein. »Und ich schlage vor, dass wir eine Pause machen, mein Mandant …«

»Halt's Maul!«, blaffte Abdelkarim Saad seinen verblüfften Verteidiger daraufhin an. »Ich will hören, was der *Kuffar* zu sagen hat.«

»Sie erinnern sich mit Sicherheit an den Tag, als Sie Siara Zhou, ein nicht einmal zweijähriges Mädchen, schwer verletzt haben«, fuhr Abel unbeirrt fort. »In der Wohnung der Mutter des Kindes, der Ehefrau des zu diesem Zeitpunkt schon verstorbenen Thanh Zhou. Den Sie vielleicht aus dem Weg geschafft haben, weil er unbequem wurde? Weil er vielleicht Drogen verschwinden ließ, sich einen Teil vom Kuchen nahm? Nun, ich weiß es nicht und werde mich hier auch nicht in Spekulationen ergehen. Das zu klären ist Aufgabe der Kollegen des LKA. Was ich aber sicher weiß, ist, dass Sie ein Kleinkind ins Koma geprügelt haben.« Abel ließ seine Worte wirken, ehe er weitersprach. »Und warum weiß ich das? Weil ich Rechtsmediziner bin, weil mir Verletzungen ihre Geschichte erzählen.«

Abdelkarim Saad saß immer noch kerzengerade und wie versteinert da. Auf der Stirn seines Anwalts hatten sich unterdessen feinste Schweißperlen gebildet, die langsam zusammenflossen und immer größer werdende Tropfen bildeten.

»An jenem Tag, dem 22. Juli, sind Sie, Herr Saad – vielleicht allein, vielleicht auch in Begleitung eines Ihrer Lakaien – in dem Versteck in der Wohnung in Marzahn gewesen, um dort Drogen zu deponieren oder eventuell auch abzuholen. Doch irgendetwas ist passiert, was Ihren normalen Ablauf gestört hat. Siara und ihre Zwillingsschwester haben Sie bemerkt, vielleicht sind sie Ihnen hinterhergelaufen. Vielleicht saßen Sie auch schon die ganze Zeit in der Schrankwand, wie eine Ratte in der Falle. Als Sie rauskamen, waren die Kinder im Wohnzimmer, dort sind Sie auf Siara gestoßen. Sie haben sie heftig geschubst, und als die Kleine vor Ihnen auf dem Boden lag, haben Sie ihr einen Faustschlag von seitlich oben nach schräg unten verpasst. Gegen ihren Hinterkopf. Hinter ihrem rechten Ohr haben Sie sie getroffen. Und zwar mit Ihrer rechten

Hand, an der sich üblicherweise dieser Ring hier befindet. Liege ich damit richtig? War es so?« Die letzten Worte stieß Abel regelrecht hervor und deutete mit dem Zeigefinger auf Saad. »Sie sind ein Mann ohne Ehre, Abdelkarim Saad. Und Ihr Bruder, der Löwe, weiß wahrscheinlich nicht einmal davon. Weil es eine Schande für die Familie wäre, dass Sie Kinder ins Koma prügeln.«
Seine Worte verfehlten ihre Wirkung nicht. Abdelkarim Saad deutete jetzt seinerseits wild gestikulierend auf Abel. »Du dreckiger Bastard, ich werde dich …«, schrie er.
Markwitz spannte instinktiv seinen Körper an, bereit einzugreifen, falls sich der Libanese auf Abel stürzen würde.
Abel verharrte jedoch völlig ungerührt auf seinem Stuhl.
»War's das jetzt?«, versuchte der Anwalt zu intervenieren. »Mein Mandant braucht eine Pause.«
»Ich bin gleich fertig«, sagte Abel, klappte den Laptop vor sich auf und aktivierte den Bildschirm. Er drehte das Gerät zu Saad und dessen Verteidiger.
Markwitz konnte nicht sehen, was die beiden Männer sahen, er konnte sich aber anhand von Abels Worten zusammenreimen, dass es sich um die Verletzungen des Kindes handeln musste, die Saad und sein Verteidiger gerade mit zusammengekniffenen Augen auf dem Monitor betrachteten.
»Diese Verletzung, die Ihr Ring am Kopf des kleinen Mädchens hinterlassen hat, wird Sie überführen.«
Markwitz spürte förmlich, wie der Libanese ihm gegenüber innerlich mit sich rang, während Abel weitersprach. »Werden Sie als erbärmlicher Mann, der zu feige ist, zuzugeben, dass er Kinder schlägt, ins Gefängnis gehen oder als ein Saad, der Ehre im Leib hat und zu seinen Taten steht?«
Was jetzt kam, hätte Markwitz nicht für möglich gehalten. Abdelkarim Saad deutete ein Nicken an. »Ja, ich habe …«, begann er vorsichtig.
Abel, du bist einfach genial. Er gesteht!, dachte Markwitz. Doch noch ehe er den Gedanken zu Ende denken oder Abdelkarim Saad weitersprechen konnte, durchbrach das ohrenbetäubende Schril-

len der Brandmeldeanlage die Szenerie. Ein hoher, aufdringlicher Ton, der wellenartig lauter wurde und wieder abebbte, um dann wieder an Intensität zuzunehmen, erfüllte den Raum.
»Scheiße«, murmelte Markwitz.
Im selben Moment sprang Okyar von seinem Stuhl auf. »Sie bleiben alle hier, ich sehe nach, was los ist. Vielleicht nur falscher Alarm«, bedeutete er den Anwesenden und verließ den Raum.
Mist, Saad war gerade so weit. Abel hatte ihn an den Eiern oder vielmehr bei seiner Ehre gepackt.

☠☠☠

Als Okyar einige Minuten später – die Markwitz wie eine gefühlte Ewigkeit vorgekommen waren – seinen Kopf zur Tür hereinsteckte, konnte er an den Gesichtszügen seines Kollegen sofort ablesen, dass etwas nicht stimmte, dass dies kein Fehlalarm war.
Dann verstummte der ohrenbetäubende Warnton der Brandmeldeanlage.

☠☠☠

107

Berlin,
JVA Plötzensee, Parkplatz,
Dienstag, 5. August, 12:45 Uhr

Immer noch stiegen dicke, schwarze Rauchschwaden von den schwelenden Kunststoff- und Synthetikteilen in den blauen Himmel, auch wenn die Flammen, die Okyars Opel nahezu vollständig zerstört hatten, bereits von den Feuerwehrleuten gelöscht worden waren.

Es hatte fast eine Stunde gedauert, bis der komplette Lockdown der Justizvollzugsanstalt Plötzensee wieder aufgehoben worden und klar gewesen war, dass es sich bei dem Feueralarm nicht um ein mit einem Ausbruchs- oder Befreiungsversuch von Gefangenen in Zusammenhang stehendes Ereignis gehandelt hatte, sondern die Rauchmelder im Außenbereich des Gefängnisses angeschlagen hatten. Schließlich waren Abel und Okyar nach einer Ewigkeit des Wartens endlich aus dem Gefängnis geschleust worden.

Das nur unweit der Gefängnismauer geparkte Zivilfahrzeug von Okyar war in Flammen aufgegangen. Abel und Okyar standen jetzt in gebührendem Abstand zu dem völlig ausgebrannten Autowrack und beobachteten, wie mehrere Feuerwehrmänner nach erfolgreicher Löschung des Brandes nun ihre Schläuche und Ausrüstungsgegenstände wieder auf ihre beiden Löschfahrzeuge aufluden und dort verstauten.

Mehrere in unmittelbarer Nähe stehende Autos waren stark berußt, allerdings hatte sich das Feuer nicht auf benachbarte Fahrzeuge ausgebreitet.

Abels Blick wanderte in den hinteren Bereich des Parkplatzes, dorthin, wo er seinen Audi abgestellt hatte, ehe er sich mit Okyar getroffen hatte. *Alles in Ordnung.*

»Das ist kein Zufall, dass wir hier so ein Spektakel erleben und meine Karre abbrennt, während wir einen der Saads vernehmen«, murmelte Okyar.

Ja, das ist definitiv kein technisches Versagen oder ein anderer Zufall zur Unzeit, bestätigte Abel stumm. *Aber wenn es Saads Leute waren, was wollten sie damit bezwecken? Von der Vernehmung Abdelkarim Saads werden sie die Kollegen vom LKA mit einem solchen billigen Trick nicht abhalten.* Abel überlegte fieberhaft. *Es sei denn, es ging gar nicht um Abdelkarim, sondern um etwas ganz anderes …*

☠ ☠ ☠

108

Berlin-Grünau,
Wohnhaus von Dr. Fred Abel und Lisa Suttner, Wohnzimmer,
Dienstag, 5. August, 12:47 Uhr

Im Haus war es still, nur die Mittagshitze waberte durch die gekippten Fenster in das Townhouse.

Die vergangenen Tage waren für Lisa hart gewesen – die Bedrohungslage durch den Clan und Freds ständige Abwesenheit sowie die immer wieder plötzlich auftretende Übelkeit zerrten an ihren Nerven. Mittlerweile zweifelte sie an ihrer Entscheidung, die ersten drei Monate ihrer Schwangerschaft allein zu bewältigen. Immer öfter spürte sie den unkontrollierbaren Drang, sich in Freddys Arme zu werfen und ihn in ihre Sorgen und Emotionen einzuweihen. Aber ein Ende war in Sicht. Der dritte Monat war bald vorüber. Und dann würden die bevorstehenden Urlaubstage in Griechenland genug Zeit und Raum dafür lassen. In Gedanken versunken legte Lisa die Hand auf ihren Bauch.

In diesem Moment klingelte es an der Haustür.

☠☠☠

109

Berlin,
JVA Plötzensee, Parkplatz,
Dienstag, 5. August, 12:48 Uhr

»Es ist definitiv kein Zufall, dass gerade Ihr Auto hier abgefackelt ist«, sagte Abel. Der Gestank von verkohltem Plastik wehte mit einem warmen Windstoß vom Autowrack zu ihnen herüber.

Okyar winkte einen uniformierten Polizeibeamten, der unweit von ihnen stand, zu sich heran.

»Hier sind überall Kameras im Außenbereich«, sagte Okyar zu dem Beamten. »Sorgen Sie dafür, dass der Wachdienst der JVA die Aufnahmen für uns parat hat. Ich warte hier, bis die Kollegen vom Branddezernat eingetroffen sind, damit wir die Aufnahmen gemeinsam sichten. Ihre Männer sollen alles weiträumig absperren, wenn die Kollegen von der Feuerwehr weg sind. Das hier wird als Tatort behandelt. Ich rufe die KT an.«

Abel spürte, wie sein Blackberry in der Innentasche seines Jacketts vibrierte. Nervös zog er das Gerät heraus und sah auf das Display. Eine SMS von Lisa. Als er die Textnachricht las, glaubte er zunächst, sich verguckt zu haben. Er musste den Text zweimal lesen, ehe ihm die gesamte Tragweite des Inhalts bewusst wurde. Wortlos zeigte er Okyar die Nachricht.

SMS LISA
Kommissar Okyar ist hier???

☠☠☠

110

Berlin-Grünau,
Wohnhaus von Dr. Fred Abel und Lisa Suttner, Wohnzimmer,
Dienstag, 5. August, 12:48 Uhr

Der Mann hatte sich als Tekin Okyar vom Landeskriminalamt Berlin vorgestellt und ihr einen vom Polizeipräsidenten ausgestellten, ungewöhnlich großen Dienstausweis im DIN-A5-Format – wie Lisa mit Verwunderung festgestellt hatte – vor die Linse ihrer Video-Gegensprechanlage gehalten. Zwar hatte er das Schrift-

stück nur kurz vor die Kamera gehalten, aber Lisa hatte den Namen Tekin Okyar darauf entziffern können.
Als vor einigen Jahren der Miles-&-More-Killer europaweit sein Unwesen getrieben und Fred und die rechtsmedizinische Einheit des BKA in Atem gehalten hatte, war der Name Okyar ein paarmal gefallen. Lisa hatte zwar kein besonders gutes Personen-, dafür aber ein gutes Namensgedächtnis. Und vor ein paar Tagen hatte ihr Lebensgefährte ihr erneut beiläufig von dem jungen Beamten berichtet. Im Zusammenhang mit dem Fall eines sehr wahrscheinlich vom Saad-Clan getöteten afrikanischen Drogendealers.
Seltsam, was will er hier?, hatte Lisa gedacht, als sie die Haustür geöffnet und den freundlich lächelnden schwarzhaarigen Mann, der sich sofort für seinen unangekündigten, aber dringlichen Besuch entschuldigte, hereingebeten hatte.
Nach Freds Erzählungen hatte sie sich Okyar allerdings ganz anders vorgestellt. Der untersetzte Typ mit dem deutlichen Bauchansatz, der etwas außer Atem an ihr vorbei ins Haus getreten war, entsprach mit seiner Jogginghose und der schwarzen Lederjacke – viel zu warm für diesen heißen Sommertag – so gar nicht ihrer Vorstellung von dem geschniegelten Mordermittler, wie Fred ihn beschrieben hatte.
»Dort entlang bitte«, hatte Lisa zu ihrem Gast gesagt und nach rechts gedeutet. »Nehmen Sie bitte Platz, ich hole Ihnen ein Glas Wasser, dann bin ich gleich wieder da.«
Auf dem Weg in die Küche hatte sie sicherheitshalber eine kurze SMS an Fred geschickt und ihm mitgeteilt, dass Okyar da war. Dann war sie mit dem Wasser in den Wohn-Essbereich zu ihrem Gast gegangen.
»Was kann ich für Sie tun? Gibt es irgendwelche Neuigkeiten?«, fragte sie jetzt.
»Ja, Frau Abel. Die gibt es wohl.«
Er hatte sich nicht hingesetzt, sondern stand vor dem gläsernen Esstisch.
Komisch, er nennt mich Frau Abel, er kennt Fred doch schon viele

Jahre, er müsste doch eigentlich wissen, dass wir nicht verheiratet sind, überlegte Lisa.
»Aber zunächst geben Sie mir bitte Ihr Handy«, verlangte der schwarzhaarige Mann.

☠☠☠

111

Berlin-Johannisthal,
Autobahn 113, Pkw Lars Moewig,
Dienstag, 5. August, 12:51 Uhr

Bis vor zehn Minuten hatte Moewig unverrichteter Dinge in der Boddinstraße in seinem völlig überhitzten Wagen gesessen. Trotz der heruntergekurbelten Fenster war kaum frische Luft in den Lada gekommen. Die Hauptstadt ächzte weiter unter der Hitzeglocke. Aber er hatte seinen Beobachtungsposten nicht verlassen, auch wenn er zunehmend bezweifelte, dass Abadi Saad überhaupt zu Hause war.
In den vergangenen zweieinhalb Stunden war alles ruhig gewesen, abgesehen von einer alten Frau, die im Hinterhof, in dem das Mercedes Coupé von Abadi Saad stand, ihren Müll in einem Müllcontainer entsorgte, und einem laut streitenden Paar, das die Vorderseite von Saads Wohnhaus passiert hatte.
Doch dann hatte sein Handy geklingelt. Fred hatte am anderen Ende der Leitung völlig aufgelöst und hochgradig erregt geklungen – so, wie Moewig ihn noch nie zuvor in den über dreißig Jahren ihrer Freundschaft erlebt hatte.
»Lars, wo bist du?«, hatte er mit gepresster Stimme wissen wollen.
»In Neukölln«, hatte Moewig ausweichend geantwortet.
»Du musst sofort zu Lisa nach Grünau fahren!«, hatte Abel darauf-

hin geradezu panisch gefordert. »Ich werde auch gleich unterwegs sein, aber aus Neukölln bist du wahrscheinlich schneller da als ich.«
»Okay, aber was zur Hölle …«
»Frag nicht. Mach es einfach! Fahr zu Lisa. Es geht um Leben und Tod! Beeil dich!«
Jetzt raste Moewig mit der maximalen Geschwindigkeit, die sein alter Geländewagen hergab, über die Autobahn 113, die in südöstliche Richtung zum Glück relativ frei war. Immer wieder wechselte er die Fahrspur und hoffte inständig, dass er nicht auffallen und von einem Streifenwagen oder Zivilfahrzeug der Polizei angehalten und aus dem Verkehr gezogen werden würde. Sein weißes T-Shirt klebte klitschnass an seinem Oberkörper.
Immer wieder gingen ihm die Worte seines alten Freundes durch den Kopf.
Es geht um Leben und Tod! Beeil dich!

☠☠☠

112

Berlin-Grünau,
Wohnhaus von Dr. Fred Abel und Lisa Suttner, Wohnzimmer,
Dienstag, 5. August, 12:53 Uhr

Ich verstehe nicht ganz, Herr Okyar. Wozu benötigen Sie mein Handy?«, fragte Lisa misstrauisch, während sie das Glas mit dem Mineralwasser für ihren Gast auf dem Glastisch abstellte.
»Wir befürchten, dass Sie darüber geortet werden könnten. Es ist zu Ihrem eigenen Schutz«, erwiderte der Mann und zeigte auf das Mobiltelefon in Lisas linker Hand.
Lisa betrachtete den Mann – es war nicht nur sein Aussehen, son-

dern auch der von ihm ausgehende Geruch, der sie alarmierte. Eine Mischung aus süßem Eau de Toilette, dem Leder seiner Jacke und einer weiteren Geruchskomponente, die ihr unbewusst schon an der Tür aufgefallen war, als er an ihr vorbei ins Haus trat. Nicht Zigarettenrauch, eher der Geruch nach einem Lagerfeuer. Ein Geruch, der irgendwie Unheil verhieß.

»Darf ich noch mal Ihren Dienstausweis sehen, Herr Okyar?«

Lisa blickte verstohlen auf ihr Handy, das immer noch locker neben ihrem Körper in ihrer linken Hand lag.

Ich muss den Notruf wählen.

In diesem Moment verknüpften sich zahlreiche Gedanken in ihrem Kopf, und ihr war schlagartig klar, um wen es sich bei dem Mann handelte, der hier in ihrem Wohnzimmer stand. Sie hatte sein Bild schon mehrfach gesehen. Aber trotzdem war sie in die Falle getappt, hatte sich wie eine Anfängerin verhalten.

»Das Handy, du Schlampe!«, brüllte der Mann plötzlich und war mit einem großen Satz direkt neben ihr. Mit einem gezielten Tritt flog das Handy in hohem Bogen durch das Wohnzimmer, landete krachend auf dem Glastisch und rutschte dann über die Tischplatte, von wo es mit einem weiteren Krachen auf dem Fußboden auftraf.

Das Gesicht des Mannes war jetzt nur wenige Zentimeter von Lisas entfernt. In seinen Augen schien pure Boshaftigkeit erwacht zu sein.

113

Berlin,
Stadtautobahn A 100, Höhe Tempelhof, Streifenwagen,
Dienstag, 5. August, 12:55 Uhr

Abel konnte den Blick nicht vom Display seines Handys lösen. Er drückte die Wahlwiederholung. Immer wieder. Es klingelte zwar am anderen Ende der Leitung, aber Lisa ging nicht dran. Der Streifenwagen schoss mit eingeschaltetem Martinshorn und fast zweihundert Stundenkilometern über die Berliner Stadtautobahn. Abel hatte auf dem Rücksitz Platz genommen, Okyar saß vorn auf dem Beifahrersitz neben dem fahrenden Beamten. Der junge Kommissar telefonierte lautstark, schrie gegen den ohrenbetäubenden Lärm der Sirene im Wageninneren an und mobilisierte weitere Kräfte zur Verstärkung.
Aber Abel hörte nicht hin. Die Welt um ihn herum war nicht mehr existent. Seine Gedanken galten einzig und allein Lisa. Und er flehte inständig, dass Lars bereits bei ihm zu Hause eingetroffen war.

☠☠☠

114

Berlin-Grünau,
Wohnhaus von Dr. Fred Abel und Lisa Suttner, Wohnzimmer,
Dienstag, 5. August, 12:56 Uhr

Der Faustschlag traf Lisa völlig unerwartet ins Gesicht. Es fühlte sich an, als würde ihr Jochbein explodieren. Sie stolperte nach hinten und schlug völlig ungebremst und hart mit ihrer Körperrückseite auf dem Parkettboden auf.

Für einen kurzen Augenblick blieb sie reglos liegen und hörte in der hinteren Ecke des Wohnzimmers ihr Handy klingeln. Sie versuchte, sich aufzurappeln, aber ihr fehlte die Kraft. In demselben Moment wurde ihr schwindelig. Ein bitterer Geschmack stieg in ihrem Hals auf, als sich ihr Magen krampfartig zusammenzog. Sie ließ sich zurück auf den Fußboden sinken.

Das Baby, o Gott, das Baby.

Ihre Atemfrequenz beschleunigte sich. *Das Baby!* Schneller. Immer schneller. Sie konnte ihren Atem nicht mehr richtig kontrollieren. Wieder klingelte ihr Handy. Sie fing an zu hyperventilieren.

Und dann nahm sie erneut den eigentümlichen Geruch wahr, wie von einem Lagerfeuer, und in ihrem Blickfeld erschien ein Schatten. Sie blinzelte. Wie durch dichten Nebel, der sich kurz lichtete, sah sie über sich den Mann, der vorgegeben hatte, Kommissar Okyar zu sein.

Er beugte sich bedrohlich nahe herunter, ein selbstgefälliges Grinsen im Gesicht. »Ich bin …«

Doch Lisa fiel ihm mit nach Luft schnappender Stimme ins Wort: »Abadi Saad.«

»Ja. Genau der bin ich.« Der Mann nickte selbstgefällig. »Du bist ein schlaues Mädchen.«

»Bitte, lassen Sie mich …«, stammelte Lisa und versuchte, ihren Atem zu kontrollieren. Abermals hörte sie ihr Handy klingeln.

»Ich bin hier, um deinem Doktor eine Nachricht zu hinterlassen. Niemand legt sich ungestraft mit den Saads an. Sag ihm das!«, raunte Abadi Saad und griff langsam mit seiner rechten Hand in die linke Innentasche seiner Lederjacke.

Lisa drehte sich zur Seite, kauerte sich auf dem Boden zusammen, beide Hände schützend vor ihren Bauch gelegt.

115

Berlin-Johannisthal,
Autobahn 113, Streifenwagen,
Dienstag, 5. August, 12:58 Uhr

Okyar kontrollierte das Display des Navigationsgerätes. Noch elf Minuten.

Hoffentlich nicht zu spät …

Er drehte sich zu dem Rechtsmediziner auf der Rückbank um und sah, wie Abel sein Blackberry bearbeitete. Wahrscheinlich versuchte er immer noch, seine Lebensgefährtin anzurufen.

Okyar machte sich Vorwürfe. Er blickte aus dem Beifahrerfenster, in atemberaubender Geschwindigkeit zog die Landschaft an ihnen vorbei. Das Jaulen des Martinshorns füllte den Innenraum des Polizeiwagens völlig aus, brachte seinen Kopf fast zum Platzen. Jemand hatte sich unter seinem Namen Zugang zu Abels privater Adresse verschafft.

Sehr wahrscheinlich haben sie die in seiner Laptoptasche gefunden, die er in meinem Wagen zurückgelassen hat, ehe wir in die JVA rein sind, dachte Okyar mit schlechtem Gewissen. *Und ich Idiot habe Abel noch gesagt, er soll die Tasche im Wagen lassen.*

Er drehte sich wieder zu dem Rechtsmediziner um.

Abel schien wie eingefroren.

Hoffentlich kommen wir nicht zu spät!

116

Berlin-Grünau,
Wohnhaus von Dr. Fred Abel und Lisa Suttner, Wohnzimmer,
Dienstag, 5. August, 12:59 Uhr

Der Knall war ohrenbetäubend. Lisa verfolgte aus den Augenwinkeln, wie einer der schweren Holzstühle von der Terrasse durch die große Panoramascheibe ihres Wohnzimmers flog. Nur Sekundenbruchteile später flog ein massiger Körper hinterher. Aber nein, der Mann flog nicht, sondern er sprang, registrierte Lisas Unterbewusstsein, und er riss Abadi Saad zu Boden.

Das Baby muss überleben. Lisas Augen füllten sich mit Tränen. Trotzdem konnte sie jetzt erkennen, wer sich da auf so ungewöhnliche wie brachiale Weise Zutritt verschafft hatte: Lars!

»Lisa, alles okay?«, rief Moewig.

»Lars!« Lisa schluchzte. Tränen liefen ihr über die Wangen. »Lars, ich bin schwanger! Das Baby darf nicht sterben!«, rief sie mit tränenerstickter Stimme, so laut sie konnte.

In diesem Moment stürzte sich eine Gestalt auf Lars. Neben Lisa auf dem Holzboden entbrannte ein heftiger Kampf. Dumpfe Geräusche, gepresste Flüche, Aufstöhnen.

Das Baby! Ich muss raus hier!

Doch dann, ohne dass sie damit gerechnet hatte, explodierte Schmerz in ihrem Kopf. Ihre linke Schläfe brannte. Etwas Warmes, Klebriges lief ihr über die Stirn in ihr linkes Auge.

Lisa versuchte verzweifelt, sich aufzurichten. Drehte sich bäuchlings, stützte sich mit den Händen auf dem Parkettboden ab. Doch sie rutschte in ihrem eigenen Blut aus, das von ihrem Kopf in dicken Tropfen heruntertropfte und schon eine Lache auf dem Fußboden gebildet hatte.

Dann wurde ihr schwarz vor Augen.

117

Berlin-Grünau,
Wohnhaus von Dr. Fred Abel und Lisa Suttner, Wohnzimmer,
Dienstag, 5. August, 13:12 Uhr

Als der Streifenwagen in die Wohnstraße in Grünau einbog, fuhr ein Notarztwagen mit eingeschaltetem Blaulicht und Signalhorn an ihnen vorbei. Abel schaute dem immer kleiner werdenden und schließlich in eine Seitenstraße abbiegenden Fahrzeug hinterher. Er überlegte, dass Lisa zumindest am Leben sein musste – wenn sie es war, die sich in dem Notarztwagen befand.

Als sich der Streifenwagen seinem Haus näherte, bot sich Abel eine surreale Szenerie: Vor seinem Wohnhaus standen vier blau-silberne Einsatzfahrzeuge der Polizei, mit eingeschaltetem Blaulicht auf dem Dach. Zudem parkte in der Auffahrt ein Notarzteinsatzfahrzeug. Daneben stand Lars, der sich offensichtlich mit einem Notarzt oder Rettungssanitäter unterhielt.

Als der Streifenwagen mit quietschenden Reifen zum Stehen kam, sprang Abel sofort hinaus und rannte auf Moewig zu, vorbei an einer Gruppe uniformierter Polizeibeamte, die ihn aufhalten wollten, aber von Okyar daran gehindert wurden.

»Wo ist Lisa?«, rief er Moewig zu, der ihm entgegeneilte.

»Lisa geht es den Umständen entsprechend. Du hast sie gerade verpasst. Ist in Begleitung eines Notarztes unterwegs in die Klinik.«

»Ist sie schwer verletzt?«, fragte Abel atemlos.

»Sie hat eine Platzwunde am Kopf, sie war wohl kurz bewusstlos, aber als sie abtransportiert wurde, wieder bei Bewusstsein. Ich würde mal sagen, Glück gehabt«, antwortete Moewig.

»Warum hast du Verbände an deinen Unterarmen?«

»Weil ich durch deine Wohnzimmerscheibe rein bin. Ist ein ziemliches Chaos da drin. Sorry«, erwiderte Moewig.

»Was ist passiert? Die Kurzversion bitte, ich will so schnell wie möglich zu Lisa in die Klinik«, bat Abel.

»Abadi Saad war bei euch im Haus. Er sitzt jetzt aber warm und trocken.«

Moewig deutete auf eines der Einsatzfahrzeuge, auf dessen Rückbank eine dunkelhaarige Person zu erkennen war. Okyar sprach bereits mit den zwei danebenstehenden uniformierten Polizeibeamten.

»Die Beamten waren ungefähr eine Minute nach mir da. Abadi Saad muss Lisa niedergeschlagen haben, und im Gerangel zwischen mir und Saad hat sie wohl auch etwas abbekommen. Aber nichts Ernstes«, sagte Moewig. Und dann schob er noch nach: »Und hoffentlich nur am Kopf.«

Abel sah seinen alten Freund fragend an. »Wie meinst du das, *hoffentlich nur am Kopf?*«

»Das Baby sollte nicht in Mitleidenschaft gezogen worden sein, hoffe ich«, entgegnete Moewig und sah, wie Abel die Gesichtszüge entgleisten.

»Was?«, stammelte Abel.

»Sag jetzt nicht, du wusstest das nicht.«

☠☠☠

118

Berlin-Steglitz,
Charité – Campus Benjamin Franklin,
Rettungsstelle, Behandlungsraum 5,
Dienstag, 5. August, 13:44 Uhr

Die junge Assistenzärztin in der Rettungsstelle hatte Lisa bei der Versorgung ihrer Kopfplatzwunde ein gutes Gefühl gegeben. Trotzdem hatte sie Angst und war beunruhigt. Sie musste unbedingt wissen, wie es ihrem ungeborenen Kind ging.

Die Assistenzärztin hatte, nachdem Lisa ihr mitgeteilt hatte, dass sie schwanger sei, dennoch zunächst auf der Versorgung der Platzwunde bestanden. Dann würde man weitersehen und sich um die Schwangerschaft kümmern. Mit einem Einwegrasierer hatte die Ärztin die Kopfhaare über Lisas linker Schläfe in einem drei Zentimeter breiten Areal vorsichtig entfernt und dann die Wundränder der nur leicht klaffenden Wunde mit einem Lokalanästhetikum unterspritzt. Sie hatte Lisa im Vorfeld beruhigt, dass diese lokale Betäubung keine Gefahr für ihr ungeborenes Kind darstellte. Ohne Lokalanästhesie würde es zu schmerzhaft werden, hatte sie noch hinzugefügt. Dann hatte die junge Ärztin die Wunde gereinigt und schließlich mit mehreren Stichen genäht, die Lisa nur als ein dumpfes, jedoch nicht schmerzhaftes Ziehen an ihrem Kopf wahrgenommen hatte. Auf das Röntgen ihres Schädels könne man guten Gewissens verzichten, hatte die Ärztin Lisa versichert, da sie nach der Untersuchung von Lisas Halswirbelsäule und Überprüfung ihrer Pupillenreaktion die Wahrscheinlichkeit eines scherwiegenden Schädel-Hirn-Traumas ausschließen konnte.

Jetzt wartete Lisa auf den Gynäkologen, der sich bereit erklärt hatte, in die Rettungsstelle zu kommen und sie hier per Ultraschall zu untersuchen.

Während Lisa bangend und hoffend auf der Untersuchungsliege lag, klopfte es kurz an der Tür zum Behandlungszimmer, die im selben Moment geöffnet wurde.

»Mein Name ist Wolfgang Henrich. Frau Suttner?«, stellte sich der hochgewachsene, gut aussehende Mann in dem weißen Kittel, unter dem er ein hellblaues Hemd und eine dunkelblaue Krawatte trug, vor.

Lisa nickte stumm.

»Ich habe von der Kollegin gehört, was passiert ist. Ich bin mir sicher, dass mit Ihrem Kind alles in Ordnung ist. Der Bauch einer werdenden Mutter ist wie ein Airbag für das Ungeborene, glauben Sie mir. Ende dritter Monat, sagte die Kollegin, ist das korrekt?«

Lisa nickte erneut, ohne ein Wort zu sagen. Ihr Mund war völlig trocken, ihre spröden Lippen klebten aufeinander.

»Hatten Sie, nachdem Sie gestürzt sind beziehungsweise sich die Kopfverletzung zugezogen haben, vaginale Blutungen?«

Lisa schüttelte den Kopf. »Nicht dass ich es bemerkt hätte«, stieß sie heiser hervor, während sich der Professor auf einen kleinen Rollhocker neben ihre Liege setzte, das dort stehende Ultraschallgerät einschaltete und sie beruhigend anlächelte.
»Eigentlich mache ich das lieber bei uns drüben in der Gynäkologie mit vaginalem Ultraschall, aber in Ihrem Fall werde ich vermutlich alles, was relevant sein könnte, auch durch Ihre Bauchdecke feststellen können. Wenn dann noch Fragen offen sind, lasse ich Sie in unsere gynäkologische Ambulanz verlegen. Bitte machen Sie jetzt Ihren Bauch frei, Hochschieben der Kleidung reicht. Jetzt wird es kurz kalt.«
Im nächsten Moment spürte Lisa schon etwas Kühles auf ihrer Bauchdecke. Der Gynäkologe trug vorsichtig das glibberige Kontaktgel auf.
Lisa zuckte zusammen, als er gleich darauf mit der Sonde des Ultraschallgerätes über ihren Bauch fuhr.

☠ ☠ ☠

119

Berlin-Steglitz, Charité – Campus Benjamin Franklin,
Rettungsstelle, Behandlungsraum 5,
Dienstag, 5. August, 13:49 Uhr

Abel hastete durch die zweite Automatiktür in Richtung des Behandlungszimmers mit der Nummer 5, das ihm die Schwester am Empfang der Rettungsstelle genannt hatte.
Okyar, der sich große Vorwürfe machte, dass sich Abadi Saad mit seinem DIN-A5-Parkausweis Zugang zu Abels Haus verschafft hatte, hatte ihn von einem Kollegen nach Steglitz in die Charité fahren lassen.
In dem Gang der Rettungsstelle herrschte absolute Stille. *Totenstil-*

le. Es roch nach Desinfektionsmittel. Hinter den Türen fand der Kampf der Medizin gegen das Schicksal statt. Ein Kampf, dem Abel sofort nach dem Studium aus dem Weg gegangen war, indem er eine Stelle in der Rechtsmedizin angetreten hatte.

Nun war er vor Behandlungsraum 5 angekommen. Er atmete tief aus, klopfte zaghaft und hörte als Antwort eine markante männliche Stimme.

Zögernd betrat er das Zimmer. Vor ihm lag Lisa, an ihrer linken Schläfe im Bereich der behaarten Kopfhaut ein quadratischer weißer Pflasterverband. Als sie ihn erblickte, lächelte sie ihm kraftlos zu. Die Anspannung war ihr anzumerken.

Neben ihr saß ein Arzt in weißem Kittel und mit blonden Haaren, die an den Schläfen leicht ergraut waren. Er fuhr gekonnt mit einem Ultraschallkopf über ihren Bauch und nahm immer wieder Vergrößerungen und Messungen des Ultraschallbildes auf dem Monitor vor.

Abel war erstaunt, wie sichtbar Lisas Babybauch bereits war, aber vielleicht bildete er sich das auch nur ein. Er schämte sich, diese Entwicklung nicht im Alltag schon bemerkt zu haben. Überhaupt nichts von Lisas Schwangerschaft bemerkt zu haben.

Wenn das hier gut geht, werde ich alles ändern. Es muss genug sein, dachte er und trat an das Fußende der Liege. Während der Arzt ihm kurz zunickte, sich dann aber sofort wieder, mit seiner linken Hand an dem Gerät klickend, durch die Ultraschallbilder manövrierte, die er mit der Ultraschallsonde erzeugte, versuchte Abel, an seinem Gesicht abzulesen, wie es dem Baby ging. Aber er konnte nichts erkennen.

Schließlich nahm der Mediziner den Ultraschallkopf von Lisas Bauch, drehte sich zu Abel um und sah ihn direkt an.

Abel stockte der Atem.

Auch wenn er nicht an so etwas wie Schutzengel glaubte, wünschte er sich jedoch genau in diesem Moment zum ersten Mal in seinem Leben nichts sehnlicher als einen solchen Beistand.

Nachwort

Nicht überall, wo *True Crime* draufsteht, ist auch tatsächlich *True Crime* drin. In meinen Augen kann echter *True Crime,* die literarische Verarbeitung wahrer Kriminalfälle, nur von denjenigen geschrieben werden, die sich auch in ihrem wahren Berufsleben mit Kriminalfällen beschäftigen, wie eben Kriminalbeamte, Fallanalytiker, Entomologen oder Rechtsmediziner. Denn lediglich echte Profis, die nicht nur die Details, Abläufe, Terminologie und Zusammenhänge bei der Untersuchung von Tötungsdelikten kennen und begreifen, sondern die auch die Emotionen und Gefahren, die mit ihrem Job verbunden sind, tagtäglich leben, sind in der Lage, die Leserin und den Leser mit authentischem *True Crime* zu unterhalten. Der Anspruch der Realität macht eben den großen Unterschied zwischen Theorie und Praxis aus.

Ich habe mich auch in diesem Roman, dem vierten Band der *Fred-Abel-Reihe,* wieder von echten Kriminalfällen, an deren rechtsmedizinischer Untersuchung ich an Tatorten, im Sektionssaal, im Labor oder als Sachverständiger im Gerichtssaal beteiligt war, inspirieren lassen.

Das Erlebnis des Medizinstudenten Julius Blohm, der von der »lebenden Toten« im Leichensack im Keller der Rechtsmedizin zwar nicht zu Tode, aber doch ganz erheblich erschreckt wird, entspricht absolut den Tatsachen.

Als ich noch im Hamburger Institut für Rechtsmedizin (das zugleich Leichenhalle für den Stadtstaat Hamburg ist) arbeitete, wurde dort eine ältere Dame eingeliefert, die von einem offensichtlich wegen eines Folgeeinsatzes unter Zeitdruck stehenden Notarzt für tot erklärt worden war. Die Pforte der Hamburger Rechtsmedizin ist rund um die Uhr besetzt, damit Leichen angenommen und in der Kühlung eingelagert werden können. Während tagsüber ein hauptamtlicher Pförtner Dienst versieht, wird der Nachtdienst von

Medizinstudenten ausgeübt. Als in jener Nacht der diensthabende Medizinstudent die für tot erklärte Seniorin im Eingangsbereich der Leichenhalle übernommen hatte und mit ihr mit dem Fahrstuhl in den Keller fuhr, wo sich die Leichenkühlfächer befinden, stellte er fest, dass sich der Brustkorb der Frau im Leichensack hob und senkte. Etwa sechs Minuten später kam es zu einer höchst ungewöhnlichen Szenerie vor dem Hamburger Institut für Rechtsmedizin. Dort standen nämlich zwei Notarzteinsatzfahrzeuge und ein Rettungswagen mit eingeschaltetem Blaulicht. Und im Inneren des Gebäudes kämpften zwei Notärzte und mehrere Rettungssanitäter um das Leben der Seniorin. Die Frau konnte auch zunächst stabilisiert werden, verstarb aber ein paar Tage später in der Klinik, ohne das Bewusstsein wiedererlangt zu haben. In ihrem Fall war ein schwerer Kreislaufschock ursächlich für den Scheintod gewesen. Mangelhafte Sorgfalt bei der ärztlichen Todesfeststellung hatte dazu geführt, dass die alte Dame fälschlicherweise für tot erklärt worden war.

Auch der Fall Siara Zhou ist in weiten Teilen authentisch. Ich hatte, wie Abel, vor einiger Zeit in der Kinderklinik eines großen Krankenhauses der Maximalversorgung ein schwer verletztes Mädchen von knapp zwei Jahren rechtsmedizinisch zu untersuchen und ein Gutachten zu den Verletzungen zu erstellen. Und wie Abel gelangte ich zu dem Schluss, dass sich die schweren Kopfverletzungen des Mädchens nicht durch ein Sturzgeschehen im häuslichen Umfeld – durch wildes Toben, Herumklettern auf Möbeln oder einen Sturz von der Couch – erklären ließen. Das kleine Mädchen war gemeinsam mit seiner Zwillingsschwester (die unverletzt blieb) allein und unbeobachtet im Wohnzimmer, als es sich die schweren Kopfverletzungen zuzog.
Als ich Monate später als Sachverständiger vor Gericht mein Gutachten vortrug – die Mutter behauptete auch in der Verhandlung nach wie vor, nicht zu wissen, wie die lebensgefährlichen Verletzungen ihrer Tochter entstanden waren, und stellte das Geschehen

als Unfall dar –, wurde ich auf dem Gerichtsflur von den Angehörigen der Mutter aufs Übelste beschimpft und bedroht. Erst viele Monate nach dem erstinstanzlichen Urteil, das die Mutter der beiden Zwillingsschwestern mit ihrem Anwalt anfocht, da sie aufgrund meines Gutachtens wegen schwerer Körperverletzung zu einer Bewährungsstrafe verurteilt worden war, kam die Wahrheit heraus. Ihr Liebhaber, den sie vor dem Rest der Familie geheim gehalten hatte, hatte dem kleinen Mädchen mehrfach gegen den Kopf getreten und es geschlagen, damit er ungestört Geschlechtsverkehr mit der Mutter haben konnte – die Mutter war bei der Misshandlung ihrer Tochter anwesend und sah dabei zu, ohne einzugreifen. Das kleine Mädchen blieb für immer halbseitig gelähmt und wurde von seiner Mutter in eine Pflegebetreuungseinrichtung abgeschoben. Die gesunde Zwillingsschwester hat bis heute ihre schwerbehinderte Schwester nicht wiedergesehen.

In der Episode in und um das Kickboxstudio »Drachenhöhle« von Karol Mazur konnte ich ganz spezifische Fachkenntnisse – wenn auch nicht rechtsmedizinischer Natur – einfließen lassen. Vor einiger Zeit habe ich für knapp zwei Jahre nebenbei einen Profikickboxer gemanagt, der damals Europa- und Weltmeister in seiner Gewichtsklasse im K1 wurde. Ich konnte mir einen Einblick in die Welt des Kickboxens und des damit assoziierten Milieus verschaffen, was für die authentische Darstellung von Vorteil war.

Die Geschichte um den falschen Schamanen Mantotopah ist ebenfalls authentisch und hat sich so in Berlin vor noch nicht allzu langer Zeit ereignet. Der angebliche indianische Medizinmann, ein mehrfach vorbestrafter Betrüger und Sexualstraftäter ohne jede indianische Abstammung, der auch als falscher Doktor und Professor mit wechselnden Identitäten unterwegs war, hat tatsächlich zu verantworten, dass sich zwei Frauen aus einem Fenster im vierten Stock eines Mietshauses in Berlin stürzten. Er hatte die beiden Frauen mit psychoaktiven Substanzen gefügig gemacht und dann im Rahmen sektenartiger Rituale sexuell missbraucht. Beide Frauen sprangen schließlich, durch die bewusstseinsverändernden Drogen in den Wahnsinn getrieben, aus dem Fenster in die Tiefe – vielleicht, weil sie in ihrem Wahn dachten, dass sie fliegen können. Dieser Doppeltodesfall landete dann auf meinem Sektionstisch.

Zu den beiden mumifizierten Körpern, die in Berlin in einem alten Hindutempel in der Hasenheide in Kreuzberg gefunden werden, wurde ich von vielen Fällen, die sich dergestalt in Berlin immer wieder ereignen und sich regelmäßig bei mir im Sektionssaal finden lassen – nicht nur zur Klärung der Todesursache, sondern vorrangig, um Hinweise auf die Identität der Toten zu erlangen –, inspiriert.

Mein Doktorvater, der 2001 verstorbene Professor Doktor Oskar Grüner, früherer Direktor des Institutes für Rechtsmedizin der Christian-Albrechts-Universität zu Kiel, war übrigens einer der Väter und Pioniere der Superprojektion, die Fred Abel nutzt, um nachzuweisen, woher die Verletzung hinter Siaras rechtem Ohr stammt.

Und zuletzt: Die Gewalt und Kriminalität, die in der deutschen Hauptstadt von Clans ausgeht – kriminelle, zumeist aus dem Libanon stammende Großfamilien, deren Mitglieder häufig staatenlos sind –, ist von beträchtlichem Ausmaß und eine große Gefahr für den Rechtsstaat.
Und tatsächlich gibt es immer wieder die unsägliche Situation, dass Clan-Mitglieder Rettungsstellen – was in anderen Bundesländern die Notaufnahmen sind – größerer Krankenhäuser in Berlin über viele Stunden vollständig lahmlegen, weil dort ein Verwandter von ihnen behandelt wird, zumeist mit Schussverletzungen. Dann werden kurzerhand die Zufahrtswege zum Eingang in die Rettungsstelle mit Autos blockiert, damit keine anderen Patienten oder Notarztwagen mit Patienten hineingelangen können und so

der Clan-Spross die größtmögliche Aufmerksamkeit und bestmögliche Behandlung bekommt, es werden Scheiben eingeworfen, Mobiliar angezündet und Ärztinnen und Ärzte sowie Pflegepersonal bespuckt, beschimpft, bedroht und misshandelt. Bittere Realität in der deutschen Hauptstadt. Und leider kein seltenes Phänomen mehr.

Liebe Leserin, lieber Leser, so könnte ich jetzt noch viele Seiten lang mit der Aufzählung fortfahren, welche Details und Szenen in diesem Buch auf wahren Begebenheiten beruhen, aber Sie haben sicherlich einen Eindruck bekommen, dass in diesem Thriller echter *True Crime* steckt. Und so viel kann ich Ihnen schon verraten: Fred Abel wird mindestens ein weiteres Mal zurückkehren. Versprochen!

Herzlichst, Ihr
Michael Tsokos

Danksagung

Danksagung

Mein großer Dank gilt zunächst Wolf-Ulrich Schüler für die wieder einmal tolle und vor allem vor Ideen nur so sprühende Zusammenarbeit. Uli, du bist super! Trotz Corona-Irrsinn, der einen Nachrichtenmann wie dich rund um die Uhr gefordert hat, warst du immer zur Stelle. Danke für deine Ideen und Kreativität!
Vielen Dank meiner großartigen Lektorin Alexandra Löhr, ihr gebührt eine tiefe Verbeugung vor ihrem Können im Umgang mit Texten, ihrem klaren Blick fürs Große und auch für das ganz Kleine und ihrer tiefenentspannten Art. Danke! Wir machen hoffentlich noch sehr viele Bücher zusammen!
Vielen Dank meinen Testlesern und besonders meiner Frau Anja. Danke für die hilfreichen Kommentare und die konstruktive Kritik!
Ein herzliches Dankeschön auch an Roman Hocke, meinen Agenten von AVA INTERNATIONAL, München, und sein großartiges Team mit Claudia von Hornstein, Lisa Blenninger, Cornelia Petersen-Laux, Susanne Wahl, Janine Hilz und Michael Michalek.
Bei Droemer Knaur danke ich an erster Stelle meiner Verlegerin Doris Janhsen für die tolle Zusammenarbeit, die ich immer als sehr konstruktiv und auf Augenhöhe empfinde.
Großer Dank bei Droemer Knaur auch an Katharina Ilgen, Nina Vogel, Patricia Kessler, Hanna Pfaffenwimmer, Sandra Schaffarczyk, Lucie Balles, Helena Graef, Katja Kolinke, Antje Buhl, Natalja Schmidt und Steffen Haselbach. Bettina Halstrick, Giraffenladen in München, und Philipp Eins danke ich für die Redaktion und Umsetzung meiner Podcasts.
Danke an Annette Dascher für die Covergestaltung, ganz im klassischen Stil der ersten Z-Reihe.
In der Berliner Rechtsmedizin danke ich Dr. Lars Oesterhelweg, Priv.-Doz. Dr. Claas Buschmann, Gabriele Kuhl und Dr. Saskia Etzold für ihre Unterstützung.

Danke an Jessica Teschner für den DNA-Input!
Achim Timm hat mich wie immer exzellent bei der Auswahl der geeigneten Hand- und Faustfeuerwaffen beraten, die meine Protagonisten verwenden und mit denen sie ihrem blutigen Geschäft nachgehen. Danke, Achim!
Prof. Dr. Wolfgang Henrich, Direktor der Klinik für Geburtsmedizin an der Charité in Berlin, hat sich für einen Cameo-Auftritt in diesem Buch zur Verfügung gestellt und mir eine kurze Schwangerenberatung (eigentlich war die für Lisa Suttner bestimmt) angedeihen lassen. Danke, mein Lieber!
Allen meinen Leserinnen und Lesern, insbesondere Katharina Köhler, Jennifer Schunicht und Sarah Splitt – lauter Leserinnen der ersten Stunde –, danke ich für ihre jahrelange Treue, ihre Unterstützung und dafür, dass sie gute Bücher zu dem machen, was sie sind: etwas Existenzielles, etwas Unverzichtbares, etwas Wertvolles.

Merci!
Michael Tsokos